BESTSELLER

Mercedes Guerrero nació en Aguilar de la Frontera, Córdoba, en 1963. Diplomada como técnica de empresas y actividades turísticas, habla varios idiomas y durante dieciséis años ha dirigido distintas empresas relacionadas con el sector turístico. Es autora de las novelas *El Árbol de la Diana*, *La última carta*, *La mujer que llegó del mar*, *Las sombras de la memoria*, *Sin mirar atrás* y *El baile de las marionetas*.

Biblioteca

MERCEDES GUERRERO

El baile de las marionetas

DEBOLS!LLO

Papel certificado por el Forest Stewardship Council®

MIXTO
Papel procedente de
fuentes responsables
FSC® C117695

Penguin
Random House
Grupo Editorial

Primera edición en Debolsillo: febrero de 2020
Decimosegunda reimpresión: mayo de 2023

© 2020, Mercedes Guerrero
Autora representada por IMC Agencia Literaria
© 2020, Penguin Random House Grupo Editorial, S. A. U.
Travessera de Gràcia, 47-49. 08021 Barcelona
Diseño de la cubierta: Elsa Suárez y Sergi Bautista
Fotografía de la cubierta: © Shutterstock

Printed in Spain – Impreso en España

ISBN: 978-84-663-5021-1
Depósito legal: B-27.544-2019

Impreso en Rodesa
Villatuerta (Navarra)

P 3 5 0 2 1 B

La vida no es la que uno vivió, sino la que uno recuerda y cómo la recuerda para contarla.

GABRIEL GARCÍA MÁRQUEZ

Espérame.
Espérame que volveré.
Solo que la espera será dura.
Espera cuando te invada la pena, mientras ves la lluvia caer.
Espera cuando los vientos barran la nieve.
Espera en el calor sofocante,
cuando los demás hayan dejado de esperar, olvidando su ayer.
Espera incluso cuando no te lleguen cartas de lejos.
Espera incluso cuando los demás se hayan cansado de esperar.
Espera incluso cuando mi madre y mi hijo crean que ya no existo,
y cuando los amigos se sienten junto al fuego para brindar por
[mi memoria.
Espera. No te apresures a brindar por mi memoria tú también.
Espera, porque volveré desafiando todas las muertes,
y deja que los que no esperan digan que tuve suerte.
Nunca entenderán que, en medio de la muerte,
tú, con tu espera, me salvaste.
Solo tú y yo sabemos cómo sobreviví.
Es porque esperaste, y los otros no.

KONSTANTÍN SÍMONOV, 1942

1

Kabul, Afganistán. Mayo de 2004

Los solitarios amaneceres de Kabul ofrecían un espectáculo relajante desde la azotea del hospital Ahmed Shah Baba. El sol asomaba impasible cada mañana detrás de las altas cumbres de intenso color ocre situadas alrededor de la ciudad, un color parecido al del fuego de los morteros que a diario provocaban muerte y desolación en una región maldita por los dioses. Oficialmente, la guerra en Afganistán había terminado y el país tenía un presidente legítimamente elegido en las urnas. Sin embargo, la paz solo era real en la capital y en algunas áreas bajo el control de las fuerzas internacionales. A lo lejos tronaban obuses y disparos de las guerrillas talibanas, unos sonidos que se habían convertido ya en rutina para los habitantes de aquella ciudad donde no cabía más que estar alerta para conservar la vida. En las calles, en las casas o en las escuelas seguían abiertas las heridas provocadas por las sucesivas guerras civiles y por la invasión de los diferentes ejércitos que habían codiciado el control del país, desde el ruso hasta el estadounidense, pasando por el terrorífico ejército talibán, que tras expulsar al soviético impuso un régimen feroz y sanguinario que estaba lejos de darse por vencido.

Edith Lombard lanzó una última mirada al horizonte y de un sorbo terminó el café que la había acompañado aquella mañana. Estaban en mayo y el calor ya se hacía notar. Tenía treinta y nueve años, pelo castaño y largo recogido en una coleta sencilla. Su atractivo físico eran unos ojos grandes y oscuros que contrastaban con su piel blanca, y la nariz algo respingona y algunas pecas en su rostro le conferían un aspecto juvenil. Había nacido en Quebec, Canadá, aunque años más tarde su familia se había instalado en Montreal, donde contrajo matrimonio y tuvo un hijo.

Edith llevaba un año trabajando como voluntaria de Médicos sin Fronteras en aquel hospital, pero pronto lo abandonaría para siempre. Afganistán estaba en vías de recuperación gracias a la intervención internacional y a las ayudas ofrecidas para el desarrollo; sin embargo, debido al último atentado en la provincia de Badghis, donde habían fallecido cinco de sus compañeros, el personal adscrito a dicha organización había recibido la orden de abandonar el país de forma gradual; la partida estaba prevista para dentro de dos meses.

El trabajo durante aquel año había resultado una experiencia dura en todos los sentidos. Aún ahora, cuando pensaba en regresar a casa, recordaba con nitidez el día en que tomó la decisión de enrolarse en aquella aventura que le había reportado soledad, experiencias traumáticas y una explosión de solidaridad e indignación a partes iguales, al ser testigo casi a diario de hasta dónde podía llegar la naturaleza humana, ya fuera por la violencia ejercida sin piedad por algunos hombres contra sus propios congéneres o por la capacidad de sufrimiento y resignación de las víctimas de esa violencia.

La amarga y desastrosa experiencia vivida con el hombre a quien amó hasta casi perder la razón era apenas un rasguño, comparado con las heridas que curaba a diario a chicas jóvenes que habían perdido el brillo en la mirada, con las amputaciones de brazos y piernas a niños provocadas por las minas antipersonas que aún seguían sembradas en los campos, con los cuerpos quemados por las bombas incendiarias que caían en cualquier parte del país.

En aquel momento, el claxon de varios coches llamó su atención. Se asomó por la baranda y advirtió que las primeras víctimas acababan de llegar a urgencias. Su descanso había terminado.

Al llegar al quirófano, el cuerpo de una mujer cubierta por un burka de color azul claro yacía en la mesa de operaciones. Había una mujer vestida de negro con la cara tapada por un denso velo y dos hombres, uno de edad y otro más joven, que discutían con Marc, el médico que atendía aquella mañana. Este trataba de convencerlos de que tenían que despojar a la mujer del vestido para ver sus heridas y de que debían salir de la sala. El intérprete de inglés, que cubría con una bata médica su indumentaria típica pastún —la *tunban perahan*— de camisa ancha cerrada hasta las rodillas y pantalón amplio, trataba de mediar, pero los hombres se negaban a que el médico pusiera una mano encima a la joven herida. Aquellas discusiones se producían a diario en el hospital. Los maridos o padres prohibían que sus mujeres fueran atendidas por un médico de género masculino y, si no había más remedio, exigían estar presentes, prohibiéndoles tocarlas. En esos casos el galeno se limitaba a preguntar por los síntomas a la paciente delante de su guardián.

Edith accedió en aquel momento a la sala y colaboró para restablecer la calma.

—¿Qué ha ocurrido? —preguntó mientras se acercaba al cuerpo inmóvil de una mujer cubierta de sangre.

—Doctora, solo usted puede examinarla —explicó el intérprete a modo de súplica, flanqueado por los dos hombres que aún ardían de excitación debido a los acontecimientos.

—Está bien, Marc. Yo me hago cargo de ella —dijo a su compañero médico, instándolo a salir.

Hizo una señal al traductor para que tranquilizara a los familiares. La mirada de Edith se relajó al ver entrar a Kristen, una enfermera holandesa asignada a aquel quirófano.

—Vamos, todos fuera —ordenó Edith con sonrisa conciliadora a los hombres mientras hacía un gesto a su compañera.

Edith se dirigió a la mujer herida. Era una chica joven y bella, de no más de diecisiete años, cabello lacio y castaño, pómulos suaves y labios carnosos. Estaba embarazada en estado muy avanzado. Parecía dormida, con un gesto de placidez que no se correspondía con la violencia que acababa de sufrir. Le tomó el pulso con una mano y comprobó que su corazón aún latía, aunque muy débilmente. Con sumo cuidado la despojaron del basto tejido, que, empapado en sangre, había duplicado su peso. Al examinar el cuerpo comprobaron que varias balas de gran calibre habían penetrado en su cuello, pecho y piernas. Tras monitorizarla, la raya de la máquina realizó varias uves en la pantalla, pero a los pocos segundos se volvió recta, y el pitido agudo indicó que el corazón había dejado de latir. Edith iba a preparar el desfibrilador para intentar reanimarla, pero desistió al advertir que el disparo del pecho le había provocado una fuerte hemorragia, de la que difícilmente podría haberse salvado, y ya era demasiado tarde para una transfusión de sangre. Inmediatamente se colocó el fonendo con la vaga esperanza de que el bebé aún estuviera vivo, pues no había daños en su abdomen. De repente dio un brinco.

—¡Aún vive! ¡Su corazón sigue latiendo! —gritó, nerviosa—. ¡No hay tiempo, llama a Marc...!

El médico a quien acababa de expulsar del quirófano para no perturbar a la familia de la joven entró de nuevo, y en unos frenéticos instantes se enfundó la bata de quirófano para unirse a sus compañeras en la mesa de operaciones.

—¿Anestesia? —preguntó la enfermera con manos temblorosas.

—No hay tiempo, y tampoco es necesaria —dijo Edith mientras elegía el bisturí del instrumental y se disponía a realizar una cesárea de emergencia.

Los tres se afanaron durante interminables minutos sobre el cuerpo inerte de la joven, mientras que en el exterior, los gritos de protesta de la familia aumentaban de intensidad debido al regreso de Marc al quirófano. Varios miembros de la policía afgana encargados de vigilar las instalaciones los retenían para impedir que accedieran por la fuerza.

—¡Una niña! —gritó Kristen con emoción.

La bebé nació con signos de hipoxia, con la piel pálida y azulada debido a la falta de oxígeno. La enfermera la tomó entre sus brazos tras cortar el cordón umbilical y la envolvió en una sábana, pero apenas se movía.

—¡Vamos, respira...! —decía masajeando la espalda y los pies de la pequeña—. Marc, trae el oxígeno.

—No hay. Las bombonas están vacías y aún no han llegado las de reposición —replicó consternado.

Marc colocó una gasa en la boca del bebé y comenzó la maniobra de reanimación, insuflándole aire con cuidado mientras realizaba con suavidad el masaje cardíaco, pero sin resultado.

—Probemos un método más antiguo —dijo Edith.

Como última opción, la doctora agarró con una mano los tobillos de la niña, colgándola boca abajo. Después le dio unos suaves cachetes en el trasero.

De repente, el bebé sufrió un espasmo, abrió los ojos y de su garganta surgió un enérgico llanto que inundó la sala. En el exterior, los gritos de protesta de la familia y de las fuerzas de seguridad enmudecieron de repente al oír aquel precioso sonido que significaba vida. Vida después de la muerte absurda e injusta de una joven llena de ilusión que jamás conocería a su hija. Las lágrimas brotaron sin control por los ojos de Edith, contagiando también a la enfermera y a Marc, que decidió abandonar la sala mientras ellas lavaban el cuerpo del bebé.

—Así es la vida, abriéndose paso en las circunstancias más duras —murmuró Edith, mirando embelesada a la niña.

La puerta del quirófano estaba abierta ahora, pero la familia estaba inmóvil esperando a la doctora, que portaba entre sus brazos a la niña envuelta en una sábana blanca. Edith se la entregó a la mujer cubierta por un velo tan espeso como la tela que cubría su cuerpo, y vio que esta se despojaba de él con rebeldía, arrojándolo al suelo. Al tomarla en brazos, las lágrimas de dolor y emoción corrieron como ríos en una cara llena de arrugas tempranas. Cuando Kristen los informó de que la joven madre había fallecido, la mujer lanzó un alarido de dolor, apretando a la bebé bajo su pecho.

—Gracias, doctora... Gracias por salvar a la niña... —balbuceó el hombre de más edad.

Edith los miró con ternura, compartiendo con ellos aquel instante. Después regresó al quirófano. Mientras Kristen bregaba tratando de sacar las pulseras de las manos de la fallecida, Edith lavó su cuerpo con una esponja y lo vistió con un pijama del hospital con el fin de devolverlo a la familia con la mayor dignidad. La enfermera reunió las pertenencias que llevaba la joven: unos pendientes largos, varias pulseras plateadas y un colgante con una figura similar a una pequeña pera de color ámbar engarzada, todos manchados de sangre. Los llevó al pequeño lavabo que había en una esquina del quirófano y los enjuagó. Después los depositó en una bandeja mientras Edith terminaba de abrocharle el pijama e introducía en una bolsa de plástico el burka empapado de sangre. Iba a salir para avisar a los familiares cuando algo captó su atención en la bandeja de los enseres de la joven: era el colgante, que relucía brillante y libre de restos de suciedad. La piedra de color ámbar en forma de pera tenía una muesca semicircular en un lado de la panza, como si una bala la hubiera rozado antes de llegar al cuerpo de su propietaria, dejándole una marca parecida al mordisco de la manzana del logotipo de Apple. Edith lo tomó con cuidado y se lo acercó para examinar con más detalle el engarce que lo unía a la cadena, en forma de campana de pétalos cuadrados y un brillante en el centro de cada uno.

—Ni siquiera esa perla de plástico pudo evitar la bala, aunque parece que lo intentó —comentó Kristen mirando también aquella muesca tan peculiar.

—Esto ya estaba así, las balas no la rozaron... —murmuró la doctora con los ojos fijos en la joya.

Edith estaba consternada y lo último que deseaba era enfrentarse de nuevo al dolor de aquella familia a través del intérprete, así que dejó a la enfermera el desagradable trago de entregarles el cadáver de la joven. Fue entonces cuando advirtió que la ropa de uno de los hombres también estaba manchada de sangre. Se había puesto un trapo sucio en el brazo izquierdo a manera de venda para tapar una herida de bala. Era un chico joven, de cabello ensortijado e ingobernable bajo el turbante y con una espesa barba oscura. Entre la suciedad de su cara mezclada con el sudor corrían también lágrimas de impotencia.

Edith se apiadó de él y se acercó, indicándole que quería examinar su brazo, y llamó al intérprete para que la ayudara mientras le hacía la cura. El joven se llamaba Shamir, y al retirarle la tela ensangrentada descubrió una herida en la piel de unos diez centímetros que atravesaba su antebrazo izquierdo. Una bala lo había rozado provocándole aquella herida, pero no había afectado al hueso ni a los tendones. Mientras limpiaba y cosía el corte, le preguntó a través del intérprete por las circunstancias del tiroteo en el que había muerto la joven, que, como intuyó, era su esposa.

—Fue algo inesperado. —Fue traduciendo Abdul—. Habían salido al mercado y antes de llegar un coche pasó por su lado a gran velocidad. Un individuo sacó un arma automática por la ventanilla y comenzó a disparar de forma indiscriminada. Otras dos personas quedaron en el suelo, seguramente muertas. Él caminaba por el interior de la acera, por lo que su mujer se llevó la peor parte.

Cuando terminó la cura, Edith cogió la bandeja con las joyas pertenecientes a la joven y se las entregó. El hombre tomó las pulseras con lágrimas en los ojos y se quedó con el colgante entre las manos.

—Es una joya muy bonita... —comentó la doctora.

—Era parte de la dote que aportó la familia de su esposa al matrimonio —escuchó Edith por boca del intérprete.

Ella levantó el rostro hacia el joven.

—¿Cuándo la adquirieron? —El interpelado dirigió la mirada al traductor para escuchar su pregunta y luego a ella—. No sé cómo ha llegado esa joya a la familia de su esposa —continuó Edith—, pero no creo que la tuvieran en su poder desde hace más de veinte años...

—¿Cómo sabe eso? —El joven la miró, atónito.

Edith advirtió su recelo, comprobando que había dado en el clavo. Algo se removió en su interior. Estaba aturdida por aquel hallazgo, le costaba aceptar que aquel collar pudiera haber pertenecido a su propia familia; pero era demasiada casualidad que también tuviera forma de pera, el mismo color y la misma muesca en la panza, así como el engarce de oro blanco y diamantes con uno de los pétalos torcidos. Edith trató de quitar importancia a su comentario devolviéndole una sonrisa.

—Es una joya que se puso de moda cuando yo era adolescente. La he visto en varias ocasiones —mintió lo mejor que pudo.

—Mi suegro asegura que la cadena y el engarce son de oro blanco, y que tiene diamantes auténticos.

—Sí. Es verdad. Es una joya muy especial. Mi madre tenía una igual, pero la perdió. No es fácil encontrar algo así en Kabul... —tanteó, esperando su reacción mientras vendaba su brazo con delicadeza—. Bueno, ya está. Debes volver dentro de una semana para retirarte los puntos. Procura no mojar la herida.

—¿Estará usted aquí cuando vuelva? —preguntó el joven.

—Espero que sí. Dejamos el país en un par de meses, así que tendremos tiempo de comprobar la evolución de ese corte. En cuanto a la bebé, deberá quedarse en observación unos días. Hablaré con el pediatra para que le haga el seguimiento.

—Gracias, señora —dijo el joven inclinando la cabeza en señal de respeto.

Cuando ya estaba en la puerta, el joven se volvió y miró

al intérprete para que estuviera atento a sus palabras y se las transmitiera a la doctora.

—Mi suegro me contó que encontró ese collar en las afueras de Kandahar en 1989, al finalizar la guerra con Rusia. Había un tanque soviético abandonado y varios soldados muertos alrededor. Se acercó a ellos y registró entre sus pertenencias. En el bolsillo de uno de ellos estaba esa joya.

Edith asintió, agradeciendo aquella información.

Cuando quedó sola, sus recuerdos volaron a Montreal, a 1986, cuando apenas tenía veinte años. Recordó el día en que su padre llegó a casa con aquel collar para regalárselo a su madre y les contó una historia sobre la perla marrón que colgaba de él. Decía que procedía de la famosa Cámara de Ámbar, una estancia de uno de los palacios de los zares en San Petersburgo forrada de paneles de ámbar que los nazis robaron durante la Segunda Guerra Mundial y que aún sigue desaparecida. La madre secundó a su marido, contándoles la historia de ese palacio y describiéndolo con minuciosidad. Les habló de la historia de la ciudad, de los zares, de sus calles, los puentes, las islas, los monumentos... Era una gran lectora y estaba dotada de gran imaginación, y aquel día fantaseó contándoles que el pequeño hueco semicircular que exhibía la gema había sido provocado por un disparo durante la Segunda Guerra Mundial; una mujer soldado la llevaba en el bolsillo y una bala del ejército alemán la rozó. Por desgracia no consiguió salvarle la vida a su portadora y esta murió con el trozo de ámbar clavado en el corazón.

2

Bilbao, España. 13 de junio de 1937

El puerto de Santurce era un hervidero de gente que se movía como hormigas alrededor de una gran carpa. Más de cuatro mil quinientos niños embarcaban aquella tarde en el *Habana*, un viejo carguero fletado por el agonizante gobierno de la República de España destinado a sacar del país a la población infantil que había quedado atrapada en aquella cruenta y fratricida guerra civil. La mayoría de los padres de aquellos inocentes viajeros luchaba en el frente contra las tropas sublevadas un año antes en el norte de Marruecos, al mando de un general golpista llamado Francisco Franco.

La iniciativa de aquellas masivas evacuaciones infantiles había partido de la dirección del gobierno del Frente Popular presidido por Manuel Azaña, que se vio obligado a tomar con rapidez drásticas e improvisadas decisiones. Se creó entonces el Consejo Nacional de la Infancia Evacuada, responsable de trasladar a los niños a zonas seguras con el fin de alejarlos de los bombardeos, el hambre y las penurias que estaban sufriendo millares de familias. La Central de Evacuación y Asistencia al Refugiado, junto con el Departamento de Asistencia Social, fueron los organismos encargados de coordinar la salida de España de miles de niños solos.

Durante la contienda, la información sobre este éxodo infantil se extendió en la medida en que las ciudades y los frentes antifascistas cosechaban derrota tras derrota. A través de publicaciones en diarios, organizaciones políticas y sindicatos, la población fue conociendo los pormenores de las evacuaciones, considerándolas como la única opción para librar a los niños de la violencia que se había extendido por todo el país.

En una campaña sin precedentes, el gobierno español lanzó una petición de ayuda internacional con eslóganes como POR UNA INFANCIA FELIZ o AYUDAD A LOS NIÑOS DE ESPAÑA que tuvieron una extraordinaria repercusión en todo el mundo. Países como Reino Unido, Francia, Suiza, Rusia, Dinamarca o México, coordinados por la Cruz Roja Internacional, se ofrecieron para acoger y cuidar a los pequeños repatriados hasta que la guerra llegara a su fin.

Las bombas seguían cayendo en la costa norte, y fue el bombardeo de la ciudad de Guernica dos meses antes, por parte de la Legión Cóndor alemana y la Aviación Legionaria de Italia, el que precipitó la decisión de muchos padres del País Vasco de poner a salvo a sus hijos, sacándolos del país de forma temporal.

Las listas se abrieron hasta cubrir el cupo. Los criterios esgrimidos para aceptar a los niños se basaban en su «situación de riesgo», en el caso de los niños abandonados o huérfanos, y al resto se los apuntaba por deseo expreso de sus padres, la mayoría militares y combatientes en el bando republicano, políticos o sindicalistas de izquierdas, que firmaron una autorización para que sus hijos viajaran solos al extranjero adjuntando un informe del sindicato o del partido político para confirmar su militancia. Entre los años 1937 y 1939 se realizaron cuatro expediciones en las cuales más de treinta y cuatro mil niños fueron evacuados de España y dispersados por toda Europa y América Latina. Jamás en la historia de la humanidad se había producido un éxodo tan numeroso y singular protagonizado casi en exclusiva por niños solos.

Aquel sábado lucía un sol espléndido en Bilbao, a pesar de las nubes negras del horizonte que los cañonazos lanzados hacia la costa por los barcos del bando fascista desde mar adentro dejaban como rastro. En el puerto de Santurce se había instalado una gran carpa para organizar el embarque. A cada niño se le ofrecía un cartón de color azul o rosa que debían llevar prendido en su ropa, en el que estaba escrita su identificación y el lugar de destino. Al caer la tarde, el capitán dio la orden de bajar la pasarela del barco y comenzaron a embarcar los pequeños de entre cuatro y catorce años. Algunos iban sonrientes, con el puño en alto o sosteniendo sobre los hombros a sus hermanos más pequeños. Otros lloraban, sujetando con una mano su escuálido equipaje y agitando la otra para despedirse de los padres, que, apretujados en el muelle, contenían con angustia las ganas de llorar y gritar, con sentimientos encontrados de alivio por librarlos de los bombardeos y del hambre, y también de incertidumbre por la suerte que iban a correr sus hijos, quienes partían, indefensos, hacia una aventura desconocida.

De los casi cuatro mil quinientos niños que iniciaban el viaje aquella tarde, primero embarcaron los que se dirigían a Burdeos, unos tres mil. El resto lo hicieron después y su destino era la URSS. Con ellos viajaba un grupo de unas setenta personas entre maestros, auxiliares, médicos y educadores.

Era ya de madrugada cuando el barco levó anclas mientras varios cazas de fabricación rusa sobrevolaban el puerto de Bilbao, con el fin de proteger su salida hacia aguas internacionales. En el barco había un ambiente de nervios y gritos infantiles que llenaba de ingenuidad aquella incierta oscuridad.

Rafael Celaya Iturgáiz había nacido en Bilbao. Era alto y espigado, de cabello castaño y rebelde, ojos redondos y cejas pobladas. Tenía catorce años y viajaba con su hermano Joaquín, de cuatro. Su padre fue minero y estuvo afiliado a la CNT. Había fallecido seis meses antes luchando en las filas del frente republicano. La mayoría de los vecinos de su barrio habían inscrito a sus hijos para sacarlos fuera de España, y aunque su madre tenía serias dudas sobre si hacer lo mismo con sus dos únicos hijos, Rafael la había animado a hacerlo. Iba a ser una estancia corta, de solo unos meses hasta que terminara la guerra. Después volverían a reunirse. La madre los apuntó a última hora al evidenciar que los bombardeos eran cada vez más frecuentes y cruentos. Solo cuando habían embarcado y recibido el cartón con la identificación, Rafael conoció que su destino era Leningrado. Él hubiera preferido Burdeos, destino de la mayoría de sus amigos del barrio, pero después pensó que sería fascinante visitar un país tan lejano e idealizado por su padre y sus compañeros del sindicato.

A su lado, en una de las colchonetas de la bodega, se había instalado un chico de gran estatura y de complexión fuerte y musculosa. Lloraba abrazado a su pobre equipaje envuelto en una tela de rayas. Por su gran envergadura, Rafael le calculó más de quince años; sin embargo, su actitud infantil y la mirada ingenua le hacían dudar. El pequeño Joaquín se acercó a él y, con gesto de gran ternura, acarició su ancho y cuadrado rostro, sonriéndole con la inocencia que solo un niño puede transmitir.

—No llores. Nosotros también estamos solos, pero mi madre nos ha dicho que volveremos pronto. ¿Quieres ser nuestro amigo? —preguntó sonriente.

El gigante se incorporó, quedándose sentado en la colchoneta. Se limpió las lágrimas y los mocos con el dorso de la mano y sonrió por primera vez mientras asentía con la cabeza.

—¿Cómo te llamas? —preguntó.

El hermano mayor tomó entonces la palabra.

—Yo soy Rafael Celaya y este pequeñajo es mi hermano Joaquín. Somos de Bilbao.

—Yo me llamo Iñaki Rodríguez y también soy de Bilbao.

—¿También vas a Rusia?

—Sí. Creo que lo pone en mi cartel. No sé leer... —dijo levantando la mano para mostrar el cartón con sus datos que aún llevaba colgado en su muñeca—. Yo no quería irme, pero mi tía me apuntó. —El labio inferior le empezó a temblar y las lágrimas regresaron a su rostro—. Mi tía es muy mala... —dijo ya envuelto en sollozos—. Mi padre está en el frente y no sabemos nada de él desde hace seis meses. Cuando una bomba cayó en mi casa nos tuvimos que ir a vivir con ella... Mi madre está enferma y no puede cuidar de mis dos hermanas pequeñas, por eso mi tía me mandó aquí. Siempre me estaba pegando... Yo quería quedarme con mis hermanas y mi madre, y ni siquiera sé si mi padre está bien, no pude despedirme de él. —Ahora aullaba de dolor, limpiándose el rostro con el puño de la camisa—. Estoy seguro de que cuando se entere de que mi tía me ha metido aquí irá a buscarme a Rusia...

El pequeño Joaquín se sentó a su lado y le abrazó con ternura. Era un niño risueño, de pelo castaño claro lacio y pecas en el rostro. Después se aupó poniéndose de rodillas y lo besó en la mejilla.

—Nosotros vamos a ser tu familia. —Y mientras rodeaba con su bracito el extenso cuello de su amigo se dirigió a su hermano—. A partir de ahora, Iñaki será nuestro primo, ¿vale?

Rafael afirmó con la cabeza y les dedicó una sonrisa a ambos. Hasta entonces no había advertido que aquel gigantón iba a necesitar ayuda, pues, a pesar de su corpulencia, su edad mental parecía semejarse a la de Joaquín.

Nadie concilió el sueño aquella noche debido a la emoción de iniciar un viaje sin sus familiares y por las precarias condiciones en que lo hacían, sobre todo los que tenían como destino la URSS, hacinados en la bodega del buque; los que se quedaban en Francia disponían de camarotes. Apenas habían zarpado cuando el sol iniciaba los primeros rayos de luz en el horizonte. Los niños exploraban con curiosidad la cubierta del *Habana*, moviéndose de un lado a otro con total libertad. Al cerciorarse de que su hermano estaba vigilado por los adultos que los acompañaban y por Iñaki, Rafael decidió dar una vuelta por si encontraba a algún amigo de la escuela o del barrio. Su mirada se detuvo entonces en una chica morena más o menos de su edad, de pelo corto y castaño recogido en una coleta. Tenía un perfil bonito, con nariz algo respingona, pecas en las mejillas y usaba gafas de concha. Vestía ropa bonita y elegante, diferente a la del resto de las chicas, la mayoría hijas de obreros o mineros. Estaba sola, apoyada en la barandilla, y miraba ensimismada hacia el mar. En medio de aquel detallado examen, ella giró el rostro y tropezó con los ojos del chico, que al verse descubierto sintió un ligero calor en las mejillas.

—Hola —dijo la joven dirigiéndole una sonrisa—. ¿Cómo te llamas?

—Rafael.

—Yo soy Victoria Eugenia, aunque todos me llaman Victoria —dijo volviendo la mirada hacia el exterior—. Es bonito el mar, ¿verdad? ¿Habías visto alguna vez tanta agua?

Rafael se acomodó junto a ella y dirigió también su mirada al frente.

—¡Claro! Soy de Bilbao. ¿De dónde vienes tú?

—De Barcelona.

—¿Y no has visto el mar en Barcelona? —preguntó con incredulidad.

A pesar de su corta edad, Rafael era un niño despierto y brillante. Hasta hacía unos meses estudiaba en el colegio con el maestro don Evaristo y era el primero de su clase. A causa de la guerra, había aprendido la geografía de España en el mapa, donde el profesor iba señalando las ciudades que iban cayendo en manos de los nacionales. Sabía que Barcelona aún era libre, aunque las revueltas internas entre los partidos de izquierdas habían convertido la ciudad en un lugar peligroso para vivir.

—No. Solo he estado allí unos meses y apenas salí del orfanato adonde me llevaron. Soy de Madrid.

—Eres huérfana... lo siento... —dijo con ingenuidad.

—Mi padre murió hace un año, cuando luchaba en la milicia republicana, y mi madre murió hace seis meses de tuberculosis. Un hermano de mi madre me llevó con él a Barcelona y al poco tiempo lo llamaron a filas. Su mujer no podía cuidarme y me llevó al orfanato. Ya no tengo a nadie, porque sé que mi tío ha muerto...

—¿Te lo dijo tu tía?

—No. Pero yo lo sé —dijo mientras posaba su inexpresiva mirada en la del chico, que quedó algo inquieto—. Tú no viajas solo, ¿verdad?

—Eh... ¡No! Mi madre se ha quedado en Bilbao y viajo

con mi hermano pequeño. Espero que esta guerra termine pronto y volvamos a casa.

«¿Me habrá visto al embarcar junto a Joaquín?», se preguntó Rafael.

—No pareces entusiasmado con la idea de volver... —dijo Victoria.

De nuevo sintió desazón junto a aquella chica. Parecía conocer de él más de lo que le había contado, y eso lo incomodaba. En su fuero interno esperaba que el regreso se dilatara algo más que unos meses. Desde que su padre había muerto, las cosas en casa no iban bien. La madre de Rafael trabajaba limpiando en los hogares de las familias pudientes del pueblo, y él echaba una mano al panadero del barrio, que remuneraba su trabajo con algunas hogazas de pan, aliviando así el hambre que estaban pasando. Había tenido que dejar la escuela y trabajaba en lo que podía para llevar algo de dinero a casa, pero las bombas caían cada vez más cerca. No, no quería volver a Bilbao en un tiempo. Adoraba a su madre, pero deseaba conocer mundo también. A él le habría gustado viajar sin la fastidiosa carga de tener que cuidar a su hermano pequeño. Pero al recordar el rostro lleno de lágrimas de su madre suplicándole que cuidara bien del benjamín de la familia se estremecía. Aquello era un deber, una responsabilidad que ella había depositado en él y debía cumplirla como un hombre. Era el hermano mayor, para lo bueno y para lo malo.

—Bueno, desde que están cayendo bombas por todas partes estaremos más seguros fuera de España, ¿no crees?

—Sí. Eso creo. Ojalá algún día no tengamos que lamentar haber salido...

—¿Qué quieres decir? —De nuevo Rafael se sintió inquieto.

De repente, murmullos y gritos infantiles invadieron la

cubierta, y Rafael advirtió que todos dirigían la mirada hacia la zona opuesta de donde ellos estaban.

—¡Un barco! —gritaban con algarabía los niños, señalando al horizonte—. ¡Y está haciendo señales con las luces...!

Rafael divisó la cabina del capitán, que estaba en alto, y advirtió un rictus de ansiedad entre los miembros de la tripulación.

—¡Es el *Cervera*! —murmuró un adulto cerca de los jóvenes.

—¡Mecachis! —exclamó Rafael—. El buque *Almirante Cervera*, el chulo del Cantábrico. Como se acerque a nosotros vamos a ir al fondo del mar...

—¿Es un barco enemigo? —preguntó otro niño.

—Sí. Ha estado todo el invierno bombardeando Gijón y los alrededores. Incluso se coló en Portugalete y bombardeó la base de submarinos de la República... —explicó un adolescente.

Rafael observó el rostro de preocupación de las educadoras situadas a su lado. Una de ellas susurró al grupo:

—Los nacionales han impuesto el bloqueo por mar en todo el Cantábrico. Esperemos que aparezcan los acorazados ingleses que andan por aquí para proteger a los barcos de la República...

Durante un buen rato, la joven tripulación del *Habana* observó cómo el buque iba acercándose lentamente y aumentando cada vez más de tamaño ante sus ojos.

—¡Mira, están encendiendo luces! ¡Están de fiesta...! —gritaron entusiasmados los más pequeños, ajenos al peligro en ciernes.

—¡Allí...! —Victoria alzó la cabeza hacia el cielo y señaló con el índice a su izquierda, pero Rafael no vio nada.

Instantes después, un imperceptible zumbido comenzó

a sonar e iba en aumento, y unos puntos en el cielo en el lugar donde la joven había señalado comenzaron a materializarse.

—¡Los chatos! ¡Ya han llegado! ¡Por fin! —exclamó una maestra.

Cuatro aviones Polikárpov I-15 de fabricación rusa que los soviéticos habían suministrado al gobierno de la República durante la contienda aparecieron en el cielo y se dirigieron hacia el buque *Cervera*. En pocos minutos, y tras situarse sobre este, los cazas regresaron y comenzaron a volar en círculos sobre el *Habana*. Los niños observaban, embobados, aquel «juego», saludando a los pilotos con las manos y siguiendo su trayectoria. Mientras tanto, el buque enemigo había aminorado la marcha y los seguía ahora más despacio. Una hora después habían llegado a aguas internacionales y el *Cervera* había desaparecido. Los cazas rusos que los escoltaron durante un buen trecho iniciaron el regreso a la costa.

El sol estaba ya alto en el horizonte cuando los responsables de la expedición comenzaron a organizar el turno de desayuno. Todos se pusieron en fila de forma más o menos ordenada para ir recibiendo café y un trozo de pan negro. Los tres amigos se dispusieron a disfrutar del frugal desayuno y se sentaron en un rincón en la popa del enorme buque mientras hacían nuevas amistades con sus compañeros de viaje. Los amigos que procedían del mismo pueblo iban siempre juntos, al igual que un grupo de cuatro hermanas y varios primos que compartían aquella aventura.

Entre el personal acompañante había jóvenes a cargo de grupos de huérfanos que habían sido trasladados desde diferentes orfanatos de Madrid, Valencia y Barcelona. El pequeño Joaquín hizo amistades entre estos, y el gran Iñaki se unió a sus juegos ante el asombro de los pequeños, que al principio lo miraban con curiosidad. Solo cuando comenzó a hablar y jugar con ellos advirtieron que era un niño como ellos encerrado en un enorme cuerpo. Iñaki solía estar siempre junto a los hermanos Celaya, pues se sentía seguro al lado de Rafael, como si fuera su hermano mayor.

Llegó la noche y cayeron agotados. En la oscuridad de la bodega, en las colchonetas y pegados unos a otros como sardinas en lata, se escuchaban llantos y lamentos. El barco daba grandes sacudidas y los pequeños sufrían mareos y vómitos. Algunos corrían hacia una de las esquinas donde habían colocado letrinas, aunque a veces no conseguían llegar a tiempo. El pequeño Joaquín se acurrucó entre Rafael y su nuevo amigo, que le ofreció su musculoso brazo como almohada.

Al día siguiente, y tras una larga espera en cola para recibir un plato de judías duras y otro trozo de pan negro, Rafael y Joaquín, acompañados de su enorme amigo, se dispusieron a comer sentados en el suelo, a la sombra de un bote salvavidas que pendía sobre sus cabezas.

—No me gustan estas alubias. Están duras —se quejó el pequeño del grupo, ofreciéndoselas a Iñaki.

—Debes comerlas —replicó este rechazándolas—. Tienes que ponerte grande como yo.

Joaquín negaba con la cabeza. Entonces Iñaki rebuscó en su hatillo de tela y sacó un trozo de cecina. Apoyándolo en su rodilla, cortó una loncha con la afilada navaja que guardaba en el bolsillo y se la ofreció al pequeño, que la aceptó con entusiasmo. Después ofreció otra a su hermano mayor.

—Gracias, Iñaki, pero no debo aceptarla. Es tu comida y seguro que tienes más apetito que yo.

—No importa —sonrió con bondad—. Yo me comeré

las alubias de Joaquín; me gustan mucho, aunque estén mal cocidas. Tengo unos cuantos trozos más, y chorizos... —dijo abriendo la talega de tela y mostrando el contenido a los hermanos—. Los cogí de la despensa de mi tía sin que ella lo viera —confesó con un pícaro gesto. Al sonreír se le formaban sendos hoyuelos en las mejillas—. ¿Quieres otro trozo? —preguntó al pequeño, que aceptó con entusiasmo con la boca llena y alargando su mano para recibir más.

Una mujer de unos treinta años que llevaba de la mano a un niño de corta edad se acomodó en el suelo junto a ellos, sosteniendo el plato de comida con los trozos de pan. Era morena, con el pelo que le colgaba por los hombros y ojos vivos y enérgicos. Con mucha paciencia trataba de alimentar al pequeño, pero este se negaba a comer las judías.

—Hola, doña Carmen —saludó Iñaki con jovialidad.

—Hola, chicos. ¿Cómo vais? Espero que no estéis mareados —dijo mientras sentaba al niño en su regazo y con constancia mojaba el pan en el caldo, consiguiendo al fin que el pequeño tomara algo de alimento.

—¿Este niño también es del orfanato de donde viene usted? —le preguntó Rafael, que la había conocido por la mañana, cuando su hermano pequeño e Iñaki se unieron al grupo de huérfanos de Madrid del que ella era una de las responsables.

—No. Es mi hijo, se llama Alejandro. Mi marido murió hace un año, cuando él solo tenía catorce meses —dijo señalando al niño.

Carmen Valero trabajaba como cuidadora en un orfanato de Madrid, y cuando los niños fueron evacuados hacia Valencia decidió partir con ellos, pues con lo que ganaba entonces apenas le llegaba para pagar el alquiler y ofrecer cuidados básicos a su hijo. Le ofrecieron apuntarse como auxiliar y viajar a Rusia, donde le pagarían un buen sueldo, aunque para ello tenía que afiliarse a un partido o sindicato. Ella no tenía adscripción política de izquierdas, pero la necesidad de escapar de la guerra la llevó a inscribirse en la Asociación de Mujeres Antifascistas para después unirse a la UGT, donde le expidieron un certificado de afiliación que le valió para trabajar como auxiliar en aquella expedición. En unos meses, en cuanto la guerra finalizara, planeaba regresar a España con unos ahorros y comenzar de nuevo en su ciudad natal, Madrid.

Tras dos días de incómoda navegación, de mareos y vómitos durante la noche y de alborotos y gritos infantiles en cubierta durante el día, el *Habana* arribó al Puerto de la Luna de Burdeos el lunes por la tarde. Los pequeños que se quedaban en el puerto francés desembarcaron primero. Los que tenían la URSS como destino debían ser trasladados al *Sontay*, un buque francés que hacía regularmente la ruta desde Francia a Indochina, su principal colonia en Asia. Esta vez había sido alquilado por el gobierno de la República Española para ir a la Unión Soviética.

El intercambio debía ser rápido. Los chicos que se quedaban en Francia bajaron primero; los educadores se colocaron en la pasarela para ayudar con el desembarco. Después descendieron los que tenían como destino Leningrado. En el tumulto, muchos niños que habían perdido el cartel donde se indicaba el destino se confundían y echaban a llorar. Estaban solos, sin familia, a merced de unos pocos adultos cuya proporción era insuficiente en aquellos momentos de confusión. La Cruz Roja Internacional los esperaba en tierra tratando de poner orden entre el numeroso grupo de menores que se agolparon en pocos minutos en el muelle.

Rafael llevaba de la mano a su hermano Joaquín, seguido de Iñaki. Con dificultad se abrieron paso entre los tres mil chicos que se quedaban en Francia.

—¡Mira, Rafael! ¡Están dándoles bollos y chocolate! —gritó con entusiasmo el pequeño—. ¡Vámonos con ellos!

—¡Venga! —dijo el joven tirando a la fuerza de Joaquín, que se resistía a seguir caminando con la ingenua intención de acercarse a las mesas donde sus compañeros de viaje estaban recibiendo aquel manjar—. A nosotros también nos lo darán en el otro barco.

En el *Sontay* se instalaron de nuevo en las bodegas. Rafael reservó una colchoneta y colocó allí su talega y la bolsa de equipaje junto a la de Iñaki. Al embarcar les habían dado un cartón de color. Los había rosas, verdes y amarillos: eran los turnos organizados para las comidas. El pequeño se fue a la cubierta con Iñaki, mientras Rafael se quedó a ordenar el escaso equipaje que portaban. Se echó en la colchoneta y se quedó dormido debido al agotamiento, pues había pasado dos noches sin pegar ojo, rodeado de niños llorosos y mareados. Despertó sobresaltado al sentir que el barco se movía. Estaban soltando amarras y los motores se habían puesto en funcionamiento. Cuando subió a cubierta, advirtió que sus compañeros de viaje corrían y jugaban a la pelota entre gritos y juegos, vigilados por los adultos. Rafael divisó la inconfundible figura de Iñaki por la proa del barco y se dirigió a él, que jugaba a las canicas con otro chico.

—¿Y Joaquín? —le preguntó.

—No sé. Hace rato que no lo veo, creía que se había ido a la bodega contigo.

—No. Yo estaba solo. Voy a buscarlo. Seguramente estará asomado a la barandilla para ver cómo zarpamos.

Rafael comenzó a recorrer la cubierta buscando a su hermano por babor, por estribor y por la popa. Bajó a la bodega por si había regresado, pero sin novedad.

Empezó a inquietarse. Salió de nuevo y recorrió los pasillos de los camarotes superiores gritando su nombre. Después regresó a cubierta y dio otra vuelta completa hasta unirse de nuevo a Iñaki.

—¿Lo has visto? —preguntó con ansiedad al gigante.

—No. ¿Se ha perdido? —Iñaki, en su inocencia, advirtió que algo no iba bien—. Venga, vamos a buscarlo —dijo a sus compañeros de juegos.

Rafael se encontró con Carmen, la cuidadora del orfanato de Madrid, y le transmitió su preocupación. El barco había zarpado ya y se alejaba lentamente del puerto. Los adultos organizaron grupos con los niños y comenzaron a buscarlo por todos los rincones. El nombre de Joaquín, a gritos, se oía por los pasillos de los camarotes, por el comedor, por la bodega, incluso por la sala de máquinas, cuyos obreros observaban con curiosidad a pequeños y mayores.

Joaquín había desaparecido. Nadie lo había visto. Carmen habló con un miembro del Partido Comunista de España para pedirle que hablara con el capitán y que el barco regresara al puerto. El joven le dedicó una sonrisa irónica, como si hubiera escuchado un disparate. Tenía poco más de veinte años, de corta estatura, pelo negro y ojos muy oscuros. Era uno de los encargados de aquella expedición y hacía ostentación del mando con la inmadurez que su corta experiencia le otorgaba. Si un niño se había perdido no era una tragedia. Seguramente se quedó en Burdeos. Ya aparecería más adelante, le dijo.

—Pero solo tiene cuatro años y su hermano está a bordo. No podemos separarlos... —insistió Carmen ante su negativa.

—La culpa es de su hermano por haberlo dejado sin vigilancia —cortó en seco el joven, dándole la espalda para indicarle que aquella conversación había terminado.

«¡Niñato!», pensó para sus adentros la cuidadora, impotente ante aquella muestra de autoridad y desinterés.

La señal para la cena se escuchó en el barco y los niños abandonaron la búsqueda para colocarse por orden en los turnos de comida. En aquella primera noche les ofrecieron un festín de pan blanco, todo un lujo, con arroz, patatas cocidas y sopa de verduras. Los chicos miraban con asombro a los miembros de la tripulación de raza asiática y hacían bromas entre ellos. Rafael apenas probó bocado. Iñaki, a su lado, apuró los platos que su amigo rechazaba, a pesar del gesto de pesadumbre que mostraba también.

—No debes preocuparte; seguramente está con el grupo que se quedó en Francia. Él volverá antes que nosotros a España —lo consolaba el gigante.

—Pero es demasiado pequeño. Ni siquiera sabrá decir su dirección... Mi madre me hizo responsable de él... —dijo con lágrimas en los ojos—. Y lo he perdido... ¿Cómo voy a explicárselo?

Carmen se acercó a su mesa al verlo compungido. Sentó a su hijo en una silla a su lado y tomó la mano del joven.

—He hablado con el responsable del Socorro Rojo Internacional que viaja en el barco. Me ha dicho que en cuanto lleguemos a Leningrado se pondrá en contacto con la Cruz Roja de Francia para que localicen a tu hermano.

—¿Y si se cayó al mar? —preguntó con la voz quebrada.

—¡No digas eso, Rafael! —suplicó Iñaki haciendo pucheros.

—La pasarela estuvo abierta hasta unos minutos antes

de zarpar —lo tranquilizó la maestra—. Nadie controlaba quién subía o bajaba. Seguramente se distrajo, o se unió a algún niño de su edad y bajó a tierra...

—Él quería chocolate, se lo estaban dando a los chicos que se quedaron en Francia... —murmuró Rafael—. Ha sido culpa mía, me quedé dormido, estaba tan cansado... Creí que estaba contigo... —dijo mirando a Iñaki, quien rompió a llorar con desconsuelo.

—Lo siento... —exclamó, estallando en fuertes convulsiones—. Yo quería mucho a Joaquín... Era mi amigo... Se ha perdido por mi culpa...

—Vamos, chicos... —Carmen estaba conmovida—. Tenéis que ser fuertes. Él estará bien, lo habrán acogido en un colegio o con alguna familia, como a los otros. En pocos meses volveréis a estar juntos en vuestro hogar...

Iñaki escuchó el amargo llanto de Rafael aquella noche en la colchoneta. Se había colocado a su lado y le acariciaba la cabeza en un tierno intento de consolarlo. Pero la edad de la inocencia había pasado para el joven como un ciclón. Aquel día maduró de golpe, asumiendo que serían en adelante sus actos los que marcarían el porvenir. Un porvenir incierto e inquietante, lleno de remordimientos por haber fallado a su madre, a Joaquín, a él mismo. Se sentía señalado por el resto de los compañeros de viaje como el inútil que perdió a su hermano, un irresponsable que no supo cuidarlo ni protegerlo. El tormento le sobrevenía cada vez que cerraba los ojos y veía la mirada de reproche y dolor de su madre. Les había fallado a todos... Aquella pesadumbre se convirtió en su triste compañera de viaje, y el sentimiento de culpa lo acompañaría el resto de su vida, marcando su devenir.

Aquella mañana estaba nublado y hacía frío. El barco navegaba por el mar del Norte con destino a la URSS y los chicos se arremolinaban por la cubierta entre juegos y carreras, ilusionados con la nueva aventura que les aguardaba en tierra. Sin embargo, los cuidadores y los niños mayores conocieron la triste noticia de que Bilbao había caído ante las tropas nacionales. Muchos de los adultos que habían embarcado como voluntarios tenían intención de regresar en cuanto el barco zarpara de regreso. Ahora, la incertidumbre les hacía plantearse quedarse allí aguardando la próxima expedición, a la espera de acontecimientos. En España se libraba una guerra brutal: había hambre, destrucción, violencia y odio entre vecinos, entre amigos, entre familias.

—¿Qué pasará ahora? —preguntó Victoria, la joven que Rafael conoció días antes a la salida de Bilbao.

—No lo sé. Mi madre está allí. Espero que no le haya ocurrido nada... —replicó el chico.

Durante unos instantes quedaron en silencio, contemplando extasiados el paisaje que se abría ante ellos a ambos lados. Estaban cerca de su destino final, en el golfo de Finlandia. A la izquierda divisaban tierra finlandesa y en el otro extremo los montes de Lituania. Pronto llegarían a Leningrado.

—Estoy deseando conocer Leningrado. He leído tanto sobre los palacios, las salas de arte y las riquezas que hay allí... Antes se llamaba San Petersburgo y era la residencia de los zares, que eran como los reyes en España. ¿Sabes que en uno de ellos hay una habitación cuyas paredes están cubiertas de ámbar y de oro? Lo he visto en fotos y debe de ser una maravilla contemplarlos de cerca, ¿no crees? Yo lo estoy deseando —concluyó Victoria con entusiasmo.

—No he oído nunca hablar de la ciudad adonde vamos,

ni siquiera sé nada de Rusia. Solo que el sistema político es socialista y que el poder lo tiene el pueblo. Escuchaba a mi padre y sus amigos comentar que allí todos son iguales, que no hay ricos ni pobres y todos son felices.

—Eso cuentan. Pronto lo comprobaremos.

3

Kabul, Afganistán. Junio de 2004

Habían pasado tres semanas desde el incidente con la joven fallecida y del hallazgo de la perla de ámbar que había llenado de inquietud a la doctora Lombard. La lluvia había cesado aquella mañana y Edith subió a la azotea del hospital, como lo hacía cada día desde que se instaló un año antes en el edificio anejo destinado a los residentes internacionales. Adoraba aquellos momentos de soledad para disfrutar de sus recuerdos más bellos. Aquel día regresó a las partidas de ajedrez con su padre. Desde la primera vez que se sentó frente a él para jugar, no la dejó ganar. Decía que tenía que sobrevivir por sí misma, que debía aprender a pensar, a estar atenta y adelantarse a los movimientos del otro. «Observa tus posiciones —decía—. Vigila tus flancos, presta atención. Tu oponente está tan expuesto como tú. Sé más lista que él...»

Ahora pensaba en el regreso a una casa familiar que estaba vacía. Meses antes de decidirse a viajar a aquel país perdido en el mapa, Edith había vivido una experiencia traumática de la que aún no se había recuperado, a pesar de que durante aquel año de duro trabajo se había propuesto no pensar en ello. Añoraba a su padre, un hombre tranquilo, bondadoso y protector. Evocó su niñez, cuando iba a diario después del colegio a la tienda de juguetes que él regentaba en Quebec. Era un apasionado del ajedrez y vendía modelos únicos procedentes de cualquier país del mundo. Entre los preferidos de Edith estaban los de cristal de Murano, o los franceses, cuyo rey era la figura de Napoleón, o los llegados de Perú, con un ejército de indígenas vestidos con sus mejores galas frente a los conquistadores españoles con cascos plateados. También se especializó el negocio de su padre en juguetes de aeromodelismo. Vendía maquetas para montar aviones y era un gran experto, hasta el punto de que consiguió ser contratado como asesor y diseñador en una fábrica de aeromodelismo. Era tal su talento que los propietarios le ofrecieron más tarde una participación en el negocio. Fue entonces cuando la familia se mudó a Montreal y su padre comenzó una fulgurante carrera en aquella empresa. Años después, los propietarios decidieron venderle el negocio y él aceptó el reto. Trabajó duro, pero era tal su genialidad que consiguió aumentar la calidad de los prototipos, creando modelos más modernos y ligeros e iniciando una gran expansión de la fábrica. En solo diez años se había instalado en lo más alto en la fabricación de maquetas de aeromodelismo en el país y llegó a reunir un buen capital.

Unos pasos irregulares a su espalda la sacaron de sus recuerdos. Al girar la cabeza se topó con la mirada de Abdul, el intérprete de inglés que colaboraba con el grupo de médicos en el hospital. Era un hombre pulcro y aseado, alto y delgado, de piel blanca, aunque curtida por la intemperie, y rostro alargado con grandes surcos que recorrían desde los ojos de color verdoso hasta la barbilla. Aquel día vestía una camisa larga azul claro y un chaleco negro, además de unos pantalones anchos que asomaban desde las rodillas. Cubría la cabeza con un pakol marrón, el típico sombrero afgano. Su mirada de ojos claros era entrañable; a Edith le pareció siempre bondadosa. Nunca había cruzado una conversación con él que no fuera estrictamente de trabajo en el hospital, cuando ejercía de intérprete, aunque siempre le inspiró respeto por sus modales educados y prudentes. Su caminar era lento y desequilibrado debido a su minusvalía: había perdido el brazo y la pierna izquierda, que suplía con una prótesis.

—*Salaam* —dijo mientras inclinaba la cabeza y se llevaba la mano al corazón en señal de respeto.

—Disculpe mi atrevimiento, doctora. Sabía que la encontraría aquí y necesitaba hablar con usted a solas. Soy portador de un mensaje de la familia de Soraya, la joven embarazada que murió entre sus brazos. Shamir, su marido, me ha encargado que le entregue esto —dijo ofreciéndole una pequeña caja de latón dorado—. Su familia le está muy agradecida por haber salvado a la pequeña y desean hacerle un regalo.

—Pero yo no... —Los ojos de Edith se llenaron de lágrimas al extraer una cadena de la que colgaba la joya de ámbar por la que había preguntado al marido de la joven fallecida—. Todo esto es tan... insólito... —balbució mientras la tomaba entre sus manos.

—Le es muy familiar, ¿verdad? Es la joya que perteneció a su familia.

—Bueno... no lo sé, no estoy segura de que sea la misma. Mi madre tenía una igual, pero...

—Su corazón le dice que es la misma —cortó Abdul con amable firmeza.

—Yo...Verá, Abdul, es una larga historia. Creo que sí, que es esta misma. Mi madre murió en un atraco que se produjo en nuestro hogar. Yo estaba allí cuando pasó, en 1986.

Estábamos solas y un grupo de hombres entró violentamente en casa. Mi madre me indicó que me escondiera detrás de las cortinas. Desde allí escuché con pánico e impotencia cómo la golpeaban y la obligaban a abrir la caja fuerte. Cuando salían con el botín, uno de ellos se volvió hacia mi madre y... le disparó. —Bajó la cabeza con dolor.

—Entiendo. Debió de ser muy duro...

—Yo oí sus gritos y los de ese hombre... Estaba paralizada tras la cortina. Cuando se hizo el silencio me asomé con terror y vi el cuerpo de mi madre en un charco de sangre.

—¿Llegaron a detenerlos, pudo identificarlos?

—No. Iban encapuchados; los oí hablar en un idioma que no entendía entonces. Al final solo recordé una palabra que repetían cuando se marchaban: *Davay, davay!*

—Eso significa «¡vamos!» en ruso...

—Lo sé. Los investigadores informaron a mi padre sobre unas bandas de ladrones procedentes de países del este de Europa que operaban con extrema violencia en Canadá. Y por una casualidad inexplicable, este collar aparece en Afganistán, en el bolsillo de un soldado ruso muerto durante la guerra, y vuelve a mis manos después de tanto tiempo...

—¿Usted cree en el destino?

—Nunca me había tomado en serio esa discusión. Pero ahora... Esto parece cosa de brujería. Mientras más la miro, más convencida estoy de que se trata de la misma joya. Me inquietó la primera vez que la vi en el cuerpo de la chica fallecida... Parece que el destino ha decidido que vuelva a casa.

—Ahora entiendo por qué era tan importante para usted. Me alegro de que la haya recobrado. Me refiero a la joya. Su madre siempre estará a su lado. Igual que Soraya estará siempre junto a Maryam, la pequeña recién nacida.

Edith lo miró emocionada con los ojos llenos de lágrimas, agradeciendo sus palabras de aliento.

—Tiene usted un gran corazón —continuó el hombre—, se preocupa por los demás sin pedir nada a cambio. Merece ser feliz, a pesar de su soledad. No cambie nunca, Edith. —Era la primera vez que Abdul la llamaba por su nombre.

—No soy tan buena... Si usted supiera... —susurró, limpiándose las lágrimas con el dorso de las manos.

—Su corazón lo sabe. Escúchelo y deje de distraerse con voces y pensamientos que no la benefician. Observo que soporta una pesada carga de sufrimiento y eso la hace más humana.

Edith lo miró con ternura.

—¿Sabe? Me recuerda usted a mi madre. Ella también parecía leer mis sentimientos sin tener que contarlos.

Se quedaron en silencio.

—Es bueno tener a alguien en quien confiar —sonrió Abdul con bondad—. Es hora de regresar —dijo mientras se dirigía hacia la puerta.

Edith se quedó unos minutos más examinando el trozo de ámbar, tratando de explicar lo inexplicable, intentando convencerse de que aquellas casualidades no ocurrían en el mundo real, de que aquel collar no era el que un día su padre le regaló a su difunta madre... ¡Cuántos recuerdos le vinieron de repente de su niñez, cuando vivían en la casa de Quebec! Durante las frías y nevadas tardes de invierno la familia se sentaba alrededor de la chimenea y su madre les contaba las aventuras de unos niños que vivían felices en un próspero reino hasta que un perverso general se sublevó, iniciando una guerra. Las familias montaron a sus hijos solos en un barco para librarlos de la muerte mientras sus padres luchaban contra los rebeldes. Muchos de aquellos niños habían perdido a su familia, pero otros dejaron en tierra a sus madres, hermanos y amigos. El barco navegó durante días hasta que arribaron a un país muy lejano...

Aquellas historias infantiles que sus padres adornaban con bellas descripciones y divertidas travesuras regresaron en tromba a la memoria de Edith. Pensó en su difunto hijo, Alexis. ¡Cómo habría disfrutado ella sentándolo en su regazo para contarle aquellos cuentos...! Unas lágrimas brotaron con rebeldía de sus ojos. Edith se las limpió con un gesto de rabia y se dirigió hacia las escaleras para regresar al trabajo.

4

Leningrado, URSS. 22 de junio de 1937

La ciudad de Leningrado se había echado a la calle para recibir a los «niños del heroico pueblo español» rescatados de los horrores de la guerra civil que se estaba desarrollando en España. El cortejo estuvo rodeado de flores y bandas de música. Las banderas rojas de la Unión Soviética y las tricolores de la República Española ondeaban al paso de los pequeños, que con ingenua alegría desfilaban con el puño en alto ataviados con el gorro de milicianos y cantando el *Himno de Riego* o *La Internacional*.

Iñaki iba pegado a Rafael formando dos filas y observando, entre extrañado y abrumado, la exaltación de la gente por las calles, que aplaudía a su paso gritándoles frases que no entendían y tratando de romper el cordón policial —algunos lo consiguieron a lo largo del recorrido— para abrazarlos y besarlos. Había hombres con cámaras fotográficas y otras más grandes de cine filmando con frenesí el cortejo infantil. Algunos periodistas se acercaron a los niños colocándoles el micrófono en la cara, preguntándoles por la travesía o por su lugar de procedencia. Algunos contestaban entusiasmados, sintiéndose protagonistas inesperados en la película de una nueva vida que apenas empezaba y que había dado un vuelco radical. Allí no había guerra, ni bombas, los edificios estaban enteros y eran diferentes a los de Bilbao o Madrid. La gente parecía feliz y vestía ropa limpia.

—¿Todo esto es por nosotros? —preguntó Iñaki con ingenuidad—. Pero ¿qué hemos hecho?

—Sois unos héroes, chicos. —Carmen Valero, la auxiliar que los había consolado durante la travesía tras la pérdida de Joaquín, caminaba entre ellos de la mano de su pequeño y controlando las filas—. El pueblo ruso desea ayudaros y os acoge como héroes. Aprovechad bien estos meses. Cuando regreséis tendréis muchas anécdotas que contar, como este recibimiento.

—¡Cuando se lo cuente a mis hermanas pequeñas...! —sonrió el grandullón.

Rafael asistía a aquel espectáculo con gesto sombrío. Había dormido poco durante la travesía desde el puerto de Francia, en parte por la angustia por su hermano y también por las pésimas condiciones del viaje, a las sacudidas que daba el barco al navegar por las aguas del mar del Norte. Ya estaban al fin en tierra firme, a pesar de que su mayor deseo en aquel momento era embarcar de nuevo y regresar a Burdeos para buscar a Joaquín.

Las imágenes de la llegada de los niños a Leningrado filmadas por periodistas del Hinozhurnal, el medio oficial del gobierno soviético, dieron la vuelta al mundo. Las cámaras grabaron con detalle tanto la amarga despedida de sus familiares desde el puerto de Santurce como la apoteósica llegada a la URSS de estos hijos de combatientes republicanos. El pueblo soviético, que seguía a diario el desarrollo de la guerra española incluso en las escuelas, se volcó con los pequeños héroes, acogiéndolos temporalmente con generosidad hasta que la guerra de su país terminara con la victoria del gobierno republicano legítimamente elegido en las urnas, cuyos leales combatientes seguían luchando ferozmente contra los sublevados.

Tras los fastos de la llegada, los niños fueron instalados en hoteles mientras se adecuaban las casas donde serían alojados durante su estancia en la Unión Soviética. Después llegaron las duchas colectivas. Uno de los más conflictivos fue el gran Iñaki. Nunca se había desnudado en público y no tenía intención de hacerlo ahora. En un momento de descuido, se escabulló de la sala y corrió escaleras abajo sin rumbo fijo, con el único propósito de escapar de aquella humillación. Sin embargo, en la puerta se topó con dos corpulentos militares que le conminaron a regresar con gesto amable.

Rafael había salido tras él para traerlo de vuelta, y cuando lo vio aparecer de regreso lo tomó por los hombros, acompañándolo hacia los baños. El resto de los niños se había trasladado a otra sala y los dos amigos quedaron solos en las duchas. Pasaron después a un salón donde las cabezas de los recién llegados estaban siendo examinadas con meticulosidad y advirtieron con temor que, en el extremo opuesto, varios hombres emprendían sin piedad el rapado del pelo de la mayoría de sus compañeros.

—¡Fuera piojos! —dijo una mujer rusa de gran corpulencia en un penoso español—. Nuestro difunto gran líder, Lenin, dijo: «O la Revolución acaba con los piojos, o los piojos acaban con la Revolución».

—¡A mí no me van a rapar! —exclamó un chico que hacía fila delante de los dos amigos—. Yo no tengo piojos...

Rafael descubrió una fiereza inusual en su mirada. Lo

reconoció enseguida porque se había visto envuelto en varias peleas durante la travesía. Tenía más o menos su edad, era delgado, de cabello rubio ceniza y lacio. Debido a su rebeldía, uno de los maestros españoles se había ensañado con él varias veces propinándole varias bofetadas y separándolo del resto de los niños durante las comidas.

—Eso lo vamos a ver ahora mismo —dijo una mujer española que colaboraba con el grupo de auxiliares rusas examinando las cabezas de los niños—. Ven aquí y siéntate. ¿Cómo te llamas?

—Manuel Jiménez. ¡Yo jamás he tenido piojos! —exclamó con insolencia—. Me lavaba la cabeza casi a diario en mi casa.

La mujer lo miró sin acritud, y con extrema paciencia le explicó que solo sería un examen. Si estaba limpio, no le pasaría la máquina de rasurar. El chico miró a Rafael, quien le guiñó un ojo indicándole que no se buscara más problemas. Mientras tanto, el pelo de Iñaki caía ya sobre sus hombros bajo la implacable máquina del barbero.

Pasaron después a otra gran sala donde les ofrecieron ropa nueva. A los más pequeños los vistieron de marineros, con gorros y pañuelos rojos de pioneros anudados en el cuello. Iñaki se miró en el espejo y soltó una carcajada que hizo más pronunciados los hoyuelos de sus mejillas. Había sustituido sus andrajosas ropas por un pantalón largo con tirantes, aunque le quedaba algo ajustado, y una chaqueta con galones en la bocamanga y botones dorados que apenas le cerraban; culminaba su atuendo con una gorra de paño azul y visera acharolada.

—¡Parecemos comandantes de barco...! —exclamó el grandullón a Rafael, que vestía igual, quitándose la gorra e inclinando su cuerpo hacia delante a modo de saludo.

—Estas ropas son ridículas... —murmuró a su lado Manuel Jiménez, que había conservado su pelo lacio y rubio y se miraba con desagrado en el espejo enfundado en su traje de almirante—. Yo prefiero las camisas que traigo en la maleta con mis iniciales bordadas.

Al oír su comentario, uno de los chicos con aspecto demacrado y recién rapado sonrió, exhibiendo dos grandes paletas separadas y torcidas hacia afuera que le forzaban a tener el labio superior más avanzado en la cara.

—¿Acaso vienes de un palacio? Ni que fueras marqués, don Manuel —se burló abiertamente—. En la mina donde mi padre trabajaba no daban pagas para bordar la ropa, ni siquiera para vestir con decencia a todos mis hermanos. Es la primera vez que tengo un pantalón largo, ¡y con tirantes...! —añadió introduciendo los pulgares en estos y haciendo un gracioso gesto.

—No soy un marqués, ¡estúpido! —exclamó con rabia acercándose al chico con furia—. Mi padre es piloto militar y estaba al mando de la escuadrilla de aviones rusos que escoltó al *Habana* cuando salimos de Bilbao. Tú quizá no te diste cuenta, pero el avión que pilotaba mi padre voló más bajo para decirme adiós. Gracias a él y a sus hombres estamos hoy aquí.

—¿Estás de broma? No recuerdo que ningún chato hiciera un vuelo cerca del barco. Eres un mentiroso...

Sin pensarlo dos veces, Manuel se abalanzó sobre el chico, tomándolo de las solapas y dándole empujones y puñetazos. Iñaki, que era el más fuerte, lo agarró por la cintura y de un fuerte tirón consiguió separarlo del otro, que miró desolado cómo una de las mangas de su flamante chaqueta se había descosido debido al tirón propinado por el bravucón de las camisas bordadas. Dos profesores intervinieron para separarlos, pero llegaron tarde y confundieron a los contendientes. Iñaki sintió que uno de ellos tiraba de su oreja hasta retorcérsela. Debido al dolor, soltó a Manuel, que de nuevo salió en embestida hacia el hijo del minero. El otro maestro lo frenó en seco, colocándose delante y propinándole una bofetada en pleno rostro.

—¡Basta ya de peleas, Manuel! —ordenó con superioridad. Era un hombre de unos treinta años, de ojos oscuros y fríos, acostumbrado a imponer su autoridad a los alumnos a base de golpes si era necesario—. Si continúas con este comportamiento voy a solicitar que te lleven de regreso en el barco que zarpa dentro de dos días hacia Francia. Y tú, grandullón, como vea que abusas de tu superioridad, vas a vértelas conmigo. ¿Me has entendido? —Dirigió una amenazadora mirada a Iñaki.

—Pero si yo no he hecho nada... —replicó este con ingenuidad, a punto de echarse a llorar—. Solo quería separarlos...

—¡Basta ya! —ordenó el otro profesor.

—Es verdad, don Antonio —terció Rafael—. Iñaki solo intentaba separarlos, no ha hecho nada malo...

—¡Que sea la última vez que os veo pegaros! —concluyó el primero.

Carmen Valero intercedió por Iñaki, asegurando que era inofensivo:

—Solo necesitan un poco de paciencia —le dijo al maestro.

—La educación y la disciplina son asunto nuestro —cortó con autoridad—. Usted limítese a cuidar de la higiene y la alimentación de estos rapaces.

Entre el grupo de adultos que viajaron con los niños desde España existía una férrea jerarquía: estaban los acompañantes y auxiliares, como Carmen, que ejercía de cuidadora junto a las jóvenes voluntarias pertenecientes a partidos de izquierdas. De otro lado estaban los maestros con nombramiento oficial del gobierno, investidos de más autoridad, que mostraban una fuerte carga ideológica y un alto grado de compromiso político.

Los primeros días pasaron para todos como un torbellino. Los agasajaban a diario con comida en abundancia, excursiones y fiestas, donde la orquesta los recibía interpretando canciones típicas españolas. El Estado soviético había acondicionado numerosos edificios, en su mayoría palacios que pertenecieron a la burguesía o la nobleza rusa antes de la revolución bolchevique; algunos estaban situados en las afueras de las ciudades, rodeados de jardines o en parajes de gran belleza. También se adecuaron museos e incluso antiguos sanatorios para convertirlos en *Dietsky Dom* o Casas de Niños. Mientras se terminaban de acondicionar las casas, los niños fueron trasladados a campamentos a orillas del mar Negro en el sur del país, en la península de Crimea, donde pasaron el verano disfrutando del sol y la playa bajo una estricta vigilancia médica por parte de cuidadores españoles y soviéticos.

El mes de julio estaba a punto de concluir cuando Rafael e Iñaki regresaron a Leningrado, a una de las dos casas adecuadas para ellos. Ambos amigos fueron asignados a la casa número nueve, situada al comienzo de la avenida Nevski, una de las grandes arterias de la ciudad. En sus cuatro kilómetros de recorrido estaba reflejada la historia de la arquitectura rusa desde que la ciudad fue creada, con grandes edificios, palacios y museos majestuosamente decorados desde la época de los zares —cuando se llamaba San Petersburgo—, que contrastaban con otros edificios más recientes y austeros. La casa tenía cuatro plantas, además del sótano donde estaban los baños y duchas. Los pequeños vivían en modo de internado y tenían cubiertas todas sus necesidades sin tener que salir a la calle; incluso había servicio médico llevado por rusos y españoles.

Carmen Valero había seleccionado a Manuel Jiménez, el hijo del piloto que había tenido más de un altercado con algunos compañeros, para ocupar una de las plazas de aquel internado. Ella sentía compasión por aquel chico solitario y rebelde que, aunque pedía a gritos un poco de atención, recibía continuas bofetadas de los maestros españoles, una circunstancia que provocaba estupor entre los educadores rusos, que ofrecían un trato muy diferente. La mayoría eran chicas jóvenes con estudios universitarios que apenas hablaban el español, pero estaban dotadas de una paciencia infinitamente superior a la de los maestros recién llegados.

El día que llegó el correo se armó un gran alboroto. La mayoría de los niños estaba en el patio trasero, donde había una gran extensión de terreno para practicar deportes al aire libre. Al correr la noticia de que habían llegado cartas desde España, Rafael se dirigió al comedor donde se arremolinaban los chicos. Al ser nombrados, se acercaban a recoger su correspondencia con gran expectación. Rafael recogió la suya de manos de Carmen Valero, quien al terminar el reparto fue a ofrecerle noticias sobre su hermano. Ella se había encargado personalmente de enviar una carta a la Cruz Roja Internacional a Francia para pedir información sobre el pequeño Joaquín Celaya.

—Lo siento, no he recibido respuesta. Pero no te preocupes tanto —dijo atusando con ternura el pelo del joven—. Tu hermano debe de encontrarse bien, seguramente estará ya de vuelta en casa y quizá en el próximo correo tu madre te dirá que ha regresado.

Rafael volvió al patio trasero y se fue a un rincón apartado para leer la carta. Minutos más tarde Victoria se sentó a su lado al ver la congoja del chaval.

—¿Malas noticias?

—Es una carta de mi madre. Yo le mentí en la que le envié cuando llegamos a Leningrado. Le dije que estábamos muy bien y que Joaquín estaba conmigo. No me atreví a contarle la verdad porque estoy seguro de que se moriría de la pena. No sé qué hacer. Quiero ir de vuelta a España en el siguiente barco. Carmen también va a regresar y me iré con ella. Creo que mi estancia aquí va a ser más corta de lo que pensaba —dijo limpiándose las lágrimas con el puño de la camisa.

Iñaki llegó en aquel momento. Tenía los ojos brillantes de la emoción y estaba eufórico, agitando un sobre en la mano derecha. Iñaki no sabía leer ni escribir, y Rafael le había escrito una carta para enviar a su madre. Había recibido respuesta y se sentó junto a ellos para que se la leyeran. Victoria se ofreció a hacerlo, dado el estado de ánimo en que se encontraba su amigo.

—«Querido Iñaki. Deseo que al recibo de esta carta te encuentres bien. Nosotros seguimos pasando calamidades y hambre. Tu madre...»

Victoria guardó silencio durante unos instantes y miró a Iñaki con ternura.

—¿Qué le pasa a mi madre? —preguntó con los ojos muy abiertos.

—«Tu... madre está muy enferma... No creo que le quede mucho tiempo...»

Victoria hizo otra pausa y sintió el temblor de la barbilla del pequeño gigante. Rafael colocó el brazo sobre sus hombros y lo atrajo hacia él para ofrecerle el consuelo que él deseaba para sí mismo.

—«Tienes que ser fuerte y rezar mucho para que, cuando se vaya de este mundo, el Señor se la lleve al cielo, que es donde merece estar...»

—¿Mi tía me pide que rece? —Iñaki trató de sonreír en medio de las lágrimas—. ¡Pero si odiaba a los curas...!

—En estos momentos es el único consuelo que puedes tener, Iñaki. Rezar mucho para que cuando regreses a España puedas reunirte con ella —susurró Victoria con dulzura—. Y si Dios ha decidido llevársela, reza para que se vaya sin sufrir.

—Yo no sé rezar.

—Yo tampoco —añadió Rafael.

—Si queréis, yo puedo enseñaros —se ofreció Victoria.

—Bueno, sigue con la carta. ¿Qué más dice la bruja de mi tía?

—«... Ya veo que has tenido suerte. Si quieres te quedas ahí, que estarás mejor que en Bilbao. Tus hermanas están bien, nosotros tenemos que hacernos cargo de ellas a diario, y tú sabes lo que eso supone. Ahora que estamos solas, apenas hay nada para comer, solo un pan negro que nos vende de vez en cuando el vecino. A ver si ganas algo de dinero y nos lo mandas. Tu tía, Remedios.»

—Eso es lo único que quiere, dinero. Ojalá pudiera mandarles la comida que nos sobra aquí... —gimió el grandullón.

—Pronto volveremos a España y les llevarás mucha comida y ropa... —lo consoló Victoria.

—Sí, y podré cuidar de mis hermanas mientras mi madre se pone buena. —Una tímida esperanza asomó en sus grandes ojos—. Guárdame la carta, Victoria —dijo separándose de ellos para unirse a un grupo de chicos que iban a jugar a las canicas—. Cuando tengamos un rato libre le escribimos a mi tía, ¿vale?

Rafael y Victoria asintieron y lo vieron marchar.

—¿Qué decía en realidad la carta? Porque sé que le has mentido... —Rafael la miró levantando una ceja.

—Léela tú mismo —dijo ofreciéndosela.

Tras unos instantes, Rafael alzó la vista consternado.

—Aquí dice que su madre ha muerto, que no tenían dinero para hacerle un entierro y la han sepultado en una fosa común del cementerio. También dice que su hermana pequeña tiene unas diarreas muy grandes y que quizá se muera también... ¿Por qué no se lo has dicho? Podías haber callado lo de la fosa, pero... —Movió la cabeza con desaprobación.

—Vamos a estar aquí mucho tiempo, Rafael. ¿Qué hay de malo en retrasarle ese dolor? Su tía no debe de tenerle mucho cariño al escribirle con esa dureza. Míralo, es un niño pequeño encerrado en ese cuerpo... Además, tú también has mentido a tu madre para ahorrarle un disgusto. —Sonrió. Después se dedicaron a observar el juego de los compañeros de la casa—. Rafael, si regresas, ¿qué va a ser de Iñaki? Tú eres su sombra, él te necesita, lo estás cuidando como si fueras su hermano mayor...

—Iñaki es muy especial, algo torpe, pero leal e inocente. Cuídalo tú, Victoria. Yo debo ir a Francia a buscar a mi hermano. —Durante unos minutos quedaron callados—. ¿Y tú? ¿Has recibido noticias de tu familia?

—No tengo familia. Mis padres han muerto y solo tengo a una tía que me abandonó en un orfanato.

De repente se oyeron gritos infantiles y varios niños hicieron corro alrededor de dos de ellos, enzarzados en una pelea de puñetazos y patadas y revolcándose por el suelo. Iñaki y la pareja de amigos se acercaron para separarlos y consiguieron mediar. El chico que pegaba con más rabia era Manuel, un habitual en todas las riñas. Según contaron otros niños testigos del incidente, otro chico con el que ya había tenido varios encontronazos se había burlado de él, diciéndole que no había recibido carta porque nadie lo quería en España, que por eso lo habían mandado tan lejos. Como en todas las trifulcas, el grupo más numeroso arropó al chico que se había llevado la peor parte a manos de Manuel. Victoria y Rafael, ayudados por Iñaki, los habían separado y se llevaron a Manuel al banco que habían ocupado antes. Victoria intentó tranquilizarlo indicándole que no debía ser tan agresivo.

—No has recibido correo, ¿verdad? —preguntó Victoria con empatía.

Él la miró con rabia, y al negar con la cabeza las lágrimas acudieron a sus ojos.

—Yo tampoco, pero no debes darle importancia; quizá tu madre se ha mudado de casa, y con la guerra no le ha llegado tu carta. Debes ser fuerte. Quizá no vuelvas a ver a tu padre, pero tu madre está viva...

—¿Qué estás diciendo? —El chico saltó como un resorte, mirándola con espanto—. ¡Mi padre no ha muerto...! ¡Está vivo y pronto me reuniré con él...!

—¡Claro! Tienes razón, no he debido decir eso... —Victoria le colocó la mano en el hombro para tranquilizarlo—. Ojalá todo salga bien...

Manuel se limpió la cara y se quedó un buen rato en silencio con la cabeza hacia abajo, sentado entre Victoria y Rafael. Presentía que no iba a recibir carta alguna. Su familia estaba ya deshecha antes de que partiera de España. Sus padres nunca mantuvieron una buena relación y continuamente los oía discutir. Su padre era piloto, y durante la guerra volaba en un caza ruso del ejército republicano. La familia de su madre también tenía origen castrense: su abuelo materno era general de brigada destinado en Ceuta y se había unido a las fuerzas golpistas. La pertenencia a los diferentes bandos en el seno de su familia propició grandes debates y afectó sobremanera a la relación de la pareja. Manuel recordaba la última discusión antes de que su padre abandonara el hogar, cuando le gritó a su madre que nunca más volvería.

Él estaba en su cama y se hizo el dormido aquella noche, cuando sintió que su padre entraba en la habitación y se sentaba a su lado; pero estaba tan dolido que no quiso abrir los ojos. Sabía que aquello era una despedida y no quería aceptarla. Aún recordaba aquel último beso que le dio en la mejilla, y se arrepentía mil veces de no haber abierto los ojos, rodear su cuello y suplicarle que no se marchara. Desde entonces no había vuelto a verlo, y su madre no le daba noticias de su paradero. Odiaba a su madre. Se pasaba todo el día criticando a su marido por haber tomado la —según ella— errónea decisión de unirse al ejército republicano en vez de al del general Franco, a quien toda su familia había apoyado. Manuel estaba seguro de que lo había enviado a Rusia para vengarse del marido y deshacerse de él, pues nunca fue especialmente cariñosa con ninguno de los dos. Las palabras más amables que le había dedicado a su hijo eran que se parecía demasiado a su padre, y, durante los meses que siguieron tras su marcha, no dejó de lanzar improperios y desear que no volviera para avergonzarla de nuevo. Culpaba a su marido de haberla condenado al ostracismo entre los amigos de toda la vida. Quién le mandaría fijarse en aquel chico tan guapo, aunque con unas ideas un tanto liberales que ella pensaba reconducir cuando se casaran. El matrimonio llegó, pero al poco el amor se fue, enredado en una decepción tras otra por parte de ambos. Ella tenía un carácter fuerte, era la mayor de seis hermanos y tenía capacidad de mando, como su padre. Él también era el primogénito de la familia y nada tendente a obedecer a una mujer. El choque fue inmediato, y aunque se dieron varias treguas cuando nació Manuel, la relación siempre fue difícil entre ellos.

La Guerra Civil se convirtió en el detonante de la separación nada amistosa que tuvieron, y fue el hijo en común la víctima del odio enconado que se profesaban ya. Cuando le dijo a Manuel que iba a enviarlo fuera de España, él se negó, pataleó y lloró, suplicando a su madre que revocara aquella decisión. Pero ella se mostró inflexible y lo envió en tren a Bilbao al cargo de una criada que trabajaba en la casa. En Madrid había hablado con las autoridades republicanas indicando quién era su marido, por lo que aceptaron sin objeciones a su hijo. A partir de ese instante, Manuel pasaría parte de su vida odiando a su madre y añorando a su padre, a quien jamás volvió a ver.

Estaban en agosto y faltaba un mes para que empezaran las clases. Durante el verano los niños realizaron excursiones para conocer la ciudad visitando museos, asistiendo a conciertos o funciones de ballet. Una de las más interesantes fue la visita a Pushkin, la ciudad que fue residencia de los zares a veinticinco kilómetros de Leningrado. Los niños se dividieron en varios grupos vigilados permanentemente por educadores españoles y rusos y conducidos por una guía que les iba contando la historia del complejo real. Durante la visita del palacio de Catalina, los niños abrían los ojos maravillados al pasar por espectaculares estancias como la Sala de las Luces o el Salón del Trono. El grupo escuchaba con atención las explicaciones, haciendo comentarios elogiosos sobre aquella joya del Barroco.

Cuando llegaron a la Cámara de Ámbar, quedaron impactados al contemplar la belleza de las paredes y zócalos recubiertos por miles de fragmentos de ámbar. La guía les contó que aquel salón fue un regalo del káiser Federico Guillermo I de Prusia al zar Pedro I el Grande en el siglo XVIII y se convirtió en el orgullo de la corte de los zares. Iñaki escuchaba atento las explicaciones, y cuando supo que habían gastado seis toneladas de ámbar para cubrir las paredes, miró a Rafael y le preguntó qué era ese material.

—Es una piedra semipreciosa procedente de la resina de los árboles que se ha endurecido con los siglos. —Victoria, que había leído la historia de aquel palacio, le respondió en un susurro para no interrumpir la explicación.

—¿Y utilizan resina para adornar las casas? —Iñaki la miró con sorpresa y no pudo evitar ser oído por la guía.

—El ámbar no es una resina normal, está fosilizada y pueden pasar miles de años hasta llegar al estado en que lo veis en estos momentos. A modo de curiosidad os diré que, cuando se construyó esta cámara, su valor estaba doce veces por encima del precio del oro.

Un murmullo de admiración infantil llenó la sala, y ahora observaban con más curiosidad los muebles forrados de astillas de ámbar o los espejos decorados con marcos de oro y valiosas gemas.

—¿Vive alguien aquí? —preguntó una niña de diez años.

—No. En el siglo XVII fue la residencia de la emperatriz de Rusia, Catalina la Grande. Los últimos zares trasladaron su residencia al palacio de Alejandro, cercano a este. Es más pequeño y acogedor.

—¿Quiénes son los zares?

—Eran como los reyes en España, los que antes mandaban en este país —contestó una educadora española.

—¿Y siguen viviendo aquí? —preguntó otro chaval.

—No. Estos palacios son ahora museos —explicó la guía—. Ya no hay zares en la Unión Soviética.

—¿Y dónde están ahora? ¿Se han marchado? —Otra voz llena de ingenuidad salió del grupo.

—Todos están muertos —respondió Victoria Blanco.

—¿Cómo murieron? —preguntó una niña.

—Fueron asesinados —respondió Carmen Valero, la auxiliar amiga de Rafael.

—¿Por qué? —preguntó otro niño.

—Porque eran unos dictadores y mataban de hambre al pueblo mientras ellos vivían en estos palacios rodeados de riquezas. —Esta vez respondió uno de los chavales de más edad, con barba incipiente y granos en la cara.

—¿Cómo los mataron? —preguntó otro niño.

—A tiros, a él y a toda su familia: a sus cuatro hijas y a su único hijo, el heredero —contestó Victoria.

—¿A los hijos también? ¿Por qué? ¿Eran malos? —Iñaki miró a la guía con cara de espanto.

—Eliminaron a la generación completa porque tenían miedo de dejar alguno vivo que reclamara el trono para seguir reinando. ¿No sabes que la URSS es una república y que es el pueblo el que gobierna? —respondió otro joven.

—Pues en España no mataron a los reyes. Hubo unas elecciones, y cuando ganaron los republicanos, los reyes se fueron a otro país —comentó Manuel.

—Pero los niños no tienen la culpa de lo que hacen los padres, no tendrían que haberlos matado, ¿no crees? —Iñaki, con su ingenuidad, concluyó aquella conversación.

5

Kabul, Afganistán. Julio de 2004

El equipo de Médicos sin Fronteras destacado en Kabul era consciente de que no podría realizar todas las operaciones programadas en los treinta días que quedaban para su marcha del hospital y elaboró un listado con las más urgentes. Eran las diez de la noche cuando Edith salió del quirófano. Estaba agotada. Había perdido la cuenta de las intervenciones que había realizado aquel día y soñaba con llegar al apartamento para lavarse un poco y relajarse. Caminaba por el pasillo cuando alguien reclamó su atención. Era Abdul, el intérprete. Él también debía quedarse hasta que los médicos terminaran las operaciones para informar a los familiares.

—Hoy ha sido un día agotador, Abdul. Imagino que estará deseando volver a su casa a descansar...

—Sí, pero antes quisiera pedirle algo...

—Dígame qué ocurre.

—Verá, tengo un nieto de cuatro años y desde hace días tiene una fiebre muy alta. Le duele la garganta, apenas puede tragar y el oído le supura. Sé que puede ser una simple infección, pero está débil y le cuesta respirar. Le ocurre con frecuencia. Tiene fuertes dolores de oídos e infecciones durante todo el año. No sé si usted podría... examinarlo y ver qué le ocurre. Le pagaría la consulta...

Edith sintió una punzada de remordimiento al ver a aquel hombre que tan dignamente ejercía su trabajo suplicar ayuda para un familiar querido.

—Abdul, usted se ha ganado merecidamente un trato especial en el hospital. Tráigame a su nieto mañana temprano. Probablemente se resuelva con un tratamiento de antibióticos.

—Está aquí, en la sala de espera. No puedo dejarlo solo durante el día en estas condiciones...

—¿Y sus padres?

—No tiene a nadie, solo a mí.

—¿Lleva todo el día en la sala de espera con fiebre?
—El hombre afirmó con cansancio, y Edith no tuvo valor para preguntarle nada más, impactada por las condiciones tan duras en que trabajaba el anciano—. Vaya a por él y tráigalo a mi consulta.

El pequeño Hassan entró asustado de la mano de su abuelo. Era más bajito que la media de un niño de esa edad, pero esa circunstancia era habitual en aquel país, debido a la deficiente alimentación generalizada. Lo que más llamó la atención de Edith fue su extrema pulcritud, embutido en un blusón ancho y limpio que le sobraba por todos lados. Advirtió también el amor que Abdul sentía hacia el niño, al que acariciaba en la nuca con infinita ternura para tranquilizarlo.

Edith advirtió que estaba ardiendo de fiebre cuando le examinó la garganta, el pecho y ambos oídos, para concluir que su problema era provocado por una hipertrofia amigdalar.

—¿Ronca con frecuencia?

—Sí, a diario —respondió Abdul.

—Si estos episodios son tan frecuentes, sería conveniente extirparle las amígdalas.

—¿Operarlo? —preguntó Abdul con temor.

—Es lo más adecuado, pues esta circunstancia afectará a la salud general del niño. Estos procesos infecciosos van a repetirse con frecuencia y podría influir en su desarrollo, con problemas como la falta de audición e incluso cardíacos, al obstruirse las vías respiratorias.

—Tengo entendido que solo tienen previsto operar los casos más urgentes... —murmuró Abdul con gesto sombrío—. En cuanto ustedes se marchen del hospital, él no va a tener posibilidad de operarse...

—No tiene de qué preocuparse. Hablaré con mis compañeros para incluir a su nieto en la lista.

—Gracias, doctora. —Los cansados ojos de Abdul se iluminaron—. Jamás olvidaré su bondad.

Quedaban dos semanas para la partida de Kabul. Edith subió a la azotea del hospital para ir despidiéndose de la ciudad. Había amanecido hacía rato y el sol estaba en lo alto del horizonte. Mientras contemplaba el cielo azul de aquella mañana de julio trataba de guardar los olores, los sonidos, las imágenes de aquella ciudad a la que no pensaba regresar nunca. Había vivido con intensidad un año en el que había aprendido a coser heridas, a poner torniquetes previos a la amputación de urgencia a jóvenes, incluso a niños, a reconocer una hemorragia interna, a usar de forma ambulante desfibriladores, equipos de radiografía digital o generadores de oxígeno. Había conocido el duro y frío invierno y el caluroso verano, a militares estadounidenses y europeos, y también al pueblo afgano. Conoció también la indiferencia ante la injusticia, la intransigencia, el dolor... Cuánta muerte inútil envuelta en un fanatismo religioso que no era más que codicia o ansia de poder. Qué poco honor había hallado en aquel país, ya fuera entre las tropas extranjeras disfrazadas de «salvapatrias» o entre los mismos afganos, muchos de ellos capaces de dejar morir a un semejante si este no tenía nada con que recompensar su ayuda.

Pronto estaría de vuelta en Canadá. Iba a instalarse en la casa familiar de Montreal, que llevaba años cerrada, desde que la abandonó para casarse con Leonard. Añoraba más que nunca a su difunta madre y sus consejos para afrontar el regreso. Ella tenía un sexto sentido y con solo mirarla a los ojos o escuchar el tono de su voz a través del teléfono era capaz de adivinar su estado de ánimo. Y estaban también sus premoniciones, que tenían la rara cualidad de cumplirse en la mayoría de los casos, llegando en más de una ocasión a inquietar al resto de la familia. Cuánto la echó de menos el día en que murió su pequeño Alexis... Ahora se esforzaba por borrar el infierno que vivió en los meses previos a su llegada a Afganistán. Edith sentía cómo la sangre le subía a la cara recordando aquellos días de dolor e indignación. No fue un gesto altruista su decisión de unirse a aquella ONG, sino una huida en toda regla.

Ahora, el contacto a diario con la muerte la había hecho sentirse más viva que nunca. Le parecía que su vida anterior era eso, otra vida, y que su horizonte estaba libre de los obstáculos que ella misma había colocado en su camino. Se había redimido al fin, escuchando los dictados de su corazón, que la impulsaban a caminar con paso firme y frente alta cuando regresara a casa. Esta vez iba dispuesta a plantar batalla, aunque el dolor seguía allí, y su conciencia también.

Unos discontinuos pasos a su espalda le hicieron volver la vista hacia la puerta de acceso para toparse con los ojos bondadosos de Abdul, el intérprete.

—Perdone mi interrupción, doctora Lombard. Sé que se marcha pronto y quería... bueno, no podía dejarla ir sin decirle que es usted la mejor doctora que ha pasado por este hospital...

—Gracias, Abdul, pero creo que no merezco esa distinción. —Sonrió con modestia—. Me he limitado a hacer mi oficio. Para mí también ha sido un placer trabajar a su lado. Realmente es la única persona a quien recordaré con auténtico afecto cuando me vaya. Ha sido un ejemplo de dignidad del que he aprendido mucho.

—Por favor, no diga eso... —El anciano bajó los ojos con humildad.

—Es así como lo siento, Abdul. Es usted diferente al resto de sus compatriotas. ¿Dónde aprendió el inglés? Lo domina con mucha fluidez y con acento británico...

—Yo nací aquí, en el seno de una familia acomodada. Estudié en Londres, donde me gradué como ingeniero agrónomo. Allí conocí a mi mujer, que era de Bristol.

—¡Vaya! Jamás habría imaginado... —Lo miró, asombrada—. Hábleme de su pasado, y del país que conoció cuando no era lo que ahora estamos viendo...

—Mi familia era propietaria de grandes extensiones de tierras de cultivo en las llanuras del norte del país. Vivíamos en un gran palacete con bellos jardines en el barrio de Wazir Akbar Kan, en la zona norte de Kabul. Mi madre era profesora de Historia Moderna en la universidad. Teníamos sirvientes, profesores particulares, y pasábamos las vacaciones en la Costa Azul... ¡Ah! ¡Qué tiempos...! —Suspiró con nostalgia—. Debo reconocer que fui un privilegiado. Durante esos años la cultura estaba reservada para una minoría, entre la que yo me encontraba, pero vivíamos en paz. En Kabul había una buena universidad, un gran zoológico, un cine adonde iba con mis amigos a ver películas de John

Wayne, y en invierno disfrutaba con los juegos de luchas de cometas en plena calle. En fin, tuve una infancia tan...

—Tan feliz... —concluyó Edith con ternura.

—Sí... esa es la palabra que casi no me atrevo a utilizar. Me siento afortunado por poder conservar esos recuerdos. Es lo único de lo que no me han despojado. Las generaciones posteriores han crecido entre violencia, muerte, hambre, miseria... —Movió la cabeza, mirando a la nada.

—¿Puedo preguntarle su edad, si no es una indiscreción?

—Por supuesto. Tengo setenta y dos años. Y ahora seguramente me dirá que aparento menos. —Sonrió.

—Le calculaba unos sesenta. Esto no es usual aquí. La mayoría de los pacientes que trato a diario aparentan más edad de la que en realidad tienen.

—Yo crecí bien alimentado, al contrario de lo que ocurre ahora con nuestros niños. Este país ya no es el que yo conocí, en el que nací. Y sus habitantes son otros. ¿Sabe que en Afganistán hubo reyes hasta 1973? Kabul era... ¡Oh! Era un vergel en los años sesenta; tan cosmopolita, tan moderna... Incluso había una tienda de Marks & Spencer, la primera que se inauguró en Asia central.

—¿Qué ocurrió? ¿Cuándo se vino abajo todo?

—Todo empezó en 1973, cuando se produjo el primer golpe de Estado que echó del poder al rey, el sah Zahir, después de reinar durante cuarenta años. Al principio apenas se notaron los cambios, a excepción del paso de la monarquía a la república. El golpista era un primo del depuesto rey y mantuvo las mismas estructuras sociales. En los años que siguieron se habló de proyectos de alfabetización para todos, de tecnología moderna y de los derechos de la mujer. En esos años ellas tenían permiso para no utilizar velo, para conducir, trabajar e incluso estudiar en la universidad...

—¡Cómo ha cambiado todo! Parece que esté hablando de otro lugar...

—Así es. En el 78 se produjo el golpe de Estado comunista, esta vez más cruento y con unas consecuencias que aún hoy estamos sufriendo. Aquello acabó con la vida tranquila que teníamos hasta entonces, y también con la mía y la de mi familia. Yo tenía dos hijos y una esposa muy bella. Por orden del nuevo gobierno, fuimos despojados de nuestras tierras de labranza donde se cultivaban cereales y algodón, que se repartieron entre los amigos y familiares afectos al nuevo dictador. ¿Sabe lo que producen ahora? —La miró tratando de sonreír—. Opio. Afganistán es el primer productor de esta droga a nivel mundial. En pocos meses tuvimos que abandonar nuestro hogar para que se instalaran allí varias familias, la mayoría sirvientes que trabajaron durante décadas para nosotros. Tuvimos que salir casi con lo puesto. En aquel momento debimos marcharnos a Pakistán o Irán, como hicieron nuestros amigos. Pero ¿quién iba a pensar lo que vendría después? Cuando decidimos escapar ya era demasiado tarde: las fronteras estaban cerradas, así que nos quedamos atrapados y en la ruina.

—¿Los talibanes?

—No. Primero llegó la revolución comunista. Con ella comenzaron los asesinatos, las ejecuciones, las desapariciones... en fin, la represión al más puro estilo de Stalin en la Unión Soviética. No había pasado un año del último golpe cuando llegaron los tanques rusos a finales del 79, invadiendo las calles y haciéndose con el poder. Durante la década siguiente, Estados Unidos y varios países aliados, como Arabia Saudí o Pakistán, comenzaron a armar a los muyahidines, rebeldes islámicos que lideraban la resistencia, con el fin de desestabilizar al gobierno comunista y echar a los rusos. Fueron demasiados años de guerra civil para una población hambrienta y necesitada de productos básicos para sobrevivir. Había soldados rusos patrullando por las aceras, tanques por las calles, tiroteos en cualquier esquina de cualquier barrio, registros violentos en los hogares... La vida se hizo insostenible. Había amenazas, delaciones entre vecinos, amigos, hermanos o criados, y todo lo movía el dinero. Kabul quedó dividida en dos bandos: los camaradas afectos al régimen comunista que delataban indiscriminadamente, y el resto, sus víctimas. Si hacías cualquier comentario o queja, aunque fuera por el retraso del autobús, podías terminar detrás de un muro con una bala en la cabeza. Fue una guerra entre comunistas y muyahidines, en plena lucha contra el gobierno títere de los soviéticos.

»En 1989, los rusos se marcharon tras la caída del Muro de Berlín y la disolución de la URSS, pero aquí la guerra continuó. Entre 1992 y 1996, los fundamentalistas de la Alianza del Norte tomaron la ciudad y la dividieron entre las diferentes facciones que luchaban entre sí. Prácticamente tenías que tener un visado para ir de un barrio a otro, y los francotiradores campaban a sus anchas por las calles. Mi esposa murió en casa de una de mis hermanas, en el barrio de Kateh-Parwan, adonde fue a visitarla porque su hijo había sido herido de bala al quedar atrapado entre dos facciones enemigas en los alrededores. Un misil cayó sobre su hogar y fallecieron todos: mi hermana, su marido, sus dos hijos y mi mujer.

—Lamento lo de su familia. Debieron de ser años muy duros.

—Apenas podíamos salir de nuestras casas sin riesgo de ser tiroteados. Nuestros oídos se acostumbraron a los silbidos de las bombas, a las ráfagas de ametralladoras, a los gritos en las calles... Había barrios donde la gente hacía agujeros en las paredes comunes de las casas para pasar de una a otra y así evitar salir a la calle. Cuando en el 96 llegaron los talibanes a Kabul y expulsaron a la Alianza, la gente salió a la calle con ilusión y lo celebró con alegría. La Alianza había hecho más daño al país que los rusos, y ahora llegaban los héroes que traían la paz. Y la paz llegó, pero a qué precio... —Movió la cabeza con pesar—. Todo se volvió del revés. Aún no habíamos conocido lo que era realmente el sufrimiento...

—¿Qué pasó después de la llegada de los talibanes?

—El día que tomaron el poder, creímos que al fin terminaba aquella pesadilla... —Sonrió con tristeza—. No sabíamos que lo peor estaba por llegar. El país, la ciudad, la gente, todo estaba destruido, no había comida ni medicinas, y los talibanes, en vez de colaborar para levantar el país, se dedicaron a sembrar el terror, a prohibirlo todo en nombre de Alá. Si ibas a un estadio a ver un partido de fútbol, pandillas de jóvenes extremistas paseaban por los pasillos con un látigo para que nadie alzara la voz, ni siquiera para animar al equipo. Se prohibió el cine, la televisión, escuchar música, los juegos de niños... Todo bajo pena de muerte o azote público. Pero fueron las mujeres quienes se llevaron la peor parte. Se les prohibió ir a la escuela, trabajar; ni siquiera podían salir de casa si no iban acompañadas de un familiar masculino. Los maridos estaban muertos o enfrascados en diferentes batallas, y los niños morían de hambre porque las madres no podían salir de casa para trabajar y conseguir unos afganis con los que comprar comida; fueron unos años terroríficos para todos... Y esto aún no ha terminado, como habrá comprobado.

—Recuerdo haber visto estas circunstancias en prensa o televisión cuando estaba en Canadá, y desde que llegué hace un año lo he vivido en el hospital. La muerte se ha convertido en algo con lo que se convive a diario. Cuando la vida humana pasa a ser insignificante es señal de que algo se ha roto. Jamás había contemplado tanta capacidad de sufrimiento en una sociedad... —Se quedó en silencio durante unos instantes—. ¿Qué les ocurrió a sus hijos?

—Ya no tengo hijos. Solo me queda el nieto que usted operó. Ahora vivo en una casa modesta y sobrevivo gracias al sueldo de intérprete. Mi hijo mayor se unió a la yihad para luchar contra los rusos y murió al estallar un misil lanzado desde un helicóptero en el paso de Khyber, cerca de la frontera con Pakistán. Años más tarde, mi otra hija y un nieto pequeño murieron en las afueras de Kabul al pisar una mina. Yo también iba con ellos... —dijo tocándose el muñón de su brazo izquierdo, seccionado por encima del codo—. Mi yerno, el padre de Hassan, murió a manos de los talibanes. Tuvo la osadía de mirar a uno a los ojos mientras patrullaban por las calles imponiendo orden, su orden. Un grupo de jóvenes desalmados la emprendieron a golpes con él hasta dejarlo inconsciente. Murió dos días después. Ya solo me queda mi querido nieto. Por desgracia pertenece a una generación que ha crecido con miedo a todo: a salir a la calle o a levantar la voz, aunque sea de alegría. Se despierta cada día escuchando explosiones y disparos. Él aún no conoce lo que es vivir en paz, jugar con la cometa en la calle, ir a un parque de atracciones.

—He visto a muchos de esos niños en el hospital; es muy duro ver cómo han perdido la inocencia.

—A veces pienso que los afortunados son los que ya no están. Cuando miro a mi nieto me siento culpable por haber tenido una niñez de opulencia y paz que él jamás conocerá. En el momento en que las tropas internacionales se marchen el país volverá al caos.

—Afganistán es ahora un país democrático, tiene un presidente, y los talibanes ya no gobiernan.

—¿Usted lo cree realmente? Salga fuera de la ciudad y cambiará de opinión. Los talibanes siguen ahí, son los señores de la guerra. Kabul es un oasis dentro de este desierto. Tenemos una relativa calma porque hay soldados de las fuerzas internacionales que patrullan por las calles. Pero, lejos de arreglarse, esto va a seguir igual. Este país no tiene futuro.

—No debe perder la esperanza. Con hombres como usted luchando por su familia podrán salir de este pozo. Confío en que algún día volverá la paz, la auténtica paz...

—Es usted más optimista que yo. Los afganos somos gente melancólica, tendemos a sentir lástima de nosotros mismos y aceptamos con resignación el dolor. Solemos repetir un lema: *Zendagi migzara*, «la vida continúa».

—Es usted todo un ejemplo de esperanza, Abdul. Por cierto, ¿cómo está su nieto?

—Bastante mejor, ya se ha recuperado de la operación, gracias a sus cuidados y su generosidad... Ahora quisiera pedirle algo que... Bueno, es difícil para mí, pero considero mi obligación intentarlo al menos...

—¿De qué se trata, Abdul? Cuente conmigo para lo que necesite, si está dentro de mis posibilidades.

El anciano la miró con ojos suplicantes y quedó callado durante unos segundos, como si no se atreviera a seguir hablando.

—Llévese a mi nieto, doctora... —pidió, bajando la mirada.

—¿A Hassan? —exclamó, sorprendida.

—Por favor, sáquelo del país... Aquí ya sabe lo que le espera: entrar en la milicia a los diez o doce años, morir a manos de los soldados y mercenarios que campan a sus anchas en todas partes o que destrocen su vida. Hay tantos niños a los que les han robado su infancia... Por favor, lléveselo —suplicó con lágrimas en los ojos.

Aquella inesperada petición actuó como una válvula de presión para Edith, que al abrirse inesperadamente dejó escapar el dolor que creía haber encerrado en un compartimento estanco de su corazón. De repente rompió a llorar con desconsuelo. No podía contarle, no quería confesarle a Abdul que había tenido un hijo y que murió por su culpa...

—Yo... no puedo... No fui una buena madre... —dijo entre convulsiones.

—No lo creo. Es usted una gran mujer, la única persona a quien confiaría a mi nieto.

Edith lo miró con los ojos húmedos. Aquel hombre le recordaba tanto a su padre...

—No puedo pedirle que se haga cargo de él, sería demasiado, pero cuando llegue a Canadá podría llevarlo a un orfanato. Aun así estaría cien veces mejor que aquí. Solo de esta forma yo podría morir en paz, sabiendo que al menos un miembro de mi familia ha sobrevivido a este horror... No quiero este futuro para mi nieto —dijo el anciano limpiándose las lágrimas también—. Tengo algunos ahorros, se los daré todos...

—No tiene que ofrecerme nada...

Edith sintió en lo más profundo de su ser que aquel inesperado ofrecimiento significaba su redención; era una señal, como le habría indicado su madre si aún viviera. Sin reflexionar apenas, aceptó la responsabilidad de sacar al pequeño del país.

—De acuerdo, Abdul, lo voy a intentar. Hoy mismo iniciaré las gestiones necesarias para llevarlo a Canadá conmigo... —Lo miró y advirtió que sus ojos brillaban de emoción.

—¡Gracias, doctora! —dijo tomando sus manos y besándolas con respeto.

—Por favor, no tiene que hacer eso... —Edith las retiró, abrumada.

—Confío en usted, tiene un corazón puro. Hassan es un niño muy despierto, y yo lo estoy educando en la honradez y el amor a la cultura. Ya sabe leer un poco, en casa le hablo en inglés y lo entiende muy bien; me gustaría que estudiara una carrera como la suya, que llegara a ser alguien en la vida... —Su mirada seguía húmeda y la dirigió a las cumbres nevadas del Hindú Kush que rodeaban la ciudad.

—Aún no sé si voy a lograrlo...

—El simple hecho de que haya accedido a intentarlo es para mí suficiente y le estaré eternamente agradecido, lo consiga o no.

—Le aseguro que desde este momento voy a luchar para llevar a su nieto a Canadá.

—Gracias, doctora. —Se despidió haciendo una reverencia con la cabeza.

Quedaba poco tiempo y Edith inició contactos con las ONG que estaban colaborando en el país; tras varias reuniones con los responsables y autoridades, consiguió tramitar un permiso de salida del pequeño Hassan si el familiar que lo tenía a su cargo, en este caso su abuelo, lo autorizaba. Abdul no solo firmó su autorización, sino que nombró a Edith su tutora.

Llegó el día de la partida y Abdul fue con su nieto al hospital. El pequeño no quería separarse de su abuelo y lloraba con desconsuelo mientras este le susurraba con ternura al oído algo en su idioma que Edith no entendía. Después se separó de él y tomándolo de la mano lo condujo hacia la joven.

—Adiós, Abdul. Ha sido un placer trabajar a su lado todo este tiempo. ¿Puedo darle un abrazo? —Aquello era una despedida, y ambos sabían que definitiva.

—Por supuesto —dijo el anciano rodeándola con su único brazo.

Edith sintió su calidez, el olor a limpio de su ropa, y también el amor de un hombre recto y digno. Abdul estaba renunciando al ser que más amaba: su nieto, su única familia, con la noble intención de ofrecerle una vida mejor, un futuro... ¿Qué sería de él ahora? Seguramente seguiría trabajando hasta que sus fuerzas lo acompañaran, o hasta que una bala perdida acabara con su vida.

—Háblele de su familia —dijo ofreciéndole un abultado sobre—. He escrito para él un poco de su historia y he incluido fotos de sus padres, de sus abuelos... Déselo cuando sea mayor y tenga la suficiente madurez como para entender lo que hoy está pasando. Háblele del bello país que teníamos, de lo felices que fuimos, para que nunca olvide sus raíces. Ofrézcale una educación, que se haga un hombre responsable y sea capaz de reconocer la bondad, el respeto, la humildad. Sé que usted tiene estos valores y quiero que se los transmita. Pero no lo traiga nunca de vuelta a este país...

Edith lo miraba con lágrimas en los ojos.

—He decidido que voy a ser su madre, Abdul, para bien o para mal. No voy a dejarlo en ninguna institución. Tengo un padre que ama a su familia, como usted, y le juro, le doy mi palabra, de que voy a darle a Hassan la vida que desea para él, inculcándole esos valores.

—Gracias, doctora. Ya puedo morir tranquilo, sé que he hecho lo que debía. Intente recordar lo mejor de nosotros. No voy a olvidarla nunca, voy a rezar por usted para que sea afortunada y tenga una vida feliz.

—Yo también rezaré por usted —dijo Edith con ternura.

—*Insha' Allah.* —Abdul inclinó la cabeza para despedirse.

—*Insha' Allah.* —«Así lo quiera Dios», repitió ella.

6

Leningrado, URSS. 1938

Estaban ya en la primavera de 1938 y Rafael seguía mintiéndole en las cartas que escribía a su madre sobre su hermano Joaquín, diciéndole que estaba allí con él. Esperaba con ansiedad el correo para comprobar si había regresado con ella, pero su madre le escribía deseando que estuvieran bien los dos y que cuidara del pequeño.

Carmen Valero perseveraba con la Cruz Roja Internacional para intentar localizar a Joaquín Celaya, pero hasta el momento no habían conseguido respuesta. Sin embargo, aquella tarde buscó a Rafael, que estaba sentado en el banco del patio con una carta entre las manos. Se colocó frente a él mostrándole un sobre. Rafael abrió los ojos y su cara se iluminó con una sonrisa de esperanza.

—¿Ha recibido respuesta? —Se levantó de un resorte.

La mirada de Carmen no evidenciaba alegría, por lo que se preparó para una mala noticia.

—Es de la Cruz Roja Internacional. Me informan que el noventa por ciento de los niños que llegaron el año pasado a Francia han regresado ya a España.

—Pero Joaquín no ha vuelto —dijo Rafael con angustia.

—Verás, solo se han quedado allí los huérfanos y los niños que aún no han sido reclamados por sus familias. Muchos se encuentran en régimen de acogida entre familias de Francia y Bélgica, y en algunos casos han iniciado trámites para adoptarlos. De todas formas, me dicen que siguen investigando entre los adoptados y los que aún están internos en orfanatos, por si apareciera alguien de las características que les he demandado.

—Tengo que irme de aquí. Tengo que ir a buscarlo... —dijo entre lágrimas.

—Pronto, Rafael. Tengo entendido que están preparando otra expedición de niños españoles desde Barcelona. Cuando lleguen podrás ir a Francia en el barco de regreso. Yo también me voy con mi hijo Alejandro. Te mantendré informado para que vayas preparando el equipaje —dijo atusándole el pelo con ternura—. Y ahora ve a jugar con tus amigos. Creo que Iñaki anda por ahí armando líos.

Victoria, Rafael y Manuel mostraban un buen nivel cultural e intelectual. Estaban integrados en un grupo especial con más privilegios que el resto, recibiendo clases intensivas de idiomas, metodología, matemáticas o ciencias, con profesores particulares de refuerzo e incluso normas de protocolo. Ellos estaban destinados a ser la élite de españoles que regresarían a su país cuando el alzamiento fracasara y se instaurase de nuevo la República. Además de estos, había otros chavales, hijos de militares o políticos de izquierdas que evidenciaban un nivel de educación superior al de los hijos de obreros o mineros que conformaban el grupo.

Aquella tarde, el grupo de niños de más edad fue convocado en el salón de deporte de la segunda planta para recibir una charla impartida por miembros del Partido Comunista soviético sobre el trabajo y el esfuerzo. Les hablaron de la construcción del comunismo y les ofrecieron la posibilidad de integrarse en la sección juvenil del Komsomol, dependiente del Partido, como una actividad extraescolar más para difundir entre los compañeros el estímulo colectivo socialista. La finalidad de aquellas conferencias era la formación del nuevo ciudadano soviético, un modelo a seguir en Europa que ellos debían trasladar a España cuando regresaran a una república victoriosa.

Muchos de los asistentes se alistaron en esta organización para corresponder así al país que los había acogido, convencidos de que aquella sociedad era un paraíso: tenían un hogar excelente, buenos maestros, cuidaban de su salud y les ofrecían un futuro profesional adecuado a su capacidad y su esfuerzo individual. Iñaki estaba entusiasmado y se inscribió de los primeros, animando a Rafael a hacer lo mismo. Sin embargo, este guardaba en secreto la intención de regresar a España en unos meses junto a Carmen y rechazó integrarse como miembro de aquella organización juvenil.

Había anochecido cuando concluyó la charla a los chicos y los políticos se reunieron con el grupo de educadores y maestros. El dirigente español de más autoridad era José Hernández, perteneciente al Partido Comunista de España. Había nacido en Bilbao, tenía treinta y dos años, pelo castaño y corto y un rostro atractivo de ojos oscuros y piel morena. En 1930 había viajado a Moscú con una beca otorgada por el gobierno soviético para ingresar en la Escuela Internacional Lenin, el lugar donde se forjaban los jóvenes militantes comunistas y cuadros revolucionarios de todo el mundo. Regresó a España en 1933 e ingresó en el Comité Ejecutivo de la Internacional Comunista. Desencadenada la Guerra Civil, fue uno de los responsables y coordinadores de la evacuación de niños y adultos, y uno de los últimos políticos en abandonar Bilbao antes de la llegada de las fuerzas nacionales. En Moscú fue nombrado representante del PCE en la Internacional Comunista y se encargó de coordinar y apoyar a los emigrantes españoles, tanto infantiles como adultos, que vivían y trabajaban en la Unión Soviética.

José Hernández solía visitar la Casa de Niños con frecuencia. Había allí muchos chavales de Bilbao, como él, y también le gustaba Carmen Valero, la educadora madrileña con la que se sentía a gusto compartiendo recuerdos de su país. Conocía a Rafael y estaba al corriente del problema del extravío de su hermano pequeño en Francia. Le había tomado cariño y solía traerle noticias de su ciudad cuando los visitaba.

En aquella reunión informal con los miembros del PCE y los del Komsomol soviéticos, Carmen expresó su deseo de regresar a España en el siguiente barco. Otro de los visitantes aquella tarde era el joven responsable de la expedición que había compartido con los niños la travesía en barco hacia Leningrado. Al escuchar su comentario se encaró con ella:

—¿Acaso no está bien aquí, Carmen? ¿No recibe un buen salario? ¿Cree que en España va a encontrar trabajo en las condiciones en que está, en plena guerra? ¿Dónde cree que su hijo estará más seguro? —El joven con cara de adolescente se dirigió a ella con superioridad, afeándole la conducta delante de todos.

—Sé que aquí está a salvo, y yo también. Pero tengo a mi familia en España; es mi país y quiero que mi hijo crezca allí.

—Los niños la necesitan aquí, deben educarse rodeados

de personal español. Si empiezan a regresar, ¿qué va a ser de ellos? —insistía el joven.

Entre el grupo de educadores españoles estaba Dolores Bujalance, una viuda que había viajado a Leningrado con sus dos hijas. Su marido había pertenecido al Partido Comunista de Bilbao y ella era una gran defensora de la educación soviética.

—Carmen no ha llegado a adaptarse. Creo que nunca debió venir. Se movía mejor entre los burgueses de Madrid que con los proletarios de aquí. Yo tengo dos hijas y deseo que se conviertan en buenas comunistas, como su padre.

La aludida la miró con ira contenida, desconcertada por el golpe bajo propinado por una compatriota. Dolores había puesto los ojos en José Hernández y procuraba atenderlo cuando llegaba a la Casa de Niños. Tenían la misma edad, sus hijas necesitaban un padre y aquel político sería un buen marido para ella y para las niñas. Sin embargo, le costaba aceptar que prefiriese a Carmen Valero en vez de a ella.

José Hernández intervino para suavizar la violencia de aquella situación:

—Es difícil adaptarse a un país tan diferente al tuyo. Todos tenemos morriña de nuestra tierra y veo lícito que Carmen desee criar a su hijo allí. Este trabajo es voluntario y no podemos obligar a nadie a quedarse.

—¿Voluntario? —replicó Dolores con ironía—. Lo único voluntario fue la decisión de venir. Ahora está trabajando y gana un buen salario, como yo. Pero en vista de que no es capaz de cumplir el compromiso de cuidar a estos niños, es mejor que se vaya.

Carmen sintió calor en las mejillas, indignada, y antes de seguir con aquella desagradable conversación bajó la cabeza y se dirigió a la puerta de salida, sintiendo las miradas de reproche de la mayoría de los presentes. Caminaba por el pasillo hacia las escaleras cuando escuchó su nombre procedente de una voz masculina. Era José Hernández, que había salido tras ella. Carmen se giró y le esperó hasta que llegó a su altura.

—Carmen, debes ser prudente —dijo en tono condescendiente—. No debes señalarte entre el grupo de educadores españoles, y menos ante los rusos...

—Yo no he dicho nada malo. Solo he expresado mi intención de volver... —dijo mientras se dirigía con él a una de las aulas para hablar con más libertad, a salvo de los oídos que acechaban por los pasillos—. Estos niños están recibiendo una excelente educación, pero también están siendo adoctrinados y no quiero que mi hijo crezca con los ideales que he escuchado hoy en la sala de deportes. Estoy agradecida por todo lo que he vivido durante este tiempo, pero es hora de regresar a mi país. Rafael Celaya también quiere regresar. Tiene que ir a Francia a buscar a su hermano.

—De acuerdo. —Suspiró con gesto serio—. Hablaré para que os inscriban en el próximo barco de vuelta. Pero, por favor, sé prudente. Ya has visto que tienes enemigos aquí. Procura no crearte más complicaciones. Me preocupa que tomen represalias contra ti —dijo acercándose a ella y posando la mano sobre su hombro, en un gesto que delataba su atracción—. Me habría gustado... conocerte un poco más... y... —La miró, pero Carmen bajó los ojos y dio un paso atrás, rechazando su insinuación.

—Gracias por tu interés, José, pero... —murmuró sin mirarlo.

—Pero vas a volver de todas formas —dijo decepcionado. Después salió de la clase sin mirar atrás.

Aquella mañana, Fiódor Igorovich, el director del centro, entró en la clase avanzada de matemáticas. El profesor lo miró con extrañeza y detuvo las explicaciones de la pizarra. Sin mediar palabra, Igorovich se dirigió a Victoria Blanco, le ordenó subir al estrado y vaciar su cartera delante de todos. Entre sus libros y cuadernos estaba una pequeña Biblia que leía a escondidas a sus amigos. El director la tomó entre las manos y la abrió.

—¿Sabéis qué es esto? Es una Biblia. Las enseñanzas aquí no incluyen la asignatura de religión.

—Nadie me está enseñando, señor. Es un asunto personal —dijo Victoria con rebeldía.

—Aquí no hay asuntos personales de esta índole. Te has saltado las normas. —Le devolvió el libro—. Y ahora rómpela delante de todos tus compañeros, para que sirva de ejemplo.

Victoria abrió el libro bajo la severa mirada del director y comenzó a arrancar las hojas y a romperlas delante de toda la clase, lanzándolas a la papelera. Cuando terminó estaba llorando.

—Si hay alguien aquí con creencias religiosas, que se las guarde para sí. Camarada Blanco, salga del aula. Ya no pertenece a este grupo de élite. Se unirá a la clase que corresponde a su edad.

Un silencio de estupefacción sobrevoló la clase. Manuel se levantó y se dirigió al estrado para ayudar a la joven a recoger los libros y material escolar que le habían ordenado desparramar en la mesa del profesor. Después, obedeciendo la orden del director, Victoria salió del aula envuelta en lágrimas.

Carmen Valero se enteró del incidente, que se propagó a gran velocidad por todo el centro entre alumnos, profesores y cuidadores, tanto rusos como españoles. Victoria no bajó aquella tarde a cenar y decidió hacerle una visita en los dormitorios de las chicas. La encontró acurrucada en su cama, en silencio y con los ojos abiertos.

—Siento lo que ha pasado, pequeña —dijo Carmen sentándose en su cama.

—Sé quién ha sido: Aitana. Es una fanática. Va diciendo que la religión es la droga del pueblo o algo así, y que todos los que creen en Dios son unos explotadores y unos burgueses... Hace poco la descubrí al volver del recreo registrando en mi cartera. Me tiene manía porque a ella no la habían incluido en el grupo avanzado donde yo estaba.

—Debes ser fuerte. Eres una chica inteligente y no tienes que darle tanta importancia a este incidente.

—Quiero volver a España. Rafael me ha dicho que regresa contigo en el próximo barco. —La miró, esperando una respuesta.

—Sí. Tenemos esa intención. Informaré al delegado del Partido la próxima vez que venga a la casa. Pero no lo cuentes, ¿vale? Nadie debe saberlo porque hay muchos niños deseando regresar a casa y sé que no van a autorizar la vuelta a todos los que lo soliciten.

El verano llegó y muchos de los niños volvieron a los campamentos del sur de Crimea a pasar las vacaciones. Las actividades para los que se quedaron en Leningrado también fueron variadas y amenas, visitando la ciudad y disfrutando de las famosas noches blancas, un fenómeno que comenzaba a finales de mayo y duraba hasta mediados de julio. Debido a la especial situación y latitud de la ciudad, el sol no se colocaba por debajo del horizonte, lo que impedía la llegada de la oscuridad total durante la noche. En esos días, Leningrado, llamada también la Venecia del norte, era la ciudad de la luz, donde no se ponía el sol ni se encendían las farolas de las calles. Era un atardecer continuo, un bello crepúsculo donde las siluetas de las numerosas torres de las basílicas, con sus agujas doradas repartidas por la ciudad, ofrecían una imagen fantástica de tonalidades azules y naranjas, como salidas de una postal de viajes. Los grandes puentes sobre el Neva, que se abrían para dejar paso a los enormes buques, ofrecían una sensación de grandeza para aquella ciudad que fue cuna de zares y que aún conservaba su elegante serenidad. La gente se echaba a las calles para contemplar el espectáculo del ocaso. Se organizaban paseos y actividades nocturnas, como festivales de ballets o conciertos de música en parques y teatros al aire libre.

Llegó el mes de octubre y Carmen Valero preparaba su regreso a España en el barco que había llegado desde Barcelona con una nueva expedición de niños. Rafael Celaya y Victoria Blanco habían solicitado regresar por los motivos que habían explicado por carta al Partido Comunista de España. Aquella tarde, el joven responsable de las expediciones infantiles llegó a la Casa de Niños y se dirigió al despacho del director. Allí lo esperaban ya la educadora y los dos chicos con sus equipajes preparados. Al verlos, ordenó salir a los jóvenes y se encaró con mal humor a Carmen ante la presencia del director del centro.

—¿Por qué has embarcado en tu absurda demanda a estos chicos? ¿Acaso quieres que tengamos una rebelión en la casa? Ya ha habido varios intentos de fuga de niños que nos han ocasionado auténticos problemas para localizarlos y traerlos de vuelta.

—Yo no he animado a nadie a irse. Son ellos los que desean volver a España, igual que yo.

—Tu trabajo está aquí, no puedes marcharte ahora, España aún está en guerra.

—Lo sé, y también sé que la estamos perdiendo. Pero prefiero estar allí.

—¿Acaso no estás agradecida por todo lo que hemos hecho por ti? Tu hijo va a recibir una buena educación para volver bien preparado, pero no ahora, sino cuando regrese la República. ¿Cómo vas a mandarlo a pasar hambre y miseria bajo el yugo fascista? Si eres una buena socialista debes quedarte; tu misión es cuidar de los niños, en vez de dejarlos en la estacada.

—Yo no soy maestra y no me necesitan tanto. Además está Rafael Celaya, el chico que perdió a su hermano. Tiene que regresar a Francia para localizarlo. En España su madre aún no sabe nada, cree que está aquí...

—No es asunto nuestro. Que avise a su familia y se pongan en contacto con la Cruz Roja. Él es un menor y no puede viajar solo.

—Pero... —Carmen asistía impotente a una discusión que temía no iba a llegar a ninguna parte.

—No hay nada que hablar. El barco zarpó esta mañana de regreso a Francia —zanjó de un golpe aquella discusión.

Carmen sintió calor en las mejillas y por primera vez perdió los nervios.

—¡Miserable! —gritó sin control—. ¡No tenías derecho a hacernos esto! ¿A qué has venido entonces? ¿A burlarte de mí? ¿Quién te has creído que eres?

—¡Señora Valero, compórtese! —intervino esta vez el director.

—No ha sido una decisión mía —replicó el joven con gravedad—. Y por tu bien, no voy a transmitir ese insulto al Comité del Partido.

Carmen recuperó el control, bajó la mirada en silencio y salió dando un portazo.

—¡Niñato de...! —murmuró con rabia.

Victoria y Rafael la esperaban sentados en un banco en el pasillo. Carmen se dirigió a ellos con el rostro desencajado.

—Volved a vuestro cuarto y deshaced las maletas. Vamos a quedarnos aquí. Las circunstancias en España no están para volver y tendremos que esperar a que las cosas mejoren.

—Pero yo necesito ir a Francia a buscar a mi hermano... —suplicó Rafael.

—El barco ha zarpado esta mañana sin nosotros. —Carmen observó cómo el gesto del niño se ensombrecía—. Creo que es hora de informar a tu madre para que inicie la búsqueda de tu hermano desde España.

—No puedo hacer eso —replicó con lágrimas en los ojos—. Mi madre está enferma y se moriría del disgusto.

—Rafael, tu hermano está bien, te lo aseguro. —Victoria le acarició los hombros para consolarlo.

—¿Cómo puedes saberlo?

—Lo sé. Confía en mí.

Manuel Jiménez llevaba todo el día con aire taciturno; apenas había hablado con sus amigos desde la llegada de la nueva expedición de niños procedentes de España y cuando terminaron las clases se encerró en el dormitorio. Estaba en la cama con una carta entre las manos y los ojos hinchados cuando Rafael llegó abatido, cargando con la bolsa de viaje. Se dirigió a su cama, situada al lado de la de Manuel, se colocó de espaldas a este y comenzó a deshacer el equipaje sin reparar en el estado de su amigo.

—¿Qué haces aquí? Creía que ibas camino del puerto —preguntó Manuel sentándose en la cama.

—No nos vamos. El barco ha zarpado sin nosotros. Carmen dice que debería hablar con mi madre para que inicien la búsqueda de mi hermano desde España, pero no sé qué hacer... —Suspiró, a punto de echarse a llorar.

—Yo no voy a volver nunca... —Su voz también se quebró al hacer aquella afirmación.

Rafael advirtió que tenía un papel entre las manos, arrugado y manoseado.

—¿Es una carta? —Manuel afirmó con la cabeza—. Me alegro por ti. Al fin has recibido noticias de tu familia. Yo también he tenido una de mi madre con la expedición del barco que acaba de llegar.

—No son buenas noticias... Es la carta que escribió mi padre hace un año, justo cuando se enteró de que mi madre me había enviado aquí. Me dice que no le ha parecido bien esa decisión y que en cuanto termine la guerra va a venir para llevarme de vuelta a casa.

—¡Qué suerte!

—No. Ya no tengo suerte... —Las lágrimas corrían a borbotones por sus mejillas—. Su carta estaba dentro de otro sobre, me la ha enviado su capitán diciendo que, a los pocos días de escribirla, el avión donde volaba mi padre fue derribado por otro de los nacionales y murió en el acto —concluyó entre sollozos.

Rafael se sentó a su lado y le colocó los brazos sobre los hombros, también con lágrimas en los ojos.

—Lo siento...

Durante unos minutos quedaron en silencio, compartiendo sus amarguras y maldiciendo su destino.

La cruda realidad se había impuesto de golpe ante ellos. La adolescencia pasó como un ciclón, dando paso a una madurez que los arrolló como una apisonadora. En aquel momento tomaron conciencia de que su vida había cambiado para siempre. Sus hogares, la familia, los amigos estaban lejos, tanto físicamente como en el tiempo, y para seguir avanzando tendrían que desprenderse del ancla que los lastraba a ese pasado, empeñados en recuperar una niñez que no volvería nunca.

—Victoria me insinuó hace tiempo que mi padre no estaba vivo... Ella lo sabía.

—Sí, es algo bruja. A mí me ha dicho que mi hermano está bien, que no tengo que preocuparme.

—Pues confía en ella. Tiene un don especial para estas cosas... —Trató de sonreír a su amigo.

Iñaki tenía problemas para el aprendizaje y a duras penas conseguía leer con fluidez. Con los números tenía más agilidad y aprendió a sumar y restar gracias a los refuerzos de alumnos de clases superiores que durante el curso le asignaban los maestros. Aquel día buscó a Victoria con ansiedad, pues él también había recibido una carta y ella se encargaba de leérsela y conservarla. Victoria acababa de llegar al patio después de deshacer el equipaje. Estaba triste por no haber podido regresar a España. Iñaki llegó a su lado y le mostró un sobre.

—Victoria, estoy leyendo la carta de mi tía, aunque me cuesta entender su letra —dijo ofreciéndole la misiva—. Mírala tú. Creo que no habla de mi madre. ¿Ves en algún sitio que cuente cómo está de salud?

Victoria dedicó unos minutos a leer la escueta hoja escrita a mano y después lo miró con ternura.

—Iñaki, tengo que confesarte algo... En la carta anterior que recibiste te dije una mentira...

Él la miró con ojos confiados y expectantes.

—Verás, en aquella carta tu tía te contaba que tu madre había fallecido. Yo... no te dije nada porque estábamos recién llegados y tú ese día estabas muy feliz; no quise darte un mal rato. Esa carta la tengo guardada. Si quieres te la doy...

Victoria sintió que la respiración de su amigo se aceleraba y las lágrimas brotaban de sus ojos mientras todo su cuerpo estallaba en convulsiones. Lo abrazó y lo dejó llorar durante un buen rato.

—Lo siento... en aquel momento me dio tanta pena que decidí esperar un poco para ver si estabas más preparado para aceptar esta noticia tan triste...

Iñaki lloraba como un niño pequeño.

—Bueno... qué más da saberlo antes o después —dijo entre pucheros.

—¿Me perdonas, Iñaki?

—¡Claro que sí! —dijo abrazándola—. Eres mi mejor amiga, sé que me quieres mucho y lo hiciste para que no estuviera triste. Eres buena, Victoria —dijo rodeándole el cuello y besándola en la mejilla. Después la dejó sola.

Teresa García llegó como un ciclón a la casa de Leningrado aquel mes de octubre de 1938, en la última expedición de unos setenta niños españoles organizada por la Cruz Roja Internacional con salida desde Barcelona. Tenía quince años, pelo largo castaño y rizos rebeldes que le caían por las mejillas. Era alta y delgada, puro nervio, con ojos de color miel, nariz recta y unas cejas bien dibujadas. Su boca era grande, con una dentadura blanca y perfecta que exhibía continuamente porque era de sonrisa fácil y carácter alegre. Venía de Andalucía y tenía una energía vital que contagiaba a todos. Su primer saludo al entrar en la Casa de Niños fue:

—¡Salud, camaradas! ¡Viva la Revolución!

El curso había empezado en septiembre y Teresa se unió

a la clase de su edad, junto a Victoria Blanco. Sin embargo, tenía problemas para seguir el ritmo, pues había estado solo unos cursos en la escuela y solo sabía leer y escribir. El tutor del curso asignó a Victoria la tarea de refuerzo a Teresa fuera del horario escolar, de modo que después de las clases se reunían en la biblioteca para estudiar de forma intensiva las materias que necesitaba para llegar al nivel de la clase.

—Al fin estamos en Rusia, nuestra nueva patria, el paraíso del proletariado. Tenemos que aprender a vivir como viven ellos. Esta es la sociedad que debemos trasladar a España, el ejemplo que debemos llevar: un país de igualdad donde no hay ladrones, donde todo el mundo come, estudia, viste bien, esto es lo que quiero para España —decía la joven durante la cena con sus nuevos amigos, tratando de contagiarles su entusiasmo.

Teresa era despierta y tenía grandes deseos de aprender. Estaba encantada con aquella aventura y se unió al grupo de amigos a pesar de las diferencias que había entre ellos. Iñaki fue quien más agradeció su llegada, pues era cariñosa y paciente con él, le hacía reír con frecuencia y compartía algunas travesuras. Manuel y Rafael eran grandes amigos y añoraban a Victoria en sus juegos y secretos. La joven madrileña debía dedicarse a enseñar a Teresa y tenía menos tiempo libre, por lo que a veces se turnaban para ayudar a la nueva compañera en los estudios y librar a Victoria de esa tarea.

Aquella tarde, Rafael entró en la sala de música y encontró a Teresa de brazos cruzados con los ojos enrojecidos por el llanto. Le resultó extraño, ya que solía estar siempre alegre y vital. Se acercó y se sentó frente a ella.

—¿Qué te pasa? ¿Has tenido algún problema con las clases?

—No. Es que... Hoy es mi cumpleaños...

—¡Vaya! ¿Por qué no lo has dicho? Aquí nos ponen una merienda especial con tarta y todo...

—No me apetece celebrarlo. Es que me acuerdo mucho de mi familia... En casa siempre nos juntábamos con mis padres, mis hermanos, los primos... Éramos una familia muy feliz. Yo era la pequeña de la casa, tenía dos hermanos mayores. Uno de ellos llevaba un bar en el pueblo y el otro trabajaba en el campo.

—¿Y dónde están?

—Todos muertos... —murmuró con temblor en la barbilla.

Teresa había nacido en un pueblo de la campiña cordobesa. Su padre era barbero y miembro de la agrupación local del Partido Socialista Obrero Español en calidad de tesorero. El 18 de julio de 1936, tras la noticia del alzamiento militar, el pueblo fue tomado por un grupo de obreros agrícolas que hicieron presos a la directiva local de la Falange Española y a los de Acción Popular. Días más tarde, la Guardia Civil liberó a los presos y encarceló a los miembros de la corporación municipal, perteneciente al Partido Socialista, iniciando en los días posteriores una redada de detenciones y fusilamientos con total impunidad. El padre de Teresa fue uno de los represaliados.

—Un día llegó la Guardia Civil y se llevaron a mi padre al cuartelillo. Mi madre le llevaba comida a diario y preguntaba cuándo lo iban a dejar salir. Él no había hecho nunca daño a nadie... Pero una mañana que llegó a preguntar por él le dijeron que no fuera más porque ya no estaba allí y nunca más iba a volver a verlo. Semanas más tarde entraron en mi casa y cogieron a mi madre, le raparon la cabeza y la pasearon por el pueblo. Después se la llevaron a la cárcel de Córdoba y murió de tifus a los pocos meses. Nos quitaron la casa, que era de alquiler, y yo me fui con unos tíos míos que vivían en un cortijo. Mi hermano mayor trabajaba en el campo y tuvo que escapar también. Se fue a Málaga a luchar contra los golpistas y un día alguien me trajo la noticia de que había muerto en la guerra. A mi otro hermano también se lo llevaron y lo fusilaron detrás de la tapia del cementerio. Le quitaron el bar que tenía, y su casa. Me quedé sola —concluyó entre gemidos.

—¿Cómo llegaste hasta aquí?

—Mis tíos me mandaron en un tren hasta Madrid y me dieron una dirección del Partido Socialista. Allí me apuntaron al sistema de evacuación y me llevaron a Barcelona. Salimos hacia Francia y después embarcamos en el barco ruso *Felix Dzerz*. Y aquí estoy. No tengo familia, ni casa, no tengo a nadie. Aunque sé que no puedo quejarme, porque tengo todo lo que mi padre habría deseado para mí. Él soñaba con la Rusia de los bolcheviques. Me hablaba de este país como el paraíso de la igualdad, donde todo se consulta, donde todo se habla, donde el pueblo manda. Toda una lección de democracia... Este es el paraíso donde a mi padre le habría gustado vivir. Al menos yo estoy aquí, donde él quería... —Unas lágrimas rodaban por su cara.

—Bueno, esto tampoco es un paraíso tan perfecto. Nosotros estamos muy bien y nos miman, pero yo he salido a la calle y he visto que los niños usan zapatos viejos. Te puedo asegurar que todos no comen como nosotros, ni tienen estas ropas —dijo tocándose la camisa blanca y el pantalón negro—. El otro día vi a un chaval de mi edad con unas botas gastadas, sin apenas suela, asomando el pie, con el frío que hace, y me dio mucha pena.

—¿Y qué hiciste?

—Me quité mis botas de caucho forradas de lana de borrego recién estrenadas y se las di. Cuando regresé, dije que me las había quitado para ponerme los patines y no recordaba dónde las había puesto. Me dieron otras nuevas. Pero eso no se lo hacen a los niños rusos, ¿sabes? Por eso los responsables de la casa no quieren que nos mezclemos con ellos. Nosotros somos unos privilegiados aquí, nos están preparando para regresar a una España que no sé si algún día volverá a ser republicana y de izquierdas...

—Las cosas allí están muy difíciles. No creo que el golpe vaya a fracasar tan pronto. Hay muchos fascistas en Europa —dijo Teresa.

—Al menos nosotros estamos bien.

—Pues lo que debemos hacer es agradecer lo que nos están dando y disfrutar de estos lujos. Es lo que mi padre habría querido para mí. Este país se ha volcado con nosotros, tenemos mucho que agradecer, ¿no crees?

—Es verdad —asintió Rafael.

—La Unión Soviética es mi patria ahora, y todos vosotros: Victoria, Manuel, Carmen, tú, todos sois mi familia, lo único que tengo.

Ella cogió la mano de Rafael, acercó la cara a la suya y le dio un beso en la mejilla. Aquel contacto provocó una descarga eléctrica en el joven, erizándole la piel y cambiando el color de sus mejillas a un rojo intenso. Teresa lo miró también, ruborizada por el gesto que había realizado de forma impulsiva. Se miraron los dos, y durante unos eternos segundos quedaron en silencio. Rafael estaba aturdido; su cuerpo había experimentado unas sensaciones desconocidas tras aquel beso; tenía quince años y era el contacto físico más atrevido que había tenido nunca con una chica.

La imagen de Victoria se le vino a la cabeza de repente, pues se había sentido atraído por ella desde el momento en que la conoció en el barco. Sin embargo, estaba confuso, sintiendo una atracción agradable e irresistible hacia Teresa. A partir de aquel momento, Rafael se ofreció a sustituir a Victoria en las clases avanzadas de ruso, matemáticas o lengua y empezaron a dar esquinazo al grupo de amigos. A veces se quedaban solos en la biblioteca, cuando sabían que no había nadie a última hora, y charlaban cogidos de las manos. Rafael se sentía bien al lado de Teresa; era su contrapunto. Él siempre había sido algo pesimista y de carácter apagado. La pesadumbre por la pérdida de su hermano le provocaba aún pesadillas y crisis de ansiedad, que solían aplacarle las cuidadoras de noche suministrándole una infusión relajante. Ahora estaba enamorado y sentía una fuerza interior que le hacía feliz. Necesitaba la sonrisa franca de Teresa, su vitalidad. Pensaba en Victoria a veces y se sentía un traidor... Sin embargo, la pasión arrolladora que sentía por la nueva compañera traspasaba todos los sentimientos que hubiera podido profesar por Victoria hasta entonces.

Aquella tarde estaban a punto de cerrar la biblioteca y una cuidadora rusa dio el aviso para que salieran. Pero ellos estaban agazapados en un rincón y se quedaron solos. Fue un momento especial.

—Teresa, ¿quieres ser mi novia? —preguntó él tomando su mano.

—Sí, Rafael. Quiero ser tu novia, y casarme contigo cuando seamos mayores... —contestó ella con entusiasmo.

—¡Por supuesto! En cuanto terminemos el colegio me pondré a trabajar para mantenerte y formar nuestra propia familia...

Teresa se acercó a él con audacia y le dio un beso en los labios. Aquel fue el primer beso para los dos, un beso que los llenó de energía, sintiendo que algo se removía en sus cuerpos. A partir de entonces buscaban lugares solitarios en los pasillos, y más de una vez se levantaron de madrugada para citarse en rincones apartados detrás de los baños o en la sala de música, donde se entregaban a inocentes besos y caricias inexpertas que hacían que su relación fuera cada vez más sólida.

7

Montreal, Canadá. Agosto de 2004

Cuando Edith salió al fin de la sala de recogida de equipajes en el aeropuerto internacional Pierre Elliott Trudeau de Montreal, agradeció el familiar bullicio de viajeros de todas las edades, razas y condiciones vestidos a la usanza occidental. El año de trabajo intenso en Afganistán había quedado atrás y regresaba a su antigua vida, aceptándola con asombrosa rapidez. Pero esta vez no iba sola: en su mano izquierda llevaba prendida otra más pequeña e infantil que miraba con ojos extasiados el bullicio, escuchaba la megafonía del aeropuerto y miraba a todos lados para localizar aquellas voces. Hassan era de ojos y piel claros con el pelo castaño. Según le había contado Abdul, su esposa era inglesa. Después, su hijo se casó con una joven de ascendencia europea perteneciente a otra familia acomodada de Kabul. Solo el nombre del pequeño delataba su procedencia.

Al fin halló a la salida una silueta familiar: era un hombre corpulento, de casi dos metros de estatura, cara cuadrada y ojos azules. Tenía cuarenta y cinco años y vestía una chaqueta de color claro ligera y elegante. Era Adrien, su hermanastro. Ambos se fundieron en un abrazo lleno de ternura y añoranza mientras el pequeño Hassan los observaba desde abajo.

—Así que tú eres el pequeño Hassan... —dijo agachándose para ponerse a su altura—. Mi nombre es Adrien, y voy a ser tu tío... —Miró a su hermana—. ¿Entiende el inglés?

—Sí. Su abuelo le hablaba en ese idioma. He estado durante las interminables horas de vuelo hablándole de la familia y le he explicado quién eres —dijo mirando al pequeño—. Pero aún le queda un largo camino para adaptarse a su nueva vida. Bueno, cuéntame algo sobre ti. ¿Cómo están tus hijos? ¿Y Nicole? —preguntó Edith en el coche, de camino a casa.

—Creciendo demasiado deprisa para mi gusto. El pequeño Fabien es un trasto, y Monique está en una edad algo complicada, con trece años. Pronto los verás. Nicole sigue con su trabajo de periodista en *Le Journal de Montréal* y está muy ocupada, como siempre... —comentó resignado.

La casa familiar estaba en uno de los barrios más elitistas de Montreal, el Mont Royal, situado en una colina rodeada de verde en pleno corazón de la ciudad. La fachada estaba cubierta de piedra, con el techo a dos aguas y ventanales de madera blanca. Edith se sorprendió al comprobar que había recibido un buen remozado. Cuando se marchó a Afganistán ya llevaba cerrada varios años, con sábanas sobre los muebles y con el jardín algo descuidado, pues su padre había regresado a su antiguo hogar en Quebec.

—Te has adelantado. Pensaba alquilar un apartamento en el centro mientras iniciaba el arreglo... —dijo al acceder al recibidor.

—Esta es tu casa, el hogar familiar —dijo Adrien—. Aprovechando tu regreso decidí devolverla a la vida. Ha estado demasiado tiempo vacía y tú tienes de nuevo una familia. —Sonrió con ternura.

Una criada salió a su encuentro para hacerse cargo del equipaje. Los hijos de Adrien los estaban esperando y se abrazaron con efusión a su tía. El pequeño Fabien tenía la misma edad que Hassan, sin embargo le sacaba varios centímetros de estatura. Los niños miraban al pequeño con curiosidad. Después subieron todos al dormitorio del recién llegado, unido a una sala de juegos que Adrien y sus hijos habían preparado para él. Hassan abrió los ojos y se quedó extasiado al contemplar las paredes cubiertas de estanterías llenas de juguetes, balones, coches teledirigidos y bastones de hockey. Edith miró con satisfacción y agradecimiento a su hermano. Después dejaron allí a los niños y se dirigieron a la terraza posterior, que daba a un amplio jardín.

—Bueno, parece que la llegada de Hassan a su nuevo hogar no ha sido traumática —comentó Edith mientras tomaba asiento alrededor de la mesa del porche.

—No te preocupes, los niños se adaptan fácilmente, y este es tan pequeño que lo hará con más rapidez. Nicole y yo hemos hablado con mis hijos y los hemos aleccionado bien, contándoles de dónde viene y en qué condiciones vivía. Están muy concienciados y harán un buen trabajo con él, te lo aseguro. ¿Y tú? ¿Cómo estás de salud?

— Ya estoy totalmente recuperada.

—¿Qué planes tienes? ¿Vas a volver al hospital?

—No, aún no. He vivido experiencias demasiado duras. El pequeño Hassan me necesita y voy a tomarme un tiempo para que se adapte. Yo también tengo que recomponer mi vida.

—Papá esperaba impaciente tu regreso. Le preocupaba que te ocurriera algo en ese país tan lejano y peligroso.

—Papá a veces raya la paranoia con sus miedos. Cuando éramos adolescentes y salíamos con los amigos estaba siempre pendiente de nuestro regreso y se alarmaba cuando nos retrasábamos...

—Sí. Yo ahora suelo recordar los consejos que nos repetía, porque estoy empezando a dárselos a mis hijos: «Sed personas sensatas y honradas, evitad los conflictos, rehuid las peleas, bla, bla bla...». —Sonrió con nostalgia.

Cuando los hermanos se reunían en la casa familiar y querían hablar, se sentaban a jugar al ajedrez, una afición que su padre les inculcó desde pequeños. Adrien se levantó y colocó el tablero. Siempre elegía las blancas contra su hermana. Mientras jugaban, compartían confidencias. Habían estado siempre muy unidos y no había secretos entre ellos.

—¿Cómo se encuentra papá? Siempre que hablaba con él me decía que estaba bien, que no me preocupara...

—Solemos ir algunos fines de semana a Quebec. Está como siempre, ya sabes, con los achaques de la edad, sin abandonar esa sombra de tristeza y melancolía. Se pasa el tiempo pintando paisajes o jugando a la petanca con mi suegro... En fin, lo normal.

—Papá siempre ha tenido un don especial para la pintura y el diseño. Si se lo hubiera propuesto habría llegado lejos en el arte, aunque siempre decía que lo hacía por distraerse. Sin embargo, ninguno de nosotros hemos heredado esa habilidad de él —dijo Edith.

—Es verdad. Yo soy un negado para el dibujo. Sin embargo, mi hija Monique apunta maneras. Es muy creativa y le gusta el arte.

—¿Y Lucien, tu suegro? ¿Cómo está? Papá me contó que había estado delicado en los últimos meses.

—Ahora está mejor. Tiene problemas renales; uno de

los riñones no le funciona demasiado bien y lo están tratando aquí en Montreal, pero no conseguimos que se quede en casa más de una semana. Nicole le insiste, pero en cuanto termina la visita del médico regresa a Quebec con papá. Dice que se aburre en esta ciudad tan grande. Prefiere aquella tranquilidad y le gusta que vayamos allí a visitarlos. Ya sabes que es el hombre más acogedor del mundo, y mi suegro es una persona muy afable. Se tienen un gran cariño y se dan compañía mutuamente.

Lucien Hévin había pasado la mayor parte de su vida en un pueblo de la Provenza francesa. Cuando la familia Lombard comenzó a viajar en vacaciones desde Canadá a Francia, entabló una gran amistad con él y su familia. En uno de aquellos viajes, sus respectivos hijos iniciaron una relación que terminó en boda. Nicole se instaló en Montreal con su marido, y cuando una década después falleció la esposa de Lucien, el joven matrimonio le pidió que se trasladara a Canadá para estar al lado de su única familia. Durante los primeros meses vivió con ellos en Montreal.

Su consuegro y amigo, Édouard Lombard, había regresado a su antigua casa familiar de Quebec y vivía solo. Lucien no llegaba a adaptarse a la gran ciudad y a los pocos meses decidió aceptar la invitación de Édouard para irse a vivir con él.

—Por cierto, ¿le has hablado a papá de Hassan? —preguntó Edith.

—No. Fue algo tan inesperado que decidí que tenías que ser tú quien se lo contara en persona.

—Espero que acepte a este nuevo miembro de la familia.

—Por supuesto. Él adora a mis hijos y le encantan los niños. Nicole también va a ayudarte con Hassan. Está muy ilusionada con el pequeño.

—Has sido muy afortunado. Tú y Nicole formáis una pareja excepcional,

—Nicole es la mejor persona que he conocido, y te confieso que sigo enamorado de ella como cuando era un adolescente. ¿Sabes? A veces me recuerda a papá. Es tan responsable, tan paciente, tan cariñosa y preocupada por nuestros hijos...

—Ella tampoco puede quejarse por el hombre que se ha llevado. —Sonrió con cariño—. Eres un gran tipo. Ojalá yo hubiera conseguido aunque fuera la mitad de lo que tú tienes.

Adrien tomó su mano.

—Edith, todo vendrá. Mereces ser feliz, y estoy seguro de que algún día encontrarás a esa persona que te haga sentir de nuevo la ilusión, al hombre que te quiera y con el que te sientas igual que yo me siento al lado de Nicole.

—Bueno, ahora tengo otras prioridades. Me debo a un niño a quien cuidar. Alfil a reina —dijo Edith mirando el tablero—. Y hay que ver todavía cómo reacciona papá...

—¡Uf! Estoy algo desconcentrado... —dijo moviendo la pieza—. No debes preocuparte. Papá no hará distinciones entre sus nietos. Él disfruta mucho cuando vamos a visitarlo. Cuesta trabajo sacarlo de casa, pero es feliz a su manera. Menos mal que no se enteró de lo que te hizo tu marido; habría sufrido mucho.

—Sí, nunca se lo habría perdonado a Leonard... —dijo Edith con la mirada perdida. Después sacudió la cabeza como si quisiera deshacerse también de unos recuerdos dolorosos—. Recuerdo que cuando mamá vivía, ellos apenas salían ni tenían vida social, pero ella siempre decía que eran felices como no lo habían sido nunca.

—Papá y mamá se querían mucho, estaban muy compenetrados. Fue un golpe muy duro para él cuando murió... —dijo Adrien.

—Fue un golpe para todos, Adrien. Para todos... —Edith lo miró con dolor.

—Tienes razón.

Durante unos instantes quedaron en silencio mirando el tablero.

—Torre amenazando a reina... —dijo Adrien.

—¡Mierda! Salvo la reina y pierdo el alfil... —dijo moviendo la pieza, a la espera de la jugada de su hermano—. ¿Te acuerdas de cuando éramos niños y papá jugaba al ajedrez con nosotros? Y los pasatiempos de sumas y multiplicaciones que nos hacía a menudo, estimulando nuestra capacidad de razonamiento y memoria... —recordó, nostálgica.

—Papá y mamá se preocuparon por nuestra capacidad intelectual desde que éramos pequeños. Aunque contigo fueron más flexibles que conmigo. A mí papá empezó a enseñarme a leer cuando apenas tenía tres años.

—Sí, lo he escuchado más de una vez en casa.

—Los juegos consistían en ponernos a dibujar letras y consonantes, después las colgábamos en las paredes y las combinábamos formando palabras. Antes de que iniciara el colegio papá me llevaba a la tienda con él, y en los ratos libres se sentaba conmigo y hacíamos sumas y restas. Después, cuando empecé las clases, recuerdo que me aburría mucho, pues los niños se iniciaban en la lectura y en las cuentas y yo sabía leer, escribir e incluso la tabla de multiplicar. Tengo algunos recuerdos de esos años. La profesora se desesperaba conmigo y habló con los profesores para que me pasaran a un curso superior. Cuando informaron a papá del adelanto de curso se alegró mucho.

—Pues conmigo no fueron tan exigentes —dijo Edith.

—Porque papá estaba más ocupado con la fábrica de aeromodelismo en esos años. Además, estaba mamá, bueno, tu madre, quiero decir. Cuando estábamos solos tras la muerte de mi madre, su primera esposa, él tenía más tiempo libre y lo dedicaba a mi educación.

—Y estaba también su pasión por el ajedrez. Aunque parezca una obviedad, todo en la vida gira alrededor de este juego: las tácticas, las estrategias, los futuros movimientos... Papá se esforzó mucho por convertirnos en personas analíticas. A pesar de no haber tenido estudios superiores, ha sido un fuera de serie en todo lo que ha emprendido.

—Yo siempre he envidiado el entusiasmo que pone en todo lo que hace. Cuando tuvo la oportunidad de comprar la fábrica la puso patas arriba, diseñando e innovando modelos, incluso los motores... ¡Qué tiempos! Qué éxito tuvo con aquellos nuevos aviones. Nos llevaba al parque para probarlos y aún recuerdo el brillo de sus ojos cuando los hacía volar. Él siempre dice que cuando veas el brillo en los ojos de alguien es que es feliz, y papá fue feliz creando aquellos juguetes —comentó con añoranza.

—Mamá también tenía ese brillo en los ojos cuando estaba con él. Era tan especial... —Edith tenía lágrimas en los ojos—. Fueron una pareja tan compenetrada, tan unida...

—Yo intento que mi relación con Nicole se parezca a la suya, aunque es difícil a veces. Y ahora, con los problemas que tenemos en el trabajo, apenas paro en casa.

—¿Cómo va la fábrica?

—Regular.

—¡Vaya! Lo siento. No me has dicho nada en todo este tiempo.

—No quería agobiarte con mis problemas, bastantes tenías tú. Nos estamos quedando atrás y echo en falta la imaginación y la dirección de papá. La era digital se ha impuesto de forma abrumadora y los juegos electrónicos están arrasando. Necesitamos una fuerte inversión para ponernos al día, pero las ventas llevan cayendo en picado desde hace varios años y no sé qué hacer...

—Eres un tipo inteligente, fuiste el alumno más brillante de la facultad. Saldrás adelante, estoy segura.

—Decidí hacerme economista para dirigir la fábrica cuando llegara el momento, pues para mí era un orgullo trabajar al lado de papá. Para él también, y mira adónde la he llevado... —Bajó la mirada con pesar—. Él tenía un talento especial para adelantarse a la demanda, pero desde que asumí la dirección las cosas no funcionan igual y apenas me quedan estímulos para seguir. Hace poco he recibido una oferta de compra por parte de una empresa que quiere dinamizar sus ventas y convertir la fábrica en un centro de producción más, dentro del gigante de juguetería que dirigen. Es una lucha de David contra Goliat.

—Yo tengo algunos ahorros, y si hay que vender esta casa, véndela. Creo que a papá no le importará. Intenta reconvertir, invierte en tecnología, pero no te deshagas del negocio.

—Yo me dediqué en cuerpo y alma a la fábrica. Quizá fui lento para ver que las nuevas tecnologías iban a dejar atrás al juguete tradicional; tenía que haber diversificado más. Si la vendo ahora, se convertirá en una gota dentro de un océano que es esa multinacional, será una lata de tomate dentro de un supermercado. Me duele el hecho de decepcionar a papá. Te confieso que he perdido el entusiasmo.

—¿Habéis hablado de esto?

—Sí, y me ha animado a venderla. Sabe que estoy muy preocupado debido a esta crisis y a él ya le da todo igual, no tiene especial interés en conservarla. —Adrien movió un peón en el tablero—. Me ha dicho que haga lo que considere conveniente para mí.

Edith movió la torre.

—Papá y mamá nos dieron libertad para elegir nuestro futuro. Yo opté por estudiar medicina, a pesar de que a mamá no le agradó, ¿te acuerdas? Cuando le hablé de ello intentó convencerme para que desistiera porque decía que era una profesión muy dura, que iba a ver mucho dolor a diario y que podía ayudar a la gente de otra manera. Pero yo tenía vocación.

—Sí, recuerdo aquellas conversaciones en el desayuno.

—Ella siempre estaba presta a ayudar a todo el mundo, decía que el mejor legado que podíamos dejar era hacer felices a los que nos rodeaban...

—Fue una mujer extraordinaria; me acogió como un hijo desde el primer día y me dio mucho amor.

—¿Sabes? Yo estuve celosa de ti durante años... —Sonrió con malicia—. Veía que ella te quería mucho y te prestaba incluso más atención que a mí, a pesar de no ser tu madre.

—Anda, no digas eso... —sonrió Adrien con ternura. En su rostro cuadrado, la sonrisa le formaba dos hoyuelos en las mejillas muy peculiares.

—Sobre todo en la adolescencia. A veces me enfadaba con ella cuando te daba la razón...

—Es que yo era mayor que tú. —Rio abiertamente.

—Es la primera vez que te lo cuento, pero olvídalo; eres el mejor hermano del mundo, no sé qué habría sido de mí sin tu apoyo en los momentos más duros... —murmuró con nostalgia.

—Para eso está la familia. Ella fue una auténtica madre para mí, me dio mucho amor... Pero el mismo que a ti, ¿eh? Ni más ni menos... —bromeó Adrien.

—Así es. No hizo distinciones entre nosotros. De ahí su grandeza. No mereció aquella muerte tan... —Calló, con la voz quebrada. Después, tras un silencio, continuó—: Días después de morir mamá, papá me contó algunas cosas que me parecieron incoherentes. No sé si a ti también te habló de su relación con mamá. Me insinuó que se conocían desde que eran niños...

—Eso es imposible. Quizá se confundió y se refería a mi madre, no a la tuya.

—Es probable. En aquellos días estaba tan aturdido... —Durante unos instantes se quedaron en silencio sin atender el juego.

En aquel momento Nicole Hévin, la esposa de Adrien, accedió al porche y abrazó efusivamente a Edith. Tenía cuarenta y tres años, pelo castaño y un rostro lleno de pecas, como su padre. De sonrisa franca y mirada dulce, había estudiado periodismo y trabajaba en un diario de la ciudad. Formaba junto a Adrien una bonita pareja muy compenetrada y enamorada. También mantenía una excelente relación con Edith, pues eran amigas desde la adolescencia, cuando los Lombard pasaban las vacaciones veraniegas en el pueblo de la Provenza de donde procedían ella y su padre.

—Siento no haber venido antes, pero tenemos ahora mucho trabajo en la redacción. Por cierto, no sé si has mirado en los armarios. Te he dejado allí alguna ropa de Fabien para que salgas del paso en estos primeros días...

—Gracias, Nicole; sí, la he visto. De todas formas, tendré que ir a hacer algunas compras. A pesar de que tiene cuatro años, Hassan no está en la talla que le corresponde. Confío que en cuanto empiece con una alimentación adecuada y estabilidad psicológica su metabolismo volverá a la normalidad.

—¡Claro! No tienes de qué preocuparte.

—¡Ah! Tengo algo importante que contaros que me ocurrió en Afganistán. Después apareció Hassan y lo eclipsó todo. Fue tan sorprendente... —dijo mientras abría su bolso y sacaba una caja de latón dorado del que extrajo un collar plateado con una piedra de ámbar. Adrien lo sostuvo entre sus manos y quedó petrificado.

—¡Diablos...! —exclamó.

—¿Qué ocurre, cariño?

—Es el collar de mamá; el que robaron junto con otras joyas el día que entraron en la casa de Quebec, cuando ella... —Adrien calló de repente.

—Así es. No hay duda alguna —sentenció Edith.

—¿Dónde estaba? —preguntó Nicole tomándolo entre las manos para examinarlo.

—En Afganistán. Es una historia muy triste.

Edith les contó con detalle la experiencia en el hospital de Kabul y la forma en la que la joya había llegado a sus manos.

—¡Esto es increíble, milagroso! ¿Tú crees en el destino? —dijo Adrien.

—Yo ya no sé qué pensar; hasta que apareció esa joya me limitaba a vivir, a sobrevivir —dijo Edith—. Pero este hallazgo ha cambiado mi percepción del universo. Es tan sorprendente, parece sobrenatural...

—Yo me acuerdo del día en que papá llegó a esta casa con el collar para regalárselo a mamá. Fue unos meses antes de que... ocurriera todo... —murmuró Adrien.

—A mí me pareció precioso y quise ponérmelo, pero mamá me lo impidió. Creo que no le gustó demasiado y se lo llevó a Quebec para guardarlo en la caja fuerte del despacho de papá. Recuerdo que cuando íbamos allí los fines de semana y la abría, le pedí más de una vez que me lo prestara, pero nunca consintió.

—¿Estás segura de que es el mismo? —preguntó Nicole.

—Por supuesto. Fíjate en el detalle de uno de los pétalos, Adrien: está torcido, como si hubiera recibido un golpe —dijo señalándolo—. Eso ya lo tenía cuando papá se lo regaló a mamá.

—¿Te acuerdas de la historia que papá contó sobre este collar? —comentó Adrien mientras lo miraba—. Decía que la perla de ámbar procedía de uno de los palacios de los zares de Rusia, de la famosa Cámara de Ámbar robada por los nazis durante la Segunda Guerra Mundial. Yo no me lo creí, pero era una historia muy interesante.

—Papá intentaba estimular nuestro interés por la historia y la geografía. Recuerdo que mamá nos describió entonces la ciudad de San Petersburgo con tantos detalles que parecía haber estado allí —añadió Edith—. Cuando le pregunté si había visitado alguna vez ese lugar, me respondió que no, pero que había leído mucho sobre Rusia.

—Ellos tuvieron una vida muy monótona, apenas viajaban. Creo que mamá ni siquiera llegó a conocer bien Canadá. Solo salían durante las vacaciones de verano, cuando íbamos a Francia. Pero eran muy felices. —Adrien sonrió con nostalgia.

—Sí, papá fue un hombre dichoso hasta que ella murió. Después, todo se le vino abajo... —murmuró Edith de forma casi imperceptible.

—¡Vamos, Edith! ¡Arriba ese ánimo! —dijo Nicole tomando su brazo sobre la mesa y tratando de animarla—. Se me acaba de ocurrir... ¿Qué os parece si publicamos esta historia en mi periódico? Tú contarías la forma tan extraña en que ha regresado esa joya a vuestras manos, hablaríamos de tu padre, y de paso haríamos mención a la fábrica... —concluyó expectante, mirando a ambos hermanos.

—Es una gran idea, cariño. Si puedes conseguirlo, cualquier promoción sería bienvenida en las actuales circunstancias...

—Yo no entiendo mucho de esto, pero me parece una idea genial. La publicidad nunca está de más —señaló Edith.

—Pues dejadlo en mis manos. Yo estoy en la sección de Cultura, pero os aseguro que mis compañeros de Sociedad estarán encantados de ofrecer esta noticia, ¡y en exclusiva! —Sonrió entusiasmada—. Podrás hacer difusión del negocio hablando sobre la recuperación de la joya, robada dieciocho años antes en Quebec y que ha vuelto milagrosamente a la familia propietaria, etc. Entonces Edith contaría su experiencia en Afganistán y la curiosa historia de la joven embarazada que llevaba el collar y que murió en sus manos mientras salvaba a su bebé. ¿Qué os parece?

—Por mi parte, genial —dijo Edith.

—Lo dejo en tus manos —dijo Adrien ofreciéndole una dulce sonrisa a su mujer.

Edith apenas pudo dormir aquella primera noche en su antiguo hogar. Eran tantas emociones, tantos recuerdos... Adrien había preparado para ella el dormitorio principal, pero fue incapaz de dormir en la cama que habían compartido sus padres y decidió regresar al cuarto que ocupó siempre, situado junto al de Hassan y que antes había pertenecido a su hermano. Durante aquella vigilia recordó los últimos años que vivió en aquella casa junto a su padre. Su madre ya había muerto y Adrien se había casado con Nicole. Ella había terminado la carrera y trabajaba en urgencias en el hospital.

Leonard Morandé, su difunto marido, era director ejecutivo en una importante industria farmacéutica perteneciente a su familia y radicada en la ciudad. Realizaba continuas visitas y reuniones con el cuerpo médico del hospital, y en una de ellas se conocieron y congeniaron muy bien. A los pocos meses se hicieron novios. Leonard era tierno, afable, detallista. Edith estaba enamorada y convencida de que era el amor de su vida. Pero el hombre tierno y sensible que le ofreció amor y compañía, del que se enamoró como una idiota, tenía un lado oscuro que no conoció hasta que fue demasiado tarde. Fue un noviazgo corto, de apenas un año.

Después los recuerdos se dirigieron a su madre, a su mirada intuitiva, sus confidencias de mujer a mujer, las historias que le contaba de sus amigos de Cuba... Era fascinante, tan inteligente, tan culta, tan llena de amor... Fue un ejemplo a seguir, y decidió que ahora debía estar con Hassan a la misma altura que su madre lo había estado con Adrien, a pesar de no ser su madre biológica.

De repente, Edith oyó un ruido y el llanto del niño, y todas sus divagaciones se dispersaron con rapidez. Se levantó de la cama y salió corriendo a buscar a Hassan. El pequeño estaba de pie. Se había hecho pipí en la cama y la miraba con temor. Ella lo miró con dulzura y lo llevó al baño. Después le colocó ropa limpia y le ofreció su mano:

—Vamos... —dijo dirigiéndose a su dormitorio con él.

Hassan se tendió a su lado y colocó su manita sobre la mejilla de ella. Estaban los dos sobre la almohada, mirándose frente a frente. Edith sonrió y lo abrazó con suavidad. El pequeño le dedicó una mirada de inocencia. Instantes después Edith oyó su respiración pausada y rítmica. A través de la tenue luz que entraba del exterior observó el rostro del pequeño, que ahora dormía plácidamente. Recordó a su hijo Alexis. Qué diferentes eran... Sin embargo, Hassan le inspiraba la misma ternura y el mismo deseo de protegerlo. Su instinto maternal había regresado y sintió que era madre de nuevo, y que se esforzaría para que aquel niño fuera feliz y tuviera una vida digna, como su abuelo le había suplicado. Hassan pronto se convertiría legalmente en su hijo, aunque para ella ya lo era en su corazón.

8

Leningrado, URSS. 1939

El Año Nuevo se inició con noticias inquietantes en la Casa de Niños: Cataluña había caído bajo las tropas nacionales, lo que significó un fuerte revés para el ejército republicano, que necesitaba con urgencia el abastecimiento de la industria, las materias primas y los alimentos que aquella región aportaba para seguir luchando. El bando perdedor se había replegado hacia Francia seguido de una interminable columna de civiles y funcionarios que llegaron a colapsar las carreteras fronterizas. Ya solo quedaban en manos de la República las zonas del Centro y de Levante, pero los militares afectos empezaban a vislumbrar que la guerra estaba perdida e iniciaron contactos secretos con agentes nacionales con vistas a la negociación del fin de la guerra. Sin embargo, Franco no aceptó ninguna propuesta de paz que no pasara por una rendición sin condiciones.

Todo estaba perdido. El desánimo llegó a la casa cuando en marzo se recibieron noticias del golpe del general republicano Segismundo Casado contra el gobierno del presidente Juan Negrín, cuya resistencia se hacía ya inútil y estaba siendo muy criticada debido a su dependencia de la Unión Soviética y del PCE, en aquellos momentos su único apoyo, pues había sido abandonado por políticos socialistas de peso y por países como Francia o Gran Bretaña, que habían reconocido a finales de febrero el gobierno de Francisco Franco como el legítimo gobierno de España. Durante esos días, los puertos levantinos se convirtieron en la única vía de escape de políticos y combatientes, que abandonaron el país rumbo al exilio de Francia, Sudamérica o la Unión Soviética.

La Casa de Niños continuaba su rutina ajena a las tragedias que se vivían en España. El cambio más significativo en los meses que siguieron fue la incorporación a la plantilla de nuevos docentes recién llegados de España junto con sus familias, debido al exilio forzoso de los profesionales de la enseñanza contrarios al gobierno fascista, que imponía nuevos dictados en universidades y colegios.

Rafael y Teresa continuaban sus citas clandestinas por los lugares menos frecuentados. Una semana antes, Carmen Valero los había sorprendido de madrugada en los pasillos de la cuarta planta. Estaban besándose a oscuras en un recodo oculto del corredor.

—¡Chicos! ¿Qué estáis haciendo? ¡Ay, como se entere el director! ¡Venga, cada uno a su cama! —ordenó con complicidad.

Teresa regresó a su dormitorio y Carmen se dirigió con Rafael hacia las escaleras, recomendándole un poco de prudencia, algo difícil de cumplir para un chico enamorado de diecisiete años en pleno alboroto hormonal.

Desde que la guerra en España había terminado ya no se recibían cartas, y las únicas noticias les llegaban a través de artículos en la prensa soviética o en las escasas noticias que aportaban los miembros del PCE cuando los visitaban. Todo eran rumores sobre su posible regreso: unos afirmando que era inminente y otros que la estancia allí iba a prolongarse durante mucho tiempo.

El ambiente prebélico en toda Europa se dejó notar también en la Casa de Niños de la avenida Nevski. Se supo que Alemania, gobernada por un fascista llamado Adolf Hitler y amigo de Franco, había invadido Checoslovaquia en marzo de aquel mismo año de 1939, recién terminada la Guerra Civil española.

Una tarde de mediados de septiembre, Manuel llegó al comedor para reunirse con sus amigos con el rostro alterado.

—Acabo de escuchar algo inquietante. Don Manuel estaba comentando con don Pedro que los alemanes han llegado a Polonia y han ocupado la parte oeste, y que el ejército soviético ha llegado también allí y ha tomado la zona este, aunque sin intención de entrar en guerra con los alemanes.

—Los fascistas están dando otra vez la lata... —comentó Rafael—. Dicen que habrá guerra en Europa. Creo que vamos a tener una reunión para que nos expliquen lo que va a pasar...

—Los fascistas son gente mala. Deberíamos luchar contra ellos, ya que no pudimos hacerlo en España —exclamó Iñaki.

—Ahora tendremos la oportunidad de aplastarlos para llevar el marxismo a Europa. Aquí es donde se vive bien, en una sociedad feliz donde todos somos iguales —añadió Teresa con entusiasmo.

—Hemos salido de una guerra, y cuando ya nos habíamos recuperado, vamos a entrar en otra... —dijo Victoria con gesto sombrío.

Natacha, la educadora rusa que les servía los platos, intentó tranquilizarlos:

—No debéis preocuparos, aquí estamos a salvo. Los alemanes no van a llegar nunca. Hitler está enredado en Europa con los franceses y los ingleses y somos un país demasiado grande como para que se atreva a atacarnos. Además, nuestro padre Stalin no está enfadado con Hitler y han firmado un pacto para ayudarse mutuamente.

—Pero los pactos pueden romperse... —sentenció Victoria.

—Cómo van a pelearse ahora que la Unión Soviética es todavía más grande, al quedarse con la mitad de Polonia... —afirmó Iñaki mientras rebañaba su plato.

Todas las miradas se dirigieron hacia el gigante con gesto de asombro ante aquella deducción tan simple y clarividente.

—¿Y qué pasará con los polacos? Antes vivían en un país libre, y ahora la mitad van a ser alemanes y la otra mitad soviéticos. Pero nadie les ha preguntado qué quieren ser ellos... —reflexionó Manuel.

Natacha, que seguía alrededor de la mesa recogiendo los platos, intervino de nuevo.

—Nuestro gobierno ha entrado en Polonia para proteger a los ciudadanos ucranianos y bielorrusos que viven en esa parte de Polonia pegada a la Unión Soviética. Ahora están a salvo de los nazis.

Natacha no conocía que los polacos instalados en la zona oriental se habían convertido en ciudadanos soviéticos por la fuerza. El Comisariado del Pueblo para Asuntos Internos, el NKVD, fue el encargado de aniquilar brutalmente la resistencia polaca en la tristemente famosa masacre de Katyn, en la que más de veinte mil ciudadanos polacos, entre militares, intelectuales, policías y civiles fueron asesinados en los bosques de Katyn y enterrados en fosas comunes.

En las semanas que siguieron, los niños españoles de más edad comenzaron a recibir instrucción militar, a disparar armas y a protegerse en caso de ataques; además, para la totalidad de los residentes de las Casas de Niños se realizaron continuos ensayos de evacuación del edificio y de localización de refugios.

Carmen Valero agitaba a sus compañeros españoles para exigir el regreso a España del contingente infantil. Ya no estaban seguros en un país a las puertas de un gran conflicto internacional, mientras que España se había mantenido neutral y se perfilaba como el lugar más seguro para todos.

Aquella tarde había un gran alboroto en la casa: iban a recibir la visita de unas autoridades muy importantes. Los niños se afanaron por ordenar los dormitorios y las clases ayudando a las limpiadoras, cuidadoras y maestras. Todos se colocaron en la entrada para recibirlos vestidos de gala. Llegó un grupo de personas, a cuya cabeza iba una mujer de pelo negro recogido en un moño y ojos pequeños y sagaces con los que los observó a todos.

—¡Oh! Que niños más guapos... —dijo en perfecto castellano, por lo que Rafael comentó que era española.

—¿No sabes quién es? —preguntó otro joven situado a su lado—. Es Dolores Ibárruri, la Pasionaria, la jefa del Partido Comunista de España.

Ibárruri pasó junto a ellos mirándolos con una sonrisa en los labios. Varios hombres la seguían, entre ellos algunos miembros del Partido y también dirigentes del gobierno soviético. Había periodistas en la comitiva y se hicieron fotos junto a los niños. Tras recorrer las instalaciones, el grupo se despedía en la puerta cuando una mujer llamó por su nombre a la ilustre visitante. Era Carmen Valero. La comitiva se detuvo y la Pasionaria se volvió para mirarla.

—Señora, me gustaría hablar con usted... —dijo Carmen Valero, quien advirtió el gesto incómodo tanto de la interpelada como del joven delegado del PCE que había viajado en el barco con los niños.

José Hernández estaba también a su lado y trató inútilmente de hacerla desistir haciéndole gestos disimulados.

—¿Qué quieres? —preguntó la Pasionaria.

—Señora Ibárruri, soy viuda con un hijo pequeño. Vine por unos meses a Leningrado, pero llevo aquí casi tres años y quiero volver a mi país.

La Pasionaria no dijo nada, pero Carmen advirtió su mirada incómoda. Presintiendo problemas, el joven político que había tenido ya varios encontronazos con la cuidadora se acercó a ambas mujeres y se encaró con ella.

—¿Ya estás creando problemas otra vez, Carmen? ¿Siempre tienes que ser tú? —Se dirigió a Ibárruri con incomodidad—. Doña Dolores, no le haga caso, esta mujer está siempre igual.

—¡Yo quiero irme de aquí! Estoy harta de tantas negativas —gritó al resto del grupo, que observaba la escena en silencio—. Mi trabajo ha terminado.

Dolores Bujalance, la cuidadora que se había enfrentado con anterioridad a Carmen Valero, dio un paso al frente.

—Doña Dolores, esta mujer no es una buena comunista. Pero yo sí. Y desde este momento pongo mi sueldo a disposición de la casa y del Partido para que estos niños tengan una mejor educación. ¿No te da vergüenza con lo bien que estás aquí y el dinero que estás ganando? —Miró a Carmen con soberbia—. Estamos haciendo una excelente labor, pero ella se queja por todo —explicó—. Estos chavales están aquí mejor que en España. ¡Algún día volveremos a instaurar la República que nos robó Franco! —concluyó con ardor.

—¡No tienes derecho a hablarme así, Dolores! —Carmen estaba encendida de rabia.

—Tú eres la que no tenías que haber abierto la boca —le soltó con desprecio, dirigiéndose al grupo de visitantes que retomaba ya la salida con incomodidad.

Muchos niños fueron testigos de aquel incidente, que continuó después de que la comitiva abandonara el recinto.

—¿Qué te has creído, Carmen? Cuando hables con el Partido, hazlo a título personal, no mezcles a los niños ni a nosotros en tus líos —le recriminó un maestro asturiano de cierta edad.

—¡Aquí hay niños que quieren volver a España, que añoran a sus familias, sus hogares, sus costumbres! —insistió la cuidadora.

—¡Pues ahora no puede ser! Los niños se adaptan a todo, y tu deber es convencerlos para que se queden —dijo otra auxiliar con enojo.

—¡De aquí no se va nadie! Y tú eres la primera que tiene que dar ejemplo, así que le voy a decir a Igorovich, el director, que también tu sueldo vaya destinado a la casa y al Partido, adonde yo lo he mandado. Esto es lo que hay.

Dolores Bujalance estaba crecida, apoyada por varios de los miembros de la plantilla de cuidadores y maestros, mientras que otros guardaban un temeroso y cobarde silencio. Carmen abandonó la sala envuelta en lágrimas de rabia e impotencia.

Al día siguiente la auxiliar rebelde fue convocada en el despacho del director del centro, donde la esperaba José Hernández, el miembro del PCE responsable de los inmigrantes españoles en la URSS. Fiódor Igorovich abandonó la sala con prudencia y los dejó solos.

—¿Estás loca, Carmen? —Fue su saludo—. ¿Cómo se te ocurrió decir ayer esas barbaridades delante de los miembros del Komsomol y de la máxima dirigente del PCE? Somos unos invitados de lujo, este país está acogiendo a los niños españoles como no lo ha hecho ninguno en Europa.

—En Europa ya los han enviado de vuelta a sus casas. Aquí les negáis ese derecho.

—No es una decisión unilateral del Partido, es una orden que viene del Kremlin. Hemos perdido la guerra y los niños solo hallarían miseria en España, estarían desubicados y tendrían problemas con las autoridades. Volverán cuando decidamos que pueden volver. Estos niños son la nueva España, los estamos educando para que dirijan el rumbo de nuestro país cuando llegue el momento. No han perdido sus raíces, estudian en español, mantienen sus costumbres, así lo ha querido el gobierno soviético. Cuando regresen serán grandes personajes de la política, quizá alguno llegue a ser el presidente de la futura República Española cuando Franco sea derrocado. Porque el pueblo no puede quedarse de brazos cruzados ante un dictador como ese.

—Vale, deja ya este discurso, que me lo sé de memoria. ¿Cómo podéis permitir que estos niños sufran el desarraigo y la separación de sus padres? ¿Quiénes sois vosotros para decidir su futuro? Yo no quiero vivir en una sociedad donde la gente que no obedece es castigada y no se permite tener ideas propias. Esto no es tan perfecto como intentáis hacernos creer: el pueblo para el pueblo... —Sonrió con cinismo—. ¡Es mentira! Aquí hay una dictadura igual que la que acaba de implantarse en España. Y tampoco puedo quedarme de brazos cruzados mientras veo cómo estáis inculcando a estos niños unas ideas tan mezquinas. Hay algunos jóvenes que pertenecen al Komsomol y actúan como auténticos policías políticos entre sus propios compañeros, delatándolos por cualquier nimiedad. El otro día, uno de ellos estaba moviendo los labios en silencio y lo acusaron de estar rezando, y otros dos se enzarzaron en una pelea a puñetazos por un simple comentario sobre si el padre de uno que era comunista era más de izquierdas que el del otro que pertenecía a la UGT. Yo no quiero que mi hijo crezca en este ambiente. Quiero volver a mi tierra, aunque esté allí el dictador.

—Carmen, trata de aceptarlo. Aquí tienen comida, vestidos, estudios, un hogar caliente en esta ciudad tan fría...

—Pero les faltan sus padres, sus hogares, por muy pobres que sean. Todavía hay niños que lloran por las noches y tienen pesadillas, incluso crisis nerviosas. Y también conoces los episodios de escapadas que han protagonizado algunos.

—¿Y crees que en España va a estar mejor? ¿Qué educación quieres para tu hijo, la que te han dado a ti, la que me dieron a mí? Antes de la Revolución, el analfabetismo de este país era uno de los más grandes de Europa, solo cuatro de cada diez personas sabían leer o escribir. Cuando llegaron al poder los bolcheviques establecieron la obligatoriedad de alfabetización a todos los ciudadanos soviéticos entre los ocho y los cincuenta años. En la actualidad, la tasa de analfabetos se ha reducido a solo un diez por ciento. Han levantado escuelas en aldeas y pueblos aislados, y grandes universidades. Ese es el objetivo que queremos establecer en España cuando regresemos: el derecho a la educación de todos los españoles. Por cierto, ¿sabes cuánto le cuesta al gobierno soviético la educación y manutención de cada niño español? Unos diez mil rublos al año, mientras que la de cualquier niño ruso no supera los tres mil.

—¿Y de dónde crees que ha salido ese dinero? ¿Acaso no fueron los dirigentes de la República quienes sacaron todas las reservas de oro del Banco de España y las llevaron en barcos hacia Moscú a los pocos meses de estallar el golpe? No le debemos nada a Stalin... Bien pagados que están estos servicios —lo desafió.

—Carmen, no sigas por ahí... —amenazó el político señalándola con el dedo índice.

—Vale, como quieras... —dijo con falsa sumisión—. Pero sigo pensando que el sistema de enseñanza soviético está dirigido a aleccionar a las generaciones futuras; he oído que los colegios y universidades, por muy pequeños que sean, tienen asignados comisarios políticos encargados de velar por la calidad ideológica tanto de los docentes como de los alumnos, y también que muchos maestros y catedráticos soviéticos han sufrido las purgas del gobierno y han sido detenidos, delatados por sus propios alumnos o compañeros...

—¿Quién te ha dicho eso? ¿No estaréis organizando aquí un grupo disidente a espaldas nuestras...? —preguntó él con semblante serio.

—Qué más da. Yo solo me ofrecí a acompañar a los niños durante el viaje. Iba a regresar con el barco. Pronto hará tres años desde mi llegada y considero que he trabajado bien, haciéndome cargo de los niños y colaborando a poner en marcha esta casa. Ahora funciona sola y no soy necesaria. Soy creyente y quiero que mi hijo se eduque en esos valores.

—¿Estás loca? ¡Ni se te ocurra decir eso aquí! ¿Qué clase de comunista eres?

—¡Yo no soy comunista y quiero irme ya!

—¡Pues quítatelo de la cabeza! Este país nos ha acogido a todos, a niños y adultos, y nadie va a regresar por ahora. Por tu bien, no voy a referir esta conversación, pues podrías tener serios problemas.

—Eso es lo que quiero, José, tener problemas, que me

expulséis de la casa, que me rescindan el contrato, a ver si así puedo volver.

—Carmen, esto es una guerra, donde hay vencedores y vencidos, así que guárdate tus rebeldías. Aquí ven traidores por todos lados y no se andan con contemplaciones; y no me refiero a nuestro Partido, sino a los anfitriones. No sé hasta cuándo, pero nos queda una larga temporada aquí, a la espera de que los niños se hagan adultos.

—¡Por Dios! ¿Cómo podéis permitir que estos niños crezcan solos en la etapa más importante de su vida? ¡Es una crueldad!

—¿Crueldad, dices? Crueldad es lo que nos hicieron los nacionales, crueles fueron las matanzas masivas de soldados de la República, crueles fueron las bombas que cayeron sobre nuestras casas, crueles fueron los que fusilaron a los padres de estos niños detrás de las tapias de los cementerios y los enterraron en fosas comunes. ¿De qué crueldad estás hablando? ¿De tenerlos aquí viviendo como reyes?

—Pero eso no es suficiente... —replicó con menos fuerza ahora.

—¡Es suficiente! —zanjó Hernández con enojo—. Para ti y para todos nosotros. Y deja ya de quejarte porque vas a conseguir que te den algo más que una simple amonestación.

—Pues yo no pienso desistir —respondió con empecinamiento.

—Tu hijo va a crecer en la Unión Soviética, ve haciéndote a esa idea —dijo Hernández exasperado.

—No tenéis conciencia; habéis utilizado a estos niños como mercancía de propaganda política, habéis manipulado a la opinión pública internacional con su supuesta liberación, cuando la realidad es que estáis viviendo aquí a cuerpo de rey a costa de ellos —denunció con furia la auxiliar.

—¡Mide tus palabras, Carmen! Como sigas así vas a salir de esta casa, pero no precisamente hacia España —gritó con gesto contraído.

—¿Me estás amenazando, José? ¿Acaso sería capaz tu Partido, vosotros, compatriotas míos, tú, de denunciarme ante los soviéticos, de hacerme daño?

José Hernández exhaló un profundo suspiro y suavizó su tono de voz.

—Yo no, Carmen. Te aprecio sinceramente y te estoy aconsejando como un buen amigo. Pero igual que están desapareciendo maestros soviéticos, también podrían apuntar hacia otros, no importa la procedencia. Aquí las voces críticas se acallan enseguida, aunque sea por la fuerza. Por menos de lo que tú dijiste ayer en público ha habido gente a la que han detenido. Lo último que desea el Partido es incomodar a nuestros anfitriones. Y yo, en particular, no deseo que te ocurra nada malo. Pero ya estás advertida. No habrá más avisos.

Dicho esto salió del despacho sin mirarla.

Victoria era una sombra, una silueta que se movía por el internado de forma silenciosa y casi invisible. Había oído aquella conversación detrás de la puerta y bajó al patio a reunirse con sus amigos.

—No vamos a volver a España en mucho tiempo, Rafael.

—¿Tú crees? Carmen está insistiendo mucho, ya la oíste ayer. Estoy seguro de que la dejarán marchar con tal de que no les dé más la lata. —Sonrió.

—Ella no va a volver, ninguno de nosotros va a volver. Vamos a quedarnos aquí muchos años.

—Pero yo tengo que ir a buscar a mi hermano. Ya no recibo noticias de la Cruz Roja ni de mi casa. No sé dónde está, y mi madre sigue creyendo que vive aquí conmigo...

—Lo siento, procura aceptarlo.

—¿Quién lo prohíbe, el gobierno soviético?

—Sí, con la conformidad del PCE. Los mismos que nos trajeron aquí no piensan dejarnos regresar. Carmen está en peligro. Tengo un mal presentimiento con ella...

—¿Lo dices por la bronca que tuvo ayer con los visitantes? Ella tiene derecho a regresar, deberían dejarla marchar.

—Ella no dirige ya su destino... —murmuró con pesadumbre.

Rafael se quedó en silencio, pensativo. Aquel país no era el paraíso que les habían descrito: algo andaba mal entre los supuestos salvadores, que los habían llevado hasta allí para utilizarlos como rehenes en sus proyectos políticos y aspiraciones personales.

Unos días más tarde, la premonición de Victoria se cumplió. Aquel sábado, el grupo de amigos había realizado una salida por los alrededores. Al regresar a la casa advirtieron un tumulto en la puerta. Había un coche con una sirena en el techo. Los chicos se arremolinaron para intentar acceder al interior, pero los miembros de la Milítsiya se lo impidieron.

—¿Qué ha pasado? —preguntaron en ruso a uno de ellos.

En aquel momento vieron con horror cómo Carmen Valero salía a empujones hacia la calle, con las manos esposadas a la espalda y rodeada por dos milicianos. Escucharon gritos de protestas por parte del personal español, diciendo en ruso que aquello era un atropello y que iban a quejarse al Partido. Carmen iba llorando, casi sin aliento. Al ver a los chicos en la puerta se dirigió a Rafael.

—¡Rafael, cuida de mi hijo! ¡Por favor, cuida de Alejandro! ¡Te lo suplico! —gritó cuando los dos hombres que la sujetaban la obligaron con un empellón a entrar en el vehículo. Después partió y los agentes del orden se retiraron.

Los jóvenes quedaron impactados contemplando la escena. Rafael se dirigió a un profesor español para preguntarle por aquella detención, pero este no quiso hablar y le dio la espalda. Victoria lo intentó con Natacha, pero el silencio fue su única respuesta. Insistieron con otros educadores españoles y recibieron una contestación destemplada de que aquello no era asunto suyo y que se dedicaran a estudiar.

Rafael acudió al director con el fin de solicitarle hacerse cargo del hijo de Carmen, pero este no lo recibió. Fue otra educadora rusa quien le informó de que el pequeño Alejandro se había quedado al cargo del personal de la institución y que no debía preocuparse por él. Durante la cena, el pesimismo cundió entre el grupo de amigos. Rafael tuvo pesadillas esa noche y apenas pegó ojo. Por la mañana buscó al pequeño Alejandro en el comedor entre el grupo de los menores, pero no lo encontró. Preguntó entonces a una profesora española, quien le informó que la tarde anterior se lo habían llevado a la casa de párvulos de Pushkin, a unos veinticinco kilómetros de Leningrado.

—Pero no pueden llevárselo. Su madre me ha encargado que cuide de él.

—¿Acaso eres su hermano? ¿Eres un familiar? —preguntó un profesor español con gesto enfadado.

—No, pero...

—Pues entonces olvídate de él. Allí estará con niños de su edad.

Rafael sintió que la tierra se abría bajo sus pies. Había recibido un cometido, de nuevo una mujer le había confiado el cuidado de un niño, y de nuevo sentía la impotencia de no poder cumplirlo. Había fallado a Carmen, a su madre, a su hermano, y ahora, al pequeño Alejandro.

—No debes torturarte, Rafael. No puedes hacer nada por Alejandro. Estará bien cuidado en Pushkin con los demás niños de su edad. —Victoria le habló al sentarse a su lado en el patio.

—No te he dicho nada y, aun así, sabes lo que estoy pensando... —La miró con tristeza.

—Eres un libro abierto para mí. —Sonrió.

—También sufro por Carmen. Rezo para que vuelva. Sin embargo, el hecho de que se hayan llevado a su hijo a otra Casa de Niños me da mala espina. Si pensaran liberarla pronto lo habrían dejado aquí. Ella era una molestia para el PCE, les hacía quedar mal ante los soviéticos y me temo que la han utilizado para dar ejemplo a los que piensan igual y sofocar así una posible rebelión entre los que quieren regresar a España.

—Carmen no va a volver a esta casa, ni a España. Creo que no vamos a volver a verla nunca... —sentenció Victoria.

Rafael la miró con estupor, pero ella prosiguió con serenidad.

—Hay que tener cuidado con lo que hablamos de ahora en adelante. El profesor de lengua rusa es ambicioso y quiere llegar lejos. Hay que alejarse también de la cocinera. Dolores Bujalance, la cuidadora que se enfrentó a Carmen, tiene un alma negra y retorcida.

—Ahora que Carmen no está, quizá me coloquen en su punto de mira porque era amigo suyo. Parece que estamos rodeados de gente mala —dijo Rafael moviendo la cabeza con pesar.

—No creas eso. La mayoría del personal de la casa tiene buen corazón y mucha paciencia con nosotros. Los que te he señalado no son malvados, es solo que tienen miedo, lo percibo en sus gestos. Y cuando temen perder la libertad, el trabajo o su vida, sacrifican a cualquiera que se le cruce en el camino para salvarse ellos. Lo que ha hecho Dolores Bujalance con Carmen es pura supervivencia. Necesitaba redimirse ante sus compañeros del Partido y la ha utilizado colocándola en el centro de la diana.

Pasó más de una semana y seguían sin recibir noticias de Carmen Valero. Para los educadores parecía que nunca hubiera estado allí: jamás hablaban de ella ni del incidente de su detención. Sin embargo, había muchos niños que la añoraban. Carmen era amable, cariñosa y comprensiva, y se había ganado el cariño de los pequeños, pero cuando alguno la mencionaba y preguntaba por ella, recibía respuestas secas o destempladas.

—Carmen ha muerto —soltó Victoria una mañana durante el desayuno.

Rafael iba a tomar un sorbo de leche y quedó paralizado. Manuel y Teresa la contemplaron con ojos de espanto.

—¡No digas eso, Victoria! —la increpó Iñaki con gran disgusto.

—La he visto en mis sueños... Estaba llena de moretones y le habían cortado varios dedos de las manos. Yacía en el suelo y tenía mucho frío. Yo he sentido ese frío y me he despertado tiritando... —Unas lágrimas rodaron por sus mejillas.

—Ha sido una pesadilla, no debes darle importancia —sugirió Teresa, aún consternada por lo que acababa de oír—. Pero me has revuelto el estómago...

Manuel y Rafael se cruzaron miradas de desazón. Conocían bien a Victoria y sabían que solía acertar en sus premoniciones.

—¡Ojalá pudiera! —murmuró limpiándose las lágrimas—. Pero ha sido tan real... Ahora pienso en Alejandro y lo veo solo, ya no tiene padres. Carmen está muerta, lo sé...

Unos gritos de adultos procedentes del pasillo alertaron a los amigos, que apenas habían probado bocado. Algunos compañeros salieron a la puerta para ver qué ocurría, pero una de las auxiliares rusas se dirigió hacia ellos, ordenándoles regresar a las mesas. Cuando todos volvieron a su sitio, la responsable salió y cerró la puerta dejándolos solos. Alarmados por el alboroto que se vivía en los pasillos, varios niños se asomaron a la ventana que ofrecía vistas de la puerta y del jardín exterior de la casa.

—¡Mira, hay dos furgones de la policía! —gritó uno de ellos.

Iñaki se abrió paso con sus potentes brazos entre el grupo de niños que se arremolinaba en torno a la ventana y les hizo sitio a sus amigos, que contemplaron aterrorizados cómo dos agentes armados se llevaban al profesor de historia, don Vicente Expósito.

Un silencio temeroso y confuso se expandió por todo el comedor. Los más pequeños no entendían nada y preguntaban si don Vicente se iba a visitar a la señorita Carmen; los mayores apenas se atrevieron a hacer un comentario. El grupo de amigos regresó a la mesa con inquietud.

—Otro profesor detenido. Ojalá tu sueño no se haga realidad... —murmuró Manuel a Victoria.

—Todo está relacionado. Don Vicente ha sido detenido porque Carmen lo ha delatado... —dijo Victoria.

—¿Cómo puede haberlo delatado si ninguno de los dos ha hecho nada malo? Es absurdo —opinó Teresa—. Seguramente querrán interrogarlo por algo del colegio, como a Carmen. Pronto volverán con nosotros.

—Don Vicente me paró un día en el pasillo para decirme

que sentía lo que me había pasado cuando me obligaron a romper la Biblia —dijo Victoria—. Me aconsejó que fuese prudente y me confesó que él también era creyente. Era amigo de Carmen y sé que también quería regresar a España.

—A lo mejor los envían a los dos de regreso... —sugirió Manuel.

—No habéis entendido nada... Carmen ha sido torturada para que delate a los compañeros que se rebelan, como ella, contra las normas que hay aquí. Por eso se han llevado a don Vicente. Él tampoco va a regresar nunca...

—¡Ya está bien, Victoria! —ordenó Teresa, exasperada—. No puedes meternos ese miedo en el cuerpo por un simple sueño. No me creo nada de lo que cuentas. Estoy segura de que en unas semanas ambos volverán. En este país no hacen esas cosas tan horrendas que dices. ¿Quién te ha metido todas esas locuras en la cabeza?

Los chavales volvieron a quedarse mudos, y tras unos instantes se levantaron para dirigirse a las clases.

Dos días más tarde, José Hernández, el miembro del Partido Comunista que había trabado una buena amistad con Carmen y que saludaba con jovialidad a Rafael visitó de nuevo la Casa de Niños para entrevistarse con el director. El chico tuvo noticias de aquella visita y lo acechó en el pasillo. Ambos eran de la misma ciudad y charlaban a veces, recordando viejas anécdotas. Desde que Victoria le habló de la muerte de Carmen, Rafael apenas había pegado ojo y se resistía a creerlo. Sentía miedo e impotencia ante aquella injusticia. Cuando oyó el clic de la puerta se ocultó tras la esquina del pasillo para aguardarlo. Hernández pasó a su lado caminando despacio hacia las escaleras. Rafael se había quedado detrás, y cuando comprobó que el pasillo estaba desierto, salió a su encuentro y llamó su atención. José Hernández se detuvo y le dedicó una sonrisa franca.

—Hola, Rafael. ¿Cómo van tus estudios?

—Bien. Solo quería saludarle y también preguntarle por Carmen y don Vicente. ¿Sabe cuándo van a volver?

Rafael advirtió una fugaz sombra de tristeza en la mirada del hombre.

—Creo que no van a volver por... ahora...

—Pero ¿dónde están?

—No lo sé, hijo. Se los llevaron. Eres muy joven para entender esto. Son asuntos de política. Carmen tendría que haber sido más prudente, no debió insistir tanto en regresar a España ni involucrarse tanto...

—¿Está muerta?

José lo miró con espanto.

—¿Por qué haces esa pregunta?

—Por nada. Es solo que... Hay alguien en la casa que... Bueno, es especial, tiene un don para adivinar cosas y ha tenido el presentimiento de que Carmen ya no está entre los vivos... —respondió con ingenuidad alzando los hombros.

—¿Una educadora? —indagó con cautela.

—No, es una niña del grupo de los pequeños... —Rafael trató de eludir el nombre de su amiga.

Hernández bajó la mirada y Rafael notó cómo le temblaba la barbilla.

—Rafael, voy a darte un consejo, y quiero que lo sigas al pie de la letra: mientras vivas aquí, nunca digas lo que piensas, ni en público ni entre amigos. Aunque algo no te guste, aunque estés en desacuerdo, cállate. No te señales, no llames la atención, procura pasar desapercibido. Acepta todo lo que te den, que va a ser mucho: estudios, trabajo, posición... Cógelo todo. Pero tienes que seguir sus reglas, no muerdas la mano que te da de comer. Tu padre fue un buen socialista y él jamás habría tenido oportunidad de darte todo lo que vas a recibir aquí, ni la calidad de vida que tienes ahora. Cuando vuelvas, tu familia se sentirá orgullosa de ti, podrás vivir tu propia vida y hacer lo que quieras según tu conciencia. Pero ahora tienes que callar y aceptarlo todo con una sonrisa de agradecimiento.

Rafael entendió el mensaje, no solo el hablado, sino el lenguaje no verbal. Hernández trataba de convencerse a sí mismo de sus propias palabras. Tenía frente a él a un hombre triste y desencantado, un superviviente incapaz de rebelarse ante la injusticia impartida por un gobierno que lo trataba bien mientras le fuera leal, sin remilgos ni remordimientos.

9

Leningrado, URSS. 1939-1941

En el otoño de 1939 se adaptaron sendas Casas para Jóvenes Españoles en Moscú y Leningrado, con el fin de alojar a los jóvenes de más edad procedentes de los diferentes hogares infantiles repartidos por todo el país. Apremiado por una más que probable guerra en Europa y debido a la imperiosa necesidad de profesionales en la industria de armamento y del motor, el gobierno soviético adaptó la formación técnica a la productividad tanto en escuelas como en universidades. De esta manera, todos los alumnos soviéticos armonizaban sus estudios con el trabajo en las fábricas o en tareas agrícolas.

Muchos jóvenes que habían formado parte de la casa de la avenida Nevski marcharon aquel año a Moscú a estudiar los cursos previos a la carrera universitaria, y también hubo otros a los que dejaron ir para vivir de forma independiente, ya fuera porque contrajeran matrimonio, en el caso de algunas chicas, o por el deseo de emanciparse por parte de los que habían conseguido un trabajo estable. La Casa de Niños que había acogido al grupo de amigos pasaría a ser ahora la Casa para Jóvenes Españoles de Leningrado, llegando a albergar alrededor de ciento cincuenta muchachos, de los cuales un numeroso grupo había abandonado los estudios en quinto o sexto grado y comenzado a trabajar en las fábricas como obreros especializados. El equipo de cuidadores y maestros continuaba allí, pero ahora los horarios eran más flexibles. Los jóvenes recibían un pequeño sueldo, podían salir solos a cualquier hora e incluso les estaba permitido fumar.

Para Rafael era importante quedarse en Leningrado y estar cerca de Alejandro, el hijo de Carmen Valero, a quien visitaba asiduamente en el colegio de párvulos españoles de Pushkin. Ante la eventualidad de tener que desplazarse a Moscú y separarse, el grupo de amigos decidió quedarse en la casa que había sido su hogar desde que llegaron a la Unión Soviética. Todos, excepto Iñaki, se preparaban para ir a la universidad. Rafael quería ser ingeniero aeronáutico; Teresa se apuntó a la escuela de enfermería; Victoria aspiraba a ser profesora, y Manuel, médico. Victoria y Teresa compaginaban sus estudios con el trabajo en una fábrica textil confeccionando uniformes, mientras que Rafael y Manuel habían comenzado su vida laboral en una fábrica de tanques y coches blindados junto a Iñaki. El pequeño gigante seguía teniendo problemas con los estudios. Gracias a la paciencia de sus amigos y profesores había aprendido a leer y escribir en español y algo de ruso, a sumar y restar. Rafael y Manuel lo intentaban con la tabla de multiplicar de camino al trabajo cada día, pero era una tarea difícil, pues su capacidad de concentración era nula y aprovechaba cualquier distracción para escaquearse de las lecciones.

En noviembre de 1939, tres meses después del inicio de la Segunda Guerra Mundial, los jóvenes españoles recibieron la inquietante noticia de que aviones soviéticos habían iniciado un cruento bombardeo en Helsinki, la capital del país vecino del norte, Finlandia, en la que se llamó la guerra de Invierno. Durante meses fueron testigos del movimiento bélico que se vivió en la ciudad, que hacía frontera con aquel país. Los efectivos militares y humanos soviéticos triplicaban a los finlandeses y se esperaba un final rápido y eficaz que acabaría con la anexión de sus tierras. Pero el coraje de sus soldados fue excepcional y resistieron el ataque soviético hasta marzo de 1940, fecha en que ambos países firmaron el tratado de paz.

—Dicen que ha terminado la guerra contra Finlandia y que hemos ganado... —susurró Manuel durante la cena a sus amigos.

—Sí, pero a qué precio. He oído que la gente no está contenta. Ha habido muchas pérdidas, tanto de soldados como de armamento, y encima no han conseguido conquistar Finlandia, que era el objetivo de Stalin. Ahora Rusia se está creando muchos enemigos por toda Europa... —dijo Rafael.

—Natacha me ha dicho que están llamando a toda la población para trabajar en fábricas de armamento, y que el gobierno está movilizando a millones de hombres y mujeres para prepararlos para la guerra —añadió Victoria.

—¿Qué guerra? ¿No acaban de firmar la paz con los vecinos del norte? —preguntó Teresa.

—Sí, pero ahora están trasladando a los soldados hacia las nuevas bases militares rusas que han levantado en Estonia, Letonia y Lituania. Hay muchos nervios entre los militares; he oído que el ejército alemán se está reagrupando en la frontera de Polonia con la Unión Soviética, y que Stalin también está mandando tropas para allá —añadió Manuel—. A lo mejor Hitler quiere entrar aquí...

—¿Y qué van a hacer aquí los alemanes? Se romperían los dientes nada más cruzar la frontera. Yo me encargaría de romper unos cuantos —exclamó Iñaki, levantando su musculoso brazo y provocando la carcajada de sus amigos y la de él mismo.

Al reír se le formaban hoyitos en sendas mejillas que acentuaban su semblante de inocencia.

Meses más tarde, al regresar de una de sus salidas en pandilla por la ciudad, hallaron a un chico ruso de su edad cerca de la cancela que accedía al internado. Estaban a finales de noviembre de 1940 y había empezado a nevar. El joven les dedicó una sonrisa triste y todos advirtieron que estaba desabrigado. Desde que salían a diario y tenían libertad de movimientos por la ciudad habían conocido la realidad de aquel país, advirtiendo que los soviéticos no vestían tan bien como ellos ni tenían zapatos tan lustrosos. Los profesores iban a la casa para impartirles clases, recibían buenas comidas, educación y se sentían unos privilegiados.

—Fijaos en ese chico. Está muy delgado y debe de estar pasando frío —dijo Rafael.

El joven se acercó y les sonrió. Tenía algunos dientes oscuros llenos de caries y grandes ojeras.

—¡Vamos a practicar el ruso! —dijo Iñaki dirigiéndose hacia él—. *Skolko tebie liet?* —«¿Cuántos años tienes?», preguntó el gigante en su idioma.

—Diecinueve —respondió el joven.

Los amigos lo miraron con asombro, pues creían que era más pequeño. Observaron que solo llevaba una bufanda y un jersey de lana basto, y la nieve caía con fuerza. Rafael se deshizo de su cálido abrigo forrado de piel y se lo entregó.

—*Kak tebya zovut?* —«¿Cómo te llamas?»

—Vladimir.

—Toma mi abrigo, Vladimir.

Pero cuando iba a quitárselo, Manuel intervino para impedírselo:

—No, espera, tú ya le diste tus botas a otro chico hace tiempo y te llamaron la atención. No puedes ir perdiéndolo todo, te castigarían.

Manuel, que tenía un corazón noble, se deshizo de su abrigo y se lo ofreció al joven.

—¡Toma mi *shapka*! —añadió Iñaki con decisión, desprendiéndose de su gorro de piel con orejeras.

El chaval sonrió y comenzó a hacer alabanzas.

—*Spasibo! Spasibo...! Bolshoye spasibo!* —«Gracias, muchas gracias», decía con una sonrisa colocándose el abrigo y el gorro mientras se alejaba.

El grupo que se había hecho inseparable entró en la casa con la sensación de que algo no funcionaba bien.

—Este país, Teresa, tu paraíso del proletariado, no es tal paraíso. Aquí los jóvenes de nuestra edad están pasando hambre y frío. No todos los soviéticos viven como nosotros. La riqueza no está tan bien repartida como creemos —murmuró Victoria durante la cena.

—En el pueblo soviético no hay tanta igualdad como nos hicieron creer a todos —añadió Rafael.

Otro día, Victoria estaba en la biblioteca leyendo un voluminoso libro mientras Iñaki jugaba con las canicas sobre la mesa.

—¿Qué lees? —preguntó Manuel sentándose frente a ella.

—*Crimen y castigo*, de Dostoievski. Me encantan los autores rusos, y este libro es tan... real. Es la historia de un chico que vive en la pobreza aquí, en Leningrado, cuando esta ciudad se llamaba San Petersburgo. Incluso se nombra la avenida Nevski, donde vivimos. El protagonista es muy pobre y decide asesinar a una vieja usurera para robarle el dinero y ayudar a su familia, pero el sentimiento de culpa empieza a volverle loco.

—Es una historia demasiado complicada para mí. Prefiero los números y las fórmulas de química...

—Me gustaría ser maestra algún día. Me encanta leer, tanto autores españoles como rusos. Ya me conozco los poemas de Pushkin y Calderón de la Barca, y las historias de Tolstói. Creo que aquí podría conseguir un trabajo como profesora de español. Quiero ser como Carmen, estar al cuidado de niños y enseñarles mi lengua, porque gracias a Dios la hemos aprendido bien.

—Sí, no podemos quejarnos de la educación que nos están dando. Yo seré médico algún día —dijo Manuel.

Mientras tanto, Rafael, sentado en un rincón, construía maquetas de aeromodelismo. La obsesiva tendencia a dibujar el rostro de sus seres queridos —como el de su hermano, el de su madre o el de Carmen Valero— se le había calmado un poco. Era muy hábil con las manos, y en los ratos libres se aislaba en la sala, cogía la cola y madera y con mucha paciencia armaba aviones en miniatura. En la casa solía arreglar averías eléctricas, grifos o cualquier desperfecto. Teresa se unió a Rafael aquella tarde con su habitual alegría.

—¡Es precioso ese avión! ¿Crees que podrás hacerlo volar? —preguntó la joven.

—Eso espero, lo probaré este fin de semana en Pushkin con Alejandro.

Cada fin de semana, sin faltar uno, Rafael, acompañado de sus amigos, se desplazaba a Pushkin para visitar al hijo de Carmen Valero, de la cual no habían vuelto a tener noticias. Victoria solía leerle cuentos en el jardín, y de su escaso sueldo Rafael retraía un poco para llevarle caramelos, juguetes y aviones hechos por él mismo. Para Rafael aquel niño era especial, era su responsabilidad, como el hermano que había perdido en el puerto de Francia. Carmen Valero le había pedido que cuidara de él en aquel infausto día en que se la llevaron presa y tenía que cumplir ese cometido, así le fuera la vida en ello. Una tarde habló con el director de la casa sobre la posibilidad de adoptarlo, pero la respuesta fue contundente:

—No puedes. Solo adoptan los matrimonios. Tú eres menor de edad.

—Yo pretendo adoptarlo como hermano...

—Hijo, las leyes no son así —respondió Fiódor Igorovich.

—Pero yo quiero que viva conmigo, quiero hacerme cargo de él, aunque sea como tutor. Carmen me lo pidió cuando se la llevaron...

El director bajó la mirada.

—Lo siento, pero no puedes hacer nada. A todos los efectos, y mientras su madre no regrese, ese niño es huérfano. No debes preocuparte por él, estoy seguro de que allí lo están cuidando bien, como a todos.

—¿Y si su madre no volviera nunca? —Lo miró con ansiedad.

—Verás, Rafael, dadas las circunstancias en que su madre... —calló de repente, tratando de encontrar las palabras adecuadas— dejó este internado, que conoces bien, el Estado se ha hecho cargo de él y lo educará en los valores de este país. Hay sitios especiales para estos casos, sin embargo a él lo han dejado en el mismo programa de los niños españoles, en Pushkin. Ha tenido mucha suerte.

—¿Suerte? ¿Y cómo son esos otros sitios?

—No puedo contarte demasiado porque apenas los conozco, pero sé que los hijos de los presos políticos son llevados a internados especiales y no están tan bien cuidados como vosotros...

—Pero su madre no era una disidente, solo quería volver a España...

—Déjalo estar, Rafael.

—No puedo, se lo prometí a su madre...

Ante la obstinación del chaval, el director desistió en su empeño y lo dejó solo. Rafael ignoraba que los niños rusos cuyos padres habían sido arrestados por traición a la patria eran llevados a infames orfanatos y centros de acogida, llegando a inspirar un gran rechazo entre los que antes habían sido amigos o vecinos suyos. El Estado se hacía cargo de ellos y los marcaba para siempre por sus antecedentes familiares. Solo unos pocos afortunados conseguían salir de allí gracias a mujeres de gran corazón que se apiadaban de ellos y los llevaban a sus hogares.

A finales de 1940, los jóvenes inquilinos de la casa número nueve recibían noticias a través de la radio sobre el recrudecimiento de la guerra fuera de las fronteras soviéticas. El ejército nazi había invadido gran parte de la Europa occidental, y las relaciones entre Alemania y la Unión Soviética se deterioraban a pasos agigantados a causa de la llegada de tropas alemanas a países fronterizos como Finlandia y Rumanía. Mientras todos vivían confiando en que Hitler jamás osaría traspasar la frontera, el plan secreto para la invasión de la URSS estaba ya sobre la mesa del Führer.

El representante del Komsomol en la Casa de Jóvenes era un joven asturiano que trabajaba como peón en una fábrica de tanques. Aquella tarde de enero de 1941 reunió a todos para informarlos de que había recibido una sugerencia por parte del Partido Comunista de España para que solicitaran la nacionalidad soviética.

—¿Eso quiere decir que no vamos a regresar nunca a España? —preguntó una chica.

—¿Vamos a perder nuestra nacionalidad española? —inquirió otro.

—No. Tendremos las dos. Nos quedan muchos años de estancia aquí y lo mejor para todos es solicitar la ciudadanía soviética para integrarnos en el país... —informó el joven aspirante a político.

—¿Y si no queremos hacernos soviéticos? —preguntó otro.

—Verás, amigo. Es solo una sugerencia, pero viene de arriba, ¿entiendes?

De inmediato todos captaron el mensaje. Habían recibido una educación basada en la autocrítica y en la superación personal, pero también habían aprendido con lecciones duras y ejemplarizantes a no criticar las decisiones del Partido o del Estado.

10

Quebec, Canadá. Agosto de 2004

Aquel día de mediados de agosto amaneció nublado en Quebec, donde había un ambiente húmedo y caluroso a la vez. A Edith le reconfortó sentir el bochorno típico del corto verano que disfrutaban en la preciosa ciudad donde había nacido y crecido. La casa familiar estaba situada en el Vieux Quebec, una zona que en verano se llenaba de turistas y visitantes. Tenía una fachada de dos plantas revestida de piedra gris, con una puerta de madera antigua adornada por aldabones de hierro. El interior era cálido y confortable, con el suelo forrado de madera y cubierto por alfombras de pieles de animales. La parte posterior tenía un coqueto jardín con un columpio y algunos árboles donde Edith y su hermano jugaban de niños.

Había resuelto ir sola a ver a su padre y Nicole se ofreció a quedarse con Hassan aquel día. Tenía previsto regresar en el último tren de la tarde. Nada más traspasar el umbral de la casa de su padre, Edith percibió el característico olor a madera quemada procedente de la chimenea que impregnaba todo el hogar. No le había avisado de su visita, no lo creyó necesario porque sabía que siempre estaba en casa. Esta vez lo halló en el jardín, sentado frente a un caballete y pintando un cuadro. Al levantar la mirada y advertir su presencia, el anciano esbozó una amplia sonrisa y lanzó una exclamación de alegría. Después se puso en pie lentamente, tomando el bastón para ayudarse a caminar. Había sufrido en su juventud un grave accidente que le había destrozado la rodilla y cojeaba desde entonces. Edith llegó a su altura y se fundió con él en un cálido abrazo.

—¡Mi pequeña! ¡Cuántas ganas tenía de verte! Al fin has regresado. Estaba tan preocupado por ti... Pero ya estás de nuevo en casa. Me alegro tanto... —Sonrió con ternura.

Édouard Lombard tenía una brillante calva, ojos marrones y mejillas lisas bien rasuradas. Vestía una camisa de manga larga de cuadros pequeños y un pantalón chino oscuro sujeto con un cinturón negro. Era de complexión fuerte. A pesar de sus ochenta y un años y de la notoria cojera de su pierna derecha, aún se sentía ágil.

—Yo también estoy feliz de volver a casa, papá.

—Vamos, cuéntame cómo te ha ido en ese país tan lejano... —dijo dirigiéndose con ella hacia una mesa de madera de teca situada en una esquina del jardín, junto a un arriate de hortensias blancas y rosadas.

En aquel momento Nani, la señora que trabajaba en la casa, de unos cincuenta años y cabello moreno recogido en una coleta, se acercó a ellos portando una bandeja con una jarra de zumo y dulces.

—Gracias, Nani —dijo Edith dedicándole una cariñosa mirada—. ¡Cuánto he añorado tu naranjada! Y tus pasteles, por supuesto...

—Pues aquí los tienes, a ver si así te quedas con nosotros para siempre. —Sonrió la mujer con bondad. Después los dejó solos.

—¿Cómo estás, papá? Adrien dice que has vuelto a pintar y que te ve muy entusiasmado...

—Bueno, es una distracción para mí. Me ayuda a pasar el tiempo.

—¿Y Lucien?

—Está en el club de petanca. La próxima semana se celebra un campeonato entre varios clubes de la ciudad y él participa. Es un auténtico fanático de ese juego y el mejor del grupo. —Sonrió.

—¿Por qué no participas tú también?

—A mí me gusta jugar con él a veces, pero tengo otras cosas para distraerme, como pintar.

—Ayer estuve con mi hermano y comentamos que deberías venirte a Montreal con nosotros. Ha vuelto a abrir la casa y me he instalado allí. También Lucien, por supuesto. Allí tenéis un enorme jardín para jugar a la petanca y pintar.

—No, querida. Yo me quedo aquí. Este es mi hogar, aquí viví los años más felices de mi vida y no pienso dejarlo. Fue un error trasladarme a Montreal. Y tampoco creo que consigas sacar a Lucien de Quebec. —Sonrió—. Está muy integrado ya y le pasa como a mí, que no le gustan las grandes ciudades. Bueno, y ahora cuéntame qué planes tienes.

—No lo sé, no quiero volver al hospital, aún no me siento con ánimos de seguir viendo enfermedades y sufrimiento...

—Espero que estés más recuperada. Perder a un hijo es lo más duro que puede pasarle a uno, pero tienes que retomar tu vida. Eres joven, una gran doctora y una gran persona. Tienes que perdonarte a ti misma. ¿Lo has hecho ya?

—Aún no lo sé...

—Ojalá pudiera cargar con tu dolor, hija mía. Sé que tu pérdida es irreemplazable, pero tienes que seguir adelante. Levanta la cabeza y mira al frente. Mereces tener una vida llena de dicha y encontrar un hombre que te valore, que te ame como yo amé a tu madre, porque eres tan parecida a ella, me la recuerdas tanto...

Durante unos instantes se quedaron en silencio.

—Bueno, cuéntame, ¿qué has hecho en Afganistán? —preguntó el anciano.

—¡Uf! He cosido cuerpos destrozados, he visto tanto dolor, tantas lágrimas, tanta violencia...

—Me lo puedo imaginar. Yo también viví esa experiencia y esas cosas no se olvidan nunca...

—¿Tú? ¿Cuándo has vivido algo así? —preguntó, escéptica.

—Durante la guerra.

—Pero eras muy joven. ¿Cuántos años tenías, diecisiete, dieciocho...?

—Era un chaval, pero la viví intensamente.

—Nunca me habías contado que hubieras luchado contra los nazis en Francia.

—He vivido dos guerras y ninguna fue allí... —murmuró mirando al frente, con la mirada perdida.

Edith lo miró con temor. ¿Estaba su padre delirando?

—¿Quieres contarme en qué guerras has participado? —preguntó escamada.

El anciano la miró y tomó su mano entre las suyas.

—No me hagas caso. A veces confundo la realidad con los libros que estoy leyendo. Son cosas de la edad...

—¿Estás seguro? Me estás empezando a preocupar... —Edith calló de pronto, sintiéndose culpable por lo acababa de decir.

Su padre esbozó una comprensiva sonrisa.

—Tranquila, que tengo la cabeza en mi sitio, aún no estoy senil.

De nuevo quedaron en silencio.

—Papá, quiero contarte algo...Verás, he traído conmigo a un niño afgano. Vendrá este fin de semana para que lo conozcas. Adrien nos acompañará también con su familia.

—¿Por qué has hecho eso? —preguntó enojado. Edith quedó desconcertada por su reacción.

—Aún no sé por qué lo hice, pero fue algo que surgió de improviso, no esperaba que alguien me pidiera algo así y no pude negarme...

—No debiste separarlo de su familia, de sus raíces. Los niños deben crecer junto a sus seres queridos, en su hogar, en su tierra... —la amonestó con determinación.

—Ese niño no tenía a nadie, sus padres murieron y solo le quedaba su abuelo, un hombre de más de setenta años que malvive en medio de aquella violencia. Él fue quien me suplicó que me lo trajera conmigo y no me sentí con fuerzas para desentenderme. Aquello es un infierno, papá. En cualquier orfanato de Canadá tendría más futuro que en ese país...

—¿Qué piensas hacer con él? ¿Lo llevarás a un orfanato?

—No. Le prometí a su abuelo que lo cuidaría; él firmó una autorización para que yo fuera su tutora y estoy decidida a adoptarlo. ¿Cómo lo ves? Adrien me apoya.

—Si pretendes adoptarlo, adelante: dale amor, no lo dejes solo, ofrécele una familia... Pero hazlo por el niño que es realmente, no por el que perdiste. —Édouard advirtió que a Edith se le humedecían los ojos al decir aquello y se arrepintió de sus palabras—. Lo siento, no debería haber dicho eso... Cuídalo y procúrale una infancia feliz.

—Es lo que me propongo. Quiero darle un futuro estable e inculcarle los valores en los que me habéis educado —dijo tras un silencio.

—Si es eso lo que te propones, has hecho lo que debías —sentenció Édouard con rotundidad.

—Gracias, papá —respondió Edith, confusa por su cambio de actitud—. Adrien me ha preguntado si estoy preparada para esto.

—Claro que lo estás. Y me siento muy orgulloso de ti por la decisión que has tomado. Yo hice una vez algo así, ¿sabes? Y fue muy gratificante. Jamás me arrepentí, al contrario, lo hubiera hecho mil veces.

—¿Qué hiciste exactamente? ¿Adoptaste a un niño huérfano? —preguntó la joven con desconcierto.

El anciano la miró y de nuevo dirigió su mirada al vacío.

—Olvídalo, son cosas mías. Yo sé lo que es crecer solo, sin familia, lejos de tu país, de tus costumbres. Ahora debes darle a ese niño un hogar lleno de amor, como el que tu madre y yo intentamos daros.

—Y lo conseguisteis, papá —dijo emocionada.

—Tu madre era tan especial... —señaló con nostalgia—. Ella quería formar una familia, y desde el primer momento acogió a Adrien como a su propio hijo. Tú tardaste unos años en llegar, después de casarnos... —Sonrió—. Ella tenía ya una edad y le costó trabajo. Los médicos le recomendaban mucho cuidado, pues en aquellos años el embarazo de una mujer primeriza de más de cuarenta años era arriesgado. Pero ella quería, bueno, los dos queríamos tener un hijo en común. Te aseguro que fuiste una hija deseada. Después de Adrien, eres lo mejor que nos pasó. Tu madre estaba sola, y yo también. Este hecho nos unió más. Ambos deseábamos cuidar de nuestros hijos y disfrutar de vuestra infancia.

—Eso lo hicisteis a la perfección. Habéis sido unos padres ejemplares. Mamá nos dio mucho amor, y tú también. —dijo tomándole la mano, emocionada—. Habéis sido un ejemplo a seguir siempre, tanto para Adrien como para mí.

—No, yo no. Tu madre. Ella era perfecta... Era quien más os conocía, quien estaba pendiente de vosotros, de vuestras miradas, de vuestros problemas... Yo lo intentaba, pero tú sabes... Era tan intuitiva... No puedes imaginarte el amor que también me profesó a mí. —Movió la cabeza con pesar. Después emitió un hondo suspiro.

—Sí, mamá adivinaba lo que pensabas con solo mirarte, era imposible mentirle... Siempre estuvo a mi lado. Mis amigas me envidiaban porque ellas tenían unos padres más rígidos, y cuando hacían alguna travesura las castigaban. Sin embargo, siempre fuisteis tan especiales, tan comprensivos...

—Bueno, porque también fuisteis unos niños muy tranquilos, no erais demasiado traviesos. Si yo te contara las diabluras que hacían mis amigos de la infancia... Eran tan revoltosos que se ganaban cada bofetada en el colegio. Pero eran otros tiempos y otras circunstancias. Ellos también estaban solos y lo pasaron muy mal.

—¿Estaban solos? ¿Dónde, papá? ¿En un internado?

—Ehhh... Sí, yo estuve un tiempo en un internado, sí...

En aquel momento a Édouard le vinieron a la memoria las travesuras del gigante...

—No nos lo habías contado nunca...

El anciano la miró largamente, en silencio.

—Hija mía, con la edad me vuelven con intensidad los recuerdos primeros, los de la niñez.

Édouard emitió una sonrisa al recordar el primer invierno que pasaron en la Casa de Niños de Leningrado en 1937. Estaban recién llegados y comenzaron las clases con un estricto horario diario. Las aulas estaban divididas por edades y niveles, pues muchos de ellos no sabían leer ni escribir, por lo que se creó un grupo de mayores que se iniciaban en la alfabetización. Al principio, Iñaki fue destinado al grupo de mayores; sin embargo, duró apenas unos meses debido a un incidente en el aula. Sus compañeros aún no habían calibrado el nivel mental de aquel gigantón que sonreía siempre y parecía retrasado. Durante una clase fue llamado a la pizarra, y cuando iba a dar el paso, el compañero sentado delante le sacó el pie, haciendo que cayera con gran aparatosidad. El resto de la clase comenzó a reír al verlo desparramado por el suelo. Pero ninguno esperaba la reacción de aquel gigante al que tenían por torpe: se acercó al protagonista de la zancadilla, lo miró enfadado y alzó el brazo ante la aterrorizada mirada del joven, que colocó las manos delante de la cabeza en señal de defensa. Sin embargo, el golpe se dirigió hacia el pupitre, que se partió en dos formando un gran estruendo. Un silencio de espanto se esparció por la clase.

—¡Iñaki! —gritó a su espalda el profesor—. ¡Ven aquí ahora mismo!

El gigante se volvió hacia él con ojos asustados, arrepentido por su arrebato de furia.

—¡Usted lo ha visto! ¡Me ha puesto la zancadilla...! —dijo cabizbajo mientras caminaba dócilmente hacia el estrado.

—Pero eso no te da derecho a utilizar la violencia.

—Yo no le he pegado, señor.

—¡No me repliques! Has destrozado un pupitre que no es tuyo —dijo levantando su regla de madera, haciéndole un gesto para que extendiera las manos y propinándole varios golpes en las palmas de las manos—. ¡Y ahora ve al gimnasio y siéntate allí hasta que acabe la clase! Ya irás después al despacho del director.

La noticia del puño de hierro de Iñaki corrió como la pólvora en el internado, y a partir de entonces los chicos comenzaron a mirarlo con respeto. Días más tarde, el consejo rector de la escuela, tras evaluar su capacidad mental, resolvió trasladarlo a la clase infantil que se iniciaba por primera vez en las aulas. Con el tiempo comprobaron que fue una decisión acertada, al advertir que estaba más integrado entre los niños de ocho años que en la suya; no obstante, de vez en cuando organizaba alguna zapatiesta junto a los pequeños.

Llegó el invierno y los vientos del oeste y del sur, con las primeras nevadas y la sucesión de días nublados y húmedos. El patio posterior se convirtió en una pista de hielo donde patinaban al aire libre, bien protegidos bajo cómodos abrigos de pieles, gorros del felpa y botas de caucho para combatir el largo y frío invierno de Leningrado. En el interior de la casa había calor, tanto físico como humano. Para muchos huérfanos que no habían conocido una cama o un hogar fijo en su corta vida, aquel internado fue una experiencia enriquecedora.

Una tarde Rafael patinaba junto a Iñaki y Victoria. Después se dirigieron hacia Manuel, que estaba sentado en el banco de piedra completamente solo.

—¿Podemos sentarnos contigo? —preguntó Victoria.

—Por supuesto. —El joven ermitaño trató de sonreír.

—¡Yo quiero seguir patinando! —exclamó Iñaki, que no compartía el deseo de sus amigos.

—Estoy cansado. Sigue tú solo —dijo Rafael.

—¿Y tú, Manuel? ¿Te echas una carrera conmigo?

—No, Iñaki, prefiero quedarme —respondió el aludido.

—¡Jo, Manuel! *Ty glup!* —Los amigos comenzaron a reírse al escucharlo. Manuel miró a Rafael con mosqueo.

—¿Qué ha dicho? Esa expresión rusa no la conozco.

—Te he dicho que eres tonto, ¡ja, ja, ja! —exclamó el gigante, soltando una escandalosa carcajada.

Manuel lo miró al principio con enfado, pero al ver la

mirada inocente y su risa infantil no pudo evitar reírse también. Iñaki se acercó a él y, colocando su brazo por encima de sus hombros, exclamó:

—¡Pero eres buena persona! Venga, patina conmigo. ¡Vamos a la pista! ¡Te echo una carrera...! —dijo tirando de él.

Manuel tuvo que seguirle casi obligado, mientras que Victoria y Rafael se quedaron sentados observándolos. Cuando Iñaki entró en la pista, seguido de Manuel, los chicos se hicieron a un lado para hacerle sitio, temerosos de que aquella mole fuera a tropezar y caerles encima. Tras dar varias vueltas, Manuel abandonó la pista y regresó con la pareja de amigos.

—No sé cómo podéis soportarlo. Tiene el cerebro de un mosquito.

Manuel no entendía por qué Rafael o Victoria preferían al gigante en vez de unirse a otros grupos de chicos.

—Iñaki necesita ayuda, no es tan independiente como nosotros —respondió Rafael.

—Pero tú no eres de su familia. ¿Por qué tienes que hacerte cargo de él?

Rafael dirigió la mirada hacia el suelo y quedó en silencio.

—No debes reprocharle eso, Manuel —dijo Victoria con voz grave—. Él también está solo, como tú, como yo, como Iñaki. Rafael ha perdido a su hermano pequeño y se siente muy mal. Tiene un gran sentimiento de culpa y vuelca en Iñaki la protección que él cree que debió darle a su hermano.

—Pero tú no fuiste responsable... —Manuel miró a Rafael.

—Eso explícaselo a mi madre, que aún no sabe nada. Yo le sigo escribiendo y la engaño diciéndole que está aquí conmigo.

—Al menos tienes una madre que se interesa por sus hijos... —murmuró el chico con congoja.

—No debes culpar a tu madre por lo que te ha pasado —dijo Victoria.

—¿Qué sabes tú de mí? —Manuel se puso a la defensiva.

—Lo suficiente para intuir la rabia que guardas dentro. No creo que ella sea una mala persona, es solo que le ha tocado vivir un momento muy complicado, como a todos. A veces los mayores actúan de forma egoísta, sin valorar el daño que pueden hacer a los demás. Quizá tomó la decisión que creyó la más acertada enviándote aquí.

—Tú no la conoces. Ella no me quería... —Unas lágrimas brotaron de sus ojos y las limpió con rabia de un manotazo.

—No digas eso —suspiró—. Al menos tienes familia... Yo no tengo a nadie. Mi padre era hijo único y murió el año pasado al principio de la guerra. Era profesor de historia en la Universidad Complutense. No era un revolucionario ni un exaltado, pero le pareció una barbaridad el golpe militar y se unió al Ejército Popular de la República. Cuando los sublevados llegaron a la base aérea de Getafe y tomaron Madrid, él estaba allí defendiendo aquella plaza y murió junto a muchos milicianos.

—¿Y tu madre?

—Murió de tuberculosis. Ella tenía varios hermanos. El último que le quedaba vivo me llevó a Barcelona con él, pero murió también en el frente.

—¿Los otros hermanos también murieron en la guerra?

—Sí. Tenía dos hermanas más, eran religiosas. También tuvieron una muerte muy... dura.

—¿Qué les pasó?

—Fue al principio, tras el golpe. Eran monjas y pertenecían a las Hijas de la Caridad. Los milicianos del bando republicano se dedicaron a incendiar iglesias y asesinar a religiosos. Un día, en agosto del 36, llegaron a su convento y le prendieron fuego. Una de mis tías se había trasladado una semana antes junto a sus compañeras a una pensión, incluso se vestían sin hábitos por miedo a las represalias. Pero varias de sus antiguas alumnas las delataron y un grupo de milicianos llegó a detenerlas a la pensión. Se las llevaron y las fusilaron junto a la Puerta de Hierro. La otra estaba en el Asilo del Niño Jesús de Alburquerque, y también la arrestaron y la llevaron presa a la cárcel con la única acusación de ser religiosa. Allí la tuvieron en unas condiciones muy duras; mi madre intentó visitarla muchas veces, pero no la dejaron. Meses más tarde la avisaron para que se la llevara a casa, pues estaba llena de úlceras debido a los malos tratos que había recibido y no querían que se les muriese allí. Yo fui con mi madre a recogerla a la cárcel. La llevamos al hospital de San Luis de los Franceses, pero murió a los pocos días. Estaba muy mal, y no quería seguir viviendo...

—Procedes de una familia muy religiosa. No entiendo qué haces en la Unión Soviética, el país más ateo del mundo —comentó Rafael.

—Mi destino era Francia. Pero cuando embarcamos en Bilbao decidí quedarme con el grupo que venía hacia aquí, pues me pareció una aventura más interesante. Con tanto descontrol en el desembarque, nadie me tuvo en cuenta. Y en España nadie me espera, no tengo familia a quien le importe dónde estoy.

—Ojalá la guerra en España termine pronto, quiero volver a casa —dijo Manuel.

—Yo no veo el final todavía. Aún quedan unos años.

Édouard regresó al presente, a su hija, a la realidad.

—¿Cuándo vas a traer al chaval para que lo conozca? —preguntó para cambiar de tema.

—El próximo fin de semana. He quedado con Adrien para que venga también con su familia. Le diré a Nani que prepare comida para todos. ¡Ah! Se me olvidaba. Quiero enseñarte algo que te va a sorprender mucho —dijo sacando la cajita dorada de su bolso—. Es algo increíble. Yo aún no le encuentro explicación.

Colocó el collar de la perla de ámbar sobre la mesa.

El anciano quedó paralizado y abrió los ojos con estupor.

—Este es...

—Sí, papá. Es el collar que le regalaste a mamá, ¿te acuerdas? Lo robaron aquí la noche en que ella y yo pasamos la noche solas y...

—Maldita la hora en que vinisteis aquel día. Si os hubierais quedado en Montreal, los ladrones habrían reventado la caja fuerte sin hacerle daño a nadie. Ella no debió estar aquí. —Suspiró con pena. Después la miró—. Ni tú tampoco. Al final tuve que darle la razón a tu madre, aunque fue demasiado tarde...

—¿Sobre qué le diste la razón? —preguntó escamada.

—Ella decía que esa piedra de ámbar traía mala suerte. ¿Cómo lo has recuperado?

En aquel momento Edith dudó si contarle las circunstancias en que había regresado a sus manos, pero al final claudicó.

—Un soldado ruso... —repitió el anciano, pensativo tras escuchar el relato—. Ese collar trae la muerte... ese trozo de ámbar está intentando regresar al lugar de donde nunca debió salir...

Edith sintió cómo el vello se le erizaba y lo miró con intranquilidad.

—¿Qué estás diciendo, papá? ¿De dónde salió ese trozo de ámbar?

—De Rusia... Hija mía, deshazte de él.

—¿Por qué?

Édouard bajó la mirada hacia el suelo, y tras unos instantes de silencio se dirigió a su hija tras un hondo suspiro.

—Bueno, dejemos ya esta conversación...

—No, papá. No podemos dejarlo. A veces mamá nos asustaba con sus premoniciones, y ahora tú me dices esto. ¿Qué pasa con este collar?

—¡No quiero seguir hablando de él! ¡Ni lo quiero cerca de mí ni de vosotros! —dijo levantándose bruscamente apoyado en su bastón y dándole la espalda.

—Papá, por favor...

—Tíralo al río San Lorenzo. No quiero que estés cerca de esa piedra.

—Es solo una joya...

—¡No! Es algo más...

—Papá, eres un hombre sensato y cabal, nunca te he visto creer en supersticiones como la que me estás mostrando ahora.

—¡No es superstición ni fanatismo! —exclamó enfadado—. Te digo que debes deshacerte de ese collar, porque lleva la muerte a quien lo porta. Tú misma lo has visto: murió tu madre, después un soldado ruso y ahora la joven afgana que lo llevaba puesto... ¡Esa perla de ámbar está endemoniada!

—Déjalo ya, por favor... —pidió con preocupación.

—Al menos déjame que la guarde aquí, en mi caja fuerte. No quiero que esté cerca de ti...

—¿Me aseguras que no la vas a tirar?

—Te lo prometo; prefiero que me pase algo a mí antes

que a ti. Dame ese trozo de ámbar, por favor —pidió alargando la mano.

—No me fío de ti. Eres capaz de tirarlo, y para mí es un recuerdo de mamá.

—Esta joya no era de tu madre... ¡No pertenece a nadie!

—Vale, lo que tú digas, pero la voy a guardar yo —dijo Edith devolviéndola a su bolso.

—De acuerdo, pero prométeme una cosa: no te la pongas nunca. ¿Me das tu palabra, me lo juras?

—Vale. Te lo juro —dijo Edith en tono tranquilizador.

—En cuanto llegues a Montreal, guárdala en un sitio lejos de ti, hazme caso. Por favor, te lo suplico...

—Pero si estuvo entre nosotros durante un tiempo, papá...

—¡No! Nada más regalársela a tu madre, la trajimos aquí, a Quebec, mientras vivíamos en Montreal. Tu madre no quería estar cerca de ese trozo de ámbar y me pidió que nos deshiciéramos de él en cuanto se lo entregué, pero yo era un incrédulo, como tú ahora. Al poco tiempo, tu madre murió un día en que no tenía que estar aquí, sino en Montreal, cuando los ladrones asaltaron la casa para robar. Estaba junto a ella y por eso murió de un balazo, igual que...
—Calló de repente.

—¿Igual que quién, papá? —preguntó Edith con recelo.

—Igual que esa chica afgana... —respondió sin mirarla—. ¡No quiero ese collar, está maldito!

Edith observó que su padre estaba realmente alterado.

—No, papá. La culpa no fue del collar. Vinimos solas a Quebec porque yo le insistí a mamá para venir el viernes, en vez de esperar al sábado en que teníais previsto llegar tú y Adrien. Si nos hubiéramos quedado en Montreal, nada hubiera pasado —dijo con amargura.

—¡Por Dios, Edith! No cargues con más culpas. Bastante has sufrido ya. Aquí el único responsable soy yo, cariño. He tratado de cargar vuestras penas sobre mis espaldas. Sé que habéis sufrido mucho y no he podido consolaros. Era tu madre la que estaba al tanto de todo, la que percibía vuestras miradas de dolor o tristeza, ¿te acuerdas? Yo lo he intentado, créeme que lo he intentado. Todo fue culpa mía. Ella ahora estaría viva si yo le hubiera hecho caso...

—Pero ¿qué tiene que ver ese collar con la muerte de mamá?

—¡Todo! Todo tiene que ver. Tú no fuiste culpable de su muerte. Fui yo, por haber traído ese collar a nuestro hogar y por no dar credibilidad a las premoniciones de tu madre... —Su voz se quebró y regresó al sillón, cayendo como un fardo. Después bajó la cabeza, apoyó los codos sobre las rodillas y se cubrió la cara con las manos—. Ojalá pudiera cargar con tu cruz, querida hija... —Las lágrimas corrían sin control por las mejillas del anciano—. No debiste presenciar aquello...

—Vamos, papá. No te pongas así... —Edith también estaba emocionada—. Yo lo estoy superando, tengo un niño a quien estoy empezando a querer como a mi propio hijo, y te tengo a ti, a Adrien... Es todo lo que necesito para ser feliz... —dijo pasando su brazo por la espalda del anciano.

Ambos se abrazaron envueltos en lágrimas.

—Te quiero, hija mía...

—Yo también, papá.

—Y ahora levanta la cabeza y camina erguida. Tienes que empezar a recuperar tu vida.

—Gracias. Siempre me ofreces las palabras que necesito escuchar... —Sonrió con tristeza.

Cuando Édouard Lombard se quedó solo, los rostros infantiles y sonrientes de sus amigos desfilaron con claridad por su memoria. ¿Cómo era posible que un simple trozo de ámbar le hubiera traído de repente aquel torbellino de recuerdos tan reales después de sesenta años? Revivió, como si hubiera pasado ayer mismo, el instante en que subió al barco en el puerto de Santurce de la mano de su hermano Joaquín, y los años felices de Leningrado hasta que la cruel guerra lo destrozó todo. De nuevo experimentó el punzante dolor de la culpa, que había regresado como un ciclón arrasándolo todo. «¿Cuánto dolor puede soportar un ser humano durante años, décadas, hasta que al fin erige un monumento imaginario de los seres a quien ha amado?», se preguntó. Aún le costaba aceptar que la vida había continuado sin ellos, que debía levantarse cada día, guiado por un destino que se burlaba a veces y lo llevaba por un sendero desconocido que jamás habría imaginado transitar.

No, Édouard no estaba enfermo ni senil; seguía cuerdo, era solo que le costaba vivir aquel presente, a pesar de haber alcanzado los anhelos de su adolescencia: tener un hogar, raíces y una familia a la que tanto amaba. Pensaba en el tiempo, ese inexorable juez que todo lo remedia, el que trae las guerras y se las lleva, el que regala vidas y las siega, el que eterniza las heridas del alma. El tiempo se había convertido en su adversario, o quizá en su amigo, quién sabe. Cada mañana esperaba, paciente, la llegada de la Dama Blanca para ir a reunirse con sus seres queridos, pero esta se había aliado con el tiempo y se resistía a visitarlo. A pesar de la ingratitud con que el destino lo había tratado cebándose con los seres a quien tanto había amado, Édouard se sentía vencedor: había luchado con denuedo para proteger a sus hijos, que jamás sabrían del coste que había pagado por ofrecerles la estabilidad de que disfrutaban, ni de los sacrificios que había realizado a lo largo de su azarosa vida. Ahora solo le quedaba guardar silencio, seguir enterrando el pasado y dejar al tiempo hacer su tarea.

11

Leningrado, URSS. 1941

Aquella mañana de junio, el director convocó de forma urgente en la sala de deportes a todos los miembros de la Casa de Jóvenes, ya fueran alumnos, profesores o personal auxiliar. Con voz trémula, anunció que el ejército alemán había traspasado las fronteras soviéticas por diferentes territorios. Escucharon por la radio la voz del ministro de Asuntos Exteriores, Viacheslav Mólotov, anunciando la invasión por sorpresa del país por parte del ejército alemán y apremiando al pueblo soviético a luchar para defender a la Madre Patria. Las Casas de Niños de Pushkin estaban siendo evacuadas, así como los menores de catorce años de la casa número ocho de Leningrado. El resto de los chicos se quedarían en la ciudad.

—Yo quiero apuntarme como voluntario. —Uno de los jóvenes de más edad se puso en pie.

—Yo también. Hay que defender este país de los nazis asesinos... —arengó otro, contagiando al resto.

Prácticamente la totalidad de los jóvenes que vivían en la casa número nueve se alistó en las filas del Ejército Rojo y de las milicias populares. Aún no conocían el alcance de la Operación Barbarroja, bautizada así por Hitler, que se había iniciado en la madrugada del domingo 22 de junio de 1941. Hitler y sus estrategas militares habían organizado un colosal frente militar que abarcaba mil seiscientos kilómetros, desde el norte en el mar Báltico hacia el sur en el mar Negro. Aquella noche, más de cuatro millones de hombres agrupados en doscientas veinticinco divisiones, cuatro mil tanques y cuatro mil aviones iniciaron con precisión germana la mayor operación terrestre de la historia.

De forma simultánea, el Ejército del Norte fue asignado a la conquista de los países bálticos y Leningrado; en el centro, el grupo de ejércitos conquistó Bielorrusia y las regiones centrales de Rusia, dirigiéndose implacable hacia Moscú. Y por el sur, debían tomar Ucrania y avanzar hacia las montañas del Cáucaso.

Aquella misma tarde, los jóvenes recibieron la aterradora noticia del bombardeo de la base aérea de Leningrado y de otros aeródromos militares diseminados por todo el país, en los que se destruyeron más de mil doscientos cazas militares rusos, la mayoría en tierra, con el fin de debilitar la defensa por aire. Dos días después los rumores eran aún más inquietantes: el ejército alemán había penetrado a más de ciento cincuenta kilómetros en el interior del país y seguía avanzando y cercando a las tropas soviéticas que, ante el agresivo ataque por sorpresa y debido a la escasez de armas, no podían hacer frente a las potentes ametralladoras de la Wehrmacht, que aniquilaron en pocos días a batallones enteros del Ejército Rojo.

Stalin había recibido noticias a través de su red de espías sobre la inminente invasión alemana; sin embargo, apenas les dio credibilidad, considerando aquel rumor como una provocación más del dirigente alemán, a quien hasta aquel aciago día había considerado su aliado. Tras dos semanas de duras batallas y de silencio por parte de las autoridades, el 3 de julio de 1941 Stalin habló por radio con voz pausada y lenta, ordenando al Ejército Rojo que, en caso de repliegue forzoso, no dejaran nada útil al enemigo, y arengando al pueblo soviético a combatir al invasor:

> Ni una sola locomotora, ni un solo vagón, ni un kilogramo de trigo ni un litro de combustible. [...] Todos los bienes de valor que no puedan ser llevados, deben destruirse sin falta. [...] Se deben volar puentes, carreteras, inutilizar líneas telefónicas. [...] No es una guerra entre dos ejércitos. Es la Gran Guerra de todo el pueblo soviético contra las tropas fascistas alemanas...

Durante los primeros meses de la guerra se contaron por millones los soldados hechos prisioneros por el ejército alemán, que avanzaba implacable hacia Moscú. A mediados de julio las tropas alemanas, junto con las finlandesas, estaban ya en las puertas de Leningrado con la intención de neutralizar la flota situada en el mar Báltico y crear un pasillo desde Suecia hasta Alemania. La ciudad quedó sitiada por el norte y el oeste; sin embargo, el gobierno soviético solo permitió una evacuación selectiva y escasa de los casi tres millones de almas que poblaban la antigua capital del imperio ruso, a los que utilizó como escudos humanos y como obreros para fortificar la ciudad y defenderse del ejército invasor.

La casa de la avenida Nevski era un hervidero de jóvenes fervorosos dispuestos a defender su patria de acogida. Muchos eran menores de edad, pero mintieron sobre su año de nacimiento para alistarse. Iñaki y Rafael, junto con Manuel, intentaron unirse a la Primera División de Voluntarios de Leningrado, pero cuando las autoridades conocieron su procedencia española decidieron velar por su seguridad enviándolos al Frente de Trabajo, que actuaba en la retaguardia cavando trincheras, construyendo fortificaciones, colaborando con los servicios sanitarios ayudando a transportar soldados heridos hacia hospitales o aprovisionando a las tropas situadas en primera línea. Victoria se unió a Teresa en el hospital para ayudar a los heridos en combate que empezaron a llegar por cientos a diario.

Durante las primeras semanas de invasión nazi, la ciudad fue un caos. Todo era desconcierto, desbarajuste, anarquía. No había plan de evacuación, y los miles de ciudadanos que habían abandonado Leningrado se vieron obligados a regresar. La guerra que los niños españoles creyeron haber olvidado en su tierra natal regresaba con fiereza inusitada y unas dimensiones inimaginables en un país que no era el suyo. Ahora luchaban junto a un ejército y un pueblo que, como ellos, peleaba por defender sus hogares, sus familias y las parcelas de dignidad que aún conservaban. El gran líder, el «padrecito» Stalin, animaba a todos los ciudadanos, mujeres, niños o ancianos a expulsar al ejército invasor dirigido por un tirano que había faltado a su palabra de no agresión y deseaba medirse con un país sesenta veces mayor en extensión que el suyo.

Hitler había enviado la mayoría de los tanques hacia Moscú y se disponía a invadir la ciudad de Leningrado, ayudado por un numeroso batallón de militares españoles integrados en la División Azul enviada por Franco, pero fue tan agresiva la defensa de sus habitantes y el ímpetu del Ejército Rojo que la ofensiva fue detenida por el alto mando alemán hasta esperar la llegada de tropas de refuerzo.

El grupo de amigos trabajaba cavando trincheras y zanjas antitanque de siete metros de ancho con paredes verticales de tres metros y medio de profundidad en los alrededores de la ciudad. También tenían encomendada la terrible tarea de cavar fosas comunes para enterrar a los soldados y civiles muertos en los cruentos combates. Los trabajos de ingeniería estaban a pleno rendimiento, colocando alambradas y construyendo túneles y refugios subterráneos que se revestían de láminas de contrachapado para albergar a los mandos del ejército.

El comandante del batallón de zapadores, Yusupov, era un joven cosaco procedente de Kubán, de gran estatura, ojos achinados y pelo negro y lacio. Tenía a sus órdenes la división encargada de construir refugios para los miembros del Estado Mayor, cavar fosos de protección y aprovisionar a las tropas de material para el combate. La construcción de refugios a toda prisa era prioritaria en aquellos momentos en que la ciudad estaba siendo sitiada.

Iñaki era una máquina cavando túneles. Rafael y Manuel iban tras él junto a otros jóvenes españoles y un grupo de civiles de rostro sombrío y edad avanzada provistos de palas, recogiendo tierra y transportando materiales de construcción.

—¿Os gusta cómo ha quedado la nueva obra? —bromeó Iñaki a la salida de uno de los túneles. Tenía la cara manchada de tierra y comenzó a sacudirse el uniforme formando una gran polvareda.

El comandante Yusupov llegó en aquel momento acompañado de un hombre vestido de civil, de baja estatura y cabello rubio. Era el enviado de la sección política del ejército y encargado de inspeccionar el trabajo realizado por los militares. Al escuchar el comentario de Iñaki, el inspector lo miró de arriba abajo con aprensión y lo increpó con malas formas:

—¡Camarada! No estamos haciendo esto para ganar un premio de arquitectura, sino para salvar vidas —dijo con autoridad—. La posibilidad de sobrevivir a un combate y de que puedas regresar a tu país con vida depende del grosor de estos muros.

—Sí, camarada —respondió amedrentado el gigante, mientras el otro caminaba hacia el interior del túnel delante del militar.

—Otro aprendiz que se cree un veterano. Seguramente se apuntó al Partido a los pocos días de empezar la guerra... —murmuró con enojo un hombre de más de sesenta años, de mirada vacía, cuando ambos cabecillas se introdujeron en el túnel.

—Vamos, Iñaki. Hemos terminado por hoy y nos merecemos un descanso —dijo Manuel.

Los tres amigos se sentaron a la sombra de un árbol para comer la ración diaria de pan negro y coles aliñadas. El hombre de edad que había hecho el comentario sobre el comisario político se sentó junto a ellos para compartir el almuerzo. Tenía un abundante pelo oscuro plagado de canas, rostro cuadrado y surcado por líneas muy marcadas desde los pómulos hasta las mejillas. Comieron en silencio, y cuando terminaron, su acompañante, de nombre Alexei Yorovski, comenzó a lamentarse por las penurias que estaban pasando en aquella guerra.

—Esto va a acabar pronto. ¡No podrán con nosotros! —exclamó Iñaki con optimismo.

—Este país es demasiado grande como para que Alemania pueda invadirlo. Les doblamos en todo: en soldados, en población, en extensión. Creo que Hitler se va a dar un buen batacazo con esta locura que ha comenzado —añadió Rafael.

—¡Qué ingenuos sois, chavales! —murmuró el hombre con tristeza—. Apenas conocéis lo que ha pasado en este país. Los generales que os dan las órdenes son tan inexpertos como vosotros, y demasiado torpes para ejecutar las disposiciones que les dictan sus superiores, esos que nunca se equivocan. —Sonrió con ironía—. Hace unos años, nuestro padre Stalin tuvo la genial idea de descabezar el ejército, encarcelando a los generales que verdaderamente tenían gran experiencia en batallas. En su lugar, puso a oficiales ineptos como los que tenéis ahora, tan vigilados por los comisarios políticos que no se atreven a tomar decisiones importantes por temor a correr la misma suerte que los superiores a los que han sustituido. La mayoría de estos novatos nunca ha destacado en nada y carece de experiencia, pero han ascendido de la noche a la mañana mientras que los que pertenecieron al Partido desde antes de la Revolución y lucharon para liberar al pueblo ruso de la opresión zarista, con una demostrada experiencia militar, han sido relegados, detenidos o deportados a Siberia. Las decisiones de estos incompetentes han provocado en solo unos meses de guerra la pérdida de millones de nuestros soldados y de civiles. Mi hijo era capitán del ejército y murió en los primeros días de la invasión, cuando enviaron a Minsk a docenas de batallones para morir a manos de la Wehrmacht sin ni siquiera armas para defenderse... —Movió la cabeza con pesar—. Mi hijo me escribió contándome que se enfrentaban a las metralletas alemanas con un fusil para cada cuatro soldados. ¡Cómo se puede ganar así una guerra...!

Los jóvenes guardaron un respetuoso silencio al contemplar el rostro abatido del anciano. Jamás habían escuchado una crítica tan feroz de boca de un ciudadano soviético sobre su propio gobierno y su líder. El sistema político que tanto admiraban por su justicia y equidad, tal como los habían aleccionado en el colegio, no casaba con la realidad de los ciudadanos a quienes iban dirigidas esas políticas. Cuando quedaron solos, los tres amigos pactaron no repetir a nadie las palabras pronunciadas por aquel pobre hombre, dictadas por el profundo dolor de la pérdida de su hijo.

Los niños que se alojaban en las dos casas de Pushkin habían sido evacuados a través del lago Ládoga hacia el este y se preparaba una segunda salida a toda prisa de otro contingente de ciudadanos. La Casa de Jóvenes, donde hasta entonces habían vivido los amigos, fue clausurada, pues la práctica totalidad de sus inquilinos se había enrolado en el Ejército Rojo o trasladado a la que aún quedaba operativa, la número ocho, situada en la calle Tverskaya.

Victoria y Teresa trabajaban como enfermeras en el hospital asistiendo a soldados llegados del frente y a civiles víctimas de los bombardeos. Muchos estaban agonizantes, quemados o desangrados por las heridas profundas y desgarradas a causa de los proyectiles que caían a diario en cualquier lugar de Leningrado. Se enfrentaban cotidianamente a gritos, vendas sucias y ensangrentadas, llantos de soldados que apenas habían llegado a la adolescencia, como ellas. En el quirófano, los cirujanos les extraían, además de fragmentos de metralla, trozos de botones o telas de sus uniformes incrustados en el cuerpo.

Victoria y Teresa hacían acopio de valor para no derrumbarse allí mismo sobre los desgraciados soldados que lloraban llamando a sus madres, a sus mujeres, a sus novias... Al final del día terminaban completamente manchadas de sangre y fluidos, soportando un olor humano del que no conseguían desprenderse con agua y jabón. Las jóvenes compartían también con sus amigos la indignación por las formas en que los mandos políticos dirigían el hospital. A pesar de que los tratamientos médicos eran insuficientes y en algunos casos inexistentes, no era esa la mayor preocupación de estos, sino la escasa organización en el trabajo político, que impedía elevar la moral entre los pacientes. Debía evitarse por cualquier medio que los secretos militares fueran revelados por los heridos, la mayoría consumidos de fiebre y dolor, que preguntaban por sus compañeros caídos, como ellos, en tal o cual lugar. Sin embargo, para los dirigentes aquel sitio podría ser un lugar secreto.

Los comisarios del Politburó visitaban asiduamente las salas de enfermos y heridos para recordarles la doctrina bolchevique, leyéndoles las obras de Lenin y Stalin, así como los artículos que el periodista y corresponsal de guerra Ilyá Ehrenburg escribía en el periódico del ejército soviético *Krásnaya Zvezdá* (*Estrella Roja*) sobre las victorias del Ejército Rojo frente al alemán. Tenían orden de censurar con ardor cualquier comentario escéptico sobre la marcha de la guerra o por la pérdida de cualquier zona. Estas observaciones eran consideradas desórdenes de carácter ideológico y podrían conllevar una pena no solo al militar herido, que bastante tenía con su tragedia, sino a los sanitarios de los hospitales, que tenían el deber de elevar la moral de la tropa bajo pena de llevarlos al frente.

Teresa tenía más arrojo que Victoria y salía al campo de batalla con el grupo de exploradores de la Cruz Roja. Iñaki también se unió a ella, pues debido a su potente fuerza era de gran ayuda para cargar con los cuerpos de los soldados heridos. Su labor era realizar un recorrido infernal en el frente. Teresa tenía don de mando, y el grupo se fue adaptando a sus instrucciones, en las que priorizaba a los más graves para trasladarlos y realizar curas de urgencia en el mismo sitio del combate. Después los visitaba en el hospital y vigilaba su evolución. Poco a poco fue ganando notoriedad entre las tropas destacadas en la zona y se convirtió en una leyenda. Apenas dormía, acompañando a los soldados en plena batalla para evacuarlos a lugares seguros. Rafael trataba de persuadirla para que se quedara en el hospital, pero el impulso por salvar vidas era más fuerte que su instinto de conservación. Todo transcurría con demasiada rapidez en aquella guerra. La vida y la muerte caminaban de la mano cada amanecer, cada hora, cada instante.

La Wehrmacht no había conseguido aún su objetivo de tomar la ciudad de Leningrado, que habría supuesto un éxito para la moral de las tropas y un buen golpe para el gobierno de Stalin. La fiereza empleada en la defensa de la ciudad por parte de sus habitantes hizo tomar precauciones al Estado Mayor alemán y se decidió esperar a tener bien armado el ejército, deteniendo sus tropas a ocho kilómetros de la ciudad y preparando el bloqueo con el que pretendía su rendición por falta de víveres. Mientras tanto, lanzaban octavillas desde los cazas conminando a los ciudadanos a rendirse.

A finales de agosto de 1941, la ciudad estaba prácticamente rodeada. Las líneas de tren que la unían a Moscú y el resto de las ciudades soviéticas quedaron destruidas y la única carretera cercana al río Neva de salida fue bloqueada por los soldados de la Wehrmacht. La comunicación por tierra era ya imposible con la ciudad de Leningrado. El ejército de Finlandia rodeó la ciudad por el norte, recuperando el istmo de Carelia perdido dos años antes en la guerra de Invierno, y aunque sus generales fueron presionados por Alemania para que avanzaran hasta Leningrado, se negaron a atacar la ciudad.

Una mañana de aquel agosto, Manuel, Rafael e Iñaki regresaban a la base de operaciones atravesando el bosque que rodeaba Pushkin cuando escucharon el rugido de motores. Con sigilo se acercaron al camino y advirtieron que se trataba de un convoy alemán con varios camiones y dos parejas de motocicletas negras con sidecar abriendo paso. Eran soldados jóvenes, y desde su escondite escucharon sus voces y risas, no parecían estar preocupados.

—¡Me cago en...! ¡Los tenemos encima! —exclamó Rafael con pánico.

Los chicos se agazaparon tras una de las zanjas que habían abierto semanas antes y asomaron la cabeza para ver qué ocurría. Advirtieron que el último de los vehículos se detenía y varios soldados con sus metralletas colgadas en el hombro bajaban del camión, comenzando a caminar hacia ellos y acercándose peligrosamente. La tensión fue grande, sentían con nitidez el ruido de las botas alemanas pisando la grava y se prepararon para ser apresados o a recibir sendos disparos. Manuel comenzó a rezar el padrenuestro en un susurro. Los demás lo imitaron, cerrando los ojos y esperando acontecimientos. De repente oyeron un grito a lo lejos:

—*Alt!*

Los tres soldados se detuvieron y se giraron para atender las órdenes. Segundos después, daban media vuelta. Rafael asomó la cabeza y vio que los soldados llegaron al camión y pasaron de largo, dirigiéndose a la parte opuesta del camino y alejándose del vehículo. Parecían buscar algo.

Iñaki salió del refugio con decisión mientras escuchaba los susurros asustados de sus amigos, que le ordenaban regresar. Los soldados estaban a más de veinte metros del camión. Iñaki asomó con arrojo la cabeza bajo el toldo que cubría el remolque y, al advertir que no había nadie, hizo un gesto a sus amigos para que se acercaran con sigilo mientras él iba descargando cajas de madera con asas de cuerda. Fue pasándolas a Rafael y Manuel, quienes, arrastrándose por el suelo, las transportaron a la zanja donde habían estado pertrechados. Esperaron unos intensos minutos hasta que oyeron el motor del camión que se ponía en marcha de nuevo y proseguía su camino. Al fin pudieron respirar tranquilos.

—¡Iñaki, estás zumbado! —lo regañó Rafael—. No vuelvas a hacer una locura como esa. Podrías haberte encontrado soldados dentro del camión y te habrían pegado dos tiros...

—¡Hemos tenido suerte! Y encima les hemos robado sus armas. —Sonrió feliz—. ¡Vamos a abrir una! —gritó con entusiasmo el pequeño gigante, introduciendo una palanca metálica en la ranura.

—¡Nuestro comandante se va a poner contento con este botín...! —exclamó Manuel, emocionado.

Al separar la tapa de madera, los jóvenes quedaron pasmados al reparar que estaba llena de trozos de ámbar, candelabros de oro y espejos finamente decorados.

—¡Esto es ámbar! —dijo Iñaki con alborozo—. Era lo que adornaba el salón tan bonito que vimos en el palacio de Catalina. ¡Cabrones! ¡Están robándolo todo! ¡Han destrozado el palacio!

Cuando llegaron con aquella carga al cuartel de campaña la entregaron a su superior. El comandante tomó los nombres de los chicos, considerando la recuperación de aquel patrimonio con el riesgo de sus vidas como un gesto heroico que merecía una recompensa e informándolos de que iba a proponer para ellos una condecoración en cuanto la ocasión lo permitiera.

—¡Camaradas, nuestra causa es justa! ¡La victoria será nuestra! —arengó el oficial para elevar la moral de la tropa.

Una semana más tarde, Iñaki, Rafael y Manuel, integrados en el Batallón de Voluntarios, cooperaban con el grupo de asistencia médica junto a Victoria y Teresa. Habían llegado a una casa en las afueras, e inesperadamente se vieron atrapados por el fuego alemán. Los chicos cargaban con varios soldados heridos y los colocaron en el suelo sobre lechos de paja, a la espera de que llegara la noche para ser evacuados. Teresa y Victoria ofrecían los primeros auxilios y dirigían al grupo para asistir a los más graves. Los alemanes estaban cerca, en la misma calle, en otra casa cuyas ventanas estaban tapiadas con ladrillos excepto un hueco por donde asomaba la punta de una ametralladora.

—Toma un poco de col fermentada. Ya me estoy acostumbrando a esta comida y podría decir que casi me gusta —sonrió Iñaki ofreciéndosela a Teresa, que acababa de hacer un torniquete en la pierna a un soldado herido y se sentaba a su lado en el suelo.

—No, gracias. Estoy tan cansada que apenas tengo hambre... —dijo limpiándose las manos de sangre en un remolino de gasas manchadas.

—Debes comer algo. Toma una manzana —dijo sacándola del bolsillo de la cazadora.

—Está bien —dijo aceptándola y dándole un buen mordisco.

—Es una pena lo que han hecho los alemanes... Lo han destrozado todo: los palacios tan bonitos de los zares, las casas... —murmuró el gigante a su lado—. ¡Qué malos son estos fascistas! Pero vamos a echarlos de aquí a patadas. —Sonrió—. Mira, tengo una cosita... —dijo con mirada traviesa y sacando del bolsillo una pequeña figura de color marrón en forma de pera—. Es ámbar, de la sala tan bonita que vimos en el palacio de Catalina. Ahora ya no queda nada, la han destrozado, se lo llevaron todo...

Teresa abrió los ojos con terror.

—¿Por qué te has quedado con esta perla? No es tuya, Iñaki.

172

—Ya, pero es muy pequeñita... Se cayó de la caja cuando la transportábamos al cuartel y me gustó mucho. Pensaba devolverla, pero después, con las felicitaciones del comandante, se me olvidó que la tenía en el bolsillo. —Sonrió, bonachón—. ¿Tú crees que se enfadarán si la devuelvo ahora? —preguntó con ingenuidad.

—Si se enteran de que te has quedado con esa perla de ámbar podrían acusarte de ladrón... Dame, la voy a entregar yo. Diré que habéis vuelto al mismo lugar donde robaste las cajas a los alemanes y que la habéis encontrado en el suelo. Esto hay que devolverlo, Iñaki, pertenece al pueblo soviético y tenemos que estar agradecidos por todo lo que han hecho por nosotros.

—Es verdad. Lo siento. Yo pensaba que una piedrecita tan pequeña no tendría importancia... La quería para jugar a las canicas; es muy bonita, aunque no sea redonda del todo. Pero quédatela tú y devuélvela —dijo ofreciéndosela.

Teresa la guardó en el bolsillo superior del uniforme de soldado del Ejército Rojo. De repente, el repiqueteo de una ametralladora provocó un gran sobresalto en el grupo. Todos se lanzaron de bruces al suelo, alejándose de la ventana. Instantes después volvió el silencio. Rafael se sentó en un rincón aparte junto a Teresa, que, rendida, intentaba cerrar los ojos para descansar tras las difíciles jornadas que habían vivido en el frente.

—Estás agotada —dijo abrazándola—. Vamos, descansa un poco...

Teresa apoyó su cabeza en el hombro de su enamorado y trató de cerrar los ojos, pero la tensión le impedía serenarse.

—Los sonidos de la guerra... —murmuró la joven—. Creo que no podré quitármelos nunca de la cabeza: el crujido de las paredes, el repiqueteo de las metralletas, los obuses, los gemidos de los soldados heridos...

—Pronto acabará todo... —dijo Rafael con ternura besándole la frente.

—Por favor, Rafael, mantente vivo... No quiero perderte... —La voz de Teresa se quebró en aquel instante y se abrazó a su cuello con temor.

—Tienes mi palabra, no voy a dejarme matar por esos indeseables. Pero tú también debes prometerme que no vas a arriesgarte tanto; tienes que estar a mi lado el resto de tu vida. —El joven la estrechaba con fuerza.

—Te lo juro... —dijo ella besándolo en los labios con ardor—. Vamos a casarnos, y tendremos muchos hijos, y volveremos a España en cuanto termine esta maldita guerra.

De súbito, las paredes de la casa sufrieron una fuerte sacudida a causa de la explosión de un obús en el edificio de al lado. La esquina izquierda del techo se derrumbó, dejando a cielo abierto los muros aledaños. Teresa y Rafael se levantaron como un resorte para evitar que los cascotes les cayeran encima. Las balas empezaron a caer sobre ellos, que, impotentes, se arremolinaron en el rincón opuesto, inmóviles y muertos de miedo. De repente, un objeto grande y negro impactó en el suelo y rebotó hasta detenerse a los pies de Rafael.

—¡Cuidado, es un obús! —gritó Manuel.

Los chicos y los soldados heridos gritaban de terror, apiñados en la esquina que aún quedaba resguardada de los disparos. Mientras tanto, por el hueco horadado en el techo silbaban cientos de balas procedentes de las ametralladoras alemanas apostadas en la acera de enfrente. Durante unos eternos segundos esperaron, tumbados en el suelo con los brazos protegiéndose la cabeza, la explosión del artefacto incendiario que los llevaría a todos sin remedio a otra vida.

Pasó un minuto, la bomba no detonó y las balas cesaron.

Una explosión se oyó en el exterior. Iñaki asomó la cabeza por la ventana, y con extremo júbilo anunció a sus compañeros que la casa tomada por los alemanes había volado por los aires. Al fin pudieron levantarse y estirar las piernas, aún con el susto en el cuerpo y seguros ya de que el obús no estallaría. Rafael buscó a Teresa al advertir con angustia que no estaba en pie, como los demás. De repente sintió un violento estremecimiento y se agachó sobre un cuerpo inmóvil que aún seguía boca abajo, cubierto de polvo y escombros.

—¡Teresa! ¡Teresa! —gritó sobre ella.

Al girarlo hacia él, todos emitieron un aullido de pánico al ver el caño de sangre que brotaba de su pecho. En apenas un minuto, los ojos de la chica quedaron inmóviles y su cuerpo sufrió el último estertor de la muerte. Rafael se abrazó con fuerza al cuerpo inerte de la joven, sacudiéndolo con desesperación, llorando y repitiendo su nombre, presa de una crisis nerviosa. El resto observaba la escena, tiznados y llenos de polvo, aún incrédulos y aterrados por la tragedia que acababan de presenciar. Una maldita bala había atravesado el corazón de Teresa provocándole la muerte casi instantánea. Manuel tomó por los hombros a Rafael para consolarlo, llorando a su lado.

—¿Qué vamos a hacer? —preguntó Iñaki sufriendo convulsiones por el llanto, arrodillándose junto a los dos amigos.

—Hay que preparar la evacuación de los heridos y de Teresa —dijo Victoria, limpiándose las lágrimas con el puño de su cazadora.

—¡Vamos! —dijo Rafael tomándola en brazos para dirigirse a los camiones con una cruz roja pintada en el toldo que en aquel momento llegaban al lugar.

Durante el trayecto de regreso, Iñaki apenas se separó de sus amigos. Después llevaron el cadáver de Teresa a la morgue, donde Victoria, rota por el dolor, se encargó de limpiar su cuerpo y de vestirlo con un uniforme limpio. Rafael se quedó afuera sosteniendo la cazadora ensangrentada de Teresa. Al estrecharla entre las manos notó un bulto que sobresalía del bolsillo superior. Lo abrió y extrajo la pequeña piedra de ámbar manchada de sangre que le había dado Iñaki. La bala la había rozado, y aunque no pudo impedir que continuara su trayecto mortal, había sufrido también una herida y lucía una muesca semicircular, provocada por el proyectil que había impactado finalmente en el corazón de la joven. Rafael la tomó entre sus manos para examinarla.

—¿Qué es esto?

—Es una perla de ámbar —respondió Iñaki, con temor, a su lado.

—¿Por qué la tenía Teresa? —preguntó Manuel.

Iñaki les contó que se la había quedado el día que robaron las cajas a los soldados nazis y que se la había entregado a Teresa para que la devolviera al comandante unos minutos antes de que comenzara el tiroteo.

—No podemos devolverla... —dijo Rafael—. Si descubren que estaba en el bolsillo de Teresa, vamos a pasar de ser héroes a unos vulgares ladrones y nos van a castigar bien. Esto debe ser un secreto entre nosotros. Iñaki, escóndela bien y no vuelvas a hablar de ella con nadie...

—¿Ni siquiera con Victoria? —preguntó apesadumbrado el gigante.

—A ella sí puedes contárselo —aceptó Manuel—. Solo a ella.

El 8 de septiembre de 1941 la ciudad quedó completamente cercada por el ejército alemán, un bloqueo que se extendería hasta 1944. Las autoridades advirtieron que apenas tenían provisiones y buscaban desesperadamente una vía de salida por donde evacuar a los habitantes. Habían organizado una ruta secreta por barco en un trozo de la costa que unía el lago Ládoga de Leningrado, desde el muelle de Osinovets, a través de un corredor de agua hasta Nóvaya Ládoga, que enlazaba en tren con los almacenes de Tijvin, donde aprovisionaron cientos de toneladas de trigo. Sin embargo, en el segundo transporte, los barcos de suministro fueron bombardeados por cazas de la Luftwaffe y se hundieron con miles de toneladas de alimentos en su interior. A partir de entonces la aviación de Alemania y Finlandia sobrevoló constantemente la zona para evitar la entrada de suministros a la ciudad.

Rafael apenas había tenido tiempo de llorar la muerte de su gran amor. Cada día era un ejercicio de supervivencia en una ciudad convertida en una jaula mortal donde los alimentos escaseaban, los bombardeos eran continuos en cualquier parte y los suministros de carbón y combustible para la calefacción habían dejado de llegar. Era de madrugada cuando se echó sobre un montón de paja de una casa semiderruida, donde había acampado el grupo de soldados del batallón al que le habían asignado. La única luz provenía de dos lámparas fabricadas con vainas de proyectiles. Su garganta estaba seca de tanto fumar durante aquella larga tarde. Tenía hambre, apenas había comido una escasa ración de col agria y un mendrugo de pan. Iñaki estaba a su lado, como fiel escudero, y Manuel se había colocado junto a otros compañeros españoles. Todos eran jóvenes como ellos y daban gracias por seguir con vida un día más en aquel infierno. Rafael había visto ya la muerte de cerca, tan cerca que casi le dolía. El miedo era su eterno acompañante. Se preguntaba si sus compañeros también lo sentían, si realmente eran conscientes de que podrían estar muertos en minutos, en horas, en días, en semanas... Valor y miedo, sentimientos contrapuestos que marchaban unidos con el único afán de mantenerlos vivos. En aquellas horas de descanso trataba de rememorar la última vez que rozó la piel de Teresa y besó sus labios poco antes de perderla para siempre. Trataba de revivir la sensación de aquel contacto, pero apenas lo conseguía. Repetía una y otra vez en su memoria la última conversación en aquella casa cercada, lo último en lo que pensó cuando la ametralladora alemana vomitó la ráfaga mortal. Intentaba recordar los segundos de vacío en los que no vio a Teresa entre el grupo, en su silenciosa respuesta al gritar su nombre en medio del caos de polvo y gritos de pánico. Cerraba los ojos y la veía en el suelo, con los ojos sin vida y el uniforme manchado de una sangre viscosa que salía a borbotones de su pecho.

Se giró hacia la pared y al fin cerró los ojos en un sueño ligero. Las imágenes de su Bilbao natal regresaron con nitidez, quizá debido al ruido de los obuses que con gran estruendo reventaban cerca y lo transportaban a las últimas semanas de estancia en España, donde las bombas caían con la misma virulencia que ahora. Tuvo un sueño intranquilo. Estaba en el puerto, y divisó de repente una línea recta bajo el agua formando una estela de pequeñas olas. Inmediatamente reconoció la traza de un torpedo lanzado desde un submarino que se dirigía hacia él a gran velocidad.

De repente oyó un ruido sordo y sintió que su cuerpo recibía una gran sacudida. Abrió los ojos y solo vio llamas. La paja donde descansaba ardía con virulencia. Escuchó gritos, golpes y el traqueteo de las metralletas. Sintió la mano de Iñaki, que tiraba de él con todas sus fuerzas hacia el exterior, arrastrándolo como si se tratara de un muñeco de trapo.

—¡Cúbrete con el abrigo! —le gritaba el gigante mientras él hacía lo mismo para protegerse de las llamas y seguía tirando de él hacia el bosque.

Los dos amigos corrían cargando con las armas en una estampida humana que luchaba por salvarse en medio de aquel infierno de balas y gritos. Los alemanes habían prendido fuego a los depósitos de combustible cercanos al refugio y este se deslizaba como una lengua ardiendo por el bosque, invadiendo las trincheras que habían cavado días antes para protegerse y que ahora se convertían en tumbas de fuego para muchos soldados que esperaban allí el avance del enemigo.

La tierra, las rocas, los árboles ardían arrastrando nubes de fuego y humo. Iñaki y Rafael corrían delante de aquella ola incandescente, que vista desde abajo parecía querer devorarlos en su insaciable carrera. Muchos soldados hallaron la orilla del río y gritaban al resto que les seguía para que se encaminaran hacia allí. Los amigos se sentían ya a salvo en el agua cuando el familiar traqueteo de una metralleta y el chapoteo de las balas en el agua alrededor de ellos los puso en alerta. ¡Había que salir del agua, eran un blanco fácil para el enemigo! Iñaki volvió a tirar de Rafael y en dos zancadas alcanzaron la orilla. Después lo agarró de los brazos, lo sacó, lo dejó a salvo detrás de un árbol y regresó para ayudar a varios soldados que tenían dificultad para salir del río, debido a las pesadas botas que se hundían en el fango. El fuego que los rodeaba era tan abrasador que los soldados sentían en su cuerpo el calor de las hebillas de hierro de los cinturones y el cuero de las botas.

Las explosiones sonaban cerca, ahora eran granadas de mano las que reventaban en los alrededores. A través del humo divisaban siluetas corriendo por todos lados sin rumbo fijo, huyendo de aquella pesadilla. Rafael miró a Iñaki, a su lado, ambos agazapados detrás de un saliente de rocas donde se sentían seguros.

—Iñaki, tu mano... —El gigante tenía la cara tiznada de hollín y una de sus manos mostraba la piel quemada.

—¡Apenas lo he notado! —dijo haciendo un gesto de dolor al tocarla con la otra—. ¡Vamos, tenemos que salir de aquí! —exclamó al oír de nuevo las metralletas alemanas a pocos metros.

El fulgor del fuego y las bombas centelleaba en los troncos de los árboles mientras los dos amigos corrían, asustados, entre llamas y estruendos ensordecedores. Tras una larga carrera divisaron a lo lejos uno de los refugios bajo tierra donde se encontraban los oficiales del Estado Mayor. El resplandor del fuego aún iluminaba el cielo, y de repente se hizo un silencio abrumador, solo roto por los susurros de los soldados que corrían también hacia el refugio. Apenas podía ver dos pasos más allá, y comenzó a dudar si las sombras que corrían eran amigas o pertenecientes al ejército alemán. Rafael divisó el túnel que él conocía bien por haber colaborado en su construcción. De repente, el silbido de una bomba resonó a sus espaldas, y una luz cegadora acompañada de un estallido los sumió en un caos. Los soldados alemanes aparecieron como espectros, y un estruendo de granadas comenzó a sacudir la tierra por donde caminaban.

—¡Al suelo! —gritó alguien con una voz chillona.

Iñaki iba detrás e instintivamente se echó encima de él para cubrirlo, cayendo ambos aparatosamente. Rafael respiró la tierra por sus orificios nasales y sintió que le faltaba el aire. De repente, el suelo tembló a su lado debido a la explosión de un obús y todo se volvió oscuridad.

Rafael dejó de escuchar los gritos de pánico de sus compañeros, y tampoco notó el terrible olor a carne quemada de los soldados de su regimiento que volaban, despedazados, por los aires.

Aquella noche murieron más de doscientos soldados y treinta oficiales del Estado Mayor del Ejército Rojo.

12

Montreal, Canadá. Agosto de 2004

Edith estaba algo inquieta por la conversación que había tenido con su padre la tarde anterior y decidió ir al día siguiente a la fábrica para hablar con su hermano. Después de contarle la reacción que tuvo al ver la perla de ámbar, Adrien quedó pensativo.

—Pues yo hablé con él por la noche, después de que lo dejaras, y estaba normal, muy contento de haber estado contigo. No me mencionó nada sobre el collar. Después hablé con mi suegro y tampoco me dijo nada especial; tanto papá como Lucien estaban bien, como siempre.

—Papá actuó de forma muy extraña cuando le enseñé el collar; creí que iba a alegrarse, pero fue todo lo contrario: me decía que me deshiciera de él, que lo tirase al río, que esa joya no era de nadie, que daba mala suerte y no debía tenerla cerca.

—Bueno, mamá era muy supersticiosa, y parece que ahora papá también se está volviendo algo maniático.

—Pero él no es así, siempre ha sido muy pragmático.

—Sí, excepto con mamá. Se creía todo lo que ella decía.

—Mamá tenía un don especial para presentar las cosas

—murmuró Edith con nostalgia—. A veces daba un poco de miedo. Y la reacción de papá con el collar me ha parecido inquietante.

—Aunque no seamos supersticiosos, esta vez vamos a hacerle caso y vamos a guardarlo aquí, en la caja fuerte de la fábrica, lejos de nuestros hogares.

—Pero ¿no habíamos quedado en dar esta noticia a la prensa?

—Por supuesto. Nicole ha convocado aquí a sus compañeros para la semana que viene, ¿qué te parece? Nos haremos una foto con el logotipo de la fábrica detrás y con la joya en la mesa, para que se vea bien. Después contarás tu experiencia en Afganistán y la forma en que regresó a tus manos. He hablado con el inspector de policía que llevó el caso del robo y del asesinato de mamá en Quebec y va a acompañarnos para aportar algunos datos sobre la investigación. Le ha parecido una casualidad inesperada que apareciera en el bolsillo de un soldado ruso, la misma nacionalidad de los que asaltaron nuestra casa. Eso dará más credibilidad y difusión a la noticia.

—Sí, es una macabra coincidencia... —señaló Edith.

—El inspector me ha sugerido que buscáramos una foto donde mamá tuviera el collar puesto.

—Eso sí que va a ser complicado, ella nunca se lo puso.

—Pues ahora que lo dices, es un problema. ¿Y si hacemos un montaje fotográfico? —sugirió Adrien.

—¿Estás loco? Papá nos mataría... Nos limitaremos a hacernos fotos con la joya sobre la mesa y ya está.

Aquella tarde Edith se desplazó a un conocido centro comercial de la ciudad con el fin de equipar a Hassan con ropa a su medida. El pequeño caminaba cogido de su mano, recreándose en los pasillos repletos de ropa, complementos o juguetes con mirada curiosa. Edith lo observaba con ternura, compartiendo con él aquella experiencia. No hablaba apenas, pero Edith sentía en su mirada que confiaba en ella y que entendía lo que le decía. Cuando salían juntos, él le ofrecía su manita y caminaba a su lado, como si temiera perderse o perderla. Edith sentía una gran responsabilidad, era todo lo que él tenía, la única persona con quien se sentía seguro en aquellos días de cambios tan trascendentales en su corta vida.

Cuando llegaron a la zona infantil se detuvieron a observar el espacio destinado a guardería, donde los pequeños saltaban y jugaban vigilados por varias jóvenes mientras sus madres hacían las compras. Estaban ensimismados viendo jugar a los niños cuando una pareja de mujeres pasó a su lado. La de más edad, de unos setenta años y elegantemente vestida, se detuvo ante ellos dedicándole a Edith una severa mirada. A su lado, una joven de unos treinta y tantos años de cabello rubio y lacio llevaba de la mano a una niña de siete años. Edith sintió un latigazo en el estómago. Allí estaba Marlene, la madre de su difunto marido, junto a su hija y su nieta.

—Hola, Edith. Veo que ya estás de vuelta... —saludó con frialdad la mujer de más edad.

—Hola, Marlene —respondió sin intención de ofrecerle un beso o la mano como saludo. Después su mirada se dirigió a la otra mujer más joven—. Hola, Agnes. Sí, ya he regresado a casa.

Marlene dirigió su mirada con aprensión a Hassan.

—¿Es tu sobrino?

—No. Es un niño afgano que ha venido conmigo. Estoy realizando los trámites para adoptarlo.

—Espero que esta vez sepas cuidar bien de él —sentenció la anciana con estudiada dureza.

Edith sintió que un puñal se le clavaba en el estómago

con aquella frase llena de crueldad. Agnes, su antigua cuñada, miró a su madre con enojo.

—¡Mamá!

Después se dirigió a Edith, pero esta había bajado la mirada a punto de llorar, y tirando de Hassan, se largó de allí sin pronunciar una palabra.

En la sección de ropa infantil, Edith y Hassan pasaron un buen rato eligiendo pantalones, pijamas y demás complementos para el invierno. Después se fueron a los probadores. La sonrisa del pequeño al probarse la ropa la reconfortaba, y trató de olvidar el golpe tan bajo que le había propinado la que fuera su suegra. Sin embargo, su tranquilidad le duró poco al divisar de nuevo la silueta de Agnes en un pasillo cercano dirigiéndose hacia ellos. Esta vez venía sola.

—Edith, siento lo que te ha dicho mi madre. Por favor, no se lo tengas en cuenta.

—No puedo culparla. Ella ha perdido a un hijo, y yo sé lo que se siente porque también perdí al mío. Lo que no me parece justo es que me haga responsable de la muerte de ambos.

—No, Edith, tú no fuiste responsable. Mi madre aún no ha superado el dolor por la pérdida de Leonard y de Alexis, pero te doy mi palabra de que jamás te he considerado responsable. Yo también soy madre e imagino la carga que has tenido que soportar. Espero que algún día puedas superarlo. Y me alegro sinceramente de que tengas ahora la ilusión de otro niño —dijo mirando al pequeño, que seguía en el probador—. Siempre te tuve en gran estima. Pero ya sabes cómo es ella...

—Gracias, Agnes. Agradezco de corazón tus palabras...

—Leonard era un poco especial, ya sabes, algo inestable, y mi madre no lo ayudó demasiado. Ella es tan exigente...
—Se calló de repente.

—Y tan dura, Agnes. Nunca pude entender por qué trataba así a Leonard y le dedicaba aquellos desaires incluso en público...

—Yo fui su confidente, era su hermana mayor y lo apoyé siempre que pude.

—Sin embargo, nunca me hablaste de sus problemas...

—Realmente no había demasiado que contar. Él tenía un carácter inseguro y necesitaba a alguien a su lado. Cuando te conocí y vi lo enamorados que estabais, me alegré mucho por él... Estaba segura de que eras la persona que él necesitaba.

—¿Que él necesitaba? Me hablas como si ya supieras que estaba enfermo.

—Él no estaba enfermo, Edith —respondió la joven con firmeza—. Nunca le diagnosticaron una enfermedad mental...

—No hizo falta, Agnes. En el momento que profundicé un poco en su carácter conocí sus carencias. Quería acapararme, controlarme, tenerme siempre a su lado... Me hizo la vida imposible. Lo sabías, ¿no?

—Bueno, era algo débil, eso es todo.

—Yo le ofrecí seguridad hasta que empezó a contagiarme sus paranoias, hasta que empezó a exigirme más de lo que yo podía darle, más de lo que cualquier persona normal estaba en condiciones de padecer... Yo lo amaba, pero la convivencia se hizo imposible.

—Él era así. Cuando acaparaba a alguien exigía mucha atención. Lamento todo lo que pasó.

—Yo también, aunque tu madre siga culpándome de todo.

—Mi madre se aferró a la carta que dejó Leonard y te colocó en su diana, pero yo sé que fuiste otra víctima más. Perdiste a tu hijo de la peor manera posible y sé lo duro que es eso. Yo te tengo en gran estima, Edith.

—Como he dicho, agradezco tus palabras. Escuchar esto de boca de un Morandé reconforta un poco —señaló esbozando una sonrisa.

—Es lo que siento. Te aseguro que en mí nunca vas a tener una enemiga. Sé que las cicatrices te quedarán de por vida. Solo espero que en este tiempo que has estado fuera hayas conseguido levantar tu ánimo. Te deseo lo mejor. Ojalá todo te vaya bien —dijo ofreciéndole un emocionado abrazo de despedida.

Leonard Morandé era un ser vulnerable que había crecido bajo las órdenes de una madre exigente y un padre ausente debido a los negocios. Cuando conoció a Edith, volcó en ella todo su afecto, esperando reciprocidad por duplicado. Al principio todo era miel y rosas, pruebas de amor, romanticismo... A los pocos meses de la boda, Edith advirtió que el amor que sentía Leonard era demasiado intenso, casi enfermizo. Ella trabajaba en el hospital y él parecía tener celos de sus compañeros. Le pedía que le dedicase más tiempo, pues su trabajo en los laboratorios farmacéuticos pertenecientes a la familia no le requería tantas horas como el de Edith en el hospital; hasta llegó a exigirle que dejara el trabajo. Aquella imposición comenzó a asfixiarla, y con ella llegaron las discusiones, las amenazas, altibajos de humor que no hacían más que desconcertarla. Después, los reproches por su falta de consideración, por no amarlo tanto como él la amaba, por ser una mala esposa...

Cuando nació el pequeño Alexis, Edith confiaba en que sería la solución para aquella dependencia. La llegada de un hijo al hogar era la mejor manera de hacerlos madurar, ofreciéndole todo su amor y su tiempo al bebé. Sin embargo, el efecto fue el contrario: Leonard parecía sentirse humillado al contemplar cómo ella se volcaba en los cuidados de su hijo, el hijo de los dos... Entonces su actitud devino huraña, grosera. Apenas se interesó por los cuidados del niño y apremiaba a Edith para que contratara una niñera y se hiciera cargo de él; así no perturbaría su rutina diaria. La joven madre accedió, aunque sin dejar de estar pendiente de sus cuidados y tratando de satisfacer las exigencias de su marido. Aun así, la situación no mejoró.

Al considerar que la actitud de Leonard no era normal, Edith pidió ayuda a un compañero de psiquiatría del hospital donde trabajaba, quien se ofreció para que ambos acudieran a una sesión de terapia. Aquello fue el detonante del fin: Leonard se sintió humillado y su actitud se volvió aún más agresiva.

13

Leningrado, URSS. 1942

Si hay algo que se pierde en una guerra es la noción del tiempo. Tras el fragor de las granadas y las balas, Rafael despertó bruscamente y no sabía si aquella escena en el bosque había ocurrido momentos antes o había permanecido días enteros bajo el fuego. Tenía una sensación extraña: estaba tendido en la cama de un hospital y recordaba con nitidez la última carrera que había dado para dirigirse al refugio, adonde no recordaba haber llegado nunca. ¿Cuánto tiempo había pasado? ¿Fue ayer la escaramuza que recordaba con tanta claridad?, se preguntaba. En la sensación de rapidez le venían a la memoria el silbido de los proyectiles, el repiqueteo de las metralletas, los gritos de sus compañeros, las explosiones, el caos... Se tocó la frente y descubrió que en la parte derecha tenía una venda cubriéndole una herida. También advirtió en el dorso de su mano izquierda una cicatriz desde el inicio del pulgar hasta el meñique que parecía haber cerrado, aunque tenía marcas de puntos de sutura. Sin embargo, no recordaba haberse herido la mano aquella noche. Y entonces recordó otra mano, la de Iñaki, que se la había quemado y ni siquiera había reparado hasta que él mismo la señaló. De repente dio un respingo.

—¡Iñaki! ¿Dónde está Iñaki?

Rafael trató de levantarse de un salto de la cama, pero las fuerzas le fallaron y al ponerse en pie se dio de bruces contra el suelo. Estaba desorientado y todo a su alrededor comenzó a darle vueltas. En aquel momento, una enfermera de mediana edad accedió a la sala donde convalecía junto a otras veinte camas, ocupadas por soldados heridos que gemían de dolor cubiertos de vendas.

—¡Cuidado! Estás muy débil para levantarte —le dijo mientras se inclinaba hacia él y lo ayudaba a tenderse de nuevo en la cama—. Al fin has despertado, Rafael Celaya... —Sonrió con bondad.

—¿Dónde estoy? ¿E Iñaki? ¿Y Manuel? ¿Dónde están mis compañeros? —preguntó con angustia el joven.

—Tranquilo. Tienes que recuperarte. Has estado dormido demasiado tiempo y debes ejercitar los músculos.

—¿Cuánto tiempo he estado? ¿Qué día es hoy?

—Estamos a 3 de enero de 1942.

—¡Enero! Pero, era a mediados de septiembre cuando... —Calló unos instantes.

—Eso es. Fue el 20 de septiembre cuando ingresaste en el hospital. Lo pone en tu historial. Has estado en coma desde entonces. Recibiste un buen golpe en la cabeza.

—¿Dónde está Iñaki? ¿Qué le ha ocurrido?

—¿Quién es Iñaki?

—Mi compañero. También es español, como yo. Es muy corpulento. Estaba conmigo cuando estalló un obús... —explicó con ansiedad, esperando recibir una mala noticia. Sin embargo, la enfermera esbozó una sonrisa tranquilizadora.

—¡Ah! Te refieres al gigante español...

—¿Está vivo? ¿Se encuentra bien? —Un rayo de esperanza regresó a sus pupilas.

—Sí. Bueno, ha sufrido graves heridas. Está en el ala de quemados, pero sobrevivirá.

—¿Puedo ir a verlo?

—Espera, hablaré con un camillero para que lo traiga aquí. Creo que puede desplazarse en silla de ruedas.

—¿En silla de ruedas? —preguntó desolado.

—Ahora tienes que reponerte y recuperar fuerza en las piernas. —La enfermera se despidió con una sonrisa afable.

Iñaki llegó unos minutos después. Caminaba con muletas y exhibía una amplia sonrisa en su cara demacrada por el hambre y las heridas. Rafael quedó impresionado al ver su cabeza totalmente rapada y la nuca llena de costras aún sin cicatrizar, provocadas por profundas quemaduras. El encuentro fue emocionante. Iñaki se inclinó sobre la cama y abrazó a Rafael con lágrimas en los ojos, estrechándolo con todas sus fuerzas hasta que este emitió un gemido de dolor.

—Me haces daño, grandullón —exclamó con los ojos húmedos, sin poder contener la emoción al ver de nuevo a su amigo.

—¡Qué contento estoy! He venido a verte todos los días desde que pude levantarme de la cama y desplazarme en silla de ruedas. Cuando me han dicho que habías despertado, no he podido esperar a que me la trajeran y he tomado prestadas las muletas de mi compañero de habitación.

—¿Qué te ha pasado en la pierna? —Al dirigir su mirada hacia ella, Rafael descubrió con horror que la pernera derecha del pantalón estaba vacía.

—Me la han cortado... —dijo limpiándose las lágrimas con el puño del pijama—. Pero ya estoy mejor, y me están haciendo una pierna postiza a mi medida. Es que las que tienen aquí son demasiado pequeñas... —Sonrió con la ingenuidad de un niño pequeño.

—Lo siento... —murmuró Rafael apretándole el brazo con sentimiento.

—No importa, ya me estoy acostumbrando. Lo peor fueron las quemaduras de la espalda, me dolían un montón. Menos mal que aquí me han tratado muy bien. Al saber que éramos españoles nos han mimado mucho, tanto los médicos como los compañeros de la habitación.

—Sé que me salvaste la vida. Siento todo lo que te ha pasado...

—No, fue culpa mía. Me lancé sobre ti con tanta fuerza que te golpeaste en la cabeza contra una piedra al caer al suelo... Soy muy bruto. —Sonrió encogiéndose de hombros y tratando de disculparse.

Rafael sonrió con ternura.

—¡Ven aquí, campeón! —Alargó los brazos para abrazarlo de nuevo y transmitirle su cariño—. Si no me hubieras protegido, no estaría aquí ahora. Eres un héroe...

Rafael sintió que Iñaki se estremecía de dolor cuando le colocó los brazos en la espalda y lo soltó.

—Lo siento...

—No pasa nada. Es que algunas quemaduras de la espalda todavía están en carne viva. Apenas hay medicamentos y tengo una parte infectada —dijo alzándose la camisa que lo protegía y mostrándole su cuerpo quemado.

—¡Dios santo...! —exclamó Rafael, horrorizado al contemplar la amplia espalda de su amigo con la piel quemada y llena de pústulas.

—El obús estalló a pocos metros de nosotros y mi uniforme salió ardiendo... Pero ya estoy mejor. —Sonrió tratando de quitar importancia a sus heridas.

—¿Y Manuel? Estaba con nosotros esa noche...

—No lo sé —respondió compungido el gigante—. Y tampoco nadie ha visto a Victoria. El hospital donde ella estaba fue bombardeado por los alemanes. He hablado con algunas enfermeras y han localizado a muchos soldados españoles, pero ninguno es Manuel. También han preguntado por Victoria en los hospitales que aún siguen funcionando, pero no saben nada. He pasado mucho miedo... —Iñaki comenzó a llorar de nuevo—. No había nadie de nuestros amigos, solo te tenía a ti, pero estabas dormido. Los médicos me decían que no sabían si ibas a despertar algún día... —Ahora el llanto era más profundo en medio de convulsiones.

Rafael trató de consolarlo dándole palmadas en el brazo.

—Ahora he despertado, pronto saldremos de aquí y volveremos a casa.

—¿A qué casa? ¿A España? —Rafael lo miró con tristeza.

—No lo sé. Ya lo iremos viendo más adelante.

En dos semanas Rafael se podía poner en pie y hacía ejercicios para recuperar la musculatura perdida. A pesar de que la comida en el hospital era escasa para todos, los voluntarios españoles recibían el cariño del pueblo ruso, agradecidos por verlos luchar a su lado contra las tropas fascistas. Los propios enfermos del hospital compartían con ellos su ración de comida, y el personal sanitario se volcó en cuidados especiales para facilitarles una rápida recuperación.

El invierno de 1941 a 1942 fue uno de los más duros que habían conocido los ciudadanos de Leningrado, y no solo a causa del ejército invasor que los tenía atrapados, sino por el frío, que llegó a superar los cuarenta grados bajo cero en una ciudad hambrienta, sin calefacción y a merced de las bombas alemanas, que seguían cayendo sobre sus casas. Sin embargo, los soldados que luchaban en la guerra, los obreros que trabajaban a destajo en las fábricas, el personal sanitario que velaba de sol a sol en los hospitales, las madres que tenían a sus hijos en el frente, las esposas que escribían cartas a sus maridos sin esperanza de que las recibieran, tenían la convicción de que luchaban para restablecer su vida anterior, a pesar de la extenuante falta de libertad y las grandes carencias que padecieron entonces.

No había ciudadano soviético que dudara de ofrecer su vida y su trabajo para expulsar a aquel ejército que violentaba mujeres, quemaba pueblos y asesinaba a sangre fría a los prisioneros. Todos ofrecían su personal sacrificio, a pesar de la incertidumbre que se había instalado en ellos. El ejército alemán seguía avanzando hacia el este, penetrando cada vez más en el corazón de una Rusia que se creyó inexpugnable y que ahora luchaba unida para defender su territorio, su hogar, su orgullo, sorbiendo sus lágrimas y apretando los dientes para hacerles frente.

Tras dejar el hospital, Rafael e Iñaki se instalaron en la Casa de Niños número ocho de la calle Tverskaya, que había sobrevivido a los bombardeos y aún albergaba a unas cincuenta personas entre cuidadores y españoles. De los casi ochenta jóvenes de la casa número nueve que se enrolaron en el Regimiento de Voluntarios de Leningrado a primeros de julio de 1941, solo se tenía constancia de siete supervivientes a finales de diciembre, entre los que se encontraban Iñaki y Rafael. El personal soviético seguía atendiendo la casa, pues el Estado puso especial atención en ellos y les ofrecían la escasa ayuda de que disponían.

Los jóvenes se pusieron manos a la obra para localizar a Manuel y a Victoria. Al preguntar por el lugar de los enterramientos de los soldados caídos, una enfermera del hospital los informó con pesar de que iba a ser difícil encontrarlos: los cuerpos se enterraban sin uniforme, en ropa interior, amontonados en fosas comunes. Rafael e Iñaki fueron al cementerio y hallaron varios túmulos. Allí comprobaron con desaliento que los nombres de los soldados enterrados allí estaban escritos en caligrafía chapucera sobre tablas de madera muy finas, donde apenas podían entenderse los nombres. Muchas de ellas habían caído al suelo y el viento las había arrastrado lejos. También los habían informado de que muchos de los caídos en combate por los alrededores de la ciudad no habían encontrado a nadie que los llevara a enterrar.

Si dura fue la experiencia en el frente, no menos penoso fue después sobrevivir en aquellas extremas condiciones: apenas tenían madera para quemar, las tuberías se habían congelado debido a la falta de combustible y no había agua corriente. Muchos de los niños de la casa habían muerto de hambre, de frío o a causa de alguna enfermedad derivada de aquel bloqueo inhumano.

Iñaki era hábil cazando cualquier animal que pudiera servir de alimento, ya fueran gatos, perros, palomas o ratas. En la típica estufa rusa situada en el centro de la habitación hervían desde extracto de pino hasta hierba, pegamento o cinturones de cuero. Todo se servía en una olla caliente. Por medio del humo de la estufa, conducido a través de tuberías metálicas por las paredes y techos, calentaban el resto de las estancias. Las cartillas de racionamiento solo les daban derecho a noventa gramos de pan, por lo que seguían utilizando la de los compañeros fallecidos para aumentar la ración.

—He oído que están abriendo una vía de escape sobre las aguas congeladas del lago Ládoga. Lo llaman el Camino de la Vida —dijo una cuidadora aquella mañana mientras compartían la escasa cena—. Están entrando camiones con comida por ahí. Pronto acabará esta situación...

—Yo no veo que vaya a acabar pronto. Los alemanes están ya a veinticinco kilómetros de Moscú, y según he escuchado en la radio en el Boletín de la Oficina de Información Soviética, están evacuando la ciudad... —dijo Rafael con pesimismo, avivando el fuego de la estufa con las hojas arrugadas de un libro de historia de los que aún quedaban en la biblioteca de la casa.

—¡Esto es el fin! —murmuró un maestro español—. La gente está muriendo de hambre y frío... Los cadáveres se acumulan en las calles; los alemanes bombardean los almacenes de grano, y acabo de enterarme de que ha caído Tijvin, desde donde salían los convoyes de provisiones que llegaban a la ciudad. Estamos pasando un hambre como no la habíamos sufrido nunca en España. Quizá debimos quedarnos allí... —Movió la cabeza con desesperación.

—No hay que perder la esperanza. No pueden dejarnos morir de esta manera... —insistió la cuidadora soviética, tratando de elevar la moral del grupo.

—Eso es lo que pretenden. Dicen que las órdenes de Hitler son dejarnos morir a todos, aunque tenga que tomar una ciudad llena de cadáveres... —Era una auxiliar española quien hablaba.

—Por el Camino de la Vida están entrando camiones con comida que...

—Que están siendo atacados por los aviones alemanes... —cortó esta vez el maestro.

—La gente está quemando muebles, puertas, camas, incluso los libros de la biblioteca de la ciudad... —añadió Rafael acercando sus manos al calor—. Y ya no hay transporte público por falta de combustible. También han cerrado algunas fábricas.

—Ayer me puse las botas y comencé a abrir un surco con las piernas hasta la calle, para que pudiéramos salir y comunicarnos con las casas vecinas, pero tropecé con varios bultos. Eran cuerpos congelados... —dijo Iñaki con pesar.

La ciudad aparecía sombría y fúnebre, los rostros de la gente mostraban dolor, soledad, miedo. Las aguas de los canales de la ciudad bajaban llenas de cadáveres de soldados y civiles. Aunque las autoridades soviéticas procuraban disimular con el eufemismo de «distrofia alimentaria» a lo que todos llamaban hambre, la cifra de muertos aumentaba cada día, llegando a una media de cien mil al mes en aquel duro invierno. La cifra oficial fue de alrededor de seiscientos mil muertos, aunque las reales nunca llegaron a corroborarse y se estimaron en el doble de lo que publicaban los medios. A través del Camino de la Vida los víveres llegaban poco a poco, a pesar de que las bombas seguían cayendo en el lago Ládoga provocando el hundimiento de cientos de camiones y la consiguiente pérdida de la mercancía.

Iñaki y Rafael, ya recuperados de las heridas, se habían enrolado de nuevo en el Cuerpo de Voluntarios a los que familiarmente se conocía como el Batallón de los Débiles, debido a su heterogénea composición formada por mutilados de guerra, mujeres o jubilados. Las noches eran terroríficas en aquel frío invierno. Los grandes focos iluminaban el cielo para tratar de localizar a los cazas alemanes que continuamente sobrevolaban Leningrado lanzando bombas incendiarias sobre fábricas, almacenes de comida o viviendas.

Una tarde estaban haciendo guardia en un tejado cuando un gran estrépito cubrió el cielo de la ciudad. Una escuadrilla de aviones de color gris plata con la cruz negra pintada en las alas hizo acto de presencia. El grupo de aviones se dividió en dos, y mientras el primero proseguía su vuelo, los otros descendieron, abriendo sus panzas para lanzar bombas. Segundos después alzaban de nuevo el vuelo dejando atrás un rugido ensordecedor y un reguero de destrucción. Las luces de los focos apuntaban hacia un cielo sombrío, y los fogonazos de las bombas iluminaron como un espectro las siluetas de las bellas torres de la ciudad, que lucían ahora rotas y menguadas.

Rafael se quedó inmóvil observando el destello del fuego sobre las islas de Kamennin y Yelagin, situadas en el río Neva. Tanto él como Iñaki estaban entumecidos por el frío y apenas conseguían calentarse las puntas de los dedos con el aliento. Tenían los labios morados y se daban golpes en los costados para intentar entrar en calor. El grandullón había perdido el gorro de piel con orejeras del Ejército Rojo, y Rafael le ofrecía el suyo de forma intermitente. Los abrigos de cuero forrados en piel de borrego tenían un amplio cuello, pero eran insuficientes para protegerlos del frío aquella noche.

Al comprobar que los bombarderos habían abandonado la zona, el jefe al mando les ordenó dirigirse hacia allí para colaborar en la extinción del fuego y localizar las bombas que no habían hecho explosión. Al llegar, Iñaki y Rafael subieron a uno de los tejados cercanos a un edificio que no había sido pasto de las llamas. El frío calaba hasta los huesos. Acababan de sufrir una gran nevada y todo había desaparecido bajo una superficie blanca e inestable. Iñaki localizó dos proyectiles sin explotar y se dirigió hacia ellos, abriéndose paso entre la nieve con sus altas botas de caucho y dejando el camino expedito a Rafael, que se situó tras él pegando su espalda a la suya para recibir un poco de calor. Iñaki se detuvo y le hizo un gesto para que lo dejara solo en aquella tarea. Después aligeró el paso, balanceando el cuerpo con su pierna postiza.

—¡No corras, Iñaki! El sudor no es bueno con esta temperatura... —le gritó Rafael.

Pero el gigante apenas le escuchaba, concentrado en recoger la primera bomba con sumo cuidado. Después, sosteniéndola con su brazo izquierdo, se agachó para recoger otra con la mano que le quedaba libre.

—¿Estás loco? —gritó Rafael fuera de sí desde varios metros de distancia—. ¡Suelta una, puede explotarte encima!

Pero Iñaki había llegado ya a un bidón lleno de arena que los vecinos del inmueble habían colocado en las esquinas e introducía las bombas dentro.

—Iñaki, no debes correr riesgos innecesarios, la próxima vez piensa que una de esas bombas podría explotarte encima y hacerte picadillo.

—Ya me ha explotado una encima y aún sigo entero. ¿Te imaginas los kilos de carne que saldrían volando si me hubiera explotado? —Sonrió, travieso.

Rafael le atizó un coscorrón en la nuca, provocando una carcajada en su amigo. Más tarde se unieron al grupo de voluntarios de regreso por la gran avenida cercana a la orilla del golfo de Finlandia.

—¿Cómo es posible que un país tan pequeño como Alemania haya podido traer a Rusia a tantos soldados? —preguntó Iñaki con ingenuidad mientras caminaban junto a sus compañeros, la mayoría de avanzada edad—. Estamos rodeados, desde arriba, aquí en Leningrado, hasta el sur. ¿De dónde han salido tantos tanques y aviones? ¿Es que han dejado de pelearse en Europa?

—No, Iñaki —respondió un voluntario ruso de unos cincuenta años al que le habían amputado el brazo izquierdo por encima del codo y presentaba varias cicatrices en la cara—. Los alemanes cuentan con soldados de diferentes países aliados, los llaman las Potencias del Eje. Han venido desde Finlandia, Italia y también desde España, integrados en la División Azul, un cuerpo de voluntarios que el dictador de tu país ha enviado para luchar al lado de Hitler contra nosotros. Dicen que han venido más de cincuenta mil españoles y hay muchos por aquí, en los alrededores de Pushkin y por el lago Ládoga.

—¡Vaya! Españoles luchando contra españoles fuera de España... ¡No tenemos remedio! —exclamó Iñaki con ingenuidad.

Rafael lo miró, y después cruzó su mirada con la del compañero soviético, quien le devolvió una triste sonrisa.

La primavera llegó al fin, y con ella el deshielo y el final de las nevadas. El lago Ládoga estaba empezando a descongelarse y por sus aguas comenzaron a llegar barcos con comida, aun a riesgo de ser bombardeados. Fue entonces cuando se puso en marcha un plan de evacuación de la población civil. Rafael e Iñaki embarcaron en las primeras expediciones de salida junto al resto de los españoles y cuidadores soviéticos que quedaban en las Casas de Niños hacia un destino incierto.

El sol se había posado en el horizonte. Asomado a la popa de la embarcación que los alejaba de aquel infierno, Rafael miraba la ciudad, que parecía refulgir de la tierra. La luz anaranjada del ocaso se fundía con los fogonazos de los obuses que en pocos segundos ofrecían una imagen fantasmagórica, surgiendo en medio de las tinieblas para volver a sumirse después en la penumbra. Atrás quedaban años de feliz adolescencia, de calor humano en la Casa de Niños, de añoranza de su familia, de sentimiento de culpa por la pérdida de su hermano... Ahora solo tenía un dolor punzante que le desgarraba el alma. Miraba al horizonte para despedirse de todo lo que había amado, de sus amigos tan queridos, de Teresa, aquel torbellino que puso en pie su corazón hasta entonces desamparado. Ella fue un rayo de luz en la negrura en que se había instalado desde la llegada a aquel país que tan generosamente lo había acogido. Y Victoria, su querida brujita... ¿Qué habría sido de ella? ¿Dónde estaría enterrada? Recordó a Manuel, su noble rebeldía, sus llantos, sus miradas de enamorado hacia Victoria... ¡Qué diferentes habrían sido sus vidas si no hubiera llegado aquella guerra maldita! Ahora él estaría casado con Teresa, y probablemente Victoria sería la pareja de Manuel... La congoja le oprimió el corazón y unas lágrimas rebeldes resbalaron por sus mejillas mientras el barco navegaba lentamente por las aguas del Ládoga. Se alejaba de un presente aterrador donde la muerte se había convertido en rutina, y el hambre y la desesperación en una epidemia que amenazaba con aniquilar a la población de una de las ciudades más hermosas del mundo.

A su espalda sintió un sonido característico: una pisada, un golpe, una pisada, un golpe. Era Iñaki, que se acercaba con un movimiento arrítmico provocado por la prótesis que sustituía su pierna amputada. A pesar de las amarguras, del dolor y de las terribles experiencias que Iñaki había vivido junto a Rafael, jamás perdió su ingenua sonrisa de niño. Parecía no tener miedo a nada y aceptaba las adversidades con inocente resignación. Había estado postrado en una cama de hospital durante meses, había perdido una pierna y sufrido quemaduras en la parte trasera del cuerpo, desde los pies a la cabeza. Su cuero cabelludo había ardido como una tea y tenía cicatrices y calvas, que disimulaba dejándose crecer el pelo desde el centro de la cabeza hacia la nuca. Y todo por salvarlo. En aquel instante se sentía más unido que nunca al gigante bonachón y leal con el que había compartido tanto dolor y a quien debía la vida.

—¿Cómo estás, camarada? —preguntó mientras se apoyaba en la baranda a contemplar el paisaje.

—Me estaba despidiendo de Leningrado. Quizá nunca regresemos...

—¿Por qué no? Cuando la guerra acabe volverán a abrir las Casas de Niños y seguiremos estudiando...

Rafael lo miró con ternura y le acarició el hombro.

—Iñaki, ya no somos niños y no volveremos a vivir bajo la protección de los maestros y auxiliares. Ni siquiera sabemos si han sobrevivido; y si es así, no sabemos dónde están. La casa número nueve, nuestro hogar, cayó bajo las bombas... —Movió la cabeza con pesar—. Ahora estamos solos, quizá nunca volvamos a ver a nuestros amigos...

—Pues claro que los veremos... Estoy seguro de que Alejandro se encuentra a salvo. Su casa fue de las primeras evacuadas. Seguramente estará en alguna ciudad del este jugando con los aviones que le regalabas... —Sonrió abiertamente.

«Alejandro... ¿Qué habrá sido de él?», pensó Rafael con nostalgia. Se volvió con lágrimas en los ojos para contemplar la estela que dejaba la embarcación, olas de espuma blanca que le trajeron a la memoria el pañuelo blanco que su madre agitó al despedirse aquella tarde de verano de 1937 en el puerto de Santurce. La sonrisa franca e inocente de su hermano le vino ahora nítida a la memoria. «Joaquín, pequeño, ¿dónde estás ahora?», se preguntó en silencio, maldiciendo su destino. Jamás habría imaginado, cuando subía con ilusión infantil tomando su mano por la pasarela de aquel buque, que se encontraría ahora en otro, huyendo de otra cruenta guerra después de perder a Teresa y a los amigos que habían sido como una familia para él. De nuevo estaba solo, viajando sin destino junto a su inseparable Iñaki, a quien se había jurado cuidar hasta que le quedara un hálito de vida.

14

Quebec, Canadá. Septiembre de 2004

Aquel sábado, Adrien y Edith llegaron con sus respectivas familias a la casa de Quebec. Los dos abuelos, Lucien y Édouard, los esperaban ansiosos por conocer a Hassan, el nuevo miembro de la familia que se había convertido en el juguete de los hijos del primogénito.

Lucien Hévin, el padre de Nicole, tenía setenta y tres años y lucía un cuerpo atlético. Al contrario que Édouard, su consuegro y amigo, solía hacer ejercicio a diario, pertenecía al club de petanca de la zona y tenía un grupo de amigos con los que realizaba caminatas por la ciudad y los alrededores del río San Lorenzo. Conservaba un abundante cabello castaño plagado de canas y solía vestir ropa deportiva. Era un hombre jovial y ocurrente, dispuesto siempre a hacer reír, sobre todo a los nietos, con los que jugaba como uno más cuando los visitaban los fines de semana.

Aquel día, todos estaban pendientes del nuevo miembro de la familia. Hassan era un niño callado y taciturno, y los hijos de Adrien se esforzaban por ser amables con él e integrarlo en sus juegos. Su madre les había recomendado tener paciencia, explicándoles las circunstancias tan extremas que había padecido a pesar de su corta edad. Tras el almuerzo, la familia se instaló en el jardín. Los mayores tomaban café mientras observaban los juegos de los niños. El pequeño Fabien sacó una pelota pequeña y un par de bastones para jugar al hockey, ofreciéndole uno a Hassan mientras que Monique protegía la portería, que había señalado con dos macetones. El pequeño empezó a jugar y a dar golpes a la pelota con entusiasmo.

—Mirad, está sonriendo... —dijo Edith satisfecha.

—¿Cómo va su recuperación? —preguntó la mujer de Adrien.

—Ya ha cogido algo de peso. Ahora le estoy enseñando a manejarse con el francés con una profesora particular. Yo también procuro hablarle en ese idioma para que lo aprenda.

—A esta edad atrapan los idiomas enseguida —aseguró Nicole.

—Espero poder matricularlo para el próximo curso en el colegio. Tiene que irse integrando con niños de su edad. En estos meses de verano voy a trabajar duro para conseguir que se adapte. Para él es un cambio tan brutal...

—Los niños se acomodan rápido. No te preocupes, saldrá adelante —dijo Lucien, el padre de Nicole.

—Papá, el otro día empecé a contarle a Hassan las historias que mamá nos relataba cuando éramos pequeños, porque encajan mucho con su situación personal —dijo Edith.

—¿Qué os contaba vuestra madre? Hace tanto tiempo que dejasteis de ser niños que apenas me acuerdo...

—Eran las aventuras de un grupo de niños cuya aldea fue atacada por un rey malo y escaparon solos en un barco. Después llegaron a un país lejano donde los recibieron como héroes, alojándolos en un gran palacio con criados, vistiendo ropa elegante, con comida en abundancia y celebrando fiestas a diario... ¿Recuerdas sus nombres, Adrien? —Edith se dirigió a su hermano.

—Sí, ¡claro! Se llamaban Manuel, Iñaki, Rafael, Victoria...
—respondió el empresario.

—¿Por qué tenían nombres españoles? —preguntó Nicole, la esposa de Adrien.

—Porque los protagonistas procedían de España. Eso fue cosa de María de los Santos, mi esposa. Ella era quien se inventaba esos cuentos —aclaró Édouard.

—Era una pandilla de niños que estaba todo el día jugando y hacía muchas travesuras. Había un gigante que se llamaba Iñaki, otro más pequeño y muy peleón llamado Manuel, y una niña que predecía el futuro y siempre los asustaba porque se cumplían sus sueños: Victoria. ¿Te acuerdas, papá? Cuando mamá contaba esas aventuras, tú decías que esa niña se parecía a ella y nos reíamos mucho —replicó Edith con nostalgia.

—Sí, ahora sí... —El anciano dirigió su mirada al suelo, como perdida.

—También había otra niña muy alegre que los animaba a todos... —continuó Adrien.

—Sí, Teresa, la chica del sur... —murmuró el anciano.

—Eran unos personajes muy divertidos, sobre todo el gigante. Contabas que, cuando nevaba, Iñaki iba abriendo paso en la nieve con sus grandes piernas, mientras los otros iban detrás de él con el camino despejado.

Al oír aquella conversación, Monique dejó su puesto en la portería y animó a su hermano y a Hassan a acercarse a los mayores.

—Cuéntanos esos cuentos, abuelo —pidió la niña.

El anciano hizo un gesto al pequeño Hassan para que se acercara y lo sentó sobre su rodilla sana. Los hijos de Adrien se sentaron alrededor para escuchar a su abuelo.

—Os voy a contar la historia de unos niños españoles que vivían en un reino muy lejano, adonde sus padres los habían enviado para salvarlos de una guerra que se había desatado en su reino. El líder del grupo se llamaba Iñaki, y era el más inteligente, y también el más grandote. Parecía un gigante, con unas piernas tan anchas como tu propio cuerpo... —dijo dirigiéndose a Hassan, quien emitió una tímida sonrisa—. Fíjate cómo era de grande y fuerte que cuando nevaba se calzaba unas botas altas, se ponía el primero en la fila e iba retirando la nieve como si fuera una máquina quitanieves... —Todos los niños rieron a carcajadas.

—Pero ¿tan grandes eran sus piernas? —preguntó la pequeña Monique.

—Sí. Iñaki era un gigante, ni siquiera necesitaba una pala para dejar libre de nieve el camino, donde después jugaba con sus amigos. Y además era muy bueno, se preocupaba por ellos. Con él todos estaban seguros, nadie podía hacerles daño, y cuando había una pelea, los defendía siempre. Con una sola mano alzaba en el aire a los otros niños y los lanzaba a dos metros... —dijo haciendo un gesto con la mano que volvió a provocar la risa de los niños. Hassan le dedicó a Édouard una mirada risueña, siguiendo muy atento la historia—. Las pandillas rivales en el colegio le tenían mucho respeto. Con solo ver su impresionante cuerpo y esa mirada de autoridad, se asustaban y le cedían el paso. Sus amigos se sentían muy protegidos con él. Era el líder de la pandilla.

—Papá, cuéntales cómo rompió el pupitre del colegio... —pidió Adrien al ver el interés con el que los niños escuchaban el relato.

—Ah, sí. Eso lo contaba mejor vuestra madre, pero voy a intentarlo. Veréis, estando una vez en la clase, el maestro le dijo a Manuel que saliera al estrado para escribir en la pizarra. Entonces, uno de los compañeros le puso la zancadilla y lo hizo caer al suelo. Todos los niños comenzaron a reírse. Iñaki se molestó mucho por la broma pesada que le habían gastado a su amigo, así que se levantó de su pupitre y se dirigió al chico de la zancadilla. De repente, alzó su musculoso brazo y de un manotazo rompió la mesa en dos partes...

—Concluyó con un gesto con el brazo, como si estuviera rompiendo él mismo el escritorio. Los pequeños abrieron los ojos con admiración en medio de una gran carcajada.

—¿Y qué más? Cuéntanos más cosas de Iñaki... —pidió el pequeño Fabien.

—Veréis, en el nuevo reino adonde se fueron a vivir los niños, llegó otro rey malo y atacó su aldea. Iñaki y sus amigos dejaron el palacio donde vivían y se pusieron a luchar con los soldados. Ellos eran los encargados de apagar las bolas de fuego que les lanzaban los soldados del rey invasor. Una noche que salieron, hacía muuuucho frío y había nevado. Cuando estaban en el campo de batalla, los enemigos lanzaron una gran bola de fuego. Iñaki, al verla, se volvió y se lanzó encima de sus amigos para protegerlos con sus anchas espaldas.

—¿Se hizo daño? —preguntó el pequeño Fabien con ojos expectantes.

—Bueno, el pelo se le quedó un poco chamuscado y tuvo algunas quemaduras en la espalda, pero él apenas se dio cuenta. Él nunca sentía el dolor ni el miedo. Era un tipo valiente. Con él estaban seguros... Aquella noche salvó la vida a todos sus amigos.

—Por cierto, esos niños salieron de España, pero no recuerdo que mamá nos contara dónde estaba el reino en el que se instalaron —preguntó Adrien.

—En Rusia —respondió Édouard.

—¿Rusia? —repitió Edith escamada, al recordar el sobresalto de su padre y sus comentarios al enseñarle el collar recuperado y contarle que estaba en el bolsillo de un soldado ruso.

—¡Claro! En la Rusia de los zares, porque esas historias son de esa época, ¿no? —sugirió Adrien—. Mamá tenía una buena colección de libros de autores rusos...

—Sí, los cuentos estaban inspirados en los libros que ella leía. Le gustaban mucho los autores rusos y se le ocurrió colocar estas historias en un sitio donde hacía mucho frío, como aquí.

—Mamá tenía mucha imaginación... —dijo Edith con nostalgia.

—Yo también he oído hablar de esos cuentos que contaba tu esposa. Podrías haberlos escrito para que tus nietos pudieran conocerlos al completo —comentó Lucien, el otro abuelo.

Édouard lanzó la mirada al vacío durante unos instantes y habló con calma.

—Los tengo tan frescos en mi memoria que no consideré necesario escribirlos. A mí no se me olvidan los nombres ni las experiencias. Cuando las vives tan intensamente como yo las he vivido, deseas creer que aquello pasó, que esa fue tu infancia... —murmuró.

—¿Quieres decir que estos cuentos son para ti la infancia que no has tenido, papá? —preguntó Edith.

—Sí. Más o menos. —Édouard suspiró.

—Mamá nos contaba cada vez un cuento diferente, parecían salidos de la serie de cuentos infantiles de *Los Cinco* de Enid Blyton —dijo Edith.

—Y también nos leía grandes historias, como *Las mil y una noches*. Recuerdo que nos describía la ciudad de Samarcanda con una precisión que parecía haber estado allí.

—Samarcanda... —repitió Édouard. En aquel instante su mente voló a otro lugar, a otra época, a otro mundo, a sus recuerdos...

—¿Visitó mamá alguna vez ese lugar? —preguntó Edith.

—No, ella nunca salió de Cuba hasta que llegó aquí, pero era una gran lectora. Era profesora de literatura y también le gustaba mucho la historia —respondió el anciano.

—Papá, cuando estuve en Afganistán hice un viaje con un grupo de compañeros del hospital a Uzbekistán y visitamos Samarcanda. Cuando paseamos por la plaza del Registán, me pareció que ya había estado allí, porque mamá nos había hecho una descripción de la ciudad antigua muy minuciosa y detallada, describiendo el ambiente, las madrazas con las cúpulas azules, la mezquita...

—Mamá nos contó alguna historia de Iñaki y sus amigos allí, en Samarcanda. Recuerdo que Manuel y Victoria eran novios, y que Iñaki trabajaba cargando trenes frigoríficos de carne y podía con reses enteras... —añadió Adrien mirando a su padre para que continuara.

—Vuestra madre nunca llegó a terminar la historia de esos niños. Solo os contó la etapa más feliz. Después se hicieron adultos y vivieron años muy duros... —murmuró Édouard.

—No sabía que había una segunda parte... —replicó Adrien.

—Sí, la hay, pero ya no es tan bonita. Cuando crecieron, su vida cambió de forma radical.

—Pues ahora tengo curiosidad, nos falta el relato de cuando eran adultos... —lo animó Edith.

—Bueno, dejémosla para otro momento; hoy es el día de los niños.

Al advertir que los cuentos se habían acabado, el pequeño Fabien entró al interior de la casa y regresó con un balón de fútbol, invitando a Hassan y a su hermana a jugar con él.

—Edith, háblale de esa pandilla de amigos a Hassan, porque él está viviendo la misma experiencia. Aunque, al contrario que los personajes de esos cuentos, tiene una familia que va a darle mucho amor... Y si no te acuerdas, déjame a mí. A veces me gusta volver a mi infancia —concluyó Édouard.

—¿A tu infancia? —preguntó Adrien.

—Bueno, a la infancia que me hubiera gustado tener, como dije antes. Con esas historias, tu madre pretendía que conocierais el significado del compañerismo. La amistad más fuerte y duradera se forja entre personas que accidentalmente comparten el mismo destino sin haberlo planeado de antemano. Los niños de estos cuentos tenían diferentes procedencias sociales, políticas y religiosas. Viajaron en un barco rumbo a un lugar lejano, donde permanecieron gran parte de sus vidas, la más importante, a mi parecer. Esa estancia, lejos del calor de sus familias y en un entorno hostil, hizo emerger en ellos los sentimientos más profundos: la necesidad de supervivencia, la generosidad, la tolerancia, el sacrificio, la lealtad, el amor. Unos buscaban de los otros la fuerza, otros la sensatez, otros la experiencia. Uno es consciente de su fuerza cuando ayuda a otro más débil. En aquel reino todos tuvieron necesidad de apoyarse mutuamente. Fue allí donde se estableció el vínculo más fuerte que permanecería intacto durante el resto de nuestras vidas, el «todos para uno y uno para todos», como los protagonistas de las novelas de Alejandro Dumas. Estábamos unidos, compartiendo nuestras propias tragedias. De ahí surgió la auténtica amistad, de la necesidad de sentirse arropado por gente que sufría igual que tú mismo...

Edith, Adrien y Nicole dirigieron sus miradas hacia Édouard Lombard, desconcertados tras escuchar aquella incoherente reflexión. Después las orientaron hacia Lucien, el otro abuelo, quien se alzó de hombros manifestando su ignorancia por lo que su consuegro acababa de relatar.

—¿Has estado bebiendo, Édouard? —preguntó con gracia Lucien, provocando una sonrisa comprensiva en los demás.

—No, querido amigo, sabes que solo tomo una copa de vino en las comidas... Es que a veces se me escapan estas reflexiones. Creo que proceden del libro que estoy leyendo ahora —dijo para tranquilizarlos.

—Estabas hablando en primera persona, papá, como si hubieras formado parte de esa pandilla... —dijo Edith.

—Es que vivía con mucha intensidad las historias que os contaba vuestra madre. En ellas procuraba transmitiros lo mejor de los seres humanos y terminaba siempre con una moraleja sobre la bondad. La bondad, hijos míos, no solo está en la Biblia o los tratados del bien. No solo está en los sermones de los sacerdotes, ni en los mítines de los políticos que ofrecen felicidad a cambio de un voto. La bondad auténtica reside en el ser humano. Está en el niño que dio su pan a otro que pasaba hambre, en el que ofreció su abrigo a otro que estaba en la calle, medio desnudo, mientras caía la nieve...

—Ahora recuerdo, eso lo hizo Manuel en uno de los cuentos... Y también Iñaki regaló su gorro de piel... —dijo Adrien.

—Sí. Fueron ellos. En otros episodios que mamá no os contó nunca, la bondad se manifestó en quien llegó a renunciar a un amor para no hacer daño a su mejor amigo, en quien se hizo cargo de hijos que no eran suyos para librarlos de un futuro incierto, en quien ayudó a escapar del reino del tirano a su amigo, aun a riesgo de ser castigado. Todos lo hicieron de un modo espontáneo y desinteresado. Ahí radicó su grandeza. Eran personas normales y corrientes que trataban de sobrevivir, de ser felices. Los que practicaron esa bondad eran personas humildes cuya aspiración era suplir las carencias que habían sufrido. No eran gente ambiciosa ni egoísta. Al contrario, rezumaban generosidad y compasión, y eran felices haciendo felices a los que amaban. No, hijos míos, la bondad no se adquiere leyendo libros ni practicando limosna. Es algo innato en la persona. Los que nacen con esa virtud son diferentes al resto de los mortales, irradian una luz especial, y solo quienes reciben sus muestras de amor son capaces de reconocerlas.

—Pero esa bondad solo se encuentra en los cuentos, Édouard. Es difícil encontrar gente así en el mundo real. Puedes conocer a personas a las que consideras buenas, pero que en un determinado momento obran con maldad, ya sea para salvarse a sí mismas o para proteger sus intereses —intervino Nicole, la mujer de Adrien.

—Eso no es maldad, hija mía. Es puro egoísmo. Ese sí que es un mal que afecta demasiado a la humanidad. Sin embargo, cuando vives una guerra o un entorno de hostilidad exterior, las rencillas y las diferencias se suavizan debido a la necesidad de estar unidos —continuó Édouard—. Aunque llevas razón en parte: ha habido auténticos carniceros en campos de concentración que en la vida normal eran amantes esposos y excelentes padres. En una situación al límite, tenían que elegir entre ellos mismos o los otros... Y la compasión se quedó a un lado. María de los Santos solo pretendía con estos cuentos que nunca perdierais la fe en la auténtica amistad y en la bondad. Es el don más preciado que puede alcanzar nuestra alma.

—Estás hablando de nuevo de la guerra, de cuando los alemanes invadieron Francia, ¿verdad? Nunca nos has contado nada de aquello... —pidió Edith animándolo a seguir hablando.

—Aquella guerra fue el despertar de un sueño que se convirtió en pesadilla. Estábamos solos, en un país extraño, y solo teníamos a los amigos que compartían el mismo destino. Yo no pude evitar la muerte de algunos de ellos, pero hice todo lo que debía, de eso sí estoy satisfecho... Cuando se quiere de verdad, se es capaz de dar lo mejor de sí mismo. Después nos dispersamos, pero aun así jamás se rompió la unión que forjamos. Fue algo tan fuerte que perduró hasta la muerte...

—¿La muerte de quién? ¿Te estás refiriendo a tus compañeros soldados durante la guerra? —preguntó Edith con inquietud—. Vuelves a hablar como si fueras uno de esos personajes... Papá, nunca nos habías contado que hubieras luchado en la guerra en Europa, ni nos has hablado de tus amigos de juventud...

—¡Claro que sí...! Tu madre fue mi compañera durante aquellos años duros y felices a la vez... —replicó Édouard con convicción.

—Te estás refiriendo a mi madre, ¿no? —intervino Adrien en tono grave—. Porque la madre de Edith era una exiliada cubana y la conociste aquí, en Quebec. Te casaste con ella cuando habías rebasado ya los cuarenta. ¿Es que ya lo has olvidado?

El anciano bajó la cabeza y quedó en silencio unos instantes. Todos estaban pendientes de su respuesta. Después tomó la mano de Edith entre las suyas y sonrió.

—No me hagáis mucho caso, a veces el recuerdo de mi esposa está tan vivo que la incluyo en mis historias —dijo tratando de eludir aquella controversia.

Edith y Adrien compartieron una mirada de intranquilidad. Definitivamente, su padre estaba empezando a mostrar síntomas de senilidad.

—¿De qué esposa estabas hablando, papá? —insistió Adrien.

—De la primera, por supuesto, de tu madre... —mintió, mirando a Adrien para tranquilizarlo.

—Papá, nos contaste que tus padres murieron jóvenes, pero apenas sabemos nada de tu vida en Francia y el motivo por el que te instalaste en Quebec. ¿Fue a causa de la muerte de tu primera mujer? —preguntó Edith.

—Nunca me has hablado demasiado de ella, ni siquiera conservas una sola foto. Me contabas que era una mujer rubia y muy guapa, de ojos azules, y que sufriste mucho cuando murió en el parto al nacer yo... —la secundó Adrien.

—Así es. Era una mujer muy bonita. Tú tienes su mismo color de pelo y de ojos. Me la recuerdas a diario. Yo la quise mucho... —dijo para zanjar las dudas—. Mi vida ha sido algo aburrida: me casé muy joven y me puse a trabajar. Mis padres murieron pronto, casi de forma seguida, y cuando tu madre falleció —se dirigió a Adrien—, decidí cambiar de vida y de lugar. Apenas había salido de Francia hasta que me instalé en Canadá.

—Aquí también has tenido una vida monótona, papá. Incluso cuando estabas casado con mamá apenas salíais, excepto en las vacaciones, cuando viajábamos a la Provenza francesa. Con el poco tiempo que lleva aquí Lucien, creo que tiene ya más amigos que tú y está más integrado, a pesar de que llevas viviendo en Quebec más de cuarenta años —dijo Edith.

—Puede que tengas razón. No soy demasiado sociable. No me gusta viajar y me siento muy a gusto en casa. Cuando vivía tu madre, también pensaba igual y éramos felices.

—Tendrías que haber viajado un poco más, para así tener historias para recordar. Aún no es tarde; deberías unirte a Lucien con la petanca, papá —sugirió Adrien.

—Ya no es el momento —replicó sombrío.

—Déjalo, Adrien. Si él ha sido feliz así es lo que importa. Cada uno tiene su condición. Él ha sido un hombre tranquilo y hogareño. También es una forma de vida, ¿verdad, Édouard? —intervino Nicole.

—Tienes razón, querida. Aunque no lo creáis, en los años que estuve casado con María de los Santos fui el hombre más feliz de la tierra y no eché de menos viajes, fiestas ni reuniones con amigos. La tenía a ella, y para mí era suficiente. No necesité nada más.

15

Samarcanda, Uzbekistán. 1942-1944

Tras la invasión de la Unión Soviética por el ejército alemán, las autoridades iniciaron la evacuación de las diferentes Casas de Niños españoles hacia el este del país, reagrupándolos en ciudades como Karagandá, Taskent o Samarcanda, pertenecientes a la República Soviética de Uzbekistán, en Asia central. A esta zona fueron trasladadas numerosas fábricas de armamento y de material de guerra, además de cientos de miles de refugiados que huían de las bombas y de los tanques alemanes.

Fue un día del mes de noviembre de 1942 cuando Iñaki y Rafael, junto con un grupo de niños españoles y educadores, alcanzaron su destino final: Samarcanda. Allí se había habilitado una Casa de Niños españoles que acogía a unos ciento veinte procedentes de los diferentes hogares infantiles repartidos por todo el país.

Samarcanda, el escenario de *Las mil y una noches*, era una de las ciudades más antiguas del Asia central soviética. Ya en el siglo XIV había sido la capital del imperio islámico más grande de la historia y un paso obligado en la ruta que unía Europa con China. En la ciudad vieja se encontraba la famosa plaza del Registán, el centro del comercio durante la Edad Media para los viajeros que realizaban la Ruta de la Seda. Era un complejo majestuoso formado por tres madrazas o escuelas coránicas cubiertas de mosaicos dorados y cúpulas de color azul turquesa que fascinaban por su grandiosidad. La ciudad aún conservaba el esplendor de antaño, aunque relegado ahora a causa del conflicto bélico.

Las calles que halló el grupo de españoles a la llegada estaban asfaltadas o empedradas, con casas pequeñas construidas con arcilla y paja o ladrillo, sin agua corriente ni drenajes. En los puestos callejeros se vendían los productos de la región, desde verduras y frutas a requesón y cuajadas, frutos secos o carne; pero el precio era tan elevado que la mayoría de la población debía conformarse con las raciones de pan de las cartillas de racionamiento, col salada y cocida o vísceras de animales. Solo en el *Chiorni rinok*, como se conocía al mercado negro, podía comprarse y venderse de todo, cambiar una joya por un trozo de carne o un abrigo por medio kilo de mantequilla.

Cuando Victoria y Manuel se encontraron en el rellano de la Casa de Niños con Rafael e Iñaki, corrieron a su encuentro con gran alborozo. Estos aún estaban sucios, vestidos con andrajos y minados de piojos, pero fue un reencuentro memorable, entrañable, lleno de besos, abrazos y lágrimas de emoción.

—Creía que no volvería a veros. Cuando me dijeron que a Manuel lo dieron por desaparecido y que el hospital donde Victoria trabajaba había sido bombardeado, os dimos por muertos... —comentó Rafael entre lágrimas a sus amigos.

—Al principio, durante la evacuación, Victoria decía que era posible que tú hubieras muerto —dijo Manuel dirigiéndose a Rafael—, y que Iñaki estaba vivo pero muy grave... Sin embargo, hace unos meses comenzó a decir que estabais vivos, y yo ya me creo a pies juntillas todas sus premoniciones. Aunque no estaba seguro de si llegaríamos a reunirnos de nuevo.

—Yo sabía que pronto volvería a veros, os estaba esperando —añadió Victoria con mirada enigmática.

Los recién llegados les relataron el bombardeo donde ambos cayeron y el tiempo que Rafael estuvo en coma. Iñaki se alzó la pernera del pantalón para mostrarles su pierna ortopédica y también la camisa, para que vieran su espalda llena de cicatrices. El pelo ya le había crecido y cubría las calvas de la parte posterior de la cabeza.

Victoria y Manuel eran novios. Durante los primeros días, los amigos compartieron charlas relatando sus peripecias hasta que arribaron a aquel punto perdido en el mapa de Asia. Victoria salió ilesa del bombardeo del hospital donde asistía a los abatidos, y a Manuel lo trasladaron a otro hospital de campaña cuando fue herido con un trozo de metralla en el pecho la misma noche en que Iñaki y Rafael cayeron bajo los obuses. Entre tanta confusión, ella comenzó a buscar a sus amigos, pero nadie pudo ofrecerle información alguna. Tras recorrer todos los hospitales, al fin localizó a Manuel, que estaba a punto de ser evacuado a Moscú en un tren hospital de la Cruz Roja. Ella se unió a la expedición y, al poco de llegar a Moscú, las autoridades dieron la orden de evacuación, pues los alemanes habían llegado a los alrededores de la capital. Destinaron entonces tres vagones para el grupo de niños españoles de las casas de Moscú y tomaron un tren en la estación de Kazán. Se dirigieron hacia Novosibirsk, una de las grandes ciudades de Siberia. El viaje duró más de cuarenta días. Hacían paradas de uno o varios días en las estaciones, ya que los convoyes militares cargados de soldados hacia el frente tenían preferencia sobre la población civil y debían darles paso. Cuando salieron de Moscú solo llevaban reservas de alimentos para tres días; a partir de entonces se alimentaron de pan negro y sopa caliente que recibían en los puntos de aprovisionamiento de las estaciones. Pasaron auténtica hambre y frío en aquel duro viaje. Mientras atravesaban Siberia y los Urales, se calentaban con tazas de agua hirviendo que servían de forma gratuita en las estaciones. Después se dirigieron hacia Kazajistán en el Transiberiano hasta llegar a Uzbekistán y su destino final: Samarcanda.

Al llegar a esta milenaria ciudad, advirtieron cuánta desolación había allí también: la estación era un hervidero de gente, de familias refugiadas procedentes de ciudades cercanas a la guerra; bultos, maletas, olores a comida, niños abrigados con andrajos y pasando frío. Era la imagen que se repetía en la mayoría de los apeaderos por donde habían pasado en aquel largo y extenuante viaje. Durante los primeros días tuvieron que permanecer dentro del vagón en la estación, alimentándose con la escasa comida que ofrecía el punto de evacuación. Después, las autoridades les cedieron una escuela donde los alojaron a todos, niños y jóvenes. Ahora Victoria y Manuel se esforzaban para acabar el bachillerato, a la vez que acudían a las diferentes labores de cooperación en la guerra.

El viaje de Iñaki y Rafael fue aún más duro si cabe. Habían padecido mucha hambre hasta que salieron desde Leningrado por el lago Ládoga y se dirigieron a la región de Krasnodar, el pueblo de los cosacos. Allí estuvieron un tiempo bien alimentados durante el verano, pues la zona era rica en productos agrícolas, pero el ejército alemán se fue acercando y tuvieron que escapar a pie junto a la población civil por la cordillera del Cáucaso hasta Tiflis, la capital de la República Soviética de Transcaucasia formada por Armenia, Azerbaiyán y Georgia. Después tomaron un barco y atravesaron el mar Caspio para proseguir el viaje en tren por la estepa asiática hasta llegar Samarcanda. Fue un viaje largo y penoso de casi tres meses, donde tomaron trenes que se eternizaban en las vías, y atravesaron zonas desérticas donde dejaron atrás a algunos de los integrantes de la expedición a causa del frío o por problemas intestinales debidos a la falta de higiene, el hambre y las precarias condiciones del trayecto.

Para Rafael significó un rayo de esperanza volver a ver en Samarcanda a Natacha, la joven cuidadora rusa que trabajaba en la casa de Leningrado. Al reconocer también a algunos niños pequeños de las casas de Pushkin comenzó a buscar a Alejandro, el hijo de Carmen Valero. Pero nadie supo darle una respuesta sobre su paradero. Allí no estaba, no había llegado a Samarcanda con el grupo. La mayoría de los cuidadores con los que había compartido el trabajo en Leningrado se habían alistado como soldados o trabajaban como obreros en las fábricas de armamento. El número de estos se había reducido al mínimo en la casa, y la mayoría eran de la propia localidad. Victoria informó a Rafael de que Alejandro tampoco estaba en las otras Casas de Niños de Karagandá y Taskent, pues ella había realizado gestiones para localizarlo.

—¿Qué le ha pasado, entonces? —preguntó el joven.

—No lo sabemos. Nos han dicho que algunos niños fueron evacuados a otras zonas del país. Quizá estaba entre ellos o quizá murió... Hubo muchas bajas durante la evacuación y el penoso camino hasta llegar aquí.

Rafael se convenció de que había perdido a Alejandro, igual que a su hermano. Se martirizaba pensando en todos los seres queridos a los que había intentado proteger y habían ido desapareciendo o muriendo, ya fuera a causa de la guerra, como Teresa o Alejandro, o por la desidia de los dirigentes del Partido Comunista español, en el caso de su hermano Joaquín.

Mientras tanto, en el frente se iniciaba una de las batallas más cruentas de la contienda: Stalingrado. En la Casa de Niños escucharon con alborozo las noticias de la radio sobre la victoria a través de la Oficina de Información Soviética, describiendo con detalle la feroz ofensiva del Ejército Rojo que llevó a la rendición de 90.000 soldados alemanes y del ejército húngaro que luchaba a su lado. Aquel triunfo elevó el ánimo y creó una nueva conciencia en la población: la conciencia nacional, el entusiasmo patriótico y la transformación del fatalismo ruso al orgullo soviético. A partir de aquella derrota, Alemania no volvería a conseguir un solo triunfo en el este de Europa, confirmando así su incapacidad de mantener el frente que abarcaba desde el mar Negro por el sur hasta el océano Ártico por el norte. El Kremlin comenzaba ya a vislumbrar la expectativa de ganar la guerra y planificaba operaciones para liberar los territorios ocupados.

Una tarde de abril de 1943, Iñaki se acercó a Victoria con aire misterioso. Estaban solos y sacó de su bolsillo un trozo de tela donde tenía algo guardado.

—Mira, Victoria, ¿te acuerdas de esta perla de ámbar? La tengo escondida desde Leningrado. Rafael me dijo que no debía enseñarla nunca porque podrían castigarme por habérmela quedado. ¿Tú crees que si la vendemos aquí podríamos sacar algunos rublos para comprar comida?

—¡No! —respondió veloz la joven—. Guárdala bien y no se la enseñes a nadie. Te lo dijo Teresa antes de morir. Esa perla nunca debe salir a la luz. Pertenece al Estado. No la lleves nunca encima, podrías tener serios problemas si te la descubren.

Victoria se quedó intranquila. La sola cercanía de aquella gema le inspiraba malos augurios. Tenía la sensación de estar cerca de algo maldito que atraía la desgracia y la muerte. Para ella fue significativa la forma en que había sido herida por una bala y manchada con la sangre de Teresa. El trozo que le faltaba se quedó para siempre en el corazón de la joven. No quería estar cerca de aquella piedra. Estaba maldita.

Los meses que siguieron en Samarcanda fueron duros para todos. La muerte seguía acechando la Casa de Niños españoles, sobre todo entre los más pequeños y vulnerables, debido a las diferentes enfermedades que asolaban al país en guerra, como la malaria, la hepatitis o la tuberculosis. Manuel acudía a diario a una fábrica de ferrocarriles, Rafael trabajaba en un *koljós* de las afueras, donde aprendió a manejar tractores y a conducir camiones, mientras que Victoria continuaba su labor como enfermera en uno de los hospitales que se habían improvisado en la ciudad para acoger a los miles de soldados heridos que a diario llegaban desde el frente. Iñaki era un niño encerrado en un enorme cuerpo adulto y se ganó el cariño de todos los compañeros. Colaboraba en los trabajos de la casa y consiguió un empleo como estibador en la estación de trenes, transportando carne congelada desde los almacenes frigoríficos a los vagones para ser distribuida al resto del país.

Rafael era un solitario y poco dado a exteriorizar sus sentimientos. Añoraba a Teresa. Con tantas desventuras y padecimientos, el duelo aún estaba intacto. La chispa del grupo la proporcionaba el pequeño gigante, que se pegaba a Rafael como una lapa cuando le descubría una mirada nostálgica.

—Venga, Rafael, tienes que reírte un poco. Ya mismo vamos a volver a España —decía rodeándolo con sus fuertes brazos hasta escuchar un gemido de dolor.

En la Casa de Niños de la calle Chelietskaya Rafael reanudó su afición a la pintura y al aeromodelismo en sus ratos libres. Pasaba horas en silencio dibujando en un cuaderno los rostros de sus seres queridos. A veces se le escapaba alguna lágrima pintando a Teresa. Aquella tarde estaba en el patio cuando Victoria se le acercó y le puso la mano en el hombro.

—No te tortures más con Alejandro.

—¿Cómo sabes que estaba pensando en él?

Rafael tomó entre las suyas la mano que ella le había colocado en el hombro. La amistad que habían forjado desde la salida de España seguía intacta. Existía una conexión muy fuerte entre ellos y una gran complicidad que a Manuel le incomodaba siempre, a pesar de que nunca lo exteriorizaba.

—Soy una bruja, adivino el pensamiento —dijo sonriendo—. Y voy a decirte algo que quizá te anime: Alejandro está vivo.

Rafael se levantó de un brinco.

—Victoria, por favor, no te burles de mí...

—¿Me he equivocado alguna vez con mis premoniciones? —Sonrió, aparentando enfado.

—Solo espero que esta vez no lo estés haciendo para consolarme.

—Estoy diciéndote lo que presiento, igual que presentí que tú e Iñaki habíais sobrevivido. Esta noche lo he visto en mis sueños. Está vivo y sano. Deja ya de culparte. Ellos no te dejaron cuidarlo, y con la guerra no habrías podido hacer gran cosa por él, no era tu responsabilidad.

—Gracias por darme estas esperanzas...

—Espero que sonrías un poco más a partir de ahora. —Victoria estrechó las manos de Rafael entre las suyas.

—A veces pienso que la esperanza va unida al instinto

de supervivencia. Si la hubiera perdido, me habría hundido para siempre. Gracias por ofrecerme este rayo de luz...

Victoria soltó las manos de Rafael y colocó las suyas alrededor de su cuello. Se acercó con timidez a su rostro y lo besó en los labios. Él recibió aquella caricia con desconcierto, pero al instante la estrechó con fuerza, rodeando su espalda con los brazos.

—Victoria... Victoria...

Ella unió de nuevo sus labios a los suyos y se fundieron esta vez en un beso apasionado, sintiendo que sus cuerpos reaccionaban a un impulso lleno de deseo. De repente, la joven se separó con brusquedad.

—Lo siento, Rafael, no debí hacer esto... —dijo con la mirada dirigida al suelo, avergonzada.

—Yo tampoco, yo no... bueno... —dijo apurado, sin saber qué decir.

—Cuando creí que habías muerto, soñaba con besarte, aunque fuera solo una vez... Porque fuiste mi primer amor, Rafael. Mi primer y único amor... Quería darte este beso, aunque sea el último...

Rafael la miró en silencio y le acarició la mejilla con ternura.

—Tú también has sido siempre muy especial para mí...

De nuevo quedaron callados con embarazo, sin saber qué decir.

—¡Vaya! Qué momento más inoportuno para expresar mis sentimientos... —dijo ella, tratando de sonreír.

—No quiero hacerle daño a Manuel, bastante ha sufrido ya.

—Yo tampoco. Lo quiero a mi manera; sé que me necesita, pero es a ti a quien he amado siempre, Rafael, solo quería que lo supieras —dijo tomando su mano.

Manuel estuvo enamorado de Victoria, y ella lo supo

siempre. En Leningrado hacían pareja cuando salían, charlaban y compartían confidencias. Ella lo sabía todo de él: era una persona sensata y tranquila, y la relación que mantenían ahora no estaba llena de pasión, pero sí de equilibrio. El joven había crecido con grandes carencias afectivas desde antes de llegar a Leningrado. No obstante, Victoria siempre mantuvo una silenciosa atracción hacia Rafael, hasta que llegó el ciclón de Teresa y asistió con impotencia a la felicidad que ella le proporcionó. Teresa tenía ese punto de energía que ella no fue capaz de ofrecerle, fue un rayo de sol en la sombría vida de su amigo. Victoria veía iluminar su sonrisa cuando estaba con ella y tuvo que resignarse a conservar solo su amistad. Ahora estaba unida a Manuel, su alma gemela, que arrastraba un pasado de soledad. Ella los quería a los dos, aunque de manera diferente. Manuel la necesitaba más que Rafael. A pesar de la amargura que este acarreaba, ella sabía que era fuerte y podría soportarla. Para Rafael, cuidar de Iñaki era la forma de expiar su culpa por no haber podido hacerlo con su hermano, con Alejandro o con Teresa. Victoria sabía que el peso que cargaba no le dejaría caminar erguido el resto de su vida y soñaba con poder compartirlo con él algún día. Ella tenía una sensibilidad especial para percibir el dolor de los demás, conocía el tormento de su amigo y también el de Manuel, que la amó en silencio a pesar de que intuía que su corazón siempre palpitó por aquel amigo a quien ella veía inalcanzable.

En aquel momento, Manuel llegó al patio y quedó paralizado al ver el contacto físico que ambos amigos habían establecido. Victoria captó inmediatamente una mirada de recelo y soltó la mano de Rafael, que se dirigió con embarazo hacia su amigo.

—Victoria acaba de decirme que presiente que Alejandro está vivo. ¿Qué te parece? ¿Crees que puede haber sobrevivido?

—Si ella lo dice, puedes creerla —respondió con frialdad.

—¿Qué ocurre, Manuel? Te encuentro alterado —preguntó Victoria acercándose a él y besándolo en la mejilla.

—Hoy ha habido un incidente desagradable en clase, los agentes de la NKVD se han llevado detenido a un profesor —respondió recibiendo aquella caricia.

—¿Por qué? —preguntó Rafael.

—Hace unos días, en clase de filosofía, el profesor explicaba el pensamiento aristotélico del trabajo basado en la creencia de que el privilegio del hombre libre era la ociosidad y la contemplación, y para ello tenía que estar exento del trabajo, el cual estaba destinado a los esclavos y a los artesanos libres. Entonces un alumno lo interrumpió, criticando esa concepción de Aristóteles y defendiendo el concepto marxista del trabajo. El profesor le llamó la atención y lo mandó callar.

—¿Y por eso lo han detenido?

—Sí. Ese chico es secretario del comité del Komsomol y lo ha denunciado; hoy se lo han llevado. Dicen que van a juzgarlo en Taskent y han citado como testigos a algunos alumnos. Yo me he negado a testificar. Es indignante que ocurran estas cosas; es un buen profesor, y tiene familia...

—Pero el destino ya no está en sus manos, lo ha decidido ese repugnante compañero que seguramente desea ganar méritos y medallas ante el Partido denunciando a cualquiera que le parezca antipático. Tengo algunas compañeras en el hospital que son peligrosas también... —intervino Victoria.

—Es terrible vivir bajo el temor de ser denunciado y deportado a un campo de Siberia por cualquier nimiedad, procurando siempre no señalarte ante esos políticos de pacotilla que abundan hasta en las cloacas... —murmuró Rafael.

—Sí, hay que tener mucha prudencia con lo que se habla —comentó Victoria.

Habían pasado unas semanas y la relación entre los tres amigos había cambiado. Rafael apenas miraba a Victoria a los ojos por temor a delatarse, y la joven procuraba no quedarse a solas con él.

Aquella tarde, Victoria acababa de llegar del hospital y encontró a Rafael en la cocina. Iñaki iba y venía cargando con los platos para fregarlos en un gran lebrillo de barro situado en la esquina de la sala.

—Necesito hablar contigo —susurró ella al colocarse al lado de Rafael.

—Hablemos —respondió el joven.

—A solas. Mañana tengo turno de tarde en el hospital y termino a las nueve. Si pudieras ir allí, me gustaría charlar contigo.

Había atardecido cuando Rafael llegó al hospital y se dirigió al puesto de enfermeras. Victoria estaba esperándolo y lo condujo a una pequeña sala que servía de descanso para el personal del hospital, con una mesa y varias sillas alrededor. En una esquina había un somier con un colchón cubierto por sábanas blancas donde descansaban de las duras jornadas que a veces se prolongaban durante varios días con sus noches. Victoria accedió delante de él.

—Bueno, dime qué es eso tan importante que tenías que decirme...

—Manuel me ha pedido que me case con él.

Rafael se desplomó en una de las sillas y suspiró con cansancio.

—¿Qué vas a hacer?

—Dímelo tú, Rafael. Haré lo que tú quieras.

—Victoria, yo... Para mí has sido mi confidente, mi apoyo, pero Manuel también es mi amigo.

—Ya lo sé; yo tampoco quiero hacerle daño —dijo con lágrimas en los ojos, sentándose frente a él—. Pero es mi vida, mi futuro. Dime que no me case y hoy mismo le diré que nuestra relación ha terminado... —suplicó impetuosa.

—Victoria, yo tengo a Iñaki a mi cargo...

—Eso no es una excusa.

—Es una situación tan complicada... Manuel es tu novio y te necesita.

—Sí, lo sé. Él me necesita, pero yo te necesito a ti, Rafael; te necesito a ti... —dijo ella con lágrimas en los ojos.

—Es que no podemos elegir, eso supondría hacerle daño...

—¡Claro que podemos! ¡Alguien tiene que sufrir! —exclamó Victoria con ardor—. Es inevitable. Estamos en guerra, la vida es corta y podríamos morir mañana... Yo creía que habías muerto y ahora que estás aquí, he decidido que es contigo con quien quiero estar... Te quise desde el primer día en que te conocí en el *Habana*, y quiero que sepas algo más: mi destino era Burdeos, pero decidí continuar el viaje hacia Leningrado para estar contigo...

—¿De verdad hiciste eso por mí? —Rafael quedó boquiabierto.

—Así es. Por favor, pídeme que no me case con él.... —suplicó Victoria colocando sus manos sobre las de Rafael.

—¡Oh, Victoria...! —exclamó levantándose de la mesa y estrechándola en sus brazos.

La besó con pasión, y sus cuerpos sintieron un estremecimiento. Estaban solos en aquel cuarto, a oscuras, y el tiempo parecía haberse detenido. Rafael sintió las manos de Victoria desabrochándole la camisa e introdujo las suyas bajo el uniforme de ella. Ambos se encaminaron despacio hacia el modesto catre. Rafael apenas supo cuándo quedó desnudo sobre al cuerpo de la joven. Cerró los ojos y el recuerdo de la primera vez que hizo el amor con Teresa se interpuso durante unos segundos, pero al abrirlos se enfrentó a la mirada de Victoria, llena de deseo, de amor, de necesidad de ser amada. Entonces comprendió que Victoria era el futuro y Teresa pertenecía al pasado. La besó con desesperación, llenándola de caricias como si fuera la última vez, como si la vida fuera a terminar al día siguiente.

—Te quiero, Rafael. Te quiero —dijo abrazada a él, desnuda, después de hacer el amor.

De pronto, el sonido de varias voces masculinas cerca de la sala los puso en alerta. Victoria se levantó para atrancar la puerta colocando una silla bajo el pomo, asegurándose así el espacio de intimidad. Las voces se iban acercando y los jóvenes se vistieron con rapidez. Tras unos segundos de pánico, respiraron con alivio al advertir que los pasos pasaban de largo, alejándose.

Estaban ya vestidos. Ella se apoyaba en la puerta y él estaba sentado en la cama.

—¿Qué vamos a hacer ahora...? —murmuró Rafael.

—Pídeme que me quede contigo y dejaré a Manuel.

—No podemos hacerle eso...

—¿Es más importante para ti que yo?

—¡No! Tú estás por encima de él, pero todo es tan complicado...

—Veo que no estás seguro. Todavía amas a Teresa, ¿verdad?

—Bueno... aún la tengo fresca en mi memoria.

—Ya —dijo Victoria con decepción—. Sé que lo que sentiste por ella nunca lo vas a sentir por mí, jamás podré ocupar su lugar...

—No, Victoria, no pienses eso. Es que es una situación delicada...

—¡Ya lo sé, ya lo sé! Ya sé que todo es complicado, pero hay que vivir al día. Yo te quiero, Rafael, necesito estar contigo, no deseo casarme con Manuel... —Su voz se quebró de nuevo.

—Puedes decirle que no quieres comprometerte todavía. Pero tenemos que ir más... despacio; no puedes dejarlo plantado y casarte conmigo. Vivimos bajo el mismo techo...

—¿Por qué tienes más sentido de lealtad con Manuel que conmigo? —preguntó exasperada.

—¡No pienses eso! Él no es más importante que tú, Victoria...

—Entonces ¿cuál es el problema?

Rafael estaba confuso. Amaba a Victoria, la deseaba, pero había sufrido experiencias tan duras que no tenía ánimo suficiente para afrontar otra más: la de enfrentarse a su mejor amigo. No quería hacer más daño, y en aquel instante era consciente de que se lo estaba haciendo a Victoria.

—Esperemos un poco más —dijo respirando hondo—. Podemos vernos a solas como ahora, pero vayamos paso a paso, no quiero lastimarlo...

—Vale, ya lo he captado. No me quieres, ¿verdad? —preguntó con decepción.

—Sí, sí te quiero. Victoria, ¡claro que te quiero!

—Pero no como a Teresa...

—Tú eres mi mejor amiga y te he querido siempre; sabes que eres la única con quien siempre he contado.

—Pero no sientes por mí lo que sentiste por ella. ¡Vamos, dilo de una vez!

Rafael se quedó callado.

—Yo quiero estar contigo, Victoria, pero... —Calló emitiendo un hondo suspiro.

—Pero solo quieres que seamos buenos amigos, ya me lo has dicho.

—¡No! Quiero ser algo más para ti, pero no lo hagamos tan bruscamente...

—Eso es un no...

—No, Victoria. Es un: esperemos un poco. Voy a dejar la casa, buscaré un alojamiento con Iñaki y tú puedes ir preparando a Manuel para la ruptura.

—Rafael, esto es un ultimátum: o me caso contigo o con él.

—Victoria, no puedes hacerme esto.

—Tienes que darme una respuesta. ¡Ahora! —ordenó con ímpetu.

La cabeza de Rafael era un torbellino. Siempre se había sentido atraído por Victoria, pero tenía demasiados problemas como para verse obligado a tomar una decisión tan drástica. La amaba, era de lo único que estaba seguro en aquel instante, pero el temor a lo que vendría después con Manuel pesaba en su conciencia. Bastante daño había hecho ya, y bastante culpable se sentiría traicionando a su mejor amigo robándole a la novia. La impaciencia de ella chocaba con el pragmatismo de él. Tenía que elegir, y alguien iba a resultar herido. De repente el sonido de la puerta al cerrarse de golpe lo devolvió a la realidad: Victoria se había marchado.

A partir de aquel furtivo encuentro en el hospital, la situación se volvió incómoda en la Casa de Niños. Cuando Rafael y Victoria estaban cerca, apenas se hablaban. Manuel, que estaba siempre ojo avizor, notaba algo extraño, pero no se atrevía a abordarlo con su novia. Victoria no era la misma desde que Iñaki y Rafael habían llegado a Samarcanda, y en los últimos días su actitud hacia él era más fría; observaba sus miradas y sospechaba que ella sentía algo hacia Rafael. Por eso le había pedido matrimonio.

Entonces ocurrió un incidente que puso a prueba la amistad de los amigos: Iñaki recibió un requerimiento por parte el Comisariado de la Policía de la ciudad. En aquel momento se encontraba junto a Rafael. Victoria regresaba del hospital y se unió a ellos.

—¿Qué ocurre, Iñaki? ¿Has hecho algo malo? —Rafael lo miró con temor.

—No... Yo no he hecho nada... —respondió dubitativo el gigante.

—Iñaki, ¿no habrás vendido la perla de ámbar que me enseñaste el otro día? —Se acercó Victoria con ojos inquisidores.

Iñaki bajó la cabeza y empezó a hacer pucheros, avergonzado.

—Sí, sí... Lo siento. Teníamos mucha hambre. Cambié la perla en el mercado por la carne que traje la semana pasada. Os dije que me la había regalado una mujer, pero no era verdad... —explicó prorrumpiendo en un fuerte llanto, cubriéndose la cara con las manos.

—¡Dios santo! ¡Dios santo! ¡Qué vamos a hacer ahora! Nos van a descubrir, nos van a meter en la cárcel... —dijo Rafael, atusándose el pelo con nerviosismo.

Victoria, que tenía la mente más fría, les propuso lo siguiente:

—Aún no sabemos el motivo por el que te han requerido. Pero si es por el origen de la perla, todos tendremos que dar la misma versión: esa perla, Iñaki, la encontraste en el bolsillo de un soldado alemán en Leningrado. Es lo que debes decir si te preguntan: que registraste los bolsillos de un soldado muerto y te quedaste con ella.

—De acuerdo —dijo Rafael—. Iñaki, yo iré contigo, no voy a dejarte solo.

—¿Y si no me creen? A lo mejor me detienen y me envían a Siberia... —Estaba aterrorizado.

—No va a pasarte nada, Iñaki... —dijo Victoria besando su mejilla para tranquilizarlo—. Confía en mí, no tendrás problemas...

Al día siguiente se dirigieron temprano a la comisaría y después cada uno se encaminó a su trabajo. Había atardecido cuando los cuatro amigos volvieron a reunirse en la casa.

—¿Qué ha pasado esta mañana? ¿Tenía tu citación alguna relación con la perla? —preguntó Victoria impaciente. Manuel estaba a su lado.

—Por desgracia, sí —respondió Rafael—, pero espero que todo haya quedado solucionado. La policía ha hallado a un hombre muerto junto a las madrazas con un tiro en el pecho. En el bolsillo llevaba la perla y un fajo de billetes. El carnicero que le vendió la carne a Iñaki a cambio de la perla la ha reclamado al saber que había aparecido. Dijo que ese hombre era un ladrón y que le había robado ese dinero y la perla el día anterior, cuando entró en su tienda apuntándole con una pistola. Para confirmar que era el dueño del trozo de ámbar, declaró a las autoridades que un joven que vivía en esta Casa de Niños españoles se la había ofrecido como pago de unos kilos de carne. Por esa razón citaron a Iñaki para que corroborase su versión.

—Bueno, entonces todo se ha aclarado, no hay problemas... —concluyó la joven con la mirada.

—Bueno, todavía queda un cabo suelto. Uno de los funcionarios le ha preguntado a Iñaki de dónde había sacado esa perla tan valiosa. Yo le he explicado lo que tú nos recomendaste: que Iñaki la encontró en el bolsillo de un soldado alemán muerto al que registramos y quitamos las pertenencias. El oficial ha sonreído con camaradería. Un poco más y nos felicita... Sin embargo, cuando ya regresábamos nos ha preguntado si teníamos algún otro testigo que confirmara ese hallazgo. Y... bueno, he pensado que Manuel podría ir con nosotros mañana a contarles la misma versión. —Miró a su amigo esperando una respuesta.

Manuel lo miró largamente y quedó callado. Iñaki dio una fuerte palmada en la espalda a Rafael.

—¡Que no pasa nada, hombre! No hay de qué preocuparse... —exclamó sin asomo de inquietud, con su habitual carcajada y ajeno a cualquier peligro.

Manuel había salido al patio y se disponía a barrer las hojas secas para amontonarlas en una esquina. Rafael se acercó a él a solas.

—Manuel, Iñaki necesita que declares como testigo.

El joven lo miró largamente.

—Siempre he estado a tu lado, hemos sido amigos, te he apoyado, igual que tú me has apoyado a mí, pero ya no puedo más; me estás pidiendo una prueba de lealtad que tú no has tenido conmigo.

—¿A qué te refieres? —preguntó Rafael con angustia.

—¿Que a qué me refiero? —gritó con furia—. ¡A Victoria! No tuviste bastante con Teresa y ahora estás levantándome a mi novia... Pudiste haberla tenido en Leningrado, pero elegiste a Teresa, y si la perdiste fue por una desgracia. Pero Victoria está conmigo, así que déjanos vivir en paz.

Rafael bajó la mirada, avergonzado. No sabía qué decir.

—Manuel, yo siempre te he considerado mi mejor amigo...

—Pues demuéstramelo. Déjala en paz. Quiero casarme

con ella. Se lo he pedido y aún no me ha contestado, y sé que tú eres el responsable de su indecisión.

—Yo nunca... he querido hacerte daño. Somos amigos... Pero si crees que soy un obstáculo en tu vida, me mantendré al margen. Declara a favor de Iñaki y te aseguro que me marcharé de vuestras vidas.

—No quiero que a estas alturas nos convirtamos en rivales, Rafael...

—Yo tampoco. No voy a interferir en tu futuro, te doy mi palabra de amigo —dijo ofreciéndole su mano.

Manuel dudó unos instantes y, de un impulso, echó sus brazos alrededor de la espalda de Rafael. Este aceptó con emoción el gesto y también lo abrazó con nobleza.

—Somos amigos, Rafael. Para siempre... —dijo el joven madrileño con los ojos húmedos.

—Sí. Para siempre...

Al día siguiente los tres amigos regresaron sonrientes de la comisaría. Manuel había declarado lo mismo que sus compañeros y el incidente quedó zanjado para la autoridad local.

—Mejor así, porque si nos relacionan con las cajas de ámbar que recuperamos en Leningrado, podríamos tener problemas. Recemos para que esto quede en una simple anécdota local y no pasen información a las autoridades militares —concluyó Rafael.

Días después reunió a sus amigos para darles una noticia:

—Iñaki y yo acabamos de solicitar el traslado a Taskent. Allí hay otra colonia de niños españoles y trabajo en las fábricas de armamento. En cuanto nos concedan el permiso de residencia, nos marcharemos.

A Victoria se le ensombreció la mirada.

—¡Vaya! Lo siento. Os echaremos de menos... —dijo Manuel sin manifestar demasiada sorpresa por la noticia.

Victoria se sintió observada tanto por Manuel como por Rafael. Entonces levantó la cara y forzando una sonrisa, comentó:

—Es cierto, vamos a echaros de menos, pero es vuestra vida, chicos, y tenéis que hacer lo que más os convenga.

Manuel tomó la mano de Victoria entre las suyas.

—Cada uno debe tomar su propio camino. El nuestro pronto empezará a rodar. Creo que aún no os hemos dado la noticia: Victoria y yo vamos a casarnos.

—¡Qué bien! —exclamó Iñaki con jolgorio—. ¡Por fin! ¡Enhorabuena, amigos! —dijo abriendo sus fuertes brazos para atrapar a Manuel entre ellos. Después besó a Victoria en la mejilla en un gesto de sincero cariño—. ¡Vamos a ir de boda! ¡Me alegro mucho!

Rafael trató de sonreír.

—Enhorabuena a los dos.

—Espero que estéis aquí para la boda... —pidió Manuel.

—Yo también lo espero. No sé cuánto tardan en conceder estos permisos... —respondió Rafael.

—Quiero que seas nuestro padrino —pidió Manuel.

—Por supuesto. Me encantaría. Sabéis que os quiero mucho —dijo aparentando alegría y tomando las manos a los dos.

—Pues para asegurarnos de que estaréis aquí, vamos a organizarla pronto. ¿Qué te parece la semana que viene, Victoria? —preguntó Manuel.

La joven lo miró con una sonrisa forzada.

—Me parece bien. No podemos casarnos sin que ellos estén a nuestro lado.

En los primeros días de otoño de 1943, Manuel y Victoria contrajeron matrimonio. Fue una ceremonia sencilla, celebrada en la sede del Comisariado de la ciudad. Como regalo oficial les ofrecieron un retrato del camarada Stalin. A modo de altar se utilizó una mesa cubierta por una gran bandera roja. El muro del fondo estaba presidido por un enorme retrato de Stalin; los bustos de Lenin y Marx, colocados sobre pedestales, flanqueaban ambos lados de la mesa. El comisario que ofició la ceremonia ofreció un sermón sobre el matrimonio en el paraíso de los campesinos y obreros, el significado de la educación de los hijos en relación con el plan quinquenal y exhortó a los jóvenes contrayentes a vivir conforme al espíritu de Marx y Lenin y en la veneración del camarada Stalin. Tras dar el «Sí» tradicional, el representante de la autoridad pronunció la frase de ritual:

—Entonces os declaro marido y mujer. Sed, pues, una nueva piedra en el edificio de nuestra República Soviética.

Victoria y Manuel dejaron la Casa de Niños tras la boda y se instalaron en la habitación de un piso compartido gestionado por el gobierno. Aunque con dificultades, continuaron sus estudios compaginándolos con el trabajo. Dos semanas después de la ceremonia, Rafael e Iñaki abandonaron la ciudad para dirigirse a Taskent, la capital de la República Socialista Soviética de Uzbekistán y un gran eje ferroviario de Asia central, situada a 350 kilómetros de Samarcanda. Durante la guerra, la población había aumentado de forma considerable hasta llegar al millón de almas, de las que una gran mayoría procedía de Rusia y Ucrania.

A las numerosas fábricas destinadas a la producción militar que ya estaban funcionando en los alrededores de Taskent desde el inicio de la guerra, y debido a la política de tierra quemada que Stalin había ordenado en los territorios ocupados por el ejército alemán, había que añadir otras cien industrias que habían sido evacuadas desde otros puntos del país e instaladas allí para proseguir la frenética producción de armamento, que había conseguido aventajar a la del ejército germano. Los famosos T-34 superaban ya en número y eficacia a los Panzer alemanes, y la fabricación de aviones de ataque soviéticos, cuyas fábricas se habían trasladado al este del país en ciudades como Kuibyshev o Taskent, alcanzaba una producción media de mil aviones mensuales. Las condiciones de vida eran duras para todos: los obreros trabajaban en edificios sin ventanas ni cristales, mal alimentados y hacinados en estaciones o en barracas alrededor de las fábricas. También se habían habilitado grandes hospitales de campaña, adonde llegaban a diario trenes de la Cruz Roja Soviética cargados de soldados heridos en el frente.

Tras inscribirse en una de las Escuelas Laborales donde estudiaban la mayoría de los jóvenes y adolescentes españoles junto a los rusos para su posterior inserción profesional, Iñaki y Rafael se incorporaron a trabajar en la fábrica de aviones V. Chkalov, recientemente trasladada desde Moscú. Ante la imposibilidad de alojarse en la Casa de Niños españoles debido a la falta de espacio, en unas semanas consiguieron habitación en una casa que había pertenecido a un terrateniente de antes de la Revolución, del que nadie sabía su paradero tras la colectivización del campo.

A ambos amigos les asignaron una pequeña estancia sin ventanas, contigua a la cocina comunitaria que en su día sirvió de despensa. En cada una de las salas de la casa vivía una familia hacinada entre camas, sillones o tablas donde colocaban enseres, cuerdas de pared a pared para colgar la ropa lavada y bultos por los suelos que hacían las veces de improvisados colchones o almohadas. La amplia cocina tenía los techos ennegrecidos por el hollín de los hornillos de petróleo y varias pilas donde las mujeres se arrodillaban para lavar la ropa con agua caliente.

En la casa vivía también una empleada de hogar viuda junto a sus dos hijas de quince y trece años; otra estancia estaba ocupada por un obrero de una fábrica de tanques con una pierna amputada durante la guerra, con su mujer y dos hijos pequeños. Había otra pieza donde residía una elegante anciana, Anna Ivánovna. En su juventud, antes de la Revolución, había dado clases de francés a hijos de familias acomodadas, pero ahora trabajaba como limpiadora en los hogares de varios militares de alto rango. Compartía la estancia con su hijo de veintiocho años, maestro de profesión, y también con un joven de unos veinticinco años, Serguéi Popov, recién llegado de un *koljós*, que trabajaba en la fábrica de ferrocarriles. La estancia más espaciosa, que antes fue el comedor de la casa, alojaba al director de una fábrica de armamento junto a su mujer y sus cuatro hijos, su madre y el padre de su esposa.

La invasión alemana había provocado una brutal migración de obreros hacia la zona asiática del país, creando grandes problemas de hacinamiento y escasez de servicios básicos para la población. Aquella casa era como un pequeño pueblo: había niños, ancianos, jóvenes y de mediana edad, cada uno arrastrando un pasado y una vida que jamás habrían esperado acabar de aquella forma. A pesar de los muros que los separaban, era difícil mantener una intimidad plena. Se conocían, se espiaban, se respetaban o encubrían, aunque no siempre, pues pocos secretos podían ocultarse allí. Cualquier descuido, comentario o inacción podía ser interpretado como traición por cualquiera de los convecinos que compartían aquel espacio común. La atmósfera asfixiante de aquella casa era una metáfora de lo que estaba pasando en todo el país, donde había lugar para la envidia, las delaciones, las miserias personales y un poco de compasión a veces. Solo a veces.

Desde el primer instante en que Rafael conoció a Anna Ivánovna percibió su innata elegancia y su educación. Tenía la habitación al lado de la cocina, y al conocer por su hijo Leonid que había sido profesora de francés, le pidió que le enseñara. Necesitaba desenvolverse en ese idioma cuando fuera a Francia a buscar a su hermano Joaquín. Durante aquel largo invierno, la mujer le impartió clases por las tardes a cambio de un poco de mantequilla extra de la cartilla de racionamiento de los jóvenes. Era para su hijo. Todo lo hacía por él. Su marido fue dado por desaparecido al inicio de la guerra, y su otro hijo varón, también soldado, fue condenado a pena de muerte en pleno frente por abandonar su puesto mientras luchaba contra los alemanes en Stalingrado, en cumplimiento de la famosa orden de Stalin de «Ni un paso atrás». El Estado Mayor soviético había establecido una cruel disciplina entre el personal militar y civil, considerando la retirada de las posiciones ocupadas sin una orden previa como traición a la patria. Así, el joven fue fusilado junto a otros cincuenta soldados de su regimiento que se habían visto obligados a abandonar su puesto ante la llegada de tanques alemanes que amenazaban con aplastarlos en plena línea de batalla. Ahora, Anna Ivánovna vivía y trabajaba para que el único superviviente de su familia pudiera tener una vida digna. Aspiraban a tener su propio hogar en unos años, cuando las heridas de la guerra se restablecieran y regresara la paz al país.

Mientras tanto, las noticias que iban llegando desde el frente eran esperanzadoras. Estaban ya en marzo de 1944 y la mujer del director de la fábrica explicó aquel día en la cocina que Crimea había sido recuperada y Kiev volvía a manos soviéticas. También otra ofensiva del Ejército Rojo había cortado las comunicaciones alemanas entre los Grupos del Ejército Norte y Sur, y estaban cerca de recuperar por completo la República Socialista de Ucrania.

—Dicen que los soldados alemanes presos se cuentan por decenas de miles —explicó la viuda—. Y que Sebastopol y Odessa también han sido liberadas.

Iñaki llegaba en aquel momento y se dirigía a su habitación. Como era inevitable pasar por la cocina, se unió a la conversación de sus vecinas.

—Sí, y también han levantado ya el bloqueo de Leningrado —dijo—. Me alegré mucho cuando me enteré. Nosotros estuvimos allí hasta la primavera del 42 y lo pasamos muy mal.

—Peor lo han pasado los que se quedaron... —la mujer del director de la fábrica negó con la cabeza—. Dicen que los muertos por el hambre y el frío se cuentan por cientos de miles. La ciudad es como un gran cementerio...

—Pronto echaremos a estos malditos alemanes... —añadió la viuda—. He oído en la radio que nuestros soldados van camino de Bielorrusia. En Minsk, la capital, quedan muchos alemanes todavía. Allí cometieron auténticas atrocidades en los primeros días de la guerra. Espero que salgan corriendo con el rabo entre las piernas... —dijo con ardor.

Aquella tarde Rafael abrió el cajón del único mueble que tenían en la estancia: una mesilla de noche. Al rebuscar entre los cachivaches inservibles que Iñaki solía guardar allí, sus dedos toparon con un objeto que le era demasiado familiar: la perla de ámbar que tantos quebraderos de cabeza les había provocado en Samarcanda seis meses antes. Inmediatamente llamó a Iñaki, que estaba en la cocina. El joven entró y Rafael le ordenó cerrar la puerta para no ser oído. Casi en un susurro, Rafael comenzó a hablarle muy enfadado con la perla en la mano.

—¿Qué es esto? ¿No fue el motivo por el que tuvimos el lío con las autoridades en Samarcanda?

El pequeño gigante lo miró con gesto temeroso.

—Sí... pero la recuperé...

—¿Cómo? Explícate. ¿No la vendiste por comida?

—Sí, y la volví a comprar... —Hablaban en un susurro. Rafael se mantenía callado, mirándolo con dureza—. Es que el carnicero que me la compró me buscó después para decirme que ya no la quería. Cuando se la devolvió la policía me ofreció vendérmela otra vez a cambio de carne...

—¿Y de dónde sacaste la carne, si puede saberse? —Iñaki se sentó en el catre y agachó la cabeza.

—Bueno... yo la iba cogiendo en la estación, cuando trabajaba allí trasladando las piezas en canal de los almacenes frigoríficos a los vagones... De vez en cuando cortaba algunos trozos y me los escondía entre la ropa. Como estoy tan gordo, nadie se daba cuenta. —Sonrió mirando a su amigo e intentando sacarle una sonrisa que no llegó—. Fue solo durante unos días, hasta que conseguí unos cuantos kilos.

Rafael bajó la cabeza, moviéndola de un lado a otro, enfadado.

—Has robado, Iñaki —susurró mirándolo con dureza.

—Pero nadie se dio cuenta... Las piezas eran muy grandes y yo les cortaba trozos que apenas se notaban...

—¿Y si te hubieran pillado? ¿Qué crees que te hubiera pasado? Habrías ido a la cárcel. ¿Sabes que hay jóvenes españoles en Taskent que están haciendo eso?

—Sí, conozco a muchos. Sé que roban, pero es para comer, porque tienen hambre... Yo lo hice solo esa vez, y fue para recuperar la perla. El hombre no la quería y me daba pena que se la diera a otro. Tampoco fue tanto, y no me pillaron... Ahora estamos aquí y nadie se acuerda ya de eso. Por favor, no me regañes más... —rogó, compungido.

—Iñaki, no te estoy regañando... Bueno, sí. Te estoy regañando. No debiste hacerlo. Pero ya que lo has hecho, ni se te ocurra hacerlo de nuevo, ¿me has entendido?

—No... no, no voy a hacerlo nunca más...

—Y no quiero que te juntes con esos chicos españoles que sabemos lo que están haciendo...

—No, no... Ellos algunas veces me dicen que vaya con ellos a por comida, pero yo no quiero ir. Robar está mal.

—No somos ladrones. Bastante rozamos ya el peligro cuando te quedaste con la perla. Estuviste en el punto de mira de un policía de Samarcanda y nos obligaste a mentir a Manuel y a mí. Si a ese policía le hubiera dado por investigar nuestro pasado en el bloqueo de Leningrado y descubriera que nos condecoraron por recuperar y devolver aquellas cajas de ámbar, lo habrían relacionado y nos podrías haber metido en un buen lío.

—Sí, sí, lo sé...

—Iñaki, prométeme que no volverás a hacer una travesura parecida. Cuando te propongan algo así, consúltame antes y yo te diré si puedes hacerlo o no. Yo soy responsable de ti y puedes hacer que recaigan sobre mí tus trastadas. Puedo ir a la cárcel yo también...

—¡No, no! ¡Por Dios! Yo no quiero que vayas a la cárcel por mi culpa... —Iñaki empezó a llorar como un niño pequeño—. Yo no quiero que te pase nada, ni a mí tampoco...

—Pues entonces tienes que obrar bien, debes ser un hombre recto y honrado. Volveremos a España en cuanto termine la guerra, pero si haces alguna trastada, nos mandarán presos a Siberia y todo se vendrá abajo. Ya sabes cómo se las gastan aquí por cualquier tontería... —dijo con firmeza.

—Lo he entendido. No volverá a pasar, te lo juro. Yo soy bueno, yo soy bueno, yo nunca voy a hacer cosas malas... Yo soy bueno... —decía limpiándose las lágrimas con el puño de su jersey.

Pero no solo era el miedo a ser apresado lo que robaba el sueño a Rafael. Era también el recuerdo de aquel instante de amor apresurado, del cuerpo de Victoria bajo el suyo aquella tarde, de sus lágrimas, de las súplicas por su amor; un amor que él no se atrevió a ofrecerle a pesar de profesarlo, a pesar de sentir que su corazón se desangraba.

La dolorosa decisión de dejar Samarcanda había marcado no solo el devenir de su vida, sino la de sus amigos. Aquel instante se repetía a cada momento en su cabeza y aumentaba la sensación de fracaso, de soledad, de desconcierto, de angustia. Le costaba levantarse cada mañana para continuar viviendo en un país extraño, en compañía extraña, en un trabajo extraño, sobreviviendo con mejor o peor suerte. Acababa de cumplir veintidós años y parecía haber vivido una vida entera. Había escapado del hambre y de los bombardeos en España para residir durante varios años en paz en Leningrado, con abundante comida y en buena compañía. Había luchado en aquella cruenta guerra contra la invasión alemana, y había visto morir a sus compañeros y a su gran amor, Teresa. Había pasado hambre, frío, injusticias, y había perdido la posibilidad de estar con Victoria, la mujer que amaba. Sí, había vivido demasiado aprisa. Todas aquellas experiencias podrían haber formado parte de una biografía completa, digna de ser contada por su padre o por su abuelo. Cargaba un bagaje demasiado pesado a su espalda.

Él no pudo elegir su destino, nunca fue dueño de su propia vida y le dolía el alma por haber errado en la única decisión que tuvo oportunidad de cambiarla: la de decirle a Victoria que la amaba, que dejara a Manuel y se casara con él. Tuvo en las manos esa oportunidad y eligió la peor opción: dejarla ir, arrojándola en brazos de su mejor amigo. Optó por la soledad junto a Iñaki en una ciudad aún más dura y hostil que Samarcanda. No sabía qué le depararía el mañana. Soñar con un futuro mejor era lo único que le quedaba: imaginar que pronto estaría de regreso en su Bilbao natal, que Victoria estaría allí con él, que saldría a pescar cada mañana mientras ella lo esperaría en casa. Y junto a Iñaki, por qué no. El gigante habría sido también un buen pescador a su lado...

Aquellas ensoñaciones lo mantenían en pie cada día y lo ayudaban a poner un pie delante del otro para dirigirse a la fábrica de aviones, donde trabajaba en unas condiciones de extrema rudeza. Soñaba con esa vida y sabía que debía esperar, convenciéndose a sí mismo de que todo cambiaría tarde o temprano. Nada era eterno; pronto la guerra llegaría a su fin e inmediatamente volverían a España, a su casa, a su hogar, con la familia que aún le quedara, pues ni siquiera sabía qué había sido de su madre, de su hermano, de sus amigos... ¡Dios! Cómo recordaba aquellos amaneceres de Bilbao mientras caminaba sobre una espesa capa de nieve sucia bajo un cielo gris plomizo camino de la fábrica. Cómo recordaba el olor a mar que lo impregnaba todo, el cielo azul, el sonido de las gaviotas, el de las bocinas de los barcos. Qué diferentes eran aquellos sonidos a los que escuchaba en Taskent. Aquello era un ejercicio diario de imaginación para soportar la vida que le había tocado interpretar.

Días después de discutir con Iñaki sobre la perla, se produjo un incidente en la casa que marcó profundamente a los dos jóvenes españoles: el hijo de la anciana profesora de francés estaba pintando el techo de la habitación y manchó sin querer la foto de Stalin que presidía uno de los muros. El compañero de habitación, Popov, que separaba su cama de las de ellos por medio de una cortina, advirtió aquella torpeza y llamó la atención de los inquilinos. Nadie le dio importancia y le sugirieron que le dijera a su madre cuando regresara del trabajo que pasara un paño húmedo por el marco y asunto acabado. Pero el obrero de ferrocarriles no estaba dispuesto a olvidarlo con facilidad.

Aquella misma tarde, un miliciano llevó una citación para el hijo de Anna Ivánovna. A la mañana siguiente debía presentarse en la sede del Comisariado Popular. Leonid Madiárov se despidió de su madre como cada día antes de ir al colegio donde era maestro. Ya le daría noticias del motivo por el que lo habían citado. Seguramente sería a causa de algún alumno de los cursos superiores, que estaban algo alborotados. Cada día encontraban una ventana rota, incluso había tenido que separar más de una vez a varios chicos que se enzarzaban en violentas peleas por cualquier estupidez. Anna Ivánovna besó en la frente a su hijo y se dispuso a prepararse para ir al trabajo. Era una mujer delgada y menuda, de cabello castaño plagado de canas y recogido en un moño que dejaba libre un rostro de piel clara de facciones elegantes. Caminaba erguida y solía llevar colgados por medio de un cordón unos quevedos con los que leía los libros que su hijo le traía de la biblioteca. En la casa todos la respetaban. Era educada, saludaba al llegar y al salir, guardaba prudencia con respecto a los conflictos que se originaban en la casa y jamás se quejó por la situación incómoda en que se hallaba: compartiendo junto a su hijo la habitación con un joven desconocido que le fue impuesto por las autoridades de la vivienda y perdiendo por completo la escasa intimidad de que disponía.

Cuando Rafael e Iñaki regresaron por la tarde del trabajo, conocieron que la habitación de Anna Ivánovna había sido registrada por la Milítsiya. Rafael asomó la mirada y observó que todo estaba revuelto y que la cortina que separaba sus camas del espacio que ocupaba Serguéi Popov había desaparecido. Todos los enseres personales y la ropa estaban desparramados por el suelo. Rafael fue testigo de aquel desagradable trance: la mujer lloraba, sentada en el suelo, alrededor de sus únicas pertenencias, mientras que la viuda le relataba que su compañero de habitación había llegado con unos milicianos para buscar pruebas contra su hijo, que había sido detenido aquella mañana.

Los jóvenes españoles se apiadaron de la mujer y la ayudaron a ordenar el cuarto y recoger sus pertenencias. Después Rafael la acompañó a la sede del NKVD para llevarle alimentos y un abrigo a Leonid. Un funcionario rubio de unos treinta años, con voz fría y autómata, le pidió el nombre de su hijo. Al revisar el expediente con desgana le indicó que no volviera más, que su hijo no iba a necesitar nada de aquello.

—Pero ¿dónde está? ¿Por qué lo han arrestado? Necesito hablar con él...

—¿Es que no me ha entendido? ¡No haga preguntas! El detenido no tiene derecho a visitas ni correspondencia. ¡Váyase si no quiere acabar como él! —le gritó con desprecio desde la ventanilla.

«Condenado sin derecho a correspondencia», pensó Rafael. Con los años había ido conociendo el significado de aquel eufemismo, que significaba la ejecución de los arrestados, previamente torturados, después de haber confesado todo lo que querían que confesara.

—Es mi hijo y no ha hecho nada malo. Al menos dígame qué puedo hacer para ayudarlo... —suplicó con voz trémula la mujer.

—Nada. En cuanto a usted, Anna Ivánovna, le informo que su permiso de residencia ha sido revocado.

Perder el permiso de residencia significaba que no podría seguir viviendo en Taskent, tener que dejar la habitación donde vivía y la cartilla de racionamiento. A partir de ahora solo tendría derecho a un cupón de comida al día en el comedor comunitario. El Comisariado Popular otorgaba a la población un sistema de pasaportes que dividían a los ciudadanos en grupos, figurando en ellos su filiación política, la etnia a la que pertenecían o las inscripciones en el Registro Civil. En esos pasaportes figuraba también el permiso de residencia, restringiendo así la libre elección del lugar de trabajo o residencia y la libre circulación de los ciudadanos por el país.

—Pero entonces... ¿Qué debo hacer? ¿Adónde puedo ir?

—Debe firmar este documento en el que se compromete a salir de la ciudad. En el caso de que infrinja el reglamento relativo al régimen de pasaportes, puede ser arrestada. Aquí tiene el nuevo lugar adonde debe trasladarse. Tiene tres días para abandonar Taskent —replicó, ofreciéndole el documento.

La mujer lo tomó en sus manos y lo leyó mientras abandonaban el Comisariado.

—Ekaterimburgo... —sollozó.

Rafael sintió lástima, impotencia, rabia... ¿Cómo un ser humano podía actuar de forma tan cruel con otros tan indefensos como aquella anciana?

De regreso a la casa compartida, los jóvenes la ayudaron a recoger sus pertenencias en dos mantas anudadas en el centro y la invitaron a compartir con ellos su humilde y estrecha estancia, mientras que Serguéi Popov se hacía con el derecho de ocupar la habitación completa gracias al permiso expedido por las fuerzas de seguridad, en agradecimiento por los servicios prestados a la patria.

—Ekaterimburgo... —dijo Anna sentada sobre sus enseres a modo de colchón. Estaba en penumbra, en una esquina de la pequeña estancia, junto a los dos chicos españoles que le habían ofrecido de comer lo poco que tenían.

—¿Dónde queda esa ciudad? —preguntó Rafael.

—Al norte, en la zona oriental de los Urales, a casi dos mil kilómetros de aquí. Fue allí donde asesinaron al último zar y su familia.

—¿Los que vivieron en Pushkin? —preguntó Iñaki.

—Sí. Fue el 17 de julio de 1918; los acribillaron en el sótano de la casa junto a varios criados de su confianza. Yo conocía a una de las doncellas. Murió junto a ellos ese día.

—¿Conoció usted a los zares? ¿Eran tan malos como dicen? Nos contaron que el zar Nicolás era un sanguinario, y que su mujer lo engañaba con un mago que se llamaba Rasputín —dijo Iñaki.

—A la zarina Alejandra no la querían por tener ascendencia alemana. En aquellos años había empezado la Gran Guerra y luchaban, como ahora, contra Alemania. La tachaban de espía, de traidora, de desear la victoria de su país por encima de la de Rusia. Fueron años en los que se palpaba el odio hacia los zares por sus métodos, tan represivos y violentos como los que estamos sufriendo ahora. No ha cambiado demasiado en esto el país... —Movió la cabeza mirando al vacío—. Y estaba Rasputín, el hombre más odiado de Rusia. Sus enemigos difundieron el falso rumor de que era amante de la zarina.

—¿Por qué lo decían?

—Veréis, el pueblo estaba agotado por la guerra, que había provocado millones de muertos. El zar era un hombre débil e indeciso que vivía dominado por su esposa, quien obedecía ciegamente las recomendaciones de Rasputín. Lo llamaban La Fuerza Oscura y lo culpaban de destruir la institución zarista y el país. El pueblo pasaba hambre, había muertos por las calles, fábricas cerradas, frío y miseria. Los agitadores proclamaban que millones de campesinos habían sido obligados a dejar sus tierras para unirse al ejército. Sin nadie que produjera trigo ni otro bien esencial, el fin estaba próximo, aseguraban los revolucionarios. Cuando la Gran Guerra comenzó en 1914, Rusia estaba en una situación catastrófica: millones de personas iban a la huelga cada día, había protestas y disturbios a diario en San Petersburgo y en Moscú y la situación económica era muy mala. Apenas teníamos infraestructura ferroviaria. Por cada diez kilómetros de vía férrea rusa, los alemanes tenían cien. Por cada fábrica en Rusia, Alemania tenía ciento cincuenta. Aquí lo único que había eran hombres para llevar a la guerra. Igual que ahora... —Reflexionó y quedó en silencio durante unos instantes—. En aquellos años, la gente vivía en la miseria y estaba harta de la situación política; odiaba a la zarina y a su confidente Rasputín. Rusia tenía entonces una población que rozaba los ciento cincuenta millones de habitantes, de los cuales más de quince murieron en el frente luchando contra los alemanes. Después llegaron los muertos de la guerra civil, la que estalló tras la caída del zar, entre bolcheviques y zaristas, una lucha sin cuartel entre el Ejército Rojo y el Ejército Blanco entre 1917 y 1922.

—Y ganaron los bolcheviques...

—Sí, con Vladimir Lenin a la cabeza. Durante la guerra pactó con Alemania firmar la paz y sacar a Rusia de la contienda al precio que fuera. Fue el propio gobierno alemán el que lo ayudó a venir a Rusia desde Suiza, atravesando Alemania en un tren protegido. Cuando llegó a San Petersburgo se fue directo al cuartel general de los bolcheviques e inmediatamente expuso su programa político, que se iniciaba con la disolución de la policía, el ejército, la burocracia y el fin de la guerra. Esto último fue el detonante de su éxito. El pueblo ruso estaba exhausto, no quería seguir peleando...

—Y llegó la paz a Rusia.

—Sí, pero a qué precio. Al que acabáis de presenciar: purgas, detenciones arbitrarias, ejecuciones... Sabe Dios cuántos millones de inocentes como mi hijo han sufrido la injusticia de este modelo de sociedad. Rusia nunca tuvo ni tendrá un futuro en libertad. Cuántas lágrimas han derramado durante siglos las madres que han entregado sus hijos a este país...

—Veo que ha sido testigo de demasiadas guerras y desgracias... —murmuró Rafael.

—Sí, aunque en la primera etapa de mi vida fui feliz. Son tiempos que ahora me parecen irreales. Guardo tantos recuerdos felices... —murmuró con voz quebrada—. Es el único patrimonio del que no han podido despojarme. Yo nací en el año 80 del siglo pasado, y hasta que la guerra comenzó en 1914, en Rusia se vivieron tiempos dorados, igual que en toda Europa. Yo crecí en un palacio de Moscú y después fui la institutriz de los hijos del príncipe Andréi Rostov. Mi madre también lo fue de su esposa y se ganó el derecho a que su familia viviera en palacio. Recibí una esmerada educación y me casé con mi difunto marido, que era por aquel entonces ayuda de cámara del príncipe. Viajábamos con ellos por toda Europa en sus propios vagones de tren. Eran años en que los hijos de los nobles estudiaban en Londres, adonde viajaban con su propio servicio de criados, cocinero y mayordomo, y en los palacios se hablaba francés, el idioma casi oficial en la corte rusa.

—¡Cuánto lujo...! —exclamó Iñaki con ingenuidad—. Entonces, se codeaba usted con príncipes y duques...

—Sí, aunque con limitaciones. Yo era institutriz, es decir, una sirvienta al fin y al cabo. Entre la servidumbre de aquella época había dos tipos bien diferenciados: los criados de tradición, como fue el caso de mi familia, y los otros. Los primeros trabajaban para los mismos señores durante generaciones y tenían acceso a la cultura, los idiomas y a las normas de protocolo. Gozaban de prestigio entre las clases altas y a veces se los rifaban entre las familias nobles. Vivían en el mismo palacio y llegaban a establecer con la familia una relación especial, sobre todo con los hijos de la misma edad, como fue mi caso. Yo crecí con la esposa del príncipe Rostov, y cuando contrajo matrimonio y nació su primer hijo, me llevó con ella para que me hiciera cargo de la educación. Allí conocí a mi marido y me casé con él.

—¿Quiénes eran los otros? —preguntó Rafael.

—Los otros eran los criados que tenían relación de consanguinidad con los señores.

—¿Y eso qué significa? —preguntó Iñaki, terminando de comer un trozo de pan negro.

—Que había lazos familiares. Entre los señores nadie conocía el parentesco, pero en muchas ocasiones, el ayuda de cámara, la cocinera o el mozo de cuadra de un noble podían ser sus propios hijos o hermanos bastardos. Pero aquello era tabú.

—¿Conoció usted a alguno?

—Por supuesto. Mi difunto marido. Era el hermanastro del príncipe Rostov y su hombre de confianza.

—¿Quiere decir que su marido era noble, que tenía sangre azul? —preguntó con ingenuidad Rafael.

—Hijo mío, la sangre es roja para todos. —Suspiró con tristeza.

—¿Dónde están ahora esos príncipes? —preguntó Iñaki.

—Se instalaron en Francia al poco de empezar la Revolución. Cuando los bolcheviques empezaron a requisar las posesiones de los nobles y los terratenientes, la mayoría tuvo que dejar el país. Ellos poseían un palacio en París y otra mansión en la Costa Azul. Cuando la situación se hizo insostenible se marcharon definitivamente. Hubo algunos que se quedaron, pensando que todo volvería a su lugar pasado un tiempo y que la revolución bolchevique no triunfaría. Esos ingenuos tuvieron un destino muy desgraciado.

—¿Por qué no se fueron ustedes con sus señores?

—Ellos nos lo pidieron, pero estábamos muy apegados a nuestras raíces y optamos por quedarnos. Antes de marcharse, el príncipe Rostov le dio a mi marido una generosa suma para que pudiéramos vivir con dignidad. Cuando mi marido murió, yo lo administré lo mejor que pude, pero con la guerra el dinero se acabó con rapidez, debido a la escasez y la especulación. Entonces me vi obligada a trabajar en lo que saliera.

—¿Y no ha vuelto a tener noticias de los príncipes? Podría haberles escrito para pedirles ayuda... —sugirió Iñaki con inocencia.

—No nos atrevimos ni siquiera a enviarles una carta por miedo a ser delatados. De hecho, cuando los bolcheviques tomaron el poder, decidimos marcharnos de Moscú para evitar ser relacionados con los príncipes. Durante estos años me he limitado a informar de que era profesora de francés para no llamar demasiado la atención, y he guardado un celoso secreto sobre nuestra vida anterior. Pero ahora da igual, ya todo da igual. Sé que Leonid no va a volver... —dijo prorrumpiendo en un amargo llanto.

Los jóvenes respetaron, impresionados, el sollozo de aquella bondadosa anciana que había tenido una vida excepcional y que en el final de sus días se había quedado sola, indefensa y en la miseria.

—Estamos rodeados de sectarios, fanáticos e intransigentes —prosiguió, más calmada—. Gente sin alma ni educación que solo siente odio y deseo de revancha contra los que no han hecho el menor daño, como mi hijo o como yo misma. Nos odian por haber pertenecido a un sistema que aborrecen y no admiten una opinión diferente de la suya. Nos ha tocado vivir un pasaje complicado de la historia de Rusia, donde una pandilla de insensatos ha tomado el poder y ha perdido el norte, llenos de hostilidad hacia todo lo que no significa su ideal. La patria, la Madre Patria, a la que todos los soviéticos tenemos la obligación de adorar, se ha convertido en una madrastra malvada, capaz de utilizar el terror y la violencia para doblegarnos. Lo irónico es que esta maldad no solo está en manos de los gobernantes: ha llegado también a los intelectuales, y a los artistas y periodistas, dispuestos a aplaudir la eliminación de sus propios compatriotas por el solo hecho de pertenecer a otra religión, como la judía, o a colectividades de origen germano o eslavo, incluso de chechenos o calmucos, todos inocentes como nosotros.

Durante unos instantes todos guardaron silencio.

—¡Sumisión! —prosiguió la anciana—. Esa es la palabra que define al estado de terror que ha impuesto esta maldita revolución. Estamos sometidos a una violencia ilimitada que, estoy segura, quedará impune. El instinto de libertad del ser humano, aquel que se supone inquebrantable, se ha paralizado. La extrema brutalidad utilizada desde el gobierno ha conseguido al fin su propósito: confinar el alma de todo el país. Nadie se atreve a emitir una opinión en defensa del que hasta hacía unas horas era un vecino ejemplar, amable y educado. Los pocos valientes que aún protestan son detenidos, y los que jamás se han rebelado, como mi hijo, también. Pero estoy segura de que mañana estos vecinos con los que hemos convivido durante años dirán de nosotros: «Ellos se lo buscaron, seguramente eran unos traidores a la patria». Y dormirán tranquilos, tratando de convencerse a sí mismos de la legitimidad de nuestra condena. Hoy día el pecado de traición es más imperdonable que el robo o el asesinato, y divide a la población entre decentes o indecentes, dignos o indignos. Mi hijo y yo hemos dejado de ser decentes...

—No diga eso, Anna... —suplicó Rafael—. Es usted la persona más íntegra que he conocido, y le aseguro que no voy a permitir que nadie en esta casa mancille su reputación...

—Gracias, Rafael. Solo quisiera pedirte algo más. En cuanto llegue a mi próximo destino, te enviaré una carta con la nueva dirección para que, en caso de que Leonid sea liberado, pueda reunirse conmigo.

—Por supuesto. Cuente con ello.

Al día siguiente Iñaki y Rafael la ayudaron a preparar su modesto equipaje en una maleta de lona raída y vieja. La acompañaron a la estación y se detuvieron a esperar el tren junto a las vías, frente a un grupo de soldados que agitaba banderas rojas y entonaba canciones de patriotismo. La imagen de Stalin aparecía por todos los muros, y bajo su foto aparecían lemas como: ¡Con Stalin por la victoria! ¡La revolución socialista triunfará! ¡Muerte al invasor!

Rafael e Iñaki se despidieron de la mujer entregándole los escasos ahorros que habían acumulado en aquellos meses y toda la comida que pudieron conseguir con sus propias cartillas de racionamiento, que introdujeron en un canasto de mimbre para el viaje.

—Adiós, Rafael. Eres un buen chico. Ojalá puedas regresar pronto a tu país y escapar de esta prisión en la que se ha convertido mi querida Rusia... —dijo besándolo en la mejilla. Después besó a Iñaki y subió al tren.

Rafael no pudo evitar las lágrimas al despedirse de aquella mujer educada y afectuosa cuya vida había terminado hecha jirones. Había perdido a su hijo, el último familiar que le quedaba, y ambos lo sabían. Tan seguro estaba Rafael de que Leonid Madiárov estaba muerto como de que era inocente de cualquier cargo que le hubieran imputado.

—Vamos, hay que ir a trabajar —dijo Rafael a su amigo.

Por la tarde, los vecinos estaban reunidos en la cocina comentando el suceso acaecido en las últimas horas. Cuando los amigos vieron que el propio compañero de habitación que los había denunciado estaba entre ellos, se unieron al grupo. En aquel momento hablaba enfrentándose a todos:

—¿Acaso estabais ciegos o sordos? —se justificaba Serguéi Popov con desfachatez.

Popov era, en conjunto, un hombre de escasa apostura, con frente ancha, piel blanquecina, ojos achinados y negros y la cara picada por las características cicatrices de la viruela. El pelo oscuro y lacio destacaba sobre la blancura de su piel con un contraste extraño, casi desagradable. Era alto y de anchas espaldas, lo que unido a su fealdad lo convertía en ese tipo de personas que llamaba la atención, y cuando lo veías una vez, no lo olvidabas nunca.

—Esa mujer era una traidora e inculcó a su hijo el odio a nuestra Madre Patria —continuó—. Siempre iba altiva y orgullosa... Era una traidora, una burguesa; su hijo ofendió a Stalin y ni siquiera se molestó en limpiar el cuadro.

—Quizá Leonid no se dio cuenta... En cuanto a Anna, nadie puede ser castigado por haber tenido acceso a la educación. Todos tenemos un pasado... —replicó con rabia contenida la viuda, que conocía bien al tipo de hombre que tenía enfrente: un obrero vulgar, venido del campo huyendo del hambre y del trabajo duro, intolerante, envidioso y egoísta, incapaz de sentir piedad por nadie que no fuera él mismo.

—Anna Ivánovna era una mujer especial, amable y educada... —añadió la mujer del director de la fábrica—. En cuanto a su hijo, jamás manifestó un gesto de rebeldía o de traición...

—Lo que has hecho es una canallada, Popov —replicó Rafael, tratando de contener su furia—. Por tu culpa, un hombre inocente está en prisión, y a su anciana madre la han echado no solo de este, su único hogar, sino de la ciudad...

—¿Qué te pasa, chico español? ¿Acaso te pareció bien lo que hizo? ¿Estás de acuerdo con que se mancille el honor de nuestro «padrecito», el hombre que te ha mantenido hasta ahora, el que ha pagado tus estudios? —preguntó, crecido, el delator.

El semblante de Rafael se tornó pálido e intervino, enfadado y haciéndole frente.

—Iñaki y yo somos ciudadanos soviéticos y luchamos contra los alemanes en el bloqueo de Leningrado; ambos recibimos la medalla de la Orden de Lenin y la Estrella Dorada de la Orden de la Unión Soviética. ¿A nosotros vas a acusarnos de traidores? Hemos defendido este país como el que más.

—¡Mira mi espalda! —exclamó Iñaki, alzándose el grueso jersey y mostrando sus cicatrices, que arrancaron una exclamación al resto de los allí presentes—. Mira mi pierna ortopédica —continuó, levantándose la pernera del pantalón—. Yo estoy afiliado al Komsomol y no hay en Taskent unos ciudadanos más leales al Partido y a Stalin que nosotros. Y pienso como Rafael en que lo que has hecho está mal, ¡muy mal! —terminó, gritando.

Un tenso silencio se propagó en la cocina, y todas las miradas se dirigieron hacia Serguéi Popov, que quedó sin argumentos ante unos jóvenes venidos de fuera que habían conseguido un reconocimiento que él jamás había merecido. Los héroes condecorados en la guerra eran respetados no solo por el pueblo soviético, sino por el Partido. Popov podría tener problemas si estos emitían una queja sobre su mezquino comportamiento. Avergonzado, bajó la mirada y abandonó la cocina sin pronunciar una palabra.

El traidor se instaló definitivamente en la habitación de Anna Ivánovna, y el resto de sus vecinos dejó de dirigirle la palabra desde aquel día. Semanas más tarde, el director de la fábrica habló con el jefe de la Milítsiya que había detenido a Madiárov y después le contó a su mujer que el hijo de Anna había resultado ser un conspirador; lo había confesado durante los interrogatorios. La esposa lo refirió al día siguiente a sus vecinas en la cocina mientras hacían la colada.

—Pero ¿qué confesó? Solo manchó sin querer el retrato de nuestro «padrecito» Stalin —comentó la viuda.

—Es mejor no preguntar. Si ellos dicen que era un traidor, lo era, y un canalla. Él se lo buscó —concluyó la informante.

El resto de las mujeres no se atrevió a preguntar nada más ante el temor de seguir el mismo destino de aquellos pobres desgraciados. La población soviética pasaba por la traumática experiencia de una invasión inesperada y una guerra impensable, y se había puesto en manos de las autoridades obedeciendo fielmente sus órdenes y aceptando las consignas, ya fueran de odio hacia un ejército, el alemán, a una clase social o grupo étnico. En cualquier ciudad, barrio o casa comunitaria abundaban sujetos afines al régimen que, como Popov, colaboraban creando esa atmósfera de rechazo, unos por convicción política y otros, en su mayoría, por el afán de apoderarse de los bienes de los desgraciados a quienes denunciaban.

Rafael e Iñaki nunca recibieron una carta de Anna Ivánovna, y de su hijo jamás se supo.

16

Montreal, Canadá. Septiembre de 2004

Aquella mañana Edith leía la prensa mientras desayunaba en la terraza junto a Hassan, quien poco a poco iba rompiendo su silencio y avanzando en la lengua y en sus relaciones con sus primos. Los hijos de Adrien venían a menudo a visitarlo, sobre todo el pequeño, que tenía su misma edad, pues vivían en una casa cercana y compartían juegos en el jardín.

El día anterior habían ofrecido la rueda de prensa informando de la recuperación del collar con la perla de ámbar y, para su sorpresa, un gran número de medios de comunicación se había interesado en profundizar más sobre aquella historia. Adrien estaba satisfecho: había significado una gran publicidad para la empresa, que sufría grandes problemas de liquidez en la actualidad.

Edith estaba acabando el desayuno cuando su móvil comenzó a sonar. Era su padre.

—¿Qué habéis hecho? —Fue el saludo que le dedicó Édouard Lombard con marcado nerviosismo—. ¿Aún no os habéis desprendido de ese collar? ¡Estáis locos...!

—Papá, tranquilízate...

—¡No! Quiero que os alejéis de él... ¿Por qué habéis tenido que contar a nadie que ha regresado a casa?

—¿Otra vez con esas supersticiones? Es solo un collar, papá...

—¡Ese trozo de ámbar está maldito! Tu madre lo dijo y ya sabes cómo era. Nunca se equivocaba...

—Está bien, serénate, el collar está en la caja fuerte de la fábrica, no está aquí ni en casa de Adrien.

—¡Menos mal! —Colgó sin despedirse.

El teléfono no paró de sonar en todo el día y los siguientes. Había mucha expectación por aquel curioso caso. Una cadena de televisión había invitado a Edith a participar en un programa a nivel nacional, pues estaban preparando un documental sobre la guerra de Afganistán donde expondrían la labor de los soldados canadienses allí desplazados y las condiciones en que se desarrollaban las tareas humanitarias de la ONG donde había trabajado Edith como médico. En ese apartado, ella contaría la rocambolesca trayectoria del collar, que había regresado al hogar de donde fue robado dieciocho años antes, cuando la familia sufrió un asalto por parte de una banda de origen ruso en el que murió la madre de la protagonista.

Habían pasado diez días y Edith seguía abrumada. La intención de ofrecer aquella información era ayudar con publicidad a la empresa familiar, pero ahora sentía que se les estaba yendo de las manos. No quería remover más la amarga experiencia que vivió la noche en que unos desconocidos asaltaron su casa, ni deseaba convertirse en la protagonista accidental de una historia que nada tenía de atractiva; al contrario: el regreso de la joya al hogar había dejado una estela de sangre, dolor y sufrimiento parecida a la que dejó al salir. Ahora dudaba si la idea había sido acertada.

Adrien tampoco estaba contento con el curso que habían tomado los acontecimientos, y aunque al principio supuso una gran difusión para la compañía, el foco de la información se centró exclusivamente en Edith, a quien encontraba agobiada y vulnerable. Cuando el empresario se vio obligado a espantar a un periodista sensacionalista que quería saber más de lo que ellos estaban dispuestos a contar al mencionar el nombre de Leonard Morandé, el difunto marido de Edith, Adrien resolvió cortar radicalmente cualquier contacto con los medios.

Una tarde, Edith tomaba un café en la casa de Adrien. Los chicos jugaban en el jardín junto a Hassan, que se estaba aficionando al hockey.

—He dado instrucciones a mi secretaria de no conceder ninguna entrevista más, te aseguro que no volverán a molestarte —dijo Adrien a su hermana.

—Eso espero; estaba empezando a agobiarme. No soporto este estrés. Me estoy planteando irme a Quebec a pasar unos días con papá. Voy a reservar un par de billetes de tren.

—¿No has vuelto a conducir?

—No.

—Ya va siendo hora. Si quieres, puedo darte unas clases.

—¡No! No voy a coger un coche nunca más...

—Pero Edith, creía que estabas ya recuperada...

—De eso no podré recuperarme nunca.

—No, quiero decir, entiendo que perder un hijo es muy duro, pero...

—No es solo perder un hijo, Adrien. Nadie se recupera de matar a su propio hijo...

—¡Por Dios, Edith! —dijo espantado—. Tú no tuviste la culpa.

—Sí la tuve, lo maté yo —dijo con lágrimas en los ojos.

—Pero fue sin querer. —Adrien tomó su mano sobre la mesa—. Nunca me has contado lo que pasó... Vamos, háblame, necesitas expulsarlo de una vez.

—Yo... aún me despierto por las noches con la imagen de mi hijo en el suelo... Ese día había vuelto a discutir con Leonard, me iba al trabajo y él se quedó con el pequeño Alexis.

—¿Lo ves? Él fue el responsable, ese maldito canalla se quedó a cargo del pequeño, no tú.

—Pero yo tendría que haberlo visto...

—No. Él debió vigilarlo sabiendo que tú ibas a salir en el coche. No pudiste verlo porque ni siquiera tenía estatura para que apareciera por los espejos retrovisores.

—Yo estaba tan enfadada... Habíamos tenido una bronca muy fuerte. Leonard estaba cada vez peor, cada vez me obligaba a más, me ridiculizaba, me reprochaba cosas... Aquel día salí casi corriendo para alejarme de él. Jamás podré olvidar aquella imagen de mi hijo... —Lloraba dando convulsiones.

—Pero no fue culpa tuya, y mira cómo estás todavía... —dijo acariciando sus manos con ternura—. No puedes vivir con esa carga, Edith. Tienes que superarlo. Ahora tienes algo por lo que vivir, tienes al pequeño Hassan que te necesita, céntrate en él. Las heridas no cicatrizan nunca, pero con el tiempo se hacen más llevaderas. Es una frase que papá repite mucho...

—Sí, intento seguir adelante con mi vida...

—Y tienes que volver a conducir. No puedes estar toda la vida dependiendo de taxis o de trenes.

—De acuerdo, pero más adelante... Aún no estoy preparada.

El último año al lado de Leonard había sido un infierno. En aquella funesta tarde, y tras una desagradable discusión en la que se habló de divorcio, Edith arrancó el coche con furia, deseando dejar la casa a toda prisa. El coche estaba aparcado en el garaje junto a la pared. El pequeño Alexis, que ya caminaba con soltura, se introdujo entre el estrecho espacio que quedaba libre con el fin de intentar abrir la puerta del copiloto y despedirse de su madre. Pero Edith no lo vio, arrancó marcha atrás y el pequeño quedó aprisionado entre el peso del vehículo en marcha y el muro. Lo que vino después quedó grabado para siempre en sus retinas.

Tras la muerte del pequeño Alexis todo se volvió del revés y puso el punto y final al matrimonio. La relación estaba rota, y con aquel desgraciado suceso se despeñó sin control. Después llegó la petición de divorcio por parte de Edith y la amenaza de Leonard de suicidarse si ella lo dejaba. En uno de sus arrebatos de ira, Leonard propinó una fuerte paliza a su mujer con patadas, golpes y gritos de insulto. Fue Adrien quien acudió en ayuda de Edith al recibir su llamada de auxilio. La encontró malherida, sangrando y casi inconsciente en el suelo de la cocina. Leonard se había marchado, asustado por su propio descontrol. Después quiso pedirle perdón y fue a verla al hospital donde ella permaneció una semana convaleciendo por las heridas infligidas, pero Adrien había tomado medidas legales y se lo impidió.

Por respeto a la familia Morandé y tras una larga conversación con la madre de Leonard, Adrien desistió de presentar una denuncia contra Leonard a cambio de que los trámites de divorcio se resolvieran con celeridad.

Cuando Edith dejó el hospital, Leonard trató de hablar con ella para pedirle perdón, pero la joven se mostró inflexible y se instaló en casa de su hermano mientras esperaba la sentencia del divorcio. El compañero de psiquiatría de Edith les confirmó que Leonard padecía un síndrome bipolar y no había sido diagnosticado hasta entonces. El trágico y fatal accidente de su hijo, unido a la violencia ejercida contra Edith, lo habían llevado a una crisis muy grave. Días después de firmar los documentos de separación definitiva, Leonard resolvió acabar con su vida de un disparo en la sien. Pero antes dejó escrita una carta dirigida a su ya ex esposa, culpándola por la muerte de su hijo y maldiciendo el día en que la conoció.

Nadie de su entorno conocía los trastornos mentales de Leonard. Aparentaban ser un matrimonio feliz, perteneciente a una acomodada familia de Montreal. Pero el contenido de la carta se difundió entre su círculo de amistades y fue Adrien quien se vio obligado a acallar los rumores que circulaban por la ciudad. Edith nunca supo quién la traicionó, aunque las sospechas se encaminaron hacia Marlene, su ex suegra, que en un primer instante, cuando Leonard le propinó la paliza, se posicionó del lado de Edith. Sin embargo, tras la inesperada y violenta muerte de su hijo cambió de opinión, colocando a su nuera en la diana de sus ataques y culpándola de todas las tragedias que habían asolado a la familia.

Aquella experiencia fue devastadora para Edith. Se sentía perdida y añoró el consuelo y la intuición de su difunta madre, a quien invocaba en soledad pidiendo consejo. Tras una intensa reflexión, y siguiendo un impulso que le pareció venir de ella, decidió poner tierra de por medio. Meses después volaba hacia Afganistán en un programa de voluntariado.

17

Moscú, URSS. 1944

El final de la contienda se vislumbraba cada vez más cerca. Los inquilinos de la casa en Taskent escuchaban a diario las noticias sobre la guerra en Europa y conocieron que las tropas de Estados Unidos junto con las británicas acababan de desembarcar en las costas francesas de Normandía. Y también que en el norte del país el Ejército Rojo conseguía expulsar a los finlandeses del lago Ládoga, en los alrededores de Leningrado, donde el ejército alemán se preparaba para abandonar Finlandia ante la sospecha —que se haría realidad meses más tarde— de que aquel país estaba dispuesto a firmar la paz con la Unión Soviética.

En 1944 los niños y jóvenes españoles realojados en diferentes hogares en la zona asiática del país fueron regresando a Moscú, donde el gobierno había adaptado colonias para acogerlos, sobre todo a los menores de edad, quienes continuaron sus estudios, mientras que los mayores eran consignados en albergues.

Manuel y Victoria decidieron regresar a Leningrado para continuar los estudios universitarios, mientras que Rafael e Iñaki comenzaron a trabajar junto a otros españoles en la fábrica La Hoz y el Martillo, vigilados por los comisarios del Partido, los del sindicato y los de la NKVD, siempre dispuestos a acusar de sabotaje a cualquier obrero ante la sospecha de una bajada en su rendimiento, que generalmente estaba causado por el hambre y el agotamiento. Los jóvenes advertían impotentes cómo algunos compañeros trabajaban enfermos y con fiebre sin protestar, pues era más el miedo a colocarse en el punto de mira de los vigilantes que el de morir allí mismo. LA CLASE OBRERA AL PODER, rezaba el lema estalinista en uno de los muros de la factoría. Aquel era el único país del mundo donde todos estaban alegres, donde el obrero explotado era feliz pasando hambre, frío y escasez. Por lo visto nadie percibía el servilismo, la sumisión y los rostros petrificados por el miedo.

Gracias a las gestiones de la Cruz Roja Soviética ante la Comisaría de la Vivienda, los dos amigos consiguieron alojamiento en una habitación en una *kommunalka* de Moscú, un piso situado cerca de la plaza de la Revolución con varias estancias donde vivían otras tantas familias. Como ocurría en Taskent, tenían un estricto horario de uso del baño y de la cocina para cada grupo familiar, y también se repetían los mismos conflictos de convivencia, pero estaba bien situada y había agua corriente y luz eléctrica. Además de la habitación donde ellos vivían, esta vez más amplia que la de Taskent y con una ventana que daba a la calle, había tres más: la primera estaba ocupada por una mujer de unos treinta años cuyo marido había sido dado por desaparecido en el frente durante los primeros meses de la guerra. En otra vivía un matrimonio de edad que apenas salía de su estancia, y en la última, una mujer viuda con su hija de veintidós años.

Nadia tenía el pelo rubio y lacio, sus facciones eran duras y poco agraciadas —unos pequeños ojos azules muy juntos y la nariz demasiado ancha—, y tenía tendencia al sobrepeso. Era de trato agradable, sonrisa fácil y carácter simple, y estaba empleada en una fábrica de productos químicos en las afueras de la ciudad. Su madre apenas había cumplido los cincuenta años, aunque aparentaba más. Trabajaba en las taquillas del metro y durante las horas libres se dedicaba a remendar la ropa del vecindario a cambio de unos kopeks. Con los cuatrocientos rublos que reunían entre las dos, descontados los impuestos de la renta y la cuota del empréstito al Estado, apenas llegaban a fin de mes. Sus ropas eran limpias pero muy usadas, pues no podían permitirse adquirir nueva. Nadia aún no había conocido cómo era un restaurante por dentro, de esos que circundaban la plaza Roja.

Una tarde los tres jóvenes coincidieron en la cocina, una estrecha estancia llena de cachivaches con tres pilas para fregar los platos y una mesa central donde colocaban las ollas antes de llevárselas a sus respectivas estancias. Nadia sabía que Rafael e Iñaki eran españoles y quiso conocer un poco su historia personal. Mientras fregaba los platos tras haber preparado una sopa de nabos para él y su amigo, Rafael le habló de su Bilbao natal, de su madre y de la pérdida de su padre durante la guerra. También le contó la llegada a Leningrado en 1937, los años de internado donde estrenaban ropa nueva a menudo, comían caviar y salmón y tenían excelentes profesores.

—Sois muy afortunados al haber recibido tantas cosas... Yo nunca he estrenado ropa nueva y no sé qué sabor tiene el salmón.

—Esos años felices ya pasaron. Ahora solo quiero volver a mi país. Añoro a mi familia, mi tierra...

—Yo también echo de menos a mi padre.

—¿Murió en la guerra?

—No. Desapareció en 1937. Fue arrestado por la policía del Estado y no volvimos a saber de él. Fuimos a la Lubianka y a la Butirka, donde daban información de los detenidos solo algunos días de la semana y por orden alfabético, pero en ningún sitio apareció su nombre. Jamás volvió a casa ni dio señales de vida.

Rafael decidió no preguntar por la causa de su arresto. De sobra sabía que, aunque había pasado una década desde la Gran Purga, cualquier ciudadano podía ser todavía detenido sin motivo aparente y desaparecer para siempre. En Nadia había observado un extraño sometimiento a los duros acontecimientos que había vivido: había asumido la pérdida de su padre igual que sus compatriotas soportaban la guerra o la ira de la naturaleza cuando castigaba a la ciudad con temperaturas que cada invierno provocaban miles de muertos debido a la escasez de combustible y alimentos.

Tatiana Nikoláevna Perepiolka, la anciana que vivía con su marido en otra habitación de la *kommunalka*, había tenido dos hijas con su primer marido, un campesino de Ucrania con el que se había casado en 1910. Tras la revolución bolchevique, el Estado expropió las haciendas a los terratenientes y a la nobleza para repartirlas entre los agricultores. Su marido fue uno de los agraciados y consiguió un buen trozo de terreno, donde comenzó a ganarse la vida sembrando cereales. Con los años llegó a tener a varios empleados en las tierras y una buena posición. Sin embargo, años más tarde los bolcheviques consideraron que los campesinos con propiedades se habían convertido en nuevos burgueses, por lo que el Comité Central del Partido Comunista inició en 1929 una nueva expropiación y la colectivización total de las tierras. Los *kulaks*, como llamaban a los campesinos propietarios, se mostraron contrarios a esta medida, por lo que se inició una maniobra de hostigamiento hacia ellos, acusándolos de esconder la producción de trigo y de especulación. El marido de Tatiana Nikoláevna fue arrestado en 1930 y ejecutado tres días más tarde.

Tras el inicio de la conversión de las tierras particulares en cooperativas agrícolas —los populares *koljós*, donde todos los campesinos tenían obligación de trabajar a cambio de un salario sin ser propietarios—, Tatiana fue despojada de su hogar y de sus bienes y obligada a trabajar en el campo. Huyendo de la miseria, y tras perder a su hija a causa de la hambruna provocada por la incautación del grano y la desorganización e ineficacia de aquel nuevo sistema agrícola, impuesto bajo el terror y la violencia, Tatiana Nikoláevna consiguió trasladarse a Moscú en 1933 y se instaló en la casa de unos familiares. Después encontró trabajo como cocinera en un colegio. Allí conoció a su segundo marido, Igor Budionni, que trabajaba como portero en el mismo centro. Ahora ambos estaban jubilados y vivían desde hacía una década en aquella casa compartida. Apenas salían de su habitación si no era para ir a comprar comida.

La tercera inquilina, Natalia Tejerova, vivía en la *kommunalka* desde 1940. Solo tenía treinta años, pero aparentaba más. De aspecto frágil, era delgada, de pelo y ojos oscuros y mirada triste. Sus modales eran correctos y se la tenía por una mujer silenciosa. Había sido enfermera auxiliar durante la guerra y trabajaba como cuidadora en un orfanato, uno de tantos que se habían ido creando a lo largo de todo el país para albergar a los miles de huérfanos que había dejado la guerra.

Aquella tarde, tras acabar la cena, Rafael e Iñaki coincidieron con ella en la cocina e iniciaron por primera vez una conversación. Les contó que se había enrolado como voluntaria en el cuerpo de enfermería poco después de que su marido fuera llamado a filas, hasta que recibió un disparo en la pierna y regresó a Moscú a primeros de 1943.

—Al principio de la guerra ni siquiera había transporte para los heridos; organizábamos hospitales de campaña en casas particulares y, cuando había que marcharse a toda prisa, teníamos que dejar allí a muchos. Los que podían caminar venían con nosotros, pero el resto... —Suspiró abatida—. Nos suplicaban llevarlos con ellos o que les pegáramos un tiro antes de caer en manos alemanas. Recuerdo que una vez salvé la vida de puro milagro. Los alemanes llegaron al pueblo donde se había habilitado un hospital en la mansión de un *kulak*. Escuchamos disparos y gritos por todas partes. De repente, las puertas se abrieron de un puntapié y un grupo de soldados alemanes entró gritando y asesinando a sangre fría. Iban caminando por las hileras de camas, disparando a nuestros soldados heridos... Nunca había visto tanta maldad. —En aquel instante se detuvo y movió la cabeza a ambos lados—. Yo escapé como pude por la parte posterior y di el aviso a algunos compañeros. Salimos hacia el bosque y corrimos durante días hasta ponernos a salvo. Todos los heridos a los que estábamos cuidando fueron asesinados junto a varios médicos y enfermeras...

—Nosotros teníamos una amiga, Teresa, que también era enfermera y murió de un balazo... —añadió Iñaki—. Y otra amiga, Victoria, estuvo en el hospital de Leningrado y después en Samarcanda. También contaba cosas espeluznantes...

—He visto tanta muerte, tanto horror... Aún hoy soy incapaz de soportar el olor de la sangre, incluso ver el color rojo me altera a veces...

—¿Su marido murió en el frente? —preguntó Rafael.

—No lo sé. Recibí carta informándome de que lo habían dado por desaparecido. Lo enviaron a Minsk nada más iniciarse la invasión alemana, y ya sabemos lo que pasó allí:

cientos de miles de nuestros soldados cayeron en los primeros meses de la guerra...

—Veo que ha sufrido mucho, Natalia —murmuró Rafael, conmovido al escucharla.

—¿Y quién no? —murmuró bajando la mirada.

—Nosotros también —añadió Iñaki con ingenuidad—. Estuvimos luchando contra los alemanes en Leningrado. Allí perdí mi pierna —dijo señalándola— y parte de mi pelo... —Sonrió atusándose su desordenada melena.

—Todo el pueblo soviético ha padecido. Ojalá pronto llegue el final de esta pesadilla y podamos tirar las armas a la basura —concluyó la mujer, abandonando la cocina.

Poco tiempo después, la guerra llegó a su fin y las campanas de todos los pueblos y ciudades del país comenzaron a tañer con brío. Aquel soleado 9 de mayo de 1945, el anuncio de la llegada del Ejército Rojo a Berlín y de la rendición de Alemania corrió de boca en boca entre todos los habitantes del vasto territorio soviético.

—¡La guerra ha terminado, Iñaki...! Pronto volveremos a casa... —exclamó con euforia Rafael en la fábrica, donde aquel día se detuvo la producción para celebrarlo.

La grandiosa plaza Roja fue el punto de encuentro de los moscovitas. Las cúpulas doradas del Kremlin centelleaban con la luz del sol mientras miles de ciudadanos se concentraban en multitud de forma espontánea alrededor de las murallas. La muchedumbre salió a la calle portando retratos de Stalin y banderas rojas cantando *La Internacional*. Miles de soldados, campesinos vistiendo grandes abrigos y botas altas, jóvenes pioneros con pañuelo rojo anudado al cuello, ancianos, niños, todos levantaban el puño repitiendo la palabra «paz». Durante las semanas que siguieron, la plaza Roja fue escenario de grandes desfiles militares cada vez que un general regresaba victorioso de Alemania.

En uno de los más multitudinarios, el grupo de niños españoles que había participado en la guerra fue invitado a desfilar ante el mismísimo Iósif Stalin. El ejército les proporcionó uniformes, y numerosos jóvenes, entre los que estaban Iñaki, Rafael, Manuel y Victoria, lucieron con orgullo sus medallas de héroes ante la gran muralla del Kremlin y el Mausoleo de Lenin.

Ahora tocaba levantar el país tras la Gran Guerra Patria, y todos los ciudadanos, hombres, mujeres y niños mayores de trece años tenían que arrimar el hombro. La vida tras la guerra fue dura para todos, españoles y soviéticos. El abastecimiento de los productos de primera necesidad se realizaba con dificultad: los trenes nunca eran puntuales, las carreteras infames y la distribución de alimentos demasiado lenta, por lo que los ciudadanos tenían que hacer largas colas para conseguir un puñado de patatas o maíz. Sin embargo, los privilegiados del régimen, como los funcionarios, los miembros del Partido o militares recibían bonos para adquirir ropa y artículos personales en los almacenes estatales sin tener que hacer colas.

Aquella tarde, al regresar a casa, los jóvenes españoles encontraron a todos los vecinos en la cocina algo alborotados. Cuando se unieron a ellos, conocieron que Nikolái Ivánov, el marido de Natalia Tejerova, al que dieron por desaparecido al inicio de la guerra, había regresado de Alemania. Por lo visto fue apresado en Minsk y llevado a un campo de concentración alemán del que había sido liberado tras la toma de Berlín por el Ejército Rojo. Ahora estaba de vuelta, aunque en unas condiciones de salud bastante precarias.

—Cuando le abrí la puerta, no lo reconocí —explicó el anciano marido de Tatiana Nikoláevna—. Creí que era un indigente... Tenía la piel del rostro hundido y parecía que los ojos iban a salírsele de las cuencas. Con mucho esfuerzo pronunció el nombre de Natalia Tejerova. Cuando su mujer salió a su encuentro le costó reconocerlo. Después se abrazó a él, gritando de alegría y con lágrimas en los ojos... —Sonrió con ternura.

Todos guardaron silencio durante unos instantes.

—Recuerdo cuando llegaron aquí en 1940. Estaban recién casados y formaban una pareja muy bonita. Él era alto y robusto, de anchas espaldas y brazos musculosos. Rebosaba salud y era un joven amable y educado... Ahora parece un muerto en vida, una piel pegada a un esqueleto... —intervino la anciana, moviendo la cabeza con pesar.

—¿Dónde está? —preguntó Rafael.

—En su cuarto, descansando. Jamás había visto algo así —continuó el anciano—. Apenas podía sostenerse en pie...

En aquel momento, Natalia Tejerova llegó a la cocina y pidió autorización a los convecinos para llenar la bañera, pues quería que su marido se diera un baño para relajarse. Todos respondieron al unísono de forma afirmativa, ofreciéndole su colaboración y solidaridad; lo que hiciera falta para recuperar al valiente soldado.

Minutos más tarde Natalia regresó a la cocina y se dirigió al joven español.

—Por favor, Iñaki, tú que eres grande y fuerte, ¿podrías ayudarme a llevar a mi marido a la bañera? Kolia apenas se mantiene en pie y yo no tengo fuerzas para sostenerle... Está muy débil —dijo con lágrimas en los ojos.

—Por supuesto, señora —dijo el gran Iñaki, atento y dispuesto siempre a ayudar, saliendo de la cocina junto a ella.

—Nikolái ha tenido suerte —murmuró el anciano—. He oído que de los cinco millones de nuestros soldados que fueron capturados por los alemanes, solo un millón y medio fueron liberados y otros novecientos mil han sido encontrados vivos en los campos de prisioneros alemanes, como nuestro vecino. El resto murió a manos del ejército alemán en sus campos de prisioneros. ¡Malditos criminales! —exclamó con rabia.

Durante los siguientes días, Nikolái Ivánov empezó a recuperar el color de las mejillas. Todos se solidarizaron con él, ofreciéndole parte de su escasa comida consistente en sopa caliente y gachas de maíz, con el fin de colaborar a la recuperación del héroe de guerra que había regresado en un estado tan lamentable.

Los soldados que estaban volviendo a sus hogares contaban los horrores que habían padecido, ya fuera en plena batalla o en los campos de prisioneros. Sin embargo, los políticos, comisarios y funcionarios que no habían pisado el frente en la Gran Guerra Patria apenas se interesaron por el dolor de las familias y de los valientes hombres y mujeres que habían contribuido a restablecer la paz.

No hubo paz para ellos.

Una semana después, los vecinos de la *kommunalka* sufrieron una nueva convulsión: unos agentes de la NKVD llegaron aquella tarde para llevarse detenido al marido de Natalia Tejerova bajo la acusación de traición a la patria y de haber confraternizado con los alemanes durante la guerra. Cuando Rafael escuchó aquello al regreso del trabajo quedó escandalizado. De nuevo se habían reunido todos en la cocina.

—Pero ¿cómo va a ser un traidor? ¿Acaso no vieron las

condiciones de salud en que llegó? Ha estado en un campo de concentración, deberían haberle condecorado por haber sobrevivido a ese infierno. Estamos conociendo lo que hicieron los nazis con los judíos en esos campos. No pueden acusarlo de algo así; es inaudito pensar que este hombre puede haber traicionado al país... —dijo Rafael.

—¡Ingenuos...! ¿Qué esperabais? —exclamó Tatiana Nikoláevna—. ¿Acaso esperabais que Stalin iba a agradecérselo?

—Por favor, ¡cállese! —ordenó la taquillera del metro con gesto de inquietud—. Usted no sabe nada, quizá cometió alguna fechoría... He oído que muchos de nuestros soldados no tuvieron un comportamiento ejemplar cuando llegaron a Alemania...

—Es normal, después de las barbaridades que ellos nos hicieron. Esa gente no merece perdón... —intervino Iñaki con ardor.

—Dicen que nuestros soldados violaron a muchas mujeres y niñas al llegar a Alemania, me lo ha contado una vecina que me trajo una ropa para zurcir... —continuó la madre de Nadia.

—Nuestros soldados han respondido a la brutalidad alemana con la misma moneda, después de la crueldad ejercida contra nuestros pueblos indefensos. Las matanzas de miles de civiles, como ocurrió en Kiev o Smolensko a manos de batallones de la muerte de las SS, crearon una ola de odio y rencor hacia todo lo que suena a alemán que no vamos a olvidar en muchos años —respondió el anciano.

—No creo que ese sea el caso del marido de Natalia —replicó Rafael con prudencia—. Ese hombre no estaba en condiciones de atacar a una mujer...

—¡Claro que no! Es una orden del gobierno. No quieren tener soldados despechados en sus casas que cuenten a sus vecinos los horrores que han vivido y las muertes inútiles que han presenciado. Stalin no ama a su pueblo, solo quiere el poder y dominarnos a todos... ¡Está loco! —exclamó con rabia contenida la anciana.

En aquel momento el marido la tomó del brazo tratando de hacerla callar.

—Tatiana, ¡vámonos a la habitación!

—Sí, me voy... Porque si sigo hablando iré a hacer compañía a ese desgraciado que ha luchado por nuestro país, convencido de que era lo que quería Stalin, igual que los jóvenes idealistas a quien ese mentiroso envió para salvar la Madre Patria. La patria ya está salvada. ¿Y ahora qué? ¿Cuál es nuestra recompensa? Yo os lo diré: más miseria, más violencia y cárcel para los soldados que han liberado a esta gran mentira que se llama Unión Soviética. ¡Cuánto me cuesta sentirme orgullosa de nuestra victoria!

—¡Tatiana! ¡Cierra esa boca! —ordenó, exasperado, el marido.

—Sí, vámonos. —La mujer suspiró con rabia, abandonando la cocina.

Cuando se quedaron solos, la madre de Nadia miró a Iñaki, y también a Rafael.

—Creo que esta conversación no debería salir de aquí, ¿no creen? —intervino el joven español con prudencia—. Nadie debe resultar perjudicado por las palabras de dolor de una mujer que ha sufrido demasiado.

—¿Qué sabes tú de ella? —preguntó Nadia con poca reflexión—. A lo mejor es otra traidora.

—No, Nadia —replicó de nuevo Rafael—. Ella me contó hace poco que tenía dos hijas: una murió de hambre en Ucrania cuando se inició la colectivización de las tierras; la segunda falleció luchando en la batalla de Stalingrado hace dos años. Según me dijo, la joven se alistó en el ejército para luchar por su país. Fue una excelente francotiradora y eliminó a un gran número de alemanes. Mereció ser condecorada, pero le negaron cualquier honor al conocer que su padre había sido condenado y ejecutado por traición a la patria cuando se rebeló contra la colectivización en el campo en Ucrania, de donde procede la familia.

—He oído rumores sobre el hambre que pasaron en Ucrania por culpa de la implantación a la fuerza de los *koljoses*... —dijo la madre de Nadia—. Paradójicamente, la gente se moría de hambre en la tierra más fértil de la Unión Soviética. No debemos juzgarla, Nadia —dijo mirando a su hija—. Es difícil medir el dolor de una madre que ha perdido a sus hijos, o el de una esposa que se ha quedado sola de nuevo. Debemos callar, callar y callar. Es lo que nos toca ahora —concluyó en un susurro.

El pueblo ruso confiaba en Stalin y creyó, ingenuamente, que el sentimiento sería recíproco, que el sacrificio de tantas vidas humanas, el dolor y la violencia sufrida en aquellos cuatro años de guerra serían recompensados de alguna forma, que la vida sería mejor ahora, unidos todos, el país y sus dirigentes, para reconstruir el país devastado.

Se equivocaron.

En contra de lo que esperaba la mayoría de los soviéticos, el final de la guerra no acabó con la represión de la población civil. Las purgas se recrudecieron nada más terminar los fastos de la victoria, ampliándose hacia ciudadanos polacos, húngaros, judíos o simplemente hacia cualquier sospechoso de haber confraternizado con los alemanes, ya fuera en un campo de prisioneros en Rusia o de concentración en Alemania. Muchos soldados que regresaban de Alemania o de cualquier otro país europeo corrieron la misma suerte por la imprudencia de lamentar los millones de muertos en suelo soviético que había provocado aquella guerra, o por comentar cómo se vivía en Europa, en casas particulares, una para cada familia, y que no había empresas del gobierno, sino privadas. Nada había cambiado para el pueblo, excepto la miseria y el hambre que continuaron padeciendo.

El anhelo de regresar a España se instaló con fuerza entre los Niños de la Guerra españoles que, tras sobrevivir a la cruenta contienda, expresaron sus deseos de volver a ver a sus familias, o al menos decirles que estaban vivos, pues la comunicación con España se había cortado drásticamente durante los años de plomo y las escasas cartas que llegaban a sus manos venían abiertas y con tachaduras tras haber pasado un estricto filtro.

En 1946 muchos de estos niños se habían hecho adultos y solicitaron volver a su país. Sin embargo, el Kremlin fue inflexible en su negativa: no estaban dispuestos a devolver a la España fascista de Franco a muchos de ellos, que no hacían más que renegar del sistema comunista y que ponían en entredicho el «paraíso del proletariado soviético». Los dirigentes del PCE asumieron esa decisión poniendo en boca del mismísimo Stalin la sentencia que marcaría su devenir: «La República me dio a los niños, y solo los devolveré a la República».

La constatación de que las autoridades persistían en su negativa de autorizar el regreso fue el primer paso para que los jóvenes españoles se resignaran a aceptar su futuro en la Unión Soviética. De esta forma, cada uno tomó individualmente las riendas de su vida, ya fuera estudiando, trabajando o contrayendo matrimonio, en el caso de muchas jóvenes, con ciudadanos soviéticos. Muchos de los niños eran ya adultos y no tuvieron más remedio que adaptarse al país y sus costumbres, aunque manteniendo siempre su identidad. Habían sido educados para regresar a una España republicana y revolucionaria en la que ser los nuevos líderes marxistas. Sin embargo, ese horizonte se vislumbraba cada vez más lejano e inviable.

Natalia Tejerova habló con Rafael una tarde en la cocina. Había ido varias veces a la Lubianka y a la cárcel militar de Lefortovo, donde al fin consiguió saber algo sobre la detención de su marido: lo habían condenado a siete años de trabajos forzados en Siberia. Ella estaba segura de que jamás regresaría.

—No debe perder la esperanza, Natalia. Allí podrá recuperarse y volverá cuando cumpla la condena.

—No, hijo. Kolia estaba al límite de sus fuerzas. En los días que estuvo a mi lado me contó las cosas horribles que había soportado. Creo que sobrevivió al hambre y a esas duras condiciones gracias a su gran corpulencia y su fuerza de voluntad; él era un gran deportista, con enormes ganas de vivir... Me confesó que lo único que lo mantenía vivo era el deseo de volver a mi lado... —Unas lágrimas asomaron a los ojos de la mujer—. Pero antes de llegar a casa había pasado ya por varios interrogatorios del Comisariado del Ejército Rojo. Le habían reprochado el haberse dejado atrapar, ¿puedes creerlo? —dijo con rabia contenida—. Por lo visto tendría que haberse pegado un tiro antes de caer prisionero, así nadie le habría considerado un traidor. Sé que no volveré a verlo, sus fuerzas estaban al límite. Siete años son demasiados...

Natalia estaba en lo cierto. Nikolái Ivánov no regresó de Siberia y ella nunca recibió una carta suya ni información por parte de las autoridades sobre la suerte que había corrido su marido.

Durante los años que siguieron, el Estado soviético ofreció a los niños españoles la posibilidad de estudiar una carrera universitaria. Rafael había terminado con excelentes notas el décimo curso en Taskent y decidió estudiar para convertirse en ingeniero aeronáutico, mientras que Iñaki no había conseguido aprobar el sexto, a pesar de sus esfuerzos. Las ciencias recibieron un gran impulso en los años de posguerra, creándose nuevas universidades desde las que salían grandes científicos que iniciaban con gran éxito la carrera espacial y aeronáutica, así como en centrales atómicas. El desarrollo del país había comenzado, y con él la guerra fría.

Cuando comenzó los estudios, Rafael pudo haberse instalado en la residencia de estudiantes, donde muchos compañeros españoles se establecieron junto con otros soviéticos venidos de las diferentes repúblicas. Sin embargo, y para evitar que Iñaki se quedara solo, prefirió quedarse en la *kommunalka* donde vivían desde que llegaron a Moscú.

Poco a poco la monotonía se fue instalando en sus vidas. Como cualquier soviético, Iñaki salía temprano hacia la fábrica, comía en la cantina y regresaba por la noche para compartir con Rafael, que regresaba por la tarde de la facultad, una sopa con verduras o pescado seco remojado. En los días libres solían ir a teatros o alguno de los puntos de reunión de españoles en el Café Moscú, situado entre la calle Gorki y la plaza de Pushkin, donde tomaban café o hacían campeonatos de ajedrez, un juego que Rafael dominaba con destreza. El joven se empleó con ahínco en los estudios y sobresalió entre sus compañeros. Ya durante su estancia en Leningrado había destacado en matemáticas por su facilidad para resolver problemas con una rapidez inusual, lo que había hecho augurar a los profesores un brillante futuro en las ciencias.

18

Quebec, Canadá. Septiembre de 2004

Edith necesitaba descansar del estrés provocado por la constante atención que le habían dedicado los medios de comunicación y decidió pasar unos días con Hassan en Quebec, en la casa familiar. Al fin había recobrado algo de tranquilidad. El acoso de los medios había terminado gracias a su hermano, que se había encargado de impedir cualquier contacto. Durante aquellos días se dedicaron a pasear con el pequeño Hassan por las calles del casco antiguo de Quebec, acompañados por su padre y por el suegro de Adrien. Ahora respiraba un ambiente de paz y serenidad, de calor de hogar. Lucien Hévin tenía un gran sentido del humor y los hacía reír continuamente contándoles las travesuras de su infancia y compartiendo juegos con el pequeño. Édouard tenía un carácter más introvertido, pero Edith sabía que estaba encantado de tenerla a su lado.

El hogar familiar se había convertido en un santuario en homenaje a su madre. La huella de ella estaba por todas partes: de la pared de la cocina colgaban varias fotos antiguas en blanco y negro y enmarcadas. En una de ellas aparecían Édouard y su esposa delante de la Puerta de Alcalá, en Madrid; María de los Santos decía que la capital de España era una ciudad preciosa y disfrutaba recorriendo sus calles. En otra instantánea, la pareja posaba en el puente de San Antón, sobre la ría de Bilbao. Ambos eran jóvenes y sonreían a la cámara, felices, en las excursiones a España que realizaron desde la Provenza francesa durante las vacaciones.

Edith subía despacio los peldaños aquella tarde, recreándose en las imágenes familiares colgadas en la pared de la escalera y en los pasillos, repletos de fotos familiares de ella y su hermano de niños. Cuántos recuerdos, cuánta vida, cuántas experiencias... En más de una ocasión la familia Hévin se había unido a ellos para recorrer las ciudades de la costa norte de España y había una foto de gran tamaño en el pasillo en la que Édouard tomaba por los hombros a Lucien con la fachada del Teatro Arriaga de Bilbao al fondo.

Edith y su hermanastro Adrien crecieron siendo testigos del amor que se profesaron Édouard y María de los Santos. Un amor sincero y entregado que aún impregnaba los huecos de la casa. «Ojalá hubiera encontrado a alguien así», pensó Edith mientras contemplaba las fotos. Tras el desagradable encuentro con su suegra, recordó su devastadora experiencia con Leonard. Estaba segura de que si su madre hubiera seguido viva cuando lo conoció, lo habría desenmascarado antes y la hubiera aconsejado bien.

Edith se dirigió al lugar preferido de su madre: la biblioteca, en la planta alta. Las paredes estaban forradas de estanterías de madera y atestadas de libros. Allí se refugiaba María de los Santos casi todas las tardes para leer un rato. Edith la acompañaba muchas veces y compartían confidencias y lecturas. Aún seguía en su lugar la colección de libros que devoraba a diario, incluso repetía la lectura de algunos de ellos. Entre sus preferidos estaban los autores rusos y los españoles. María de los Santos era una apasionada por la lectura y consiguió inculcar ese hábito a sus hijos, aunque no con la misma intensidad. Mientras observaba los estantes, Edith recordó las palabras que su madre repetía a menudo: «Una vida sin leer es una vida perdida». Esa afición la dotó de una gran imaginación que la llevó a crear las historias de los niños españoles que llegaron a la Rusia de los zares.

Edith se asomó a la ventana que daba al jardín posterior de la casa y observó cómo Lucien trataba de enseñar a jugar a la petanca al pequeño Hassan. En aquel instante, el niño sostenía la bola e intentaba lanzarla lo más lejos que podía. Édouard entró en la biblioteca y se unió a su hija.

—Mira a Lucien jugando con Hassan... —Sonrió con ternura al ver la escena a través del cristal.

—Es nuestro juguete, una ricura de niño. Ya le estamos enseñando a hablar francés. Lucien está muy entregado... —Sonrió, observándolos también—. Hassan me recuerda a Alejandro, otro de los personajes de los cuentos de tu madre. Tenía más o menos su edad cuando se quedó huérfano...

Ahora Edith le dirigió una mirada de extrañeza.

—¿Alejandro? Ese no me suena; solo eran cinco: Rafael, Teresa, Manuel, Victoria e Iñaki.

—Cuando salieron de España eran muchos más. Alejandro viajaba con su madre, pero murió al poco tiempo de llegar a Rusia y a él se lo llevaron a otra aldea. Años después se reencontraron y quiso quedarse a vivir con Rafael e Iñaki, pero no se lo permitieron. A los amigos les dio mucha pena, pues querían mucho a ese niño. Pero no pudo ser, y Alejandro volvió a quedarse solo.

—¿Y no volvieron a verlo más?

—Sí, unas décadas después. Pero esa ya es otra historia.

—Veo que mamá te contó más relatos de esos niños que a nosotros... —Edith lo miró interrogante.

—Cuando le venían a la cabeza me los contaba a veces.

—Debería haberlos escrito. Tenía una imaginación prodigiosa y una gran cultura. Podría haber sido una gran escritora.

—Sí, y habría tenido un gran éxito. La echo tanto de menos... —El anciano suspiró—. Ahora tus visitas son un regalo para mí; me das mucha compañía, cariño —dijo colocando el brazo sobre los hombros de su hija y besando su frente.

—Yo también me siento muy a gusto aquí... —dijo abrazandolo por la cintura.

—Pues si quieres, puedes quedarte para siempre. Este es tu hogar.

—Ahora estoy muy ocupada con la solicitud de adopción de Hassan y tengo que estar en Montreal. Pero te prometo que vendré a menudo.

—Yo te lo agradeceré mucho. Y Lucien también.

—Es curioso cómo habéis llegado a trabar esta gran amistad. Fue una gran idea que Adrien y Nicole lo convencieran para que se trasladara a Canadá.

—Sí, y después Montreal se le hizo demasiado grande, igual que a mí. Me alegré mucho cuando prefirió instalarse en Quebec conmigo. Ahora nos hacemos compañía mutuamente.

—¿Lucien y tú erais amigos desde niños?

—No. Lo conocí en 1961, pocos meses antes de dejar Francia. Yo iba camino de Niza y me detuve en la confitería que él regentaba en Brignoles a tomar un café. Quince años después empezamos a pasar las vacaciones con vosotros en aquel pueblo y fue cuando iniciamos una gran amistad con él y su familia.

—Recuerdo la primera vez que llegamos allí y alquilaste una casa... ¡Qué bien lo pasábamos en aquel pueblo de la Provenza...!

—Fue en el año 1976 —recordó el anciano con nostalgia.

—Para nosotros, ellos son lo más parecido a una familia que hemos tenido nunca. Nicole es como una prima, y a Lucien y su mujer los consideraba mis tíos... Recuerdo que esperábamos con ilusión las vacaciones de verano para viajar a Francia. Y mira por dónde, ahora ellos están aquí, formando parte de nuestra familia.

—Sí. Adrien y Nicole nos hicieron muy felices cuando se enamoraron. Eso nos unió más.

—Mamá no pudo verlos casados, pero sé que se puso muy contenta cuando se hicieron novios —murmuró Edith.

—Ella estaba segura de que serían felices, como nosotros lo fuimos...

—Mamá me contaba que os conocisteis aquí, en la tienda de juguetes, que fue un día a comprar y surgió el flechazo... —Lo miró, esperando su respuesta.

—Así es. Era tan divertida, tan inteligente, con ese sentido del humor... Te confieso que cuando la vi por primera vez tuve la sensación de que la conocía de toda la vida, de que era mi alma gemela. A ella le pasó igual, ambos tuvimos claro que nuestro destino estaba unido para siempre... —dijo Édouard con melancolía—. Me consideré el hombre más afortunado del mundo durante los años que estuvo a mi lado. Fue el amor de mi vida. Y sé que yo también lo fui para ella.

—¿La amaste más que a tu primera mujer, la madre de Adrien?

—Mucho más... —sentenció con firmeza.

Edith tomó un libro de la balda más alta de la estantería y, al abrirlo, una foto cayó al suelo. Al tomarla entre sus manos advirtió que era una foto antigua en blanco y negro en la que aparecían sus padres en la puerta de la basílica de St. Anne de Beaupré el día que se casaron. Édouard vestía un sobrio traje oscuro, y María de los Santos un conjunto de chaqueta y falda de calle con blusa blanca. En medio de los dos, y abrazándolos por los hombros, había un hombre mayor elegantemente vestido con traje y corbata. Delante de todos estaba el pequeño Adrien, sonriente y mirando a la cámara.

—Nunca había visto esta foto... —dijo acercándola a otra que estaba enmarcada y situada sobre la mesa, en la que aparecían ellos solos en la misma pose—. Está hecha el mismo día de vuestra boda. No sé por qué mamá no se casó con traje de novia. Se lo pregunté más de una vez, pero nunca me dio una respuesta coherente. Decía que la gente no se casaba de blanco, que no era la moda, pero no es verdad. Es una tradición antigua y la mayoría de la gente de vuestra época se casaba así.

—A ella no le pareció bien casarse de blanco por la Iglesia al ser su segunda boda.

Edith se quedó mirándolo con los ojos como platos.

—¿Mamá estuvo casada antes? Ahora me estoy enterando...

Édouard comprendió que había cometido un desliz y trató de salir del paso.

—Sí, se casó con un cubano, pero eran demasiado jóvenes y se divorciaron al poco tiempo... Ella apenas le dio importancia, y yo tampoco.

—Nunca me contó nada de esa boda anterior.

—Quizá le resultaba incómodo hablar de ese asunto contigo. Formaba parte de su pasado. A mí solo me importó el presente y nuestro futuro juntos.

—Ella apenas hablaba de su pasado en Cuba. Solo me

contó que salió de allí en 1962, cuando fue a nueva York en una delegación para asistir a un congreso cultural y consiguió escapar y pedir asilo político en Estados Unidos. ¿Quién es el hombre que está con vosotros? Nunca lo he visto por casa —dijo señalando la foto nueva que sostenía entre las manos.

—Fue nuestro padrino de boda. Murió hace años.

—¿Era también cubano?

—Ehhh... Bueno, no exactamente; era de origen español, pero vivía en Nueva York.

—¿Era amigo tuyo o de mamá?

—De ambos. Bueno... más de mamá que mío —rectificó al final.

—¿Cuándo lo conociste?

—Hace ya tantos años que ni me acuerdo... Vamos a cenar. Nani nos ha preparado un salmón excelente... —dijo Édouard tratando de eludir aquella incómoda conversación.

Aquella noche Edith tuvo una pesadilla. Revivió la noche en que asaltaron su casa. Estaba con su madre en la biblioteca y, al oír el sonido de cristales rotos, su madre le ordenó que se escondiera detrás de las cortinas, en el hueco de la ventana. Edith estaba temblando de miedo. Oyó voces masculinas y a su madre, pero no se movió. Las voces se iban aproximando y ella estaba paralizada por el terror. Aquellos hombres hablaban un idioma desconocido, excepto algunas palabras sueltas en inglés que escuchó con nitidez, como «joyas», «dinero» o «caja fuerte». A través de una pequeña ranura entre las cortinas, Edith vio a tres figuras masculinas vestidas de negro que cubrían su rostro con un pasamontañas del mismo color. Uno de ellos agarraba a su madre por un brazo, forzándola a andar hacia el muro lateral, lo que le hizo perder su punto de visión. Tras unos instantes de silencio escuchando cómo su madre abría la caja fuerte que estaba empotrada en la pared y oculta tras un cuadro, regresaron los gritos masculinos y un forcejeo. Edith sintió cómo María de los Santos daba un grito de dolor y caía al suelo, derribada a causa de un golpe. Los hombres se habían hecho con el botín y se marchaban. Fue entonces cuando oyó gritar a su madre varias frases en un idioma que Edith no entendía. Uno de ellos le contestó a gritos y sonó un disparo, y después más gritos masculinos corriendo escaleras abajo. Cuando se hizo el silencio, Edith salió de su escondite presa del pánico y encontró a su madre en el suelo, sangrando a borbotones. Le habían disparado en pleno corazón y apenas podía articular una palabra. En su último hálito de vida, María de los Santos se aferró a la mano que Edith le ofreció. Segundos después, sus ojos quedaron inmóviles y completamente abiertos. Edith empezó a gritar de pánico pidiendo ayuda, pero parecía que la voz no le acompañaba. Por mucho que se esforzaba no conseguía emitir un solo sonido.

En aquel momento se despertó, envuelta en sudor y con el corazón acelerado. Todo había sido una pesadilla. Cuando su pulso regresó a la normalidad se giró para contemplar a Hassan, que dormía plácidamente en la cama de al lado. Después trató de retomar el sueño, aunque a duras penas lo consiguió.

Al día siguiente, en el desayuno, compartió sus inquietudes con Édouard.

—Papá, anoche volví a tener la pesadilla de lo que pasó aquella noche con mamá. Es curioso. No había vuelto a soñar con eso desde hacía años...

—Hija mía, ojalá pudiera ayudarte a olvidar aquel triste

suceso. Bastantes experiencias duras has vivido ya... —dijo tomando su mano sobre la mesa.

—Es algo con lo que tendré que vivir. Esta noche he tenido un sueño que se me ha repetido en algunas ocasiones: cuando aquellos hombres bajaban las escaleras para marcharse, mamá les gritó algo en un idioma que no entendí, pero ellos sí, porque uno de ellos le contestó. Ella volvió a hablarles, y después sonó el disparo que acabó con su vida. No sé... me parece tan real... Creo que nunca llegaré a saber si pasó en realidad o forma parte de mi fantasía.

Édouard escuchaba a su hija con el rostro ensombrecido. En los últimos meses se debatía en el dilema de contarles la verdad a sus hijos o seguir ocultando el pasado. Su pragmatismo le ordenaba callar, mientras que su voluntad flaqueaba cada vez más. En aquel instante decidió que no podía seguir confundiendo los recuerdos de Edith sobre aquella noche, pues estaba seguro de que lo que ella acababa de contar fue lo que realmente pasó. Una cosa era callar y otra mentir.

—Bueno... Tu madre sabía hablar ruso —avanzó con precaución. Edith lo miró con extrañeza.

—Nunca me lo habías dicho, ni ella tampoco...

—Sabes que tenía muchas inquietudes y le encantaban los autores rusos. Ella me contó que conoció en Cuba a un grupo de españoles que hablaban ese idioma y estuvo recibiendo clases durante un tiempo. Durante la guerra civil de España, en los años treinta, muchos españoles se exiliaron en Rusia. Después, tras la Revolución cubana a principios de los sesenta, muchos se fueron a la isla para trabajar como traductores entre los soviéticos desplazados allí y los cubanos. Me contó que muchos de esos exiliados españoles se quedaron a vivir en Cuba para siempre y formaron sus propias familias.

—Pero ¿te refirió alguna vez que ella entendiera y hablara con soltura el ruso? —insistió Edith.

—Sí, sabía desenvolverse bien en ese idioma... era una enciclopedia andante —dijo con sonrisa nostálgica—, le gustaba saber de todo... Ella me contaba muchos detalles y anécdotas que le contaban esos españoles sobre su vida en Rusia.

—Debió de ser interesante conocer cómo se vivía allí en los años que gobernaba Stalin. Fue una época de terror...

—Sí. A pesar de los siglos de despotismo zarista, no hubo en la historia de Rusia un poder que pudiera compararse al de Stalin. Él era la Ley, el Partido, el Ejército... Una palabra suya podía elevar a la gloria o enviar al más negro de los infiernos a cualquier militar, científico o madre de familia que tuviera la dicha o la desgracia de cruzarse en sus pensamientos o en los de sus fieles comisarios políticos. Sin embargo, la prensa internacional de esos años apenas ofreció noticias de esa aterradora purga entre la población inocente.

—Bueno, también dice la historia que gracias a Stalin, Hitler obtuvo las primeras derrotas en la Segunda Guerra Mundial y comenzó su declive...

—Sí, pero a qué precio. Cuando Hitler inició la invasión de Rusia estaba convencido de que sería una tarea fácil y que la victoria sería cuestión de meses debido a su superioridad militar, y también de que el pueblo ruso pronto se levantaría contra el tirano que gobernaba el país con mano de hierro. Creyó que antes de que se iniciara el duro invierno ruso, los soldados estarían de regreso y habrían puesto a sus pies aquel gran país para que él lo gobernara. Tarde se dieron cuenta de que las reservas humanas que Stalin envió para defender el país eran inagotables. Las hordas de soldados de todas las repúblicas asiáticas alistadas a la fuerza, y la obligación de reclutamiento de mujeres y jóvenes a las filas del ejército, consiguieron aplastar a los soldados de la Wehrmacht.

—Compruebo que tú también has leído los libros de historia de mamá... —Sonrió con ternura.

—Sí, aún leo las poesías de Pushkin que a ella tanto le gustaban.

—Mamá nunca me habló de esos amigos españoles que vivían en Cuba. Últimamente me estás contando detalles de ella que desconocía por completo. ¿Hay algo más por contar que aún me quede por conocer?

Édouard quedó callado, pensativo.

—Todos hemos tenido nuestra propia vida, hija mía, y tenemos derecho a guardar nuestros secretos.

—A lo mejor mamá tuvo una relación con uno de esos españoles en Cuba... —Sonrió con malicia.

—No, no. Ella no estuvo con nadie más, excepto con su primer marido... bueno, años después tuvo una especie de novio, pero la relación no fue real...

—¿Cómo que no fue real? ¿Fueron novios o no? —Edith no salía de su asombro al conocer aquellos detalles íntimos de su difunta madre.

—Digamos que fueron... grandes amigos. Eso es todo. —Sonrió para tranquilizarla.

—Pero si te lo contó fue porque fue algo serio, ¿no? ¿Qué pasó con esa relación?

—Él murió poco antes de que mamá escapara de Cuba.

—Cuando os casasteis ambos superabais los cuarenta años. Quizá ella tuvo más romances a lo largo de su vida y no te lo contó todo... —le insinuó con picardía.

—Edith, yo lo sabía todo de tu madre desde que tenía catorce años... ¡Todo! —concluyó con firmeza.

—Pues hasta ahora no me había enterado de que ella estuvo casada antes y de que sabía desenvolverse en ruso... —le dijo sin reproche.

—Porque no creí que fuera tan importante para ti... —se disculpó.

—Sí lo es, porque ahora sé que pasó en realidad lo que he soñado esta noche. Al principio estuve en estado de shock y no recordaba nada. Pero al cabo de varios meses comencé a recordar, y no sabía si se trataba de un recuerdo real o era mi mente la que había distorsionado aquel suceso. Hasta hoy no lo había confirmado.

Se hizo un silencio en la mesa. Ambos estaban ensimismados en sus pensamientos.

—Papá, ¿crees posible que la muerte de mamá pudiera estar relacionada con algún incidente de su pasado, por haber escapado de Cuba? Quizá esos sicarios rusos vinieron a por ella...

Édouard se puso rígido.

—¡No creas eso ni por un instante...! Ya nos informó la policía de que se trataba de una banda organizada que había realizado varios robos en esta zona del país. Aunque yo sigo pensando que lo que atrajo la mala suerte a nuestro hogar fue la perla de ámbar. Si no hubiera estado aquí, quizá esos ladrones habrían elegido otra casa para robar.

—Por favor, papá. No vuelvas otra vez con esa paranoia.

—A tu madre no le gustaba —insistió.

—Pero no tuvo nada que ver. Deja ya esas supersticiones.

Édouard suspiró y se contuvo. En los últimos meses no hacía más que darle vueltas al gran dilema que se le había planteado sobre contar la verdad de su pasado. Estaba llegando al final de su vida y no quería abandonarla sin com-

partir con sus hijos aquel secreto tan bien guardado durante décadas. Sin embargo, nunca hallaba la ocasión apropiada
y sentía verdadero pánico ante la posibilidad de lastimar a
sus hijos ofreciéndoles la verdadera versión de su vida, que
nada tenía que ver con la que les había relatado hasta ahora.
Y también estaba Lucien, ¿cómo podría explicarle...?

19

Moscú, URSS. 1952

Corría ya el mes de junio. Rafael estaba finalizando los estudios y era el primero de la facultad, siendo considerado entre los profesores como un alumno ejemplar. Además de las clases de física o matemáticas, Rafael debía asistir también a otras de marxismo-leninismo ofrecidas por comisarios políticos, donde se estudiaba *El breviario de la historia del Partido*. Aquellas aburridas charlas se le hacían eternas, haciendo que la mente volara hacia su infancia, a España, a los juegos con el aro en la calle, a los días de pesca en la barcaza de su tío... Aún recordaba con qué ingenua ilusión subió quince años antes la pasarela de aquel barco que lo llevaría a un país lejano, a una ciudad desconocida, a una aventura que se auguraba corta pero intensa. Había cumplido veintinueve años y era tarde para recomponer los destrozos que había ido sufriendo desde entonces: sin raíces, sin familia, en el hogar prestado de un país que, si bien lo acogió con grandes fastos, se había olvidado de él, impidiéndole regresar a casa para recuperar la vida que quería disfrutar en su Bilbao natal. ¡Cuán diferente habría sido todo si no hubiera subido a aquel barco...!

En aquel momento regresó a la conferencia al oír cómo

el orador explicaba con énfasis que en la Unión Soviética nunca se detenía a nadie sin motivos, lo que le provocó una sonrisa que no se atrevió a exteriorizar.

—La mayoría de los presos —decía el conferenciante— están en las cárceles por razones justificadas, como la de ser enemigos de la Revolución...

Continuó en su disertación explicando sin rubor y con convicción que los capitalistas y los burgueses habían nacido con una enfermedad congénita que les hacía aspirar a apropiarse de bienes, a acumular dinero o propiedades. Sin embargo, los proletarios, los que ofrecían sus casas, un abrigo o un trozo de pan en beneficio de la comunidad, eran gente de una inteligencia superior al resto. Incluía también el egoísmo y la avaricia entre las taras de nacimiento de muchos de sus congéneres, afirmando que la riqueza espiritual de los buenos soviéticos se alimentaba ayudando a los demás a abrazar el buen socialismo. Había que alejarse de todo aquel que no fuera un buen comunista, de los que dudaban sobre la perfección del Estado desde la Revolución. Describía sus fuertes convicciones sobre la construcción de un mundo ideal, en el que los futuros hijos de los allí presentes serían felices, sin necesidades materiales y trabajando para el bien común.

Mientras lo escuchaba, Rafael recordó el documento que un destacado miembro del PCE en Moscú le había conminado a firmar unos años antes en el que declaraba su voluntad de no dejar la Unión Soviética y de ofrecer testimonio del trato excelente recibido en aquel país desde su llegada. Repasó también los nombres de sus amigos, españoles como él, que se habían rebelado contra el régimen de felicidad que tan torticeramente les trataba de vender aquel charlatán y ahora estaban desaparecidos tras ser detenidos por las autoridades.

Aquella mañana, el rector de la facultad citó a Rafael en su despacho. Al llegar, lo halló sentado a su mesa. En un sofá había otro hombre de unos cincuenta años, de pelo corto y cara ancha, que le fue presentado a Rafael como Dimitri Ugárov. El rector le informó de que el gobierno estaba reclutando científicos para trabajar en la carrera espacial, y de que él personalmente lo había recomendado para que se uniera a ellos, por considerarlo el alumno más brillante de la facultad.

—Sabemos que eres un gran patriota —dijo el visitante—; has sido condecorado con la medalla de la Orden de Lenin y tienes también la Estrella Dorada de Héroe de la Unión Soviética; luchaste en el sitio de Leningrado y fuiste herido gravemente. Este gobierno nunca estará lo suficientemente agradecido por todo lo que habéis hecho los valientes españoles. Ahora, en contraprestación, vamos a ofrecerte la oportunidad de unirte a la élite mundial de científicos en la carrera espacial. ¿Qué te parece?

Rafael se quedó sin habla. Por una parte, le parecía una excelente oportunidad profesional. Sin embargo, trabajar para el gobierno significaba estar en el punto de mira de la NKVD, vigilado y sin posibilidad de volver a casa.

Ante el silencio del joven, Ugárov continuó:

—Por supuesto, tendrías un alojamiento individual, con sueldo acorde a tu valía y trabajarías al lado de científicos que en la actualidad gozan de gran reputación a nivel mundial...

Rafael seguía escuchando a aquel hombre como en un susurro lejano, y por cada nueva dádiva que le ofrecía, parecía que un barrote más se iba colocando a su alrededor hasta dejarlo encerrado en una jaula.

—Bueno... ¿qué contestas? —preguntó con sonrisa de complacencia el rector.

—Yo... bueno... Tengo algunas cargas personales...

—No hay ningún problema... —se adelantó el visitante.

—No sabía que estuvieras casado... —intervino el rector de la universidad.

—No lo estoy... Me refiero a mi amigo Iñaki. Es... un poco especial y no puedo dejarlo solo.

—Ah, sí. Iñaki Rodríguez Uramburu. Trabaja en la fábrica La Hoz y el Martillo, es un mutilado de guerra y padece un ligero retraso mental... —dijo Ugárov, haciéndole ver que lo sabían todo sobre él—. Podemos encontrar también un empleo acorde con su capacidad y puede acompañarte, si es lo que deseas...

—¿Puedo pensarlo unos días? —sugirió Rafael con temor, mirando primero a Ugárov y después al rector, quien le devolvió una mirada de estupefacción.

—¿Acaso tienes algo que pensar? —preguntó visiblemente molesto.

—Bien, bien... —cortó Ugárov con condescendencia—. Es una decisión importante que afecta a tu futuro profesional y tienes que madurarla. Estaremos en contacto. Gracias, Rafael Celaya —dijo, indicándole que la reunión había terminado.

Rafael miró al rector y halló una mirada temerosa y fría a la vez.

—Esperamos tu respuesta —le indicó, a modo de despedida.

Al día siguiente, alguien le estaba esperando a la salida de clase: era un miembro del Partido Comunista de España, el mismo que viajó con ellos en el barco desde Bilbao y que tuvo más de una discusión con Carmen Valero en la casa de Leningrado antes de que se la llevaran detenida. El saludo no fue amable.

—Nos ha llamado el rector de la universidad para informarnos de que te han ofrecido un puesto excelente como científico y aún no has dado una respuesta. ¿A qué estás esperando? —lo apremió con desagrado.

—Aún no sé si quiero aceptarlo...

—¿Qué estás diciendo? Pero ¿tú sabes quién estaba ayer en ese despacho, quién te ha ofrecido ese puesto? Es Dimitri Ugárov, el secretario del Comité Regional del Partido, uno de los hombres con más poder en la ciudad. Una decisión suya puede cambiar tu destino, y también el del rector de la universidad donde estudias. Una palabra suya y puedes convertirte en un héroe o en un traidor...

—¡Yo no soy un traidor...! —exclamó Rafael con energía.

—¡Pues demuéstralo! Debes aceptar su ofrecimiento y mostrar tu gratitud con una sonrisa, no te vaya a tomar por un desagradecido y tengas problemas. A estas alturas no tengo que explicarte cómo funcionan aquí las cosas.

—Es que yo aspiro a volver algún día a España...

—Pero ¿tú te has creído que en España vas a conseguir ni en sueños lo que acaban de ofrecerte, el futuro que acaban de poner en tus manos? Deberías estar besando los pies por donde pisamos los que te trajimos aquí; gracias a nosotros has recibido esta oportunidad única. Te vas a unir al grupo de científicos de la élite mundial, con unos privilegios que ni siquiera conseguirán tus compañeros de clase soviéticos. ¡No puedes rechazarlo! —ordenó con energía.

—Pero es que si me incorporo a proyectos que están tan controlados por el Estado no podré salir de aquí... —insistió Rafael con tozudez.

—¡Es que no vas a salir en muchos años! —gritó el otro con enfado—. Os trajimos aquí para preparos hasta que Franco deje el gobierno y vuelva la democracia. No os vamos a permitir regresar en las condiciones en que está España ahora.

—Pues la mayoría quiere volver, y algunos lo han conseguido.

—Unos sí, y otros no, ¿y sabes qué les ha pasado a los que han querido dejar el país por las bravas?

—Sí, lo sé —replicó Rafael con rabia—. Ellos tenían una familia, un hogar, y ahora nadie sabe dónde están...

—No es culpa nuestra, Rafael. No puedes regresar ahora, tienes que seguir preparándote para cuando España recupere la libertad.

—Pero es que aquí tampoco la hay...

—¿Qué quieres decir? No voy a permitir que digas esos disparates, y menos en mi presencia... —ordenó el dirigente alzando la mano con desprecio.

—¿Por qué? ¿Vas a delatarme?

—No, pero tampoco voy a ayudarte si ofendes a las autoridades que te han ofrecido una oportunidad como esta.

—¡Claro! Igual que tampoco movisteis un dedo por los compañeros que quisieron volver y...

—Tú lo has dicho. No pienso dar la cara por ti si te atreves a rebelarte, y sabes bien cómo se las gastan aquí.

—Sí, aún recuerdo lo que le pasó a Carmen Valero por protestona... —Rafael le lanzó un dardo envenenado. El dirigente comunista le devolvió una gélida y furibunda mirada.

—Entonces no tengo que explicarte nada más. Todo lo que hacemos aquí es por vuestro bien —concluyó el hombre con firmeza, dando media vuelta sin esperar su réplica.

Rafael estaba rojo de ira y a punto de dejar escapar: «Y una mierda». Pero se mordió la lengua para no gritarle a la cara que era un hipócrita, que él y sus compañeros de partido estaban gozando de grandes privilegios a costa de los

Niños de la Guerra y que aún tenía la desfachatez de venderle como un éxito el fracaso social más estrepitoso de la historia de su organización. Ellos fueron en parte responsables del destino de tres mil almas inocentes que llegaron a la Unión Soviética huyendo de la guerra civil de España, contribuyendo a su desarraigo y a la separación definitiva de sus familias. Y todavía se seguían arrogando la dirección de sus vidas, manipulándolas a su conveniencia como las marionetas de un guiñol.

Rafael no tuvo más remedio que regresar al despacho del rector para informarle de que estaba a las órdenes del Estado para incorporarse a la carrera espacial. Después salió de la facultad de Ciencias y deambuló por la plaza Roja antes de regresar a casa. Los días eran largos y calurosos aquel verano, aunque añoraba las noches blancas de Leningrado, donde el sol se negaba a retirarse del todo impregnando de una luz rojiza los ocasos más bellos del mundo. Paseaba sin rumbo fijo por la plaza Roja y observó la gruesa cola formada delante de la entrada del Mausoleo de Lenin que iba accediendo al interior lentamente para aparecer después por el lado opuesto. Rafael se detuvo unos instantes para observarlos. Le parecían curiosas las diferentes maneras de vestir de la gente allí congregada: había camelleros de Ulan-Bator cubriendo sus cabezas con las típicas gorras terminadas en pico, campesinos de Mongolia, mujeres caucásicas de largas y negras melenas, campesinos rubios de Ucrania o jóvenes de Siberia con abrigos gastados y desteñidos. En aquel momento, un grupo de chavales vestidos con el uniforme de pioneros abandonaba el monumento haciendo bromas y travesuras y mezclándose entre el público que transitaba por los alrededores.

De repente, Rafael divisó un rostro que se le hizo familiar entre el grupo de adolescentes. Era un chico de cabello castaño y ojos oscuros, y al cruzar su mirada con él, sintió que el pulso se le aceleraba al reconocer los rasgos de Alejandro, el hijo de Carmen Valero. Desde que se había instalado en Moscú, Rafael e Iñaki habían preguntado por él en todas las Casas de Niños españoles que aún funcionaban no solo en Moscú, sino en otras situadas en diferentes ciudades, pero en ninguna obtuvieron noticias sobre un niño llamado Alejandro, evacuado en 1941 de una de las casas de Pushkin. A pesar de las expectativas que le había dado Victoria en Samarcanda al insinuarle que el pequeño seguía vivo, sus esperanzas se habían desvanecido hacía años, convencido ya de que no había sobrevivido a la guerra.

—¿Alejandro? —gritó Rafael en español al grupo de jóvenes.

De repente, uno de los componentes del grupo se detuvo en seco y lo miró con asombro. Rafael se acercó despacio a él, con el corazón palpitando.

—¿Eres tú, Alejandro? ¿Te acuerdas de mí? Soy Rafael Celaya, de Leningrado.

—Rafael... —El joven esbozó una amplia sonrisa—. Me acuerdo de ti... —dijo acercándose ahora.

Rafael trató de darle un abrazo, pero el joven rechazó el contacto, pues sus amigos los observaban y se sintió violento. Después se volvió hacia ellos y les habló en ruso. El grupo continuó su camino y lo dejó a solas con él.

—Te he buscado durante años... No quería pensar que habías muerto en la guerra, pero no estabas con el grupo de niños españoles y perdí la esperanza de volver a verte...

—He estado en muchos sitios, y hace siete años, cuando la guerra terminó, me trajeron a Moscú. Estoy en un colegio con niños huérfanos —respondió en un perfecto español.

—Al menos no has olvidado nuestro idioma... —Rafael sonrió.

—Tengo compañeros que también son españoles... —dijo con ingenuidad.

—¡Qué alegría saber que estás vivo...! Me he acordado tanto de ti durante estos años...

—Yo también. Recuerdo cuando me visitabas en Pushkin y jugábamos con los aviones de aeromodelismo. Y los juegos con Iñaki y Teresa, y los cuentos que Victoria me contaba... ¿Ellos también están en Moscú?

—Iñaki sí está aquí. Vivimos juntos. Teresa murió en la guerra.

—Lo siento... ¿Y Victoria?

—Se casó con Manuel y viven en Leningrado. Alejandro —dijo moviendo la cabeza—, te pareces tanto a tu madre... Le prometí que cuidaría de ti, y por culpa de la guerra no pude hacerlo. Te busqué por todas partes.

—No me hables de mi madre, ella no amaba a este país ni a nuestro padre Stalin. Fue una traidora.

—¡No digas eso...! Tu madre era una buena persona, el único pecado que cometió fue el de querer regresar contigo a España.

—Pero en España hay una dictadura fascista, como la de los alemanes asesinos que nos invadieron...

—Sí, pero es el país donde naciste y ella quería que te educaras allí. Sabe Dios dónde estará ahora... —Movió la cabeza con pesar.

—No hables de Dios. No existe...

—Algunas personas creen en Él. Para tu madre sí existía.

—Por eso se la llevaron. Me avergüenzo de ella por estar contra la doctrina marxista, que es la única que da la felicidad. Mi madre solo quería la desgracia para mí y para este pueblo.

—¡No, no, no! ¿Cómo puedes pensar eso? Era la mujer más buena que he conocido y quería lo mejor para ti...

—¡No, eso es mentira! Se la llevaron porque quería sacarme de la Unión Soviética, donde he crecido, donde me lo han dado todo, donde tenemos al «padrecito» Stalin que nos protege.

—Sí, pero no tienes familia.

—Tengo a la gente que me cuida en el orfanato, a mis amigos, a los maestros.

—Pero ¿te dan cariño?

—Y eso qué más da. El cariño lo da la patria, y yo sé que la patria me quiere.

—Alejandro, ojalá pudieras tener otra perspectiva...

—No quiero tener otra perspectiva, y como sigas así le contaré al comisario del Komsomol que me estás diciendo que no debo estar aquí...

—Yo no te he dicho eso. Si es donde quieres estar y eres feliz, vale, de acuerdo. Ella no odiaba a este país, al contrario, le estaba agradecida por todo lo que recibías —explicó Rafael.

—¡Déjalo ya! —exclamó el joven.

—De acuerdo, pero al menos permíteme que sigamos siendo amigos, ¿vale? Me gustaría volver a verte. Vivo cerca de la plaza de la Revolución —dijo sacando un lápiz de su cartera de libros y escribiendo algo en un trozo de papel—. Esta es mi dirección —dijo ofreciéndosela—. Tienes que dar tres timbrazos para que sepamos que la llamada es para nosotros.

—Vale —dijo el chaval con frialdad, dándole la espalda.

Rafael llegó aquella tarde apesadumbrado. Iñaki estaba en la cocina calentando un cazo de *borsch*, una sopa de verduras a base de judías, coles y remolacha. También solía llevar más verduras y algo de carne, pero la mayoría de los ingredientes escaseaban en el mercado o eran demasiado caros para sus economías. El gigante advirtió una mirada especial en su amigo y lo abordó sin rodeos:

—¿Qué te pasa, Rafael?

Durante unos minutos, Rafael le explicó la conversación que había tenido con el miembro del PCE.

—No he podido rechazar el puesto que me han ofrecido. Tú también puedes venir conmigo, pero lo dejo a tu elección. Aquí tienes un buen trabajo y esta habitación. No quiero forzarte a dejarlo todo...

Iñaki sonrió, bonachón:

—¿Acaso crees que puedes librarte de mí tan fácilmente? Iré a donde tú vayas. Necesitas un buen cocinero. —Sonrió sin malicia.

—He de contarte algo más. Esta tarde, cuando regresaba, adivina a quién me he encontrado en la calle...

Iñaki abrió los ojos, expectante.

—A Alejandro, el hijo de Carmen Valero... ¡Está vivo, Iñaki! Victoria estaba en lo cierto, como siempre...

—Pero ¿cómo no me lo habías dicho antes? ¿Cuándo lo vas a traer para que viva con nosotros? —preguntó con alborozo el gigante—. ¡Qué alegría! Debe estar ya hecho un chaval, ¿no?

—Sí, está muy alto, pero... bueno, tiene una edad difícil y está muy adoctrinado, hasta el punto de renegar de su propia madre. Le han lavado el cerebro, Iñaki. Creo que lo hemos perdido para siempre.

En aquel momento, Nadia entró en la cocina y saludó a los dos amigos. Cuando Iñaki la informó de que pronto dejarían la casa, la joven ensombreció su mirada.

—¿Y cuál es vuestro nuevo destino? —preguntó Nadia.

—Aún no lo sé.

—Voy a echaros de menos... —dijo con tristeza.

Los jóvenes se retiraron con la comida hacia su habitación. Tenían una pequeña mesa cerca de la ventana a los pies de las dos camas individuales; se sentaron a disfrutar del plato de sopa caliente y un trozo de pan.

—Con el nuevo trabajo tendré un sueldo mayor y un apartamento para nosotros solos con baño y todo —dijo Rafael tratando de entusiasmar a Iñaki.

—¡Qué bien! No voy a echar de menos esta habitación, aunque sí a Nadia... Es una chica muy linda, y me gusta hablar con ella y hacerle regalos...

—¿Regalos? —Rafael lo miró interrogante.

—Comida y esas cosas. La semana pasada le regalé unas medias, y cuando me sobran unos rublos se los doy para que pueda ir al mercado a comprar.

—Entonces, tenéis una buena amistad...

—Bueno... a veces, cuando estamos solos, ella viene a la habitación y... jugamos. —Le lanzó una mirada pícara.

Rafael lo miró pasmado.

—Jugáis... —repitió.

—En la cama. Ella es muy... cariñosa. Y me dice que nunca ha conocido a nadie como yo, que soy especial. Es muy simpática y yo me lo paso muy bien a su lado. Pero tiene algo, no sé qué es, parece que siempre está asustada, tiene una mirada rara.

—Es normal. Se llevaron a su padre detenido y no lo han vuelto a ver desde hace años.

—Pues su madre me comentó una vez en la cocina que su marido era militar y que había muerto en el frente... —dijo Iñaki.

Ambos amigos se miraron en silencio.

—Quizá no quieren que las señalen como la familia de un traidor a la patria. Creo que por esa razón protegió a Tatiana, la anciana vecina, aquella noche en que se llevaron preso al marido de Natalia y se puso a criticar a Stalin. Es mejor no involucrarnos en vidas ajenas. Pronto comenzaremos una nueva etapa.

—Han pasado siete años y el marido de Natalia no ha

regresado. Ya ha cumplido la condena... —comentó Iñaki terminando de cenar.

—Ella estaba segura de que su marido no sobreviviría...

—¡Qué pena! Es una buena mujer, pero siempre está triste y sola...

Al día siguiente era día de descanso e Iñaki y Rafael dedicaron la jornada a limpiar y ordenar la habitación. Cuando sintieron tres timbrazos largos en el pasillo, Iñaki salió a la puerta de entrada para ver quién los visitaba. Rafael estaba asomado a la ventana cuando escuchó una voz tremendamente familiar, a la que siguió un grito de júbilo de Iñaki.

—¡Alejandro...! —gritó el gigante, abrazándolo con tal fuerza que hizo emitir un gemido de queja al adolescente.

—Iñaki, estás... cambiado... —dijo el chaval observando al gigante, cojeando con su pierna de madera. Miró también sus cicatrices y calvas del cráneo, que procuraba disimular dejándose el pelo largo.

Cuando accedieron a la habitación, Rafael se dirigió hacia ellos, sorprendido por aquella inesperada visita. El joven se dirigió a él sin preámbulos:

—Háblame de mi madre.

—¿Qué quieres saber? —dijo cerrando la puerta para evitar ser escuchados por los vecinos.

—Tengo tan vagos recuerdos con ella... Recuerdo que viví en una casa muy grande donde había muchos niños, y los juegos con Iñaki...

—Fue en la casa número nueve de Leningrado. Allí tu madre te cuidaba con mucho amor. Ella era muy protectora y estaba muy preocupada por ti...

—¿Cómo era? Apenas puedo recordar su rostro.

Rafael era un excelente dibujante. Tomó un cuaderno y

en unos minutos trazó con un lápiz las facciones de una mujer morena con ojos negros, boca sonriente y mirada tierna.

—Toma, esta era tu madre —dijo ofreciéndole la hoja.

De repente, el chico rompió a llorar con desconsuelo mientras sostenía el retrato entre las manos. Rafael le acarició la cabeza con ternura y lágrimas en los ojos.

—Tu madre era una buena persona y se portó muy bien conmigo —dijo Iñaki, dando también hipidos de llanto.

—Cuando mi hermano se perdió en Francia, ella fue la única que me ayudó a buscarlo. Envió cartas a la Cruz Roja Internacional, al Socorro Rojo, al Partido Comunista...

—¿Qué le pasó a tu hermano?

—Viajaba conmigo. Solo tenía cuatro años. Cuando llegamos al puerto de Burdeos hicimos transbordo a otro barco que nos llevaba a Leningrado. Yo me quedé dormido un rato y lo perdí de vista. Lo más probable es que en ese tiempo bajara a tierra y el barco zarpó sin él. Tu madre fue la única que me ayudó a buscarlo.

—¿Y lo has encontrado ya?

—No, aún sigue desaparecido. Sabe Dios qué habrá sido de él. Después, con la guerra, se cerraron las fronteras y no he vuelto a tener noticias. Pero ella me ayudó mucho.

—Tu madre también se preocupaba por mí, y cuando hacía alguna trastada, me defendía siempre y me decía: «Iñaki, tienes que llegar a ser alguien en la vida y debes hacer que tus padres, estén vivos o en el cielo, se sientan orgullosos de ti».

—Otra vez volvéis a hablar del cielo. Rafael, ¿tú crees en Dios?

—Qué puedo decirte, Alejandro. No me hagas esa pregunta y así no tendré que responderte. Tú tienes una formación diferente a la mía. Yo llegué aquí con catorce años y tenía unas ideas, igual que tú tienes las tuyas. Has crecido aquí, y crees en lo que has aprendido y vivido, así que mejor no hablemos de eso. Cada uno que profese la doctrina que quiera; no deseo que dejemos de ser amigos por esas diferencias.

—Los pocos recuerdos que tengo de mi madre son los de esa casa de Leningrado. En la casa de Pushkin tú eras el único que me hablaba de ella cuando ibas a visitarme, porque eras su amigo...

—El día que se la llevaron presa, ella me suplicó que te cuidara. Cuando te trasladaron hablé con el director de la casa para hacerme cargo de ti y llevarte de vuelta a la casa de Leningrado, pero no me dejaron. Dijeron que yo era menor de edad y que no podía adoptarte. Después llegó la guerra y perdí tu rastro...

—Rafael, yo... yo no quiero seguir en ese colegio. Allí nos obligan a realizar pruebas muy duras. Me gustaría vivir con vosotros, si no es mucha molestia...

—¡Por supuesto! El problema es que pronto vamos a trasladarnos porque voy a empezar a trabajar en otro lugar. De cualquier forma, hablaré con el Partido para que hagan gestiones ante el gobierno y me autoricen a hacerme cargo de ti mientras cumples la mayoría de edad.

—Yo quiero vivir contigo, Rafael. Eres la única persona en quien confío —dijo abrazándose a él con lágrimas en los ojos.

—No voy a defraudarte. En aquella ocasión no pude, pero ahora tengo veintinueve años y esta vez voy a llevarte conmigo. Vivirás con nosotros... Estaré a tu lado para lo que necesites. Considérame tu hermano mayor.

—¡Y a mí también...! —añadió Iñaki con entusiasmo.

—Entonces ¿puedo quedarme esta noche?

—¿Esta noche? Alejandro, estas cosas no son tan sencillas. Tienes que pedir permiso en el colegio...

—Me he escapado para venir a verte.

Rafael se levantó, preocupado.

—¿Qué? ¿Has salido sin autorización? —preguntó dirigiéndose a la puerta—. ¡Vamos! Tienes que regresar antes de que sea tarde. Van a castigarte, Alejandro. No puedes actuar así...

—¡No quiero volver! Apenas puedo jugar y no me gusta estar allí... —Las lágrimas volvieron a sus ojos.

—Si no regresas te buscarán y te aplicarán un castigo mayor. Yo no puedo acogerte sin autorización. También nos pondrías en peligro a nosotros...

El chico accedió al fin a volver al internado y los tres amigos caminaron hacia la boca de metro más próxima.

—Alejandro, sabes bien cómo son las cosas en este país, no puedes rebelarte ni enfrentarte a tus superiores. Otra cosa son tus verdaderos sentimientos; esos guárdalos para ti, nunca los exteriorices, a menos que lo hagas con personas en quien confíes, como nosotros. Procura ser obediente, sabes que por una travesura como esta pueden castigarte duramente.

—Lo sé, ya lo han hecho más de una vez; me encierran en un cuarto oscuro y me someten a duchas de agua fría. Incluso obligan a mis compañeros a golpearme...

—¿A golpearte? ¿Por qué? —Rafael se detuvo en seco al escuchar aquello.

—Cuando hacemos algo malo nos someten a un juicio y somos nosotros mismos los que aplicamos el castigo. Yo también tengo que sacudir a mis amigos algunas veces...

—Mañana mismo hablaré para sacarte de allí y que me nombren tu tutor. Mientras lo aprueban, pediré que te dejen salir más a menudo.

—¿Harás eso por mí? —Los ojos del joven se iluminaron.

—Por supuesto.

—¡Claro que sí! —añadió Iñaki con entusiasmo—. Y probaremos juntos los aviones que está haciendo Rafael.

—¿De verdad? —Alejandro los miró con un destello de esperanza.

—Desde luego. He diseñado un motor muy ligero y tengo ya preparada la maqueta del avión —explicó Rafael.

—¡Eso es estupendo! ¡Vamos a hacer volar los aviones en la plaza Roja! —exclamó contento el chaval.

Rafael ofreció un cálido abrazo al joven.

—Procura ser obediente, y la próxima vez pide permiso para salir, no vayan a amonestarte.

Iñaki sacó algo de su bolsillo y se lo ofreció al joven.

—Toma mi amuleto. Siempre lo llevo en el bolsillo. Es una perla de ámbar que perteneció al palacio de la zarina de Pushkin, donde tú viviste un tiempo. Se lo robé a los alemanes durante la guerra... —dijo con sonrisa pícara.

El adolescente la tomó entre sus manos, mirándola con fascinación.

—¡Es muy bonita!

—Y muy valiosa. Esa muesca que ves ahí se la hizo una bala. Teresa la llevaba encima cuando murió, y el trozo que falta se le quedó dentro, en el corazón...

—Déjalo ya Iñaki —cortó Rafael—. Alejandro tiene que marcharse antes de que se haga de noche.

El adolescente observó la perla entre sus manos y después se la devolvió al gigante.

—Iñaki, guárdamela hasta dentro de unos días, ¿vale? Si me la encuentran en el colegio me la van a requisar. Cuando vuelva con vosotros me la guardaré en el bolsillo, como haces tú.

—De acuerdo, te la guardo hasta que volvamos a vernos...

Al día siguiente, Rafael concertó una cita en la sede del Centro Español de Moscú, situada en el casco antiguo de la ciudad. Tras más de una hora de espera, lo acompañaron a un despacho donde había una persona esperándolo sentada tras una mesa de madera oscura. Se trataba de un alto dirigente del Partido Comunista de España al que no había visto nunca. Tenía unos cincuenta años, el pelo negro y corto pero ensortijado y la tez morena, con ojos marrones enmarcados en unas cejas muy pobladas. Su mirada transmitía dotes de mando y rudeza a la vez. Nada más saludarlo con timidez, Rafael expuso con cierto orgullo que estaba a la espera de conocer su próximo destino para integrarse junto a la élite científica del país en la carrera espacial y su intención inmediata de hacerse cargo del hijo de Carmen Valero para que viviera con él en su nueva etapa. Tras escuchar sus argumentos, el hombre sentado frente a él tomó la palabra:

—La respuesta es no —dijo con gravedad.

Rafael quedó atónito.

—¿Por qué?

—Déjate de responsabilidades molestas y vive tu vida, chaval, piensa en el futuro. No entiendo cómo se te ocurre echarte otra carga encima. Te has hecho responsable del gigantón retrasado y ahora quieres llevarte a un adolescente contigo —dijo con aspereza el dirigente comunista—. Estamos al corriente del excelente futuro profesional que te han ofrecido. Tómalo y olvídate de ese chaval. Está muy bien donde está —concluyó con energía.

—Es un asunto personal que solo me atañe a mí —replicó Rafael con genio—. Lo que haga o con quién viva no tiene por qué afectar a mi trabajo. Yo puedo dedicar todo mi tiempo a trabajar para el Estado, pero en mi vida privada puedo hacer lo que quiera.

El dirigente dio un golpe en la mesa con soberbia.

—¡Tú no tienes vida privada! Y no debes distraerte con esa responsabilidad. Ese chico se quedará en su colegio. Lo último que vamos a hacer es pedir favores a los comisarios políticos para que te lleves a un joven que está recibiendo una excelente educación en el marxismo. No voy a cursar tu solicitud porque no vas a hacerte responsable de él. Eso es todo. Buenos días —zanjó con grosería, dejando clara su autoridad.

Rafael sintió que las mejillas le ardían de furor.

—¡Usted no tiene derecho a darme esa orden...! —exclamó indignado.

—¡Yo tengo todo el derecho del mundo! —alzó la voz con soberbia el dirigente comunista—. Aquí, en el Partido y sobre ti, ¿te enteras? Nadie va a discutir mi autoridad, y si te he dicho que no pienso cursar tu solicitud, no hay más que hablar. Y ahora, ¡lárgate de aquí! —ordenó con rudeza.

Rafael bajó las escaleras lleno de rabia e indignación. Había llegado al rellano cuando sintió una mano que se posaba en su hombro. Se volvió como un resorte y halló los ojos oscuros de José Hernández, su paisano de Bilbao, el amigo de su querida amiga Carmen Valero que siempre les aconsejaba prudencia, tanto a Carmen como a él. Rafael recordaba la última vez que se vieron en Leningrado, antes de que comenzara la guerra. Ahora lo encontró envejecido, con el pelo canoso alrededor de las sienes y grandes surcos alrededor de los ojos.

—¡Hola, Rafael! ¡Qué alegría me da verte de nuevo! ¡Vaya! Estás hecho todo un hombre, ya no eres el jovencito rebelde que dejé en Leningrado... —dijo abrazándolo con efusión.

Rafael aceptó el saludo, aunque estaba demasiado furioso como para responder con la misma alegría.

—Hola, José. Me dijeron que ya no estabas en Moscú...

—Y no estoy de forma permanente, pero vuelvo de vez en cuando para ver cómo van las cosas. Tengo entendido que te han ofrecido un trabajo extraordinario. ¡Todos contamos contigo! Algún día en España oirán hablar de ti, de tus éxitos, y los habrás conseguido aquí, en la Unión Soviética. ¡Enhorabuena!

—Gracias, pero no era esa la razón de mi visita.

Durante unos minutos, Rafael le hizo un resumen de su reencuentro con Alejandro, a quien había dado por desaparecido durante años, y acabó relatándole la agria discusión que acababa de tener con su compañero del Partido.

—Lo siento, hijo —dijo emitiendo un hondo suspiro—. No puedes hacer nada. Sabes que yo apreciaba sinceramente a Carmen y también intenté sacar a Alejandro de ese orfanato para llevarlo a la Casa de Niños españoles que hay en Moscú, pero no me dejaron.

—¿Qué tiene de especial ese centro?

—Allí están los huérfanos de los enemigos del pueblo, hijos de militares, profesores o pertenecientes a cualquier estamento de la sociedad, acusados y condenados por traición. Entre esos niños realizan una criba de los más inteligentes y fuertes para adoctrinarlos y convertirlos en los defensores de la patria, ya sabes lo que quiero decir... —Lo miró levantando una ceja.

—Me estás confirmando al fin que Carmen Valero murió...

José Hernández bajó la mirada, asintiendo.

—Tú ya lo sabías cuando me abordaste en Leningrado hace años...

—He visto a Alejandro muy aleccionado, le han lavado el cerebro con respecto a su madre. Lo incitan a odiarla...

—Esos niños están en un programa especial que el gobierno puso en marcha cuando acabó la guerra. Son vulnerables y trabajan con sus puntos débiles. Muchos serán en el futuro miembros de la NKVD, los que harán el trabajo sucio, los que tendrán en sus manos la vida o la muerte de mucha gente, inocente o culpable, los que decidirán quiénes pueden vivir en libertad o no.

—Entonces, ese es el motivo por el que el Partido no va a mover un dedo por este asunto...

—Tú sabes cómo funciona esto —dijo afirmando con la cabeza—. Si ellos han tomado esa decisión, es lo que hay. Ya sabes lo que tienes que hacer: acatar órdenes y callar. Ahora concéntrate en tu futuro y déjate de cargas innecesarias.

—Pero ¿es que no tengo ni siquiera libertad para vivir con quien yo quiera?

Hernández le puso la mano en el hombro de nuevo.

—Aquí no, Rafael. Aquí no, ¿de acuerdo? Aquí no —repitió, dando media vuelta y dejándolo solo.

Al día siguiente, Rafael recibió una comunicación del rector para que fuera a su despacho. Los exámenes habían terminado y pronto iba a incorporarse a su nuevo trabajo. Por motivos de seguridad no conocería el nuevo destino hasta veinticuatro horas antes de la partida, por lo que le conminó a dejar resueltos sus asuntos en la ciudad e ir preparando el equipaje.

Aquella misma tarde, al regresar de la facultad, Rafael halló a varias personas en su habitación. Iñaki, con gesto consternado, trataba de sonsacarles una explicación sobre la urgencia con la que lo apremiaban a hacer el equipaje.

—¿Qué está pasando, señores? —preguntó Rafael con prudencia a dos agentes de la NKVD que se habían presentado en su domicilio.

—Tenemos órdenes de trasladarlos al aeropuerto —respondió el de más autoridad, de unos treinta años, con pelo rubio y gélidos ojos azules, vestido con una chaqueta de color marrón.

—¿Vamos a tomar un vuelo? —preguntó con cautela Rafael.

—Sí.

—¿Con qué destino? —inquirió intentando disimular su pánico.

—No es asunto nuestro.

—¿Estamos detenidos? —preguntó con ingenuidad el gigante.

El agente lo miró sin pestañear y no le dio una respuesta. Después salió al pasillo con el fin de despejar la estancia y darles tiempo para recoger sus enseres. Habían informado a Iñaki de que debían dejar libre la habitación, pues no iban a regresar. En silencio y muertos de miedo, ambos amigos salieron del piso cargando con su equipaje. Apenas pudieron despedirse de los vecinos, pues nadie se atrevió a asomar la cabeza por el pasillo.

El coche partió en dirección suroeste y se detuvo en un hangar del aeropuerto de Vnúkovo. Al bajar, Rafael emitió un suspiro de alivio al ver allí una cara conocida que se dirigía hacia ellos. Era José Hernández de nuevo.

—¿Qué pasa, José? ¿Nos llevan presos a Siberia? —preguntó con angustia.

—¡Tranquilos, chicos! No es lo que pensáis. Os llevan a vuestro nuevo centro de trabajo.

—Pero ¿por qué nos han sacado de casa así, tan deprisa? Creía que estábamos detenidos...

José colocó su mano en el hombro de Rafael y se lo llevó a solas, lejos de Iñaki y del resto de los agentes que los acompañaban.

—Tú sabes por qué, Rafael. Has tocado una tecla que no debías.

—¿Te refieres a Alejandro?

—Sí. El Partido ha informado a las autoridades de tu solicitud y Ugárov, el secretario del Comité Regional del Partido, ha dado la orden de que te trasladen cuanto antes a tu nuevo trabajo. Ahora sabes por dónde van los tiros...

—Ya veo que no queréis problemas... —dejó caer con ironía.

—Exacto, y si tú los das, vas a ser el único perjudicado, ¿entiendes? Yo soy tu amigo y he venido a tranquilizarte. Y también a daros unas instrucciones muy concretas —dijo regresando a donde estaba Iñaki—: Sed prudentes, no habléis nunca de política, aunque creáis que estáis entre amigos que os inspiren confianza. Cuidado con los teléfonos... Allí adonde vais habrá ojos y oídos por todas partes que os estarán escuchando y vigilando. Cualquier broma o comentario puede haceros mucho daño. Sed prudentes, por favor.

—¿Y Alejandro?

—¡Olvídate de él de una vez, Rafael! Vive tu vida y deja que él viva la suya.

—Pero al menos dile que nos hemos marchado de esta forma. Por favor, infórmale de lo que ha ocurrido, me habría gustado despedirme de él...

—No, Rafael. No me pidas ese favor. Los responsables de la educación de Alejandro no saben nada de tu pretensión de adopción, a no ser que el chico haya contado algo... Pero nosotros no queremos líos, ¿cómo tengo que explicártelo para que lo entiendas? Creo que te lo dejaron claro el otro día en la sede del Centro Español: no podemos incomodar al gobierno, y si Alejandro está a su cargo, allí se va a quedar.

—Pero José —insistió con terquedad el joven—, ¿ni siquiera puedes contactar con él para decirle que me he marchado? Al menos dime dónde está para que pueda escribirle una carta... —suplicó.

—¡Olvídate de él! ¿De acuerdo? —ordenó Hernández, exasperado—. Es todo lo que tenía que deciros. Tened cuidado. Debéis dejar bien alto el pabellón español. Y no os metáis en líos. Nuestro mayor deseo es que tengáis un gran éxito profesional. Queremos presumir de tener un científico español entre la élite mundial.

—Pero ¿adónde vamos? —preguntó Iñaki.

—A Kazajistán, a la estación espacial. Están trabajando en un satélite para ponerlo en órbita y cuentan contigo, Rafael. Es un gran honor para ti y para el pueblo español en el exilio. Aprovecha esta oportunidad porque no tendrás otra más grande en tu vida. Vas a ser un héroe, uno de los científicos que formará parte del equipo más importante de la Unión Soviética, vas a estar con la élite mundial de la carrera espacial. Pero para eso debes derrochar prudencia. No intimes con nadie, no te confieses con nadie. Solo tienes que hablar de tu país para decir que lo echas de menos, que añoras a tu familia. Punto. Solo eso, nada de política. Soy vuestro amigo. Creo que el único que tenéis aquí y que vela por vuestra seguridad. Así que ya sabéis, Iñaki: prudencia.

El aludido colocó la mano en su boca en un gesto inocente.

—Yo no hablo —dijo en un susurro.

—Muy bien. Así me gusta. Pru-den-cia. Bueno, chicos, que tengáis un buen viaje. Ya nos darán noticias vuestras. Esto es una despedida. No sé si volveremos a vernos algún día, pero quiero que sepas, Rafael, que te aprecio sinceramente y que siento que nos hayamos reencontrado en esta situación. Me habría gustado ir de regreso contigo a nuestro querido Bilbao. Ojalá algún día podamos salir los tres a pescar en una barcaza por la ría. —Sonrió emocionado—. Solo me queda desearos buena suerte y un gran futuro. Intentad ser felices, que vuestra vida esté plagada de éxitos profesionales y personales. Os deseo lo mejor... —dijo fundiéndose en un fuerte abrazo con Rafael y después con Iñaki.

Dos horas más tarde, los dos jóvenes volaban en un Túpolev de la Fuerza Aérea Roja hacia lo desconocido.

20

Montreal, Canadá. Octubre de 2004

Edith estaba de nuevo en Montreal y aquella mañana había ido al centro para seguir con las gestiones de la adopción de Hassan cuando recibió una llamada en el móvil desde un teléfono desconocido.

—Hola. ¿Es usted Edith Lombard? —preguntó una voz masculina.

—Sí.

—Mi nombre es James Miller y me gustaría hablar con usted unos minutos sobre el collar que recuperó en Afganistán, del que han dado cuenta en los medios.

—Lo siento, no tengo nada más que decir sobre ese asunto. Si desea conocer los detalles, lea la prensa —dijo a punto de colgarle.

—Por favor, solo unos minutos, no soy periodista. Se trata de un asunto que podría interesarle.

—Ya le he dicho que no voy a hablar más sobre esto.

—Le repito que no soy de la prensa, soy abogado.

—Lo siento, no tengo nada que decir. Buenos días —dijo apagando el teléfono.

Dos días más tarde recibió una llamada de su hermano.

—Edith, me ha llamado Richard Clark, de la asesoría

jurídica de la empresa. Por lo visto hay un abogado que quiere hablar contigo sobre el collar de mamá.

—Sí, me llamó hace un par de días, pero me deshice de él. Estoy harta de este asunto.

—Te entiendo, pero dice que tienen algo importante que decirte. He hablado con Richard y me ha confirmado que James Miller es un reputado abogado, presidente de un importante bufete en la ciudad y de gran prestigio. Deberías hablar con él, Edith, no pierdes nada.

—Mejor habla tú —suplicó la joven.

—No es a mí a quien buscan; quieren información sobre cómo conseguiste la perla.

—¿Acaso no he ofrecido ya todos los datos a la prensa?

—Eso le he dicho yo, pero insiste demasiado, creo que no estaría mal que te reunieras con él, acompañada por Richard, por supuesto.

Edith respiró hondo, y, tras unos instantes de silencio, aceptó.

—De acuerdo, dile a tu abogado que concierte una cita.

El bufete que presidía James Miller estaba situado en uno de los rascacielos más emblemáticos del distrito financiero de la ciudad, de muros cubiertos de espejos que reflejaban los edificios de los alrededores. El interior era amplio y elegante, con muebles rectos de color claro de estilo minimalista. Edith pensó que la primera impresión es la que cuenta, y aquel hombre le inspiró confianza. Vestía un elegante traje gris con rayas finas y camisa con corbata a juego en tonos azul claro. Frisaba los cuarenta años, con pelo castaño y abundante y ojos claros e inteligentes. Al estrechar su mano, advirtió que era suave y de dedos largos.

—Gracias por aceptar esta reunión, señora Lombard.

—Se dirigió a su colega—. Encantado de volver a verte, Richard. Bien, imagino que ha debido de pasar unos días de gran agitación por el asunto del collar... —dijo invitándolos a sentarse alrededor de una mesa rectangular junto al muro de cristal, que ofrecía una espectacular imagen de la ciudad desde aquella altura.

—¿Qué desea de mí exactamente? —Edith fue al grano.

—Verá, represento a un cliente afincado en Londres que ha tenido conocimiento de la aparición del collar de ámbar. Según las declaraciones que usted ha realizado, lo encontró en el hospital de Kabul donde prestaba sus servicios, en posesión de una mujer embarazada que murió tras un tiroteo. ¿Podría ofrecerme una información más precisa sobre esa mujer y su familia?

—No tengo apenas. Yo no los conocía ni he sabido nada de ellos desde que regresé a Canadá. Si desea más datos, debería contactar con el hospital.

—Dígame, Edith, ¿le contaron los familiares de la joven cómo llegó esa joya a su familia? Porque debió de ser de forma poco convencional. Según ha contado usted, la robaron en su casa de Quebec en un suceso en el que su madre murió... —Edith asintió—. Y casi dos décadas más tarde aparece en Afganistán. Es un hecho extraordinario, ¿no le parece?

—Sí, yo aún no me lo creo, es algo que...

—¿Sabe por qué tenía su madre esa joya? —La interrumpió con suavidad.

—Qué pregunta más... chocante. —Edith lo miró, recelosa—. Se la regaló mi padre.

—Pero ¿sabe de dónde procedía y cómo la consiguió su padre?

—¿Por qué iba a saberlo? —preguntó, escamada—. Imagino que la compraría...

—Está bien, volviendo al tema que nos ocupa. Según ha manifestado, una mujer la llevaba consigo el día en que murió, pero imagino que usted, al reconocerla, sentiría curiosidad por averiguar cómo la había obtenido, ¿no?

—Pues bueno, sí. Fue algo tan sorprendente que pregunté a sus familiares.

—Entonces, sabe algo más que no ha contado a los medios. —El hombre alzó una ceja interrogante. Después miró a su colega, que hasta aquel momento guardaba un prudente silencio.

—¿Tienes alguna otra información, Edith? —preguntó con suavidad Richard Clark. Edith lo miró y durante unos instantes dudó si contar algo más.

—Verá, mi cliente está realmente interesado por saber de dónde procede ese collar... —continuó Miller, colocando un sobre en la mesa—. Aquí tiene un cheque de diez mil libras esterlinas. Es suyo si me ofrece una información más precisa que la que ha dado hasta el momento a los medios.

Edith lo miró espantada, y después dirigió la vista a Richard Clark, que procedió a abrir el sobre y mostrar a la joven el talón al portador del Lloyds Bank por el valor que Miller había indicado.

—¿Me está ofreciendo dinero por decirle los nombres de esas personas? Aquí hay algo más, señor Miller. Creo que no voy a aceptar su propuesta... —dijo levantándose.

—Por favor, Edith. Es un asunto de especial interés para mi cliente —dijo levantándose también para suplicarle que se quedara—. Confíe en mí.

—No, si no me dice quién lo envía —exigió con recelo—. ¿Qué tiene que ver la joya de mi madre con su cliente? ¿A quién representa?

—Es un hombre de negocios de origen ruso.

—Ruso... —repitió escamada Edith—. ¿Sabe que fue una

banda de ladrones rusos la que asaltó mi casa y asesinó a mi madre?

—Sí, lo sé. Pero puedo asegurarle que él no está involucrado en ese desgraciado suceso. Es un hombre honorable y reside en Londres desde hace décadas.

—¿Por qué quiere información sobre el collar? —preguntó el abogado mientras tomaba asiento de nuevo e invitaba a Edith a hacer lo mismo.

—Verá, yo tampoco conozco demasiado sus motivaciones. Lo único que puedo decirle es que la perla de ámbar que cuelga de la cadena estuvo en su poder durante un tiempo. El engarce fue realizado por encargo suyo a diseñadores de Cartier. Como sabrá, es de oro blanco y diamantes.

—¿También se la robaron a él? —preguntó Clark.

—No.

—¿La perdió? —inquirió Edith ante la escueta respuesta.

El abogado miró a los dos visitantes esbozando una tímida sonrisa y cruzándose de brazos sobre la mesa.

—Edith, la he citado aquí para recabar información a cambio de dinero, no para ofrecerla...

—Yo no tengo intención de aceptar su cheque —dijo Edith con dignidad.

—¿Quiere decir que no me va a ofrecer ningún dato más? —preguntó Miller con decepción.

Edith concluyó que lo que había silenciado a la prensa no era un secreto tan importante como para no desvelarlo nunca. De hecho, si decidió obviar en su declaración el detalle de que había aparecido en el cuerpo de un soldado ruso fue para evitar que el suceso tuviera connotaciones políticas o enredos morbosos.

—Iba a dársela gratuitamente. —Sonrió la joven, suavizando la tensión que se había creado—. Pero solo si responde a mis preguntas cuando yo haya satisfecho su curiosidad.

El abogado le devolvió la sonrisa.

—Por supuesto. Adelante. —Hizo un gesto con la mano para que empezara ella.

—Bien. Voy a darle algunos datos más. Es la primera vez que cuento esto, al menos fuera del entorno de mi familia. Yo reconocí el collar al instante, en el hospital. Cuando le pregunté por este al marido de la joven tiroteada me contó que formaba parte de la dote de boda de su mujer. El padre de ella lo había encontrado en el bolsillo de un soldado ruso que había hallado muerto junto a un tanque.

—¿Dónde estaba ese soldado? —preguntó ahora con viva curiosidad el abogado, tomando una pequeña libreta y un bolígrafo para tomar notas.

—En las afueras de la ciudad de Kandahar.

—¿Sabe la fecha aproximada del suceso que me refiere?

—Fue en 1989, el año en que el ejército soviético abandonó Afganistán.

—Entiendo. ¿Podría facilitarme algún otro dato para localizar a esa familia en Kabul?

Edith abrió los ojos con sorpresa.

—¿Es que tiene intención de viajar a Afganistán?

—Yo no. Pero cuando mi cliente reciba estos datos estoy seguro de que enviará a alguien para conseguir más detalles.

—Imagino que en el hospital Ahmed Shah Baba de Kabul deben de tener los datos de la mujer fallecida y del bebé. El único contacto que puedo ofrecerle es el del traductor que trabajaba con el equipo médico. Se llama Abdul y es un hombre de edad muy entrañable. A través de él, la familia de la joven me transmitió la joya, en agradecimiento por haber salvado a la niña. El problema es que... bueno, ya sabe cómo está ese país, es posible que ya no vivan allí. El único que tenía relación con ellos es el intérprete.

—Bien, estos datos me han sido de gran ayuda, no imagina el incalculable valor que tiene esta información para mi cliente.

—Y ahora me toca a mí. ¿Por qué es esa joya tan especial para su cliente?

—Él la tuvo en su poder durante un tiempo, y cuando su esposa falleció en 1986, se la devolvió a su padre. Ahora quiere recuperarla.

—¿Que se la devolvió a mi padre? —repitió Edith con los ojos abiertos—. ¿Quiere decir que mi padre la tuvo antes que su cliente?

—¿Acaso él no le ha hablado sobre la joya? —Ahora era Miller quien mostraba su perplejidad.

—¿Qué tendría que haberme contado? Fue en ese preciso año de 1986 cuando él le regaló el collar a mi madre; meses más tarde sufrimos el asalto en casa y...

—Quizá su padre conozca la leyenda de la perla de ámbar...

—¿La conoce usted? —Edith estaba alerta.

—Según me ha referido mi cliente, la perla que cuelga del collar procedía de uno de los palacios de los zares de Rusia, de la famosa Cámara de Ámbar. Una chica perteneciente a la milicia del Ejército Rojo luchaba contra los nazis en la Segunda Guerra Mundial y la guardaba en el bolsillo, pero recibió un disparo que le causó la muerte y provocó esa muesca tan peculiar que exhibe.

Edith sintió cómo se le erizaba la piel al reconocer esa leyenda en boca de su padre cuando llegó a casa con el collar... ¡Pero ella siempre había creído que era un cuento más de los que sus padres se inventaban para que tomaran interés por la historia!

—¿Cómo... murió la esposa de su cliente?

—Fue en un atentado. Su vehículo fue tiroteado y ella recibió una bala mortal. Mi cliente salió herido, pero se recuperó.

—¿Ella... llevaba puesto ese collar? —preguntó Edith con un ligero temblor de piernas.

—Pues no lo sé...

—¿Su cliente luchó en la guerra junto a la joven que murió?

—No. Esa información se la transmitió la persona que le regaló la perla de ámbar.

—¿Mi padre?

—No lo sé.

—¿Quién, entonces? Antes me ha dicho que su cliente se la devolvió a mi padre... —Edith estaba cada vez más confundida.

—Él no me ha dado demasiadas explicaciones ni yo se las he solicitado. Edith, creo que lo más sensato sería que hablara con su padre. Yo tampoco conozco demasiados detalles... —murmuró el abogado tratando de eludir las preguntas.

—No entiendo nada. Mi padre se trasladó de París a Canadá en 1962, cuando falleció su primera mujer. Él nunca nos ha dicho que la hubiera tenido antes, aunque...

Edith calló de repente, recordando la inquietud de su padre cuando volvió a ver aquella joya. «Maldita», fue el adjetivo que le dedicó aquel día. Después se enfadó mucho cuando supo que Adrien y ella habían ofrecido a los medios la información sobre su recuperación.

—Continúe... —Miller la invitó a seguir hablando.

—Desde que la hemos recuperado, mi padre está nervioso, incluso asustado. No quiere que estemos cerca de ella.

—Desde que mi cliente confirmó que se trataba de la

misma joya, está impaciente por recuperarla, no importa el precio. Tengo autorización para hacerles una oferta inicial de quinientas mil libras esterlinas... —La miró, aguardando su reacción.

—¿Quinientas mil libras? —repitió Richard Clark con asombro.

—Está bromeando, ¿verdad? —Edith no pudo evitar el temblor de su voz al escuchar aquella cantidad.

—James, espero que no estés comprometiendo tu carrera representando a un cliente de dudosa procedencia.

—Les aseguro que es un hombre honorable; la transacción se realizaría dentro del más estricto marco legal. Y si no están conformes pueden subir la cuantía. Mi cliente no piensa regatear. —Les guiñó un ojo con picardía—. Quiere ese collar a cualquier precio.

—Esto es... inaudito. No puedo darle una respuesta ahora... —dijo Edith levantándose de la mesa para despedirse.

—Por supuesto. Háblelo con su familia. —El abogado se levantó también y alargó la mano ofreciéndole el sobre con el cheque.

—Esto es para usted. Me ha servido de gran ayuda.

Edith dudó unos instantes.

—Ya le dije que no iba a pedirle nada a cambio.

—Mi cliente estará muy agradecido por la información que me ha ofrecido. Y yo no habré cumplido con mi trabajo si no lo acepta. Se lo ruego... —pidió con una sonrisa que a Edith le pareció encantadora.

—Acéptalo, Edith. Te lo has ganado —le sugirió su abogado.

—De acuerdo —dijo tomando el sobre y guardándolo en el bolso. Cuando iba a girarse para abandonar el despacho, se detuvo—. James, ¿podría hacer algo por mí?

—Por supuesto. Adelante... —dijo invitándola a hablar.

—Cuando regresé a Canadá, traje conmigo a un niño afgano y estoy realizando trámites para adoptarlo. Es el nieto de Abdul, el intérprete del hospital de quien le he hablado. Es un hombre culto y educado. Sin embargo, malvive de la manera más humillante que pueda imaginar. Él estaba intentando inculcar a su nieto unos valores y me gustaría hacerle llegar un sobre con algunas fotos de Hassan para que se quede en paz y pueda vivir tranquilo el resto de su vida. Es el hombre más decente que he conocido.

—Es usted una buena persona, se preocupa por los demás.

—No soy así con todo el mundo, no crea. Solo con los que demuestran bondad. Ese hombre me entregó a su nieto, se separó del único ser que amaba para darle una vida mejor, y yo deseo que sepa que lo ha logrado. Si usted pudiera colaborar, me haría muy feliz.

—Delo por hecho. Puede entregarme los documentos y los enviaré a Londres para que mi cliente los haga llegar a esa persona.

—Estará haciendo una buena obra —sonrió la joven.

—No, Edith; la mejor obra la ha hecho usted. Tiene nobles sentimientos y merece tener suerte en la vida.

—Gracias otra vez. —Se despidió con una sonrisa.

De regreso en el coche, Richard Clark estaba inquieto y emocionado a la vez.

—Esto podría solucionar los problemas financieros de la empresa.

—¿Tú te has creído todo lo que ha contado? A mí me cuesta aceptar esta propuesta tan extravagante.

—Mientras comprobamos si se trata de una oferta real o no, tenemos que ganar tiempo. Hoy a las cinco estaba convocado al consejo de administración para decidir si se realizaba la venta de la fábrica, pero este asunto lo ha cambiado todo —dijo mientras marcaba un número en su teléfono móvil—. Adrien, soy Clark; cancela la reunión del consejo de esta tarde —pidió mientras ponía el móvil en posición de manos libres para que Edith lo oyera.

—¿Qué? —dijeron a través de la línea—. ¿Te has vuelto loco, Richard? Te recuerdo que hoy se va a someter a votación la venta de la fábrica, y la mayoría de los miembros del consejo está a favor.

—Richard está completamente cuerdo, Adrien. Esto es más importante y tiene que ver con papá y con la perla de ámbar... —dijo Edith con entusiasmo.

—¿Más importante que perder la fábrica? —bramó él, enojado, a través de la línea—. Por favor, Edith, déjalo. Bastantes problemas nos ha traído ya la dichosa joya. Pensé que sería una solución sacarla a la luz y ha resultado todo lo contrario. Al final tendremos que darle la razón a papá: está maldita. Dejemos de una vez este asunto.

—Adrien, quizá no tengas que vender la fábrica —dijo Edith.

—¿Estáis de broma?

—¿Acaso el sentido del humor es una de mis cualidades? —preguntó con sorna el abogado, de unos sesenta años y rostro alargado y grave—. Estaremos allí en veinte minutos y te lo explicaremos todo.

Cuando Clark y la joven se reunieron en el despacho de Adrien aún estaban emocionados por las nuevas noticias que portaban.

—Adrien, tenemos dinero y podríamos conseguir más —explicó Edith con un brillo especial en los ojos, ofreciéndole el sobre.

El empresario la miró, armándose de paciencia mientras lo abría.

—¿Qué es esto? —preguntó perplejo al ver el cheque—. ¿De dónde lo habéis sacado?

Richard Clark tardó un buen rato en hacerle un relato pormenorizado de lo sucedido en la reunión con James Miller.

—Miller me ha ofrecido quinientas mil libras esterlinas por el collar, incluso más, si se lo pedimos. Su cliente quiere comprarlo a toda costa, valga lo que valga... —añadió Edith con entusiasmo.

Adrien aún los miraba con incredulidad.

—Es cierto —añadió el asesor—. Y sugiero que deberíamos confiar en él, es uno de los mejores abogados de la ciudad.

—De acuerdo. Richard, encárgate de la negociación.

—¿Qué te parece si le pido de entrada ochocientas mil libras? Con este montante la fábrica saldría de los números rojos y podría afrontar la renovación —dijo el abogado.

Adrien emitió una maliciosa sonrisa.

—Si eres capaz de conseguirlo, te doblo el sueldo, y te aseguro que voy a empezar a creer en la brujería.

Cuando se quedaron solos, Edith le habló con gesto grave.

—Adrien, tenemos que hablar con papá. ¿Te acuerdas de lo que nos contó sobre la muesca del ámbar que había sido causada por una bala durante la Segunda Guerra Mundial? —Adrien asintió con un gesto—. Pues el abogado ha corroborado esa historia con total tranquilidad, se la contó su cliente. Era verdad lo que nos contaron papá y mamá. La gema perteneció a la Cámara de Ámbar. Miller afirma que papá la había tenido antes en su poder. Después, no sé cómo, fue a parar a las manos de ese rico empresario de origen ruso afincado en Londres. Cuando papá la llevó a casa en 1986, no la había comprado en ningún sitio, sino que la había recuperado, pues ese desconocido se la había devuelto tras la muerte violenta de su esposa.

—¿Violenta? —Adrien levantó una ceja, interrogante.

—En un tiroteo, igual que la joven en la Segunda Guerra Mundial, y el soldado ruso, y la joven afgana. Igual que mamá...

Adrien se retrepó en su sillón de cuero y respiró hondo.

—No sé qué está pasando, Edith. Esto se ha convertido en un relato de ciencia ficción. Bueno, más bien en una novela de suspense...

—Yo tampoco entiendo nada. Al principio creí que Miller me estaba tomando el pelo, pero después me convencí de que no bromeaba. Me dijo que el adorno que engarza la perla fue encargado por su cliente a los diseñadores de la joyería Cartier. Me dio tantos datos que me pareció creíble.

—Vamos a llamar a papá y que nos aclare este embrollo —dijo marcando el número de su padre y activando el altavoz—. Debe darnos una explicación razonable. —Tras unos segundos de silencio, una voz débil sonó al otro lado.

—¿Diga?

—Hola, papá. Quería hacerte un par de preguntas. ¿Dónde compraste el collar que Edith trajo de vuelta a casa?

—¿Ya estáis de nuevo dándole vueltas al dichoso trozo de ámbar...?

—Por favor, dime cómo lo conseguiste.

—Lo recibí por correo; vino de Europa.

—Pero debes de saber quién te lo envió, ¿no?

—Sí, tengo mis sospechas.

—¿Quién era esa persona?

—Pues... su anterior propietario.

—¿Y quién era ese anterior propietario? —preguntó exasperado.

—Un amigo mío.

—¿Cómo se llama ese amigo tuyo?

—¡Qué importa ahora! Desde que me fui de Francia no lo he vuelto a ver... Quizá no fue él...

—Entonces ¿estás o no seguro de que fue él?

—Pues... no del todo. Llegó a la casa de Quebec en una caja sin remitente. Yo imaginé que venía de su parte, pues él la tenía cuando me marché de París. Es lo único que te puedo decir.

—Papá, la historia que nos contaste sobre el origen de la perla, la muesca hecha por una bala durante la guerra, que perteneció a la Cámara de Ámbar... Todo era real, ¿no es cierto?

—Yo... bueno... Es la leyenda que tenía.

—¿La habías tenido antes en tu poder?

—Yo... Era de un amigo mío...

—¿La tuviste o no, antes de venir a Canadá?

—Cuando murió mi amigo la tuve un tiempo, pero se la regalé a otro amigo... —Suspiró en tono evasivo.

—¿Cómo se llamaba el amigo que murió?

—No me acuerdo ya... Hace demasiado tiempo...

—¿A qué amigo se la diste? —insistió Adrien.

En la otra línea se hizo un silencio espeso, largo.

—¿Estás ahí, papá? —preguntó el empresario, pensando que su padre estaba demasiado mayor.

—No he vuelto a saber de él. Déjalo ya, hijo. Lo pasado, pasado está...

—¿Ese amigo tuyo vive en Londres y es de origen ruso? —inquirió el empresario ignorando la súplica de su padre.

—No. Bueno, no lo sé... ¿Qué estás maquinando ahora? —preguntó el anciano.

—No me has contestado.

—No tengo nada que decir, son cosas mías...

—Está bien. —Adrien suspiró de cansancio—. Quiero

que sepas que tenemos intención de venderla. Hay un comprador muy interesado.

—¡No la vendas! ¡Deshazte de ella! ¡No le envíes la desgracia a nadie!

—Ya hablaremos, papá. —Colgó y se dirigió a su hermana—. Si este cheque es auténtico, me importa un bledo de dónde ha salido la perla y quién va a quedársela en el futuro —dijo tomando la mano de Edith y saliendo al pasillo.

La secretaria advirtió que se dirigían al ascensor e interpeló a su jefe.

—Señor Lombard, los miembros del consejo de administración le esperan en la sala de reuniones.

Adrien se giró hacia ella:

—Cancela la reunión. Hoy no va a haber consejo. Mañana, ya veremos... —dijo mirando con complicidad a Edith.

21

Baikonur, Kazajistán. 1952

El cosmódromo de Tyuratam estaba situado en la parte central de la República Soviética de Kazajistán, a doscientos kilómetros al este del mar de Aral y a unos cuarenta kilómetros de la ciudad minera de Baikonur. Originariamente se creó como base de lanzamiento de misiles de largo alcance. Más tarde se amplió para albergar también el programa de vuelos espaciales. Era una zona desértica y deshabitada donde se habían erigido enormes edificios y la infraestructura necesaria para acoger a obreros, ingenieros y científicos que trabajaban en aquella instalación secreta del gobierno. La mano de obra utilizada en la construcción del complejo procedía de los prisioneros en campos de trabajo, entre los que había soldados alemanes, soviéticos, italianos o españoles junto a ladrones, asesinos, abogados o periodistas nacionales que trabajaban bajo unas duras condiciones climáticas y físicas.

Rafael e Iñaki se instalaron en un apartamento individual con dos dormitorios, baño y cocina propios. Aquel nuevo hogar les pareció un palacio, comparado con los de la última década desde que salieron de la Casa de Niños de Leningrado. Rafael estaba asignado al grupo de físicos, ingenieros y científicos de todas las ramas que trabajaban contra reloj en la carrera espacial contra Estados Unidos, una potencia mundial que avanzaba con paso firme en la creación de un satélite para enviarlo al espacio. Iñaki tenía como destino los talleres junto a obreros de baja cualificación.

Una desagradable sorpresa le esperaba a Rafael en su primer día de trabajo cuando se presentó ante el responsable del NKVD, una institución que, además de las funciones policiales y represivas, jugaba un destacado papel en el desarrollo armamentístico y nuclear de la Unión Soviética. Su principal función allí era asegurar el secreto de las operaciones y controlar a través del servicio de inteligencia a los responsables directos del programa espacial.

Serguéi Popov estaba sentado en su gran despacho y dirigió al joven la mirada desdeñosa de quien se cree en una posición de poder ante los demás. Rafael perdió el color de sus mejillas al reconocer de inmediato la cara picada por la viruela y los ojos achinados de su antiguo vecino de la casa de Taskent, el delator que hizo detener al hijo de Anna Ivánovna, la educada anciana que le enseñó a hablar francés y que se vio obligada a abandonar el único hogar que le había quedado al serle revocado el permiso de residencia. Jamás volvieron a saber de ella y de su hijo, y todo se lo debían a aquel hombre que lo esperaba con una sonrisa en los labios, esperando vengarse, pensó él, por haberle hecho frente aquella noche en que le reprochó su maldad delante de los vecinos.

—Hola, niño español. Con lo grande que es la Unión Soviética y mira por dónde nuestros caminos vuelven a cruzarse —dijo retrepándose hacia atrás, sin invitarlo a sentarse frente a él, disfrutando de aquel momento—. Tengo aquí tu expediente académico. Excelente. —Sonrió con frialdad—. Espero que hagas bien tu trabajo, te estaré vigilando. Vas a estar con el equipo de científicos que harán de la Unión Soviética un referente mundial de la tecnología espacial.

—Para eso estoy aquí... —respondió con humildad.

—Tengo entendido que te has traído contigo al gigantón retrasado, camarada, y veo que con veintinueve años aún sigues soltero, ¿no estaréis...? —Sonrió con maldad, levantando una ceja.

—No sé qué quiere decir. —Rafael estaba tenso—. Iñaki es para mí como un hermano. Viajamos juntos desde España y es mi única familia. Me ofende lo que está insinuando —dijo con firmeza.

—Está bien, está bien... —Levantó la mano olvidándose del comentario e invitándolo a sentarse al fin—. El motivo de esta reunión es para darte las primeras instrucciones. Todos los avances, todos los estudios que se van realizando pasan por mi mesa a través del responsable del proyecto. Pero también quiero que me informes de comentarios, ideas o charlas extraoficiales del personal que puedan inducir a pensar que no se está haciendo bien el trabajo. ¿Sabes a lo que me refiero?

—Por supuesto, camarada Popov.

—Para ti, ciudadano Serguéi Popov —dijo con soberbia, indicándole que no le admitía el tuteo—. Es todo por el momento. Quiero que me informes por escrito de cada situación que consideres fuera de lo normal, tanto a nivel científico como político —ordenó, indicándole que la reunión había terminado.

Rafael no halló bondad en sus ojos, sino crueldad y sospecha.

Hubo un tiempo en que el ahora comisario Serguéi Popov había sido considerado un joven holgazán en el *koljós* donde trabajaba con extenuantes jornadas a cambio de un escaso estipendio. Después llegó la guerra y se trasladó a Taskent, donde inició una nueva actividad laboral en una fábrica de ferrocarriles; al poco tiempo se afilió al sindicato y fue ascendiendo a costa de traicionar a los amigos o compañeros que se interponían en sus ambiciones políticas. Gracias a la amistad trabada con las autoridades por sus continuas delaciones y escasos escrúpulos, fue reclutado por el personal de seguridad y al poco tiempo le dieron su primer destino como asistente de un miembro del Comité Territorial del Partido, el Kraikom. Popov era un tipo inteligente y consiguió ser admitido en la Escuela del Partido. Al finalizar su preparación, fue destinado a la sección de personal del Comité Central. En pocos años fue escalando puestos hasta conseguir el cargo de comisario en aquella estación espacial, cargo otorgado por el mismísimo Lavrenti Beria, la mano derecha de Stalin, una responsabilidad que ejercía con mano dura costara lo que costase, ya fueran vidas humanas o prestigiosas carreras destrozadas. Desde que ostentaba aquel puesto en la estación espacial, Serguéi Popov percibía las miradas de recelo que le dirigían todos, ya fueran científicos, obreros o miembros de la seguridad. Había actuado duramente con algunos a los que consideraba enemigos del pueblo por no poner su vida, su tiempo o su familia a disposición del Estado, y se permitía el lujo de mirar a sus víctimas a los ojos sin remordimientos, colocándoles el brazo sobre los hombros mientras los informaba de que su futuro, ya fuera profesional o personal, había acabado.

Los primeros días fueron de desorientación total para Rafael en su nuevo puesto de trabajo. El equipo de científicos era muy heterogéneo: había jóvenes como él y otros de edades comprendidas entre los cuarenta y sesenta años. Él estaba destinado en el área de sistemas de controles de vuelo, una mínima parte dentro del gran entramado científico que se había creado en aquella zona secreta del país. Había otros grupos de trabajo formados por físicos nucleares, químicos, médicos y diseñadores de cohetes, además de altos mandos militares que lo vigilaban todo. La cabeza visible de todo aquel entramado era Serguéi Pávlovich Koroliov, científico y máximo responsable del programa espacial Sputnik, cuya misión era construir un satélite artificial y enviarlo a la órbita terrestre.

El jefe directo de Rafael era Mijaíl Grékov, un reputado ingeniero físico procedente de la Universidad de Leningrado. Tenía unos cincuenta años, con escaso pelo en el cráneo y rostro cubierto de pecas y verrugas, labios finos y ojos hundidos que parecían mirar con recelo a todo el mundo. Se dirigía a todos tuteándolos; sin embargo, no consentía que nadie se dirigiera a él si no era por su nombre y apellido, nada de «camarada Grékov». El compañero más cercano de Rafael era Vasili Kriakin, un joven y brillante físico con quien congenió desde el principio. Con solo veinticuatro años, Kriakin había terminado la carrera de Física en el Instituto Físico y Tecnológico de Moscú, el centro más destacado de educación superior de la Unión Soviética, y gracias a su brillante expediente académico fue seleccionado para trabajar en los proyectos secretos del gobierno. Trabajó durante la guerra en laboratorios de armamento nuclear y tenía méritos para estar liderando el proyecto en el que estaba asignado, si no fuera porque era un enamorado de su trabajo y no dejaba que las reuniones del Partido, donde se medraba en política, le distrajeran en sus formulaciones. A veces se confesaba con Rafael, relatando las penalidades que pasó antes y después de la guerra, de la escasez que había sufrido, desde comida hasta ropa, de las purgas entre compañeros de clase y profesores, de los exámenes frecuentes, tanto de ciencias como de política, de los favoritismos que había en la distribución de los apartamentos para familias en las *kommunalkas* y de las decenas de amigos y conocidos que habían llegado a ser altos cargos en el Partido y conseguido buenas viviendas por el solo mérito de haber denunciado a muchos enemigos del pueblo. Ahora Vasili tenía puestos todos los sentidos y su tiempo en aquel ilusionante proyecto.

El único escollo era Popov. De él se rumoreaba que había sido el responsable de la desaparición o el traslado de grandes científicos por el mero hecho de discrepar sobre el modo de ejecutar un diseño. Vasili odiaba a Popov, y para prevenir a Rafael, le contó en tono confidencial lo poco que sabía de él: que procedía de un *koljós* y que durante la guerra trabajó en una fábrica donde inició su carrera política traicionando a muchos compañeros. Rafael no se atrevió a referirle que conocía bien al sujeto por su experiencia como vecino en Taskent, donde arruinó la vida de dos buenas personas. A la menor ocasión, el joven español cambiaba de conversación para no emitir opiniones a favor o en contra. Recordaba bien el consejo de José Hernández y prefería guardar prudencia.

Iñaki trabajaba como soldador en la estación espacial, un cometido que, aunque no estaba demasiado bien pagado —quinientos rublos al mes frente a los mil quinientos que recibía Rafael—, era adecuado a su capacidad y experiencia.

Los meses pasaron con rapidez, pero Rafael sentía que el equipo de trabajo donde estaba integrado no avanzaba, a pesar de lo apremiante del proyecto por parte de los mandos políticos y militares. Al principio se convencía a sí mismo de que el culpable era el ambiente tan asfixiante que se respiraba. Algunos de sus colegas eran metódicos y organizados como él, pero otros apenas se involucraban, a pesar de ser estos últimos los responsables del proyecto. Y para colmo, cualquier incidencia o retraso recaía siempre sobre los subordinados, es decir, sobre él y el resto de los ingenieros más aplicados. El director, Mijaíl Grékov llegaba casi todas las mañanas apestando a vodka; según la intensidad de su olor, los compañeros echaban a suertes el turno de reuniones con él por temor a que sus ideas fueran desechadas de manera deplorable e irrespetuosa, como ocurría en la mayoría de las ocasiones. Grékov era un hombre temido y odiado a la vez, pues emitía opiniones a veces contrarias a la lógica de los planteamientos expuestos. Después enviaba un informe al comisario político, quien llegaba dando órdenes en asuntos que apenas entendía. Lo peor era que si Popov proponía un cambio, aunque fuera de lo más peregrino e imposible de realizar, nadie osaba contradecirle, pues habían sufrido ya las consecuencias de llevar la contraria al hombre que disponía del futuro profesional, o de residencia, de los que trabajaban allí.

A pesar del entusiasmo en el trabajo, Vasili Kriakin arrastraba un pasado tormentoso en su vida personal. Tenía treinta y cinco años, y antes de llegar a la estación espacial vivía en la habitación de una *kommunalka* de Moscú con su madre, su mujer y dos hijos pequeños. Pero su esposa se cansó de aquella vida estresante al lado de su suegra, que nunca la consideró adecuada para aquel hijo tan talentoso, y de un marido que solo aparecía en el hogar para ocupar la parte que le correspondía en el lecho conyugal. Un día, hacía tres años ahora, le puso sobre la mesa un contrato como trabajadora en una fábrica textil de Kosino, una ciudad situada en los alrededores de Moscú. Sus padres vivían cerca y le habían conseguido una pequeña habitación allí para que se instalara con los niños. Era una separación temporal, mientras él pensaba qué hacer con su vida. La decisión estaba clara: debía elegir entre vivir con su propia familia o con su madre. A partir de ese momento, la vida de Vasili quedó deshecha. No tuvo más remedio que quedarse en Moscú, aceptando que, con el tiempo, todo volvería a su lugar. Pero no fue así. En una de las visitas a Kosino, descubrió con pesar que su mujer estaba rehaciendo su vida con su jefe en la fábrica donde trabajaba y no tenía intención de volver con él. Después vino el traslado forzoso a Kazajistán y tuvo que hacerlo solo. Ahora tenía una casa individual, con baño y cocina, pero estaba completamente vacía. Aún seguía enamorado de su mujer, y la dolorosa separación le había provocado un fuerte abatimiento del que aún no se había recuperado. Para colmo, aquella semana Grékov había rechazado con indolencia el nuevo proyecto en el que tantas horas había empleado, por lo que su carácter se había vuelto sombrío y silencioso.

Solo Rafael podía traducir la mirada triste y de dolor que cargaba Vasili. Era el mismo que él llevaba larvado, en silencio, durante años, haciéndole frente cada mañana, obligándose a continuar con una vida que nunca quiso vivir, obedeciendo dócilmente las órdenes que recibía y sintiéndose como una marioneta en manos de una instancia todopoderosa que movía los hilos a su conveniencia.

Entre los colegas de la estación espacial había eminentes científicos de edad, ante los cuales Rafael se sentía cohibido. Procuraba pronunciar bien el ruso por temor a equivocarse o no hablar el correcto lenguaje científico que todos utilizaban. Su dominio de la lengua era bueno, pero advertía que aquellos hombres tenían una cultura refinada. Supo, en uno de los descansos, que el físico de más edad, Iván Makárov, había viajado por diferentes ciudades europeas impartiendo cursos científicos y perfeccionando sus conocimientos.

Una tarde hicieron una pausa tras una de las extenuantes jornadas, que aprovechaban para confraternizar entre ellos si no estaba presente Grékov, el director. Rafael no entendía cómo aquellos científicos tan brillantes, cultos y con una excelente educación podían soportar estar sometidos a una vigilancia que en algunos casos rayaba la humillación, bajo las órdenes de un ingeniero alcohólico e inestable y de un comisario político analfabeto. Aquella tarde, algunos de ellos comenzaron a esbozar trazos de su pasado.

—Durante la guerra trabajé en una fábrica de armamento militar —relataba el anciano Iván Makárov, de estatura baja y pelo abundante y canoso—. Allí teníamos todo tipo de equipamiento, y a los técnicos e ingenieros nos trataban como a reyes. Disponíamos una habitación con baño individual para cada uno, nuestro propio despacho, y lo más importante: apenas había burocracia. Todo funcionaba bien, el director tomaba decisiones después de escuchar nuestra opinión. Éramos una de las fábricas más productivas de Sarátov, y el secretario del Partido tenía órdenes directas de Stalin para poner a nuestra disposición todo lo que le solicitáramos, ya fuera materia prima o personal obrero. Necesitaban con urgencia armamento para la guerra y el trabajo más duro lo realizaban los presos de los campos de trabajo a la intemperie, a diez o quince grados bajo cero, montando tanques y vagones que irían destinados al frente. Muchos de ellos morían por el frío y las malas condiciones de salud que arrastraban... —concluyó moviendo la cabeza con pesar.

—¿Esos campos eran como los de los nazis? He visto fotos en el *Pravda* de los supervivientes y daba miedo ver las condiciones en que los tenían, esclavizados y sin apenas comida... —comentó Rafael con ingenuidad.

Algunos dirigieron su mirada hacia él con incomodidad.

—Los alemanes fueron más crueles, allí gaseaban a los presos judíos. Aquí no asesinan a nadie a sangre fría —respondió Vasha Sokólov, un ingeniero de cuarenta años de claros rasgos tártaros: pelo oscuro, ojos rasgados y nariz afilada.

—Por supuesto. Quiero decir... no es lo mismo. Es comprensible que se utilice a los presos para que hagan algo útil para el país, en beneficio de los soviéticos honrados... —respondió veloz Rafael, consciente de su imprudente pregunta.

—También ha habido soviéticos honrados que han sido llevados a esos campos... —murmuró Iván Makárov, el físico de edad.

—Bueno, dejemos esta conversación... —insinuó con prudencia el tártaro.

—¿Por qué? ¿Acaso dudas de la honradez del máximo responsable de este programa, el prestigioso Serguéi Koroliov? Estuvo preso en un gulag de Siberia. Después de la guerra revisaron su caso y lo sacaron de allí, pero en vez de enviarlo a casa lo encerraron en una *sharashka*. Lo mismo hicieron con Andréi Túpolev, nuestro más insigne diseñador de aviones. Ahora ambos son hombres libres y de reconocido prestigio internacional, pero nadie va a devolverles los años que perdieron en prisión.

—¿Qué es una *sharashka*? —preguntó Rafael.

Todos lo miraron con extrañeza, esbozando una tímida sonrisa.

—Es una especie de... residencia para intelectuales y científicos... —respondió su amigo Vasili Kriakin.

—Una residencia a la fuerza, camarada Celaya —respondió el físico Iván Makárov—. Una cárcel de lujo para científicos e intelectuales donde se trabaja en proyectos para el Gobierno. Las famosas Oficinas Especiales de Construcción, controladas, por supuesto, por el NKVD. Tenemos aquí a muchos compañeros que están en esa situación.

—¿Quieres decir que hay presos políticos trabajando entre nosotros, camarada Makárov? —Nada más terminar la pregunta, Rafael se arrepintió enseguida, al advertir las miradas huidizas entre sus compañeros.

—Así va a terminar más de uno si no controla su lengua —sentenció el tártaro, que había intentado evitar aquella conversación desde el principio.

Dos días más tarde, Rafael fue convocado en el despacho de Popov. El joven español estaba seguro de que alguien lo había delatado ante el comisario político por la conversación mantenida con sus colegas. Mientras caminaba hacia su mesa, pensaba en el ingeniero Sokólov, quien, estaba seguro, habría hecho un informe delatando a los que habían tomado parte.

El comisario Popov parecía de buen humor aquel día, y su rostro picado por la viruela lucía limpio y recién afeitado.

—Hola, camarada Celaya. Toma asiento. Quería compartir contigo un tema algo espinoso...

Rafael sintió que las piernas comenzaban a temblarle de repente.

—Verás, el proyecto va algo atrasado y el director del programa me ofrece unos informes incompletos y con escasa información. Tenemos a los estadounidenses pisándonos los talones en materia de energía atómica y satélites artificiales y nos urge ser los primeros, ¿entiendes?

Un hondo suspiro se escapó de sus pulmones. «Bueno —pensó—. Parece que no hay peligro.»

—En el laboratorio trabajamos a marchas forzadas. Apenas descansamos para el almuerzo...

—El problema no es de horas de trabajo, sino de la calidad de este. Grékov es un gran físico, pero lo veo incompetente a la hora de liderar el grupo de investigación, ¿no crees?

Rafael no se atrevió a pronunciar una palabra en contra de Grékov. Conocía bien al personaje que tenía frente a él: como un escorpión, se movía despacio tratando de ganarse su confianza; estaba seguro de que, en el momento menos pensado, le clavaría el venenoso aguijón. No, él no iba a criticar a un superior.

—Mi departamento trabaja intensamente bajo su control y estamos avanzando, pero el proyecto es muy complejo y requiere muchas horas de...

Popov esbozó una irónica sonrisa.

—Ya vale, camarada Celaya —lo cortó, alzando su mano—. Te he convocado hoy porque, al ser el último que se ha incorporado al grupo, quiero que me ofrezcas una visión personal de tus compañeros de trabajo. Tengo intención de reemplazar a Grékov. ¿A quién pondrías como director del proyecto?

—¿Yo? —preguntó, pasmado—. Apenas llevo unos meses aquí... No podría darle una opinión imparcial...

—¿Qué tal Iván Makárov?

—Es un gran ingeniero, y con experiencia. Durante la guerra realizó un buen trabajo en las fábricas de armamento...

—Sí, es una de las cabezas más privilegiadas que tenemos, pero... es algo inconformista, ¿no crees? —Rafael empezaba a ver un atisbo de luz tras la puerta que sutilmente le estaba abriendo el comisario político.

—Pues... no lo sé... Nunca le he escuchado un comentario por su parte que pueda inducir a pensar eso...

—¿Estás seguro?

—La única queja que le he oído es que no le gusta demasiado la burocracia y hacer informes. Es un científico, ya sabe...

—Es decir, que si fuera por él, yo no estaría aquí —dijo con desprecio.

—Yo no le he escuchado decir eso. Es solo que prefiere que hagan otros los informes... Eso es todo...

—Es una de las razones por las que lo he descartado para el puesto. Escucha, Rafael Celaya —dijo acercándose a la mesa y mirándolo fijamente—. Eres joven, y con un futuro prometedor en el campo de la ciencia. Yo puedo ser aquí tu gran mentor, y también tu mayor enemigo... ¿Sabes a lo que me refiero?

—No... estoy muy seguro, ciudadano Serguéi Popov... —Rafael sintió un latigazo en el estómago.

—Los traidores, por muy bien que hagan su trabajo, no pueden ostentar cargos de responsabilidad en esta estación espacial ni en ningún otro lugar del país... y quienes los escuchan y los amparan, tampoco. Solo los que son leales a la patria alcanzarán el éxito.

—Estoy de acuerdo.

Se hizo un silencio incómodo. Rafael rezaba para salir pronto de allí.

—¿Qué te parece el ingeniero Vasha Sokólov?

—También es una pieza clave. Es una persona responsable, prudente y con capacidad para liderar al grupo. Y un buen patriota. Le he escuchado muchas alabanzas al sistema comunista y a Stalin —dijo, tratando de ser convincente—. Estoy seguro de que haría un buen trabajo como jefe del proyecto.

Al fin aquella hiena había puesto las cartas sobre la mesa. Rafael confirmó la sospecha de que el tártaro había ido al comisario para informarle de la conversación mantenida días antes y de los comentarios del anciano Iván Makárov, el hombre al que se sentía ideológicamente más cercano.

—Está bien. Es todo por ahora.

Rafael salió del despacho con la náusea que le provocaba el tener que supeditarse a un ser mezquino, alabando a un ingeniero a quien apenas conocía, pero que había dado muestras de no tener nobleza. Se sintió preocupado también por lo que estaría pensando el comisario, si había estado convincente, si el tártaro habría hecho un comentario negativo sobre él... En ello estaba cuando llegó a su casa y se encontró con Iñaki. Parecía eufórico y agitaba su mano derecha, donde mostraba un sobre de gran tamaño.

—¡Es una carta de tu familia, Rafael! ¡Te han escrito desde Venezuela!

—¿Mi madre, en Venezuela? —exclamó pasmado.

Rafael tomó entre sus manos el sobre abierto, en cuyo remite aparecía un nombre masculino desconocido para él y una dirección del país sudamericano. Dentro había otro sobre más pequeño con un puñado de sellos pegados que había sido enviado a la dirección del primero. La remitente era una tía suya, hermana de su madre. En su interior encontró varias hojas de papel escritas con una letra redonda y grande. Las manos le temblaban mientras se dirigía a un sillón para leer despacio aquella carta. Estaba emocionado. No sabía nada de su familia desde hacía más de diez años y guardaba como un tesoro la última misiva que había recibido de su madre en Leningrado antes de que comenzara la guerra. Después fue imposible hablar con el exterior. En los años que estuvo en Moscú estudiando en la universidad, trató en vano de obtener noticias desde España, pero las comunicaciones entre ambos países estaban bloqueadas.

Cuando terminó de leer la carta, Iñaki advirtió que Rafael tenía los ojos húmedos y un torrente de lágrimas corría por sus mejillas.

—¿Qué ha pasado? —Se acercó a él con aprensión.

—Es de mi tía Concha. Me cuenta que mi madre... murió hace tres años —dijo limpiándose las lágrimas con los puños.

—Lo siento... —dijo acariciándole la cabeza—. Yo también lloré mucho cuando me enteré de que la mía había muerto, ¿te acuerdas? Estábamos en Leningrado...

—Me envía besos para Joaquín, aún cree que está aquí, conmigo. Los del PCE me dijeron que ellos se habían hecho cargo de la búsqueda de mi hermano en Francia a través del Socorro Rojo Internacional, y que iban a contactar con mi familia con el fin de que intentaran localizarlo desde España.

—¿Entonces?

—Me han estado mintiendo todos estos años. No han hecho nada. Mi madre ha muerto creyendo que está conmigo. Mi tía aún conserva la esperanza de que estemos vivos... La carta tiene fecha de hace seis meses. La envió a unos exiliados españoles en Venezuela que se han ofrecido a recibir cartas desde España y después enviarlas aquí, pues las comunicaciones entre España y la Unión Soviética están cortadas. —Examinó el sobre con detalle—. Enviaron esta carta a la Casa de Niños de Leningrado y fue remitida a la sede del Centro Español en Moscú, donde conocen mi paradero.

—Pues escríbele a Venezuela y cuéntale la verdad...

—Sí, al menos quiero que sepa que estoy vivo. En cuanto a mi hermano...

—Tu hermano está vivo, Rafael. Si no saben nada, no tienes que darle un mal rato a tu tía...

Rafael lo miró y pensó que Iñaki a veces era más sensato que él mismo.

Una semana más tarde llegó la noticia al departamento donde trabajaba Rafael: Grékov había sido relevado como director del proyecto, y su puesto lo ocuparía a partir de aquel momento el ingeniero Vasha Sokólov, el tártaro. El equipo en pleno aplaudió la decisión y felicitó con efusión al nuevo responsable, a pesar de que el recelo se había instalado en todos. El ambiente en el trabajo había cambiado: Rafael observaba que su amigo Vasili Kriakin se encontraba más cómodo con el nuevo jefe, quien imprimió más dinamismo en el proyecto y reconocía su valía como científico. Sin embargo, las relaciones personales apenas existían ya, y en los descansos solo se hablaba de formulaciones, materiales y combustibles para concluir el proyecto lo antes posible.

Irina, la esposa de Iván Makárov, el físico nuclear de más edad, tenía un rostro bondadoso, de piel blanca y cabello castaño plagado de canas. Rafael le calculó unos sesenta años, más o menos la edad de su marido. Aquella tarde había invitado a su casa a Rafael y a Vasili con el pretexto de compartir con ellos unas ideas sobre el proyecto. Los había citado en un instante en que quedaron solos en el laboratorio, y la mirada que les dirigió les hizo intuir que había algo más.

Estaban a 6 de enero, la fecha en que la Iglesia ortodoxa

celebraba la Nochebuena. Desde la Revolución, la fiesta de Navidad ya no se celebraba, pero no eran pocos los soviéticos que en la intimidad seguían festejando aquel día. Rafael se sorprendió al entrar en la morada de Makárov y hallar la mesa del comedor repleta de numerosos platos de comida.

—Hola, bienvenidos a nuestro hogar —los recibió la esposa del físico, invitándolos a tomar asiento.

Iván Makárov apareció ante ellos para saludarlos con efusividad mientras se sentaba a la mesa.

—Gracias por aceptar mi invitación. Nosotros aún seguimos celebrando el nacimiento del Señor, y como Rafael viene de España, estoy seguro de que te gustará celebrarla. Imagino que no has tenido demasiadas ocasiones en los últimos años... ¿O me equivoco? —Lo miró, interrogante.

—Bueno, la verdad es que no la celebro desde que era apenas un niño. En España no tuve ocasión durante la guerra, y en el internado de Leningrado no se celebraban ritos religiosos, así que con los años apenas le di importancia a estas fechas.

—Nosotros también llevábamos años sin celebrarla por falta de privacidad en los diferentes destinos donde hemos estado. Sin embargo, desde que estamos aquí gozamos de más intimidad en esta confortable casa y hemos decidido celebrarla acompañados por los dos jóvenes más brillantes del equipo. Espero que no les incomode compartir esta tradición.

—En absoluto —respondió Rafael—. Estoy encantado.

—Mi madre nos ponía una cena especial este día, nos dibujaba una cruz en la frente con miel y rezábamos una oración. Era un ritual que nos ordenaba mantener en secreto. Esto también quedará entre nosotros —dijo Vasili con complicidad.

—Los padres de la Revolución colocaron en el punto

de mira a la religión por temor a que obstaculizara sus objetivos de implantar el pensamiento único y de crear una sociedad marxista, sin dioses ni creencias...

—Iván... —susurró la mujer, instándolo a ser prudente.

—En los primeros años de la Revolución —continuó el científico ignorando a su mujer—, las órdenes fueron quemar o clausurar iglesias y ejecutar o deportar a los religiosos, pero para no exacerbar los ánimos del pueblo, lo hicieron poco a poco, y no de manera total. Ahora solo quedan en el país un diez por ciento de las iglesias que había, y los sacerdotes están obligados a dar cuenta al NKVD de quién celebra una boda o un bautizo en los templos indultados. Muy a su pesar, los religiosos se han convertido en delatores involuntarios de sus propios feligreses, lo que provoca desconfianza entre el pueblo. Es exactamente lo que pretendían desde el poder. Pero siempre hay algún rebelde... —Sonrió con malicia—. He oído que en la vecina ciudad de Baikonur hay un pope de avanzada edad, empleado ahora como peón en un *koljós*, que en secreto sigue oficiando misas, bodas o bautizos a quienes se lo piden en la intimidad de los hogares, pues la antigua iglesia de la ciudad se ha convertido en un almacén de abonos y semillas.

Para cambiar de tema, la esposa de Makárov les explicó que la mesa estaba compuesta por doce tipos de comida que simbolizaban los doce apóstoles, donde había frutos secos, pescado y verduras. El ritual se inició tomando el pan y mojándolo primero en miel, como símbolo de la dulzura, y después en ajo, que representa la amargura de la vida. Entre los platos más destacados estaban la *kutya*, una especie de gachas cocinadas con distintos tipos de grano que simbolizaban la esperanza y la felicidad, y el *vzar*, que incluía diferentes tipos de frutas cocidas con vino y especias. Antes de comenzar, el anfitrión pronunció la tradicional frase:

—¡Cristo ha nacido!

A lo que todos respondieron:

—¡Gloria a Él!

Fue una comida entrañable. La esposa del ingeniero le recordaba a Rafael a otra mujer de su edad, Anna Ivánovna. Advirtió que su anfitriona también era una mujer culta, y durante la cena comentó que había estado viviendo en Europa antes de la guerra, cuando su marido perfeccionaba sus conocimientos en Londres o Berlín. Después regresaron a la Unión Soviética y desde entonces él no había parado de trabajar en proyectos secretos del Estado, ya fuera durante la guerra o ahora, en la carrera espacial.

Makárov les confesó que no estaba a gusto allí, pero no tenía más remedio que trabajar y aceptar todo lo que se le ordenaba. Antes de la guerra apenas hablaba de política, le aburría sobremanera. Lo suyo era la investigación y los avances científicos que se estaban desarrollando a pasos agigantados en esos años. Ahora había cambiado, y aunque era sumiso a los planes del gobierno y sus representantes, conservaba una pizca de rebeldía que a veces le llevaba a hablar más de la cuenta delante del grupo de trabajo. Las prácticas religiosas, como aquella cena, eran otra forma de oponerse, a su manera, a los dictados del gobierno.

Rafael concluyó que quizá eran precisamente sus firmes creencias religiosas las que lo ayudaban a asumir con humilde resignación las órdenes y humillaciones a las que de vez en cuando era sometido, como el hecho de no haber sido nombrado director del proyecto, un puesto que le arrebató el ingeniero Sokólov a pesar de su inferior preparación.

—En este país todo lo han puesto del revés. El Estado ha cambiado los libros de historia a su conveniencia. Los héroes de la Revolución se han convertido en traidores a la patria y están presos, acusados de ser agentes extranjeros, o, en el menor de los casos, de cobardes, por querer escapar de este sistema de felicidad absoluta en que vivimos ahora... —dejó caer con ironía el científico a los postres.

—Iván, has bebido y estás hablando demasiado... —insinuó Irina con prudente temor. Sin embargo, el marido sonrió y la miró con cariño.

—Irina se dedica a regañarme todo el día. A estas alturas solo quiere que vivamos tranquilos, que trabaje duro y evite problemas.

—¿Acaso no es lo más sensato? —preguntó Rafael.

—Sí, claro. Hay que estar callado. Antes teníamos un comisario político. Ahora tenemos dos, porque el tártaro apunta maneras —murmuró Makárov.

—Pero Sokólov es un buen científico... —defendió Vasili.

—Y un buen político —añadió con ardor el anciano ingeniero—. Y de origen humilde, como a ellos les gusta. Si averiguan que procedes de una familia burguesa, jamás llegarás a ninguna parte, porque no confían en esa clase de gente para un puesto de responsabilidad. La ideología ahora está con los obreros. Nos han repetido hasta la saciedad que el Estado pertenece al pueblo. Ahí tienes a Popov, hijo de campesino, y campesino él también, dirigiendo y controlando en la actualidad a la élite científica mundial, mirándonos con indisimulado desprecio y sintiéndose superior a todos nosotros. En cualquier país civilizado seguiría siendo un simple campesino; sin embargo, ahora es todo un personaje y se cree alguien importante... —Se calló unos instantes—. Debéis estar alerta ante estos comisarios de escasa capacidad intelectual, intolerantes y rudos, que siguen las directrices que les marcan sin detenerse a pensar si son o no correctas. Son fanáticos al servicio de otros líderes más inteligentes, carentes de ideología, de escrúpulos y del más mínimo sentimiento de compasión, a los que no les duele sacrificar el bien común, prohibir tradiciones ancestrales o dividir a sus conciudadanos con enfrentamientos gratuitos, utilizando a sus marionetas para que les hagan el trabajo sucio. Personajillos como nuestro comisario Popov ejecutan con fiereza y entusiasmo las órdenes, todo sea para ganar enteros con sus superiores, ante los cuales se comportan como humildes siervos, arrastrándose como culebras anhelantes de reconocimientos. Por el contrario, delante de sus inferiores se sienten poderosos, con prerrogativas para humillar, delatar o enviar a prisión a cualquiera que les incomode. Este es el sistema político y social que ha quedado de la idealizada revolución bolchevique.

Durante unos instantes se hizo un silencio embarazoso que ninguno de los comensales se atrevió a romper.

—En cuanto a Sokólov —continuó el anciano—, estoy contigo, Vasili, en que es un buen científico, pero a veces no es capaz de discernir cuál de las dos facetas, la de científico o la de político, es la más conveniente para el proyecto, aunque sí para él mismo. ¿Sabes cómo ha llegado a donde está ahora? Robándome uno de mis trabajos. —Los miró, comprobando su sorpresa—. Sí. Sokólov fue alumno mío y consiguió desarrollar una compleja fórmula en la que yo estaba trabajando en la universidad. He de reconocer que él era más joven, y los grandes proyectos hay que realizarlos antes de los treinta y cinco años... —Movió la cabeza mirando al suelo.

—Entonces ¿a partir de ahora empiezo a decaer? —preguntó Vasili.

—No, pero tu punto alto de creatividad lo tienes ahora. Los grandes avances científicos fueron desarrollados por personas jóvenes. Con solo veintiocho, el físico alemán Hertz descubrió cómo detectar y producir las ondas electromagnéticas que pueden viajar por el aire y el vacío. ¡Y en el siglo pasado! Después fue Marconi el que utilizó un artículo de Hertz para construir un emisor de radio. ¿No es impresionante? ¡Aprovechad vuestra oportunidad, jóvenes! Sois brillantes y creativos... Pero no sois buenos políticos, como el camarada Sokólov. Os auguro un buen futuro como científicos, aunque debéis estar alerta porque siempre habrá alguien con menos capacidad que intentará adelantaros. Todo depende de vosotros, e intuyo que, como a mí, os atrae más la ciencia que medrar en el Partido. Todos sabemos que hay muchos técnicos mediocres que están más arriba... Pero es lo que hay, tenemos que aceptarlo.

—Yo estoy a gusto en mi puesto. No aspiro a nada más —comentó Vasili.

—¿No echas de menos la libertad, camarada? —preguntó Makárov.

—¿Libertad? Tengo treinta y cinco años, nací en el año de la Revolución de 1917, crecí bajo el gobierno de Lenin y de Stalin en una habitación de diez metros cuadrados junto a mis padres y tres hermanos más. Pasábamos largas horas haciendo cola para inscribirnos en las listas y conseguir cupones de comida o recibir una ración adicional de pescado salado o mantequilla. Mi madre nos enseñó, desde que aprendimos a hablar, que había que mantener la boca bien cerrada y dar gracias al Estado por todo lo que nos daba.

—¿Y también te leía tu madre las novelas malas donde los protagonistas eran felices, donde los obreros de las fábricas trabajaban contentos catorce horas, donde el trabajo en el campo era más ennoblecedor que el de médico, donde el Partido ofrecía la educación más perfecta del mundo?

—Yo trabajé duro en la escuela, y gracias a mi esfuerzo conseguí becas para estudiar en la mejor universidad de

Moscú. El Estado me concedió el privilegio de estar aquí, rodeado de la élite científica mundial. Ahora tengo un apartamento para mí solo, un sueldo de dos mil rublos al mes, cuatro veces más de lo que cobraba mi padre, y un reconocimiento profesional. Te puedo asegurar que mi boca va a seguir cerrada como hasta ahora. Yo solo quiero trabajar y no meterme en líos. La política la dejo para otros.

—Veo que te falta valor, Vasili.

—Piense lo que quiera. Yo aspiro a vivir tranquilo y no veo otra salida que seguir así...

—¡Claro que hay más salidas! ¿Has viajado fuera del país alguna vez? —preguntó Makárov con ardor.

—No, ni lo necesito.

—¡Claro que lo necesitas! En la Europa libre, los comunistas conviven con los burgueses, con los capitalistas, y hablan abiertamente de sus ideas sin temor a ser represaliados o enviados a Siberia. Muchos de nuestros héroes de guerra lucharon contra el fascismo de Hitler, y ¿dónde están ahora? Muertos, ajusticiados sin motivos.

»¿Y los otros, los comisarios políticos encargados de controlar la moral de las tropas? Esos tienen un buen despacho, viven en un apartamento individual en propiedad y tienen una *dacha* en Crimea donde pasan las vacaciones. Ahí tienen a Serguéi Popov, el de la viruela, un patán que apenas necesitó saber el alfabeto para que lo nombraran comisario del Pueblo, mientras que a los verdaderos artífices de este proyecto, los científicos e ingenieros que trabajamos aquí, nos humillan obligándonos a dar parte por escrito de unos informes que, a buen seguro, él no entiende apenas. Nos exigen sacrificios en bien del Estado, pero ¿y nosotros, los ciudadanos de este Estado? ¿Acaso nos beneficiamos de los logros conseguidos? La respuesta es no. Si no les fuésemos útiles para ensalzar el prestigio del país a nivel internacional se desharían de nosotros, igual que se deshicieron de los grandes y experimentados militares antes de la guerra, y así nos fue...

—Tengo entendido que ganamos la guerra, camarada —dijo Vasili en tono irónico y algo inquieto. No estaba demasiado cómodo con aquella conversación.

—Sí, pero ¿a qué precio? A cambio de más de veintitrés millones de muertos, cuyo número podría haber sido menor si se hubiera planificado mejor. Pero los militares expertos estaban presos en Siberia, y los incompetentes, colocados a dedo por el Partido, apenas sabían de estrategia. Desde la Revolución no hacen más que pedir sacrificios al pueblo. Primero nos obligaron a prepararnos para la guerra; cuando esta comenzó, todo era trabajar para el frente; después, había que sacrificarse para levantar el país tras los estragos que habíamos padecido. Ahora se han inventado un nuevo enemigo: Occidente, el mundo civilizado, los capitalistas. Competimos contra reloj en tecnología contra el resto de la Europa libre y Estados Unidos... ¿Cuándo van a dejarnos vivir en paz? ¡Dios! ¡Cuánta pena me da mi país!

—Vamos a dejar esta conversación. No va a llevarnos a ningún sitio —terció Rafael con preocupación.

—¡Claro! Tú eres español y te ha tratado muy bien el Estado. No has crecido pasando hambre, como Vasili.

—Yo he vivido dos guerras, la de mi país y la del vuestro. Pasé hambre allí, y también aquí, luché contra el ejército alemán, trabajé como un burro de carga en Samarcanda y después en Taskent. Después conseguí estudiar, sí, pero no he vuelto a ver a mi familia y me acabo de enterar hace unos días de que mi madre murió hace tres años... Yo no me he sentido jamás un privilegiado en este país, camarada Makárov. Todo lo que tengo me lo he ganado con mi esfuerzo. —Se hizo un silencio incómodo.

—Camarada Makárov, le agradezco sinceramente su invitación, y a su esposa también —dijo Vasili haciendo una reverencia hacia Irina, levantándose para marcharse—. Pero le agradecería que no volviera a tener este tipo de conversaciones en mi presencia.

—¿Tienes intención de denunciarme, camarada Kriakin?

—No. Le profeso un gran respeto y considero que era usted quien merecía haber sido designado nuestro director, en vez de Sokólov. Pero, como muy bien nos ha explicado hoy, no solo hay que ser un buen patriota, también hay que parecerlo.

—Rusia es un pueblo grande, así que, ¡todo por la patria! —dijo con ironía el anciano, elevando su copa.

El timbre agudo del teléfono interrumpió la incómoda situación. Irina les dirigió una mirada de temor mientras se levantaba a responder. Instantes después regresó y le indicó a su marido que era una llamada urgente.

—Es Vasha Sokólov, el director.

El anciano Iván Makárov se dirigió al teléfono situado en una esquina de la sala. Respondió con varios monosílabos y después regresó a la mesa con el gesto demudado.

—Mijaíl Grékov ha muerto. Se ha suicidado. Acaban de encontrarlo colgado en su apartamento —informó con gesto sombrío.

—¡Dios santo! —exclamó Irina, cubriéndose el rostro con las manos—. Era de esperar. Ese hombre vivía un infierno, y el haber sido relegado de su puesto fue la última y definitiva prueba que ya no pudo superar...

—No, Irina. Había algo más. Su destitución iba acompañada del confinamiento en su casa a la espera de que un avión militar lo trasladara a Kazán para internarlo en un *psijushka*.

—¿Qué es un *psijushka*? —preguntó Rafael.

—Un hospital psiquiátrico —dijo Vasili.

—¿Estaba mal de los nervios? —preguntó Rafael.

—No. Estaba perfectamente, pero no supo controlar su carácter. Popov le informó de su cese delante del equipo de trabajo y todos presenciamos la desagradable disputa en la que ambos se enzarzaron. El resto puedes imaginarlo.

—Sí, sé hasta dónde puede llegar Popov... —murmuró Rafael.

—Los *psijushka* son hospitales psiquiátricos especiales, solo para disidentes o enemigos de la patria, ¿entiendes? El diagnóstico para estos... «enfermos» es el de «esquizofrenia lentamente progresiva», que afecta a algunas personas solo en su comportamiento social... Yo también la padezco —dijo el anciano.

Irina miró a su marido con gesto severo, incitándolo a callar, pero apenas lo consiguió.

—Los síntomas más característicos de esta enfermedad son la paranoia y el deseo de libertad y justicia. El tratamiento en esas cárceles hospitales es duro, a base de drogas, electrochoques y trabajos forzados. Los que consiguen salir por su propio pie no sirven más que para estar sentados...y callados...

—Grékov era un gran científico. Quizá su afición a la bebida le impedía estar a la altura que se esperaba de él... —sugirió Vasili.

—Era un superviviente —dijo Makárov—. No he conocido a nadie con tanta entereza. —Miró a sus invitados, advirtiendo el gesto de curiosidad—. No todo el mundo puede soportar el quedarse sin familia y seguir en pie, trabajando y sin perder la concentración. Por eso bebía, era su única válvula de escape. Sus dos hijos varones fallecieron en la guerra. Su esposa murió hace dos años de tuberculosis, y su hija, la única que le quedaba, se suicidó unos meses después. —Iván respiró hondo, tratando de contener las lágrimas—. El trabajo era lo único que le daba sentido y fuerza para seguir viviendo, y también se lo quitaron...

—¡Dios los tenga a todos en su Gloria...! —Irina se santiguó.

—Dios se ha olvidado de Rusia, querida —murmuró el profesor con rabia sorda.

A la mañana siguiente, Rafael se dirigía a la sala de trabajo cuando oyó voces que le eran familiares. Estaban en la sala contigua, en el despacho de Sokólov. El otro interlocutor era el anciano Iván Makárov.

—No hables de libertad, Vasha; en este país está secuestrada. Grékov ha sido una víctima más. No merecía el destino que ha tenido. Aquí se les llena la boca a los políticos con la defensa de la clase obrera; sin embargo, se la encarcela si esta no obedece ciegamente los principios marcados. Estamos obligados a adorar a un líder como se adora a un Dios.

—¿Por qué te empeñas en ir a contracorriente, Iván? Aquí todo el mundo comparte las mismas ideas y la veneración a Stalin. Todo el mundo sabe lo que hicieron los capitalistas y los terratenientes que sometieron al pueblo. Ahora todos comen y trabajan. ¿Qué más pueden desear?

—Desean vivir sin miedo, Vasha.

—¿A qué tienen miedo?

—A gente como Popov... O como tú...

Rafael percibió tras la puerta un silencio que debió ser tenso.

—Te estás pasando, Iván... Me estás ofendiendo, estás ofendiendo al pueblo soviético.

—No. Le estoy hablando a mi amigo Vasha Sokólov, a mi antiguo alumno. Estoy manifestando una opinión libre de prejuicios. Y espero poder dormir esta noche en mi cama y no ser molestado por haber expresado libremente lo que pienso. —Su voz sonó desafiante.

—Te aprecio sinceramente, lo sabes bien. Y por todo lo que te debo, voy a olvidar esta conversación. Pero si alguna vez te metes en un lío por hablar más de la cuenta, como hiciste el otro día, de antemano te aviso que no voy a salir en tu defensa.

—No soy un traidor, Vasha. Sabes lo mucho que amo a este país... Pero los sentimientos son algo que uno no puede dominar. Espero que cuando pasen unos años sepas entender mis palabras.

El 4 de marzo de 1953, el comisario del Pueblo convocó una reunión urgente en la sala de conferencias a todos los trabajadores de la estación espacial. Serguéi Popov llegó con gesto sombrío y, en vez de sentarse en el estrado, se quedó de pie.

—Camaradas, soy portador de la peor noticia que me habría gustado dar en toda mi vida. —Suspiró hondo, ante la expectación de toda la comunidad científica y técnica allí congregada—. Iósif Stalin, nuestro padre, el mejor gobernante del pueblo soviético de todos los tiempos, está muy grave. Ha sufrido un derrame cerebral y su situación es crítica. —En el último instante su voz se quebró de la emoción. Un murmullo de consternación recorrió la sala—. Quiero haceros llegar el primer comunicado que ha emitido el Comité Central y que será retransmitido inmediatamente por la agencia TASS —continuó, sacando un papel de su bolsillo—: «El camarada Stalin ha perdido el conocimiento. El Comité Central y el Consejo de Ministros confían en que el Partido y el pueblo soviético sabrán en estos días difíciles manifestar la mayor unidad y cohesión y redoblar su energía para la edificación del comunismo en nuestro país».

El pueblo soviético, de un extremo a otro del país, quedó paralizado por la noticia. Los boletines en la radio se repitieron a cada hora ofreciendo más detalles de su enfermedad. Todos los seguían expectantes, pegados a la radio para conocer la evolución de su líder. Al día siguiente el *Pravda* salió a la calle con cuatro horas de retraso y nuevos datos sobre la salud del jefe del Estado.

El deceso se produjo el 5 de marzo sobre las diez de la noche, pero no se comunicó al país hasta la madrugada del día 6. El locutor de Radio Moscú transmitió la noticia mientras sonaba de fondo la sinfonía *Patética* de Chaikovski:

«El corazón de Iósif Stalin ha dejado de latir en su apartamento del Kremlin. La muerte del mariscal constituye una pérdida irreparable para los trabajadores de la Unión Soviética y del mundo entero...»

Después sonó la *Suite en re* de Bach.

Cuando Rafael llegó al día siguiente al laboratorio, Vasili estaba en su mesa junto al anciano Iván Makárov y ya conocían la noticia.

—Stalin ha muerto esta madrugada... —comentó Rafael. Iván Makárov escupió al suelo y exclamó:

—¡Maldito sea! ¡Una y mil veces! ¡Ojalá su alma no encuentre descanso!

Ambos jóvenes se quedaron callados, observándolo, sin atreverse a pronunciar una palabra. Él los miró con rebeldía.

—He dicho lo que siento. Y sé que pensáis lo mismo, pero sois unos cobardes y no os atrevéis a abrir la boca. Yo sí puedo permitirme el lujo de desear que su alma arda para siempre en las llamas del infierno —concluyó con vehemencia.

Aquel día Rafael llegó a casa antes de la hora habitual. Iñaki ya estaba allí y comentaron la noticia.

—¿Qué va a pasar con nosotros? —preguntó el gigante con expectación—. ¿Nos dejaran volver ahora a España?

—No tengo mucha fe en que nuestra situación vaya a cambiar. Solo debemos hacer una cosa: mantener la boca cerrada y los oídos bien abiertos. Si oyes comentarios, guarda silencio. Debemos ser prudentes. Sabes que aquí hay espías por todas partes. El que menos te esperas, el compañero más amable que tengas y en el que confíes puede delatarte si dices una palabra que le suene mal. No debemos pronunciarnos aunque los demás lo hagan. Todo va a seguir igual...

Habían pasado tres años desde la muerte de Stalin y el ambiente en el trabajo de Rafael se había relajado, al menos a nivel político. El comisario Serguéi Popov había perdido poder e imponía menos miedo, y al tártaro Sokólov se le había escuchado criticar las injusticias que se cometieron en los años de Stalin; incluso presumía de decidir cuándo le enviaba un informe sobre la evolución del trabajo a Popov y que este no ponía objeciones si se retrasaba unos días, algo impensable unos años antes.

Entre los miles de presos políticos que regresaron a sus casas tras la muerte de Stalin había excelentes científicos e intelectuales que contaban los horrores padecidos en los gulags. Tras reponerse y ser rehabilitados en sus carreras, un numeroso grupo de ingenieros y técnicos se incorporó a los planes de la carrera espacial soviética. Ahora, las conversaciones en los descansos le parecían más interesantes a Rafael. Escuchó con contenida indignación las penalidades que sufrieron algunos en los campos de trabajo de Siberia:

sin ropa adecuada para soportar el duro clima, el hambre, los golpes, los castigos y las muertes que se sucedían a diario; hablaban de las miles de familias destrozadas, de mujeres violadas y de niños presos que fallecieron al no soportar las duras condiciones de vida.

Rafael jamás expresaba sus opiniones, pues temía que sus palabras pudieran llegar hasta oídos de Popov y provocaran su perdición y la de Iñaki. Había dedicado parte de su vida a sobrevivir en aquel país y así pensaba continuar.

—A la humillación de ser tratado igual que el ladrón o el violador que dormía a mi lado, se unía el dolor de no saber nada de la suerte que habría corrido mi familia; si te comportabas con educación, peor te trataban... —refería Arkadi Krímov, uno de los físicos que se había incorporado al equipo de trabajo de Rafael.

Tenía cincuenta y ocho años, aunque aparentaba más edad incluso que el anciano Iván Makárov. Se le veía la piel cetrina y le faltaban algunos dientes debido al escorbuto que sufrió durante su confinamiento. Procedía de una familia de terratenientes que se había visto obligada a dejar precipitadamente Rusia tras el triunfo de la revolución bolchevique y se instaló en Berlín cuando él era un adolescente. Estudió en un internado de Londres, y tras continuar estudios universitarios en Alemania, se convirtió en un reputado miembro de la comunidad científica de la Universidad de Berlín. Sin embargo, cuando Hitler tomó el poder a mediados de la década de 1930 e inició la feroz campaña del Partido Nacionalsocialista contra los judíos y las minorías extranjeras, su vida se tornó incómoda en Alemania, debido a su procedencia rusa. Él amaba su tierra natal y decidió regresar a Moscú con su esposa y su hija, ambas de nacionalidad germana. Ingenuamente creyó que en su patria estaría más seguro que en una Europa, donde el fascismo se estaba instalando de forma generalizada, y que era en la Unión Soviética donde podría ejercer con orgullo su profesión. Fue así durante los años previos a la Gran Guerra Patria, en los que trabajó con entusiasmo en el diseño de armamento. Sin embargo, tras comenzar la invasión, la orden de detener y deportar a todos los ciudadanos alemanes sin excepción afectó no solo a su esposa y su hija, sino a su credibilidad en el trabajo. En pocos meses, sus compañeros le hicieron el vacío, y un día detuvieron a toda la familia y los llevaron presos a un campo de trabajo de Siberia. Su mujer y su hija fueron confinadas en otro campo lejos del suyo. Solo regresó la esposa, pues la pequeña de trece años no pudo superar las duras condiciones de vida. Ahora se habían vuelto a reencontrar y se apoyaban el uno al otro, pero había una tristeza en su mirada que delataba los años de martirio.

—¿Habéis oído el discurso que Jrushchov ha pronunciado ante los delegados del PCUS? —preguntó Sokólov—. Por lo que dicen, ha criticado duramente la gestión de Stalin en la preparación de la Gran Guerra Patria, y también el culto a la personalidad fomentado por él, acusándolo de haber inventado el concepto de «enemigo del pueblo» para detener arbitrariamente y destruir a cualquier inocente que fuera antipático a los dirigentes del Partido. Ahora Jrushchov quiere eliminar este concepto...

—Ojalá se haga realidad... —comentó el joven Vasili Kriakin.

—No confíes demasiado, camarada. Ha criticado a Stalin, pero no al sistema comunista que tenemos. El cambio se ha notado, aunque no creo que vayamos a convertirnos ahora al capitalismo. En Rusia el poder nunca lo han detentado las palabras, sino los cañones —sentenció el anciano Makárov.

—Bueno, en algo ha cambiado este nuevo presidente. He leído en el *Pravda* que han autorizado el regreso a España de los niños españoles que llegaron aquí hace casi veinte años. Con Stalin les fue imposible, pero ahora es una realidad, ¿no es así, camarada Celaya? —preguntó el tártaro Sokólov a Rafael.

—¿Quiere esto decir que regresas por fin a casa? —preguntó Makárov.

—He solicitado volver, pero no me han autorizado por estar trabajando en este proyecto secreto. Las cosas no han cambiado tanto como creéis —respondió Rafael con gesto sombrío.

—Lo siento, amigo... —dijo Vasili Kriakin tomándolo por los hombros.

—Hay un proverbio ruso que dice que no debemos volver al lugar donde hemos sido felices, pues en este mundo solo existe un paraíso: el paraíso perdido... —reflexionó el anciano científico mirando a Rafael.

Tras la muerte de Stalin, y debido a la precariedad en que estaban viviendo muchos niños españoles, hacinados en albergues y en condiciones infrahumanas, un grupo de estos solicitó ayuda a diferentes organismos internacionales para poder regresar a su país natal. Las autoridades soviéticas y el Partido Comunista de España no estaban dispuestos a dar su beneplácito hasta que no cayera el régimen franquista, pero tuvo que intervenir la propia Organización de las Naciones Unidas, a la que habían reclamado ayuda de forma clandestina, para que sus reclamaciones fueran aceptadas.

Veinte años después de la llegada a la Unión Soviética de los Niños de la Guerra españoles, y tras el ingreso de España en la ONU, el gobierno de Jrushchov, que desde aquel año de 1956 había suavizado las relaciones con la España de

Franco, accedió, por mediación de la Cruz Roja Internacional, a abrir la puerta para que pudieran volver a casa, aunque con ciertas limitaciones: solo regresarían las familias donde se diera la circunstancia de que ambos cónyuges fueran de nacionalidad española, o donde el marido fuera español. A las mujeres españolas casadas con soviéticos, así como a los trabajadores sin distinción de sexos que hubieran ocupado puestos en fábricas o instituciones de especial sensibilidad para la seguridad nacional, se les denegó el permiso de salida.

22

Madrid, España. 1956

En los primeros días de septiembre de 1956, Victoria y Manuel llegaron a Moscú desde Leningrado para preparar su regreso a España. Después de lidiar con los responsables del PCUS en el Comité de Distrito respondiendo un largo cuestionario cuya finalidad no era otra que valorar su lealtad al régimen soviético y su madurez política, les hicieron firmar un documento en el que se comprometían a dar cuenta en el exterior del buen trato recibido durante los años de estancia en la Unión Soviética. Al contrario que ellos, no fueron pocos los solicitantes a quienes denegaron el permiso de salida por no haber superado la confianza del Departamento de Visados y Registros, dependiente del KGB.

Y por fin, el día 22 de septiembre de 1956, y bajo los auspicios de la Cruz Roja Soviética y la Cruz Roja Española, el buque *Crimea* zarpaba del puerto de Odesa con la primera expedición de Niños de la Guerra españoles que, después de dos décadas de estancia, se habían hecho adultos y regresaban con sus familias a su amada patria: España.

A pesar de las duras experiencias que la mayoría de ellos había vivido, jamás olvidarían la calidez que les brindó el pueblo soviético durante esos años. La mayoría había tenido acceso a estudios universitarios u oficios especializados con los que podrían ganarse la vida en cualquier parte del mundo, un privilegio que muchos consideraban merecidamente ganado por haber luchado en la cruenta guerra defendiendo al país. Habían pasado hambre, frío, miedo, dolor, y muchos se habían quedado en el camino. Regresaban a España prácticamente con lo puesto. Sin embargo, atesoraban un bagaje de grandes experiencias, de vida interior, de amistad y solidaridad.

El buque fondeó a las tres y media de la tarde del día 28 de septiembre de 1956 en el puerto de Valencia. Aquel primer viaje estaba integrado por 513 españoles, entre adultos y niños. Los medios de comunicación españoles dieron cuenta de los centenares de familiares venidos de diferentes regiones de España y vecinos de la ciudad, que aguardaban la ansiada llegada del *Crimea*. Este arribó al puerto ondeando en la proa la bandera de España y en la popa la de la Unión Soviética, un hecho que dejó pasmados a muchos de los asistentes.

Según contaron las crónicas de aquel día tan señalado, el primero en desembarcar fue Cecilio Aguirre Iturbe, quien gritó un emocionado «¡Viva España!» ante los micrófonos de la prensa allí congregada. Fueron momentos de intensa emoción, de reencuentro de familias separadas, de abrazos, de llantos, de dolor al conocer el fallecimiento de algunos progenitores. Y como contrapunto, los niños, que miraban con ojos de asombro la muchedumbre que se había congregado para recibirlos.

La gran mayoría de los integrantes de la expedición procedía del norte y del levante de España. Eran pocos los que, como Manuel y Victoria, habían nacido en Madrid. La pareja descendió cogida de la mano, abrumada por el multitudinario recibimiento. Victoria no tenía familia y nadie la esperaba, pero Manuel buscaba con desesperación a su madre. En los días previos a la salida, la prensa española había informado del regreso de los exiliados y publicado los nombres de cada uno de ellos, con el fin de que las familias interesadas pudieran ir a recibirlos. Él mantenía una luz de esperanza de encontrarla allí, pero se equivocó. No había nadie que se hubiera identificado como familiar suyo.

Tras una larga espera para formalizar la entrada en aduanas, les tomaron las huellas dactilares y ya de madrugada salieron en una expedición de catorce autocares hacia Zaragoza, donde la Cruz Roja, en colaboración con los Servicios del Movimiento y bajo la dirección del gobernador civil y las afiliadas de la Sección Femenina, había adaptado el Colegio de Huérfanos de Magisterio para acogerlos provisionalmente.

Durante los días en que se alojaron en la capital aragonesa resolviendo los trámites de la llegada, Manuel trató de contactar con su madre en Madrid. Pero el número de teléfono al que llamaba no pertenecía a su casa, y tampoco su madre vivía ya en ella. Gracias a la intervención de las autoridades, al fin pudo conocer su paradero. Según le informaron, se había casado de nuevo y vivía en otro barrio de la capital.

El gobierno de Franco creó una Comisión Coordinadora de Repatriados con el fin de canalizar a todos los organismos necesarios para asistir y tutelar a los venidos de la Unión Soviética. De esta forma, los instalaron en sus ciudades de origen o en los lugares de residencia de sus familiares, ofreciéndoles facilidades para convalidar los títulos universitarios en el Ministerio de Educación Nacional y procurarles ayuda a través de la Organización Sindical.

La pareja se instaló en una pensión de la Gran Vía en Madrid, a la espera de conseguir un piso de alquiler y un trabajo. Mientras tanto, debían presentarse cada quince días en la Brigada Político-Social de la Dirección General de Seguridad, situada en la Puerta del Sol. Una semana después Manuel consiguió hablar al fin con su madre, quien respondió con tono frío a su llamada telefónica y lo emplazó en una cafetería del paseo de la Castellana para unos días después.

La capital que los jóvenes recordaban había cambiado. De allí habían salido veinte años antes entre bombas, disparos, casquetes y sirenas de coches militares por las calles. Ahora lucía limpia, con grandes avenidas donde circulaban coches y tranvías que ofrecían un ambiente sosegado y cosmopolita. Con los ahorros que traían se compraron ropa nueva, al advertir que en Madrid vestían con elegancia. Ambos disfrutaban paseando por las calles comerciales del centro, viendo escaparates que exhibían ropa de colores alegres, nada que ver con los modestos atuendos que trajeron en su equipaje desde la Unión Soviética.

Isabel Peralta había cumplido los cincuenta y cinco años y conservaba su elegancia innata. Vestía traje de chaqueta y falda de color rosa claro y se adornaba con un collar de perlas. Manuel sintió que su corazón latía deprisa cuando traspasó el umbral del salón de té Embassy, en el paseo de la Castellana. Era el primer encuentro con su madre y prefirió ir solo. En el fondo siempre la necesitó, y con el paso de los años el rencor de la adolescencia se había convertido en urgencia por volver a verla y recuperar su amor. Manuel la reconoció enseguida y se sorprendió al comprobar el paso del tiempo en su rostro. En aquellas dos décadas de separación la recordaba tal como la vio la última vez, cuando tenía más o menos la misma edad que él ahora. En aquella ocasión lloraba suplicándole que no lo enviara lejos, pero ella lo miraba con frialdad y desapego. Había crecido odiándola, y al tenerla ahora tan cerca, algo se removió en su interior. Tantos años de rabia, tantas palabras gruesas que ensayó en soledad para vomitárselas cuando volviera a verla... Ahora estaba frente a ella y no sabía qué decirle. Ya no era el chaval de catorce años rebelde y solitario que se marchó. Tenía treinta y tres, y le había prometido a Victoria que en aquel primer encuentro no habría reproches. Solo quería demostrarle que había sobrevivido, que a pesar de su abandono tenía una vida, una carrera y una mujer a quien amaba y lo hacía feliz. Victoria lo había aleccionado bien antes de salir de la pensión: debía ser amable y olvidarse de lamentos. Ella siempre decía que mostrar felicidad era la mejor venganza para aquellos que le desearon cualquier mal.

Aquella era la primera cita, y dependiendo del resultado, puede que la última. Conoció en su primer contacto telefónico que Isabel se había casado de nuevo en 1940 con un empresario, dueño de varios concesionarios de coches, y el negocio había prosperado tras la guerra. Ahora tenía dos hijas de catorce y doce años. También le confesó por teléfono que se había enterado de su regreso, pero, aunque su marido estaba al corriente, aún no había hablado con sus hijas sobre él, así que lo había emplazado a solas en aquel primer contacto.

—Hola, madre —dijo Manuel al llegar a su altura en la mesa. Isabel Peralta alzó la mirada, pero apenas pudo sostenerla.

—Hola, Manuel —dijo sin hacer ademán de besarlo o mostrar un gesto de acogida—. ¡Cómo has crecido...! Apenas te reconozco. Si no fuera por tu pelo rubio y esa mirada... yo... Te recordaba como un niño. Ahora eres todo un hombre...

—Tú no has envejecido mal... —dijo sentándose frente

a ella, decepcionado por la frialdad que le había dedicado. Manuel no esperaba que se le echara al cuello para abrazarlo, pero sí una muestra de alegría al verlo después de tanto tiempo.

—¿Has encontrado trabajo?

—No, aunque he solicitado la convalidación de mi carrera para poder ejercer aquí.

—¿Carrera? ¿Qué carrera? —preguntó Isabel con interés.

—Soy médico, con especialidad en cirugía. —Manuel advirtió un destello de sorpresa en la mirada de su madre—. Mi mujer, Victoria, nació en Madrid, y también estudió en la universidad.

—Tu... mujer... Así que estás casado, y ella ha venido contigo...

—Sí. En Rusia era profesora de lengua española. También está intentando trabajar.

—¿Trabajar? Aquí las mujeres están en sus casas, cuidando de la familia. ¿Tenéis hijos?

—No. Decidimos esperar a tenerlos cuando regresáramos. En cuanto nos instalemos y encontremos trabajo iniciaremos una nueva vida.

—Manuel, yo... me alegro de que estés de vuelta... Aunque para mí esto es muy difícil... Te fuiste cuando eras un niño y ahora eres todo un hombre, con una familia, una carrera. No consigo verte aún como al hijo que se fue, sino como...

—Como a un desconocido... —cortó el joven.

—Sí. Eso es. Durante muchos años me arrepentí por haber tomado aquella decisión. Yo creí que volverías pronto, en unos meses, cuando la guerra terminara... Después me casé de nuevo, formé otra familia y tuve que seguir adelante con esta carga sobre los hombros. Tú sabes cómo era el abuelo, y mis hermanos, todos militares que lucharon en el bando nacional... Tu padre fue un rebelde y yo descargué mi rabia en ti. Ahora me arrepiento, pero ya no hay vuelta atrás...

Manuel sintió calor en sus mejillas de indignación.

—Quieres decir que no quieres volver a verme, que te avergüenza decir a todos que tienes un hijo venido de Rusia, igual que te avergonzabas de mi padre por no haber luchado en el bando ganador... —dijo levantándose.

—¡No! —exclamó Isabel tomando su mano—. No me avergüenzo de ti. Solo necesito tiempo para asimilar esta nueva situación.

—Para mí tampoco es fácil, madre. Todos nos miran como a bichos raros, la policía nos vigila como si fuéramos delincuentes, y la primera vez que fuimos a una iglesia el cura nos negó la comunión al conocer de dónde procedíamos, diciendo que vivíamos en pecado porque no estamos casados por la Iglesia. No es fácil regresar a tu tierra y sentirte rechazado hasta por tu propia madre. —Manuel tenía los ojos húmedos y se le quebró la voz al levantarse de la mesa—. Adiós. No quiero comprometerte más.

—Hablaré con mi familia. Quiero que traigas a tu mujer a casa para que la conozcamos... —le dijo a su espalda, cuando iniciaba su marcha. Manuel se detuvo para mirarla.

—No tienes por qué hacerlo, si solo te va a acarrear problemas... —murmuró con dolor.

—Es mi deber. Te debo una compensación por el daño que te hice.

—¿Estás pidiéndome perdón, madre?

—Sí. Te confieso que tenía verdadero pánico a este momento, pero siento que debo enmendar el error que cometí, llevada por la rabia y la inmadurez. No espero que me perdones, porque ni yo misma me he perdonado aún. Con mi decisión cambié tu vida, tu futuro, tu destino... Ahora tengo el deber de ayudarte.

—Ya sabes dónde encontrarme —dijo a modo de despedida.

Los interrogatorios a los que fueron sometidos los repatriados de la Unión Soviética rayaron la humillación en incontables ocasiones. A pesar de las gestiones que el gobierno de Franco había realizado para traer a casa a estos Niños de la Guerra, con grandes campañas en radio y prensa, existía el temor de que entre ellos vinieran infiltrados algunos elementos subversivos y desestabilizadores, entrenados para crear problemas en una sociedad que el dictador dirigía con mano de hierro.

Manuel y Victoria no se libraron de aquellos cuestionarios en los que participaban no solo la policía secreta, sino la CIA, que tenía un gran interés por conocer la carrera armamentística de los soviéticos. Habían fracasado con los miembros de la División Azul que fueron a luchar con el ejército alemán en la Unión Soviética, pues la mayoría de los que regresaron habían estado en zonas de guerra o presos en campos de trabajos de Siberia. Sin embargo, muchos de los repatriados de ahora habían trabajado en fábricas relacionadas con armamento, incluso habían participado en la contienda contra los alemanes, por lo que consideraban muy valiosa la información que pudieran ofrecerles.

La CIA, central de inteligencia estadounidense, consiguió del gobierno español tener su propia ubicación en el número 4 de la calle Orense de Madrid, donde los retornados debían acudir obligatoriamente para ser interrogados sobre su pasado laboral, familiar o social en la Unión Soviética. Su fin primordial era localizar espías del KGB infiltrados entre ellos. Nadie se libró de aquellos cuestionarios, ya fueran hombres o mujeres, españolas o rusas.

Manuel y Victoria habían acordado no hablar de la actividad que en aquellos momentos realizaban Iñaki y Rafael en Kazajistán, pues estos esperaban regresar pronto a España y podrían tener serios problemas si se conocía su trabajo secreto en la estación espacial. Las preguntas de las fuerzas de seguridad iban destinadas a conocer el tipo de armamento que se estaba produciendo en la Unión Soviética. En ocasiones les colocaban delante un mapa del país o de las ciudades donde habían vivido, con el fin de que les señalaran el punto exacto donde estaban situadas las fábricas. Cuando el interrogado indicaba que había trabajado en alguna de ellas, las preguntas eran más concretas, solicitando el nombre del director, sus costumbres o el aspecto físico. En uno de aquellos interrogatorios Manuel estalló cuando le exigieron que hiciera una lista de sus amigos.

—¡Ya está bien! —exclamó furioso—. Yo tenía cientos de amigos allí y ninguno era mala persona. No pienso decirles nada que pueda perjudicarlos.

—¿Por qué? —preguntó un agente de cabello corto y rubio con un fuerte acento inglés—. ¿Acaso está encubriendo a alguien?

—Escúcheme de una vez: yo solo quiero vivir aquí con mi mujer, en paz, y olvidarme de los años pasados en Rusia. Mi padre fue piloto durante la República, y bien que he pagado su rebeldía. Mi madre me envió a Leningrado pensando que regresaría en pocos meses, pero fueron veinte años. Mi abuelo materno fue general y luchó al lado de Franco en el levantamiento en África. Los hermanos de mi madre son militares, y yo quiero tener mis raíces aquí, en mi tierra. Mi mujer tenía dos tías monjas y fueron asesinadas a manos de milicianos del Frente Popular. En Leningrado fue castigada por tener creencias religiosas y la obligaron a romper su Biblia delante de los compañeros de clase. Sin embargo, y a escondidas, enseñó a rezar a algunos de ellos. ¿Qué más pruebas de lealtad quieren de nosotros? ¡Déjennos vivir en paz! —exclamó, harto ya de tanta desconfianza.

—No te pongas bravo, Manuel Jiménez —murmuró con sorna un policía español—. Sabemos que fuiste soldado del Ejército Rojo y que te condecoraron con la medalla de la Orden de Lenin. Eso no se lo dan a cualquiera. —Sonrió con desconfianza—. ¿Qué hiciste para conseguirla? ¿Mataste a muchos alemanes?

Manuel recordó la mañana en la que el mismísimo Nikita Jruschov, que durante la guerra había ocupado el cargo de comisario político, condecoró al grupo de «valientes soldados españoles», como los definió a él y a sus amigos, por su tenaz esfuerzo al recuperar aquellas cajas de ámbar; los consideraron héroes, y muy orgulloso que se sintió entonces.

—No. No fue por eso... Robamos a los alemanes una parte del botín procedente del saqueo de los palacios de los zares.

—¿Quién iba contigo? Danos nombres —ordenó el norteamericano.

La cara sonriente y desprovista de miedo de Iñaki le vino a la mente en aquel instante; y también la de Rafael Celaya, su gran amigo.

—Eran soldados de la milicia soviética; no había españoles aquel día.

—No te creo. Los niños españoles siempre iban en grupo con las milicias del Ejército Rojo. Nos lo han contado algunos de los repatriados —murmuró el policía español, de mirada intensa y cabello oscuro.

—Si lo saben todo, si tienen las listas de los que nos alojamos en las casas de Leningrado, ¿qué quieren de mí?

—Queremos saber quién, además de ti, recibió la condecoración.

—Hubo muchos niños españoles que lucharon en esa guerra y fueron condecorados.

—Sí, pero solo me interesan los que estaban contigo ese día en que te convertiste en un héroe.

—No tengo nada que decir... —Manuel bajó la cabeza, cansado ya de aquel cuestionario—. Envíeme a la cárcel.

—No. Vas a volver a la pensión. Y dile a tu mujercita que se presente mañana a las nueve en punto —ordenó el policía español.

Victoria lo esperaba en la habitación de la pensión y advirtió el gesto sombrío de Manuel. Al llegar, este se tumbó en la cama sin descalzarse y cerró los ojos.

—Otro interrogatorio duro, ¿verdad? —dijo Victoria tumbándose a su lado.

—Sí. Ahora quieren saber por qué nos condecoraron. Me han exigido la lista de los amigos que lucharon en la guerra con nosotros.

—Alguno de ellos está aquí, regresamos juntos.

—Sí, y ellos lo saben. Pero quieren más.

—No podemos hablarles de Rafael e Iñaki. Si se enteran de lo que están haciendo, tendrán problemas cuando regresen. Si es que los dejan salir algún día...

—Despierta de una vez, Victoria. Los rusos no van a permitirles volver para que cuenten al mundo sus secretos militares. Mientras la situación política siga igual, no vamos a verlos en mucho tiempo.

—Nada es eterno, Manuel. Algún día todo cambiará y seremos libres.

—¿Estás segura? Yo creía que íbamos a serlo cuando llegáramos aquí, y mira cómo estamos... —Movió la cabeza con pesimismo.

—Sí, lo creo firmemente. Pero hay que tener paciencia.

—¿Cómo te ha ido el día? —preguntó Manuel, girándose hacia ella en la cama.

—He estado en varios colegios, pero no creo que me den trabajo. Esta mañana he visitado el último en el barrio de Carabanchel. Todo iba bien hasta que le dije al director que durante los últimos años había estado viviendo en la Unión Soviética. Entonces noté cómo cambió el gesto y le entraron unas repentinas ganas de echarme de su despacho. En esta España donde las mujeres no trabajan, yo solo podría optar, con suerte, a un puesto de maestra o de profesora de lengua o literatura, pero sé que no voy a conseguirlo, y mucho menos dar clases de lengua rusa... —dijo con una mueca de tristeza.

—Cuando tengamos nuestro propio hogar quizá puedas ejercer como profesora de música para niños. Los rusos tienen fama de ser buenos en esa materia, y tú eres una virtuosa con el violín. Podrías dar clases.

—¿Tú crees? —preguntó con escepticismo—. En cuanto los padres se enterasen de que hemos vivido en la Unión Soviética dejarían de enviarme a sus hijos. ¡Si hasta los inquilinos de esta pensión nos miran como a apestados...! No, Manuel, sé que no voy a encontrar un trabajo digno en mucho tiempo.

—Bueno, al menos espera que yo lo consiga —dijo esperanzado.

—Ojalá sea pronto. Llevamos aquí seis meses y no paran de asediarnos, de vigilarnos; incluso la dueña de la pensión nos trata con desdén, ¿no te das cuenta? No somos bien recibidos aquí.

—Llegaremos a adaptarnos y se convencerán de que

somos buenas personas, gente normal, y que el hecho de haber vivido en la Unión Soviética fue algo accidental...

—Eso espero yo también. Nunca imaginé que iba a regresar a una España como la que he hallado. Cuando la dejé había bombas, alborotos, violencia... Pero antes de la guerra se respiraba libertad. Ahora parece que no hemos salido de Rusia: no podemos hablar, nos vigilan, nos interrogan como a delincuentes... ¿No te recuerda esto al ambiente de terror que vivimos en Leningrado después de la guerra? Porque yo me siento igual, apenas noto la diferencia.

—Hemos salido de una dictadura y hemos entrado en otra. Una de derechas y otra de izquierdas —murmuró Manuel.

—¡Mentira! Todas son iguales. Aquí está Franco y allí estaba Stalin, y ahora sus herederos, que no se diferencian demasiado. Mientras sigan gobernando con esa dureza todo va a seguir igual.

—Pero entonces, ¿qué solución me ofreces? ¿Irnos de España? ¿Adónde? ¿A Francia? ¿Esa es la solución?

—No lo sé, pero veo que nuestra situación no ha cambiado demasiado.

—Soy cirujano y estoy más preparado que la mayoría de los médicos que trabajan en los hospitales de aquí. Algún día me darán la oportunidad de demostrar mis méritos. Ojalá encuentre pronto trabajo para poder mantenerte y conseguir una vivienda propia. Estoy convencido de que esto va a cambiar. Confía en mí, Victoria, todo va a ir mejor...

Al día siguiente Victoria se presentó puntualmente a las nueve en la Dirección General de Seguridad. Manuel salió también a primera hora a visitar hospitales y presentar su currículo, solicitando entrevistas en clínicas privadas para abrirse paso.

Eran las diez de la noche y Manuel comenzaba a inquietarse: Victoria aún no había regresado de los cuestionarios y decidió presentarse allí para obtener información. Al entrar, un oficial le informó con gesto adusto que Victoria aún seguía en la sala de interrogatorios. Aquella circunstancia lo llenó de temor e intentó obtener más información.

—Váyase a casa. Su mujer está prestando declaración y le queda un buen rato.

Manuel salió a dar un paseo por los alrededores. Estaban a finales de marzo y hacía frío, pero estuvo dando vueltas por la Puerta del Sol. A las doce de la noche regresó para obtener noticias.

—¿Qué saben de mi mujer?

—Va a quedarse aquí esta noche —le informó un policía uniformado tras consultarlo por teléfono.

Manuel se descompuso y su rostro adquirió un color pálido.

—Pero ¿por qué? ¿Qué le han hecho?

—Sigue en los interrogatorios, y como no coopera con las autoridades va a dormir en el calabozo. Váyase, ya tendrá noticias de ella.

Manuel no regresó a la pensión y se quedó sentado en un banco en el interior de la comisaría, esperando ver salir a Victoria y temiendo por su integridad. Durante la tensa vigilia recordó la última semana que habían pasado en la Unión Soviética. El PCE había congregado en Moscú a todos los integrantes del primer viaje de regreso a España, y los que vivían en otras ciudades, como él y Victoria, habían viajado hasta allí. Durante varios días estuvieron respondiendo los cuestionarios del KGB y preparando la documentación relativa al viaje.

Al enterarse por una carta de Victoria del regreso a España, Rafael e Iñaki consiguieron un permiso especial en la estación espacial para viajar a Moscú y despedirse de sus amigos. Fue emocionante el reencuentro de muchos de los compañeros que habían convivido en las casas de Leningrado. Se hicieron fotos, organizaron una fiesta, cenaron juntos, compartieron sus trayectorias laborales y familiares... Fue una semana inolvidable para todos. Los cuatro amigos estaban juntos otra vez, disfrutando de las bromas del gran Iñaki, que parecía tener la misma edad mental que cuando lo dejaron once años atrás. Rafael era ahora todo un hombre responsable y sensato que había madurado a fuerza de golpes. Les habló con entusiasmo de su trabajo, de su vida en Kazajistán, de los compañeros científicos pertenecientes a la élite mundial... Se le veía contento, a pesar de lamentarse por no poder regresar a España, que era su mayor deseo. Durante aquellos días de confidencias, Rafael les rogó que no dieran detalles de su destino en la estación espacial, ya que si había constituido un impedimento para salir de la Unión Soviética, estaba seguro de que tendría problemas en España cuando consiguiera regresar.

Manuel recordó ahora las miradas que su esposa posó sobre Rafael durante aquellos días previos a la partida. Después de tantos años sin verse aún notaba la fascinación de ella por su mejor amigo. Victoria se lo había dado todo: era cariñosa, buena esposa, buena amiga y amante; pero siempre supo que era a Rafael a quien amaba, y en aquel instante sintió una mezquina satisfacción por haber regresado a España con ella mientras que Rafael se quedaba allí. Victoria era suya, tenía a su lado a la mujer que amó siempre, desde la primera vez que la vio cuando tenía catorce años en la casa número nueve de Leningrado, con su nariz respingona y gafas de empollona. Era consciente de que Victoria era mejor que él en todos los aspectos: más inteligente, más paciente, con una intuición que él jamás llegaría a tener. Aunque no lo amara, la necesitaba a su lado para vivir, para respirar, para levantarse cada mañana. Durante los años que habían pasado solos, tras su matrimonio y el posterior regreso a Leningrado, la había conocido en profundidad y descubierto nuevas facetas de ella: era la mejor ama de casa del mundo, excelente cocinera, a pesar de la escasez de alimentos, buena administradora, y siempre le ofreció un hombro donde él podía apoyarse. Nunca lo defraudó; al contrario, siempre superó las expectativas ante cualquier contratiempo. En aquella madrugada de incertidumbre, el recuerdo del dolor de Rafael cuando Teresa falleció en la guerra le vino con nitidez y se puso en la piel de su amigo, pues solo con pensar en la posibilidad de perder a Victoria sería incapaz de dar un paso.

Había amanecido, y a Manuel le dolían todos los huesos del cuerpo debido a la mala postura por haber pasado toda la noche sentado en un incómodo banco de madera. A las diez de la mañana, un policía perteneciente al servicio secreto se le acercó y le informó que Victoria seguía con los interrogatorios y no sabían cuándo iba a salir.

—Por favor, ¿podrían explicarme qué ha hecho mi mujer para que la hayan tenido retenida toda la noche?

Un varón de unos cuarenta años, con cabello corto y rubio, se acercó a ambos.

—Usted tiene en sus manos acabar con esto —dijo con acento inglés—. Su esposa es muy inteligente, pero a nosotros no nos engaña. Tarde o temprano van ustedes a contar todo lo que saben. Somos pacientes, y si su mujer es testaruda, nosotros también. Y les aseguro una cosa: van a hablar. Su futuro depende de ello, así que reflexionen de una vez.

A las cuatro de la tarde, Victoria salió al fin con los ojos llorosos y la frente alta. Manuel estaba esperándola y regresaron juntos a la pensión.

—¿Qué ha pasado, cariño?

—Son unos indeseables...

—¿Qué dices? ¿Te han tocado, te han golpeado?

—No, no me han puesto una mano encima. No hacía falta. Han intentado humillarme, pero los he dejado. Estos no saben quién soy, a mí no me va a obligar nadie a decir cosas que no quiero decir... No han podido conmigo, Manuel. Les he hecho frente: cuando no respondes lo que ellos quieren, insisten una y otra vez, pero hay que mantenerse firme, sin dudar. Tienes que responder con seguridad y dar siempre la misma respuesta. En el momento que bajes la guardia, como dejes traslucir un signo de debilidad, se lanzan a por ti. Pero yo me he mantenido en mis trece y los he sacado de quicio. —Sonrió—. Así hay que comportarse con estos mierdas.

—Pero ¿qué querían saber? ¿Por qué te han retenido tanto tiempo?

—Es por Rafael. Algunos de los que han regresado y están interrogando han ofrecido un listado de los que se quedaron allí. Lo saben todo de nosotros, los integrantes de la casa de Leningrado, los que vivimos en Samarcanda... Algunos vieron en Moscú a Rafael y a Iñaki a nuestro lado en los días previos a la partida. También han contado que éramos muy amigos, saben lo de la muerte de Teresa en la guerra, y que Iñaki vive con Rafael. Quieren conocer el motivo por el que se quedaron allí.

—¿Y tú qué les has dicho?

—Nada. Que Rafael e Iñaki estuvieron en Moscú para decirnos adiós, que no los habíamos visto durante once años y que ahora trabajaban fuera de Moscú, aunque no sabía en qué.

—¿No les has dicho que Rafael es ingeniero aeronáutico?

—¡Eso ya lo saben ellos! —dijo con cansancio—. Pero quieren saber qué está haciendo. Cada vez tengo más ganas de salir de aquí. ¡Estoy harta, harta, harta de todo esto, Manuel! ¡Vámonos a Francia! Todavía estamos a tiempo. Nos darán permiso para salir. Tú eres médico, y yo podré trabajar en libertad. ¡Vámonos!

Manuel quedó callado, pensativo. En aquel momento tomó una resolución que había estado madurando durante la insomne madrugada, pero no la compartió con ella. Esta situación tenía que acabar y él sabía cómo.

—Victoria, este es nuestro país, tengo a mi familia. Precisamente ayer por la mañana, cuando tú estabas en el interrogatorio, mi madre me llamó por teléfono. Nos ha invitado a cenar en su casa este sábado. Quiere que conozcamos a sus hijas... También irán mis tíos con sus familias. Mi madre al fin parece que nos está aceptando. Yo ya no la odio, quiero tener una familia, unas raíces; tengo dos hermanas que, nunca pensé que iba a decirlo, me hace ilusión conocer... Estamos muy solos, Victoria, y ellos son todo lo que tenemos. Mis tíos son militares y si han accedido a ir a casa de mi madre es porque nos van a dar un voto de confianza. Ten paciencia, cariño... todo se va a arreglar —dijo tomándola por los hombros—. Estoy seguro de que vamos a salir de esta y voy a conseguir pronto un trabajo.

Victoria quedó en silencio y lo aceptó, aunque presentía problemas. No era tan optimista como él. Ella era más realista; además, su sexto sentido le decía que aquella aventura no iba a terminar bien.

A primeros de junio de 1957 llegó la gran noticia: les habían concedido un piso de alquiler en la zona de Cuatro

Caminos, en una torre de viviendas situada junto a la avenida del General Perón. La familia de su madre había intercedido por ellos ante las autoridades y poco a poco se fueron integrando en la sociedad madrileña. Manuel aún estaba sin trabajo y Victoria recorría las editoriales ofreciéndose como traductora del ruso al español. Pero era escasa la literatura que llegaba de la Unión Soviética, y más todavía las empresas editoras interesadas en traducir a autores clásicos rusos.

Aquella mañana Manuel recibió la orden de presentarse en la sede del servicio de inteligencia estadounidense de la calle Orense para una declaración rutinaria que la policía española les obligaba a asistir. Era su primera declaración tras el último incidente con su mujer en la Puerta del Sol. Nada más acceder a un despacho bien iluminado y finamente amueblado, Manuel se sentó en una mesa frente a un hombre al que reconoció enseguida, de pelo corto y rubio; era el que lo había abordado junto a un miembro de la policía secreta la noche en que Victoria estuvo retenida en la Brigada Político-Social de la Puerta del Sol. Se presentó como Richard Wilson.

—Hábleme de Rafael Celaya, dígame qué sabe de él.

—Rafael Celaya es un amigo, fuimos compañeros en la casa número nueve de Leningrado. Era de Bilbao y...

—¿En qué trabaja?

—Pues... no lo sé.

—Vivieron varios años juntos en Leningrado... —afirmó, esperando confirmación.

—Bueno, estuvimos en el mismo internado y volvimos a coincidir en Samarcanda algunos meses durante la guerra. Después él se fue a trabajar a Taskent. Cuando la guerra terminó, yo regresé con mi mujer a Leningrado y él se trasladó a Moscú. No nos vimos durante más de diez años.

—Estudió ingeniería aeronáutica, ¿no es así?

—Sí.

—¿Por qué no ha regresado?

—Pues... no lo sé, él tenía trabajo allí y apenas le queda familia en España...

—¿Dónde trabaja?

—No lo sé. Sabemos que terminó la carrera, pero nada más...

—Vamos, hombre. Sabemos que usted y su mujer eran íntimos amigos de él, y que está trabajando en un proyecto secreto del gobierno soviético.

—Bueno, y si lo saben, ¿por qué me lo preguntan? —preguntó ligeramente molesto Manuel.

—Porque quiero que me hable de su vida privada. ¿Sabe si está casado?

—Estaba soltero cuando lo vi en Moscú antes de partir hacia aquí.

—Vive con Iñaki Rodríguez, un tipo retrasado y mutilado de guerra...

—Sí, se hizo cargo de él desde que llegamos a Leningrado en 1937.

—¿Qué más datos puede aportarnos sobre la familia de Rafael?

—Lo poco que sé es que su padre murió antes de que saliera para Leningrado, y la última vez que lo vi me dijo que su madre...

—Sí, lo sabemos todo de su familia —lo interrumpió con cansancio el agente de la CIA—. Estamos al corriente de que su madre también ha muerto, pero quiero algo más que no nos haya dicho hasta ahora, ¿me entiende? Ofrézcanos algo para que podamos confiar en usted. A cambio, podríamos dejar de incordiarlos y hacer algunas llamadas para que encontrara un trabajo adecuado a su cualificación...

—lo tentó.

Manuel se vio en la tesitura de elegir entre su futuro y su amigo. Era una decisión que llevaba meditando desde que Victoria fue retenida en la Puerta del Sol. No creía que pudiera hacerle daño a Rafael si contaba la verdad, pues estaba seguro de que el gobierno soviético no lo iba a dejar salir en muchos años. Y pensando egoístamente, tampoco quería que regresara, no lo quería cerca de Victoria...

—De acuerdo —se oyó decir a sí mismo, sin apenas reconocer su voz—. ¿Qué quieren saber exactamente?

—Información personal.

—Él tenía un hermano de cuatro años cuando salimos de España en el 37, camino de Leningrado. Al hacer el transbordo en Francia, Joaquín se perdió. Rafael lleva intentando localizarlo desde que llegó a la Unión Soviética, pero aún sigue perdido.

Manuel notó que Wilson lo escuchaba con interés y tomaba notas.

—Interesante... ¿Y qué fue de ese niño?

—Rafael nunca lo supo. No estaba en el barco que nos llevó a Leningrado. Siempre guardó la esperanza de que se hubiera quedado en Francia y alguien lo adoptara. La Cruz Roja Internacional, a quien pidió ayuda, nunca dio con su paradero. Después vino la guerra, la incomunicación con el exterior... En fin. —Se alzó de hombros.

—¿Cómo es Rafael? ¿Es inteligente? ¿Extrovertido? Hábleme de su carácter.

—Rafael es una persona sensata y responsable. Y fue un buen estudiante.

—¿Va a decirme dónde trabaja?

—Mire usted, yo lo único que sé es que trabajaba para algo secreto del gobierno soviético...

—¿Qué clase de secreto? —inquirió. Manuel suspiró, rendido ya.

—En una estación espacial...

—¡Ah...! Interesante... —Durante unos instantes el interlocutor extranjero se quedó en silencio, mirándolo—. ¿Por qué no nos ha dicho antes esto?

—No lo sé, quizá por lealtad. Rafael es un buen hombre.

—Ahora reconoce que es muy amigo suyo. —Sonrió triunfante—. Entonces, lo estaba encubriendo... ¿Trabajó usted también para el gobierno soviético?

—¡No, no, no...! —exclamó con agitación—. Yo soy médico y he ejercido solo como médico en un hospital de Leningrado. Cuando terminó la guerra me instalé allí y Rafael se quedó en Moscú con Iñaki. No volvimos a vernos hasta unos días antes de partir desde Moscú hacia el puerto de Odesa, donde embarcamos hacia España. A veces nos escribíamos cartas y recibíamos noticias de él y de Iñaki. Esa era toda nuestra relación...

—¿En qué lugar de la Unión Soviética vivían?

—En la zona asiática. En Kazajistán... No sé nada más.

—Ha referido que se escribían cartas... Debe de tener su dirección... —dijo con suspicacia.

—No. Ellos estaban en una «ciudad cerrada». En la Unión Soviética hay complejos científicos y militares secretos que no aparecen en los mapas. Según nos contó Rafael, era una especie de ciudad construida alrededor de la central espacial donde viven científicos, militares y obreros. Para entrar o salir de allí necesitaban un permiso especial, y el acceso es a través de la Fuerza Aérea Roja. El contacto con ellos se hacía a través de la sede del Centro Español en Moscú. Les enviábamos allí las cartas y ellos se las mandaban a las autoridades soviéticas para que se las hicieran llegar a Rafael. La mayoría de las que ellos nos escribían llegaban abiertas y con tachones... —Se encogió de hombros con resignación.

—¿Tiene esas cartas?

—No. Decidimos no traer nada que pudiera comprometernos y las quemamos antes de venir. Dejamos allí muchas cosas personales... Pero recuerdo que en sus cartas decía que los veranos eran muy calurosos y en invierno nevaba y llegaban a los cuarenta bajo cero. Rafael es un buen hombre. Ha cuidado de Iñaki como si fuera su propio hermano...

—¿Qué sabe de Iñaki?

—Iñaki es una persona un poco...

—Es un retrasado.

—Bueno, sí, aunque puede valerse por sí mismo. Cuando salió de España su padre estaba en el frente y no tenía noticias suyas. Seguramente murió. Y su madre falleció estando ya todos en Leningrado. Sé que tiene hermanas, y una tía que le escribía cartas al principio. Iñaki es como un niño grande, ingenuo y bonachón. Vive con Rafael y trabajaba en la estación espacial como soldador. Es totalmente inofensivo.

—¿Qué más nos puede decir de Rafael? ¿Está muy adoctrinado en el comunismo?

—No lo creo. En los días previos a la partida a España nos contó que estaba trabajando al lado de científicos de prestigio mundial y que le gustaba lo que hacía. Pero después, a solas, me confesó que lo habría dejado todo por poder regresar.

—¿Se confesó entonces anticomunista?

—¿Qué está diciendo? —Lo miró, tratando de sonreír—. Allí no hay anticomunistas, nadie puede confesar sus ideas políticas, por muy contrarias que sean a lo que está establecido. Tras la muerte de Stalin la situación se suavizó un poco, pero los campos de trabajo en Siberia siguen funcionando igual que antes para el que se salte las normas y hable más de la cuenta...

—Hábleme del trabajo de Rafael Celaya en Kazajistán.

—En las cartas no contaba nada. Cuando nos vimos en Moscú nos dijo que estaba trabajando en la construcción de un satélite espacial.

Ahora Wilson se inclinó hacia delante y colocó sus codos sobre la mesa.

—¿Qué más le contó sobre ese asunto? Intente repetir palabra por palabra esa conversación... —preguntó vivamente interesado.

—Bueno, dijo que estaban dando prioridad a los trabajos que hacían allí, y que en los últimos años se habían unido al proyecto muchos especialistas alemanes. El gobierno soviético tiene como objetivo prioritario tomar la delantera a Estados Unidos en la carrera espacial y, según Rafael, lo están consiguiendo... —Sonrió con maldad, mirando a su interlocutor.

—¿Cómo?

—Eso no lo sé, pero él se sentía muy orgulloso de su trabajo. Decía que estaba rodeado de grandes ingenieros y científicos con los que estaba aprendiendo mucho. Pero tampoco podía hablar demasiado del proyecto en el que estaba inmerso. En la Unión Soviética no se puede hablar casi de nada... —murmuró moviendo la cabeza.

—Es una información muy valiosa la que nos ha proporcionado. Sin embargo, su mujer se negó a hablarnos de Rafael, y nos consta que es igual de amiga de él que usted.

—Les he contado esto para que no vuelvan a molestarla. Ella es algo testaruda... —Se encogió de hombros, disculpándola—. Yo colaboraré con ustedes en lo que me pidan, pero a ella déjenla en paz... Por favor... —suplicó.

Al llegar a casa, Victoria lo miró y notó enseguida algo inusual en sus gestos: Manuel se estaba mordiendo el labio inferior.

—¿Qué ha pasado, cómo ha ido el interrogatorio?

—Como siempre. Un incordio.

—Tienes una mirada extraña, Manuel. ¿Has hecho algo? ¿Has hablado más de la cuenta? —Él retiró sus ojos de los de ella.

—No, no ha pasado nada.

—¿Estás seguro? A mí no puedes engañarme...

—¡Ya estás con tus cosas! Necesito relajarme, estoy cansado —dijo tratando de eludir su mirada y saliendo de la cocina.

Victoria se quedó inquieta. Lo conocía bien, y cuando se mordía el labio inferior era señal de estar preocupado. Ahora, desde el umbral de la cocina, lo observaba de espaldas, a hurtadillas. Manuel estaba sentado en el sillón frente a la ventana, y cuando se abstraía pensando en algo importante solía tomar un mechón de su flequillo y enrollárselo entre los dedos mientras miraba al suelo. Era lo que estaba haciendo en aquel momento. Victoria sabía que estaba tomando una decisión, o quizá la había tomado ya. Cuando terminaba de meditar solía exponerle sus planes. Las grandes decisiones que afectaban a su futuro, como el del traslado a Leningrado tras la guerra o la decisión de volver a España fueron decisiones que primero él maduró a solas y después se las expuso, aportando las ventajas y los inconvenientes y solicitando su aprobación.

Victoria regresó a la cocina y esperó a que él estuviera preparado para hablar. Sin embargo, aquella vez fue diferente: Manuel trató —aunque no lo consiguió a los ojos de Victoria— de aparentar normalidad, charlando de banalidades y sobre las citas que tenía concertadas el día siguiente para buscar trabajo. A pesar de que nada había cambiado entre ellos, Victoria presentía que su marido le ocultaba algo.

Y de repente, tres días más tarde llegó la gran noticia: habían citado a Manuel en el hospital de La Paz para ofrecerle un puesto como cirujano. ¡Al fin se cumplieron sus sueños! Manuel estaba eufórico; tenían un piso para ellos solos que se había convertido en un hogar cálido y acogedor, un trabajo y un futuro esperanzador en España. En los meses que siguieron Victoria advirtió que ya no los llamaban para declarar en la Puerta del Sol y su vida empezó a normalizarse. Manuel acudía a diario al hospital, donde empleaba prácticamente todas las horas del día. Regresaba de noche agotado por el intenso trabajo. Todavía no tenía un sueldo equiparado al de sus compañeros, pero era el precio que tenía que pagar por ser un extranjero venido nada menos que de la Unión Soviética.

Por su parte, Victoria no conseguía adaptarse a aquella sociedad donde el modelo de mujer era el de madre de familia numerosa encerrada en casa cuidando de los hijos y del marido. Para ella constituía una situación opresiva; se sentía vigilada, incluso despreciada por algunas vecinas que conocían su procedencia. Además, cada vez se alejaba más la posibilidad de encontrar trabajo. ¿Quién iba a contratar a una mujer que solo sabía enseñar literatura o lengua rusa? Ella no servía para estar en casa haciendo labores, y su relación con Manuel había cambiado, pues solo se veían a la hora de la cena y hablaban de cosas triviales, de la posibilidad de comprar un televisor o de su madre, que ahora los invitaba con más frecuencia.

Un día de mediados de octubre de 1957, Victoria escuchó en la radio una noticia que atrapó su atención: hablaban de la Unión Soviética y de un satélite que habían lanzado al espacio: el *Sputnik* —que en ruso significaba eso, «satélite»—, el primer objeto fabricado por humanos que había alcanzado la órbita terrestre. La noticia de que una esfera de aluminio con cuatro finas antenas y ochenta y cuatro kilos de peso había sido colocado en órbita a unos seiscientos kilómetros sobre la Tierra causó estupor en el mundo entero, un hito extraordinario conseguido por un cualificado equipo de científicos de la Unión Soviética que acababa de dar un paso de gigante en la que a partir de entonces sería denominada la carrera espacial, en competencia directa con Estados Unidos. El gobierno de ese país recibió la noticia como un torpedo en su línea de flotación, pues creía llevar la iniciativa en la tecnología espacial y habían quedado en ridículo ante el mundo, adelantado por un país al que habían infravalorado en el plano tecnológico y militar.

Victoria sonrió al escuchar el entusiasmo del locutor de radio, ofreciendo detalles de aquella llamativa noticia. Sus pensamientos volaron hacia Rafael, que en aquellos instantes estaría saboreando las mieles del éxito, pues sabía que él formaba parte del equipo de científicos e ingenieros que habían llevado a cabo la espectacular hazaña.

Días más tarde, Victoria recibió una llamada desde la sede de la CIA citándola en las oficinas. Sintió miedo, pues desde la vez en que Manuel regresó pensativo del último interrogatorio no habían vuelto a emplazarlos para hacerles preguntas sobre su pasado en Rusia. Nada más acceder al despacho de la calle Orense, reconoció a Richard Wilson, el hombre de pelo rubio que la había estado importunando aquella noche junto a otros policías españoles en la Puerta del Sol.

—Adelante, siéntese, Victoria.

Ella accedió con seguridad, disimulando su temor.

—La he convocado porque quiero que me ofrezca una información personal sobre Rafael Celaya.

—No sé qué más podría decirle, después del interrogatorio que me hizo hace unos meses. Estudió con nosotros en Leningrado, ya lo declaré en su momento, pero decidió quedarse en la Unión Soviética cuando regresamos a España.

—No mienta más, por favor —suplicó el hombre con cansancio—. Conocemos su excelente relación de amistad con él, y que está trabajando en un proyecto científico y secreto, concretamente en una estación espacial de Kazajistán. Lo que aún no entiendo es por qué protege y guarda lealtad a alguien a quien no va a volver a ver.

—Yo no sé nada de Rafael, ni de su trabajo. Quizá le contó algo a mi marido. A mí no me dijo nada...

—Victoria, es usted una mujer dotada de una gran inteligencia, pero no menosprecie la mía, ¿OK? —ordenó con cansancio el estadounidense.

—¿Qué quiere de mí?

—Tengo interés por saber por qué nos ha mentido con respecto a él. ¿Hay algo que nos oculta? ¿Por qué lo ha defendido con tanto arrojo hasta ahora?

—No hay nada que esconder, ni tengo interés por defenderlo. Rafael nos dijo cuando nos despedimos que deseaba regresar a España y no quería tener problemas, eso es todo. No tengo demasiada información sobre lo que está haciendo allí.

—Victoria, parece que aún no ha entendido su situación. En nuestras manos ha estado siempre que usted y su marido continuaran viviendo aquí, que él consiguiera un trabajo y una vivienda propia. Él ha sido más sensato que usted y ha optado por proteger no solo su integridad, sino su futuro, dándonos cuenta de muchos detalles sobre Rafael Celaya. Sin embargo, usted prefirió arriesgarlo todo con su silencio... Porque no me creo que no estuviera al corriente.

Es usted buena mintiendo, Victoria. Pero esta vez no le vamos a permitir ni una falsedad más. El teatro se ha acabado.

—¿Mi marido les ha hablado de Rafael? —preguntó con gran sorpresa. Ahora fue el agente de la CIA quien la miró estupefacto.

—¿Acaso no se lo ha contado?

Victoria guardó silencio y retiró los ojos. Estaba desconcertada, y una ola de indignación cubrió sus sentidos. ¡Manuel había traicionado a Rafael!

—¡Vaya! Creía que había más... comunicación entre ustedes...

—¿Qué les ha contado?

—Todo. Manuel es un buen patriota y ha cooperado, pero usted no, y sin confianza no hay nada. No quisiera rellenar un informe negativo sobre su persona. Imagino que estará al corriente, pues ha salido en las noticias, de que el gobierno español acaba de expulsar del país a un grupo de repatriados de la Unión Soviética por considerarlos elementos subversivos. No nos gustaría que hicieran lo mismo con ustedes —amenazó, esperando su reacción.

—¡No! Por favor, mi marido quiere quedarse a vivir aquí. No nos hagan esto... Se lo suplico... —dijo con la voz quebrada.

—No estaba pensando en su marido... —le dijo con suavidad. Victoria quedó desconcertada.

—¿Qué... qué quiere decir?

—Que confiamos en su marido, pero no estamos seguros de usted. Sabemos que no tiene familia en España. Sus padres fallecieron, y sus tíos también. Es licenciada en Lengua Rusa y Literatura y lleva buscando trabajo desde que llegó a España, pero nadie la contrata. Es una persona con inquietudes, compra libros, escucha música clásica, toca el violín... Tengo la sensación de que no se encuentra demasiado a gusto entre sus compatriotas.

—¡No es cierto! Yo tengo a mi marido, y un hogar...

—Pues si desea conservarlo, si no quiere que los obliguemos a hacer las maletas y volver a Moscú, si quiere que su marido continúe trabajando en España, debe convencernos de que podemos confiar en usted, ¿lo entiende ahora? —preguntó Wilson con dureza.

—Por favor, dejen a mi marido en paz... —suplicó con lágrimas en los ojos—. Él no merece que le hagan esto...

—Lamento decirle que no nos deja demasiadas opciones. De usted depende conservar todo lo que han conseguido hasta el momento. Necesitamos su colaboración y su sinceridad. Sabemos que Rafael vive atormentado por la pérdida de su hermano, del cual aún no sabe el paradero, ¿es cierto o no? No mienta más, por favor —ordenó con frialdad.

—Está bien —dijo tras un incómodo silencio—. Cuando nos despedimos de él en Moscú nos pidió que intentáramos buscarlo en Francia, pero no sabemos por dónde empezar, y en la situación en que estamos no podemos complicarnos la vida. Es difícil moverse sabiendo que nos vigilan.

En aquel momento, se abrió la puerta a su espalda y otro hombre vestido con un elegante traje y corbata a juego accedió a la sala. No se molestó en presentarse y se sentó en el sillón al lado de Victoria, mirándola con interés.

—Dígame, Victoria, ¿habría alguna posibilidad de que usted pudiera contactar con Rafael Celaya? —preguntó el desconocido con acento parecido al de Wilson. Tenía el pelo canoso y ojos marrones, y aparentaba tener más de cincuenta años.

Victoria advirtió que aquel hombre había escuchado la conversación, a pesar de no estar en la sala.

—¿Cómo voy a contactar con él? ¿Acaso no nos tienen controlados?

—Victoria, le prometimos a su marido que si colaboraba con nosotros les haríamos la vida más sencilla... —dijo el recién llegado con una sonrisa de póquer—. Y lo hemos cumplido: Manuel tiene un buen puesto en un hospital y no han vuelto a ser molestados por los servicios secretos españoles.

Al fin lo vio todo claro, al rememorar aquella noche en que Manuel regresó del interrogatorio: sus secretos, los instantes de silencio atusándose el pelo... Acababa de conocer que las trece monedas de Judas habían sido un trabajo, una casa y tranquilidad. Además del dolor por la traición de Manuel a su mejor amigo, estaba la deslealtad hacia ella, pues no la había hecho partícipe de la delación, y en aquel instante se sentía intimidada por la velada amenaza que le acababa de lanzar el hombre de mirada enigmática.

—¿Y qué quieren de mí? ¿No ha colaborado lo suficiente mi marido?

—Queremos ayudar a Rafael Celaya a salir de la Unión Soviética —respondió el visitante.

—¿Para qué? ¿Para someterlo a interrogatorios y encarcelarlo?

—No, nuestra intención es salvarlo de las garras del comunismo y que colabore con el mundo libre —replicó Wilson.

—¿A esto que tenemos en España lo llama usted «mundo libre»? —Victoria los miró con osadía.

—Bueno, la idea no es trasladarlo a España, sino a otro... lugar, donde recuperaría su libertad a cambio de que nos ofreciera información. ¿Estaría dispuesta a cooperar?

—¿Me está pidiendo que inste a Rafael a traicionar a la Unión Soviética? —dijo ahora escamada.

El hombre sentado a su lado se cruzó de brazos y quedó en silencio, mirándola fijamente.

—Exactamente eso. A cambio, le ofreceríamos a usted una buena suma de dinero, una vivienda mejor y un trabajo aquí mismo. Necesitamos traductores de ruso en esta delegación... —Sonrió—. ¿Qué le parece?

—Que están ustedes locos si creen que van a dejarlo salir... —se oyó decir a sí misma.

—¿Eso es un sí? —preguntó Wilson. Los dos hombres la miraban expectantes. Victoria guardó silencio. El que estaba sentado a su lado tomó la palabra.

—Hemos localizado tres hombres en Francia que podrían corresponder con el perfil del hermano de Rafael. Las autoridades españolas nos dieron información sobre ese niño e iniciamos su búsqueda en Francia a través de la Cruz Roja. Tenemos aquí las fotos —dijo haciéndole un gesto a Richard Wilson para que colocara varias imágenes en blanco y negro de jóvenes de entre veinticinco y treinta años—. Uno de ellos podría ser Joaquín Celaya. Estos tres jóvenes eran huérfanos españoles y fueron adoptados en Francia entre los años 1937 y 1940.

Victoria observó las fotos y no pudo identificar ni siquiera un parecido con Rafael en ninguno de ellos.

—Queremos que usted le informe de este hallazgo enviándole una carta a través de nuestros contactos desde un país latinoamericano. Muchos de los que han regresado mantenían correspondencia con sus familiares enviando el correo a Venezuela o Argentina.

—Sí, lo sé. Pero entonces también se enterarán las autoridades soviéticas. Ellos abren todas las cartas...

—Esa es la idea. Cuando Rafael reciba la que usted le va

a enviar, consideramos probable que solicite permiso para ir a Francia a buscar a su hermano. El pretexto se lo estamos sirviendo en bandeja.

—¿Por qué yo? Es mi marido quien ha colaborado con ustedes. Debería ser él quien escribiera esa carta.

—Porque sabemos que era usted, y no su marido, quien se carteaba con él. Queremos que siga la misma rutina.

—¿Si accedo a escribirle me dejarán en paz?

—Bueno, en caso de que la operación tuviera éxito y Rafael consiguiera viajar a Francia, es posible que volviéramos a necesitar sus servicios. Sería nuestro enlace con él.

—¿Y por qué no utilizan a mi marido?

—Consideramos que usted pasaría más desapercibida, y que Rafael confiaría más en usted. Esta es una misión a largo plazo. Mientras tanto, nuestra oferta de trabajo sigue en pie.

Victoria salió caminando por la calle Orense hasta la parada del tranvía. De repente, su vida se había puesto patas arriba. Estaba indignada con su marido, y tras aquella reunión, algo se había removido en su interior. Se preguntó si estaba enamorada de Manuel, y la respuesta fue un NO rotundo. Se preguntó si era feliz en España, y la respuesta seguía siendo NO; a la pregunta de si se veía en el futuro en Madrid, con Manuel, en una buena casa, sin problemas económicos y trabajando como traductora para la CIA, la respuesta volvió a ser NO. Recordaba ahora su etapa como profesora en Leningrado como una liberación. Allí era más pobre, el clima menos amigable y la vida, en resumidas cuentas, más dura, pero se sentía cómoda.

Pensaba en algunos repatriados amigos suyos y en los problemas de adaptación que, como ellos, estaban soportando tras los fastos y celebraciones que con tanta hipocresía les organizaron las autoridades al regreso a España.

Muchos de ellos sufrían el rechazo de sus familias y de sus paisanos, que no aceptaban a sus esposas e hijos rusos, y tampoco encontraban un trabajo digno y acorde con su preparación. Un nutrido grupo de ellos había regresado a la Unión Soviética porque no pudo soportar la presión, tanto policial como de la sociedad que habían encontrado, nada parecido con la que dejaron veinte años antes, con leyes progresistas como las del divorcio o de la igualdad de oportunidades para hombres y mujeres. Entre los que se habían quedado había arquitectos trabajando de oficinistas, ingenieros industriales en puestos de peones de fábricas y talleres o mujeres licenciadas en Ciencias Económicas trabajando como empleadas de hogar, todos resignados a aceptar cualquier oficio con tal de poder mantener a sus familias y establecerse definitivamente en el país que los vio nacer. La situación para muchos era asfixiante, bajo el desprecio y la desconfianza de una sociedad cerrada a cal y canto en un régimen hostil que los examinaba con lupa.

Rafael estaba muy lejos, y Manuel la había defraudado. Ya no quería estar con él. Pensó en la última conversación que tuvieron unos días antes sobre la posibilidad de tener hijos, ahora que al fin habían logrado una estabilidad. Sin embargo, aquella circunstancia la liberaba más, pues no tenía familia en España, ni amigos ni nada que pudiera dejar atrás. Y Manuel no era el hombre con quien deseaba envejecer, menos aún después de conocer su traición.

Cuando Manuel llegó al anochecer, Victoria decidió no referirle la entrevista que había tenido por la mañana en la calle Orense. Él estaba feliz y por fin podía decir que lo tenía todo: a Victoria, un hogar, un trabajo digno y a su familia, con la que se reunía con frecuencia. Aquella noche, en la cama, Manuel le confesó, emocionado, que había almorzado con su madre y esta le había mostrado su arrepentimiento por haberlo enviado a Rusia; le había dicho con lágrimas en los ojos que fue un momento de rabia; ella sabía que él adoraba a su padre y reconoció que fue cruel con él, pero que se esforzaría lo que le quedaba de vida para compensar el daño que le hizo. Victoria lo miró con los ojos llenos de lágrimas y lo besó en la frente.

—Manuel, te he querido mucho, y siempre voy a quererte. Lo sabes, ¿verdad? No quiero que lo olvides nunca.

Al día siguiente, Victoria se dirigió a la calle Orense y preguntó por Richard Wilson. Al acceder al despacho donde había estado la mañana anterior, el agente de la CIA la estaba esperando y la invitó a sentarse frente a él.

—¿Tiene ya la carta escrita para enviarla a Rafael Celaya? —le preguntó con amabilidad—. No esperábamos una respuesta tan rápida...

—No. Y he pensado que no voy a escribirla.

El agente de inteligencia la miró y levantó una ceja.

—Quiero proponerle un trato —dijo Victoria con arrojo—. Si dejan en paz a Manuel, yo me ofrezco a trabajar para ustedes.

—En eso habíamos quedado, ¿no?

—No es exactamente el trabajo que me han ofrecido. Yo... no me siento a gusto aquí, y mi matrimonio no marcha todo lo bien que desearía.

Wilson se retrepó en el asiento, atento a sus palabras.

—Voy a divorciarme de mi marido, pero lo quiero mucho, a pesar de todo. Si me garantizan su seguridad y su estabilidad, regresaré a la Unión Soviética y desde allí contactaré con Rafael para ofrecerle personalmente las últimas novedades sobre su hermano. Él confía en mí, y colaboraré con ustedes para sacarlo de allí.

—¡Vaya! Es una decisión muy... trascendente la que ha

tomado, Victoria. ¿Está segura de lo que va a hacer? —preguntó con cautela.

—Sí. No soporto este ambiente tan irrespirable. Quiero salir cuanto antes de aquí.

—¿Intenta convencerme de que prefiere vivir en la Unión Soviética antes que en España? —La miró con recelo, levantando una ceja.

Victoria se encogió de hombros.

—¿Sabe? Para estar encerrada en casa ejerciendo de amante esposa y vigilada por ustedes, prefiero estar allí, sola y con un buen trabajo —respondió con una sinceridad apabullante—. En aquel país no se vive tan mal como imaginan. Hay muchas carencias, es cierto, pero si no te metes en líos ni en política, se puede vivir con más dignidad que aquí.

—Me cuesta trabajo creerla, Victoria.

—Tienen ustedes una visión algo distorsionada de aquella sociedad. Cometen un gran error al equiparar al pueblo ruso con sus gobernantes.

—Dígame una cosa, ¿cómo se siente usted, rusa o española?

—Yo ya no tengo patria. En la Unión Soviética éramos los españoles, y ahora en España somos los rusos. Yo aspiro a vivir en un país libre, donde pueda decir lo que pienso sin temor a ser represaliada. Si consigo sacar a Rafael de allí, espero que me ayuden a conseguir mi sueño.

—Por supuesto, cuente con ello. Si es lo que desea, vamos a ayudarla a regresar a la Unión Soviética, y si acepta ser nuestro enlace allí, sabríamos agradecer sus servicios. Sería un punto de información muy valioso para nosotros.

—¿Usted cree? No soy de fiar, les he mentido.

—Es usted más fiable que su marido. Es fuerte, inteligente e independiente. Sabemos que es una persona muy leal.

—¿Hacia ustedes? —Sonrió con cinismo.

—A sus convicciones. Usted cree en la justicia y lucha por ella. Nosotros también, por esa razón la queremos a nuestro lado. En la Unión Soviética tenemos agentes infiltrados que pueden ayudarla a salir de allí junto a Rafael Celaya cuando llegue el momento. Mientras tanto, gracias a los privilegios que aún conservan allí los exiliados españoles, podría obtener información sensible que nos sería de gran interés...

—De acuerdo. Cuente con mi colaboración. Mi única condición es que dejen a mi marido al margen. Él no debe saber nada de esto. Voy a abandonarlo para siempre, regresaré a Rusia y pediré el divorcio desde allí...

—OK, todo se hará como usted desee. Es muy valiente, Victoria. Imagino que ha tenido que ser muy duro tomar esta decisión...

—Sí. Me siento como si estuviera al borde de un acantilado. Espero que sepan valorar el riesgo que voy a correr.

—Por supuesto. No va a estar sola, se lo garantizo.

Victoria no tenía intención de explicarle que no eran las ansias de justicia ni libertad las que la empujaban a volver a la Unión Soviética, sino la esperanza de reiniciar la relación con Rafael Celaya que se frustró años atrás. También la CIA tenía sus zonas ciegas y no lo sabía todo sobre la naturaleza humana ni, por descontado, sobre los sentimientos de una mujer desencantada con su marido y enamorada de otro desde la adolescencia. Aquella misión era la excusa perfecta ante ellos para olvidarse de Manuel, de su estirada madre y del agobiante ambiente patriótico que soportaba en las reuniones familiares. En un año había pasado de un extremo político al otro, de una dictadura a otra. ¿Cuándo iba a instalarse en el centro? Soñaba vivir en libertad, en un hogar acogedor junto a Rafael... ¿Se haría realidad ese sueño alguna vez?

Iba a volverse loca de tanto darle vueltas a aquella decisión. Pensaba en el presente, en el pasado, en el futuro, en Manuel, en Rafael. De pronto se ponía a llorar y minutos después dibujaba una amplia sonrisa que rápidamente borraba, aterrada. Sentía pena por Manuel, inquietud por lo que iba a hacer, ilusión por ver a Rafael, miedo por la misión que le habían encomendado cumplir.

Aquella noche, Manuel llegó con un gran ramo de rosas. Estaba feliz, a pesar de mostrar la sonrisa triste que ella conocía. Nunca fue un dechado de alegrías, pero había conseguido una estabilidad emocional en los últimos años. Victoria sabía que le iba a causar un gran dolor, pero era algo inevitable. Ya no había vuelta atrás.

—Victoria, he pensado que, para contentar a todos, desde el cura hasta a mi madre, vamos a casarnos por la Iglesia. Ya estoy cansado de las indirectas de mis compañeros de trabajo, que insinúan que estamos viviendo en pecado. —Sonrió con malicia—. Y para que todo sea como Dios manda, aquí te traigo una pulsera de petición de mano... —dijo abriendo un pequeño estuche con un aro labrado en su interior—. ¿Qué te parece?

Victoria lo miró con pesadumbre y se sentó frente a él sin responderle.

—¿Por qué no me dijiste que habías hablado a la CIA de Rafael? —preguntó a quemarropa.

Manuel alzó la vista con sorpresa.

—¿Qué... qué sabes tú de eso? ¿Quién te lo ha contado?

—Tú no, querido... —respondió con ironía—. Pero ya no importa. Me has decepcionado. Jamás habría esperado algo así de ti. Te lo has guardado durante meses y no tenías intención de decirme nada, ¿verdad?

—Victoria, ¿qué importa el destino de los demás? Era nuestra vida y nuestro bienestar el que estaba en juego. Tuve que hacerlo para que nos dejaran en paz de una vez.

—Rafael fue tu amigo, te ayudó en la casa de Leningrado, y después, durante la guerra. Estoy segura de que él jamás hubiera hecho esto en caso de estar en tu lugar.

—Rafael pertenece al pasado. Ahora es nuestro futuro el que importa.

—¡No! Es tu futuro lo único relevante para ti. Sabes que me asfixio aquí, que vivo encerrada y sin posibilidad de trabajar, que me paso sola todo el día... Ya no puedo más, Manuel. Siento que también tú me has fallado.

—Aún sigues empeñada en que nos vayamos de España... Pues bien, quítatelo de la cabeza. ¡Este es mi país, y aquí nos vamos a quedar! —gritó esta vez, furioso.

—No, Manuel. Te quedas tú. Yo me voy. Toma —dijo extendiéndole un documento—. Firma el permiso para que pueda viajar sola a Francia.

Manuel quedó mudo al advertir que ya había rellenado la autorización antes de que él llegara. Aquella decisión no había sido tomada en aquel momento de acaloramiento. Estaba ya premeditada de antemano. Se dirigió hacia el sillón y se derrumbó en él, vencido, con la mano sujetándose la cabeza.

—Te vas con Rafael, ¿verdad?

—No. Vuelvo a Rusia, pero no con él. Este no es mi país, no tengo familia ni soy feliz aquí. Tú tienes a tu madre, la has recuperado y me alegro por ti, pero yo no soy feliz —recalcó Victoria con énfasis—. Y considero que lo que has hecho es una traición.

—Tú siempre lo amaste. Sé que nunca me has querido...

—Manuel, no me hagas esto. ¿Cómo puedes acusarme de algo así? Yo te elegí a ti...

—¡No! Me elegiste a mí cuando creíste que Rafael había muerto en Leningrado —gritó, corroído por los celos.

—Yo te he amado. He intentado ser una buena esposa y te he querido...

—Vamos, Victoria, reconoce de una vez que siempre has estado enamorada de él.

—Rafael fue para mí algo inalcanzable desde el primer día que lo conocí en el *Habana*. ¡Sí! ¡Lo amé! Pero después te quise a ti. Fui conociéndote, descubriendo tus valores, tu bondad, tu dolor por el desprecio de tu madre... Te he querido mucho, Manuel, más de lo que crees...

—Pero nunca has estado enamorada de mí...

—Sí lo he estado de ti; eres un buen hombre...

—Eso es lo que soy para ti: un buen hombre, un buen amigo, pero nunca me has amado con pasión.

—¿Cómo puedes reprocharme eso? ¿Qué he hecho durante todos estos últimos años? He sido tu amiga, tu compañera, tu cómplice, tu amante. Y me vine a España contigo pensando que era para siempre. Pude haberme divorciado de ti y haberme casado con Rafael, ¿no? Si te pones así de retorcido...

—Eres una mujer leal y nunca me habrías dejado...

—Bueno, ¡ya está! No quiero seguir más esta conversación. Yo me vuelvo a Rusia, pero no es por Rafael. No es por Rafael... —repitió despacio—. Regreso a un país que me acepta tal como soy, con sus restricciones, con su falta de libertad, con su pobreza... Aquí me siento vigilada, rechazada, coartada... Ni siquiera puedo trabajar, ni siquiera puedo viajar sin una autorización firmada por ti. Y también siento que me has decepcionado. Sí, Manuel, me has fallado. Yo quería que nos fuéramos a Francia, pero tú venías dispuesto a quedarte. Pues bien, quédate. Este es tu país, pero no el mío. Ya no me siento de ningún sitio, aunque estoy segura de que viviré más feliz en Rusia con vestidos modestos que aquí luciendo un collar de perlas; al menos allí tengo posibilidades de ser independiente, de tener mi propia vida.

—Entonces, la decisión está tomada... —La miró con amargura.

—Sí. Regreso a la Unión Soviética. Es el único hogar que conozco. Me hubiera gustado que nos instaláramos en Francia, pero si tengo que irme sola, prefiero regresar al país donde hablo el idioma, donde he vivido veinte años de mi vida y al que me considero más unida que a este.

—Victoria, por favor, no me dejes, te lo suplico, no te vayas... —dijo Manuel con lágrimas en los ojos, acercándose.

—Vente conmigo, comencemos una vida nueva fuera de aquí —suplicó ella estrechando sus manos.

—Yo quiero establecerme aquí, te lo ruego, quédate conmigo...

—No, Manuel. Por favor, no me obligues a quedarme.

—Te quiero, Victoria...

—Yo también, Manuel... —dijo abrazándolo, envueltos los dos en un doloroso llanto—. Pero tenemos que vivir nuestra propia vida, la que realmente queremos, no la que otros nos han impuesto...

El día amaneció gris y nublado. Manuel apenas había pegado ojo, tumbado en el sofá desde la noche anterior, imaginando su vida en soledad y maldiciendo otra vez su suerte. Victoria ocupó el lecho y rezaba para que la decisión que había tomado fuera la correcta. Ante ella se abría un futuro incierto y peligroso. Conocía los castigos que el gobierno soviético infligía a los sospechosos de sedición, y ahora ella iba a traicionar al país que la había acogido. Recordaba las palabras del agente americano sobre la lealtad, y concluyó que era el amor a Rafael lo que la había movido a dejar una vida apacible y tranquila con la esperanza de iniciar una relación con él. La desazón por dejar a Manuel había desaparecido en el mismo instante en que conoció su traición, y los sentimientos tapados durante años hacia su amor de adolescencia habían salido a flote sin remordimientos. Era el momento de retomar su vida, su propia vida, que iba a dar un golpe de timón y rezaba para no naufragar en aquella travesía.

Una mañana de marzo de 1958, Victoria se despidió de Manuel con un fuerte abrazo, en silencio. Después metió sus pertenencias en una maleta y tomó un taxi hacia la Puerta de Atocha, donde embarcó en un tren con destino a Hendaya, en la frontera con Francia. Jamás volvió a verlo.

23

Moscú, URSS. 1958

En octubre de 1958, y tras cursar la solicitud y esperar varios meses, Rafael e Iñaki consiguieron dos semanas de permiso para pasarlas en Moscú. Había recibido varias cartas de Victoria en las que le contaba que se había separado de Manuel y regresado a la Unión Soviética. Antes había hecho una parada en Francia y había contactado con miembros de la Cruz Roja, que le ofrecieron una interesante información sobre el posible paradero de su hermano Joaquín; Victoria quería dársela personalmente, pues sabía que aquellas cartas serían interceptadas. El plan de la CIA para llevar a Rafael a Francia había sido trazado a largo plazo, y el hecho de que las autoridades soviéticas conocieran a través de Victoria que Rafael seguía buscando en Francia a su hermano era la coartada perfecta para que consiguiera una autorización para salir del país.

De regreso a la Unión Soviética, y después de pasar numerosos controles e interrogatorios por parte del KGB, Victoria consiguió trabajo como profesora de español en la facultad de Filosofía y Letras de la Universidad Estatal de Lomonósov, en Moscú, gracias a lo cual tenía acceso a las grandes bibliotecas del país, como la de Lenin o la Biblioteca de Literatura Extranjera, donde pasaba la mayor parte de su tiempo libre devorando obras literarias de escritores emblemáticos a nivel mundial. También tuvo acceso a un alojamiento individual de diez metros cuadrados a orillas del Moscova, en un conjunto de edificios de fachadas blancas construidos tras la guerra para albergar a los funcionarios y sus familias. Todo un lujo para ella.

Moscú y Leningrado le parecían dos ciudades antagónicas, tan diferentes y fascinantes a la vez, dos mundos diferentes en un mismo país. Leningrado vivía anclado en la era zarista, cuando la ciudad se llamaba San Petersburgo y constituía el centro de un imperio que deslumbraba por su cultura, sus edificios y la intelectualidad. La belleza de sus calles y canales, los palacios... todo tenía un toque aristocrático y elegante. Sin embargo, Moscú era la nueva URSS, con bloques cuadrados todos iguales y edificios oficiales de fachadas austeras. Antes de la Revolución, a Moscú se la conocía como «la ciudad de las veinte veces veinte iglesias». Ahora, de las más de cuatrocientas iglesias que entonces mostraba orgullosa, tres tercios de ellas habían desaparecido. El resto, que contaba con autorización del gobierno para seguir ofreciendo servicios religiosos, estaba en situación de abandono, a pesar de los esfuerzos de clérigos y feligreses.

Durante su escala en París camino de la Unión Soviética, Victoria recibió un curso acelerado de espionaje por parte de la CIA, donde aprendió a manejar pequeñas cámaras fotográficas, grabadoras escondidas en bolígrafos, tinta invisible e instrucciones para almacenar información. Sin embargo, se deshizo de todo en el viaje hacia Moscú, y al llegar se olvidó de las misiones encomendadas, como la de vigilar a altos cargos del PCE, contactar con su enlace allí o fotografiar las fábricas situadas en los alrededores de la ciudad. Ella no había regresado para traicionar a aquel país que la acogía de nuevo, ni, por descontado, a poner su vida en peligro colaborando con la CIA. Su única meta era volver a ver a Rafael, el gran amor de su vida, y tratar de salir con él a Francia cuando llegara el momento.

El reencuentro fue memorable. Victoria reconoció la mirada melancólica del hombre que tanto había recordado durante los años de separación, aunque percibió en ella un brillo de ilusión por aquel reencuentro. Rafael se había curtido a base de golpes, de pérdidas personales, de soledad. Lo único que daba sentido a su vida, además del trabajo, era la esperanza de reunirse con Victoria algún día.

Iñaki también viajó a Moscú. Aquel mozo grande y robusto seguía siendo un niño, y la primera travesura que le dedicó fue tomarla en brazos y darle una vuelta completa, ignorando las protestas de ella, entre las risas de todos y la alegría por el reencuentro. Rafael estaba feliz de volver a estar con Victoria, esta vez sin remordimientos por hacer daño a su amigo Manuel.

Los dos amigos habían alquilado una habitación en una casa pensión cercana a la plaza Roja. Nada más instalarse, Iñaki se dirigió a la plaza de la Revolución a buscar a Nadia, la chica rubia con la que compartieron vivienda durante los años en que Rafael estudiaba en la universidad y él trabajaba en la fábrica La Hoz y el Martillo. La joven seguía viviendo con su madre en la misma habitación de la *kommunalka*. Había ganado peso, y su rostro, con algunos años más, no había adquirido belleza, al contrario. Sin embargo, se le iluminaron los ojos cuando volvió a ver al joven gigante.

Rafael se fue al apartamento de Victoria, situado en la quinta planta en unas viviendas llamadas coloquialmente *Jrushchovy*, en honor al líder Nikita Jrushchov y haciendo un juego de palabras con *trushchovy*, que significaba «chabola» en ruso. El dirigente fue en los años cincuenta el mayor impulsor de la construcción de ese tipo de alojamientos encaminados a cubrir las necesidades del pueblo soviético y mejorar sus condiciones de vida, concediéndoles el privilegio de tener cocinas y baños propios con agua corriente y luz eléctrica en cada uno. Eran edificaciones baratas y de rápida ejecución, hechas con módulos de hormigón prefabricado reforzado, sin ascensores ni balcones, todas iguales, como dictaba la norma de igualdad entre los ciudadanos soviéticos. Había de varios tamaños: de una sola habitación, como era el caso de la que ocupaba Victoria, y de dos o de tres para familias numerosas.

El alojamiento se componía de un pasillo de entrada que daba acceso a una habitación con una cama situada bajo una ventana. En el muro opuesto había un pequeño armario y una mesa de formica con dos sillas; en la pared situada a los pies de la cama estaba la cocina con un fregadero, un pequeño infiernillo eléctrico y un par de muebles colgados para guardar los platos y los enseres de cocina. Todo estaba perfectamente ordenado y limpio, decorado con colores claros y alegres.

—Lamento que tu matrimonio no fuera bien. Manuel es un gran tipo y un buen amigo —dijo Rafael, asomado a la ventana mientras Victoria llenaba dos vasos de vodka y le ofrecía uno.

—Manuel es ya el pasado. Brindemos por el futuro —dijo chocando su vaso contra el de él y llevándoselo a la boca. Lo bebieron de un solo trago.

—No sabía que bebías... —sonrió Rafael.

—No suelo hacerlo, pero hoy es un día muy especial. Merece una celebración.

—Yo también soy feliz por estar contigo de nuevo. Y ahora cuéntame qué te pasó con Manuel y cómo está España —pidió con impaciencia.

—Manuel es una buena persona y yo lo quise, a mi manera... —Lo miró tratando de esbozar una sonrisa—. Pero la vida allí se me hizo insoportable. Tú me conoces bien, y estar allí encerrada con tantos ojos mirándonos con malicia... —Movió la cabeza con pesar—. Sé que la familia de Manuel nunca confió en mí. En él sí, porque... bueno, tenía a su madre y les daba una garantía, pero de mí nadie podía darla, nadie apostaba por mi fidelidad a la patria. Sabían que mi padre luchó en el bando republicano y que mis tías monjas fueron asesinadas por la milicia, pero también que mi otro tío, el que me llevó a Barcelona, murió en la batalla de Belchite luchando contra los nacionales. En fin, era una sospechosa allí, y también lo soy aquí, no creas... Si te contara los interrogatorios a los que me sometieron cuando regresé y la vigilancia que ejercen sobre mí todavía... —Suspiró—. Pero no me importa. Al menos tengo un trabajo que me gusta, aunque me han obligado a entrar en el Komsomol y tengo el deber de hacer referencia en las hojas de notas y en los currículos sobre los estudiantes que se interesen por algo que no sea la literatura o el Partido. Tengo que espiar a mis propios alumnos... —Movió la cabeza con fastidio—. Pero es lo que hay... Aun así estoy mejor que en España.

—Victoria, eres un ser extraordinario. Espero que algún día consigas ser feliz —dijo acariciándole la mejilla—. Siento haberte decepcionado aquella vez, en Samarcanda...

—No lo hiciste. Sé que obraste así por lealtad hacia Manuel... Pero él ya pertenece al pasado. Ahora quiero estar contigo, Rafael. Si tú me aceptas... —dijo estrechando su mano.

De repente, algo se removió en el interior del joven científico. Sus miradas se detuvieron la una en la otra. Rafael se acercó y le dio un beso en los labios. Fue un beso dulce, tierno, y quedaron abrazados, callados.

—¡Oh, Victoria! ¡Cuánto te he echado de menos! No sabes la de veces que he soñado con este momento...

—Yo también. Tú has sido mi primer y único amor...

—Eres la persona más cercana que he tenido nunca, la única en quien he confiado. Has sido mi amiga, mi confidente, mi compañera de juegos y batallas...

—Me habría gustado ser tu esposa, tu amante —dijo pegándose a él con más fuerza.

—Siento el daño que te hice. Yo también me sentí atraído por ti desde que te conocí en el *Habana*, camino de Leningrado. Después llegó Teresa y todo cambió de golpe. Ella fue un torbellino, era la fuerza que necesitaba para seguir adelante en aquellos tiempos de soledad y de angustia, fue una estrella de luz, aunque fugaz.

—Yo seguía queriéndote, y el amor que te profesaba me hacía anhelar tu felicidad. Nunca os deseé ningún mal, te lo aseguro...

—Lo sé —dijo separándose de ella y conservando sus manos entre las suyas.

—Te convertiste en algo inalcanzable para mí... pero llegó la guerra, y cuando Teresa murió, recé para que sobrevivieras. Después, cuando escapamos de Leningrado, creí que nunca volvería a verte, y Manuel siempre estuvo a mi lado...

—Manuel también estaba enamorado de ti desde el principio. Por eso en Samarcanda tuve que dar un paso atrás para no hacerle daño; bastantes errores he cometido en mi vida, y lo último que quería era perder su amistad.

—Eres un hombre noble y digno, por eso te admiraba. Con Manuel he sido feliz, aunque él siempre supo que yo te amaba, por eso decidió que nos marcháramos a Leningrado tras la guerra; no quería que estuviera cerca de ti. Yo le fui fiel, lo quise a mi manera, le hice feliz... Pero el regreso a España fue una prueba demasiado dura para los dos. No podía imaginar un futuro encerrada en casa y criando niños. Me sentía como en una pecera. Manuel estaba todo el día trabajando y yo no tenía ninguna posibilidad de hacerlo, por eso lo abandoné.

—¿Qué vamos a hacer ahora?

—Lo que tú digas, Rafael. Quiero ser algo más que una amiga para ti.

—Siempre fuiste algo más que eso...

Él le acarició la mejilla, acercó los labios a los de ella y la besó esta vez con una pasión desbordada. Poco a poco caminaron hacia la cama y las caricias se hicieron más intensas. Fue una noche de reencuentro, de cuerpos desnudos, de besos, de ternura. Rafael parecía haber vuelto a la vida, se estaba realizando su sueño y al fin conocía lo que era ser feliz.

La nieve había caído en abundancia durante toda la noche, y a través del gran ventanal una luz blanquecina se introdujo sobre la cama. Aún estaban abrazados. Victoria miró el reloj y se levantó despacio, procurando no despertar a Rafael. Estaba en la ducha cuando él llegó y se introdujo bajo el agua con ella, besándola y estrechándola contra la pared. Hicieron de nuevo el amor con más pasión, como si fuera la última vez...

—Victoria, no puedo separarme de ti. Vamos a estar juntos siempre, siempre... —decía.

—Siempre... Te quiero, Rafael.

Victoria tenía que ir a la facultad. Rafael se quedó en el apartamento y a la hora convenida fue a esperarla. Al regreso, Rafael le indicó que estaba muy interesado en conocer la información que ella había conseguido en Francia sobre su hermano. Ella sacó del armario un gran sobre que contenía las fotos y los datos de tres jóvenes de la misma edad. Ambos se sentaron a la mesa junto al armario, en el muro paralelo a la cama. Victoria no se atrevió a confesarle que había sido la CIA la que había conseguido aquella información, sino la Cruz Roja Internacional. Cuando él posó su mirada sobre las fotos no reconoció a ninguno.

—Quizá este, se parece un poco a mi madre... O este, tiene los ojos de mi padre... No sé... ¿Qué opinas tú?

—Pues... no sabría decirte, no encuentro ningún rasgo familiar con el que pueda relacionarte.

—Estos hombres tienen casi treinta años y yo dejé a Joaquín con cuatro. Podría ser que no se tratara de ninguno.

—Es posible —aclaró Victoria—. Me dijeron que hubo varios niños de estas mismas edades que fallecieron. Uno murió con veinte años en un accidente, y otro de nueve a causa de un problema pulmonar. No hay nada seguro. Esto es lo único que he podido conseguir...

—¿Cabría la posibilidad de que mi única tía que vive en España pudiera contactar con ellos para ver si reconoce a alguno?

—¿Ella sabe algo sobre la desaparición de Joaquín?

—No, aún cree que está conmigo...

—Entonces es mejor dejarlo así mientras consigues averiguar algo más...

—Sí, es preferible no remover nada todavía. Estos jóvenes tienen una vida y no debo trastocarla innecesariamente, ¿no te parece? —Ella asintió—. Prefiero seguir deseando que sea uno de ellos. ¿Qué puedo hacer ahora?

—Deberías solicitar un permiso para ir a Francia; esto es muy delicado y tienes que hacerlo personalmente. Yo no he podido hacer más.

—Y yo te agradezco tanto lo que has hecho por mí...
—dijo besando sus labios.

Rafael apenas visitó la habitación de la casa pensión que compartía con Iñaki, a quien tampoco veía demasiado, pues pasaba la mayor parte del tiempo con Nadia. Para Iñaki era una amiga muy especial, y ahora que tenía un buen dinero ahorrado disfrutó invitándola, ya fuera al cine o a algún concierto, comprando comida para ella y su madre, incluso le regaló un vestido y un par de botas para el invierno. Se gastó con ella prácticamente todo lo que había ganado en la estación espacial, pero no le importó en absoluto. Rafael, que observaba aquella relación con suspicacia, lo dejó hacer. Al fin y al cabo, el gran Iñaki merecía ser feliz.

Las dos semanas de permiso que le habían concedido pasaron en un soplo para Rafael entre caricias, paseos, charlas, cenas románticas en su apartamento y haciendo el amor. Rafael estaba en una nube; sin embargo, pronto tenía que volver a la dura realidad que le esperaba en la estación espacial. Aquella mañana paseaban por el parque Gorki, un punto de encuentro de los moscovitas donde había teatros infantiles, fuentes y una gran noria. El suelo estaba cubierto de nieve y los senderos anegados de agua en invierno se convertían en largas pistas de hielo donde los jóvenes patinaban y hacían carreras, formando grandes algarabías. La pareja caminaba por los caminos de tierra marcados en dirección al norte, en paralelo al río Moscova. Victoria iba protegida del frío con un grueso abrigo de astracán y guantes de piel, mientras que Rafael se resguardaba con otro en piel de borrego que lo mantenía a salvo del frío invierno. Aquel era el último día que pasaban juntos, pues esa misma tarde tomaba un vuelo hacia Tyuratam.

—Victoria, cásate conmigo. Puedes venir a Kazajistán

como mi esposa... Tengo un gran apartamento y podrías instalarte allí.

—Antes me tienen que conceder el divorcio. He iniciado los trámites y se los he enviado por correo a Manuel a través de Argentina, pero ya sabes cómo están las comunicaciones. Él tiene que recibirlo en Madrid, firmar los documentos y mandarlos de vuelta. Estas gestiones son lentas y requieren tiempo. De cualquier forma, voy a solicitar que me dejen trasladarme a vivir contigo, aunque no estemos casados aún.

—De acuerdo. Mientras tanto nos seguiremos escribiendo y voy a pedir más permisos para venir a Moscú y también para que puedas ir a verme.

—Me encantaría. ¿Cómo va tu trabajo en la estación espacial? La noticia del *Sputnik* fue un bombazo en todo el mundo. Yo estaba en España cuando ocurrió.

—Estamos muy avanzados y pronto enviaremos el primer satélite a la Luna.

—¿A la Luna? —preguntó con los ojos como platos.

—Sí, ese es el nuevo proyecto que dirige el ingeniero jefe Serguéi Koroliov, aunque mientras tanto seguimos perfeccionando el *Sputnik* para intentar llevar a un hombre al espacio.

—¡Eso es fantástico! Después del éxito del viaje de la perrita Laika imagino que estaréis contentos...

—No creas, aún no hemos perfeccionado la tecnología para recuperar a los tripulantes cuando regresen a la Tierra. Voy a contarte un secreto: la perra Laika murió a las pocas horas del lanzamiento, cuando llevaba solo unas órbitas —dijo en un susurro a modo de confidencia.

—Pero en las noticias dijeron que había sobrevivido y en buenas condiciones...

—Es la versión que dio el gobierno, pero... ¿desde cuándo se dice la verdad en este país? —Sonrió con malicia—. Ahora trabajamos contra reloj y hemos adelantado en tecnología a Estados Unidos. Allí están gastando miles de millones de dólares en unas instalaciones situadas en el sur de Florida. Sabemos que han contratado a más de ocho mil científicos y técnicos para intentar superarnos, pero han tenido varios fracasos. No obstante, su sistema de construcción de satélites es diferente al nuestro, pero les ganamos en tecnología con respecto a las plataformas de lanzamiento. Ahí reside nuestro éxito.

—Veo que eres feliz en tu trabajo. ¿No deseas salir fuera, Rafael? Me refiero a vivir en un país libre, como Francia, Inglaterra... Un lugar donde pudieras ejercer tu profesión sin presiones ni coacciones.

—Por supuesto. Ojalá pudiera, pero en estos momentos no lo veo factible. Ya sabes cómo funcionan aquí las cosas. Si ni siquiera me dejaron regresar a España, cómo me van a permitir vivir en un país fuera del bloque soviético...

—Pero puedes solicitar un permiso para ir a Francia a buscar a tu hermano. Tienes ahora fotos y datos. Se están celebrando muchos congresos internacionales en todo el mundo, y prestigiosos científicos soviéticos están viajando para mostrar el alto nivel que tienen aquí. Tú también tienes derecho a salir...

—He solicitado en varias ocasiones formar parte de algunas comisiones científicas que algunos compañeros de mi equipo han realizado en el exterior. En estos momentos se está celebrando el Año Geofísico Internacional y son muchos los países que están cooperando conjuntamente en observaciones sobre la Tierra y el cosmos, pues estamos en un período de intensa actividad solar. Pero hasta el momento no he recibido más que negativas. Sería interesante intercambiar impresiones con científicos de otros países.

—Yo espero estar divorciada de Manuel cuando consigas salir. Quiero irme contigo —dijo abrazándolo y besando sus labios.

Estaban ya en el aeropuerto, donde se unieron al gran Iñaki, que, con cara de circunstancias, se disponía a regresar. Había disfrutado de las mejores vacaciones que recordaba, y con entusiasmo le contaba a Victoria las bondades de su novia Nadia, que no había podido ir a despedirlo por tener que ir a trabajar.

—Te quiero, Victoria... Pronto estaremos juntos para siempre... —dijo Rafael dándole el último abrazo.

—Para siempre... —repitió ella.

Al separarse de él, una nube oscura se interpuso en su mirada. De repente, Victoria presintió que algo no iba bien y lo abrazó con desesperación, como si aquella fuera la última vez que estaría entre sus brazos. En aquel momento trató de quitarse de encima los malos augurios y deseó que Rafael volviera pronto a su lado.

Aquella noche, Victoria tuvo sueños inquietantes. Vio fuego, explosiones, muerte... Despertó envuelta en sudor y pánico, y rezó para que aquella pesadilla no fuera una premonición.

La carrera espacial seguía su ritmo frenético. Los estadounidenses habían lanzado al espacio un satélite más ligero de peso que el *Sputnik*, aunque la supremacía soviética radicaba en su capacidad de realizar lanzamientos de gran potencia. La competición se centraba en llegar antes a la Luna, y fueron de nuevo los soviéticos quienes ganaron la partida en los primeros días de 1959, enviando allí una sonda que por primera vez en la historia aterrizó sobre la superficie lunar.

Mientras tanto, Rafael y Victoria se escribían casi a diario. Sabían que las comunicaciones en aquella ciudad cerrada estaban vigiladas y restringidas, pero ellos no tenían nada que ocultar, excepto su amor. Se querían, estaban prometidos y planeaban la boda en cuanto Victoria consiguiera el divorcio. En sus misivas él hablaba de sus sentimientos y del deseo de tenerla pronto junto a él. Ambos hablaban de la rutina diaria... Nada que pudiera inducir sospecha de infracción alguna.

A primeros de 1960, Victoria fue convocada en la sede del Centro Español. Tras más de media hora de espera, fue recibida por un miembro del PCE encargado de la coordinación de la comunidad española afincada en la Unión Soviética. Muchos dirigentes a los que Victoria había conocido años atrás se habían marchado, ya fuera porque se trasladaron a países como Francia, México o Venezuela, o simplemente desaparecieron sin dar una explicación.

—Victoria, te vas a ir a Cuba —le soltó tras el saludo un dirigente del Partido.

—¿Qué? ¿Qué diablos tengo yo que hacer en Cuba?

—Allí está Castro y este gobierno está apoyando su revolución marxista. Necesitan urgentemente traductores porque van a enviar a técnicos y militares soviéticos. Tengo órdenes de enviar a una avanzadilla de españoles para ir organizando el grupo de traductores; tú eres profesora y dominas ambos idiomas, así que prepárate: dentro de unas semanas partes hacia Cuba, y hazte a la idea de que vas a estar allí una larga temporada.

—¡Pero yo no quiero irme! Estoy esperando a divorciarme y en cuanto lo consiga voy a casarme de nuevo. Mi prometido está aquí y no quiero irme.

—¿Con quién vas a casarte ahora?

—Con Rafael Celaya.

—Tu futuro marido está trabajando en tareas secretas para el Estado, y a partir de ahora tú también.

—Pero al menos dejadnos estar juntos... —suplicó.

—Lo siento. No está en mi mano esa decisión. No puedo contravenir las órdenes, y vienen de arriba.

—Por favor, no me hagáis esto. Yo quiero quedarme aquí, voy a casarme en cuanto reciba los documentos del divorcio desde España...

—La orden ya ha sido cursada —replicó con inflexible frialdad—. En una semana sales con un grupo de españoles hacia Cuba. Buenos días.

Victoria estaba indignada, asustada, dolida, desesperada. No podía contactar con Rafael por teléfono para advertirle de aquel contratiempo, pues las comunicaciones eran complicadas, si no imposibles, así que no tuvo más solución que escribirle una carta explicándole su nuevo destino y la dejó en la sede del Centro Español para que se la enviaran, como era habitual.

Una semana más tarde, Victoria partía en un vuelo militar hacia Cuba sin saber si Rafael había tenido noticias de su nuevo destino.

24

Baikonur, Kazajistán. 1960

Había pasado más de un año desde que Rafael había estado por última vez en Moscú para reencontrarse con Victoria y todas las solicitudes que había cursado para salir del país para buscar a su hermano le habían sido denegadas. Un compañero cercano a Popov le reveló de forma confidencial que ni siquiera habían salido del despacho del comisario político, quien sometía a una vigilancia agobiante a los miembros del equipo científico. Estaban en febrero de 1960 y el frío se hacía notar en la estación espacial. Era ya noche cerrada cuando Rafael llegó al apartamento y halló a Iñaki sentado en el sillón con el rostro demudado y un papel en la mano.

—¿Que ocurre, Iñaki?

—He recibido una carta de Moscú. Es de Nadia, mi novia. Me dice que... bueno, es que... no sé cómo decírtelo... —balbució Iñaki.

—¡Habla de una vez! ¡Qué ha ocurrido! —ordenó Rafael, nervioso.

—Aquí dice que... tengo un hijo.

Rafael quedó estupefacto.

—¿Qué estás diciendo? —dijo quitándole la carta de las manos para leerla.

—Me ha escrito. Dice que ha tenido un hijo hace unos meses y que es mío, yo soy su padre... Pero que no lo quiere porque no puede cuidarlo. Ha ido a la sede del Centro Español a pedirles que se hagan cargo de él, por ser hijo de un español, pero le han dicho que no y lo ha llevado a un orfanato. Aquí está la dirección —dijo señalando la carta—. Quiero ir a Moscú. Tengo un hijo, Rafael. Pero ¿cómo voy a cuidarlo? Me da tanta lástima que esté allí solo, sin su padre ni su madre... ¿Qué vamos a hacer?

—No podemos hacer nada. Es complicado. En estos momentos estamos inmersos en un proyecto muy importante y no me dejarán salir.

—¿Tú crees que podré quedarme con él? Me da miedo que sea como yo... Soy un retrasado...

—No, por Dios, Iñaki. No digas eso...

—Nadia ha abandonado a mi hijo en un orfanato, Rafael. Lo ha abandonado... ¿Qué puedo hacer ahora? —preguntó con un ligero temblor en la barbilla—. Ahora soy padre... —prorrumpió en fuertes sollozos.

—Vamos, Iñaki... —Rafael lo tomó de los hombros para consolarlo.

—Soy un idiota, me lo dicen todos...

—Buscaremos una solución. Pediremos un permiso para ir a Moscú, lo vas a pedir tú y yo te ayudaré. Mientras tanto estará bien cuidado...

—Me da mucha penita por él. —Iñaki lloraba sin consuelo.

—Quizá lo adopte una familia...

—¿Tú crees que cuando se enteren de quién es su padre lo va a querer alguien? A lo mejor el niño es tonto como yo...

—Tú no eres así, Iñaki; eres una gran persona, no tienes que preocuparte por eso...

—¡Quién va a querer al niño de un retrasado! —repetía

con dolor—. Pero es hijo mío y no puedo abandonarlo. Me ayudarás, ¿verdad?

—Por supuesto. En cuanto consigamos un permiso iremos a buscarlo. Jamás te dejaría solo en una situación así. No sé cuándo, pero ese niño vendrá a nuestro hogar y lo cuidarás, porque sé que vas a ser un buen padre.

—Pero soy un poco torpe... A lo mejor no me lo dan, y además estoy cojo, y... Oye, Rafael, tú podrías quedarte con él, deberías casarte... —Iñaki se quedó parado con la mirada perdida, cavilando—. Si te casaras podrías adoptarlo. Ese niño necesita una madre...

—¡Vamos a ver, Iñaki! —le espetó, cansado—. ¿Con quién voy a casarme?

—Pues te buscas una novia —respondió, convencido de sus palabras.

—¿Cómo? ¿Acaso crees que esto es tan fácil? Y menos en este sitio donde casi todos los trabajadores son hombres...

—Pero hay algunas secretarias... Yo conozco algunas limpiadoras, y hay una chica muy joven en la tienda donde compro el tabaco, y también hay otra...

—Espera, Iñaki... ¡Para! Estas cosas no son así, yo no puedo ir pidiendo matrimonio a la primera mujer que se te ocurra. Primero tengo que estar enamorado, y después, que acepte casarse conmigo... Además, yo quiero a Victoria y en cuanto podamos vamos a casarnos. Aunque también tendríamos que preguntarle a ella si querría hacerse cargo de un niño que no es suyo, ni mío tampoco...

Iñaki ensombreció la mirada.

—Tienes razón. El padre soy yo.

Lloró de nuevo sonándose los mocos. Rafael sintió piedad y lo abrazó de nuevo.

—Venga, Iñaki. Vamos a intentar buscar una solución, pero con tranquilidad, ¿vale? En cuanto obtengamos un permiso iremos a Moscú a por tu hijo y yo me haré responsable de él.

—¿Lo harás por mí, Rafael?

—Por supuesto. Yo cuidaré de ese niño, como siempre he cuidado de ti. No te preocupes más, ya hablaremos.

—¿Tú crees que nos dejaran traerlo aquí?

—No lo sé. Nos pasamos todo el día trabajando. Tendríamos que buscar a alguien para que lo cuidara... —En aquel momento pensó en Irina, la mujer del anciano profesor Makárov. Le parecía una buena persona, era una mujer de edad y podría darles algún consejo sobre aquel problema—. Ya pensaremos qué hacer cuando llegue el momento. Encontraremos una solución, te lo prometo.

—¡Ah! Se me olvidaba. Hay también una carta para ti... —dijo señalando la mesa—. Es de Victoria.

Rafael se dirigió a la mesa y leyó con avidez la hoja escrita a mano de Victoria, que exhibía algunos tachones imposibles de descifrar. Cuando terminó alzó su vista con decepción y dolor al conocer que había sido invitada «amablemente» a ir trabajar a Cuba como traductora de los militares y técnicos soviéticos que se habían desplazado allí. Había firmado un contrato de dos años y confiaba en que pudieran reunirse más adelante, en caso de que él obtuviera permiso para desplazarse a este país caribeño. Victoria le escribía en tono jovial, como sabían que debían hacerlo, pero Rafael estaba seguro de que su marcha no había sido voluntaria, pues conocía bien cómo funcionaba todo.

La desazón por el traslado a Cuba de su gran amor se había tornado malestar con un sistema que no respetaba la voluntad de contraer matrimonio a una pareja enamorada. ¿Sería capaz de casarse alguna vez con Victoria? Nunca, hasta que regresó de Moscú el año anterior después de estar con ella, había sentido tanta necesidad de tener una familia, unas raíces. Tenía treinta y siete años y un futuro incierto de soledad, de trabajo y de lealtad forzosa hacia un régimen arrogante que disponía a su antojo de la vida y el destino de sus ciudadanos como si fueran marionetas, a las que hacía bailar al son de la música que más le convenía.

25

La Habana, Cuba. 1960

Victoria se había instalado en un precioso apartamento en La Habana para ella sola, aunque viajaba continuamente por toda la isla para ejercer de intérprete entre los mandos políticos y militares cubanos y soviéticos. La ciudad se abría en toda su longitud hacia el océano Atlántico, y la joven profesora comprobó con decepción que la antigua colonia española no se asemejaba a la que había forjado en su imaginación de adolescente, cuando leía en España historias de la Cuba de finales del siglo xix sobre atractivos y ricos terratenientes españoles que vivían en elegantes mansiones coloniales de barrios aristocráticos, celebrando fiestas y paseando a caballo entre sus plantaciones de tabaco.

Ahora la joven advertía, mientras deambulaba por los alrededores del Malecón, que la mayoría de los palacetes que un siglo antes albergaran a aquellas poderosas familias se habían convertido en hoteles de mala muerte, y sus escudos de armas languidecían en las fachadas corroídos por la erosión junto a los rótulos de neón que anunciaban los *night clubs*. Con la Revolución y la llegada de Castro al poder, el juego había sido abolido en los casinos, pero no así la prostitución, a pesar de la persecución de que fueron objeto los proxenetas que campaban por cualquier calle acosando a los visitantes ofreciendo chicas jóvenes y apasionadas.

Los primeros meses en La Habana supusieron para Victoria un cambio total, tanto a nivel de clima o de costumbres. Su trabajo era hacer de intérprete entre los soviéticos que llegaban en diferentes expediciones y las autoridades cubanas, además de dar clases en una escuela de idiomas recién inaugurada donde les enseñaba las nociones básicas del español, con el fin de facilitarles la comunicación con los nativos. Los hispanosoviéticos, como llamaban a los españoles llegados de la URSS, eran técnicos muy cualificados que al compartir el mismo idioma contribuían a acercar la cultura rusa a la cubana; además, tenían ciertos privilegios, como casas individuales, chófer para sus traslados y un sueldo superior al de sus homólogos cubanos.

Durante los primeros años de gobierno revolucionario, la isla fue acogiendo a estos españoles con sus respectivas familias, la mayoría Niños de la Guerra. Entre ellos había médicos, ingenieros, profesores, economistas o expertos en agricultura, que ejercieron también de traductores entre los más de cuatro mil soviéticos, militares y científicos que habían ido llegando paulatinamente a Cuba con la misión de asesorar al gobierno revolucionario recién instalado.

Debido a su trabajo como intérprete del asesor del ministro de Comunicaciones cubano, Victoria estaba al corriente de los altibajos en las relaciones Moscú-La Habana, y supo que en los primeros meses de gobierno de Fidel Castro se negaba a admitir que aquella fuera una revolución comunista, como la definían en Estados Unidos. Él hablaba de una revolución humanista, alejada de extremismos; sin embargo, fracasó en su intento de convencer al mundo, pues los servicios de inteligencia norteamericanos informaban puntualmente de los pasos agigantados hacia el comunismo que estaba dando el dirigente al lado del comandante Ernesto Guevara, el Che, de ideología abiertamente marxista.

Por otra parte, el gobierno de Nikita Jrushchov no tenía un excesivo empeño en implantar gobiernos marxistas al otro lado del océano ni de incomodar a una potencia mundial como era Estados Unidos. Habría preferido que Cuba se mantuviera neutral, por lo que la colaboración con el país caribeño se inició tímidamente con la asesoría agrícola en los latifundios recién expropiados y con acuerdos comerciales puntuales.

Sin embargo, las primeras medidas del recién proclamado presidente en Estados Unidos en los primeros meses de 1960, John Fitzgerald Kennedy, fue el bloqueo comercial y militar hacia Cuba, provocando un mayor acercamiento de este país a la Unión Soviética, que intensificó sus relaciones comerciales con la venta al gobierno de Castro de productos manufacturados y tecnología, así como de asesoría en materia de defensa, enviando expertos militares soviéticos para la organización e instrucción del ejército cubano. Entre ellos había destacados militares españoles que habían luchado en la Guerra Civil española y en la Segunda Guerra Mundial en la Unión Soviética.

Victoria asistía con incredulidad al desbarajuste social y económico de aquellos primeros años de Revolución: el gobierno de Castro había nacionalizado casi toda la industria y la agricultura del país, pero carecía de técnicos para dirigir y organizar las fábricas y las grandes extensiones agrícolas. Había habido un éxodo de personal cualificado hacia Estados Unidos tras el inicio de la Revolución y el bloqueo impuesto por el gigante americano estaba asfixiando la vida diaria de los cubanos y provocando revueltas en algunas ciudades.

Corría el mes de agosto de 1960 y la comunidad española asentada en la isla estaba algo alborotada debido a la llegada a La Habana de Santiago Carrillo, el entonces secretario general del Partido Comunista de España, para participar en unas reuniones con el Partido Socialista Popular de Cuba y reiterar sus simpatías y apoyos al gobierno revolucionario de Fidel Castro. Aquella noche se celebró una fiesta en el Centro Gallego, donde fueron invitados los hispanosoviéticos y una nutrida representación de la comunidad de inmigrantes y exiliados españoles instalados en aquel país.

Victoria asistió a aquel evento y sintió cómo se le iluminaban los ojos al ver allí a un conocido de los años de Leningrado: era José Hernández, el responsable de las Casas de Niños, quien acompañaba a Carrillo en aquel viaje. Tras una impaciente hora de saludos a los recién llegados, discursos patrióticos y promesa de colaboración mutua, llegó la música y la fiesta. Fue entonces cuando ambos aprovecharon para escabullirse a solas y fundirse en un efusivo abrazo. Victoria estaba ansiosa por tener noticias de Rafael y salieron a dar un paseo por los alrededores. Sin embargo, manifestó su decepción al conocer que José no sabía nada de él desde que se despidieron en Moscú en 1952, cuando el joven ingeniero fue destinado a la estación espacial. No obstante, estaba al tanto de su romance y de sus intenciones de matrimonio.

—Y tú, ¿cómo te has amoldado a esta nueva vida? Al menos el clima es mejor que el de Rusia... —comentó Hernández.

—Estoy bien; la gente es acogedora y las condiciones de trabajo son muy cómodas.

—Imagino que como traductora estarás al corriente de muchos secretos de Estado... —La miró, elevando una ceja—. ¿Cómo están aquí las cosas?

—Intensas, complicadas. Desde que el pasado mes de marzo estalló en el puerto de La Habana el barco *Le Coubre*, procedente de Holanda y cargado de armas para el ejército revolucionario, las relaciones con Estados Unidos empeoran por momentos. Murieron más de cien personas en aquella gran explosión. Fidel los acusa de sabotaje y ve espías de la CIA por todas partes. Desde entonces se han ido intensificando las relaciones con Moscú. A veces tengo que intervenir como intérprete en conversaciones entre altos cargos soviéticos y cubanos, y te aseguro que más de una vez han saltado chispas... —Sonrió con resignación—. No todo es una balsa de aceite entre Castro y Jrushchov.

—¿Has conocido a Castro?

—Por supuesto, y también al famoso comandante Che Guevara.

—¿Cómo es?

—Es inteligente, intuitivo y austero, muy fanático con el tema de las expropiaciones de tierras y las nacionalizaciones de empresas, y también cruel con sus enemigos. No le tiembla la mano para dictar sentencias de muerte contra los rebeldes afines a Batista, incluso contra sus propios compañeros de partido si le llevan la contraria o sospecha que no le son leales. Dicen que él mismo ha ejecutado a muchos...

—¿Cómo se lleva con los soviéticos que han llegado aquí?

—Es vehemente y tropieza con frecuencia con ellos. He sido en ocasiones testigo de su feroz crítica hacia la política exterior de la URSS, que recomienda moderación con el conflicto con Estados Unidos frente su actitud apasionada y revolucionaria. Es un hombre de ideas fijas y está abiertamente en contra del modelo soviético, en el que impera la burocracia. Sin embargo, nos ha acogido con especial calidez a los españoles venidos de la Unión Soviética. Siente un verdadero aprecio por nosotros y sé que ha ayudado a muchos de ellos a traer a sus familias desde España para que se reúnan; la mayoría llevaban más de veinte años sin verse. El otro día un compañero me contó que, mientras hacía de traductor entre él y un militar soviético, este le pidió su opinión sobre los mejores especialistas que la URSS había aportado a Cuba. Él le contestó que los hispanosoviéticos. El otro lo miró y comentó que era por lo que tenían de soviéticos, pero el Che respondió que era por lo que tenían de españoles... —Sonrió.

—¡Vaya! Veo que os tiene en verdadera estima.

—Sí, los Niños de la Guerra españoles estamos muy bien considerados. Y no solo aquí. Los exiliados de la Guerra Civil son respetados en cualquier parte del mundo, excepto en España —dijo con dolorosa nostalgia.

—Sí, por desgracia tienes razón. Sé que padeciste muchos contratiempos cuando regresaste a España con Manuel. Mientras Franco siga gobernando, ningún exiliado será bien recibido allí. Nadie va a reconocer nuestro dolor por vernos obligados a vivir lejos de nuestros hogares, de nuestra querida patria. Aquel país ya no es el que dejamos, Victoria, lo habrás comprobado con tus propios ojos...

—Sí, es difícil vivir en la España de ahora. Habrá que esperar un tiempo.

—Y volviendo al Che. ¿Lo ves como futuro presidente de Cuba?

—No. Aquí mandan los Castro. El comandante tiene carisma, pero es un hombre de acción y la oratoria no es su fuerte. Fidel sí que sabe convencer al pueblo con sus discursos.

—Por cierto, tenemos un amigo en común que conociste en España... —le lanzó Hernández con prudencia.

—¿Quién?

—Se llama Richard Wilson.

Victoria se detuvo bruscamente y quedó muda. El color desapareció de sus mejillas y sintió cómo las manos empezaban a temblar.

—No... Yo no... no me suena ese nombre... —replicó intentando disimular la agitación que la embargaba.

—Vamos, Victoria... Sé que lo conociste en Madrid, en los interrogatorios que realizó a todos los que regresaron a España.

—¡Ah! Bueno... te refieres a aquellos tipos impertinentes con acento inglés que nos preguntaban por nuestro pasado en Rusia... No recuerdo sus nombres. ¿A ti también te interrogaron cuando fuiste a España?

—Bueno... no exactamente. Verás, Wilson es mi... amigo. Bueno, más bien yo soy amigo suyo, y de su organización. Sé que te encomendaron una misión...

Sus miradas se cruzaron durante unos segundos.

—No acabo de entender... —preguntó ella con temeroso desconcierto.

—Confía en mí.

La joven lo miraba con suspicacia, en la seguridad de que le estaba tendiendo una trampa. Quería escapar de aquella encerrona y no sabía cómo hacerlo.

—Tú estás en el PCE...

—Sí, pero también colaboro con ellos.

—¿Qué tratas de decirme, José? Me tienes confundida...

—Yo soy lo que ves: un español, pero, ante todo, un gran amigo de Rafael. No temas, estoy de vuestra parte. Jamás os traicionaría. Él te ama con locura y te añora a diario. Sé que ha solicitado en numerosas ocasiones viajar a Francia para buscar a su hermano, pero aún no lo ha conseguido.

—¿Y tú cómo sabes eso si me has dicho antes que no lo has visto desde hace años?

—Por mi despacho han pasado algunas de las cartas que os habéis escrito durante casi un año, hasta que saliste hacia Cuba... Lo siento, era mi deber... —Alzó los hombros a modo de disculpa.

Victoria sintió que sus ojos se humedecían de emoción.

—Vamos, vamos... —dijo él dándole suaves palmadas en la espalda.

—Por favor, llévame con él, o al menos intenta que venga aquí...

—Voy a hacer lo posible para que volváis a estar juntos. Me siento en deuda con vosotros y con otros muchos niños españoles a los que defraudamos, a los que debimos ayudar y que, sin embargo, abandonamos a vuestra suerte. Me gustaría veros felizmente casados, y si me lo permitís, quisiera ser vuestro padrino de boda.

Victoria sonrió entre lágrimas ante aquella feliz pero incierta perspectiva.

—Ojalá se cumpliera tu deseo, que también es el mío...

—Esta vez no pienso fallaros ni a Rafael ni a ti. Pero para conseguirlo tú también tienes que poner de tu parte...

—Dime qué puedo hacer.

—Sé lo que te propuso Wilson. Y también he sabido que no pudiste colaborar con ellos en Moscú porque estabas muy controlada, pero me pide que te transmita que aquí serías de gran ayuda para ellos... ¿entiendes lo que quiero decir? —Victoria asintió con un gesto—. Ahora sabes quién soy y lo que estoy haciendo. Estoy corriendo un gran riesgo y yo también necesito confiar en tu discreción...

—Por supuesto. Y estoy dispuesta a hacer cualquier cosa que me pidas para volver a ver a Rafael.

—Bien. Ante todo, te advierto de que tú también vas a correr un gran peligro. Conoces bien el carácter de estos políticos y las represalias que podrías sufrir si te descubren... Piénsalo bien porque no podrás dar marcha atrás. —La miró con dureza—. A cambio, te ofrecerán ayuda para escapar cuando llegue el momento, además de un buen montante de dinero que irán ingresando en un banco de Miami a tu nombre.

—No tengo nada que pensar. En estos momentos es la única posibilidad que se me ha ofrecido para vivir algún día en libertad y a su lado —dijo la joven con determinación—. Adelante, dime qué debo hacer...

—Hay un diplomático en la embajada de México que se llama Francisco Zurita con el que debes establecer contacto. Es un hombre atractivo y tiene instrucciones de simular que te conquista. Viviréis un falso romance en el que le irás ofreciendo la información que hayas obtenido hasta ahora y todo lo que creas necesario informar a nuestros amigos comunes.

—¿Él también está en la...? —Ni siquiera se atrevió a pronunciar las siglas de la inteligencia estadounidense.

—Sí, es un topo que está ofreciendo una interesante información. Pero ellos consideran que la que tú obtienes como intérprete es mucho más valiosa, aunque también más peligrosa. Te lo pregunto por última vez, ¿estás dispuesta a correr ese riesgo?

—Sí —respondió la joven con decisión.

—Bien, pues ahora regresemos a la fiesta. Voy a presentártelo.

26

Baikonur, Kazajistán. 1960

Rafael había tramitado varias solicitudes para ir a Moscú y hacerse cargo del hijo de Iñaki, que seguía internado en un orfanato, pero debido al trabajo contra reloj en la carrera espacial contra Occidente, los permisos se concedían con escasa frecuencia. En aquellos momentos estaban en una clara ventaja sobre los estadounidenses en el diseño de misiles intercontinentales, de gran envergadura y potencia, como resultado del esfuerzo realizado por el Estado soviético durante la década posterior a la finalización de la Segunda Guerra Mundial y el inicio de la guerra fría.

Meses después de que el gobierno de Estados Unidos anunciara en 1956 el proyecto de lanzar el primer ingenio a la órbita terrestre, los soviéticos les propinaron un buen golpe lanzando el *Sputnik 1* en octubre de 1957, después de ensayar con éxito el primer misil intercontinental. A partir de entonces, y durante la década posterior, el número de sondas espaciales y satélites de comunicación, meteorología y espionaje tanto soviéticos como estadounidenses se multiplicarían alrededor de la órbita terrestre.

Estaban en agosto de 1960, y en el cosmódromo de Tyuratam, conocido también como Polígono de Pruebas NIIP-5,

Rafael trabajaba en el diseño del misil balístico intercontinental R-16, en respuesta a la fabricación de los misiles Titán por parte de Estados Unidos. Rafael escuchaba a diario las discusiones acaloradas entre los ingenieros con respecto al tipo de combustible a utilizar para el despegue; al final se optó por la dimetilhidrazina asimétrica hipergólica y una solución saturada de tetróxido de dinitrógeno en ácido nítrico como oxidante.

—Esta mezcla es muy corrosiva y tóxica. Creo que deberíamos plantear el cambio de algunos componentes... —murmuró el anciano Iván Makárov.

—Es la que alcanza una temperatura más alta en ebullición... —respondió un joven químico que se había incorporado dos años antes al proyecto.

—Sí, pero muy peligrosa; deberíamos hacer unas pruebas antes.

—Yo lo he solicitado, pero Glushkó no cede —intervino el tártaro Vasha Sokólov—. Y según el comisario Popov, las órdenes vienen de arriba. El mariscal Nedelin quiere realizar la primera prueba antes del 7 de noviembre, en el aniversario de la Revolución. Yo le he insistido, pero no hay nada que hacer. La fecha del lanzamiento está fijada para el 23 de octubre.

El responsable de los proyectos anteriores y encargado de la oficina de diseño OKB-1, el ingeniero jefe Serguéi Koroliov, se negaba a emplear estos combustibles hipergólicos en sus diseños, empeñado en seguir utilizando queroseno y oxígeno líquido. Su tozudez lo llevó a enfrentarse a Valentín Glushkó, el responsable del proyecto R-16, quien tenía ya decidido utilizar el combustible más eficaz, aunque peligroso. Tenían máxima prioridad y demasiada prisa, por lo que resolvió reducir el número de ensayos en tierra.

El 23 de octubre de 1960 el misil LD1-3, de 30 metros de

longitud, tres metros de diámetro y 141 toneladas de peso, fue transportado en posición horizontal desde el edificio de montaje en el Área 42 hacia la rampa de salida, en el Área 41 del cosmódromo. Los operarios, entre los que se encontraba Iñaki, procedieron a cargarlo con los combustibles hipergólicos y los gases para presurizar los tanques. Rafael formaba parte en el equipo de revisión del sistema de control de vuelo. Fue entonces cuando detectó que este había sido programado por error en la configuración de vuelo en vez de en la de despegue; las válvulas pirotécnicas de la primera etapa, que tenían la función de asegurar que el combustible no alcanzara la cámara de ignición antes de lo previsto, se dispararon, provocando el escape de una pequeña cantidad de tetróxido de nitrógeno que llegó a los motores.

El cohete estaba ya cargado con el combustible, pero los ingenieros sugirieron posponer el lanzamiento para sustituir las válvulas, asumiendo que existía un gran riesgo debido a la fácil combustión. De esta forma se retrasó un día el lanzamiento, con el fin de que el sistema de control coordinase las rupturas de las válvulas de combustible y la separación de etapas. Al día siguiente, un gran número de autoridades tanto civiles como militares, encabezadas por el jefe del programa de desarrollo del R-16, el mariscal Nedelin, varios coroneles y el jefe del polígono, tomaron asiento en el búnker de seguridad para contemplar el despegue.

Quedaba menos de media hora cuando los ingenieros advirtieron de nuevo una configuración errónea en el sistema eléctrico. Esta vez las baterías del cohete estaban ya conectadas y los sistemas de seguridad desactivados. Varios de los asistentes sugirieron posponer otra vez la prueba, pero Nedelin no solo se negó en redondo, sino que, en un afán de infundir confianza a sus invitados, se instaló a pocos metros del cohete mientras se realizaban las últimas modificaciones, abandonando su puesto de observación a 800 metros de distancia para colocarse en el Área 41 y verificar personalmente los trabajos. Gershik, el jefe del polígono, consideró aquella iniciativa una auténtica irresponsabilidad, pero no tuvo más remedio que ordenar la colocación de asientos alrededor de la plataforma de lanzamiento para que se instalaran allí los miembros de la comitiva que se habían atrevido a seguir el ejemplo del mariscal. Fue un auténtico desafío a las medidas de seguridad.

Rafael compartía con el viejo profesor su temor ante la posibilidad de que se produjera un grave accidente al corregir la configuración del distribuidor eléctrico con el cohete lleno de combustible.

—Podría provocar una explosión... —murmuró angustiado el ingeniero español.

—Lo sé, querido amigo. Pero son las órdenes. Míralos, han dejado el búnker de seguridad y se han acercado para vigilar nuestro trabajo —dijo señalando al grupo de militares e invitados que se estaban instalando alrededor de la plataforma.

—Dígales que no puede lanzarse hoy, por favor, retrase la salida hasta que se solucione el problema.

—Tranquilo, camarada Celaya. Todo está bajo control. Necesito el gráfico con los datos del distribuidor eléctrico. Por favor, ve a mi despacho a recogerlo. Pronto quedará todo arreglado —ordenó con suavidad el anciano Iván Makárov.

Rafael advirtió, en el camino de regreso al pabellón, que Iñaki estaba cerca de la plataforma esperando órdenes junto a los obreros encargados del transporte y la seguridad. Se acercó a él y le susurró al oído.

—Iñaki, aléjate de aquí un rato.

—¿Por qué? Todos los generales están al lado del cohete...

—Hazme caso, vente conmigo, acompáñame...

—No puedo... —dijo dirigiendo la mirada hacia su superior, que en aquel momento daba órdenes a los obreros de cooperar con los ingenieros que maniobraban en el cohete.

—Está bien, pero ten cuidado, ¿vale? Si ves algo raro, sal corriendo. Yo vuelvo enseguida.

Mientras corregían la configuración del distribuidor eléctrico se produjo un cortocircuito en el secuenciador principal, provocando el encendido accidental de los motores de la segunda etapa del cohete. Las válvulas pirotécnicas de esta se activaron automáticamente y el motor entró en ignición, haciendo detonar los tanques de combustible de la primera etapa situados en la parte inferior. De repente, la estructura sufrió una colosal deflagración, seguida de un pavoroso incendio que se propagó por todo el cohete.

Rafael aún no había llegado a su destino cuando la onda expansiva lo tiró al suelo. Al volver la mirada hacia la plataforma de lanzamiento, solo vio una bola de fuego alrededor del cohete. Como en sueños, observó cuerpos envueltos en llamas gritando de dolor y espanto. Parecía estar de nuevo en el frente de Leningrado luchando contra los alemanes. El resto de los operarios situados en el exterior de la plataforma gritaba de pánico contemplando la tragedia que acababa de consumarse.

Entre gritos, sirenas y mangueras de agua, aquel aciago día acabó con la vida de setenta y ocho personas y provocó más de doscientos heridos entre científicos, técnicos, personal de la base y numerosos cargos pertenecientes al ejército y al estamento político, que habían sido invitados de forma insensata por el mariscal Nedelin a colocarse a pocos metros de la plataforma.

Rafael corrió para ayudar a apagar aquella enorme bola de fuego con un solo nombre en su boca:

—¡Iñaki! ¡Iñaki! ¡Iñaki!

Un grupo de soldados le impidieron el paso debido a los vapores tóxicos liberados con el combustible. Desde el lugar donde se encontraba contempló con pavor cómo algunos supervivientes trataban de escapar de aquel infierno, pero las vallas que rodeaban la plataforma y el asfalto, que se había derretido como la mantequilla, les impidieron escapar.

Rafael tuvo que esperar a que el fuego se extinguiera para poder acercarse con mascarilla antigás a ayudar a los supervivientes, que mostraban horribles quemaduras en cuerpos y rostros. Iñaki no aparecía, a pesar de que su enorme silueta era inconfundible. Rafael preguntó a algunos de los operarios compañeros suyos, y con gran desesperación constató que no estaba entre los supervivientes. Fue una noche negra para todos. Irina, la esposa de Iván Makárov, llegó al improvisado hospital de campaña situado en el centro del gran pabellón. Rafael se abrazó a ella con lágrimas en los ojos al advertir su semblante de dolor. Gran parte del equipo con el que Rafael trabajaba a diario había perecido en la explosión: su gran amigo, el joven Vasili Kriakin, con quien había compartido la cena de Navidad con los Makárov; su superior, el tártaro Vasha Sokólov, incluso el detestable Serguéi Popov, el comisario del partido del rostro de viruela. Todos muertos. De los que se encontraban más cerca en el momento de la explosión apenas había quedado rastro físico, pues se habían convertido en cenizas en cuestión de segundos.

Rafael tuvo que esperar un largo día hasta que al fin identificó el cadáver de su amigo entre el grupo de cuerpos calcinados. Apenas quedó de él un esqueleto enorme, completamente achicharrado de cintura para arriba. Rafael acarició su pierna, aún humeante pero entera, con lágrimas en los ojos. Entonces sintió un bulto en la zona lateral del mono de trabajo que vestía aquel día, ahora renegrido por el hollín. Abrió el bolsillo e introdujo sus dedos hasta rozar una piedra de color marrón con una muesca que reconoció enseguida: era la perla de ámbar. Con la yema de los dedos acarició la muesca semicircular causada por la bala que hirió mortalmente a Teresa, su gran amor de juventud. Ella también la tenía guardada en el bolsillo de su uniforme aquel aciago día. Rafael estalló en un llanto desconsolado, gritando de dolor y estrechando con el puño cerrado aquel objeto.

En las semanas que siguieron, el cuerpo médico y militar se hizo cargo de todos los asuntos referidos al trágico suceso. El propio Nikita Jrushchov decretó el secreto total sobre lo ocurrido aquel 24 de octubre de 1960 y se obligó a todos los supervivientes a firmar un documento en el que se comprometían a no hablar de la catástrofe, conminando a las familias de las víctimas a dar cuenta de que su muerte había sido a causa de un accidente de aviación. Aquel suceso pasaría a la historia como El Desastre de Nedelin, que no fue reconocido hasta que en 1989 el gobierno soviético dio cuenta de aquel accidente.

27

Moscú, URSS. 1961

En marzo de 1961 llegó la gran noticia para Rafael Celaya: la orden de traslado a Moscú. Al fin iba a abandonar la estación espacial. Estaba más solo que nunca y el deseo de salir de aquella inhóspita república soviética se había convertido en una obsesión para él.

Nada más aterrizar en el aeropuerto de Vnúkovo de Moscú, alguien le estaba esperando: era José Hernández, su gran amigo y valedor en el Partido Comunista de España. Al llegar a su altura le ofreció un cálido abrazo. Rafael recordó la última vez que se vieron, en aquel mismo aeropuerto, el día que lo enviaron junto a Iñaki a Kazajistán. Habían pasado nueve años desde entonces y advirtió que el pelo oscuro de su amigo estaba ya plagado de canas. José Hernández iba embutido en un abrigo forrado de piel de oveja. Estaban en marzo y los días eran un poco más largos, pero la temperatura no subía de los cero grados aquella mañana. José conducía el coche, y durante el camino le habló de cosas triviales, como el tiempo, las actividades culturales y folclóricas que se desarrollaban en la sede del Centro Español y de algunos españoles que Rafael conocía y que vivían en la capital. Hernández aparcó en los alrededores del puente Bolshói. Desde allí podían contemplarse las relucientes cúpulas doradas pertenecientes a las catedrales situadas tras los muros de piedra roja que protegían la fortaleza del Kremlin, al otro lado del río Moscova. Mientras atravesaban el puente, Hernández le transmitió las noticias.

—¡Te vas a París, amigo! —dijo palmeándolo en la espalda con alegría—. Al fin lo has conseguido. Después de mucho insistir podrás ir buscar a tu hermano.

Rafael se detuvo en seco, impactado al escuchar aquello.

—¿De veras? Pero... Creía que me destinaban a trabajar en Moscú... Vamos, dime cuándo, cómo, qué voy a hacer allí... —demandó impaciente.

—Las instrucciones te las darán mañana en la Lubianka, cuando te reúnas con el comisario del KGB encargado de este asunto.

—¿El KGB? —Lo miró con resquemor.

—Sí, es lo rutinario si vas a salir del país. Y como amigo tuyo que soy, tengo el deber de decirte que, si estimas en algo tu libertad y tu integridad física, deberás acatar todo lo que te ordenen sin rechistar y mostrando agradecimiento, ¿me has entendido? —Lo miró con gravedad.

—De acuerdo, pero dime más... —suplicó con impaciencia el joven—. ¿Me quedaré mucho tiempo?

—Eso te lo dirán mañana. No me han ofrecido demasiada información, pero es una misión especial, y ya sabes cómo funciona esto.

—¿Podré llevar a alguien conmigo?

Hernández se paró en seco y lo miró con aprensión.

—¿Llevarte al alguien? ¿A quién, si puede saberse? Iñaki ha muerto...

—A su hijo. Él tenía una novia aquí, y cuando regresamos de uno de los permisos se enteró de que ella había tenido un hijo y que lo había internado en un orfanato. Yo le prometí a Iñaki que cuidaría de ese niño, igual que hice con él...

—Sentí mucho cuando llegó a la sede del Centro Español la triste noticia... Era un gran tipo, a pesar de sus limitaciones. ¿Cómo murió?

—En un accidente de avión. Se había desplazado con unos operarios a otra base de lanzamiento de misiles y... bueno, el avión se estrelló... —tuvo que mentir Rafael.

Hernández miró a su alrededor para comprobar que estaban solos paseando por los alrededores de la catedral ortodoxa de San Basilio.

—Rafael, entiendo tu especial interés por ese niño, pero ni se te ocurra mencionarlo mañana, ni tampoco tu intención de hacerte responsable de él, ¿de acuerdo?

—Dependerá del tiempo que vaya a estar fuera. Si son pocos días, esperaré a la vuelta, pero si es para una larga temporada me lo llevaré conmigo. Tengo la firme intención de adoptarlo.

—Rafael, vas a salir de la Unión Soviética solo, ¡y no hablarás con nadie de ese niño! —exigió con genio el dirigente comunista.

—Pero... José —replicó desconcertado al escuchar aquella orden—. Tengo que hacerme cargo de él. Yo también he crecido lejos de mi familia. No quiero que el hijo de Iñaki esté en un orfanato. Ya sabes en qué condiciones viven esos pobres desgraciados... —explicó en tono sumiso.

—Si de verdad estimas la vida de ese pequeño, déjalo donde está. Es un consejo de amigo. Y no se te ocurra ir a visitarlo durante los días que estés aquí. Si el KGB se entera de su existencia y de tu interés por él, lo utilizará como rehén para mantenerte bajo control y asegurarse de que no vas a hacer ninguna tontería cuando salgas al extranjero, ¿entiendes? Vas a estar muy vigilado y cualquier debilidad será utilizada en tu contra.

—Tengo que hacerme cargo de él —insistió el joven con empecinamiento—. Podría exigirles no salir de aquí si no es con él...

—Siempre tan cabezota... —Movió la cabeza con resignación—. Si lo haces, si te niegas a obedecer las órdenes, te enviarán a un campo de trabajo y jamás volverás a verlo. Elige tú: ir a Francia como científico o a Siberia como recluso —zanjó el dirigente político con gravedad—. Y completamente solo.

Durante unos minutos caminaron en silencio, uno al lado del otro. Habían llegado a la plaza Nueva.

—Veo que no tengo opción alguna —dijo Rafael con abatimiento.

—No. Ahora tienes que cumplir lo que te ordenen. Yo intentaré ayudarte en este asunto. Confía en mí.

—¿Sabes algo de Victoria Blanco? No he vuelto a recibir noticias suyas desde que se fue a Cuba hace un año.

—Lo sé. La incluyeron en el grupo de españoles que el gobierno envió allí para hacer de traductores de español. Lamenté que os separaran de esta forma tan brusca. Sé que habíais hecho planes para casaros, pero no pude hacer nada. A lo largo de estos años he intentado mediar con el KGB por algunos compatriotas, aunque sin demasiado éxito...

—¿Qué hicieron para que te vieras obligado a intervenir?

—Un poco de todo: robo, traición a la patria... ya sabes, insistieron demasiado en regresar a España. A algunos conseguí convencerlos para que cejaran en el empeño; pero cuando el KGB pone los puntos sobre alguien, todo está perdido, da igual que seas inocente.

»Pero tengo algo para ti. Toma... —dijo abriendo el bolsillo de su abrigo y ofreciéndole un sobre—. Estuve en Cuba el verano pasado y hablé con ella. Te escribió una carta y me pidió que te la hiciera llegar. Aquí la tienes... —Trató de sonreír amigablemente.

—¿Cómo está? —preguntó con un brillo especial en los ojos tomando la carta entre sus manos—. Desde que se fue no he tenido noticias suyas...

—Deseando volver a verte y casarse contigo. Le he prometido, igual que te lo aseguro a ti, que algún día os reuniréis para siempre y que yo seré vuestro padrino de boda...

—¿Crees que alguna vez conseguiremos estar juntos? —Su pregunta era una súplica.

—Te vas a ir a Francia. De tus actos de ahora en adelante dependerá tu futuro y la posibilidad de hacer realidad tus sueños —le dijo con mirada enigmática.

—Si dejo aquí al hijo de Iñaki no tendré posibilidades de... —Calló, asustado por la simple idea de que el dirigente pudiera sospechar de sus ansias de ser libre.

Durante unos instantes quedaron en silencio.

—Rafael, voy a ayudarte. Tienes mi palabra de amigo y de hombre. Algún día tendrás al hijo de Iñaki contigo y con Victoria. Yo me encargaré personalmente. Os he protegido siempre y volveré a hacerlo. Confía en mí.

—No me queda otro remedio —murmuró resignado—. Estoy atado de pies y manos, como una marioneta. Pero en vez de hilos que me atan son cadenas.

—Sé paciente. Todo se andará.

—¿Qué sabes de Alejandro? —preguntó tras un silencio el ingeniero de regreso al coche.

—Lo último que supe de él es que ingresó hace cinco años en el Instituto Militar Leningrado de Idiomas Extranjeros.

—¿Está estudiando idiomas?

—No. Es el centro de donde salen las nuevas hornadas de agentes del KGB. Allí reciben adiestramiento militar, espionaje, idiomas, y los enseñan a tener la mente fría y a despojarse de cualquier sentimiento parecido al de la amistad o la compasión.

—Alejandro un espía... —Rafael movió la cabeza con sorpresa.

—Cuando te marchaste a Kazajistán hice algunas gestiones para visitarlo y explicarle tu marcha inesperada... —Rafael le dirigió una mirada de agradecimiento—. Pero no me dejaron verlo. Estaba en un programa especial de educación en el marxismo y me advirtieron de que no era conveniente que mantuviera contacto con personas allegadas, pues podrían perturbar su progreso. Probablemente estará ahora en alguna embajada de occidente trabajando para la inteligencia soviética.

Rafael tenía órdenes de presentarse en Moscú en la sede del KGB. Desde la plaza Roja donde se alojaba tomó al día siguiente la dirección hacia la plaza Dzerzhinski, donde estaba el cuartel general del Comité Gubernamental de Seguridad, el KGB, fundado en 1954 tras la muerte de Stalin y la caída de Lavrenti Beria, heredando las estructuras de la anterior agencia, la NKVD.

El palacio de la Lubianka era un edificio cuadrado y austero, de fachada de ladrillo amarillo excepto en las dos primeras plantas, cubiertas de granito gris oscuro. En la parte de atrás estaba la cárcel con dos pisos subterráneos, donde se rumoreaba que torturaban a los detenidos hasta que confesaban lo que sus verdugos deseaban que confesaran. Después eran enviados a los campos de trabajo, de donde no volverían jamás. Los soviéticos llamaban de forma irónica a esta sede «el edificio más alto del mundo», pues decían que «se veía incluso desde Siberia», lo que daba una idea del alcance del poder de esta organización.

Durante las purgas de mediados de los años treinta, la cárcel de la Lubianka y el callejón Komsomolski fueron los lugares más temidos de la ciudad, tras cuyas paredes miles de arrestados desaparecían sin dejar rastro, acusados de ser enemigos del pueblo. Los afortunados que no morían allí a causa de las torturas o de un disparo en la nuca y eran enterrados en fosas anónimas en los bosques de la periferia de Moscú escribieron meses o años después cartas a sus familiares desde lugares que estos jamás habían oído hablar como Magadán, Komi, Karagandá o Krasnoyarsk.

Rafael había escuchado contar a los nuevos científicos que se habían incorporado a su proyecto cómo ahora los agentes del KGB detenían a cualquier sospechoso, ya fuera en el trabajo o en plena calle: entraban en las casas, las registraban y las destrozaban a veces, llevándose detenidas a familias enteras a las que nadie volvería a ver. Había académicos, biólogos, físicos, médicos o militares, muchos de ellos grandes eminencias en su campo, a los que de nada les sirvió para protegerse de las huestes de la Comisaría Política y del Comité Central. Además de constituirse como el aparato más represivo de la Unión Soviética, el KGB representaba también el más eficaz servicio de espionaje conocido en el mundo, y la fuerza mediante la cual los dirigentes del Partido Comunista de la Unión Soviética sustentaron el poder sobre sus ciudadanos y los de los países satélites recluidos detrás del telón de acero durante los años de la guerra fría, gracias a una extraordinaria red de informadores cuya principal misión era impedir que se hablara de algo relacionado con el poder político o el económico.

Rafael pasó junto a la estatua de Iron Feliks, el fundador de las temidas chekas, tristemente protagonistas de las terroríficas represiones durante el gobierno de Lenin. Accedió a una espaciosa recepción con ventanas a la calle y se dirigió a la segunda planta, donde tenía la cita con un comisario del KGB. Al entrar en el despacho cruzó su mirada con unos ojos oscuros y fríos.

Vladimir Zhúkov era un hombre corpulento, algo grueso, de cara cuadrada y pelo abundante y oscuro. Rafael le calculó unos cuarenta y cinco años. Sus manos reposadas sobre la mesa eran pequeñas, de dedos redondos y gordos que manejaban documentos con soltura y seguridad.

—Bien, camarada Celaya. He recibido instrucciones de preparar su documentación para viajar a Francia. Tengo aquí su expediente: Rafael Celaya Iturgáiz. Nacido el 2 de enero de 1923 en Bilbao, España. Ojos y cabello castaños. Llegó a Leningrado en 1937 en las expediciones de niños españoles durante la Guerra Civil en España. Vivió en la Casa de Niños de la avenida Nevski de la misma ciudad. En 1941 luchó en la guerra con nuestro ejército y fue condecorado con la medalla de la Orden de Lenin y la Estrella Dorada de la Orden de la Unión Soviética. Fue herido y estuvo ingresado durante cuatro meses en un hospital. Después fue evacuado a Samarcanda y posteriormente a Taskent; tras la guerra se instaló en Moscú y estudió en la Universidad Estatal con altas calificaciones. Desde 1952 trabaja en la estación espacial de Kazajistán. Personas a su cargo: Iñaki Rodríguez Uramburu, de su misma edad, deficiente y mutilado de guerra, condecorado igualmente con la Orden de Lenin y la de la Unión Soviética; fallecido recientemente en accidente de aviación en Kazajistán. En cuanto al informe político, aquí dice que su difunta novia, Teresa García Martín, y el mencionado Iñaki Rodríguez se unieron al Komsomol durante su estancia en la Casa de Niños de Leningrado, pero usted no mostró interés por inscribirse, ni siquiera en la universidad. ¿Hay alguna razón?

—Pues no, simplemente estaba centrado en mis estudios.

—Bien, sigamos. Tengo aquí un informe del comisario político Serguéi Popov, por desgracia fallecido en un accidente. Aquí dice que... bueno... —siguió leyendo callado, sin dejar de mirar el documento.

—¿Qué escribió de mí Popov? —demandó Rafael, inquieto por el silencio del comisario.

—Aquí dice que era usted introvertido y poco sociable, excepto cuando se trataba de relacionarse con personas de clase alta, con las que mantenía excelentes amistades...

Lo miró de soslayo. Rafael se encogió de hombros.

—No sé qué quiso decir al escribir eso. No conozco a nadie de esa clase... —Trató de sonreír.

—Aquí dice que en Taskent mantuvo una estrecha relación con la familia de un hombre que fue acusado de enemigo del pueblo...

Rafael palideció, desconcertado.

—Ya sé a qué se refiere. Durante un tiempo compartí vivienda con el propio Popov y varias familias en esa ciudad. Había allí una mujer mayor que vivía con su hijo y con Popov en la misma habitación, cuando este era un simple militante sindicalista. Él denunció al hijo, un humilde maestro, por haber manchado accidentalmente con pintura una fotografía de Stalin, y consiguió que se lo llevaran preso. A su anciana madre, que había trabajado en su juventud como maestra y que en aquellos años se ganaba la vida limpiando casas, la obligaron a dejar la ciudad. En agradecimiento por sus servicios, Popov consiguió la habitación para él solo. Recuerdo que cuando ocurrió aquel incidente me enfrenté a él y le reproché su conducta. Eso es todo. Ahora debe usted valorar si aquellos desgraciados eran realmente personas de alta alcurnia y enemigos del pueblo.

El comisario lo escrutó con ojos vivos y no contestó.

—Bien. Sigamos —dijo aparcando aquel asunto—. Anota también Popov que no está interesado en la política, excepto cuando recibe medallas.

—Si las recibí fue porque luché contra los alemanes defendiendo a este país. Creo que ese comentario está fuera de lugar —replicó el ingeniero mostrando su enojo. La vileza de Popov había quedado de manifiesto incluso después de su muerte.

—Yo también lo creo. Tiene un buen historial de guerra y es algo que le honra ante los ojos del Kremlin como héroe de este país. No tiene de qué preocuparse, camarada. Leo aquí también una información sobre un percance que tuvo a la salida de España. Perdió a su hermano en el viaje... —Lo miró, esperando confirmación. Rafael asintió—. ¿Es esa razón por la que ha solicitado en más de una ocasión viajar a Francia?

—Sí, es el principal motivo.

—Ha mantenido una relación con Victoria Blanco García, que actualmente reside en Cuba, y tienen planes de contraer matrimonio... —Lo miró, esperando confirmación.

—Veo que lo saben ustedes todo de mí...

—Es nuestra obligación saberlo todo de todos. También conocemos que la especialidad profesional que ejerció en la estación espacial es el sistema de control de vuelos. Como ingeniero, va a acompañar a un grupo de científicos soviéticos a un congreso mundial en París sobre tecnología espacial. Cuando concluya, pedirá asilo político y desertará de la Unión Soviética.

Rafael dio un respingo al escuchar aquella orden formulada con una desconcertante naturalidad.

—¿Perdón? ¿Qué ha dicho, camarada Zhúkov?

Este lo miró con gravedad y colocó los codos sobre la mesa, uniendo sus manos a la altura del mentón.

—Estas son las órdenes que deberá ejecutar en el exterior: en el congreso al que va a asistir en París, ofrecerá una ponencia sobre nuestro sistema de control de vuelo y esperamos que deje impresionados a sus colegas. Durante las jornadas deberá entablar amistad con ingenieros de una importante compañía aeronáutica francesa de la que ahora le daré cuenta. Cuando el congreso esté a punto de concluir, les pedirá ayuda para escapar de «las garras del comunismo». —Sonrió con ironía—. Nuestro cuerpo de seguridad le facilitará su fingida huida. Después, nuestra embajada en París emitirá una nota de protesta al gobierno francés por alentar su deserción y exigiremos que lo repatríen a Moscú, algo que no van a hacer. —Hizo una mueca a modo de sonrisa cómplice—. Cuando los servicios secretos franceses y norteamericanos lo sometan a interrogatorios tras su traición, les hablará de su procedencia española, manifestando su indignación con el gobierno soviético por no haberle dejado regresar a su país durante tantos años y su deseo de instalarse allí. Aquí tiene un dossier sobre la información que va a ofrecer sobre los avances soviéticos en materia de misiles. Como comprobará cuando lo lea, nada tienen que ver con lo que se está haciendo en la actualidad. Es el anzuelo que va a ofrecerles. Una vez los haya convencido de que desea abrazar el capitalismo e instalarse al otro lado del telón de acero, deberá ingeniárselas para trabajar en una compañía acorde con su nivel profesional. En esto jugará un papel fundamental la relación que haya establecido previamente con las personas de las que le he hablado antes, pertenecientes a la empresa francesa MAH Aviation. Cuando lo consiga, enviará toda la información que pueda recabar sobre la tecnología utilizada en la construcción de aviones de guerra franceses. Espero que entienda la naturaleza del servicio que le encomendamos. Hemos sido los primeros en llevar un satélite al espacio y necesitamos conocer qué están haciendo ahí afuera para adelantarnos, como hemos hecho hasta ahora.

—Por supuesto... y observo que esta misión está preparada al detalle.

—¿Alguna objeción, camarada Celaya?

—Espero estar a la altura de la responsabilidad que me han encomendado... Soy ingeniero, no un espía, pero le aseguro que voy a esforzarme para cumplir con mi deber con la Madre Patria... —dijo, tratando de parecer convincente—. Cuente conmigo para llevar a cabo con éxito esta misión.

—Bien, camarada —respondió, satisfecho—. Así demostrará su lealtad al país que tanto ha hecho por usted. En cuanto consiga asilo político, nuestros agentes en París se pondrán en contacto con usted para indicarle la manera de transmitir la información obtenida. Continuará trabajando para la Unión Soviética, aunque esta vez de manera más discreta. Con su colaboración, este gran país seguirá siendo el primer referente mundial en tecnología y armamento —dijo con ardor, cerrando el expediente e indicándole que la reunión había terminado.

—Por supuesto —contestó levantándose.

Cuando Rafael estaba ya en la puerta, Zhúkov le habló de nuevo:

—No creo necesario advertirle, camarada Celaya, de las represalias que podrían sufrir algunas personas muy allegadas a usted, como su prometida Victoria Blanco, en caso de que nos decepcionara y sucumbiera a la tentación de desertar de verdad...

Aquella era una amenaza en toda regla. Rafael se sintió

aliviado al comprobar que no tenían información sobre el hijo de Iñaki, y en su fuero interno agradeció el consejo de José Hernández la tarde anterior.

—Pueden contar con mi lealtad, camaradas. No voy a defraudarlos.

Dos meses más tarde, tras una instrucción intensiva en técnicas de espionaje, Rafael volaba hacia París formando parte del grupo de científicos soviéticos que asistían a un importante congreso mundial.

28

París, Francia. 1961

El congreso de París al que asistía Rafael Celaya estaba auspiciado por el Consejo Internacional de Uniones Científicas, creado durante la celebración del Año Geofísico Internacional que se desarrolló entre julio de 1957 y diciembre de 1958. En aquel evento participaron más de ochenta mil científicos de sesenta y siete países diferentes, donde destacaron los expertos soviéticos. Durante ese período se realizaron investigaciones sobre la corteza interior y exterior de la Tierra, la atmósfera, los rayos cósmicos, la actividad solar, los campos magnéticos o la observación de la Antártida, entre otros temas relacionados. A partir de entonces se sentaron las bases para celebrar periódicamente encuentros internacionales de cooperación conjunta para el estudio de la Tierra y el sistema solar, gracias a la red de satélites que habían puesto en órbita la Unión Soviética y Estados Unidos.

Rafael formaba parte del grupo de científicos pertenecientes al Comité Nacional de la Unión Soviética, que había sido invitado a participar en París por el Consejo Internacional de Uniones Científicas. A la reunión asistía también un nutrido grupo de científicos de la élite mundial. En esta ocasión el tema a tratar era el estudio de la radiación cósmica y la utilización de satélites espaciales para realizar dicha tarea.

Nada más inaugurarse las jornadas, Rafael localizó a uno de los especialistas franceses con los que tenía instrucciones de contactar. Era también ingeniero aeronáutico y más o menos de su edad: André Barraud. En la segunda jornada consiguió sentarse junto a él, presentándose educadamente en un francés algo primario que había aprendido en Taskent durante la guerra. Tras unos minutos de conversación, Rafael le habló de su origen español y de su traslado en plena Guerra Civil española a la Unión Soviética, donde había crecido y se había convertido en miembro destacado del grupo de expertos que actualmente comandaban la carrera aeroespacial en aquel país.

La comitiva soviética y gran parte de los científicos se alojaban en el mismo hotel donde se celebraba el encuentro y, dos días después, Rafael se esforzó por coincidir de nuevo con el ingeniero francés. Tras la última conferencia, observó que se dirigía al bar. Rafael entró solo y se colocó en el campo de visión del joven, que al verlo le hizo un gesto para que lo acompañara a tomar una copa en su mesa. Tras un rato complaciendo la curiosidad del francés sobre su peripecia vital y la vida cotidiana de los soviéticos, Rafael consideró que había llegado el momento de iniciar el plan ordenado desde Moscú y comenzó a lamentarse de la falta de libertad y del estricto control al que tenían sometido a todo el cuerpo científico soviético. Rafael giró la vista a su izquierda y le hizo un gesto a su acompañante.

—Mira, ¿ves aquel tipo de la chaqueta negra? Es mi guardián.

—¡Vaya! No sabía que estuvieras tan vigilado...

—Están pendientes de nosotros porque temen que nos escapemos.

—¿Tú quieres huir?

Rafael lo miró de soslayo y no le respondió. Inmediatamente cambió de conversación, alabando la excepcional ponencia que había realizado un ingeniero británico. El anzuelo estaba lanzado. Tenía por delante una semana para realizar un segundo intento. Debía hacerlo con sutileza, sin levantar sospechas en ambos lados sobre sus «ansias de libertad».

Y sin haberlo planeado, el plan para su supuesta huida recibió una ayuda inesperada con la aparición de un fantasma del pasado.

Al día siguiente, Rafael expuso con brillantez una ponencia sobre los sistemas de controles de vuelos espaciales ante sus colegas internacionales y los dejó impresionados. En la pausa para el almuerzo, Rafael salía del salón de exposiciones cuando una silueta que le pareció familiar pasó a su lado, en dirección al vestíbulo del hotel. Se trataba de un hombre de unos cuarenta años, de pelo rubio y corto, que portaba un maletín de cuero en la mano derecha. Aquellos andares eran inconfundibles para Rafael. Con gran osadía se colocó a su espalda y levantó la voz para llamar su atención:

—¿Manuel?

El hombre se giró en redondo, y tras unos instantes de desconcierto se dirigió hacia él con los ojos muy abiertos por la sorpresa.

—¿Rafael?

Rafael Celaya aún no podía creer que tenía delante a su gran amigo Manuel Jiménez, con quien había crecido en la Casa de Niños de Leningrado, el ex marido de Victoria.

—Pero ¿qué haces aquí? —preguntó Rafael acercándose y fundiéndose con él en un caluroso abrazo.

—Soy médico, ya lo sabes. He venido a un congreso de cirugía cardiovascular que se celebra en estos días en París... ¿Y tú?

—Formo parte de una delegación soviética de científicos. Se está celebrando el Congreso Internacional sobre Radiación Cósmica y el uso de satélites espaciales. Yo trabajo en este apartado.

—Vamos al salón a tomar una copa. Tenemos mucho de que hablar. ¡Qué alegría volver a verte, Rafael! —dijo posando el brazo sobre sus hombros—. ¿E Iñaki, ha venido contigo?

—No. Iñaki murió hace poco más de un año... —Rafael advirtió que el rostro de su amigo se ensombrecía de repente, con sincero pesar—. Fue en un accidente de aviación...

—¡Vaya! Lo siento... Qué noticia tan triste acabas de darme. Nunca habría imaginado... —Guardó silencio, emocionado.

—Fue un gran tipo, y vivió muy feliz a su manera. Te confieso que lo echo de menos a diario. Él era mi contrapunto; siempre tan alegre, tan inocente, sin sentido del peligro...

—Sí, Iñaki era así... Y de Victoria, ¿qué sabes?

—Prácticamente nada. Al año de regresar a Moscú la enviaron a Cuba y apenas he tenido noticias suyas. Sé que trabaja como traductora entre rusos y cubanos.

Los dos amigos se sentaron en una mesa apartada y pidieron una copa.

—Ella no consiguió adaptarse a vivir en España. Es un espíritu libre, la conoces bien. En el fondo la entendí, aunque me dolió su marcha. Lo que más me atormentaba es que, aun sabiendo que tú no la amabas, te eligió a ti en vez de a mí... —dijo Manuel, dirigiendo su mirada a los hielos del vaso que tenía entre las manos.

Rafael no se atrevió a confesarle que la amaba más que a nada en el mundo, y que anhelaba volver a reunirse con ella y vivir juntos para siempre.

—No seas injusto, Manuel. Victoria se casó contigo.

—Sí, ella siempre estuvo a mi lado, pero me amó a su manera, no como yo hubiera deseado...

—Victoria fue mi mejor amiga —dijo Rafael con prudencia—. Y creo que te debo una confesión: cuando regresó a Moscú y volvimos a vernos iniciamos una relación y... bueno, ahora estaríamos casados si no la hubieran enviado a Cuba.

—Bueno, eso ya es agua pasada... —Manuel sacudió la cabeza para espantar sus demonios.

—¿Cómo te va en España?

—Bien. Ahora soy feliz, o al menos lo intento... Conocí a otra mujer, me casé de nuevo y tengo dos hijas pequeñas, pero nunca olvidaré a Victoria, ni la experiencia que viví junto a vosotros en nuestra Casa de Niños... Es algo que guardo como un tesoro, al menos de los primeros años. ¡Qué felices fuimos, a pesar del dolor por la separación de nuestras familias...! Ahora pienso en aquella época con nostalgia. Cuando me viene el bajón me acuerdo de nuestros juegos en el patio, de las excursiones, de las bromas de Iñaki... —Sonrió melancólico.

—Un viejo profesor me dijo una vez que no debemos volver al lugar donde hemos sido felices, pues solo existe un paraíso: el paraíso perdido.

—Tienes razón. Yo regresé a Leningrado después de la guerra, pero ya nada fue igual. Ahora llevo una vida cómoda en España: mi mujer me quiere mucho, tengo una gran casa y estoy muy bien considerado en el trabajo. Es la vida que creí merecer. Pero aún añoro a Victoria. Es la única mujer a quien he querido de verdad, con sus misterios, sus brujerías, sus miradas intuitivas... Nunca voy a amar a nadie como a ella.

—Yo también la echo de menos.

—Rafael, te debo una disculpa. Creo que fui el motivo por el que ella me dejó...

—¿Qué tratas de decirme?

—Cuando regresamos a España decidimos no hablar a las autoridades de tu profesión y del trabajo que realizabas, tal como nos pediste. Sabíamos que algún día ibas a volver y no queríamos complicarte la vida. Pero los interrogatorios eran tan asfixiantes... Estaba acorralado, no me dejaban trabajar, y me vi obligado a darles algo a cambio de nuestra estabilidad: les hablé de tu hermano perdido, de tu carrera como científico en la carrera espacial y... bueno, yo colaboré en cierta medida para que ellos pusieran los ojos sobre ti.

—¿Ellos? ¿Quiénes son ellos?

—No debo hablar demasiado, pero... en fin, verás, si quieres, yo podría... —Titubeaba sin mirarlo a los ojos—. Tengo un mensaje para ti: quieren ayudarte a convertirte en un hombre libre... Te ofrecen la posibilidad de escapar de la dictadura soviética, de pasar al otro lado y desaparecer...

—Lo miró ahora con resquemor.

Rafael lo contemplaba atónito.

—¿Me estás pidiendo que me convierta en un disidente?

Rafael no podía creer que su amigo le estuviera ofreciendo exactamente lo que él había venido a buscar a París.

—Exactamente eso —afirmó mirándolo con aprensión.

—Manuel, dime quién te envía y qué me estás ofreciendo.

Suspiró.

—Verás, cuando tenía que asistir a los interrogatorios en Madrid, nada más regresar, no solo me acosaba la policía española. Había otros servicios de inteligencia, y tenían muchos datos sobre ti. Estaban muy interesados en captarte en cuanto salieras de la Unión Soviética. Ellos... bueno... quieren saber lo que están haciendo allí. Tú sabes bien cómo están los gobiernos de ambos bandos, espiándose unos a otros...

—Manuel, sospecho que este encuentro no ha sido casual, ¿verdad? —preguntó Rafael, escamado.

—Bueno, el congreso médico de París estaba programado desde hace meses, pero cuando conocieron que tú estabas en París, lo organizaron para que yo asistiera y... en fin... Me reservaron una habitación en este hotel y prepararon el terreno para que pudiera transmitirte esta propuesta.

—Pero ¿quién está detrás? —Rafael aún no conseguía digerir aquella sorpresa.

—No puedo hablar más si no me das una respuesta positiva...

—Pues entonces olvídate de mí. ¿Quién me dice que no te ha contratado el KGB y estás poniendo a prueba mi lealtad? No puedo fiarme de ti, Manuel, me estás preocupando —dijo para forzarlo a explicarse.

—¡Por Dios, Rafael! —exclamó ofendido—. Somos amigos desde la adolescencia; me ayudaste muchas veces. No he venido aquí para perjudicarte; al contrario. Bastante daño te hice, y también me lo hice a mí mismo. Traicioné tu confianza hablándole a la CIA de lo que hacías en Rusia, consciente de que te estaba creando problemas para el día que regresaras a España. Fue un acto egoísta, pensando que así Victoria sería mía para siempre. Sin embargo, la perdí por mis estúpidos celos. Y ahora, bueno... quiero reparar mi error.

—Entonces es la CIA...

Manuel afirmó con un gesto.

—Y también los servicios secretos franceses. Están trabajando juntos en tu caso —añadió Manuel.

Rafael quedó en silencio, tratando de procesar aquella situación para responder con la mayor rapidez.

—Ahora háblame con sinceridad: si Victoria estuviera a mi lado, ¿me habrías hecho este ofrecimiento?

—Hablemos del presente, de hoy. Ya nada tiene vuelta atrás. Quieren que te unas a ellos y les ofrezcas información sobre lo que has hecho en Kazajistán, las instalaciones de la central espacial, el nivel y la identidad de los científicos con los que trabajas allí...

—Podría poner en riesgo mi vida...

—Te ofrecen seguridad, mucho dinero, una nueva identidad en otro país y la posibilidad de unirte a la élite de científicos del mundo libre.

—Esto es muy... complicado.

—Si deseas seguir como hasta ahora, olvídate de todo lo que te he contado; esta conversación no ha tenido lugar. Ahora bien, si deseas dar un paso al frente, tengo permiso para seguir hablando.

Rafael suspiró y quedó pensativo, todo iba demasiado deprisa, y demasiado bien para los planes que el KGB había fraguado en Moscú.

—Déjame pensarlo con más tranquilidad...

—No, Rafael. Tienes que responder. Es sí o no, aquí y ahora. Hay algo que quizá pueda persuadirte: ellos saben que mantuviste una relación con Victoria en Moscú. Si colaboras, te ayudarán para que te reúnas con ella cuando llegue el momento.

—¿Con Victoria? Pero ella está en Cuba...

—Sí, lo sé, y ellos también. Y pueden ayudarla a salir de allí. —Manuel se quedó en silencio, y esbozó una sonrisa triste—. Saben que me abandonó, y no confían demasiado en que te transmita esto. Pero te puedo asegurar que siento por ti un sincero afecto y nunca te guardé rencor, ni a ella tampoco.

—Lo que ocurrió entre nosotros en Moscú, cuando Victoria regresó, no estaba planeado. Apenas duró dos semanas, aunque hicimos planes para el futuro. Desde entonces no he vuelto a verla, pero he de confesarte que la echo de menos a diario y sueño con que algún día podamos estar juntos. La quiero, Manuel. —Lo miró con honestidad.

—Ojalá se hubiera quedado contigo. Pero cada uno tiene marcado su propio destino. Tú eres mi amigo, lo has sido siempre, y Victoria también. Nunca podré olvidarla. Ella es como es, necesitaba su propio espacio. Yo no se lo pude ofrecer en España y tuve que aceptar su marcha. Rezaré para que volváis a estar juntos algún día, porque os quiero mucho a los dos. —Sonrió con tristeza.

—Gracias, Manuel, siempre te consideré un gran amigo —dijo Rafael emocionado—. Yo me siento muy solo. El gobierno soviético me ha ofrecido una excelente educación y una carrera profesional, pero añoro España, mis raíces. No quiero pensar que viviré siempre bajo este régimen al que me siento atado con unas cadenas demasiado fuertes... —Durante unos instantes se quedó en silencio.

—Ahora tienes la posibilidad de escapar...

—Quiero cambiar de vida, pasear sin tener que mirar por encima del hombro ni dar cuentas a nadie de lo que hago, de lo que digo o sueño, poder dormir tranquilo, hacer planes de futuro...

—¿Estás decidido, entonces?

—Y necesito volver a ver a Victoria...

—¿Esto es un sí? —Lo miró interrogante.

—Sí. —Lo escrutó con gravedad—. Vamos, dime, cuál es tu propuesta.

—Esta noche se va a celebrar la cena de despedida en el hotel George V. Vais a asistir todos los participantes junto con las autoridades anfitrionas. Hay un ingeniero con el que ya has entablado amistad, André Barraud. Los servicios secretos franceses le han pedido su colaboración y él está dispuesto a ayudarte. Cuando la cena finalice y comiencen a levantarse, te dirigirás a los lavabos y esperarás a Barraud, que tiene casi tu misma complexión. Allí os intercambiaréis vuestras chaquetas y sombreros. Habrá alguien esperando para ayudarte a salir por la parte trasera del hotel hacia el garaje. Para intentar ganar tiempo, el ingeniero se unirá al grupo de científicos y procurará hacerse pasar por ti durante el traslado al hotel. Si todo sale bien, unos agentes te conducirán hacia la Prefectura de Policía, donde solicitarás asilo político. ¿Te ha quedado claro?

—Sí. Contándolo así parece sencillo. Pero no cuentes con que mi servicio de escolta me vaya a quitar ojo.

—Han preparado un gran dispositivo para ayudarte a escapar. Solo tienes que dejarte llevar...

—De acuerdo. Voy a intentarlo.

—Creo que merece la pena —dijo Manuel, levantándose—. Mi misión ha terminado. Regresaré a España y no sé si volveremos a vernos algún día. Cuando te reúnas con Victoria, dile que nunca voy a olvidarla, que siempre estará en mi corazón. Ojalá algún día consigas la vida que deseas, Rafael, la que mereces.

—Ha sido increíble volver a verte y recordar aquellos años, Manuel. Te estaré eternamente agradecido por lo que has hecho por mí.

—Ojala que todo salga bien...

Los dos amigos de fundieron en un cálido y largo abrazo. Cuando se separaron para la despedida, ambos tenían los ojos húmedos de la emoción.

A la mañana siguiente, numerosos participantes en el congreso, entre ellos el grupo soviético, esperaba en el vestíbulo del hotel el autobús que los trasladaría al aeropuerto para regresar a sus respectivos países. La cena de clausura se había celebrado la noche anterior y nadie había notado la ausencia de Rafael Celaya. Todo había salido tal como lo habían previsto: el ingeniero francés se había hecho pasar por él, burlando la férrea vigilancia a la que estaban sometidos... O eso pensaron las autoridades.

Cuando se conoció la deserción del ingeniero soviético de origen español, la embajada de la URSS en París envió una airada protesta al gobierno francés por incitar a la deserción a uno de sus mejores científicos y ofrecerle asilo político. Al contrario que la soviética, la prensa francesa se hizo eco de aquella fuga con encendidos artículos sobre la defensa del mundo libre y exigiendo la libertad de tránsito para los ciudadanos encerrados tras el telón de acero.

Mientras tanto, Rafael había sido trasladado a una casa de campo en las afueras de París, y durante varios días lo sometieron a preguntas y cuestionarios sobre los motivos de su salida. Él explicó a los servicios secretos franceses y estadounidenses exactamente lo que le habían puesto en el guion: que sus motivos eran personales: quería estar cerca de su tierra, vivir en libertad y salir de la Unión Soviética. Para demostrar su voluntad de colaborar, les ofreció una valiosa información sobre los trabajos que se estaban desarrollando en Kazajistán.

Uno de los participantes en los interrogatorios no había intervenido hasta aquel día y se limitó a escuchar sus declaraciones. Tenía el pelo rubio y los ojos azules, y hablaba un perfecto español. Era Richard Wilson, miembro de la CIA y adjunto a la embajada de Estados Unidos en España. Nada más presentarse, le informó que él había preparado su encuentro con Manuel Jiménez y que había conocido personalmente a Victoria Blanco. También que fue la CIA la que proporcionó los datos y fotografías a la ex mujer de Manuel sobre las personas que podrían ser su hermano Joaquín.

—¿Victoria contactó con ustedes antes de volver a Moscú? —preguntó Rafael, pasmado.

—Sí. En principio propusimos a la señora Blanco que le enviara una carta desde España informándole de los posibles candidatos. Después nos confesó que su matrimonio no marchaba bien y ella misma se ofreció a regresar a la Unión Soviética para ofrecerle personalmente las identificaciones. Tenía intención de colaborar con la CIA en Moscú, pero no se reunió con nuestro contacto, suponemos que debido a la estrecha vigilancia a la que estaba sometida. Después la enviaron a Cuba. No obstante, desde allí colabora con nuestro gobierno.

—¿Ella trabaja para ustedes? —repitió Rafael, aturdido.

—Sí. Tenemos a varios agentes encubiertos en la isla y llegamos a un acuerdo con ella: si trabajaba para la CIA, la ayudaríamos a reunirse con usted cuando llegara el momento en que pudiera salir de la Unión Soviética. Estábamos esperando una oportunidad como esta. ¿Va a colaborar ahora? —Lo miró, esperando respuesta.

—Por supuesto. Para eso he arriesgado mi vida. Pero ¿cuál es la misión de Victoria en Cuba?

—Obtener información. Debido a su trabajo como intérprete nos está ofreciendo datos de primera mano sobre la estrecha colaboración de los soviéticos con el gobierno de Castro, el armamento que suministra y sus movimientos tácticos. Es una persona muy cercana a la cúpula militar y se ha ganado la confianza entre la élite del poder. Es nuestra mejor agente en Cuba.

—Pero entonces está corriendo un gran riesgo...

—Sí —respondió Wilson sin piedad—. Pero es inteligente, y tiene ya una abultada cuenta corriente a su nombre en Estados Unidos. Y volviendo a los asuntos de la Unión Soviética, necesitamos la información real sobre lo que pasó en octubre del año pasado en la estación espacial de Baikonur, donde usted trabajaba. Hay un silencio demasiado espeso sobre una supuesta explosión. Sabemos que el comandante de las Fuerzas Estratégicas de Misiles, Mitrofán Ivánovich Nedelin, murió allí, a pesar de que la versión oficial explicó que fue en un accidente de aviación. Tenemos referencias de que se produjo una fuerte deflagración cuando se realizaban unas pruebas con misiles. Incluso una cadena de televisión italiana, la Continentale, informó meses después que el comandante Nedelin había fallecido en la explosión de un cohete junto a cien personas más; pero hay mucho misterio alrededor de esto. —Lo miró haciendo un gesto para que Rafael continuara.

—Sí, se produjo un fallo en el motor de arranque del cohete.

—¿Qué pasó realmente?

—La ignición se produjo antes de lo previsto y estalló en tierra antes del lanzamiento.

—¿Es cierto que murieron más de doscientas personas en ese accidente?

—En absoluto. Solo hubo varios operarios heridos, que

fueron alcanzados por el fuego —mintió Rafael, tal como le habían ordenado.

—¿Usted estaba allí? —Lo miró escéptico.

—Sí. Lo vi todo desde el búnker de seguridad, donde estábamos el grupo de ingenieros y los mandos militares.

—¿Han continuado con las pruebas tras el accidente?

—Por supuesto, y con exitosos resultados. En estos momentos está en marcha la fabricación intensiva del misil R-7.

—¿Intensiva? ¿De cuántos estamos hablando? —preguntó, interesado, el agente de la CIA mientras tomaba notas en un cuaderno.

—Pues no sé... Al menos diez al mes, desde primeros de año.

Era mentira. Solo llegaron a construirse unas decenas de unidades del R-7, cuya versión modificada ayudó a poner en órbita al *Sputnik*. Este misil fue un fracaso desde el principio por su deficiente precisión y la dificultad en su construcción: era demasiado lento y representaba un elevado coste. Además, la enorme infraestructura que se precisaba para su lanzamiento era difícil de ocultar, y en caso de conflicto bélico sería un blanco fácil para los aviones de reconocimiento del ejército estadounidense. El proyecto real en el que Rafael estuvo trabajando en Baikonur cuando se produjo el accidente era el misil balístico intercontinental R-16, una versión mejorada del R-7, pero no estaría operativo hasta el año siguiente.

—Señor Celaya, queremos que se instale en Estados Unidos para unirse a nuestro proyecto espacial y militar. Estará más cerca de Victoria, y el clima de allí no tiene nada que ver con lo que ha conocido hasta ahora. —Wilson sonrió con condescendencia, esperando una rápida respuesta.

Rafael lo miró y se dirigió a todos a la vez:

—No, yo no me muevo de Francia, mi hogar está en Europa.

Ante el desconcierto de los miembros de la CIA, Rafael continuó:

—Soy español y mi futuro está aquí. He pasado veinticinco años de mi vida en un país ajeno y no tengo intención de trasladarme a otro continente. Quiero estar cerca de mi tierra y debo buscar a mi hermano aquí, en Francia.

—Pero apenas tiene familia que le una a España —replicó Wilson.

—Tiene razón. Pero algún día Franco dejará de gobernar y volverá la democracia. Mientras tanto, esperaré aquí a Victoria y regresaremos juntos cuando llegue ese momento.

Durante varios días, el servicio de contraespionaje de la CIA sometió a Rafael a un intenso interrogatorio para corroborar si la información que les estaba ofreciendo era real o se hallaban ante un espía doble, cuyo objetivo era hacerles creer que era un traidor a Rusia cuando realmente seguía trabajando para su país. Rafael era inteligente y llegó a convencerlos de que abrazaba sin fisuras el mundo libre, y para demostrar su voluntad de cooperar les ofreció una información pormenorizada sobre los trabajos que se realizaban en Kazajistán. Algunos datos eran auténticos, pues debía ofrecer credibilidad, pero otros eran ficticios, encaminados a hacerles creer que en la Unión Soviética se estaban armando de manera veloz y eficiente en materia de misiles intercontinentales con cabezas nucleares, los cuales se estaban instalando a lo largo de toda la geografía soviética. La realidad era que, tras la catástrofe de Nedelin, el programa espacial soviético perdió a los mejores ingenieros y científicos destinados en esta materia, y aunque aún les quedarían por ofrecer más golpes de efecto, eran conscientes de su inferioridad frente a la carrera espacial y nuclear de su gran rival: Estados Unidos.

Ante la firme negativa de Rafael de salir del país de asilo, los servicios secretos franceses tomaron la iniciativa, ofreciéndole unirse a ellos en una de las empresas aeronáuticas más punteras del bloque occidental en Europa. Semanas más tarde, Rafael se instalaba en un amplio piso situado en el barrio de Montparnasse, en el margen izquierdo del Sena, bajo la estrecha vigilancia de los servicios secretos franceses y otra más discreta por parte del KGB.

Después de recibir un curso intensivo del idioma francés y familiarizarse con la ciudad, Rafael se incorporó a trabajar en la empresa que habían destinado desde Moscú: la MAH Aviation. En sus factorías trabajaban en el diseño y fabricación de aviones de combate de gran fiabilidad y prestaciones, que vendían a países de todo el mundo como Israel, Argentina o la India, además de la Fuerza Aérea francesa, su principal cliente. En aquellos años de guerra fría, donde Europa estaba separada por dos grandes bloques tanto políticos como sociales, Francia era uno de los países sobresalientes no solo en la construcción de aviones militares; también era una potencia nuclear, en respuesta a la carrera armamentística del Bloque del Este. La MAH Aviation estaba en pleno diseño de un potente bombardero capaz de desarrollar una gran velocidad en línea recta y lanzar una bomba atómica como respuesta a un eventual ataque por parte de la Unión Soviética.

Desde el principio, Rafael se sintió a gusto entre sus compañeros, la mayoría franceses y algunos británicos. Con su capacidad y conocimientos, en pocas semanas llegó a estar muy valorado en el equipo de trabajo. A pesar de la vigilancia a la que se sabía sometido, disfrutaba de la sensación de libertad en la Ciudad de la Luz. Para él era una experiencia nueva poder moverse libremente por el país sin tener que solicitar un permiso especial, o montar en tren, en metro o en autobús sin que nadie le solicitara su documentación, el famoso *pazport* soviético, ni le pidieran explicaciones por sus desplazamientos. Observaba a las jóvenes alegres y despreocupadas que paseaban por las calles vistiendo vaqueros o bonitos vestidos, a los cuerpos de seguridad, que patrullaban las calles para ofrecer protección a sus conciudadanos en vez de provocarles miedo; también intervenía en conversaciones de política con sus compañeros de trabajo, que lanzaban opiniones críticas sobre tal o cual actuación del gobierno francés sin temor a ser represaliados. Todo era nuevo para él, y disfrutaba en silencio de aquellas prerrogativas. La tentación de confesar la verdad sobre su situación a los servicios secretos franceses para librarse del yugo soviético era grande, pero la posibilidad de no poder regresar nunca a Moscú y dejar a su suerte al hijo de Iñaki en un orfanato lo mantenía en vilo, obligándolo a seguir al pie de la letra las órdenes recibidas.

Juana tenía veinticinco años y un carácter agradable, de cabello castaño y lacio con ojos marrones y boca grande. Se había fijado en ella porque también frecuentaba el bistró Saint Louis, adonde Rafael acudía cada tarde después del trabajo. Estaba cerca de su domicilio y solía parar a tomar la cena antes de regresar a la soledad de su apartamento. Aquella tarde de julio, el local estaba bastante concurrido con todas las mesas ocupadas. Juana portaba un vaso de Coca-Cola en una mano y un plato con una ensalada en la otra. Vestía vaqueros gastados y una blusa de cuadros de manga corta y colores alegres. Al advertir que Rafael estaba solo en la mesa, le pidió permiso para compartirla. Él accedió enseguida, ofreciéndole parte de su espacio ocupado en aquel instante por las hojas del diario *Le Monde*, que leía mientras tomaba un sándwich. Juana se presentó con su nombre en francés, Jeanne. Le contó que era hija de exiliados españoles que habían llegado a Francia en 1936, tras el inicio de la Guerra Civil, y su nombre real era Juana. Había nacido en Toulouse un año más tarde y hablaba perfectamente el español. Para Rafael fue una agradable coincidencia, y le habló también de su procedencia española.

—¿Y qué haces en París? —preguntó Juana en español, gratamente sorprendida.

—Soy ingeniero. Trabajo en una fábrica de aviones. Vivo aquí desde hace solo unos meses, cuando me trasladé desde España. —Esa era la versión que los servicios secretos franceses le habían ordenado ofrecer en su nueva situación.

—Suena interesante. —Sonrió—. Mi trabajo es más monótono, trabajo como recepcionista en una clínica dental.

—¿Vives con tu familia?

—No, comparto un piso alquilado con dos amigas. Mis padres viven en Toulouse. Yo decidí venir a París en busca de una oportunidad. Además de mi trabajo en la recepción, estoy estudiando en la universidad para ser maestra. Con mi sueldo y algunos extras como traductora voy sufragándome los estudios.

—Estoy seguro de que llegarás a ser una buena maestra. —Sonrió amable Rafael.

A partir de aquel encuentro, se sucedieron otros en las semanas siguientes. Él solía ir siempre a la misma hora, y cuando la veía entrar, la invitaba a compartir la mesa y charlaban durante buen rato. Rafael se sentía a gusto con Juana: era bonita, inteligente y hablaban siempre en español, lo que le hacía sentirse más cercano a su patria. Para él, su relación con ella no pasaba de compartir una comida en el bistró.

Habían pasado cuatro meses desde que Rafael había desertado «oficialmente» de la Unión Soviética y aún seguía esperando instrucciones del KGB. Estaba inquieto, nadie se había puesto en contacto con él y su desconcierto iba en aumento. ¿Estarían vigilándolo todavía o se habían olvidado de él? Sabía que no debía levantar sospechas sobre sus movimientos y al principio apenas salía a pasear por los alrededores de la ciudad, pero pasado un tiempo comenzó a recorrer el país con discreción. Tenía su propio coche y alquilaba una habitación de hotel en diferentes ciudades para pasar el fin de semana.

Rafael se dirigía aquella mañana de octubre hacia el norte del país, a la Bretaña. Aparentemente era una excursión de las que hacía habitualmente los sábados, pero en aquella ocasión había algo más. Buscó un pueblo cercano a la costa, Vannes, con bonitas casas antiguas de entramados de madera. Se dirigió a la calle Saint Salomon, y momentos después advirtió que un hombre de unos treinta años salía de una casa particular con paso firme y se dirigía a la plaza del pueblo. Rafael lo siguió hasta que se detuvo en la terraza de un café y se dispuso a tomar una copa. Él ocupó una mesa cercana y lo observó con disimulo, intentando hallar un rasgo familiar, pero no vio nada. Aquel hombre no se parecía a nadie de su familia, y sus ojos no eran los de Joaquín. Era el segundo intento y de nuevo estaba como al principio. Ya solo quedaba el último candidato.

Una tarde de lluvia, Rafael dejó la factoría aeronáutica a las cinco de la tarde y se dirigió en metro hacia el centro. Entró en el bistró Saint Louis y se sentó, como siempre, a una mesa situada en un rincón dando la espalda al muro, en una posición que dominaba todo el local, desde la barra hasta la puerta de entrada. Pidió una comida ligera y se dispuso a leer el periódico con tranquilidad. Era viernes y tenía todo el fin de semana por delante para descansar, así que después de cenar pidió un coñac y se quedó un rato más. De improviso, escuchó su nombre procedente de una voz muy familiar: era Juana.

—¡Hola, Rafael! —dijo en español con alegría.

—Hola, Juana —dijo Rafael levantándose caballerosamente—. Por favor, toma asiento... *Garçon!* —llamó con un gesto al camarero.

—Veo que hoy te has quedado un rato más. Yo he tenido turno de tarde estos días, pero ahora empiezo a disfrutar del fin de semana. Mi apartamento está a solo dos calles de aquí...

—Yo también vivo cerca. —Pero no le indicó dónde.

Fue una velada en agradable compañía, hablando en español y conociendo un poco más a Juana, con quien compartía aficiones como la lectura y la música. Al informarle de que era una gran jugadora de ajedrez, Rafael quedó prendado, confesándole que era uno de sus grandes pasatiempos.

—Cuando quieras jugamos una partida. Estoy segura de que voy a ganarte... —lo retó ella.

—No he conocido a nadie que lo haya conseguido aún —contestó él, bravucón.

Eran las diez de la noche y aún seguían charlando animadamente; se habían quedado solos en el local y Rafael hizo un gesto a la joven, señalando la impaciencia del camarero situado tras la barra. Tras pagarle una buena propina salieron a la calle y la acompañó a su casa. Al llegar a la puerta quedaron en silencio. Rafael estaba confuso, intuyendo que Juana esperaba algo más que un «buenas noches». Se acercó a ella y le ofreció con timidez un beso en la mejilla. Aquel inocente gesto supuso un momento de turbación para ambos y sus miradas se cruzaron durante unos segundos.

De forma impulsiva, la joven le colocó los brazos alrededor del cuello y lo besó en los labios. Rafael aceptó aquella caricia con desconcierto, pero respondió con avidez. Estaba excitado y a la vez confuso. No quería comprometerse ni hacerle daño a aquel ser angelical, por lo que comenzó a aflojar su abrazo hasta que quedaron separados.

—Lo siento, no volverá a pasar... —dijo, tratando de ser considerado.

En su fuero interno, Rafael deseaba que pasara. Pero no estaba preparado para lo que vino a continuación:

—Yo quiero que pase, Rafael —susurró ella en su oído, pasando sus labios por el lóbulo de la oreja en una seductora caricia, y volvió a besarlo en los labios con más pasión. Rafael se estremeció y se dejó llevar por aquel instante. Después se separó de ella con delicadeza.

—Juana, yo... Mi vida es algo complicada. No quiero complicártela a ti también... —Rafael advirtió la mirada decepcionada de la joven.

—Lo siento, me he comportado como una descarada... —Bajó la mirada, avergonzada.

—¡No, por Dios! Me siento muy halagado. No tienes de qué avergonzarte... —Trató de sonreír.

—Estás casado, ¿verdad?

—No. Vivo solo, pero no sé cuánto tiempo estaré en París. Tengo un trabajo que me obliga a estar de un lado a otro...

—Ahora estás aquí, y el presente es lo que importa... —dijo la joven.

—Juana, yo... Creo que deberíamos conformarnos con compartir esta amistad... —Le habló con firmeza, abortando cualquier insistencia por parte de ella—. Si quieres podemos vernos como hasta ahora, en el bistró. No puedo ofrecerte nada más...

—De acuerdo —aceptó la joven con ingenuidad.

Rafael le dedicó una sonrisa, despidiéndose de ella con pesadumbre. Al llegar a casa se tumbó en la cama, sintiendo el vacío de una vida sin futuro. Apenas pudo dormir. El apasionado beso de Juana había encendido su deseo, pero inmediatamente se convenció de que no podía iniciar una relación: ella tenía veinticinco años y él casi cuarenta. ¿Qué podría ofrecerle él, que había perdido a todas las mujeres que había amado? Y menos en su situación, bajo una discreta pero férrea vigilancia de los servicios secretos de ambos lados del telón de acero. No podía involucrarla en su vida, pues la convertirían en un punto vulnerable para él y podría ponerla en peligro.

A la intranquilidad por la ambigua situación en que se encontraba se le unían las nuevas expectativas de volver a ver a Victoria. ¿Cómo estaría ahora? ¿Seguiría enamorada de él? ¿Seguiría esperándolo o habría rehecho su vida en Cuba con otro hombre? Rafael nunca había sido afortunado en el amor, y a pesar de su soledad no renunciaba a la posibilidad de volver a ver a la mujer que amaba, con la que deseaba compartir un futuro que en aquellos instantes veía incierto.

Un sábado de primeros de noviembre Rafael decidió ir a la playa y alquiló una habitación en un hotel de Niza. Sin embargo, su destino no era la ciudad costera, sino el pueblo de Brignoles, en la Provenza francesa, a unos ciento veinte kilómetros de su destino final, donde, según la información que le había proporcionado Victoria a través de la CIA, vivía el último candidato a ser su hermano perdido.

Aparcó en la calle cercana a una pequeña plaza y se dirigió hacia un local cuyos escaparates exhibían exquisitas tartas de chocolate y de manzana invitando a entrar. Era la pastelería Saint Honoré. Accedió al establecimiento, que en aquel momento estaba desierto, y ocupó una mesa. Un hombre de unos treinta años, de pelo lacio y pecas en las mejillas estaba tras el mostrador. Rafael pidió un café y un crusán. El joven salió y le sirvió.

Rafael quedó impactado al cruzar su mirada con él. Recordó las pecas de las que tanto se burlaba cuando quería hacer rabiar a su hermano pequeño. Y sus manos al colocar el café... ¡Eran las de su padre! Los dedos gruesos y largos, sus ojos... ¡eran los de Joaquín! Los había reconocido por esa manchita del iris tan característica en la familia de su padre. El corazón le latía con fuerza. ¡Estaba vivo! ¡El hombre que tenía frente a él era su añorado hermano menor!

—Perdone, ¿es usted el propietario de este negocio? —preguntó Rafael en un perfecto francés.

—Sí. Lo heredé de mi padre hace unos años, cuando murió.

—¿Su familia es de este pueblo?

—No, mis padres eran de Burdeos. Pero durante la guerra nos instalamos aquí.

—¿Vivía usted también en Burdeos?

—Sí, aunque no nací allí —respondió el joven mientras organizaba el mostrador de dulces. En aquel momento estaban solos en el local—. Nací en España, pero me quedé huérfano durante la Guerra Civil y me evacuaron a Francia. Después me adoptaron los padres franceses que he tenido. Fallecieron hace unos años.

—¡Vaya! Así que es español...

—Sí. Aunque no hablo el idioma.

—¿Y no ha tenido curiosidad por localizar a su familia biológica? —preguntó Rafael.

—Es que no sé dónde buscar. Tengo vagos recuerdos de una travesía en barco. Después me llevaron a un colegio interno con más niños huérfanos hasta que me adoptaron mis padres y nos trasladamos aquí. Le confieso que tengo la espinita de no saber nada de mi familia anterior. Quién sabe, a lo mejor tengo familia allí a la que me habría gustado conocer...

Rafael quedó en silencio. Su cabeza estaba en ebullición. Sentía verdaderos deseos de decirle que debía buscar en Bilbao, que él era su hermano, que su padre se llamó Rafael Celaya Ortiz y murió en la guerra, y que su madre, Antonia Iturgáiz, había muerto en 1949, sola... Pero aquello significaría poner al descubierto su verdadero pasado. No descartaba que los servicios secretos lo hubieran seguido hasta allí. En concreto la CIA, que conocía los datos de los tres posibles candidatos a ser su hermano. Si se identificaba podría estar exponiéndolo a un gran peligro, pues lo utilizarían para chantajearlo. No, no podía complicarle la vida a aquel joven rebosante de salud que gozaba de una vida apacible y feliz.

—Veo que la vida lo ha tratado bien, a pesar de haber perdido a su familia, señor...

—Mi nombre es Lucien Hévin. Bueno, no me puedo quejar. Mis padres adoptivos me cuidaron muy bien. Ahora estoy casado y tengo una hija. Me gusta este negocio y la vida aquí es muy tranquila. No la cambiaría por los líos de la capital. Incluso Niza me parece demasiado bulliciosa. —Sonrió con ingenuidad.

—Le entiendo. Yo vivo en París, pero a veces envidio la tranquilidad de una ciudad pequeña. Ha sido un placer conocerle, Lucien. Espero que algún día pueda encontrar a su verdadera familia.

Rafael le ofreció su mano para despedirse y la sostuvo

entre las suyas unos segundos más de lo usual, mirándolo con nostalgia. Era una despedida para siempre. El sueño acariciado durante décadas se había cumplido al fin aquella mañana. Su búsqueda había terminado. El tormento por no saber qué había sido de Joaquín durante tantos años se había esfumado, dejando en paz una parte de su conciencia. Tantos remordimientos por haberlo perdido, por no haberlo protegido, por haberse dormido en el barco, por haber cambiado su destino, por no haber tomado su mano cuando lo necesitó, por haberle privado de su familia... Todo había acabado. Reflexionó, mientras conducía hacia Niza, que quizá su descuido aquel infausto día en el puerto de Burdeos había favorecido el destino de su hermano. Joaquín no regresó nunca a España, pero al interrumpir su camino hacia Leningrado se libró de la cruenta guerra, del frío, del hambre y de las penalidades que el resto de la expedición padeció. Su hermano era en la actualidad un hombre feliz, había vivido en un hogar con unos padres adoptivos que le habían ofrecido estabilidad emocional y económica, tenía una familia y raíces, mucho más de lo que él había tenido nunca.

Pero las sorpresas no habían acabado aquel día.

El hotel de Niza que había reservado tenía una baja ocupación aquel fin de semana. Tras instalarse en una habitación cercana al paseo marítimo, Rafael salió a dar una vuelta y caminó por el paseo de los Ingleses. Estaba haciéndose de noche con rapidez, por lo que se dirigió a un restaurante para cenar y se sentó junto a unas grandes cristaleras con vistas al mar. De repente, su rostro palideció al distinguir en el exterior la silueta de una persona a quien reconoció enseguida. Llevaba diez años sin verlo, pero estaba seguro de que era Alejandro, el hijo de Carmen Valero. Iba solo, caminando con paso firme hacia un destino concreto. Rafael canceló el pedido en el restaurante y salió detrás de él. Al salir miró a su alrededor para asegurarse de que nadie lo seguía y observó que el joven accedía al lujoso hotel Negresco, conocido por el original uniforme de sus porteros con sombreros con pluma roja y vestidos a la usanza de los grandes burgueses europeos del siglo XVIII.

Rafael también entró, y cuando Alejandro se detuvo frente a uno de los ascensores, él hizo lo mismo, mezclándose con otros huéspedes que aguardaban también. Al acceder al interior se colocó a su espalda y vio que pulsaba la tecla número tres. El joven salió del ascensor seguido a corta distancia de Rafael. Cuando este advirtió que estaban solos en el pasillo, llamó su atención:

—¿Alejandro?

El joven, que caminaba delante de él, frenó en seco y se giró despacio con aprensión.

—Rafael... —dijo con gravedad. No parecía sorprendido de verlo.

—¡Dios santo! ¡Eres tú...! —susurró en español, acercándose a él—. Pero ¿qué haces aquí? —dijo estrechándolo con alegría y notando la incomodidad del joven, que apenas respondió al abrazo—. Jamás habría esperado encontrarte en Francia. Te he reconocido en la calle y tenía que asegurarme de que no estaba soñando.

—Entra, no es conveniente que... —pidió el joven mirando alrededor para comprobar que estaban solos y ofreciéndole el acceso a su habitación.

—Por supuesto... —dijo siguiéndolo al interior.

Se trataba de una suite lujosa, con salón independiente y un dormitorio.

—Qué alegría verte de nuevo, Alejandro...

—Bueno, es un decir. Ya no eres de los nuestros... —El joven lo miró con una mueca que trataba de parecer una sonrisa—. ¿Cómo te va ahora viviendo como un capitalista?

—Bien, bueno, tú sabes... —dijo apurado.

Alejandro sonrió abiertamente.

—Tranquilo, Rafael. Sé lo que estás haciendo. Yo soy tu enlace.

Rafael lo miró con ojos como platos.

—¿Qué? ¿Tú? ¿Estás en el KGB? —preguntó haciéndose el tonto.

—Sí. Oficialmente soy un periodista de la agencia TASS, pero ya sabes cómo funciona esto. Te he seguido hasta aquí y he pasado delante del restaurante donde estabas. Compruebo que tienes buenos reflejos y me has seguido, como esperaba...

—¡Vaya sorpresa! Entonces ¿me has estado vigilando estos meses?

—No, de eso se encargan otros. Estabas sometido a un estrecho control por parte de los servicios secretos franceses y de la CIA, pero han pasado unos meses sin que hayas levantado sospechas y parece que los has convencido de que realmente has abrazado el capitalismo. Han bajado la guardia.

—Sí, tengo que representar mi papel... —Trató de sonreír.

—Por eso hemos iniciado este primer contacto. Tengo instrucciones precisas para ti —dijo sacando un pequeño maletín del armario. Lo abrió delante de él y le mostró varios micrófonos—. Te han enseñado a manejarlos, ¿no?

—Sí, por supuesto.

—Ahora empieza tu misión: tienes que colocarlos en los despachos de tus superiores y debes microfilmar con esta cámara los planos y desarrollos en los que estás trabajando.

—De acuerdo. ¿Y la forma de entrega?

—A partir de ahora, y cada dos semanas, una persona irá al bistró Saint Louis, adonde acudes casi a diario. La primera vez será el próximo martes, la siguiente el miércoles, y así sucesivamente hasta el viernes. No lo olvides, de martes a viernes, cada quince días. Alguien entrará en el bistró con un pañuelo azul; puede ser un hombre o una mujer. Colocarás los microfilmes entre las páginas del periódico que estarás leyendo, y cuando lleguen lo dejarás allí. El contacto ocupará tu mesa y seguirá leyendo tranquilamente el diario. Es relativamente fácil. ¿Alguna pregunta?

—No. Procuraré hacerlo lo mejor que pueda. Y ahora háblame de ti, ¿vives en Francia desde hace mucho?

—Llevo aquí más de un año. Tengo un apartamento alquilado en París, y como periodista he venido a Niza para cubrir la cumbre de ministros de Defensa de varios países europeos con la Unión Soviética que se celebrará la semana que viene. Cuando supieron que habías reservado un hotel en Niza recibí instrucciones de adelantar mi viaje unos días para iniciar este primer encuentro. Por cierto, mi nombre ahora es Nikolái Astachov.

—Yo soy oficialmente un ingeniero español exiliado del régimen de Franco. —Sonrió.

—¿Has encontrado a tu hermano?

—No. He localizado las tres identidades que Victoria consiguió a través de la Cruz Roja, pero ya están descartados. Le dijeron que hubo dos huérfanos más que podrían haber encajado, pero ambos fallecieron. A estas alturas ya he perdido toda esperanza —mintió Rafael. No confiaba demasiado en la lealtad del hijo de su querida amiga.

—Lo siento.

El joven lo miraba esforzándose por ser amable; sin embargo, Rafael notó su frialdad, como si le costara revelar sus emociones.

—Aún me parece que fue ayer cuando te visitaba en Pushkin y te llevaba aviones para jugar, ¿te acuerdas?

—Bueno, no demasiado... —cortó con sequedad—. Sentí mucho lo de Iñaki... Aún me acuerdo de sus bromas... —Trató de sonreír, aunque fue un gesto forzado.

—Cada vez te pareces más a tu madre.

—Eso me dijiste la última vez que nos vimos en Moscú, cuando me prometiste que ibas a hacerte cargo de mí. —En aquella respuesta, Rafael advirtió una gruesa carga de reproche.

—Lo intenté por segunda vez. Cuando nos reencontramos en Moscú, fui a ver a los responsables del PCE con la intención de convertirme en tu tutor, pero se negaron en redondo a realizar cualquier gestión. Después nos llevaron casi a la fuerza a la estación espacial de Kazajistán sin darme oportunidad de despedirme de ti ni poder explicarte que me habían destinado allí... Nos tenían casi incomunicados, ya sabes. Me hubiera gustado ser tu hermano mayor y haber cuidado de ti, como le prometí a tu madre.

—Hay muchos compromisos que no has cumplido.

—¿Qué pasa, Alejandro? ¿Me guardas rencor? Te aseguro que intenté convertirme en tu tutor, pero no pude.

—No tienes que atormentarte. He sobrevivido solo y no he necesitado a nadie.

—Ya lo veo. Eres todo un hombre. Tu madre estaría ahora orgullosa de ti.

—Por favor, Rafael, te rogaría que no me la volvieras a mencionar...

—Eso me dijiste aquella vez en la plaza Roja. Sin embargo, después fuiste a buscarme pidiéndome que te hablara de ella, ¿lo recuerdas? Te dibujé un retrato a lápiz de su rostro.

—Lo tiré en cuanto llegué al internado —dijo con frialdad.

—¿Por qué? ¿Aún la odias? ¿Qué han hecho contigo, Alejandro?

—¡Mi nombre es Nikolái! ¿Por qué siempre la sacas a colación cuando nos vemos? —exclamó, girándose hacia él con furia—. ¡Déjalo ya! ¿Acaso quieres meterte en líos?

—Solo quiero que sepas que me siento orgulloso de haberla conocido. Tú también te habrías sentido así si la hubieras tenido a tu lado.

—Déjate ya de suposiciones sobre lo que pudo haber pasado y no pasó, ¿vale? Los dos hemos crecido en el mismo país al que se lo debemos todo.

—Tienes razón. La Unión Soviética es nuestra patria y haríamos cualquier cosa por ella —dijo Rafael tratando de tender puentes hacia él.

—Estos mierdas capitalistas quieren destruir nuestra sociedad y nosotros tenemos la obligación de salvaguardarla, por encima de cualquier sentimiento.

—¿Serías capaz de traicionar a tus amigos por ella?

—Por supuesto —replicó veloz—. Es mi deber. Es nuestro deber.

—¡Joder! —dijo Rafael moviendo la cabeza con disgusto—. Alejandro, o Nikolái, como quieras. Yo siempre he creído que la lealtad hacia la gente que quieres está por encima de todo. Jamás delataría a un amigo.

—Entonces no eres un buen comunista. La patria está por encima de nuestros sentimientos personales —dijo con desprecio.

—Soy un buen patriota, y no tienes derecho a reprocharme nada. Yo también hago mi trabajo para el mismo gobierno que tú. Pero la amistad es la amistad, ¿no crees?

—¡No! La patria es lo primero —exclamó con vehemencia el periodista.

Rafael advirtió la incomodidad del joven y comenzó a guardarse en los bolsillos de la chaqueta los micrófonos que le había entregado.

—Alejandro. Me gustaría que fuésemos amigos. Lamento haberte molestado. Quiero que sepas que, pase lo que pase, me tendrás siempre de tu lado. Cuenta conmigo para lo que necesites.

El joven lo miró en silencio. Esta vez no respondió.

—Bueno, si no tienes más instrucciones, es hora de volver a mi hotel. Me ha dado mucha alegría verte. Me gustaría que pudiéramos vernos otro día y tener una conversación más... larga.

—Estaremos en contacto —se despidió el hijo de Carmen Valero.

Cuando ya estaba a punto de abrir la puerta, Rafael se giró y rebuscó en el bolsillo de su pantalón. Después sacó algo y alargó su mano para ofrecérselo.

—Toma. A Iñaki le habría gustado que te la quedaras.

Alejandro tomó un trozo de ámbar y lo observó con cuidado.

—¿Te acuerdas de esta pequeña perla? —preguntó Rafael—. Iñaki te la regaló el día que fuiste a visitarnos en Moscú, pero no te atreviste a aceptarla por miedo a que te la requisaran en el orfanato. Ahora es tuya.

—Iñaki me contó una historia fantástica sobre ella... —dijo más sereno.

—Todo lo que te contó es cierto. Perteneció a la Cámara de Ámbar del palacio de Catalina. Él decía que era su amuleto y siempre la llevaba encima. Ya sabes cómo era...

—Sonrió con ternura—. Yo también la suelo llevar en el bolsillo. Ahora es tuya.

—Gracias —dijo Alejandro cerrando la mano y mirándolo por primera vez con amabilidad.

De regreso a su hotel, Rafael no pegó ojo en toda la noche debido a las convulsiones que había sufrido aquel día, primero con Joaquín y después con Alejandro. Tantos años sufriendo por el destino de su hermano, imaginando qué había sido de él, si estaría bien, si habría regresado a España... La pesada losa que cargó durante toda su vida se había esfumado de repente. Un conflicto menos. Ahora quedaba otra carga que lo había dejado abatido: Alejandro. Cuánto rencor había hallado en su corazón. Ojalá hubiera podido explicarle la de veces que lo había buscado por todo el país desde que salieron de Leningrado, y sus frustrados intentos de hacerse cargo de él...

Durante las semanas que siguieron, Rafael comenzó a transmitir información a los miembros del KGB. Una de las misiones más comprometidas fue la de colocar pequeños micrófonos en los despachos de los ingenieros responsables del proyecto, en los de sus superiores y en el del director de la compañía. Después empezó a esconder bajo su ropa informes, gráficos o proyectos relacionados con los prototipos en los que estaba trabajando y tenía acceso. Los microfilmaba encerrado en el baño, incluso se llevaba algunos a casa, devolviéndolos a su lugar al día siguiente.

El intercambio se realizaba en el bistró Saint Louis a través del periódico local que Rafael solía comprar en un quiosco cercano. Tras ojearlo mientras cenaba, Rafael buscaba a su enlace: solía ser un hombre con chaqueta y un pañuelo azul asomando por el bolsillo superior. A veces era uno solo,

joven o mayor, o venía con una mujer. Cuando los localiza-
ba, introducía entre sus páginas el pequeño microfilme. Después pagaba la cena y se marchaba dejando allí el periódico,
como habitualmente hacía. Instantes después alguien se
sentaba a la misma mesa, y tras pedir la consumición ojeaba
la prensa y recogía el encargo con disimulo. Así comenzó
su carrera como agente doble.

29

Quebec, Canadá. Octubre de 2004

Aquel sábado de finales de octubre, la familia Lombard se había reunido de nuevo en Quebec. El tiempo aún acompañaba, pues disfrutaban del veranillo de San Miguel, que ofrecía una temperatura agradable. Habían pasado varias semanas desde que Edith y Adrien vendieron el collar de ámbar a un rico hombre de negocios anónimo, y aunque insistieron a su padre para que les contara algo más sobre el origen de este, Édouard Lombard guardó silencio, pagando el duro tributo de hacerles creer que su cabeza ya no funcionaba demasiado bien.

Ahora todo parecía haber vuelto a la normalidad; Adrien había evitado la venta de la fábrica y acometían grandes inversiones para una renovación integral, gracias a la inyección de capital procedente de la venta de la joya. Édouard se sentía feliz de nuevo: el futuro de la empresa familiar estaba asegurado y volvía a ver el brillo de ilusión en los ojos de su primogénito. Nunca entendió por qué aquella perla maldita regresó fugazmente a su entorno por dos veces: la primera en 1986 y después hacía solo unos meses, y menos aún que, después de los trágicos sucesos en los que estuvo involucrada, alguien se ofreciera a pagar una fortuna por ella cuando su hija la había recuperado de forma tan asombrosa.

Édouard también advertía en la mirada de Edith un brillo especial. Las últimas semanas habían sido muy intensas para ella: le habían concedido la adopción de Hassan y ya era legalmente su madre. El pequeño estaba cada vez más suelto con el idioma y hablaba con naturalidad; había empezado las clases en un colegio con niños de su edad, y con la colaboración de sus primos y el amor de su familia solía reír a menudo.

El anciano ignoraba que Edith había salido a cenar en varias ocasiones con el abogado que gestionó la venta del collar. Durante aquellas semanas de negociaciones hablaron casi a diario y ahora estaban iniciando una estrecha relación. Edith no quería hacer planes. Vivía al día, y su hijo le ocupaba la mayor parte del tiempo. Sin embargo, aquella tarde no pudo evitar sentir mariposas en el estómago cuando vio su número de teléfono reflejado en la pantalla del móvil. Inmediatamente abandonó el jardín y se dirigió al interior de la casa para responder la llamada. Cuando terminó de hablar y se acercó de nuevo al grupo familiar, todos observaron su mirada de contrariedad.

—Era James Miller, el abogado que gestionó la venta de la perla de ámbar. Le entregué un sobre con fotos y dinero para que se lo hiciera llegar al abuelo de Hassan, pero me acaba de informar de que Abdul falleció a los pocos días de marcharnos de Kabul. Después de dos jornadas sin aparecer por el hospital, fueron a buscarlo a su casa y lo hallaron en su cama. Había muerto de un infarto.

—¡Cuanto lo siento...! —comentó Nicole, su cuñada.

—Me parece increíble... —murmuró Edith tomando de nuevo asiento en el sillón del jardín.

—Quizá estaba esperando a que su nieto estuviera a salvo para poder morir en paz... —replicó Édouard Lombard—. Hiciste lo que debías trayéndolo contigo, Edith.

—¿Vas a decírselo a Hassan? —preguntó Adrien.

—No es el momento —intervino Lucien, el padre de Nicole—. Yo me quedé solo en Burdeos con cuatro años, la misma edad que tiene ahora Hassan. Pero mis padres adoptivos me dieron tanto calor y se esforzaron tanto en hacerme la vida agradable que en pocos años apenas recordaba a mi familia auténtica. Creo que es demasiado pequeño para explicarle lo que es la muerte. Ya habrá tiempo. Tiene que crecer feliz. Es mejor dejarlo correr...

—Lucien, recuerdo que me contaste la historia de tus padres adoptivos cuando te conocí —dijo Édouard—. Creo que fue en el 61. Yo vivía entonces en París, tuve que hacer un viaje a Niza y me paré a tomar un café en Brignoles. ¿Te acuerdas cuando estuve en tu confitería?

—Pues la verdad es que no. Me lo has referido varias veces, pero yo atendía y hablaba con mucha gente en mi negocio, y muchos iban de paso, como tú. He contado en tantas ocasiones a los clientes que era huérfano y de origen español... —Alzó los hombros a modo de disculpa.

—La primera vez que visité el pueblo me quedé maravillado. Por eso decidí, cuando los niños crecieron, ir a pasar nuestras vacaciones allí. A María de los Santos le encantaba la tranquilidad que se respiraba. Y mira por dónde, entablamos una bonita amistad con tu familia. ¿Te acuerdas cuando íbamos todos juntos de viaje a España?

—¡Claro! —replicó Lucien.

—Yo me acuerdo del puerto de Bilbao —intervino Edith—. Qué bien lo pasábamos todos juntos: tu mujer, Nicole, Adrien... Por cierto, Lucien, ¿nunca llegaste a averiguar algo de tu familia biológica?

—No. Apenas tenía recuerdos de ellos. Seguramente procedía de la costa norte, pues de allí eran la mayoría de los niños que viajaron conmigo en el barco hacia Francia. Tenía un vago recuerdo de mis padres y de la casa donde vivía, pero no conseguí ubicarla en un sitio concreto. Era demasiado pequeño.

En aquel momento, los chicos dejaron el juego y se acercaron a los mayores. Édouard le hizo un gesto a Hassan para que se acercara a él y lo sentó en su rodilla sana. El pequeño se encaramó a su cuello y lo besó en la mejilla.

—Mi pequeño nieto... —dijo abrazándolo con ternura.

Todos observaron la escena con emoción, comprobando el estrecho lazo que ambos habían establecido.

—Creo que le recuerdas a su abuelo, papá... —dijo Edith, conmovida.

—Por cierto, el otro día nos dejaste intrigados con la continuación de las historias que contaba mamá. Nos dijiste que había una segunda parte de los relatos de la pandilla de amigos españoles... —dijo Adrien, invitándolo a contar un nuevo capítulo a los niños y a ellos mismos.

—Bueno, quizá la historia que sigue no sea tan divertida, y estoy seguro de que vuestra abuela os la habría contado con más detalles, pero voy a intentarlo. —Sonrió con nostalgia, dirigiéndose a los niños—. Veréis, como os dije, los amigos vivieron felices durante un tiempo en un gran palacio, con criados, comida en abundancia, ropas elegantes y buenos profesores. Pero a los pocos años llegó un rey malvado a invadirlos y lo pasaron mal; algunos de ellos murieron luchando contra el invasor. Al final ganaron la guerra y expulsaron al rey malvado, pero la vida no volvió a ser la misma para ellos: el palacio donde vivieron ya no existía, ya que todo quedó destruido, y a partir de ese momento maduraron de golpe y corrieron diferente suerte. Teresa, la niña del sur que los animaba a todos, murió en la guerra, y el resto de los amigos se vieron obligados a trabajar duro para reconstruir la aldea. Manuel y Victoria consiguieron regresar a España, de donde salieron cuando eran unos niños. Como habían pasado mucho tiempo fuera, ya habían crecido y eran personas adultas. Pero los familiares y los amigos que se habían quedado en su país tenían ahora otras costumbres y todo había cambiado. Al principio no se sintieron demasiado cómodos y les fue difícil integrarse, por lo que muchos de los que regresaron decidieron irse de nuevo a la aldea de Rusia donde habían crecido y tenían más amigos. Victoria tampoco se adaptó a aquellas normas y regresó también para reunirse con Rafael e Iñaki, que se habían quedado en Rusia —concluyó Édouard.

—Pero ¿Victoria y Manuel no eran novios? —dijo la hija de Adrien algo contrariada.

—Sí, pero ella era rebelde y muy independiente y decidió romper con Manuel.

—¿Y vivieron los tres juntos? —preguntó el pequeño Fabien.

—No. Victoria se marchó después a una isla muuuy lejana, pues a ella le gustaba viajar y conocer el mundo. Los dos amigos vivieron felices durante años hasta que Iñaki murió.

—¿Murió? ¿Cómo?

Los mayores advirtieron consternación en los ojos de los niños.

—Iñaki era un gran estratega y la persona de confianza del zar de Rusia. Estaba inventando una nueva arma muy sofisticada para defenderse de sus enemigos. Era como un cohete, muy alto... —Hizo un gesto con las manos—. Él estaba ultimando los detalles para probarlo, pero surgió un problema: el andamio se rompió, y como estaba arriba, se cayó. El zar y la mayoría de la gente de la aldea quedaron muy tristes, ya que él era una autoridad en toda Rusia, y no solo por su fuerza, sino por su inteligencia...

—¡Qué pena...! ¿Y qué pasó con Rafael? ¿Se quedó solo? —preguntó Monique.

—Sí, y al poco tiempo abandonó la aldea para siempre.

—¿Y adónde se fue? —indagó Fabien.

—Rafael se fue a otro reino, donde se encontró con un amigo que no había visto desde hacía muchos años y se llamaba Alejandro.

—¿Alejandro? ¿Quién era Alejandro? —preguntó Adrien enarcando las cejas. Edith miró a su hermano con una sonrisa cómplice.

—Es el nuevo integrante del grupo que no conocíamos. Papá me habló de él la última vez que estuve aquí. Mamá creó este personaje, pero apenas nos había hablado de sus aventuras —dijo mirando a su padre, invitándolo a seguir el relato.

—Alejandro era el más pequeño de la pandilla y vivió en otra aldea separado del resto del grupo. Volvieron a verse cuando ambos eran ya personas mayores y vivían en el otro reino —continuó Édouard—. Alejandro se había enrolado en el ejército y era un soldado muy disciplinado. Ya no era el niño que yo... que Rafael recordaba. Pero no fue un reencuentro amistoso, porque aún estaba dolido con Rafael por no haberlo acogido en la pandilla cuando eran pequeños...

—¿Hicieron las paces? —preguntó con ingenuidad el pequeño Fabien.

—Bueno... sí y no. Ya no eran tan amigos, aunque en el

fondo se tenían un gran cariño. Cuando pasó un tiempo, Rafael decidió abandonar el reino, pero el rey no lo dejaba porque lo obligaba a trabajar para él. Sin embargo, y a pesar de su deber como soldado, Alejandro desobedeció las órdenes y lo ayudó a escapar, a costa de arriesgarse a recibir un buen castigo. Fue ahí donde la bondad se hizo patente, pues a pesar del rencor que arrastraba Alejandro y de la soledad en la que creció, sabía que Rafael lo había querido desde que era un niño y supo compensarlo ayudándolo a fugarse del reino.

—¿Y qué fue de Alejandro? —preguntó Edith.

—Pues no lo sé. La historia termina aquí. No volví a saber más de ese personaje.

—Entonces ¿ya se ha acabado el cuento? —preguntó Monique con decepción.

—Falta el final: varios años después, Rafael se volvió a encontrar con Victoria, que se había marchado de la isla donde vivía y también estaba sola. Cuando volvieron a verse, descubrieron que estaban enamorados, y al poco tiempo se casaron y fueron felices para siempre...

—¡Bieeeennnn! —Los niños aplaudieron con entusiasmo por el final feliz.

—Aquí acaba todo.

Los pequeños regresaron a sus juegos y dejaron a los mayores.

—Papá, ¿te has inventado este final? Porque me parece tan real... —preguntó Edith algo escamada—. Has hablado de una isla, de la ruptura de Victoria con Manuel y su posterior boda con Rafael...

Édouard la miró con ojos serenos. Sabía que Edith le estaba enviando un mensaje. Aquella farsa tenía que acabar. En los últimos días seguía dándole vueltas y vueltas a la posibilidad de hablar abiertamente a sus hijos sobre su auténtica identidad y la azarosa vida que había llevado, pero había algo que lo frenaba y lo llenaba de pavor: la posibilidad de no ser comprendido ni perdonado.

—Bueno... En este cuento hay de todo un poco. Tu madre lo habría contado mejor que yo... —murmuró Édouard con escasa convicción.

—Pues estos relatos son entretenidos. Podrías adornarlos un poco y convertirlos en una novela; tienes la historia de unos niños que han ido creciendo y tienes también una segunda parte —dijo Lucien con visible interés—. Edith, ahora que tienes más tiempo libre, ¿por qué no te vienes unos días y escribes los relatos que cuenta tu padre? Podrías darle forma y convertirlos en cuentos para vuestros hijos.

—Pues no sería una mala idea, papá. Hemos crecido con ellos y me gustaría que mis hijos los conocieran también. Podrías hacernos una especie de guion para que nosotros pudiéramos contarlos. ¿Qué te parece? —comentó Adrien.

—Bueno, ya hablaremos más adelante... —murmuró el anciano, evasivo.

—Y cambiando de tema, papá, he hablado en varias ocasiones con James Miller y me ha ofrecido algunos detalles inquietantes sobre la perla de ámbar. Dice que procedía del palacio de los zares rusos, y que la muesca tan característica fue causada por una bala durante la Segunda Guerra Mundial, cuando una joven soldado la llevaba en el bolsillo y le causó la muerte...

—Eso ya lo sabíamos, Edith —comentó Adrien sin darle importancia—. Es la leyenda que tenía esa joya, ¿no es cierto, papá?

Édouard asintió.

—Sí, pero mamá no nos dijo que la joven soldado era de

origen español, como los protagonistas de los cuentos...
—dijo ahora mirando a su padre—. Y que sus compañeros, también españoles, fueron condecorados por el Ejército Rojo por haber recuperado varias cajas repletas de ador-
nos de oro y ámbar de la famosa Cámara de Ámbar, y que
ese grupo de jóvenes procedía de una expedición de niños
que viajaron solos a Rusia durante la Guerra Civil española...

—¿Es cierto eso, papá? —preguntó con interés el primogénito—. ¿Acaso tiene ese collar relación con los cuentos que nos habéis contado desde que éramos niños?

—Así es —confirmó Édouard—. Hijos míos, creo que
ya ha llegado el momento de hablaros de... bueno, de unas
circunstancias que no conocéis. Yo... no sé cómo empezar.
Es tan difícil para mí...

—Adelante, cuéntanos de una vez qué está pasando...
—pidió Edith.

—Vuestra madre y yo íbamos a contaros la verdad sobre nuestro pasado y la infancia que compartimos, pero
cuando ella murió no tuve valor para...

—¿Mamá y tú? —interrumpió Adrien desconcertado—.
¿Qué pasado? Ella nació y creció en Cuba. Después se trasladó a Canadá y os conocisteis aquí en 1963, el mismo año
que os casasteis... ¿Eso es verdad o no?

—No, Adrien. Nos conocimos en un barco que salió de
España camino de Rusia cuando éramos casi adolescentes...

—Eso me contaste días después de su funeral, pero no
lo entendí demasiado bien... ¿Te estás refiriendo de nuevo a
la madre de Adrien? —preguntó Edith.

—No. Estoy hablando de mi única esposa: Victoria, o
María de los Santos, como prefiráis. Eran la misma persona... —Édouard habló con voz firme. Esta vez estaba dispuesto a contarlo todo—. Adrien, tengo que contarte de una

vez la verdad sobre tu madre, una historia que lleva tantos años callada...

En aquel momento, Nani salió al jardín para informar a Édouard de que tenía una llamada telefónica.

—Nani, di que papá está ocupado y que devolverá la llamada después —ordenó Edith, que volvió la mirada hacia su padre—. Vamos, papá. Cuéntanos al fin esos secretos que guardas...

La sirvienta regresó al patio con un nuevo mensaje.

—Édouard, dicen que es urgente... —insistió.

Édouard Lombard se levantó despacio y se dirigió al interior para responder la llamada. Minutos más tarde informaba a su familia de que debía salir a ver a un amigo enfermo.

—¿De quién se trata, Édouard? —preguntó Lucien con interés.

—Tú no lo conoces. Volveré en un rato... —dijo despidiéndose.

—Pero, papá, ibas a contarnos algo sobre tu pasado —señaló Edith—. Tu amigo puede esperar...

Todos sabían que Édouard no tenía demasiados amigos y no consideraron normal que, teniendo en casa a toda su familia, los dejara para salir en el momento en que iba a confesarles algo importante.

—No. Ahora tengo que salir. Cuando vuelva os contaré la verdadera historia del grupo de amigos españoles que conocéis. —Sonrió con bondad—. Esta vez os prometo que diré toda la verdad, de una vez y para siempre —dijo en tono enigmático.

Todos se miraron con extrañeza y se quedaron comentando la repentina salida de Édouard y sus extrañas palabras.

Édouard Lombard recorrió las calles empedradas y estrechas del Petit Champlain, que albergaban numerosas tiendas de recuerdos, galerías de arte y restaurantes, tomado en aquellos días por los turistas. No en vano, Quebec es la ciudad más europea de todas las ciudades canadienses, y su casco antiguo, el más parecido a un pueblo francés.

El destino de Édouard era el hotel Château Frontenac, el símbolo de Quebec, con altas almenas y torres cubiertas de cobre oxidado de color verde. Su majestuosa altura domina toda la ciudad y fue erigido a finales del siglo XIX como hotel al estilo de los castillos franceses. El anciano caminaba abstraído. En aquel momento no estaba allí, sino en París, en 1962. Existía la creencia de que el pasado podía enterrarse, pero para él era imposible. Sus recuerdos estaban grabados a fuego en la memoria. A veces se difuminaban, se alejaban o los escondía en el fondo de un armario. Sin embargo, la voz al otro lado del teléfono lo había trasladado a otro lugar, a otra época. Fue como si la luz de una inocente cerilla se hubiera convertido en un sol refulgente que lo encendió todo, dejándolo ciego momentáneamente y haciendo que cualquier conflicto cotidiano pasara a un plano menos significativo.

Aquella cerilla tenía rostro y nombre, y un lugar en concreto: París; y una fecha: 22 de noviembre de 1962. El pasado había regresado abriéndose paso a zarpazos, imponiendo una realidad que le provocaba angustia e impaciencia a la vez.

El vestíbulo del hotel estaba bastante concurrido con un numeroso grupo de jóvenes que portaban palos de hockey, además de numerosos turistas. Al acceder a él, una mirada se cruzó con la de Édouard Lombard. Procedía de un hombre de unos setenta años, delgado, de cabello escaso y blanco, elegantemente vestido con chaqueta de color beis y pantalón marrón. Édouard se dirigió a él y se fundieron en un largo y sentido abrazo. Después se miraron a los ojos, en silencio, durante unos instantes.

—Hola, Alejandro.

—Me alegro de verte, Rafael...

30

Cuba, 1961-1962

Victoria continuaba con su trabajo de intérprete en el ministerio durante interminables jornadas que duraban hasta la madrugada, percibiendo cómo las relaciones de Cuba con la URSS se consolidaban mes a mes, semana a semana, día a día, al mismo ritmo que se deterioraban con Estados Unidos. En enero de 1961 la administración Kennedy había roto relaciones diplomáticas con Cuba, y Castro respondió expulsando del país a todos los miembros de su embajada.

Francisco Zurita era el agregado comercial de la embajada de México, el único país con el que Cuba seguía manteniendo relaciones diplomáticas y comerciales después de que Estados Unidos presionara a los miembros de la Organización de Estados Americanos para que rompieran relaciones con el gobierno de Castro. Zurita frisaba los cuarenta años, de piel aceitunada, cabello y ojos negros y una sonrisa encantadora que mostraba unos dientes blancos y perfectos. Tenía un cuerpo bien proporcionado, con anchas espaldas y brazos musculosos. Su labor en la embajada mexicana era favorecer el intercambio comercial de productos básicos entre Cuba y México, por lo que se movía con libertad en los despachos del palacio presidencial, donde estaba la oficina de Fidel Castro y sus ministros, entre los que estaba muy bien considerado. Viajaba continuamente a su país por motivos de trabajo y también familiares, pues estaba divorciado y su ex mujer y sus dos hijos vivían en México D. F. Nadie sospechaba que, además de colaborar con el gobierno de Cuba, Zurita también se reunía allí en secreto con la inteligencia estadounidense y los grupos anticastristas exiliados en Miami, que no renunciaban a recuperar su país e instaurar la democracia.

Mientras tanto, Victoria simultaneaba su labor de intérprete con la de profesora de español, impartiendo clases a militares, técnicos o científicos soviéticos que llegaban en grupos cada vez más numerosos a la isla y necesitaban comunicarse con urgencia con sus colegas cubanos. Desde hacía casi un año era la «novia» del agregado de la embajada mexicana y se dejaban ver en restaurantes y salas de fiesta de La Habana, paseando por sus calles o compartiendo actividades con el resto de los españoles que vivían en la isla.

Durante sus paseos cogidos de la mano, ella le informaba de las últimas novedades a las que había asistido como intérprete entre altos cargos del gobierno cubano y sus homólogos soviéticos, como el proyecto de construcción de rampas de lanzamientos de cohetes o las remesas de armas y misiles que estaban llegando al puerto de La Habana. A veces él se quedaba a dormir en el apartamento de Victoria, en el sofá, con el fin de dar más credibilidad a su falso romance. Francisco era divertido y culto, por lo que compartían lecturas de autores que estaban prohibidos en la isla y que él le traía de sus frecuentes viajes a México. De esta forma, Victoria descubrió a escritores norteamericanos como William Faulkner, Tennessee Williams o Truman Capote, con los que llenaba su tiempo en soledad.

Estaban en abril de 1961 y Francisco la invitó a dar un paseo por el Malecón. Hacía mucha humedad aquella tarde de un cielo azul perfecto. El diplomático tomó a Victoria por los hombros mientras paseaban y le susurró al oído:

—Victoria, mañana no vayas a trabajar a la escuela de idiomas. Di que tienes un resfriado o lo que se te ocurra, pero no salgas de casa.

—¿Qué ocurre, Francisco?

—No me preguntes, solo haz lo que te pido —dijo dirigiéndole una enigmática mirada—. Hay una cosa que debes saber: acabo de regresar de México y traigo un mensaje de José Hernández para ti: Rafael ya está en Francia. Ha desertado de la Unión Soviética y trabaja en París en una empresa aeronáutica.

Victoria sintió mariposas en el estómago y se detuvo bruscamente con los ojos húmedos de la emoción.

—¡Por fin! ¿Cómo está? ¿Sabe que yo estoy trabajando para...?

—Por supuesto. Él también está con ellos. —Sonrió y le acarició el pelo con delicadeza.

—¿Cuándo podremos vernos?

—Aún es pronto. Él trabaja para los servicios secretos franceses y la CIA. En estos momentos la situación de Cuba es muy delicada y tú estás realizando una extraordinaria labor aquí. Ambos deberéis terminar las misiones que se os han asignado.

—Ojalá acaben pronto. Solo ansío vivir a su lado y en libertad, sin secretos ni sobresaltos. Por él estoy haciendo esto, en la esperanza de que algún día volvamos a estar juntos para siempre.

—¡Cómo le envidio! Ese hombre tiene mucha suerte por tener una mujer como tú, tan leal... Me habría conformado con que mi ex esposa me hubiera dedicado la mitad del amor que tú profesas por él. —La miró con una sonrisa y tomó su mano entre las suyas—. Espero que volváis a reuniros, os deseo lo mejor —dijo besándole la frente.

—Gracias, Francisco. Eres un gran amigo y te tengo gran estima.

A partir de aquella tarde Victoria empezó a rezar a su madre, a su padre, a sus difuntas tías, rogándoles que llegara el día en el que pudiera reunirse con Rafael. Llevaba ya casi un año cooperando con la CIA, empujada por las expectativas que José Hernández le había ofrecido de volver a ver a Rafael. Ahora que él estaba en Francia, un rayo de esperanza iluminó su futuro. Era el motor que la impulsaba cada día a seguir trabajando en aquel país tan cálido y frío a la vez, imaginando cómo sería su vida junto a su gran amor y en libertad. Al fin veía una luz al final del túnel y divisaba aquel sueño cada vez más cerca. Aunque era consciente de que ambos corrían un gran riesgo, deseaba con todas sus fuerzas tener una vida diferente a la que había tenido hasta entonces.

En Cuba la situación se había vuelto tensa para los civiles que trabajaban, como Victoria, alrededor de los mandos revolucionarios, los cuales veían conspiraciones y traidores por todos lados. Los potentes aviones U2 estadounidenses volaban a diario a gran altura sobre la isla, fuera del alcance de las armas cubanas y violando así su espacio aéreo para realizar fotografías del terreno y localizar las bases militares, donde sospechaban que se podrían estar construyendo rampas de lanzamiento para los misiles que llegaban desde la URSS. Todo eran rumores también en aquellos días sobre la posibilidad de que un grupo de cubanos exiliados en Miami, apoyados y adiestrados por Estados Unidos, estuviera planeando invadir la isla, por lo que el ejército estaba en alerta máxima. Castro había adiestrado personalmente a un numeroso grupo de espías que seleccionaba entre jóvenes sin demasiada cultura, resentidos con la vieja Cuba de Batista y entusiastas de la Revolución. Los tenía infiltrados en Estados Unidos entre la disidencia cubana y ante las mismísimas narices de la CIA. A través de ellos conoció que había un plan en marcha para invadir la isla de manera inminente.

Aquel día de abril de 1961 Victoria se había quedado en casa, tal como le recomendó Francisco. De repente oyó el ruido de varios aviones volando bajo sobre la ciudad y apenas le dio importancia. Horas más tarde escuchó con estupor en la radio que varios aviones con la bandera cubana pintada en el fuselaje habían bombardeado los aeródromos de San Antonio de los Baños, de Ciudad Libertad y de Santiago de Cuba. El desconcierto era total y la información escasa. Pronto llegaron las primeras noticias de que el ataque había sido realizado por varios pilotos de las Fuerzas Aéreas cubanas que habían desertado y pedido asilo político en Estados Unidos.

Ante el temor de una inminente invasión, se realizaron numerosas redadas en La Habana y en el resto del país para detener a cualquier sospechoso de ser contrarrevolucionario. Dos días más tarde la población recibía un nuevo sobresalto: se había corrido la voz de que varios buques procedentes de Nicaragua habían arribado a la bahía de Cochinos con miles de opositores a bordo y habían desembarcado en playa Girón. Poco a poco fueron conociendo que los aviones de la Fuerza Aérea cubana habían derribado varios aviones que los escoltaban y dañado seriamente a dos de los barcos invasores.

Las tropas ocupantes se toparon con serias dificultades para avanzar en tierra, al haber perdido la mayoría de las armas que transportaban en los barcos, que habían sido hundidos o destruidos. Ante el temor de que se descubriera su intervención en aquel asalto, el gobierno de Kennedy dio marcha atrás en el respaldo militar a los anticastristas y ordenó la retirada de su apoyo aéreo, abandonándolos a su suerte. La agresiva defensa de las milicias locales y de las Fuerzas Armadas Revolucionarias, encabezadas por el mismísimo Fidel Castro, fue determinante para que dos días más tarde la invasión fracasara y los rebeldes sufrieran una humillante derrota.

Victoria salió a la calle junto a los cubanos para festejar aquel triunfo, que había fortalecido el liderazgo de Castro entre su pueblo en la misma medida que la administración Kennedy rayaba el ridículo por aquel fracaso. Fidel Castro se dirigió al pueblo en la plaza de la Revolución, celebrando la victoria y declarando por primera vez el carácter marxista y socialista de la Revolución cubana, desdiciéndose de sus palabras del inicio del alzamiento —en el que había evitado aquellos adjetivos— y uniéndose sin fisuras al bloque soviético, del que continuaba recibiendo abundante ayuda.

En los meses que siguieron, las comunicaciones con Moscú se intensificaron tanto a nivel militar como comercial. Victoria ejercía de intérprete a cualquier hora del día y de la noche en el Ministerio de Comunicaciones, y supo que la inteligencia soviética había informado de que se estaba preparando un nuevo intento de invadir la isla por parte del ejército de Estados Unidos. Ante estas circunstancias, Jrushchov ofreció a Castro la instalación en Cuba de sus misiles de alcance medio R-6 con cabezas nucleares y capacidad para alcanzar el territorio estadounidense como medida disuasoria. Fidel aceptó la ayuda con algunas reticencias, exigiendo que aquel acuerdo se hiciera público para mostrar al mundo su potencia armamentística. Sin embargo, Jrushchov proponía esperar hasta que los cohetes estuvieran operativos.

Pero todo se vino abajo cuando los potentes U2 del ejército estadounidense detectaron las instalaciones de las bases de misiles y la Casa Blanca exigió explicaciones sobre el origen de aquellas imágenes. A pesar de que los misiles no estaban aún preparados para la ofensiva, Moscú decidió guardar silencio, con la intención de ganar tiempo y hacer creer al mundo que estaban listos para ser lanzados.

Victoria y Francisco paseaban por el Malecón abrazados como dos enamorados, pero en vez de palabras de amor, la joven le susurraba al oído los lugares exactos donde se habían construido las rampas de lanzamientos de cohetes: en Camagüey, en Zapata y en el Cotorro, y también la realidad sobre la situación de los misiles. Otra noche, durante un espectáculo de música y baile en el Tropicana y entre arrumacos le susurró que se estaba a la espera de recibir el envío de aviones de caza y un regimiento de alrededor de cincuenta mil militares soviéticos, además del inminente inicio de las obras para la construcción de una base de submarinos nucleares en la bahía de Cochinos.

Estaban ya a mediados de septiembre de 1962 y en el hotel Nacional se celebraba una fiesta organizada por la embajada mexicana para conmemorar el día de la Independencia de México. Victoria acudió a la fiesta exhibiendo el bello bronceado del trópico bajo un elegante vestido largo de color marfil. A su lado, siempre complaciente, Francisco Zurita, su «prometido», ejercía de anfitrión de la delegación. Los invitados, la mayoría políticos, altos funcionarios y militares cubanos, advertían en el brillo de sus ojos el «amor» que se profesaba aquella bonita pareja, que no escatimaba gestos de complicidad en público. Fue en un rincón de los majestuosos jardines del hotel, rodeados de flores tropicales y a la luz de la luna, mientras él le besaba el cuello, cuando Victoria le susurró al oído que una flota de barcos de guerra y submarinos cargados con torpedos nucleares para ser instalados en las bases de lanzamiento ya finalizadas estaba preparada para zarpar desde la URSS con destino a Cuba.

Un mes más tarde, el convoy soviético fue interceptado por navíos de guerra estadounidenses, provocando la crisis más grave entre los dos bloques antagonistas a nivel mundial que pasaría a la historia como la crisis de los misiles. Kennedy realizó de inmediato una alocución a su país y al mundo entero informando de que se iba a establecer un cerco naval a la isla de Cuba, ordenando el despliegue de la armada estadounidense con el fin de impedir que la flota soviética alcanzara su destino.

Victoria asistía en primera fila al enfrentamiento entre ambas potencias, compartiendo con Francisco su inquietud sobre un posible conflicto de escala inimaginable. Durante aquellos días llegó a pensar que aquello era el final, pues la testarudez de ambos dirigentes parecía abocar hacia un irremediable holocausto nuclear. Sin embargo, la intérprete advertía que la vida en la isla continuaba con su rutina. El pueblo cubano vivía ajeno al peligro en ciernes y no tenía conocimiento de lo que se estaba fraguando a pocos kilómetros de sus playas, pues la información estaba en manos del mando revolucionario y apenas ofrecía noticias de aquel incidente.

En las jornadas que siguieron, el tono entre ambas potencias se fue moderando, y Victoria fue testigo del monumental enfado del comandante Castro al advertir que estaba siendo excluido de las conversaciones entre Jrushchov y Kennedy. Cuando al fin llegaron las noticias al palacio presidencial, conoció que el Kremlin se comprometía a ordenar el regreso de su flota si la Casa Blanca declaraba públicamente que renunciaba a iniciar cualquier acción bélica encaminada a derrocar al gobierno revolucionario de Cuba.

Castro exigió a Jrushchov —con escaso éxito— que no cediera a ninguna pretensión de Kennedy, y días después tuvo que aceptar la humillación de no haber sido consultado ni invitado a participar en los acuerdos secretos entre ambos países, que incluían la retirada de las bases nucleares en Cuba por parte de la URSS si Estados Unidos se comprometía a desmantelar las suyas, situadas en los países fronterizos con la Unión Soviética. En compensación por la exclusión del dirigente cubano en las negociaciones, el Kremlin se comprometió a incrementar el suministro al país caribeño de armas convencionales, con el fin de proveer la defensa del ejército revolucionario en caso de que se produjera un nuevo intento de invasión por parte de sus vecinos y enemigos acérrimos.

Semanas después llegó al fin una tensa calma al país y al mundo. Aquella mañana de primeros de noviembre de 1962, Victoria había acudido a la escuela de idiomas en La Habana para dar clases de español a los soviéticos recién llegados. En aquel momento sonaron unos suaves golpes en la puerta solicitando permiso para entrar. Era el bedel, indicándole que tenía una llamada urgente en el teléfono situado en la garita de entrada. Victoria supuso que sería una urgencia desde el Ministerio de Comunicaciones y se resignó a tener que dar por finalizada la clase.

—Hola, soy yo. Sal inmediatamente de la escuela... —dijo en un susurro.

Victoria sintió un latigazo de pánico en el estómago al escuchar el tono alarmista de su supuesto prometido.

—¿Qué ocurre?

—Te recojo en cinco minutos, tenemos que hablar, es urgente...

Victoria colgó el teléfono y le dirigió una mirada al bedel, que amablemente la esperaba fuera.

—¡Vaya! Parece que me reclaman como intérprete en el ministerio... —Intentó sonreír y mantener el aplomo—. Por favor, informe a mis alumnos de que la clase ha terminado por hoy.

El bedel tenía una mirada bondadosa y piel oscura, con el pelo ensortijado plagado de nubes blancas por las sienes.

—No se preocupe, señorita Victoria —respondió con un gesto de respetuosa servidumbre.

Nada más salir, un Chevrolet con la bandera de México en los laterales se detuvo en la acera conducido por Francisco Zurita, algo que extrañó a Victoria, pues siempre que este se desplazaba utilizaba a su chófer.

—¡Vamos, sube!

—¿Qué ocurre? —preguntó alarmada al ver el rostro desencajado del hombre, que dio un fuerte acelerón al coche y partió a gran velocidad hacia la salida principal de la ciudad.

—He recibido un aviso urgente. Nos han descubierto, hay una lista de agentes encubiertos de la CIA que ha caído en manos de los soviéticos y estamos en ella...

—¡Dios santo! —exclamó Victoria con estupor—. ¿Qué vamos a hacer ahora?

Habían salido ya de la ciudad y Francisco aparcó en una cuneta, se bajó y fue hasta la parte trasera del coche. Abrió el capó y se dirigió a ella:

—Debes esconderte aquí, vamos a pasar por varios controles y, si voy solo, puedo ir sorteándolos con mi acreditación diplomática. Nuestra única ventaja es que las comunicaciones aquí no son demasiado rápidas. Tenemos que llegar a Santiago de Cuba, allí nos esperan agentes especiales estadounidenses para ayudarnos a pasar a la base naval de Guantánamo.

—Pero está en la otra punta de la isla...

—Es nuestra única oportunidad. La Marina de Estados Unidos aún rodea la isla y no pueden arriesgarse a enviarnos a plena luz del día un bote o un helicóptero para sacarnos de aquí, pues podrían provocar otro incidente y ya sabes cómo están ahora las cosas...

—¿Crees que vamos a conseguir salir de aquí?

—No lo sé, Victoria... aún no sé si la lista ha llegado ya a La Habana. En la CIA han sido más rápidos y me han enviado un aviso urgente indicándome el lugar exacto donde van a recogernos. El factor sorpresa es importante y el tiempo corre a nuestro favor. Vamos, entra...

Victoria sintió que las piernas le temblaban al advertir el pequeño espacio del maletero donde debía ocultarse, haciendo contorsiones para encajar. Lo peor fue cuando Francisco cerró el capó y se quedó completamente a oscuras.

El viaje por carreteras secundarias, entre los sembrados o lindando con las playas fue infernal. Victoria estaba dolorida debido a la incómoda postura y a la cantidad de baches y socavones que provocaban violentas sacudidas del coche. Tras breves paradas para descansar en Cienfuegos y en los alrededores de la playa de Santa Lucía en Camagüey, era noche cerrada cuando llegaron a la zona oriental de la isla, cercana a las provincias de Santiago de Cuba y Guantánamo, en cuya bahía estaba instalada una base militar estadounidense desde que en 1903 se firmó el tratado cubanoestadounidense, por el que el gobierno de Estados Unidos obtenía el arrendamiento perpetuo de dicha zona. Desde la Revolución, el gobierno de Castro consideraba ilegal aquella ocupación y se negaba a cobrarles el alquiler estipulado hasta entonces. Ahora, con el agravamiento del conflicto entre ambos países se habían colcado numerosos controles militares que patrullaban por los alrededores de la base naval, por lo que era imposible para los fugitivos acceder a ella por tierra.

Cuando llegaron a la provincia de Santiago de Cuba, Francisco Zurita no pudo evitar un control militar situado en una carretera secundaria cercana a su destino final. Dos milicianos vestidos con su característico uniforme de color verde olivo hacían guardia junto a una garita de madera. Uno de ellos se acercó al coche y solicitó al conductor la documentación, ordenándole abrir el maletero.

—¿Acaso no ha visto las banderas del coche? —preguntó él con simulado enfado—. Soy el agregado comercial de la embajada de México y vengo en misión oficial.

El miliciano, un joven mulato que apenas había pasado la pubertad, asomó una mirada de temor y se dirigió a la garita para consultar a su superior. Este era un militar más curtido, con barba oscura y larga al estilo de los revolucionarios cubanos y mirada desafiante.

—¿Algún problema, compadre? —dijo encorvándose y apoyando con indolencia el codo sobre la ventanilla abierta del coche.

—Por mi parte ninguno. Me dirijo a Santiago y voy en misión diplomática.

El miliciano le dirigió una sonrisa de desconfianza.

—¿Qué misión diplomática puede hacerse a estas horas en Santiago? Creo que las oficinas están cerradas, ¿no?

Zurita le dirigió una mirada llena de ira.

—¿Sabe usted con quién está hablando, sargento...? —Ante el silencio del militar, el diplomático insistió—: ¿Cuál es su nombre? Me reúno mañana con el alcalde de

Santiago y quizá tenga alguna anécdota que contarle sobre este puesto fronterizo... —Sonrió con arrogancia.

—Tampoco usted me ha dicho el suyo... —dijo sin miedo el oficial. Francisco respiró hondo y lo miró con gesto humillado.

—Está bien. Mi nombre es Francisco Zurita y soy el agregado comercial de la embajada de México en La Habana. Mañana tengo una cita en el Ayuntamiento de Santiago con el alcalde y con el capitán Guerrero para supervisar la llegada de dos barcos cargados de alimentos, armas y maquinaria agrícola que han zarpado del puerto de Veracruz y arribarán al amanecer. Mi embajada me ha enviado para supervisar la operación. Ni un solo bulto será desembarcado si no estoy allí para dar el visto bueno. Ahora llame al capitán Guerrero para confirmarlo —ordenó con desdén—. Y dese prisa, estoy deseando llegar al hotel para descansar.

El diplomático advirtió mientras le hablaba cómo iba desapareciendo el color de las mejillas del oficial y su espalda se enderezaba, alejándose de la ventanilla. El capitán Guerrero era el jefe militar más temido en la ciudad, tanto por los civiles como por sus subordinados de la milicia, debido a su crueldad y falta de escrúpulos para ordenar torturar o fusilar a cualquier sospechoso de sedición.

—Bueno, señor Zurita... No son horas para molestar a nadie... —dijo tratando de sonreír y en posición de espalda recta y mirada al frente.

—Eso mismo pienso yo... —respondió el aludido con suavidad.

—Adelante, que pase una buena noche...

Francisco arrancó y continuó la marcha sintiendo que las piernas le temblaban al pisar el acelerador. Tras una hora más de trayecto, llegaron al punto exacto de las coordenadas que le habían enviado en un mensaje cifrado desde la central de inteligencia estadounidense: una playa de Santiago lindante con la provincia de Guantánamo.

La noche estaba oscura y una fina lluvia empezó a caer cuando el coche se detuvo delante de unos matorrales cercanos a la playa. Había una construcción de madera semiderruida que años atrás había servido de lonja, donde los pescadores comerciaban con el fruto de su trabajo en las barcazas de pesca. Ahora, con las nacionalizaciones y el control de cualquier actividad comercial, había sido abandonado en favor de un almacén situado en el puerto, donde se distribuía la mercancía para la venta en puestos del mercado.

Francisco abrió el capó del coche y ayudó a Victoria a salir de él. La joven estaba entumecida y dolorida. Nada más colocarse en pie se abrazó llorando a su compañero de viaje.

—¡Dios santo! Qué miedo he pasado... Por un momento creí que ese hombre iba a detenerte y abrir el capó...

—Tranquila... —dijo acariciándole el pelo y estrechándola entre sus brazos—. Iba preparado para cualquier contingencia. Me indicaron que en este puesto solo había dos guardias, y además llevaba un revólver entre las piernas... —dijo señalando al asiento del copiloto donde reposaba ahora el arma.

Francisco se lo guardó en el bolsillo de su chaqueta, y junto a Victoria se adentraron en la construcción de madera. El diplomático extrajo unos prismáticos de una bolsa de lona y los dirigió hacia la bahía. Después sacó una linterna e hizo señales encendiendo y apagando. De repente, desde mar adentro, una luz tintineó varias veces como respuesta.

—¡Ahí están! —dijo con júbilo sin dejar de mirar hacia la playa—. ¡Vamos, ya nos han localizado! Debemos acercarnos a la orilla...

Con sigilo, y protegidos por la oscuridad, la pareja se colocó tras unas rocas cercanas a la playa, desde donde vieron una lancha neumática sin luces que navegaba lentamente y en silencio hacia la orilla.

—Dime, Francisco; ¿habrías disparado a esos dos hombres? —preguntó Victoria sin perder de vista la silueta de la embarcación, que poco a poco iba aumentando de tamaño.

—Gracias a Dios no he tenido que pasar por esa prueba. Jamás he matado a un ser humano.

—Eres afortunado. Yo les habría disparado sin dudarlo.

Él la miró con gesto grave.

—¿Lo has hecho alguna vez?

—He luchado en una guerra. Es cuestión de supervivencia: o ellos o tú. Aunque te confieso que mientras disparaba nunca comprobé si había alcanzado a alguien con el arma. —Lo miró sin remordimientos—. Yo era enfermera y atendí a cientos de soldados a los que había que restablecer para que volvieran al frente a morir... —Movió la cabeza con rabia.

—Victoria, si salimos de esta quizá nos separemos, y no puedo dejarte ir sin decirte que eres la mujer más extraordinaria que he conocido. Me habría gustado tenerte como compañera de vida... —dijo acariciándole la mejilla.

Victoria se acercó lentamente y lo besó en los labios con ternura.

—Eres un gran tipo, Francisco. Ojalá tengas suerte en el futuro. Yo tengo que reconstruir mi vida. Espero que algún día volvamos a vernos en otras circunstancias...

La lancha se acercaba sigilosamente y la pareja se dirigió hacia la playa en complicidad con la negrura de la noche. La lluvia caía ahora con fuerza sobre ellos y el cielo estaba totalmente cerrado. El único rastro de movimiento eran los surcos en el agua que dejaba la embarcación militar. Estaba llegando a la orilla cuando, de repente y de la nada, un fuerte estruendo sonó a espaldas de la pareja, seguido de varias ráfagas de metralletas. Victoria miro atrás y solo vio los fogonazos procedentes de las armas que les estaban disparando. Francisco tiró de ella para llevarla hacia la lancha.

—¡Vamos, tenemos que salir de aquí...! —gritó mientras se adentraban en el agua.

En la embarcación había varios soldados ocultos bajo un uniforme negro que cubría incluso sus rostros y comenzaron a repeler el inesperado ataque con sus potentes armas. En décimas de segundos, la noche se llenó de disparos y gritos. El agua los cubría hasta la cintura y Francisco seguía tirando de Victoria. Estaban cerca de la lancha neumática cuando la joven oyó una especie de golpe y advirtió que de la espalda de Francisco brotaba un reguero de sangre. Victoria gritó de pánico y tiró del él. Una de las sombras desembarcó y la tomó en sus potentes brazos como si fuera una pluma, lanzándola al interior de la lancha y ordenándole que se tumbara.

Otra embarcación apareció desde la negrura y sus ocupantes comenzaron a disparar para repeler el ataque procedente de la orilla. Victoria asomó la cabeza gritando el nombre de su acompañante, que aún seguía en pie, en el agua, con la mirada perdida, mientras dos marines trataban de subirlo a bordo.

—¡Vamos! ¡Tenemos que salir de aquí! —gritaba uno de ellos en inglés.

De repente, varios disparos impactaron en la lancha donde ella se encontraba y uno de los soldados que ayudaba a Francisco emitió un grito de dolor al recibir una bala en el hombro. Victoria vio con horror el rostro ensangrentado de Francisco, que había recibido un nuevo impacto en la cabeza y caía sin vida hacia delante. Los dos marines que bregaban con él también estaban heridos y no podían cargar con el cuerpo inerte del diplomático.

La embarcación neumática se hundía a gran velocidad. Una tercera lancha apareció detrás de ellos y dos tripulantes se trasladaron a ella, cargando en brazos a Victoria y ayudando a sus compañeros heridos. Mientras se alejaban del lugar, Victoria vio con horror, entre los destellos del fuego cruzado, el cuerpo de su leal compañero flotando boca abajo. Fue la última imagen que le quedó para siempre de Francisco Zurita.

La joven lloraba en el fondo de la embarcación mientras dos marines de la armada estadounidense la cubrían con sus propios cuerpos para protegerla. Ahora navegaban a gran velocidad surcando las olas del Caribe con destino a un lugar seguro en la bahía de Guantánamo. En aquellos instantes Victoria regresó a Leningrado, a la nefasta tarde en que murió Teresa. De repente cerró los ojos y creyó estar allí de nuevo, en el año 1941. Jamás podría olvidar aquella experiencia. De nuevo dejaba atrás a otro gran amigo, Francisco, un buen hombre que supo defenderla hasta su último hálito de vida. Aquella noche en la base, cuando se sintió a salvo, rezó por el alma de Francisco. De repente, un pensamiento le hizo ponerse en pie de una sacudida. ¿Y Rafael? ¿Estaría él también en la lista de informantes de la CIA? Aquella noche rezó para que también estuviera a salvo, para volver a verlo, para estar a su lado el resto de su vida.

31

París, Francia. 1962

Aquella tarde Rafael Celaya bajaba por la boca del metro cuando oyó una voz masculina a su espalda.

—Rafael Celaya, vaya esta tarde a las ocho al cine de la rue Dupin para ver la película *Lawrence de Arabia.*

Cuando Rafael se giró para ver de quién provenía esa voz, la multitud de personas que bajaba la escalera a su alrededor le impidió identificarla.

El cine estaba casi lleno y Rafael eligió una butaca junto al pasillo lateral. Miraba con disimulo a su alrededor, tratando de localizar a su posible cita. Durante un momento le asaltó el temor de que fuera una trampa. No sabía realmente quién lo había citado allí, aunque el hecho de que le hablaran en francés le hizo suponer que serían los servicios secretos de aquel país. ¿Habrían descubierto su falsa deserción? La película finalizaba y Rafael seguía esperando una señal. Los créditos aparecían ahora en pantalla y el público empezaba a levantarse de sus butacas. Rafael escuchó, entre el murmullo de la gente, otra voz masculina que le provocó un sobresalto:

—Celaya, salga por la puerta lateral y diríjase a un coche azul que le está esperando en el callejón.

Cuando las luces de la sala se encendieron, Rafael se dirigió a los lavabos y permaneció allí unos minutos. Después asomó la cabeza por la puerta, y cuando comprobó que el pasillo estaba despejado salió con la cabeza baja y cubriéndose con el sombrero de fieltro. Hacía frío aquella noche y se abrochó el abrigo de lana que se había comprado semanas antes. Pensó, mientras caminaba hacia el exterior, en el precio que había pagado por él: el equivalente a dos mensualidades de su anterior sueldo en Rusia.

En el callejón divisó un coche marca Citroën DS, llamado coloquialmente Tiburón. El conductor le envió una ráfaga de luz como señal. Rafael miró a todos lados y comprobó que no había nadie. Con sigilo, pegado a la pared y ocultándose entre las sobras, caminó hacia el vehículo. Al abrir la puerta del copiloto, una cara muy familiar lo esperaba dentro:

—Hola, Rafael.

El aludido sufrió un nuevo sobresalto al reconocer aquella voz tan peculiar: era José Hernández, del PCE, a quien había visto por última vez el día que llegó a Moscú procedente de Kazajistán.

—¿Qué ocurre, José? Es arriesgado que nos veamos, los franceses me tienen muy vigilado.

—Entra y agáchate. Tenemos que hablar.

José Hernández encendió el motor y salió a la calle. Rafael iba a su lado, encogido en el suelo del asiento del copiloto.

—Cuéntame qué ha pasado —suplicó con angustia el ingeniero desde su incómoda posición.

—La CIA te ha descubierto. Sabe que sigues trabajando para el KGB —dijo mientras conducía.

Rafael sintió un latigazo en el estómago.

—¿Cómo ha ocurrido? Apenas he hecho tres entregas...

¿Qué ha salido mal? ¿Me equivoqué de persona la última vez?

—Te pillaron en Niza con Nikolái Astachov, el corresponsal de la Agencia TASS y miembro del KGB, que, como sabes bien, no es otro que Alejandro, el hijo de Carmen Valero. La CIA lo tiene muy marcado, incluso más que a ti. Y mira por dónde se llevaron una sorpresa al descubrir que te viste con él en su hotel.

—¡Dios santo! ¿Qué va a pasarme ahora? ¿Me llevas a la embajada para regresar a Moscú? —preguntó con nerviosismo.

—No. Tranquilízate. Vengo a ofrecerte una solución. En primer lugar, tengo que ponerte en antecedentes sobre mí: trabajo para la CIA —continuó el dirigente español—, aunque oficialmente sigo en el PCE. Soy un agente doble. Mi cometido es captar a agentes soviéticos que están al otro lado del telón de acero para que se cambien de bando.

—¿Qué? —exclamó Rafael desconcertado—. Jamás imaginé que tú... —dijo moviendo la cabeza con sorpresa.

—Estoy harto de aquella dictadura, igual que tú. ¿No querías marcharte para siempre? Pues esta es tu oportunidad. Yo conocía la misión que te encomendó el KGB —dijo ahora en un susurro—, pero no te delaté a la CIA porque soy tu amigo y estoy al corriente de tu especial situación. Cuando te descubrieron di la cara por ti, asegurándoles que eres un hombre leal y explicándoles tus circunstancias personales con Victoria y con el hijo de Iñaki. He conseguido convencerlos para que te den otra oportunidad. La última —continuó Hernández, ante el silencio aterrorizado de Rafael.

—¿Qué debo hacer? —preguntó al fin, asustado.

—Pasarte a este lado. ¿Acaso no es lo que has deseado siempre? Te conozco bien y sé lo que sientes. Pero si no colaboras con ellos, los franceses tienen órdenes de detenerte y de acusarte de espionaje de Estado.

—¿Serías capaz de entregarme, amigo? —preguntó Rafael con ironía.

—Esto ya no está en mis manos. Nos siguen de cerca y estamos rodeados. Tienes dos opciones: si te niegas a colaborar, te llevarán a la cárcel, y con suerte es posible que con el tiempo te intercambien con algún espía occidental que tengan preso allí. Pero ya puedes imaginar lo que te espera cuando vuelvas: habrás fallado en tu misión y conoces bien cómo tratan allí a los fracasados: no volverás a salir, ni a ver a Victoria y al hijo de Iñaki en mucho tiempo. La otra opción que te estoy ofreciendo, la más sensata, es trabajar para Occidente, pero esta vez de verdad.

—¿Y qué pasará con el hijo de Iñaki?

—Voy a arreglarlo. Confía en mí. Tengo mis recursos, sigo entrando y saliendo de la Unión Soviética y te aseguro que voy a hacer lo posible para sacarlo de allí. Cuando acabe todo tendrás una nueva identidad, dinero, vivirás en otro país y llevarás contigo al niño, te lo prometo. Ahora tienes la oportunidad de ser libre, ¡aprovéchala!

—Pero el KGB me tiene atado de pies y manos... Me amenazaron con castigar a Victoria si hacía alguna tontería... No puedo dejarla a su suerte...

—Victoria está en Cuba como traductora de los rusos, pero ya te informaron que en realidad está con la CIA, así que no debes preocuparte por su seguridad. Está bien protegida. Ahora tienes que trabajar tú también para ellos. Pero de verdad. Si cortas de una vez las cadenas con Moscú te ayudarán a reunirte con ella cuando llegue el momento.

La cabeza de Rafael era una olla a presión a punto de estallar. No tenía otra opción, estaba cogido de pies y manos.

—Rafael, si cumples, ellos van a cumplir. Y yo también. Te doy mi palabra de amigo y de hombre. ¿Te he fallado alguna vez? —insistió Hernández, inquieto por el silencio del joven ingeniero—. ¡Habla! Reacciona de una vez, ¡hostias! —ordenó, exasperado.

—De acuerdo, haré lo que me digas. No tengo más opciones... —respondió Rafael con serenidad.

Tras varios minutos de silencio, el coche entró en un callejón oscuro y se detuvo.

—Vamos, sal. Nos esperan.

Se habían desviado desde la avenida principal hacia una calle estrecha situada en los arrabales de París. Los hombres salieron del coche y se dirigieron a una furgoneta pintada de azul añil sin ventanas que tenía el motor en marcha. Inmediatamente, una sombra apareció junto al Tiburón y montó en él, arrancando y saliendo de nuevo a la calle que habían abandonado minutos antes. Los amigos entraron en la furgoneta por la puerta lateral, en cuyo interior los esperaban otros dos hombres. Rafael reconoció a uno de ellos, de pelo rubio y ojos claros. Era Richard Wilson, de la CIA, que lo miraba con suspicacia.

—Espero que su amigo lo haya puesto en antecedentes.

Rafael asintió con un gesto.

—Es la última oportunidad que vamos a ofrecerle —dijo con dureza—. José nos ha asegurado que podemos confiar en usted.

—Siento haberles mentido, estoy en una difícil situación personal y debía cumplir órdenes. Ahora que ya lo saben todo, pueden contar con mi colaboración.

—En eso confiamos ahora. Tiene usted un gran valedor —dijo Wilson mirando a José Hernández—. Ahora su posición se va a ver más comprometida. A cambio, le ofreceremos más protección, y en un futuro no muy lejano, la libertad.

La furgoneta se detuvo tras diez minutos de trayecto y descendieron todos. Era noche cerrada, pero Rafael reconoció el lugar: era la misma casa de campo adonde lo llevó la CIA la primera vez que escapó de la vigilancia soviética. A la llegada, dos hombres más los esperaban en el interior, que se presentaron como miembros del servicio secreto francés, los invitaron a sentarse alrededor de una mesa redonda. Rafael estaba cohibido, pues todas las miradas se dirigían hacia él.

—Fue una sorpresa para nosotros conocer su doble juego, señor Celaya. Ha conseguido engañarnos a todos —tomó la palabra en francés uno de los anfitriones—. Pensábamos que, por su ascendencia española y sus ideales, deseaba trabajar para el mundo libre.

—Siempre ha sido mi mayor deseo, se lo aseguro. Pero dejé en Moscú a un niño pequeño que me necesita, y en el KGB me insinuaron que Victoria sería su rehén si se me ocurría hacer alguna tontería. Por ellos tuve que aceptar esta misión. Pero ahora estoy en sus manos y dispuesto a hacer lo que me ordenen.

—Está bien. Por ahora debe seguir con su vida normal, microfilmando documentos y enviándolos a su contacto. Cuéntenos qué ha estado haciendo en la compañía aeronáutica —pidió Wilson.

—He colocado micrófonos en el despacho del director y de algunos ingenieros responsables del proyecto.

—Lo sabemos. Ya los tienen localizados desde que le descubrieron. ¿Qué información ha enviado a Moscú? —intervino el responsable francés.

—Toda la que ha llegado a mis manos...

—¿También del último prototipo en el que están trabajando ahora? —preguntó.

—De ese solo he podido copiar los esquemas iniciales. Estaba intentando acercarme al ingeniero jefe para conseguir más...

—Háblenos del nivel en el montaje de misiles intercontinentales, con los que tienen una aparente superioridad a los nuestros. Pero ahora queremos la verdad, no las mentiras que nos contó la otra vez —ordenó Wilson, de la CIA.

—No existe tal superioridad, es pura propaganda para engañar al mundo. Después de la explosión el año pasado, el proyecto siguió en pie y meses después se realizó otro intento de lanzamiento del R-16, un misil más eficaz que el R-7 del que les ofrecí los datos que me ordenaron en el KGB. Tras solucionar algunos fallos, logramos perfeccionarlo y actualmente se está iniciando su producción.

—¿Puede aportar información sobre ese misil?

—Por supuesto.

—Nuestro gobierno está muy interesado en la carrera armamentística soviética y necesitamos corroborar que estamos en una mejor posición que ellos... —dijo Wilson.

—Pueden estar tranquilos, los soviéticos no van a superarlos. Tienen demasiados problemas organizativos, tú conoces bien cómo funciona todo allí. —Se dirigió ahora a Hernández—. Hay demasiadas opiniones personales e injerencias políticas en la ciencia. A veces no se escoge el mejor proyecto, sino el que ha conseguido más apoyos por parte de un oficial comunista que no tiene ni idea de lo que tiene entre manos. Así es imposible llevar a cabo una carrera sobresaliente a nivel mundial. Ahora bien, manejan a la perfección los golpes de efecto y la propaganda, como la salida al espacio del *Sputnik*, adelantándose a su gobierno. —Hizo una pausa—. La cuestión económica es otro de sus puntos débiles. El gobierno no destina todos los fondos que un programa de estas dimensiones necesitaría para ser el líder mundial, tanto en la carrera espacial como armamentística.

—Eso es interesante —dijo Wilson.

—Nuestras plataformas de lanzamiento son más efectivas; no obstante, sus satélites son menos pesados que los nuestros.

—¿Cómo sabe eso? —preguntó el otro agente de la CIA, que hasta entonces había guardado silencio.

—¿Acaso creen que solo Estados Unidos tiene espías? —Sonrió—. En Moscú están prácticamente al corriente de todo lo que se hace en Florida.

—Háblenos de la explosión del año pasado de la que nadie dice nada. Nos mintió entonces, ¿verdad? —pidió Wilson después de tomar algunas notas.

—Sí. En ella murió el comandante Nedelin. Y también mi querido amigo Iñaki. —Dirigió su mirada a José Hernández.

—¿Qué pasó realmente? —preguntó el dirigente español—. No me has contado nada...

—Me lo prohibieron. Hubo un fallo en el motor de arranque del cohete R-16. La ignición se produjo antes de tiempo y estalló en tierra. Murieron más cien personas, algunas en ese instante y el resto varias semanas después, y hubo más de doscientos heridos. Entre los fallecidos se encontraban los mejores ingenieros y científicos de la carrera armamentística y espacial. Yo me salvé por pura casualidad. Sin embargo, no pude hacer nada por mi amigo Iñaki, es algo que nunca me perdonaré...

Se quedó en silencio, emocionado.

—Rafael, si murieron tantos, tú no podrías haber hecho nada por él... —intervino Hernández.

—Nunca pensé que el cohete iba a estallar de esa forma tan imprevista... Yo sabía que algo no andaba bien y era peligroso estar cerca. Vi a Iñaki unos minutos antes y le dije que se alejara. Pero él era tan confiado... Bueno, como todos los que estaban allí. Nadie podía imaginar lo que iba a pasar minutos después. Jamás podré olvidar la imagen de aquel día. —Su voz se quebró—. Desde que vi morir a tantos amigos y soldados en la guerra me propuse no volver a mirar un cadáver. Sin embargo, en aquel terrible día contemplé la explosión delante de mis ojos, y cómo muchos compañeros morían envueltos en llamas y gritando. Después me tocó localizar el cuerpo de Iñaki entre los cadáveres... Es una visión que aún me persigue en mis pesadillas, una experiencia que jamás olvidaré... —Calló de nuevo, emocionado.

Todos guardaron silencio en señal de respeto.

—Lo que tienes que hacer es dar gracias por seguir vivo —dijo Hernández—. No le debes nada a Rusia. Iñaki era un gran tipo, dentro de sus limitaciones, y luchó, igual que tú, por ese país. No mereció esa muerte, y tú tampoco te has merecido la vida que has tenido hasta ahora. Os desarraigaron, Rafael, os utilizaron. Tu amigo murió y ni siquiera le pudiste dar un entierro digno. Tu novia, Teresa, también cayó defendiendo esa patria que tanto os ha exigido a cambio de nada.

Un silencio cayó de repente en la sala.

—Por cierto, tengo que hacerle una advertencia muy importante que afecta a su vida privada: desconfíe de las amistades que ha hecho últimamente... —habló Wilson ahora.

—¿Se refiere a los compañeros de trabajo?

—No. A algo más íntimo —intervino Hernández—. Juana, o Jeanne, tu amiga española con la que charlas a menudo en el bistró. No es lo que aparenta. Es agente del KGB.

—¡Qué dices! —exclamó Rafael con incredulidad—. ¡Eso es... imposible!

Wilson abrió un maletín, sacó un sobre con fotos y las colocó sobre la mesa. En una ellas Rafael distinguió claramente la imagen de la joven entrando en el portal de un elegante edificio del centro de París. En otra instantánea era Alejandro quien salía por la misma puerta.

—Es el domicilio de Nikolái Astachov, su contacto del KGB, que no es otro que su amigo Alejandro, otro niño de la guerra español —prosiguió el agente de la CIA—. Sabemos que se han visto al menos tres veces. Juana no es lo que parece. Lo está vigilando. Ella es también una niña de la guerra española. Su auténtico nombre es Virtudes Rivero y llegó a la Casa de Niños de Odesa en el 38 con su madre, cuando apenas tenía un año. La madre murió en la guerra y los soviéticos se hicieron cargo de ella, igual que hicieron con Alejandro. Al ser españoles, corrieron mejor suerte que los huérfanos soviéticos y recibieron una educación especial. Ambos están muy adoctrinados, y sospechamos que mantienen una relación sentimental. Juana es inteligente y metódica, y Nikolái Astachov es uno de los mejores agentes del KGB. No debe confiar en ninguno.

—Me cuesta creerlo...

—Ya está advertido. Abra bien los ojos, Rafael. Está en una posición muy delicada. Juana es una joven bonita e inteligente y pretende intimar con usted, pero está a su lado para controlarlo. Ya sabe a qué atenerse con ella.

Rafael quedó en silencio, decepcionado por el golpe que acababa de recibir.

—Ahora que analizo esta situación, ella nunca aparecía en el bistró los días que tenía que hacer las entregas.

—Ahí tiene una pista. Bien, por ahora hemos acabado

—concluyó Wilson—. Tiene que regresar a su casa a una hora razonable para no levantar sospechas.

—¿Qué debo hacer a partir de ahora? —preguntó Rafael.

—Debe seguir con su rutina —respondió el responsable francés—. Ya se encargarán en la compañía de hacerle llegar lo que crean conveniente para que lo envíe a Moscú. Ahora debe ser cauteloso. Se ha convertido en una pieza importante en esta partida de ajedrez. Los soviéticos lo consideran una persona leal, pero aun así le vigilan estrechamente. Ahora le dejaremos cerca de la boca del metro de Sèvres-Babylone, cercana al cine adonde ha ido esta noche.

José Hernández lo acompañó en la furgoneta de regreso a la ciudad. Estaban solos, en la parte posterior, separados del conductor y su acompañante por una mampara. Rafael no hacía más que darle vueltas al repentino giro que acababa de dar su vida aquella noche.

—Espero que cumplas tu palabra con el hijo de Iñaki... —Rafael rompió el silencio para suplicar a Hernández.

—La tienes, Rafael —respondió este con gravedad—. Ahora debes estar alerta. La CIA no confía plenamente en tu lealtad, y aunque les he asegurado que eres un hombre cabal, se da la circunstancia de que yo también soy un traidor a la Madre Patria soviética y a mi partido... —Hizo una mueca—. Ellos quieren hechos y te vigilarán estrechamente.

—Nunca habría sospechado que pudieras haberte pasado al otro lado, José. Te creía tan convencido de tus ideas revolucionarias... —Lo miró de soslayo.

El aludido esbozó una triste sonrisa.

—¿Sabes? Cuando era joven, mi revolución solo aspiraba a transformar la sociedad. Cuando llegué a Moscú por primera vez tenía solo veinticuatro años y creía en la justicia, en la igualdad, en la creación de una sociedad perfecta. Estaba convencido de que allí se había materializado la auténtica revolución de los pobres. Pero con los años, y después de lo que he visto, he llegado a la conclusión de que vivía una ilusión. No era esa la revolución del pueblo por la que luché en España y por la que me instalé en la URSS, se había convertido en el arma más mortífera que ha conocido la humanidad. La base del socialismo estalinista fue el terror: los procesos inquisitoriales, los campos de trabajo, la muerte de inocentes...

»Dejé Moscú hace años porque, paradójicamente, eran mis compañeros del Partido quienes más obstáculos ponían a cualquier propuesta que les hacía para mejorar la situación de los españoles que estaban allí. Yo sentía que debíamos ofrecer respuestas y soluciones para construir una sociedad justa y equitativa. La Revolución predica la eliminación de los ricos y la igualdad, pero lo único que ha conseguido es que ahora todos sean igual de pobres. Después de vivir tantas injusticias, he llegado a la conclusión de que el comunismo y el marxismo solo conducen a los pueblos a la miseria. Ya no me queda nada de aquel entusiasmo, excepto un halo de esperanza cada vez más débil que aún me motiva para mantener la fe en esta lucha solitaria y desigual. No, amigo, esta vez soy el perdedor, lo fui desde el principio, desde que creí que podía cambiar el sistema. Hay demasiados muros imposibles de traspasar. Los ideales son eso, ideales, que cada uno moldea a su conveniencia y a su egoísmo particular, ignorando el bienestar colectivo. Me he cansado de luchar inútilmente y ya no creo en el poder del pueblo ni esas monsergas.

»Todos en Moscú habíamos oído hablar de los gulags, y aunque algunos compañeros de mi partido los justificaban por el bien común, yo siempre creí que aquello no era justo. Ahora estoy seguro de que la democracia plena está en Francia, en Reino Unido, en Alemania occidental, en Estados Unidos... En Rusia, la dictadura es más feroz que en España, te lo aseguro, porque conozco bien a ambas. El marxismo no convierte a los hombres en mejores personas. La construcción del socialismo quedó descalificada en el momento en que se justificaron las injusticias y las atrocidades contra la vida humana por el bien del país.

—No es la Revolución la que maltrata al pueblo ruso, José. Esto es cosa de hombres, de mentes retorcidas, de analfabetos que han secuestrado el poder y se aseguran de que nadie pueda levantar la voz en contra de las decisiones arbitrarias que toman a diario, encaminadas a satisfacer sus propios intereses. La Revolución nació muerta porque los hombres la mataron. No son los gobiernos, sino las personas que están al frente de estos los responsables de la desgracia de su pueblo. Algún día la historia les hará justicia, pero hasta entonces el pueblo ruso seguirá sufriendo, pasando frío, hambre, miedo...

—Quizá tengas razón, Rafael. Ahora soy un apátrida, un embustero que finge ser revolucionario, un excelente embajador de la doctrina marxista de la Unión Soviética. Viajo de un lado a otro reuniéndome con miembros de los partidos comunistas del mundo libre para venderles las bondades de la URSS. —Sonrió con ironía—. Pero mi cometido es otro bien diferente. Ya lo has conocido. Ahora lucho contra las dictaduras como las que asfixian a nuestra querida España y a la Unión Soviética.

—¿Tú crees que algún día lo conseguirás? Veo que eres un idealista, a pesar de lo implicado que estás, José.

—Sé que la lucha es dura y cuesta hacer cambios, pero ahí sigo.

—Escuché decir una vez a un querido colega fallecido en la explosión que Rusia ha vivido de todo en los últimos mil años excepto la democracia. Lenin, con su revolución, no llevó la democracia al país: la asesinó. Los comisarios del pueblo no están al servicio del proletariado, sino del Estado. Nosotros también fuimos utilizados. Los Niños de la Guerra españoles que Stalin presumía de haber salvado fuimos usados como armas de propaganda política; hemos sido marionetas a lo largo de nuestra vida, danzando y danzando al son de la música que otros han interpretado y exhibiéndonos por los teatros del mundo. Después se olvidaron de nosotros cuando dejamos de serles útiles. Hay muchos compatriotas marginados allí, tú los conoces bien.

—Es duro lo que dices, pero es la cruda realidad. Pronto serás libre, podrás hacerte cargo del hijo de Iñaki y tendrás la posibilidad de ofrecerle una vida mejor que la que tú has tenido.

—Te ruego que te hagas cargo de él en caso de que yo sufra algún percance. Es una súplica, José. Voy a correr un gran peligro...

—Déjalo en mis manos. Nada malo va a pasarle a ese niño. Ni a ti tampoco.

—Ahora con la crisis de Cuba hay demasiada tensión en el mundo. Parece que vamos directos a otra guerra, pero esta vez es más peligrosa, con armas nucleares de por medio...

—Confiemos en la sensatez de los dirigentes —lo tranquilizó José—. No pueden utilizar las armas nucleares sin un motivo de fuerza mayor. Otra cosa hubiera sido en el pasado. ¿Imaginas que Hitler hubiera conseguido que sus científicos construyeran bombas atómicas durante la guerra? Él sí las habría utilizado. Menos mal que al final no lograron crearlas. Y fue, según dicen, gracias a los propios responsables del programa nuclear alemán, que adujeron haber errado en sus cálculos. Sin embargo, quedó demostrado después que podrían haberlo conseguido, pero lo retrasaron hasta que acabara la guerra por temor a poner aquel peligro en manos de Hitler. Estaban seguros de que las habría utilizado sin vacilar, después del holocausto que realizó con los judíos.

—Sí, habría sido el apocalipsis. Sin embargo, el único gobierno que ha lanzado bombas atómicas contra civiles ha sido el de Estados Unidos, nuestros nuevos valedores —dijo Rafael en un susurro.

—¿Qué quieres decir con eso? —Lo miró escamado.

—Que no hay santos ni en la política ni en la guerra. Hitler no las utilizó por la razón que fuera; sin embargo, estos se atrevieron a hacerlo.

—De acuerdo, pero era una forma de terminar la guerra...

—¿Tú crees? ¿Consideras ahora que el fin justifica los medios, José Maquiavelo?

—¿Qué te pasa? ¿Te has vuelto pacifista como los hippies de pelo largo que andan por la ciudad en las manifestaciones?

—No, José, no tengo nada que ver con ellos. Solo intento ser ecuánime y verlo todo con perspectiva. Tú estás en el centro, igual que yo ahora. Has hecho una elección, y yo también, pero no intentes venderme que estamos en el mejor bando y con el mejor gobierno. Puede que sean los más potentes, los autoproclamados dueños de la libertad, pero a la hora de aplicar la fuerza o la violencia contra los seres humanos fueron ellos quienes lanzaron las bombas atómicas y asesinaron a cientos de miles de civiles en Japón, ¿vale?

—Tienes razón, no te lo niego, es cuestión de estar en el

bando menos malo. Eso es, el menos malo —repitió Hernández tratando de convencerse a sí mismo—. Sé que te has visto obligado a hacer cosas que no deseabas, has vivido demasiadas injusticias...

—No he vivido mi propia vida. Siempre he tenido que obedecer, y cada vez que daba un paso adelante, alguien decidía por mí. Primero fueron tus compañeros de partido y el Estado soviético, impidiéndome volver a España a los pocos meses de llegar a Leningrado. Después, cuando la mayoría fue regresando veinte años después, me obligaron a quedarme por estar trabajando en proyectos secretos del Estado, y ahora, cuando al fin me dejan salir, es para realizar una peligrosa misión de la que he salido escaldado.

—Pero tú quieres ser libre, ¿no?

—Por supuesto. Quiero dejar de ser una marioneta, quiero romper las cadenas que dirigen mi vida, pero a qué precio. Me voy a ganar la libertad arriesgando mi vida. No van a regalarme nada.

—En eso llevas razón, pero estoy seguro de que ahora estás en el lado correcto.

—Yo también. Visto el futuro que me espera, esta es la única opción para conseguir mi ansiada libertad. La otra posibilidad es que muera en el intento.

—Estoy seguro de que todo saldrá bien. Yo siempre estaré a tu lado. Te conozco desde que eras un chaval y te he apreciado siempre. ¡Soy tu paisano, joder! Confía en mí.

De vuelta en su apartamento, Rafael seguía dándole vueltas a su nueva situación. Tenía problemas, como tantos había tenido a lo largo de su vida. Corría un gran riesgo, pero no tenía más remedio que asumirlo, no había marcha atrás. José Hernández le había asegurado que sacaría al hijo de Iñaki de Moscú, que tendría una nueva identidad cuando terminara todo y que podría instalarse en un país libre con una nueva identidad. Y con Victoria a su lado... ¿Sería aquello posible algún día? Era todo lo que siempre deseó: echar raíces, tener una familia, un hogar, la posibilidad de regresar a su querido Bilbao.

Aquella noche rezó por primera vez desde hacía años.

Al día siguiente regresó al trabajo, pero todo había cambiado: Rafael observaba las miradas de sus compañeros, incluso las de sus superiores, tratando de hallar un destello de desconfianza hacia él. La jornada transcurrió con normalidad y parecía estar todo en orden. Estaba seguro de que lo seguían, pero no era capaz de identificar a ningún agente entre las personas que compartían el vagón del metro de regreso a casa. Por la tarde, cuando se dirigía al bistró para cenar, no paraba de darle vueltas a cómo tendría que comportarse con Juana. Hasta la noche anterior la creía una joven ingenua y sincera que se estaba empezando a enamorar de él. Ahora sabía que controlaba sus movimientos para ir después a contárselos a Alejandro. ¿Qué podía hacer ahora? ¿Romper su amistad? Eso levantaría sospechas...

Juana llegó al bistró aquella tarde cuando Rafael estaba terminando de cenar. Nada más verla le dedicó una alegre sonrisa y la invitó a sentarse con él. En aquella ocasión le pidió que le hablara de sus padres. Ella le describió el pueblo de procedencia de su familia: Potes, en Cantabria. Le habló de las comidas caseras de su madre que ella tanto añoraba. Escuchándola hablar con fluidez, Rafael notó que la entonación de las frases era similar a la suya, diferente a la que deberían tener sus supuestos padres cántabros. Se convenció al fin de que la chica que tenía sentada frente a él había crecido en Rusia, como Alejandro y como él mismo.

—Te veo pensativo, Rafael —observó Juana.

Al escuchar su comentario, la miró y trató de sonreír.

—Lo siento, estaba abstraído. A veces necesito compañía y evadirme un poco de los problemas del trabajo.

Eran las nueve cuando dejaron el bistró y Rafael se ofreció a acompañarla a su casa. Al despedirse, ella tomó su mano mirándolo con dulzura.

—Hoy estoy sola. Mis compañeras de piso están fuera durante unos días... ¿Quieres subir?

Juana le estaba ofreciendo sexo y, mirándolo de forma egoísta, sus escrúpulos y el respeto hacia ella habían desaparecido. No era una mujer desvalida e inocente. ¡Era una espía del KGB! Rafael dudó durante unos instantes, pero descartó enseguida el ofrecimiento. Se sabía vigilado y no podía dar pie a más desconfianzas.

—No, lo siento. Juana, yo... Verás, eres una joven encantadora, inteligente, guapa, pero no puede ser... —Sonrió con tristeza.

—Yo te quiero, Rafael... —Impulsivamente colocó los brazos alrededor del cuello del ingeniero y lo besó con pasión.

Él respondió con fogosidad, pero después tomó sus muñecas y fue aflojando el abrazo lentamente hasta separarse de ella.

—Lamento haberte dado falsas esperanzas, Juana. Debes buscar a un hombre de tu edad...

Ella bajó la mirada, separándose de él con un gesto de exagerada timidez.

—No me importa tu edad. Eres el hombre más maravilloso que he conocido... —insistió.

—Y tú eres lo mejor que me ha pasado en mucho tiempo... —se escuchó decir a sí mismo—. Pero no soy el que mereces. Eres tan joven...

—Yo sé lo que quiero. Y en estos momentos soy feliz a tu lado. Vivamos el presente, es lo único que importa...

—No. Mereces algo mejor que yo, te lo aseguro.

—Yo siempre estaré a tu lado, si tú quieres —pidió ella con lágrimas en los ojos.

Rafael la abrazó con ternura y le besó la frente.

—No, Juana —dijo con suavidad—. Verás, yo... Estoy enamorado de otra mujer...

Rafael notó cómo ella trataba de mostrar decepción.

—Me dijiste que estabas solo...

—No vive en París, pero algún día espero reunirme con ella y me he propuesto serle fiel.

Era la coartada perfecta. Juana debía estar al tanto de su pasado y el deseo de casarse con Victoria cuando regresara a Moscú.

—Entonces ¿no me quieres? —preguntó con un mohín de pesar.

—Lo siento. Nunca quise darte falsas esperanzas ni hacerte daño...

Juana quedó en silencio mirando al suelo.

—Me siento avergonzada, creo que he hecho el ridículo... —dijo con gesto contrariado.

—¡No! Por favor, no pienses eso. Me siento muy halagado, y me gustaría que continuáramos viéndonos en el bistró. —Rafael trató de sonreír.

—¿De veras me seguirás aceptando a pesar de saber lo que siento por ti?

Rafael tomó sus manos en un gesto de ternura.

—Por nada del mundo querría perder tu amistad. Me gusta tu compañía y que me hables de España... Por favor, sigue yendo por el bistró.

La joven se repuso enseguida y le devolvió una sonrisa.

—De acuerdo. Seguiremos siendo amigos.

—Gracias. —Rafael le ofreció un casto beso en la mejilla y se despidió de ella.

De regreso a casa, reflexionó sobre la escena que acababa de protagonizar. Él jamás pensó que se vería en aquellas circunstancias tan disparatadas. Aspiraba a vivir en paz y en libertad, y a tener lo justo. ¿Por qué el destino lo había puesto en aquella situación?

Estaban en septiembre de 1962 y la temperatura era aún cálida en París. Aquella tarde se dirigía hacia su apartamento desde la salida del metro. Montparnasse estaba muy concurrido y a Rafael le gustaba pasear alrededor de los típicos quioscos poblados de turistas de diferentes lenguas y razas. Era difícil imaginar que treinta años antes ese barrio fue el refugio de artistas como Picasso, Juan Gris o Modigliani, que vivieron en lúgubres cuartos sin luz ni agua y en numerosas ocasiones vendieron sus cuadros a cambio de unos francos para comprar comida.

Rafael se sentó en un banco a contemplar los jardines y parques en el margen izquierdo del Sena mientras numerosos pintores aficionados y profesionales poblaban los jardines ofreciendo a los turistas sus acuarelas con la imagen de Sacre Coeur o la torre Eiffel. En aquel momento, una mujer morena de unos treinta años que paseaba a su bebé en un carrito se sentó junto a él, saludándolo educadamente. Durante unos minutos quedaron en silencio.

De repente, y girando el tronco hacia el niño que llevaba en el carrito, comenzó a hablarle mientras realizaba suaves movimientos para calmar su llanto.

—Rafael Celaya, tengo un mensaje para usted de José Hernández. No me mire, no gesticule, no hable. El hijo de Iñaki Rodríguez ya ha salido de Moscú.

Rafael sintió una fuerte impresión al escuchar aquellas palabras y trató de no moverse.

—¿Es el niño que lleva en el carrito? —No pudo reprimir la pregunta mientras miraba hacia el lado contrario.

—No. Está bajo la custodia de la CIA, a la espera de que usted se haga cargo de él cuando termine su misión.

—¿Cuándo podré verlo?

—Todo a su tiempo —dijo mientras se levantaba y seguía su paseo por el parque.

Rafael estaba impactado por la noticia. No quería mirar hacia la mujer para no levantar sospechas y siguió un rato más sentado. Ahora tenía una luz de esperanza. ¡El hijo de Iñaki estaba fuera de peligro y pronto podría abrazarlo!

Durante las semanas que siguieron Rafael esperó con ansiedad otro mensaje de José Hernández para conocer algo más sobre el paradero del hijo de Iñaki. Mientras tanto continuaba su rutina, enviando al KGB la información que llegaba a sus manos tal como le habían ordenado, y Juana seguía visitando el bistró Saint Louis a compartir un rato de charla con él.

Una tarde de noviembre bajaba las escaleras en la boca del metro cuando una voz desconocida con acento inglés le susurró en español:

—Le han descubierto. Esta noche, a las dos de la madrugada, salga de su casa y vaya caminando por la rue de l'Ouest hacia la estación de Montparnasse. A lo largo del recorrido un coche lo recogerá para ponerlo a salvo.

Rafael se estremeció al escuchar aquella voz. Caminaba rodeado de una multitud; era hora punta y los andenes estaban atestados de gente. Ni siquiera se atrevió a girar la cabeza para ver quién le había hablado. Mientras tomaba el camino de regreso, su mente era un torbellino. Le quedaban por delante largas horas de espera hasta la madrugada.

Los viandantes con los que se cruzaba por la calle le parecían posibles agentes del KGB y miraba atrás continuamente hallando sombras a cada paso.

Cuando llegó a casa sentía que las manos le temblaban. ¡Estaba en peligro! ¡Lo habían descubierto! Si caía en manos del KGB lo enviarían a Moscú y ya sabía lo que le esperaba: torturas, encierro y, si llegaba a sobrevivir, la deportación a un gulag de Siberia. Comenzó a guardar en los bolsillos sus pertenencias más urgentes, y cuando dieron las dos de la madrugada salió sin equipaje por la rue du Château, donde vivía. Al llegar a un cruce tomó la rue de l'Ouest dirigiéndose hacia la estación de trenes. El cielo estaba nublado y las luces de los escaparates estaban apagadas. El sonido de un coche a gran velocidad lo puso en alerta, y en el silencio de la noche, escuchó con nitidez el chirrido de unos neumáticos al frenar bruscamente.

—¡Vamos, suba...! —gritó Richard Wilson abriendo la puerta trasera de un coche que acababa de detenerse en plena calle.

Rafael escuchó a su espalda varios sonidos secos, como petardos, hasta que advirtió que la luna de un vehículo aparcado cerca de donde él estaba estalló en mil pedazos. Se giró, y en la oscuridad divisó la silueta de un hombre joven de pelo castaño y ojos fríos como el hielo. Era Alejandro, y lo estaba apuntando con un arma.

—¡Corre! ¡Huye! —susurró con premura el joven, deteniéndose a escasos metros de donde él estaba y mirando atrás, donde varias sombras avanzaban con rapidez.

Tras el desconcierto inicial, Rafael corrió hacia el coche, pero en ese preciso instante sintió un fuerte golpe en la rodilla derecha que le hizo dar un traspié y caer de bruces, sangrando a borbotones. Wilson salió del vehículo y tiró de él como un fardo para introducirlo en el interior.

—¡Vamos, vamos! ¡Hay que salir de aquí! —exclamó el conductor arrancando a gran velocidad.

Ya dentro del coche, Rafael dirigió una última mirada hacia fuera y se cruzó con los ojos de Alejandro, que seguía detenido en la acera apuntando con su arma hacia el coche. Pero no disparó.

Gimió de dolor cuando su acompañante le hizo un torniquete con un cinturón por encima de la rodilla para cortar la hemorragia.

—Ha tenido mucha suerte, Rafael —dijo Richard Wilson—. Lo han seguido varios agentes del KGB y normalmente no suelen errar en sus disparos. Ahora está a salvo.

A pesar del intenso dolor, Rafael esbozó una tímida sonrisa. Pensó que, definitivamente, no todo estaba perdido con el pequeño Alejandro. En aquella madrugada de noviembre de 1962 iniciaba una nueva vida gracias al hijo de su querida y difunta amiga Carmen Valero, pues estaba seguro de que acababa de perdonarle la vida.

Rafael Celaya fue trasladado a Londres en un vuelo militar francés y después ingresado en el hospital de una base militar estadounidense. Allí fue operado de una herida de bala que le había destrozado la rodilla y que le dejaría una cojera de por vida. Durante su convalecencia en una casa situada en las afueras de Londres, ofreció a los agentes de la CIA una completa información sobre la carrera espacial y armamentística en la que estuvo trabajando en Kazajistán.

Aquella tarde recibió una visita que le llenó de emoción: era José Hernández, que llegó acompañado por un niño de unos tres años, de cabello rubio y ojos azules.

—Hola, Rafael. Como ves, he cumplido mi palabra. Aquí tienes al hijo de Iñaki.

Rafael sintió un pellizco en el estómago y se levantó, ayudado de una muleta, para abrazar a José con afecto. Después se dirigió al niño. Estaba impactado al advertir el gran parecido con su padre. Aún estaba algo delgado debido a la mala alimentación en el orfanato de Moscú, pero ya mostraba una gran estatura a pesar de su corta edad. Rafael le sonrió, y cuando el pequeño le devolvió el gesto, advirtió que se le formaban unos hoyuelos en las mejillas.

—Me parece un sueño tenerlo aquí... Es igual que Iñaki... —dijo emocionado.

—Sí. De eso no hay la menor duda. Por suerte no ha heredado de él su... —Calló unos instantes—. Es un niño sano y despierto.

—¿Cómo conseguiste sacarlo de Moscú?

—La esposa de un profesor soviético de Física que impartía un curso en la Sorbona iba a viajar a París para reunirse con su marido. Yo lo había captado y colaboraba con la CIA, así que le pedí que ordenara a su mujer que adoptara a este niño en concreto. El pequeño ha estado viviendo con ellos hasta que también fueron descubiertos y salieron de Francia a toda prisa, como nosotros.

—¿Sabe hablar francés? —preguntó Rafael sin dejar de mirarlo.

—No. Por ahora solo entiende el ruso, pero por tu seguridad y por la suya, no debemos hablarle en ese idioma. Le están hablando en francés exclusivamente. Es pequeño y se adaptará bien a donde vayas a instalarte con él.

Una señora de edad entró a petición de José y se llevó al pequeño al jardín.

—Bueno, y ahora cuéntame. ¿Qué tal va tu recuperación?

—Mucho mejor, aunque la rótula está destrozada y no conseguiré andar bien nunca más, pero al menos estoy vivo. ¿Qué pasó? ¿Cómo descubrieron los del KGB que los estaba engañando?

—Ese asunto todavía está confuso. Entre los miembros de la CIA destacados en Europa se corrió la voz de que había habido una filtración en Estados Unidos, en la central de Langley, y que una lista con los nombres de agentes soviéticos encubiertos había caído en manos del KGB. Varios de estos que suministraban información a la CIA fueron reclamados en Moscú y no volvieron a dar señales de vida. Allí tienen un método para estas situaciones: en cuanto sospechan de alguien, los hacen regresar por algún asunto urgente, ya sea familiar o de trabajo. Dos de ellos desaparecieron de esa forma con una semana de diferencia. Uno era un militar adjunto a la embajada soviética en París, y el otro, un profesor de Física Cuántica en la Universidad de Frankfurt. El primero regresó a Moscú y no han vuelto a saber de él. El profesor también regresó y, al poco tiempo, la universidad alemana recibió un mensaje desde Moscú informando de su fallecimiento por un infarto repentino, con solo cuarenta años. Gracias a la rápida actuación de la CIA se ha podido rescatar a muchos agentes y ponerlos a salvo.

—¿Yo estaba en esa lista?

—Sí. Y yo también. Por eso estamos aquí. Mi trabajo para la CIA ha terminado. Y el tuyo también... —Sonrió.

—Y todo se lo debo a Alejandro...

—¿Alejandro? —repitió con sorpresa—. A ver, cuéntame qué ocurrió la noche que escapaste.

—Alejandro me siguió y pudo haberme descerrajado dos tiros cuando iba a montar en el coche, pero no lo hizo. Estoy seguro de que esa noche me perdonó la vida, aunque me dejó este regalo... —dijo señalando a su rodilla herida.

—Jamás lo hubiera esperado de él... —Movió la cabeza—. Está considerado en el KGB como un agente muy fiable y con escasos escrúpulos... Al final voy a tener que aceptar que tu testarudez por preocuparte por él ha valido la pena y llegaste a ablandar su corazón... —Sonrió con malicia.

—Y ahora, ¿qué vamos a hacer?

—Me han informado de que te han hecho una oferta para trabajar en la NASA y la has rechazado. —Lo miró levantando una ceja a modo de pregunta.

—Así es. No quiero seguir viviendo con el alma en vilo. No volveré a ejercer mi carrera, deseo tener una vida tranquila y en paz con este niño... No estoy dispuesto a sentirme como una marioneta en manos de otro gobierno nunca más.

—Es una lástima, porque Victoria está ahora en Florida.

Rafael dio un brinco en el sillón.

—¿Ella también estaba en la lista?

Hernández afirmó con un gesto.

—Los marines de guerra de Estados Unidos asentados en Guantánamo la rescataron casi en el último instante. Ahora se encuentra sana y salva en Miami, esperando a que te repongas para reunirse contigo adonde tú vayas. ¿Tienes algún plan? ¿Adónde quieres ir?

—Aún no lo sé...

—Yo me voy a Nueva York; es el sueño de mi vida: vivir entre rascacielos, vestir vaqueros, tener mi propia casa... —Suspiró con ilusión—. Tengo un buen pellizco de dinero, pero aún no sé qué voy a hacer con él. Quizá monte un restaurante de comida española. —Sonrió abiertamente.

—Pues a mí no me seduce demasiado instalarme en Estados Unidos. Quiero vivir en una ciudad tranquila donde pueda ganarme la vida con un negocio sin sobresaltos; por ejemplo, una tienda de juguetes. Estoy seguro de que a Victoria le encantará la idea... —Sonrió con ilusión.

Dos meses más tarde, Rafael Celaya había dejado de

existir y volaba hacia Canadá con la identidad de Édouard Lombard para iniciar una nueva vida junto a su hijo «legítimo», Adrien. Al poco tiempo contraía matrimonio en Quebec con una refugiada cubana de nombre María de los Santos Cifuentes.

32

Quebec, Canadá. Octubre de 2004

Los ancianos salieron al exterior del hotel y deambularon por la Terrasse Dufferin, situada junto al hotel Château Frontenac y a orillas del acantilado, desde donde podían admirar las maravillosas vistas del río San Lorenzo en toda su inmensidad. Grandes barcos mercantes y cruceros hacían escala a diario en aquella bella ciudad.

—¿Cómo estás, Alejandro? —le preguntó en español.

—Pues creo que peor que tú, Rafael, aunque te has quedado sin pelo.

—No creas, tengo ya una edad...

—Sí, por lo menos diez más que yo, y sin embargo te veo mejor. Yo estoy algo... tocado... —Sonrió con esfuerzo.

—¿Qué tal por París?

—Ya no vivo allí. Desde hace casi veinte años resido en Londres.

Rafael se detuvo bruscamente.

—Londres... —repitió—. No habrás sido tú quien...

Lo miró, demandando una explicación.

Alejandro afirmó, echando mano al bolsillo de la chaqueta y sacando el collar que a Rafael le resultó tan familiar.

—¡Así que tú eras el comprador anónimo! En el fondo

lo presentía... —Movió la cabeza—. Siempre te he tenido presente en mi memoria, Alejandro. Por desgracia solo hemos compartido momentos esporádicos, pero muy intensos. Ahora, en estos últimos meses, con el revuelo provocado por el regreso de esa perla a casa, te he tenido en mi pensamiento a diario, pues estaba casi seguro de que eras tú el que estaba detrás...

—Se la he comprado a tus hijos. Supe de sus problemas de liquidez en la fábrica y les he dado un anticipo para que salgan del aprieto.

—Amigo, agradezco tu buena voluntad, pero deshazte cuanto antes de esa piedra. Solo atrae desgracias...

—Nunca debí enviártela. Lo siento.

—Eso ya no tiene remedio. —Se encogió de hombros—. Y ahora, cuéntame qué ha sido de ti en los últimos cuarenta años... —pidió Rafael.

—Me casé con Juana. —Rafael se detuvo en seco y lo miró con ojos de sorpresa.

—¿Juana, la joven con la que charlaba en el bistró de París?

—Sí. Y tuvimos un hijo.

—Juana... —Rafael movió la cabeza con sonrisa nostálgica—. Era una chica encantadora.

—Sí. Pero le diste calabazas. —Lo miró, levantando una ceja.

—Yo sabía quién era y lo que estaba haciendo. Estaba a tus órdenes, ¿verdad?

—¿Cómo llegaste a saber eso? —dijo Alejandro, deteniéndose bruscamente.

—Me lo dijo José Hernández.

—¡Ah, Hernández! ¡Vaya sorpresa me llevé cuando me informaron de que era un agente doble...! —Sonrió moviendo la cabeza.

—Sí, fue un tipo especial... —dijo con nostalgia—. De cualquier forma, aunque no hubiera sabido quién era Juana, nunca le habría dado esperanzas. Yo seguía amando a Victoria.

—¿Sabes? He de confesarte que me sentí aliviado cuando la rechazaste. Habíamos crecido juntos en el orfanato y estábamos muy unidos. En el KGB éramos un equipo muy compenetrado. Ella era la encargada de vigilarte y ofrecerme información; yo era su superior mientras cumplía la misión de seducirte. Juana me quiso mucho, tanto como yo a ella. Fuimos tan felices juntos... —Suspiró con melancolía—. Ahora no tengo a nadie. Ella murió, y mi hijo también.

—¡Vaya! Lo siento.

—Lo que me ha pasado es tan increíble que no podía dejar pasar un día más sin venir a contarte la verdad.

—¿De qué me hablas?

—Rafael, vengo a reparar mi culpa, a pedirte perdón. No quiero morir sin confesártelo todo.

—No te entiendo, Alejandro.

—Empezaré desde el principio: al año de que escaparas de París, Juana y yo nos casamos y tuvimos un hijo. Ella dejó de hacer misiones comprometidas para el KGB y se dedicó a nuestra familia. Yo seguí trabajando en París como periodista hasta que regresamos a Moscú en 1975. Unos años más tarde, en los ochenta, con la llegada de la perestroika de Gorbachov empezaron a privatizarse algunas empresas públicas, y gracias a mis excelentes contactos con las altas esferas conseguí hacerme con la concesión de varias fábricas relacionadas con la metalurgia. Gané mucho dinero, me compré una gran mansión y me convertí en un hombre poderoso. Después empezaron los problemas con la seguridad. Algunos de mis amigos habían dejado el país y me recomendaban hacer lo mismo, pues en Rusia se estaba librando una auténtica batalla entre los antiguos colaboradores del Kremlin, ansiosos por hacerse con las concesiones que se estaban privatizando. Yo había conseguido un buen trozo del pastel, pero eso llevaba aparejado un gran número de competidores. Era consciente de que mi vida corría peligro. Las bandas mafiosas campaban a sus anchas y la ciudad se volvió peligrosa. Sin embargo, aquel era el único lugar que Juana y yo habíamos conocido, donde habíamos crecido, con sus defectos y virtudes. Un error más. Debí haberme instalado antes en Londres... —Se quedó callado unos instantes—. Una tarde, íbamos en nuestro coche al Bolshói cuando varios pistoleros nos abordaron desde una moto y dispararon varias ráfagas de metralleta. Juana murió en el acto y yo quedé herido. Ella llevaba puesta aquel día la perla de ámbar que me regalaste en París.

—Lo siento... —Édouard guardó silencio, reafirmándose aún más en la maldición de aquel collar, pero se guardó de hacerle un comentario a su amigo.

—Su pérdida fue un duro golpe, el más doloroso que he vivido. Poco después mi hijo se alistó en el ejército soviético y murió también. Tras aquellas tragedias decidí dejar Moscú y me instalé en Londres definitivamente. Ahora soy muy rico, demasiado, pero estoy solo.

—¿Te lamentas de ser rico?

—No; me lamento por no haber sabido disfrutar plenamente de mi familia. Estaba demasiado ocupado con los florecientes negocios que tenía entre manos. Es tan extraordinario todo lo que me ha pasado que antes de morir tenía que contarte la verdad; quiero que la sepas, aunque no sé si querrás transmitírsela a tus hijos.

—¿De qué verdad me hablas, Alejandro? Explícate de una vez, me estás poniendo nervioso.

—Cuando murió Juana en 1986 decidí que la perla de ámbar debía regresar a tus manos. Pero mi hijo se enteró y... bueno, no fui un buen padre, y su educación se me fue de las manos. A él no le gustó que te devolviera la perla. Se enfadó mucho; estaba muy unido a su madre y la cosa se descontroló un poco. Yo lo había malcriado mucho y apenas lo veía...

—No sé qué tiene que ver tu hijo en esto. Por cierto, ¿cómo conseguiste mi dirección? Yo estaba acogido al programa de testigos protegidos del gobierno de Estados Unidos.

—Contacté con un antiguo agente de la CIA. Yo también tengo mis recursos, y con dinero se consigue todo, ya sabes... —Sonrió con malicia.

—Sí, como dijo una vez José Hernández: «Cuando el dinero habla, todo anda».

—Así es. A propósito de Hernández, volví a verlo varios años después de que desapareciera de París junto a varios traidores, entre los que estabas tú. —Lo miró con complicidad—. Él contactó conmigo durante un viaje que realicé a Nueva York como corresponsal de la agencia TASS, donde yo seguía trabajando. Me contó que vivía allí, que se había casado con una hispana y regentaba un restaurante de comida mexicana con gran éxito. Le pregunté por ti y me dijo que estabas feliz y que te habías casado con Victoria. Me alegró mucho saberlo. Comentamos entonces lo ocurrido la noche que escapaste en París, cuando te disparé en la pierna...

—Sé que me salvaste la vida, aunque me dejaste un recuerdo para siempre... —dijo señalando su rodilla y el bastón.

—Sí, te debo una disculpa...

—Al contrario. Soy consciente de que pudiste matarme aquella noche y no lo hiciste.

—Era un buen tirador, aquella fue la primera vez que fallé y mi reputación se resintió un poco, pero considero que hice lo correcto. —Sonrió con tristeza.

—Por lo que a mí respecta, yo también lo creo; nunca te guardé rencor. Jamás podré agradecértelo bastante.

—No me debes nada —exclamó con brusquedad—. No he venido aquí para que me agradezcas nada. Soy yo quien... —calló de repente— agradece a José Hernández lo mucho que te protegió siempre.

—A ti también te cuidó más de lo que crees, Alejandro.

—Lo sé. Aquella noche en Nueva York, después de algunos vasos de vodka, me confesó que estuvo enamorado de mi madre cuando vivíamos en Leningrado. Pero ella quería regresar a España conmigo y apenas lo tomó en cuenta. ¿Sabes? José fue el topo más listo del KGB. Nadie sospechó que fuera un agente doble hasta que aquella lista salió a la luz.

—Gracias a él Victoria y yo pudimos reencontrarnos. Ella también estaba en la CIA en Cuba, como bien sabes. Cuando me instalé en Canadá, José fue a buscarla a Miami. Aún recuerdo aquel día en que ambos se presentaron en mi nuevo hogar aquí. —Movió la cabeza con emoción—. Fue una visión celestial... Los tres nos abrazamos, llorando. Era mi querida Victoria, con las mismas gafas de concha, con sus pecas y la nariz respingona. Qué felicidad sentí al verla. Pensé que mi soledad se había acabado, que ahora empezaba una nueva vida... Entonces, José me dijo con su socarronería, señalando a Victoria: «Qué, ¿he dejado alguna vez de cumplir mi palabra? Aquí la tienes. Os dije que os ayudaría a los dos y ya estáis juntos para siempre». Aquel reencuentro fue uno de los instantes que jamás se me borrará de la memoria. ¿Sabes? Nos casamos una semana después, justo lo que tardamos en tramitar los certificados. José fue nuestro padrino de boda y a partir de entonces mantuvimos contacto. Victoria era de esa clase de mujeres que permanecían hermosas y jóvenes incluso sin maquillar, o vestida con ropa modesta. Era tan especial... —Suspiró—. Siempre fue un espíritu libre. A pesar de las dificultades que pasó, primero en Rusia, en España y después en Cuba, tenía una vida interior que parecía liberarla de cualquier desventura. Me confesó una vez que su secreto para sobrellevar el peso de tanta soledad fue la esperanza de volver a mi lado; yo fui su amor desde la adolescencia, y esperó décadas enteras hasta que pudimos reunirnos al fin. Nunca pude estar a la altura de su amor, de la vida que me ofreció durante los más de veinte años que compartimos juntos. Fue mi amiga, mi compañera, mi confidente.

—¿Tu familia conoce vuestro pasado?

—No. No podíamos hablar con nadie de nuestra vida anterior, pero a veces disfrutábamos contándoles historias a los chicos sobre nuestra adolescencia en Leningrado. —Sonrió con nostalgia—. José murió hace quince años, pero no pude ir a su funeral porque aún veía fantasmas a mis espaldas, aunque te puedo asegurar que vivió feliz. Fue un hombre bueno.

—Lo sé... —dijo Alejandro con tristeza.

—Él también estuvo pendiente de ti cuando eras un niño. Sabía lo que le habían hecho a tu madre y en el fondo se sentía culpable. Una vez me confesó en París que se avergonzaba de pertenecer a un partido que era capaz de delatar y hacer que encerraran y torturaran a la gente por el simple hecho de pensar de forma diferente. Aquello no era vida, Alejandro. Fue la etapa más dura de la historia de Rusia. Stalin no fue mejor que Hitler. Siempre se habló de Hitler y de la eliminación de los judíos en los campos de concentración, pero ¿qué hizo él con su pueblo? Apenas hubo diferencia. Stalin tuvo su propia Noche de los Cuchillos Largos cuando se deshizo de sus supuestos enemigos políticos, y también su particular Noche de los Cristales Rotos, cuando en las famosas purgas de los años treinta decidió eliminar a una gran parte de la población por el simple hecho de que sobraban en las ciudades, o les molestaban por ser religiosos o procedían de una clase social acomodada. ¿Qué diferencia hubo entre Hitler y Stalin? Ninguna, solo que Stalin murió en su cama y a Hitler lo combatieron hasta derrotarlo. Los Aliados liberaron a los alemanes y al resto de Europa, pero ¿quién defendió al pueblo ruso? Nadie —se respondió a sí mismo con ardor—. Los dejaron solos. Nos dejaron solos. Y tuvieron que pasar muchos años después de muerto para que juzgaran sus crímenes... ¡Que se pudran en el infierno esos malditos dictadores!

Durante unos instantes se quedaron en silencio, mirando el río y los barcos que navegaban.

—He vivido y compartido tantas tragedias, he escuchado tantos testimonios a lo largo de mi vida allí... —continuó Rafael—. En aquellos años los campesinos se quedaron sin tierra, sin trabajo, sin comida. Pueblos enteros, millones de personas murieron de hambre por culpa de la colectivización de la agricultura, un proyecto fracasado desde su inicio que solo en Ucrania provocó más muertes que la guerra... Stalin fue un criminal, uno de los más grandes asesinos de la historia; sin embargo, los partidos comunistas de ahora aún lo tienen idealizado... ¡Será posible! —exclamó indignado—. Hernández pasó media vida abominando de ese régimen; por eso entró en la CIA, para intentar destruirlo. Pero era una empresa inútil desde su inicio. El pueblo ruso estaba solo, manejado y conducido por un puñado de fanáticos. Ha habido muchos Stalin a lo largo de la historia y en buena parte del mundo, y los sigue habiendo. Solo los que les han sobrevivido pueden ver con claridad la hipocresía que representan esas ideologías.

—Yo he sido un soldado de ese régimen, Rafael. Cuando salí al exterior y comencé a ver con claridad la realidad, me di cuenta del mesianismo que había allí, de la miseria moral de mis superiores, que ordenaban represiones argumentando defender al pueblo... Pero yo solo había conocido aquel modo de vida desde que tuve uso de razón, era lo que me habían inculcado.

—¡Todo era mentira! —exclamó Rafael—. Solo se defendían a ellos mismos, a sus intereses particulares, que la mayoría de las veces iban en contra del bien común y de la más elemental norma de respeto hacia el ser humano. Fueron mentes dignas de estudio. Criminales a lo largo de la historia ha habido muchos, y fue el pueblo quien padeció las paranoias de los que decían defenderlo. «Todo para el pueblo, pero sin el pueblo.» ¿Quién dijo eso? El lema del despotismo ilustrado, ¡qué buena frase! Durante la revolución bolchevique la adaptaron a su conveniencia: «Todo el poder para los sóviets». Sin embargo, les importaba un carajo el pueblo. Así es: un carajo. Nos hacían reventar trabajando por el bienestar del pueblo, por el bien del pueblo, pero ¿qué pueblo? ¿Qué bienestar? Dales comida, trabajo digno, libertad, y después empiezas a hablar del pueblo.

—Tienes razón. Cuando abrí los ojos ya era tarde y no podía salir, así que decidí mirar hacia otro lado y aprovecharme de la privilegiada posición que tenía. Sí, lo reconozco, obré con egoísmo. Quizá por eso el Dios del que me hablabas cuando era un niño me ha castigado tanto a lo largo de mi vida.

—Tú fuiste una víctima más de aquel endiablado sistema. Te utilizaron, te adoctrinaron desde que tuviste uso de razón. Fuiste otra marioneta más en sus manos, te hicieron bailar al son que más les convino.

—No, Rafael. Merezco lo que me ha pasado. Debo confesarte que he sido ruin y deshonesto, inmune al dolor ajeno. Sé que iré al infierno, pues ya no me queda tiempo para redimir los pecados que he cometido. Por eso estoy aquí. Voy a morir pronto y debo dejar solucionados todos mis asuntos.

—¿Qué te ocurre?

—Tengo un cáncer de pulmón en grado cuatro. Esto significa que está extendido, que tengo metástasis en la mayoría de los órganos, excepto en la cabeza. Al menos esta funciona bien y me dejará poner en orden mis asuntos antes de morir.

—Yo no soy cura. No tienes que confesarte conmigo —dijo Rafael con socarronería—. Cada uno resistió como pudo. Todos dejamos algo en el camino, ya fueran seres queridos, ideales o escrúpulos. No voy a juzgarte.

De nuevo regresó el silencio entre los amigos. Alejandro sentía que el destino le había jugado una mala pasada en los últimos días de su vida. El palpitar del joven corazón enamorado cuando tenía a Juana en sus brazos se había convertido en un simple movimiento rítmico: tac, tac, tac... Solo era un músculo que se resistía a dejar de latir, a pesar de lo inútil de aquella empresa. Ya no esperaba nada, solo mantenerse despierto, poder caminar por sí mismo y esperar el desenlace final.

—¿Encontraste a tu hermano, Rafael?

—Sí, lo localicé el día en que nos vimos en el hotel en Niza, en el 61, ¿te acuerdas? Me preguntaste por él y te mentí. Antes de llegar a Niza me había detenido en un pueblo de la Provenza e identifiqué con claridad a mi hermano Joaquín.

—¿De verdad? ¿Y le dijiste quién eras?

—No. Tenía que protegerlo. Yo estaba por entonces demasiado vigilado, ya lo sabes. Años después, a mediados de los setenta, comencé a pasar allí las vacaciones de verano con los niños y Victoria. —Suspiró con melancolía—. Repetimos muchos años hasta que ella murió. ¡Qué buenos recuerdos! Desde allí viajábamos a España y visitábamos Madrid y mi querido Bilbao. Estaba todo tan cambiado desde que lo dejé... —Suspiró—. Pero aquel ya no era mi país. Tanta añoranza que sentí durante décadas y llegué a ser un extraño allí. Ya no había nadie que conociera, nada que me uniera a esa tierra...

—¿Cuándo le confesaste la verdad?

—No lo he hecho. Y ahora me arrepiento. Tengo una excelente relación con él desde entonces. Vive aquí conmigo. No sé si tengo que agradecérselo a Cupido o al destino, pero el caso es que nos convertimos en parientes...

Alejandro lo miró interrogante.

—No te estoy diciendo ningún disparate. Mi hijo Adrien se casó con su hija. Ahora somos consuegros y vive en casa conmigo. Somos de la misma familia, mucho más de lo que él cree.

—¿De veras? —Alejandro rio a carcajadas.

—Cuando murió la mujer de Lucien, Nicole ya estaba casada con Adrien y vivían en Montreal. Entonces mi nuera y yo le insistimos para que se viniera aquí. Él no tenía más familia que ella y sus nietos, así que le ofrecí que viviera conmigo, pues yo también vivía solo. Adrien forma una pareja perfecta con Nicole; es una chica encantadora, y además es mi sobrina. Pero ella no lo sabe aún. Dios me ha bendecido con ese amor que se tienen.

—Entonces, vuestros hijos son primos hermanos y no lo saben...

—Bueno... no exactamente.

—¿Por qué no les has contado la verdad?

—¡Joder! Porque tendría que haberles hablado de mi vida anterior. Durante los primeros años de matrimonio Victoria y yo vivíamos con miedo, pues debíamos mantener en secreto nuestras identidades. Después pasaron dos décadas sin contratiempos y los niños se hicieron adultos. Cuando recibí la perla de ámbar supusimos que fuiste tú quien la envió y pensamos que era tu forma de indicarnos que estábamos fuera de peligro. En Rusia, Gorbachov estaba poniendo en marcha la glásnost y pensamos que se habían olvidado de nosotros. Con la excusa del collar, el fin de semana en que murió Victoria fue el que habíamos elegido para revelarles la verdad sobre nosotros. Ella y Edith llegaron el viernes por la tarde a Quebec desde Montreal, mientras que Adrien y yo tuvimos que retrasar el viaje hasta el sábado porque había que solucionar un problema en la fábrica. Pero Victoria murió esa misma noche, y después no me sentí capaz de abordar este asunto sin su apoyo. Parecía que todo se había confabulado para que la verdad no saliera a relucir. Lo he ido retrasando un año tras otro, y ahora no sabría cómo explicarles quién fue el padre de Adrien...

Alejandro se detuvo en seco.

—¿Quién fue el padre de Adrien?

—Iñaki. —Édouard percibió la mirada de asombro de su amigo—. ¿Acaso no lo sabías? Creí que me habías devuelto la perla para que la tuviera su hijo...

—En absoluto. Te la devolví porque consideré que debía guardarla su mejor amigo, es decir, tú...

—¡Vaya! Creía que estabas al corriente. Cuando Victoria y yo nos casamos y nació Edith, decidimos esperar a que los dos fueran mayores para hablarles de nuestra situación. Hemos estado contándoles, desde que eran pequeños, las historias de unos niños que en realidad éramos nosotros mismos, esperando el momento oportuno para confesar la verdad. Los íbamos preparando hablándoles de Manuel, de Victoria, de Rafael y de Iñaki, por supuesto. La única mentira es que convertimos a Iñaki en el líder del grupo, el más inteligente, el que los protegía... Jamás podría contarle a Adrien cómo era su padre...

—Lo entiendo, y obraste correctamente.

—Sin embargo, cuando estábamos a punto de confesarlo, pasó aquello y lo consideré una señal, así que opté por callar. Después, al quedarme solo decidí esperar el momento más adecuado, pero no llegó nunca. No he sido capaz de abordar en soledad la manera de decirle a Adrien que no soy su padre... Y en cuanto a Lucien, ¿cómo podía explicarle que es mi hermano y que lo perdí en el barco camino de Leningrado, que su destino cambió radicalmente porque me quedé dormido y no lo vigilé? A estas alturas creo que no me lo perdonaría. Aunque ahora quizá tampoco me perdonen por estas décadas de silencio... No sé, estoy en una gran encrucijada, pero no quiero morirme sin que mi familia conozca mi verdadera identidad y mi pasado.

Alejandro quedó en silencio mientras seguían paseando.

—Has cargado a lo largo de tu vida con demasiadas obligaciones, Rafael. Yo no fui tu responsabilidad; sin embargo, la asumiste, y también la de Iñaki, incluso la de su hijo. ¿No crees que ya ha llegado la hora de perdonarte a ti mismo?

—Creo que Dios me ha perdonado, Alejandro. Ahora tengo todo lo que siempre deseé. Me falta Victoria, pero tengo conmigo a mis hijos, a mi hermano, a mis nietos.

—Siempre fuiste insistente y cabezota. Si yo hubiera sido como tú, si hubiera tenido tu voluntad, quizá mi vida habría ido por otros derroteros. Yo me aferré al dinero y al poder y dejé atrás lo más importante. Al ver cómo he acabado me avergüenzo por no haber estado a tu altura. Has sido leal hasta el final. Buscaste a tu hermano, lo encontraste y aquí lo tienes; criaste al hijo de Iñaki e intentaste cuidar de mí. Eres un gran hombre, Rafael, la mejor persona que he conocido.

—¡Quia! Déjate de tonterías. Hice lo que debía, como lo hubieras hecho tú. Alejandro, quédate aquí, conmigo. Te haré compañía el tiempo que te quede. Cuidaré de ti, como le prometí a tu madre hace sesenta años...

—Rafael, cuando acabe de contarte lo que he venido a decirte, quizá cambies de opinión —dijo con voz trémula—. Desde que supe dónde estabas seguí tu trayectoria, tus negocios y, por supuesto, la tragedia de Victoria. También he conocido lo que ha hecho tu hija con un niño afgano, llevándolo a su casa y adoptándolo. Ella ha heredado tu nobleza y tu sentido de la familia. Tienes motivos para estar orgulloso de tus hijos y del ejemplo que les has dado. Ojalá yo hubiera sido la mitad de bueno que tú. Siento haberte enviado la perla; tal vez ahora Victoria estaría viva... —murmuró tras unos segundos de silencio—. Yo soy el responsable de lo que te ha pasado.

—Pero bueno, ¿qué tiene que ver la muerte de Victoria contigo?

—Ahí está todo, Rafael. Cuando Juana murió, mi hijo me pidió el collar, pues estaba muy unido a su madre y quería guardarlo como una reliquia. Yo le dije que ya no lo tenía, pues se lo había devuelto a quien correspondía. A él no le gustó y se enfadó mucho. No sé cómo averiguó adónde lo había enviado; quizá rebuscó entre mis papeles, consiguió tu dirección y... bueno... —Bajó la mirada con pesar.

—¿Estás intentando decirme que él tuvo algo que ver con la muerte de Victoria?

—Así es. Lo he sabido hace poco, cuando tus hijos dieron la noticia en los medios. Yo nunca me enteré de lo que él había hecho, ni de que lo había recuperado, te lo juro. Tenía amistades peligrosas y manejaba mucho dinero. Hace poco hablé con un amigo suyo y me confesó que mi hijo contrató a una banda de delincuentes rusos que operaba en Norteamérica para que entraran en tu casa a robar la dichosa perla de ámbar... Lo siento. Nunca pensé que enviándotela podía provocar la muerte de Victoria, te lo aseguro. Jamás me lo perdonaré. Es una culpa con la que cargaré siempre.

Rafael se detuvo mirando al suelo, consternado.

—¡Dios santo! ¿Por qué no le hice caso a Victoria? Ella siempre dijo que esa perla estaba maldita desde que fue dañada en el tiroteo en el que murió Teresa...

—Mi hijo era algo inestable —siguió Alejandro sin apenas oírle, tratando de desahogar su culpa—. Solía meterse en líos, incluso tomaba drogas. En uno de sus desmadres la emprendió a tiros en una sala de fiestas de Moscú. Yo intenté protegerlo, como hice siempre, utilizando mis contactos con las altas esferas del poder. Pero esa vez disparó a varios policías y mató a dos de ellos. —Se encogió de hombros con tristeza—. Tras la muerte de Juana, su carácter empeoró. Lo máximo que pude conseguir fue que, en vez de ir a la cárcel, ingresara en el ejército. Al poco tiempo lo destinaron a Afganistán. Después perdí todo contacto con él. Cuando en 1989 el gobierno soviético abandonó definitivamente el territorio, lo dieron por desaparecido.

Rafael lo miró con espanto.

—Entonces ¿el soldado que apareció muerto en Afganistán con el collar en el bolsillo era tu hijo?

—Sí, Rafael. Cuando conocí la noticia a través de la prensa quedé consternado. Inmediatamente contacté con un abogado de Montreal para obtener más información. Siguiendo las indicaciones que tu hija había dado sobre la familia afgana que encontró la joya, envié a un grupo de forenses a Kandahar. Allí hallaron a mi hijo, enterrado en una fosa común junto a un gran número de soldados rusos. Tras identificar sus restos, lo trasladaron a Moscú. Ahora reposan junto a los de Juana. No sabes cuánto lamento el daño que hizo. Es la cruz que llevaré encima hasta que me muera —dijo compungido.

Rafael guardó silencio, mirando a la nada.

—¿No te parece que hay algo sobrenatural en todo esto?

—Nunca imaginé que al enviarte el collar pudiera desencadenar esta tragedia. Iñaki lo usaba de amuleto, pero ahora que lo pienso, Victoria tenía razón: era un amuleto mortal, llevó a la muerte a todos los que lo poseyeron. Yo seré el próximo... Rafael, no sé cómo compensarte por lo que hizo mi hijo. Ya no tengo a nadie, excepto a ti. He cambiado mi testamento y voy a legaros toda mi fortuna. A ti y a tus hijos. Es lo menos que puedo hacer para expiar mi culpa.

—No tienes por qué hacer eso.

—Te lo debo a ti, y se lo debo a tus hijos, que perdieron a su madre por culpa del mío. Todo va a ser para vosotros. Pronto dejarán de preocuparse por su futuro.

—Yo nunca aspiré a riquezas, Alejandro; solo quería ser feliz, y lo conseguí, aunque solo duró un puñado de años y fue aquí, en Canadá. Cuando Victoria regresó a mi vida empecé a creer que podría tener una existencia normal, que mi pasado había quedado atrás, que empezaba a disfrutar de la vida que siempre había anhelado. Al fin tenía un hogar propio, una familia, tranquilidad, libertad... Sí, Alejandro, qué años tan felices viví hasta que ella... —Suspiró con nostalgia—. Después, tuve que seguir adelante, tratando de consolar a mis hijos. Sé que sufrieron mucho e intenté evitarles el dolor, pero fue imposible. Cada uno tiene su propia cruz y yo no pude cargar con ella.

—Tienes una familia. Yo apenas recuerdo a mi madre y no conocí a mi padre. Ahora estoy aquí, suplicando vuestro perdón. Ya nada me une a ningún sitio. No quería irme de este mundo sin despedirme de las pocas personas que manifestaron interés hacia mí. Excepto Juana, nunca nadie me mostró aprecio, solo tú e Iñaki —dijo el anciano con lágrimas en los ojos—. Me queda poco tiempo de vida y quiero manifestarte lo mucho que he valorado tu afecto desde que era un niño.

—No tienes nada que agradecer —dijo emocionado, colocando la mano en el hombro del otro—. Somos amigos, Alejandro; para siempre.

—Para siempre... —repitió—. ¿Podrás perdonarme algún día?

—No puedo culparte por lo que hizo tu hijo. Te debo la vida. En París erraste el tiro adrede cuando escapaba.

—Tú no me debes nada.

—Está bien, hagamos un trato: si te sientes culpable por la muerte de Victoria, yo te perdono. Ahora estamos en paz y te lo pido de nuevo: quédate conmigo.

El anciano miró a su amigo con desconcierto.

—¿Eres capaz de seguir ofreciéndome tu hogar después de saber lo que hizo mi hijo?

—Yo jamás podré culparte por sus actos. Gran parte de culpa la tiene esa perla. Está maldita. La de veces que Victoria me repitió aquello cuando llegué con ella a casa. «Tírala al río», me decía. Ella nunca se la puso, la tenía guardada en la caja fuerte aquí, en Quebec, donde ya no vivíamos, pues nos habíamos trasladado a Montreal. Puedes comprobar la trayectoria de muerte que ha seguido: primero fue Teresa, después, un ladrón de Samarcanda, Iñaki, Juana, Victoria, tu hijo, y por último una joven de Afganistán. ¿Te das cuenta? Tenemos que deshacernos de ella para siempre. No puede provocar más dolor a nuestro alrededor —dijo Rafael guiando a su amigo hacia la orilla del río San Lorenzo. Al llegar, se detuvieron en borde del muelle—. Vamos, tírala y vayamos a casa.

La tarde estaba cayendo y las primeras sombras aparecían sobre las aguas del extenso río. Alejandro sacó el collar de su bolsillo, y tras lanzarlo al agua, los dos amigos se quedaron quietos, en silencio, observando cómo el pasado desaparecía para siempre.

—Seré una carga incómoda, Rafael... —dijo Alejandro mirando al ocaso.

—En absoluto. Estaré contigo hasta el final. Quiero que te integres en mi familia. Ellos no saben nada de mi vida anterior, pero últimamente se me está soltando la lengua; a veces tengo nítidos recuerdos de aquellos años y se me escapan algunos pasajes. Creo que piensan que estoy perdiendo la cabeza. Victoria y yo les contábamos nuestra vida a través de Iñaki, Rafael o Victoria, incluso hoy mismo les he hablado de ti. Están todos en casa, esperando a que regrese para que les cuente mi gran secreto. Vas a conocer a Adrien, el hijo de Iñaki, que guarda un extraordinario parecido con su padre; a Edith, la hija de Victoria y mía; a mi hermano Joaquín, a mi sobrina, a mis nietos. Ha llegado el momento de contarles la verdad, y para eso necesito que me ayudes a convencerles de que aquellas historias fueron reales, de que aquellos niños éramos nosotros, que se trató de nuestra propia vida.

—¿Estás seguro del paso que vas a dar?

—Sí —afirmó rotundo—. Tengo que quitarme esta carga de encima; no quiero irme de este mundo sin que mi familia conozca toda la verdad. En este tramo final de mi vida, lo que más deseo es estar rodeado de mis seres queridos. Alejandro, sabes que siempre te consideré mi responsabilidad; se lo prometí a tu madre y cumpliré, aunque tarde, mi palabra —dijo colocando las manos sobre sus hombros—. Estaré a tu lado hasta el final, querido amigo. Formarás parte de mi familia, que también será a partir de hoy la tuya...

En aquel instante los dos amigos se fundieron en un hondo abrazo envueltos en lágrimas. El pasado al fin había regresado, y en aquel último viaje, dos vidas apenas compartidas quedaron unidas para siempre por fuertes lazos de lealtad, de perdón, de bondad.

Agradecimientos

Aunque *El baile de las marionetas* es una historia de ficción y los personajes son fruto de mi imaginación, muchos pasajes que aparecen en ella están basados en testimonios de Niños de Rusia que tuvieron a bien dar a conocer al mundo sus experiencias a través de libros o colaboraciones en medios de comunicación. También el contexto histórico y los escenarios son reales: la salida de España en plena Guerra Civil, la vida en la Casa de los Niños de Leningrado, la participación en el conflicto bélico entre la Unión Soviética y Alemania, la posguerra bajo la dictadura de Stalin, los años de guerra fría, el regreso a España o el traslado a Cuba de muchos de ellos.

Cuando comencé la tarea de documentación quedé fascinada por las numerosas historias personales que hallé y que de forma novelada he tratado de plasmar en este libro. Durante estos años me he sentido unida a unos Niños de Rusia que ya son ancianos, y honrada por haber tenido acceso a la intimidad de algunos, con los que he compartido una bonita amistad. Han sido más de dos años de intenso trabajo... Bueno, suprimo «intenso» y también «trabajo», porque cuando se es feliz haciendo lo que se ama no se puede considerar una carga.

Esta novela abarca grandes hitos históricos del siglo xx

y empecé a documentarme con libros de historia, enciclopedias, trabajos de investigación y referencias en diferentes medios sobre este colectivo. Conforme avanzaba, y por el hecho de tratarse de experiencias reales y de que muchos de estos niños siguen entre nosotros, mi mayor desvelo fue dotar al relato de la mayor credibilidad posible. Para ello acudí a numerosas fuentes de información que me sería complicado, por su extensión, enumerarlas todas: artículos periodísticos, documentales, películas, programas de radio, blogs, revistas, entrevistas personales, tesis doctorales o la hemeroteca de un centenario diario nacional, además de excelentes libros sobre estos hechos, entre los que deseo mencionar *Los niños españoles evacuados a la URSS (1937)*, de Enrique Zafra, Rosalía Crego y Carmen Heredia; *20.000 días en la URSS*, de Bernardo Clemente del Río; *Palabras huérfanas: los niños exiliados en la guerra civil*, de Verónica Sierra Blas; *Después de todo: recuerdos de un periodista de la Pirenaica*, de Luis Galán, o *Fuentes históricas para el estudio de la emigración española a la URSS*, de Ángel Luis Encina Moral, entre otros.

Quiero agradecer muy especialmente al Centro Español de Moscú, cuyos responsables me pusieron en contacto con varios Niños de Rusia, entre la que destaco a Virtudes Compañ Martínez, con la que he forjado una cálida amistad en la distancia. Ella tuvo a bien compartir conmigo sus experiencias en Rusia, donde aún vive con su familia. A través de nuestras conversaciones en la red y de su libro de memorias *La española rusa*, que me envió desde Moscú, conocí su trayectoria vital desde que salió de España con nueve años hasta el día de hoy: su estancia en la Casa de Niños, sus tribulaciones durante la guerra, la posguerra, el trabajo, su familia...

Para profundizar en el contenido histórico y social de

las diferentes etapas de la novela acudí también a autores de diferentes nacionalidades e ideologías que me ayudaron a contextualizar las andanzas de mis personajes, entre ellos Khaled Hosseini y su exitoso libro *Cometas en el cielo*, que me abrió la puerta a investigar en profundidad la historia de Afganistán, el punto de arranque de la novela.

En cuanto a la crónica de Rusia, me dirigí al inicio, al germen de la revolución bolchevique con autores como Ronan Bennett y su obra *Zugzwang*, el laureado *Doctor Zhivago*, de Borís Pasternak o *El testigo invisible*, de Carmen Posadas, entre otros. Continué buceando en la Unión Soviética de Stalin a través de Vasili Grossman y su obra *Vida y destino*, que describe la dura supervivencia de los ciudadanos durante la Gran Guerra Patria; con la premio Nobel Svetlana Alexiévich y su trabajo *La guerra no tiene rostro de mujer*, me adentré en la activa y anónima participación de las mujeres soviéticas durante la contienda, cuyas voces permanecieron mudas durante décadas; con *Archipiélago Gulag*, de Alexander Solzhenitsyn, compartí la impotencia ante tanta injusticia en aquel infierno helado. La obra *Natacha*, del corresponsal de guerra germano H. G. Konsalik, fue otra fuente de datos sobre la incursión del ejército alemán en suelo soviético, o la mordaz crítica del británico Georges Orwell en su *Rebelión en la granja*, con su acertada clarividencia sobre la opaca y terrorífica dictadura comunista.

Pasada la etapa estalinista, inicié unos tímidos pasos para conocer en profundidad los años de la guerra fría con *El manifiesto negro*, de Frederick Forsyth, *La casa Rusia*, de John Le Carré, o *Parque Gorki*, de Martin Cruz Smith, entre otros, que me ofrecieron excelentes detalles sobre el sistema de espionaje de los dos bloques y también una valiosa descripción física de la ciudad de Moscú en aquellos años.

Para los capítulos de la Cuba pre y posrevolucionaria abordé varios trabajos como *Nuestro hombre en La Habana,* de Graham Greene, *Te di la vida entera,* de Zoé Valdés, o a Wendy Guerra con su trabajo *Todos se van,* que describen con crudeza la vida cotidiana en la isla.

Y ya en mis agradecimientos personales, el primero es para Isabel Martí, mi agente literaria, por ser la primera que confió en mis trabajos hace más de una década, cuando solo era una aspirante a escritora con historias que contar y muchos deseos de verlas publicadas. Ella me abrió la puerta a un mundo desconocido que hoy sigo explorando: el de ver mis libros en los estantes de las librerías y el de poner en la casilla de profesión la palabra «escritora».

Mi reconocimiento también a mi primera editora, Cristina Armiñana, quien publicó mis primeros trabajos y me ayudó a crecer como novelista; y, por supuesto, a mis actuales editores, Maria Casas, por su especial sensibilidad hacia esta historia, y a Oriol Masià, por su buen hacer.

Mis lectores cero, con sus comentarios y consejos, han contribuido a mejorar la historia y han sido también una parte importante del resultado final de este trabajo. Mil gracias de nuevo a mi hermana Maribel, a mi sobrina Amanda y a mi amiga Rosa María Rodríguez.

La trama de mis novelas ha surgido siempre de mi imaginación, tanto el argumento como la localización. Sin embargo, en este caso excepcional, la chispa que lo prendió todo fue iniciada por mi hija Isabel María, quien examina con ojos críticos todos mis escritos. A ella y a su hermano José Manuel va dedicado este libro, por ser el motor de mi vida.

La opinión de mi marido José Manuel, el primer lector a quien confío el manuscrito, es para mí la más valiosa, por el análisis minucioso al que lo somete y por su opinión sincera, que valoro y necesito. Gracias otra vez, como siempre, para siempre.

Para finalizar, mi más sincera gratitud a vosotros, LOS LECTORES, que año tras año, libro tras libro, leéis mis trabajos, ofrecéis vuestras opiniones y me animáis a seguir contando historias, porque aún quedan muchas por llegar...

Hasta pronto.

Córdoba, 30 de enero de 2020